Steinfest, Heinrich
Die Möbel des Teufels

PIPER

Zu diesem Buch

44 Jahre nachdem Leo Prager seine Heimatstadt Wien verlassen hat, kehrt er zurück – der Anlass ist ein trauriger: Seine Schwester Eva wurde tot aufgefunden. Nun ist Leo um den halben Erdball geflogen, um sie zu identifizieren und ihren Mörder zu finden. Was zunächst so einfach scheint, entpuppt sich für Leo, den ermittelnden Chefinspektor Rosig und Chengs neue Chefin Frau Wolf zunehmend zum Problemfall. Denn Eva Prager war nicht nur Parlamentsstenografin im Ruhestand, sondern auch für einen geheimnisvollen Auftraggeber tätig, der sich in der Kunst der Beschaffung schwer zu beschaffender Dinge einen Meister nennt. Stecken seine so potenten wie nervösen Klienten hinter dem Mord, ist es eine politische Tat – oder liegen die Motive am Ende doch in Eva Pragers streng gehütetem Privatleben?
»Die Möbel des Teufels« ist ein ausgefuchster, höchst amüsanter und schwer krimineller Fall für Frau Wolf, die nun in Chengs Büro die Führung übernommen hat. Und gleich vor einem Rätsel steht, das sie nur mit Hilfe des weitgereisten Leo Prager lösen kann. Denn der ist nicht nur schwerreich, sondern war seiner Schwester Eva in einer bemerkenswert bindungsarmen Großfamilie immer sehr zugetan.

Heinrich Steinfest, Jahrgang 1961, erfand vor mehr als fünfzehn Jahren den einarmigen Detektiv Markus Cheng. Für seine originelle Schöpfung und die bemerkenswerten Fälle wurde er mehrfach mit dem Deutschen Krimipreis ausgezeichnet, erhielt 2009 den Stuttgarter Krimipreis und stand auf der Shortlist für den Leo-Perutz-Preis. Zuletzt erschien »Der schlaflose Cheng«, in dem Cheng zum letzten Mal federführend ermittelt, neuerdings assistiert er nämlich seiner ehemaligen Assistentin Frau Wolf.

Heinrich Steinfest

DIE MÖBEL DES TEUFELS

Frau Wolf und Cheng ermitteln

PIPER

Mehr über unsere Autorinnen, Autoren und Bücher:
www.piper.de

Wenn Ihnen dieser Krimi gefallen hat, schreiben Sie uns unter Nennung des Titels »Die Möbel des Teufels« an *empfehlungen@piper.de*, und wir empfehlen Ihnen gerne vergleichbare Bücher.

Von Heinrich Steinfest liegen im Piper Verlag vor:
Markus-Cheng-Reihe:
Cheng. Sein erster Fall
Ein sturer Hund. Chengs zweiter Fall
Ein dickes Fell. Chengs dritter Fall
Batmans Schönheit. Chengs letzter Fall
Der schlaflose Cheng. Sein fünfter Fall
Die Möbel des Teufels. Frau Wolf und Cheng ermitteln

Tortengräber
Der Mann, der den Flug der Kugel kreuzte
Nervöse Fische
Der Umfang der Hölle
Die feine Nase der Lili Steinbeck
Mariaschwarz
Gewitter über Pluto
Die Haischwimmerin
Wo die Löwen weinen
Der Allesforscher
Das grüne Rollo
Das Leben und Sterben der Flugzeuge
Die Büglerin
Der Chauffeur
Amsterdamer Novelle
Der betrunkene Berg
Gebrauchsanweisung für Österreich
Gebrauchsanweisung fürs Scheitern

Unser Versprechen für mehr Nachhaltigkeit
• Klimaneutrales Produkt
• FSC®-zertifiziertes Papier
• Hergestellt in Europa

FSC www.fsc.org
MIX
Papier | Fördert gute Waldnutzung
FSC® C083411

Ungekürzte Taschenbuchausgabe
ISBN 978-3-492-31921-8
September 2022

Umschlaggestaltung: zero-media.net, München
Umschlagabbildung: FinePic®, München
Satz: Eberl & Kœsel Studio, Altusried-Krugzell
Gesetzt aus der Adobe Garamond
Druck und Bindung: CPI books GmbH, Leck
Printed in the EU

Prolog

Anfang Dezember 2019. Nicht irgendwo auf der Welt, sondern in einer Stadt namens Wien, in einem Bezirk mit der Zahl Vier, in einer Gegend im Rücken einer formschönen Barockkirche. Und, um ganz genau zu sein, in einem kleinen, modernen Friseurladen. Geführt von einem jungen Mann, der sich als Wiener gleichermaßen wie als Österreicher und Türke empfand, in erster Linie aber eben Friseur war. Während die Frau, die soeben in seinem Friseurstuhl wie in einer gepolsterten Muschel saß, in erster Linie Detektivin war.

Bei der Dame im Stuhl, deren goldblond gefärbtes und mit einer einzigen schokoladenbraunen Strähne durchsetztes Haar unter den gefühlvollen Händen des Haarkünstlers an Volumen gewann, handelte es sich um Frau Wolf. Klar, sie besaß auch einen Vornamen, aber den kannte niemand und brauchte auch niemand zu kennen, sie war für alle nur »Frau Wolf«.

Frau Wolf besaß trotz ihrer Sechzigjährigkeit ausgesprochen gutes, festes Haar – so ganz genau wollte sie sich nicht auf ihr Alter festlegen, weniger aus Eitelkeit, mehr aus einer Gelassenheit gegenüber dem Phänomen der Zeit, ganz gleich, was da in ihren Dokumenten stand. Sie sagte gerne: »Ein paar Jahre rauf oder runter sollten eigentlich kein Thema sein. Jedes Alter darf über eine kleine Toleranz verfügen. Einen Bonus in beide Richtungen.«

Solche Gelassenheit änderte nichts daran, dass Frau Wolf mindestens zweimal, eher dreimal in der Woche diesen Friseur besuchte, manchmal auch nur, um eine Winzigkeit in ihrer Frisur zu ändern: eine farbige Strähne, eine Welle, wo vorher keine war, ein Auftoupieren, das sie gewiss auch selbst gut hinbekommen hätte, dann allerdings ohne die Magie, die aus den Händen dieses Friseurmeisters floss. Mitunter kam sie auch nur auf einen Mittagsplausch vorbei und um den ausgezeichneten Espresso zu trinken, der dort serviert wurde, besser als in jedem der so gerne überschätzten Wiener Kaffeehäuser.

Heute war es etwas aufwendiger gewesen, da sie zum Nachfärben erschienen war, einer goldbraunen Auffrischung, wobei die dunklen Ansätze nicht den Ton der ursprünglichen Färbung erhalten hatten, sondern der im Laufe der Wochen veränderten Coloration angepasst worden waren. Eine gewisse Ironie bestand nun darin, dass diese eine schokoladenbraune Strähne gar nicht auf einer Färbung beruhte, sondern es sich um Frau Wolfs natürliche Haarfarbe handelte. Ein schmales Relikt, eine auf den Ursprung verweisende Auslassung.

Wie sagte der junge Friseur, während er die Paspelierung löste und den Schutzumhang mit Schwung entfernte: »Viel Kunst und ein Hauch Natur.«

Frau Wolf schwenkte ihren Kopf hin und her, sich im Spiegel betrachtend, und meinte: »Wunderbar, wie immer.«

Zum Friseur zu gehen war ihre Droge. Sie fühlte sich danach deutlich besser. Was naturgemäß zu einer Abhängigkeit führte, die sie sich auch vollauf eingestand. Sie wäre gerne jeden Mittag hierhergekommen. Aber Sucht war andererseits kein Grund für Maßlosigkeit, denn am Ende der Maßlosigkeit stand leider immer das Gleiche: Lächerlichkeit.

Und lächerlich sein war das Letzte, was ihr vorschwebte.

Frau Wolf erhob sich aus dem Sitz und ließ sich nun von ihrem Friseur noch einmal von vorne betrachten. Es war, als studiere er eine Malerei. Er konnte es auch nicht lassen, mit dem Finger eine Strähne ihres Haars über eine andere Strähne ihres Haars zu legen und dieser Intervention mit einem Fixierspray zu einem gewissen Glanz, vor allem aber zu einer gewissen Dauer zu verhelfen.

Frau Wolf selbst sagte gerne: »Eine gute Frisur ist ständigen Gefahren ausgesetzt, angefangen bei der frischen Luft. Ganz zu schweigen vom Schlaf. Der Schlaf ist der größte Feind einer jeden Frisur.«

Immerhin, als sie jetzt den kleinen Laden verließ, war das Wetter trotz der Jahreszeit gütig zu nennen. Kein Regen, kein Wind, keine große Kälte, sondern ein mildes, von einem zarten Wolkenschleier besänftigtes Sonnenlicht. Es würde tatsächlich einer der fünfzehn wärmsten Dezembermonate seit dem Beginn der Messreihe im Jahr 1767 werden. Und das war zu spüren, als Frau Wolf da aus dem

Geschäft trat und in der lauen, fast windstillen Mittagsluft sich die wenigen Meter Richtung Süden bewegte, dorthin, wo dann die Taubstummengasse begann, in die sie nun einbog. Gleich im ersten Haus lag im dritten Stock ihr Büro. Sie blieb vor dem hohen Eingang stehen und betrachtete die beiden Männer, die gerade dabei waren, neben die senkrechte Reihe von vier klassischen Messingschildern ein modernes Plexiglasschild anzubringen. Darauf war in hellblauen Lettern die Aufschrift »Detektei Wolf« zu lesen.

Sicherlich, Hellblau, genau genommen ein warmer Ton von Himmelblau, Fernblau genannt, französisch *Bleu distant* – der Name, den Frau Wolf bevorzugte –, war eine ungewöhnliche Farbe, um ein Detektivbüro auszuweisen, aber Frau Wolf wollte so dem Begriff der Detektei eine luftige und atmosphärische Note verleihen, eine Leichtigkeit und mithilfe des Plexiglases auch etwas Schwebendes, umso mehr als sie fand, dass ihr Gewerbe etwas ungemein Diffiziles besaß. Es nicht nur um die Suche nach der Wahrheit ging, sondern vor allem um die Suche nach Erlösung. Die Menschen, die zu ihr kamen, wollten eigentlich eine Form von Absolution. Die Wahrheit, mitunter eine schreckliche oder ernüchternde Wahrheit, war in der Regel sowieso das, was sie erwarteten. Es war stets eine Ahnung, die sich im Zuge von Frau Wolfs »Darlegung der Verhältnisse« materialisierte. Damit aber auch eine Befreiung einleitete.

»Sie sehen schon, dass das Schild ein wenig schief ist«, sagte Frau Wolf zu den beiden Handwerkern, die sich jetzt erschrocken umdrehten. Der eine oben auf der Leiter, der andere seitlich stehend und die Leiter haltend.

»Wirklich?«, fragte der auf der Leiter.

»Wirklich, glauben Sie mir«, erklärte Frau Wolf. »Minimal, mag sein. Aber minimal ist auch die Schraube, die sich in einem Flugzeug löst und es zum Absturz bringt. Oder der Beistrich, der einen Nebensatz von einem Hauptsatz trennt …«

»Ich habe verstanden«, antwortete der Mann in einem Ton unterdrückten Ärgers.

»Gut«, sagte Frau Wolf, trat an den beiden vorbei in das Gebäude und begab sich zum Aufzug, in dessen Spiegeln sie noch einmal die gelungene Färbung und Formung ihres Haars überprüfte. Im dritten Stockwerk verließ sie die Kabine und schritt sodann durch die hohe, dunkle Holztüre in das Vorzimmer ihres Büros.

Und dort saß er, ihr ehemaliger Chef, der Detektiv Markus Cheng. Der nun ihr Sekretär und Assistent war. Während sie zuvor seine Sekretärin und Assistentin gewesen war. Aber das war den beiden mit der Eindringlichkeit eines Naturgesetzes irgendwann klar geworden, dass die Verteilung ihrer Rollen nicht stimmte. Was rein gar nichts mit Frauenbewegung und Quotenregelung und einem Jetzt-sind-halt-mal-die-Frauen-dran oder einem In-Matriarchaten-sind-die-Leute-glücklicher zu tun hatte, sondern eben einer Einsicht in ein vernünftiges Grundmuster. Ein Muster, das bedeutete, dass Frau Wolf die bessere Detektivin war und Markus Cheng der bessere Sekretär und Assistent. Es hatte wirklich etwas mit Biologie zu tun. Die Biologie ist unbestechlich.

Cheng saß vor einem hohen Fenster sowie hinter einem massiven, dank geschwungener Beine aber auch leicht anmutenden Art-déco-Schreibtisch. Man konnte sagen, der ganze Cheng hatte etwas Art-déco-artiges mit seiner verinnerlichten Eleganz. Er trug einen dunkelblauen Anzug, dessen linker Ärmel aufgrund des fehlenden Arms hochgesteckt war. Außerdem hatte Cheng ein Einstecktuch in der Brusttasche, aber nichts Übertriebenes, wie man das jetzt leider häufig sah: hässlich bunte Tücher, die dann oft noch mit ähnlich hässlich bunten Socken korrespondierten, oft auch hollywoodesk aufgebauscht. Nein, das blütenweiße Tuch stand allein als ein schmaler, waagrechter Streifen in Form einer Rechteckfaltung heraus. Gerade so viel, dass darauf ein kurzer, prägnanter Satz hätte Platz finden können. Natürlich war da kein Satz, aber doch das Potenzial eines Satzes. Und dieses Potenzial stellte Chengs Statement dar.

Zu Chengs Beinen lag ein Hund. Eigentlich war es ein Schatten zwischen Chengs linkem Fuß und dem geschwungenen Schreibtischbein, ein ganz natürlicher Schatten. Aber Frau Wolf ging es so wie auch anderen Personen, nämlich immer wieder einmal zu meinen, Chengs längst verstorbenen Hund mit Namen Lauscher kurz an dessen Seite zu sehen, eben als Schatten, als Spiegelung, im Schein des Lichteinfalls oder im Moment einer Verdunkelung, wenn eine Wolke vor die Sonne trat. Ein Sekundeneindruck.

Nein, Frau Wolf glaubte nicht an Geister. Auch nicht an Hundegeister. Und Cheng selbst bestand darauf, diesen Hund weder zu sehen noch zu spüren, auch wenn er immer wieder von Leuten darauf angesprochen wurde, sie hätten ihn, Cheng, letztes Mal aus der Ferne, beim Überqueren der Straße … da wäre doch ein Hund bei ihm gewesen, oder?

Frau Wolf meinte, es sei einfach Chengs Haltung. Er sei eben ein Mann, der nie aufgehört hatte, sich so zu bewegen und so zu sitzen, als wäre da noch immer der alte, kranke Lauscher an seiner Seite, auch wenn der längst begraben war. So wie Leute, die nicht aufhören konnten, einen Platz neben sich frei zu halten für einen geliebten Menschen, der gar nicht mehr lebte.

Vor allem aber dachte Frau Wolf in diesem Moment, wie ungemein gut Herr Cheng in dieses Zimmer passte. Als wäre dieser Raum extra für ihn geschaffen worden. Den perfekten Sekretär.

Cheng hob den Kopf, ließ kurz den Stift sinken, mit dem er soeben etwas notiert hatte, und meinte: »Schon toll, was dieser Friseur mit Ihren Haaren macht, wenn ich das sagen darf.«

»Dürfen Sie, Herr Cheng, danke.«

Sie wandte sich nach rechts, dorthin, wo eine offene Flügeltüre in das große Büro führte, das einst Chengs Büro gewesen war. Im Vorbeigehen bat sie ihren Sekretär und Assistenten, einen Termin mit einer Dame von der Gerichtsmedizin zu vereinbaren. Einen Fall betreffend, den man kürzlich übernommen hatte.

Cheng nickte und griff nach dem Telefon.

Die Arbeit ging voran. Dezember 2019. Und niemand ahnte, was demnächst kommen würde.

1

Er kehrte zurück. Nach einer Ewigkeit.

Wofür es zwei Gründe gab.

Der eine Grund war: Er würde sein Augenlicht verlieren. Nicht vollständig, aber mit großer Wahrscheinlichkeit bliebe letztendlich nur noch eine Art unscharfer Rand übrig, das zentrale Gesichtsfeld hingegen würde von einem grauen oder schwarzen Fleck beherrscht sein. Noch war es nicht so weit. Noch verfügte er über genügend Sehkraft, um die Welt zu erkennen, mit Einschränkungen, das schon, Eintrübungen und Verzerrungen, sodass einiges wie in einem Nebel zu stecken schien. Aber es war eben noch ein leichter Nebel – verschwommen war etwas anderes –, mehr, als hauche jemand auf ein Glas. Ein impressionistischer Hauch, nicht ohne Reiz, trotz aller Bedrohung.

So würde sein Sehen in einen Zustand münden, der ihm als die optische Vorwegnahme seines Endes erschien. Und seines Übergangs. Gewissermaßen durch das Dunkel in der Mitte seines Gesichtsfeldes hindurch.

Richtung Himmel oder Richtung Hölle? Das würde sich noch zeigen.

Jedenfalls war das der eine Grund. Nämlich zurückzukehren, um noch einmal dem Ort seiner Kindheit und Jugend zu begegnen, sosehr sich dieser in über vierzig Jahren verändert haben mochte. Zurückzukehren, solange er überhaupt noch in der Lage sein würde, das Veränderte vom Gleichgebliebenen unterscheiden zu können.

Der andere Grund war seine Schwester. Genauer gesagt, der Tod seiner Schwester. Er hatte sie, nachdem er als Neunzehnjähriger die Stadt verlassen hatte, nicht wiedergesehen. Zumindest nicht leibhaftig. Denn immerhin waren die beiden im letzten halben Jahr miteinander in Kontakt gekommen. Dank moderner Technik, die es den über sechzigjährigen Geschwistern ermöglicht hatte, sich über einen Bildschirm auf der einen Seite der Welt und einem Bildschirm auf der anderen Seite gegenüberzusitzen. Nach mehr als vier Jahrzehnten, in denen sie nichts voneinander gehört hatten. Woran nicht sie, die Schwester, sondern er, der Bruder, schuld gewesen war.

Und nun war Eva tot und Leos Aufgabe würde es sein, sie zu beerdigen. Indem er an den Ort seiner Kindheit und Jugend zurückkehrte, um ihren Körper verbrennen und das Verbrannte im Grab der Eltern beisetzen zu lassen, würde er mit dem, was ihm derzeit an Augenkraft noch zur Verfügung stand, die Stadt sehen, die er 1976 verlassen hatte. Hätte er sie nicht verlassen, so wäre er nicht mehr am Leben. Sondern hätte sich umgebracht. Für ihn war das eine Tatsache.

Der Tag, an dem Leo Prager vierundvierzig Jahre zuvor die Stadt verlassen hatte, war ein Sonntag gewesen. Und zwar ein Sonntag, der sich lange im Gedächtnis der an diesem Ort und in diesem Land lebenden Menschen halten würde. Indem zum einen etwas nicht für möglich Gehaltenes geschah, und zum anderen etwas, das man auf eine gewisse Weise erwartet, vielleicht sogar auf leidenschaftliche Weise gefürchtet hatte. In beiden Ereignissen steckte ein Höchstmaß an Sensation, die ein ganzes Meer an heftigen Empfindungen auslöste, alles zwischen Trauer, Verzweiflung, Spannung, Verwirrung, Angst und dem einen oder anderen Gefühl schwer aussprechbarer Freude, Genugtuung oder Überlegenheit. Vor allem aber jenes Gefühl, welches zur Sensation ganz unmittelbar dazugehört, nämlich die Lust, weshalb die zwei Wörter ja konsequenterweise in einen gemeinsamen Begriff münden, der Sensationslust. Das wahrscheinlich aber treffendste Wort, das diesen Sonntag charakterisierte, war: Erregung.

Diese Erregung begann für Leo zunächst jedoch in der wohl gebräuchlichsten, wenn auch nicht banalsten Form, kurz nach Mitternacht. Indem er unter die Bettdecke eines Mädchens geriet, das er erst eine Woche zuvor kennengelernt hatte. Sie war achtzehn, und man befand sich in der Wohnung ihrer Eltern, die kaum erfreut gewesen wären, Leo dort zu finden, wo er war. Die streng katholische Mutter des Mädchens hätte es wohl so ausgedrückt: Ein Kinderzimmer ist kein Bordell.

Dementsprechend leise lief die Begegnung in genau jenem Kinderzimmer der jungen Frau ab. Leise und auch vorsichtig. Auf eine leidenschaftliche Weise zurückhaltend, und ohne dass es zu einem Koitus kam. Allein jene Praxis zärtlicher bis wilder Berührung nutzend, die man Petting nannte (so nennt man es noch immer, aber in den 1970er-Jahren war dieses Wort in aller Munde, ausgesprochen oder unausgesprochen, ein Wort mit einem Glanz. Während es in unseren Tagen rein gar nicht mehr glänzt, wenn es nicht ohnedies für einen Fachbegriff aus der Haustierpflege gehalten wird).

Es war kurz nach vier in der Früh, als das Mädchen erwachte und Leo wachrüttelte, um ihm zu sagen, er solle jetzt bitte gehen. Ihre Eltern hätten leider auch an den Wochenenden die Angewohnheit, sehr zeitig aufzustehen: der schlaflose Vater und seine ihm auch in diesem Punkt treue Frau.

»Die sind wie Zwillinge«, sagte das Mädchen. »Schrecklich.«

Und dann küsste sie Leo noch einmal sehr heftig, fügte jedoch an diesen Kuss einen leichten Tritt an, um ihn aus dem Bett zu bekommen.

Er zog sich an, ließ sich von dem Mädchen durch die dunkle Wohnung führen, die ihm wie ein schwarz lackiertes Spiegelkabinett erschien, und gelangte – mit einem allerletzten Kuss bedacht – hinaus ins Freie, hinaus auf die menschenleere, von der ersten Dämmerung aufgehellte Straße.

Er dachte sich: »Das war jetzt der letzte Kuss meines Lebens.«

Dass dieser Satz eine gewisse Berechtigung besaß, ahnte er. Aber er ahnte nicht, in welcher Form.

Denn als er nun losmarschierte, waren seine Gedanken die gleichen, die er schon so lange mit sich herumtrug, dieses unweigerliche Gefühl, sein Leben demnächst aus der Hand geben zu wollen. Nicht, weil er im Leben keinen Sinn sah. Er sah den Sinn, aber er konnte ihn nicht greifen. Das eigene, tief empfundene und unfassbare Unglück vereitelte ihm jeglichen Zugriff auf den Sinn.

Ein Unglück, das frei war von Begründungen. Es brauchte keine Erlebnisse, weder gute noch schlechte. Es war nicht entscheidend, geküsst oder ungeküsst zu sein. Das Unglück war einfach da, wie ein

Stein in seinem Kopf. Ein Stein, an dessen Existenz sich niemals etwas ändern würde, gleich, was er tat oder unterließ. Wie viel Liebe oder Abneigung er auch erfuhr. Dieser Stein ließ sich im wahrsten Sinne durch nichts *erweichen*. Er wurde nicht einmal größer oder schwerer, wie man das etwa von einem Tumor hätte behaupten können.

Leo wehrte sich gegen den Begriff Depression. Er sah sich nicht als eine »Wirtschaft im Abschwung«. Sondern sprach weiterhin vom »Stein«, der schon immer in diesem seinem Kopf gewesen war. Mit dem zusammen er auf die Welt gekommen war.

Nicht zum ersten Mal überlegte er, wie er sich umbringen könnte. Er war – er drückte es selbst so aus – verliebt in diese Idee. So wie er verliebt war in die Geschichten bekannter Selbstmörder. Sich mit ihnen zu beschäftigen erschien ihm als ein großer Trost. Trost und Vorbild. Und Klischee natürlich: junge, verzweifelte Poeten, schwermütige Schönheiten, Duellanten, Romantiker. Ja, er liebte auch das Klischee. Das ganz besonders.

Zugleich fürchtete er, indem er sich tötete, das Unglück, das er so tief und steinartig fundamental empfand, an seine Familie weiterzugeben. An seine Eltern und seine Schwester. Sich selbst zu befreien, aber dadurch den Stein weiterzugeben. Weiterzugeben an diese überhaupt nicht unglücklichen Eltern und diese überhaupt nicht unglückliche Schwester. Denen er durch seinen Freitod einen ewigen Schmerz zufügen würde. Davon war er ebenso fest überzeugt wie von der eigenen Unheilbarkeit.

Über dieses Dilemma nachdenkend, bog er nach rechts ab, ausgerechnet in eine Straße, die nach Franz Kafka benannt war, der zwar kein Selbstmörder gewesen war, aber doch einer der früh verstorbenen Heiligen des Unglücks. Über die Kafkastraße gelangte Leo hinunter zur Donau, an der entlang er sich in Richtung Mexikoplatz bewegte.

Seinen Selbstmordfantasien zum Trotz war er entschlossen, die Donau in diesem Dämmerlicht eines beginnenden Tages zu filmen. Er hatte sie immer dabei, seine Super-8-Kamera, die er zwei Jahre zuvor, siebzehnjährig, vom ersten selbst verdienten Geld erworben hatte und die ihn seither ständig begleitete. Wobei er das, was er filmte, als ein Dokument seiner Umgebung ansah. Nicht als Kunst, aber ebenso wenig als Unterhaltung, wie im Falle der zu dieser Zeit so beliebten Aufnahmen familiärer Aktivitäten: Menschen beim Essen, vor Weihnachtsbäumen, beim Skifahren im Schnee liegend, oft lachend, auch im Sturz lachend, das Missgeschick geradezu suchend als den heimlichen Höhepunkt unendlicher Langeweile, dazu immer den Blick in die Kamera gerichtet. Derart, dass man als Kamera hätte meinen können, sie, die Menschen, würden mit den Linsen in ihren Augen die Kameras filmen.

Nein, Leo wollte einfach das ihn Umgebende festhalten, etwas, das er »die Wand der Welt« nannte. Und wozu eben auch dieser Fluss gehörte.

Er filmte im Gehen, während er sich entlang der Donau in Richtung jener sandburgartigen katholischen Kirche bewegte, die man dadurch aufgewertet hatte, sie dem heiligen Franz von Assisi zu widmen.

Er befand sich noch ein kleines Stück vor dieser Kirche, den Blick durch die Kamera gerichtet. Deren Surren konnte einem so vorkommen, als handle es sich um eine Nähmaschine, die hier ein Abbild der Wirklichkeit auf einen Kodachrome-Film nähte.

In diesem Moment … Er vernahm ein Geräusch. Also zuerst wirklich nur das Geräusch, von dem er in seiner Erinnerung dachte, es sei ein Geräusch gewesen, wie wenn etwas sehr Kleines, sehr Dünnes bricht, eher ein Zahnstocher als ein Ast. Es allerdings von jemand vernommen wird, dessen übergroße Nähe zum brechenden Objekt bewirkt, dass dieses kleine Geräusch als ungemein mächtiger Knall in sein Ohr gerät.

Und dann begriff er.

Er schwenkte seine Kamera hinüber zur knapp oberhalb der Assisi-Kirche gelegenen sogenannten Reichsbrücke, einer monumentalen Kettenbrücke, die an dieser Stelle die Donau querte und vom einen Teil der Stadt in den anderen führte. Vom Diesseits ins Jenseits, wie es salopp hieß, das Zentrum mit der Peripherie verbindend.

Tatsache war, dass Leo, als er jetzt durch das optische System seiner Kamera hindurch zur Konstruktion der über tausend Meter langen Reichsbrücke sah, erkennen musste, wie diese vollkommen aus ihren Fugen geriet, sich heftig schwankend aufbäumte, und wie in der Folge der ganze mittlere Teil des Bauwerks in sich zusammenbrach und in den Fluss stürzte.

Stand er unter Drogen?

Eigentlich nicht. Denn er hatte schon früh einsehen müssen, wie wenig irgendeine Droge ihm half, den Stein in seinem Kopf zu erweichen. Keine Drogen also. Auch keine Einbildung. Nein, soeben war eine der wichtigsten Brücken der Stadt Wien in der fünften Stunde eines ersten Augusttags mit einer geradezu filmreifen Leichtigkeit und einem im Verhältnis zur Wirkung kleinen Keuchen eingestürzt, auch wenn nachher von einem großen Krachen gesprochen wurde und es sogar hieß, diverse Seismografen hätten wie bei einem Erdbeben ausgeschlagen.

Es war sonderbar, irre, unwahrscheinlich, aber letztlich geschah es mit der gleichen Selbstverständlichkeit, mit der sich ein Blatt von einem Zweig löst.

Und er, Leo, hatte es gesehen. Gesehen und gefilmt.

Die *Wand der Welt* gefilmt, die in diesem Moment aus einer einstürzenden Brücke bestanden hatte.

Wer nun vierundvierzig Jahre später versuchte, sich Leos Dokument dieser Katastrophe, diesen zwischenzeitlich doch wohl digitalisierten Film anzusehen, oder auch nur meinte, in irgendeinem alten Zeitungsausschnitt oder zeithistorischen Bericht etwas über seine Existenz zu erfahren, und sei es bloß ein Kommentar zu seinem dubiosen Verschwinden, würde kein Glück haben. Nicht auf YouTube, nicht einmal auf den Seiten der Verschwörungstheoretiker, die jeden Tag ein Ufo sichteten und jeden Tag einen verheimlichten Asteroiden witterten. Nichts. Nicht einmal etwas Verwackeltes oder Verschwommenes oder Gelöschtes.

Denn alle Filme und Fotos, die das Unglück betrafen, zeigten es von dem Moment an, als der Einsturz bereits geschehen war und der gebrochene Brückenteil vollständig in der Donau gelegen hatte.

Leo Pragers Film hingegen dokumentierte das gesamte Geschehen. Allerdings sollte dieser Film nie die Kamera verlassen, mit der er aufgenommen worden war. Nicht in den folgenden über vierzig Jahren.

Dabei hatte Leo das gesamte Schlingern und Aufbäumen und Einstürzen der gewaltigen Brücke dokumentiert. Zuletzt wechselte er ein wenig seine Position, um auch jenen später berühmt gewordenen »Donaubus« aufzunehmen, einen Bus der Wiener Verkehrslinien, der im Moment des Einsturzes in der Mitte der ansonsten fast leeren Brücke auf seinen Fahrtbeginn gewartet hatte und der trotz des Einsturzes an genau dieser Parkposition geblieben war, um dort von den Fluten der Donau umspült zu werden. Ohne dass diese ihn aber weggerissen hätten und er zur Gänze versunken wäre.

Nachdem dies alles geschehen und von Prager gefilmt worden war, vernahm er punktgenau den markanten Ton, der das Ende der Filmrolle anzeigte (in seiner Erinnerung würde dieser Ton immer wieder zu dem merkwürdigen Bild eines toten, sich aber im Totsein selbstständig einrollenden kleinen Vogels führen).

Er nahm die Kamera von seinem Auge, senkte das Gerät und konnte feststellen, dass dies alles auch wirklich geschehen war und er nicht etwa einer verzauberten und in ihrer Verzauberung perversen Kamera auf den Leim gegangen war.

Erst dann erstarrte er in Fassungslosigkeit. Brach aber bald aus dieser Starre aus und entschied sich, augenblicklich den Ort der Katastrophe zu verlassen. Er wollte nicht als Zeuge dienen, oder, viel schlimmer, als ein Verdächtiger befragt werden. So langsam war die Wiener Polizei nicht. Und auch wenn man recht schnell vermuten und schließlich auch belegen würde, dass technische Mängel zu diesem nicht vorhersehbaren Einsturz geführt hatten, so war Leos erster Gedanke, es würde sich um einen Anschlag handeln. Etwas, das möglicherweise mit jener hinter der Brücke gelegenen Baustelle der sogenannten UNO-City zusammenhing. Und die Annahme eines Anschlags wurde anfangs auch nicht ganz ausgeschlossen.

Leo Prager entfernte sich. In aller Eile.

So kam es, dass eine Stunde später, als er seine kleine, an der Rechten Wienzeile gelegene Wohnung im 5. Wiener Gemeindebezirk erreichte und sein Radiogerät einschaltete, bereits mit der gebührenden Aufregung über etwas berichtet wurde, was nicht wenige im ersten Moment für einen Scherz hielten. Hätte es nur so etwas wie einen Ersten-August-Scherz gegeben.

Gab es aber nicht. Und während eine Menge Wiener und Wienerinnen sich auf den Weg machten, um sich vor Ort davon zu überzeugen, dass keinerlei Verwandlung eines ersten Aprils in einen ersten August vorlag, legte sich Leo Prager in sein Bett. Getroffen von einer Müdigkeit, die sich weniger durch den kurzen und unruhigen Schlaf an der Seite eines begehrten Körpers erklären ließ, als durch die Erschöpfung, die daraus resultierte, im Moment, da er gerade die Möglichkeiten eines Selbstmordes bedacht und abgewägt hatte, Zeuge dieses Einsturzes geworden zu sein. Und das war ja nicht irgendein Brücklein gewesen, sondern ein Wahrzeichen dieser Stadt, eine technische Schönheit, mit der selbst jene vertraut waren, die nie über diese Brücke gefahren oder gegangen waren. Wie man ja auch nie mit dem berühmten Riesenrad gefahren sein musste, um sich selbst als ein Teil dieser Konstruktion zu empfinden. Stadt und Menschen sind letztlich vollkommen verwoben, jeder Fußgänger, jeder Autofahrer, jeder, der irgendwie unterwegs ist oder irgendwie stillsteht. Und wenn dann so ein Bauwerk wie mit einem diabolischen Fingerschnippen in sich zusammenkracht, werden sich die Menschen dieser symbiotischen Verbindung auf eine schmerzvolle Weise bewusst. Jeder fühlte den Verlust dieser Brücke als einen Verlust in sich. Man spürte das Wasser der Donau auf der eigenen Haut. Wie man auch ahnte, dass das, was anstelle der niedergegangenen Konstruktion entstehen würde, nie wieder die gleiche Eleganz und Anmut und Herrlichkeit erreichen würde (und so kleinkariert eine solche Anschauung auch sein mochte, die Realität würde sie in der Folge bestätigen).

Leo schlief bis in den Nachmittag hinein. Als er erwachte und aus dem Radio erneut dramatische Stimmen der Betroffenheit wahrnahm, brauchte er eine Weile, bis er verstand, dass diese Betroffenheit – dieser Versuch, das Unaussprechliche in Worte zu fassen – nun gar nicht mehr der eingestürzten Brücke galt, sondern einem schweren Unfall des österreichischen Formel-1-Rennfahrers Niki Lauda auf dem Nürburgring. Wobei es in diesem Moment völlig unklar schien, ob Lauda die starken Verbrennungen überleben würde (tatsächlich waren es aber in erster Linie die Lungenverätzungen, die seinen kritischen Zustand bedingten).

Leo konnte es nicht glauben. Dabei gehörte er nicht einmal zu den Anhängern dieses Mannes, der da in einem Ferrari an einer Stelle der Strecke verunglückt war, die immer schon als höchst gefährlich eingestuft worden war und es ja ausgerechnet Lauda gewesen war, der sich aufgrund regennasser Bedingungen ursprünglich gegen einen Start ausgesprochen hatte.

Dieser Unfall musste also sehr viel weniger überraschen als der Einsturz einer Brücke, die immerhin den zweiten Weltkrieg heil überstanden hatte und deren Existenz im Unterschied zu der eines noch so gottgleichen Rennwagenfahrers als ewig eingestuft worden war.

Dennoch erging es Leo wie den meisten seiner Landsleute. Er konnte sich dem Zeichenhaften eines solchen Zusammentreffens zweier Ereignisse nicht entziehen. Er empfand das Zeichenhafte mit großer Wucht. Auch wenn er nicht um Laudas Leben bangte. Und dennoch konnte er sich nicht der Bedeutung der Koinzidenz entziehen. Einer Koinzidenz, die trotz des zeitlichen Unterschieds zwischen den beiden Ereignissen die Wirkung von zwei Signalen besaß, die man als ein einziges wahrnahm. Der Tag wurde zum Punkt. Wie hier das Äußere – nämlich eine einstürzende Brücke und der Unfall eines Helden – bei allen Symbionten – also vielen Wienern und nicht wenigen Österreichern – etwas Inneres auslöste. Und im Falle Leos eine persönliche Entscheidung erzwang. Umso mehr, als Leo eins der beiden Ereignisse wie kaum ein anderer verfolgt hatte.

Erst später würde sich Leo auch jener Parallele bewusst werden, die darin bestand, dass die Filmaufnahmen, die Niki Laudas Unfall zeigten, von keiner der offiziellen Fernsehkameras stammten – denn solche waren an dieser Stelle der Rennstrecke einfach nicht postiert gewesen –, sondern dass diese ins Bewusstsein einer ganzen Nation eingegangenen Bilder des plötzlich nach rechts ausscherenden, in die Felswand krachenden, in Flammen aufgehenden und von einem weiteren Wagen getroffenen Ferrari von zwei Hobbyfilmern aufgenommen worden waren. Und auch diese hatten mit einer Super-8-Kamera gedreht. Immerhin waren das die Jahre gewesen, in denen diese handlichen, für so gut wie jeden gedachten Schmalfilmkameras im Zenit ihrer Beliebtheit standen. Und es darum weniger wunderte, dass Laudas Unfall von Amateuren gefilmt worden war, sondern es vielmehr erstaunte, dass dies nicht auch im Falle des Reichsbrückeneinsturzes geschehen war.

Aber dieser Film existierte ja. Allerdings seit vier Jahrzehnten eingeschlossen in ein Kassettengehäuse und dieses eingeschlossen in ein Kameragehäuse.

Leo hatte diese Kamera, als er am Abend des ersten August 1976 die Stadt verließ, im Gepäck. Nicht, dass er in diesem Augenblick bereits entschieden hatte, den Film unentwickelt zu lassen. Das geschah erst Tage später, nachdem er vom nahen Ausland aus die Nachrichten verfolgt hatte. Nachrichten aus diversen Zeitungen.

Der verwirrende Punkt für ihn war: kein Wort darin über eine sechste Person.

Worüber berichtet wurde, war der bei aller Tragik glückliche Umstand eines einzigen Toten, bei dem es sich um den Lenker eines Kleintransporters handelte, ein junger Mann, der für den ORF unterwegs gewesen war und dessen Leiche man erst Tage nach dem Unglück aus seinem Wagen barg. Der Fahrer eines VW-Käfers hingegen, sowie zwei Mitarbeiter einer Pannenhilfe, hatten auf einem intakt gebliebenen Teil der Kaibrücke überlebt, und der Fahrer des Linienbusses, der mit dem Mittelteil in die Donau gestürzt war, war so gut wie unverletzt geblieben.

Fünf Personen auf einer Brücke, auf der untertags Hunderte gewesen wären. Fünf Personen mit Namen und Schicksal. Und einer davon gestorben.

Fünf, nicht sechs.

Leo aber … Leo hatte gleich zu Beginn der Katastrophe gemeint, weit oben, in die Luft katapultiert – für einen Moment geradezu über dem Geländer schwebend –, jemanden ausgemacht zu haben. Einen Mann wohl. Jedenfalls eine Person, die unrettbar von der massiven Bewegung der Brücke in die Höhe geschleudert wurde.

Da war sich Leo ziemlich sicher gewesen.

Eine Sicherheit, die nun freilich ins Wanken geriet, nachdem er erkennen musste, dass über diese sechste und an ungünstigster Stelle befindliche Person nirgendwo etwas geschrieben stand. Nicht direkt nach dem Unglück und auch später nicht. Niemand erwähnte je diesen einen Mann, keine Zeitung, keine Dokumentation, kein Journalist, vor allem keine von den Personen auf der Brücke, die das Unglück überlebt hatten, und auch keiner von den wenigen Augenzeugen, die frühmorgens unterwegs gewesen waren oder von ihren Schrebergärten aus die Katastrophe beobachtet hatten.

Natürlich, nichts hätte nun so sehr Gewissheit geschaffen, wie einfach den Film entwickeln zu lassen. Und tatsächlich war Leo in der ersten Zeit nach den Ereignissen kurz davor gewesen, fern der alten Heimat ein Fotogeschäft aufzusuchen.

Was ihn dann aber auf eine verrückte Weise abhielt – und es sollte ihn vier Jahrzehnte abhalten –, war der Gedanke, dass, indem er diesen Film entwickelte und damit das Geschaute bewies, er zum Mörder dieses unbekannten Mannes auf der Brücke werden würde. Und zwar in dem Sinne, dass allein die Beobachtung so etwas wie Realität schuf. Eine Idee, die er schon lange mit sich trug.

Im Falle dieses Mannes auf der Brücke würde die Beobachtung, die mittels der Kamera erfolgt war, erst dadurch Gewicht erhalten, dass ein Labor den Film im Zuge der Entwicklung sichtbar machte. Anschaubar. Ein *nicht* entwickelter Film würde den Umstand eines sechsten Mannes gewissermaßen in der Schwebe halten. Besser gesagt, dieser Mann würde einfach nie auf dieser Brücke gewesen sein, irgendwo anders vielleicht, aber nicht auf dieser Brücke.

Stimmt, Einstein sagte einmal, der Mond sei auch da, wenn keiner hinschaut. Aber von Einstein besaß Leo zu dieser Zeit so wenig Ahnung wie von denen – etwa Niels Bohr oder Werner Heisenberg –, die zumindest im Quantenbereich sich einen »Mond« vorstellen konnten, der nicht gänzlich unabhängig war vom Umstand der Messung und der Beobachtung. Der eben *nicht* aufging, wenn man nicht auch hinsah.

Leo jedenfalls vertrat die Anschauung, dass die Existenz der Dinge durchaus davon beeinflusst wurde, ob man sie beobachtete oder nicht. So wie er auch meinte, dem Stein in seinem Kopf allein dadurch zu unheimlicher Realität verholfen zu haben, indem er diesem Stein eine Gestalt zugewiesen hatte. Eine Vorstellung von diesem Stein entwickelt hatte, die er nicht mehr rückgängig machen konnte.

Verrückt oder nicht, Leo entschloss sich, die Entwicklung des Films hinauszuschieben. Zuerst schob er sie hinaus, dann verwarf er sie endgültig, um nicht zum Mörder dieses Mannes zu werden. Letztlich aber auch aus der Haltung heraus, dass es eigentlich egal sei, ob er mit seiner Annahme recht habe oder nicht. Es jedoch logischer und vernünftiger sei, auf eine Entwicklung des Films zu verzichten, falls an seiner »irren« Vorstellung eben doch etwas dran sei.

Auf gewisse Weise war das *Leos Gesetz*.

Nicht unähnlich jener *pascalschen Wette,* die besagt, es sei sinnvoller, an Gott zu glauben, als nicht an ihn zu glauben, egal, was davon stimmt, weil man als der, der an Gott glaubt, entweder gewinnt oder aber nichts verliert.

»Glaube also, wenn du kannst«, postulierte Pascal.

Und Leo sagte sich: »Lass den Film unentwickelt, wenn du kannst.« Und er konnte es. Lange Zeit.

Am Abend dieses Tages jedenfalls entschied sich Leo für Flucht. Eine Flucht, die ihm schon lange durch den Kopf gegangen war. Sosehr ihm auch die Naivität des Gedankens bewusst war, nämlich seinem von Dunkelheit geprägten Gemütszustand dadurch begegnen zu können, indem er den vertrauten Ort aufgab und an unvertraute Orte wechselte. Und doch war ihm diese Möglichkeit schon seit Kindertagen ein ähnlicher Trost gewesen wie seine romantische Bewunderung für berühmte Selbstmörder. Beziehungsweise für Leute, die mittels irgendeiner Verwegenheit oder Übertreibung das

Risiko des Sterbens eingingen. Leute, die in einer tatsächlichen oder übertragenen Weise zu weit nach oben geklettert waren.

Fortgehen!

So konnte er jenen Selbstmord vermeiden, von dem er fürchtete, dadurch eine Übertragung seiner Krankheit auf seine Eltern und seine Schwester zu verschulden. Indem er aber Wien verließ, radikal und endgültig, konnte er sein Leben aufgeben, ohne sterben zu müssen. Denn das war schon klar, dass die Reise, die er antrat, weder Abenteuer noch Urlaub bedeutete oder den Pathos und die Verwegenheit des Aussteigertums in sich trug. Und ebenso wenig etwas darstellte, was in augenzwinkernder Weise die Möglichkeit einer baldigen Rückkehr beinhaltete. Er hatte nicht vor, *gefunden* zu werden, gleich den Leuten, die sich die Pulsadern aufschnitten, aber vorher noch fleißig herumtelefonierten und diverse Andeutungen über Pulsadern machten.

Einen Brief ließ er allerdings zurück, einen »Abschiedsbrief« für seine Mutter und seinen Vater und seine Schwester, in welchem er das Versprechen ausdrückte, sich trotz aller Sehnsucht nach dem Tod eben *nicht* das Leben zu nehmen, zugleich aber, um dieses Versprechen überhaupt geben zu können, Ort und Leben und damit auch die Familie verlassen zu müssen. Wobei er betonte, dass sie, die Familie, keine Schuld trage an dem, was ihn so quäle: der Stein in seinem Kopf. Beziehungsweise schrieb er vom »Schatten auf seiner Seele«, weil er davon ausging, dass dieses Bild sich am ehesten eignete, verstanden zu werden, und nicht die Bilder, die ihm tatsächlich einfielen, die aber zu Missverständnissen hätten führen können.

Er beendete seinen Brief mit der Bitte, ihm zu verzeihen. Eigentlich wollte er den Satz wieder wegstreichen, er hatte etwas Widerwärtiges und Kokettes an sich. Aber hätte er jetzt einen sogenannten Tintentod oder Tintenkiller zur Hand genommen und versucht, das Geschriebene zu *vertuschen*, es hätte eher Anlass gegeben nachzuforschen, was er da eliminiert hatte.

Er ließ den Satz also stehen, ergänzte ihn jedoch um ein *Ich liebe Euch!*

Dann packte er eine große Tasche zusammen, in der sich auch

jene Super-8-Kamera befand. Darin der Kodachrome-Film, der die nächsten vierzig Jahre unentwickelt bleiben würde. Auf diese Weise allerdings auch geschützt, eine Art embryonalen Zustand erhaltend. Am Leben, aber nicht *im* Leben.

Kein sechster Mann auf der Brücke.

Als Leo ging, hatte er gerade so viel Geld in der Tasche, um am Wiener Westbahnhof ein Zugticket zu bezahlen. Es ist aber nicht wichtig zu sagen, wohin er als Erstes fuhr. Er fuhr weg, das war der Punkt. Vor vierundvierzig Jahren fuhr er weg.

2

Dezember 2019.

Er war drei Tage unterwegs gewesen, hatte dabei die halbe Welt umrundet und landete nun auf jenem Flughafen, der gleich einer Gruppe sich dehnender, waagrecht und senkrecht streckender Bodenturnerinnen südlich von Wien ausgebreitet dalag. Mit dem Taxi ließ er sich hinein in die Stadt und zu der Adresse bringen, an der seine Schwester zuletzt gelebt hatte, dorthin, wo ihr entstellter, toter Körper aufgefunden worden war.

Er würde also zuerst den Tatort sehen, erst dann seine Schwester. So wollte es der Chefinspektor, der Leo kontaktiert hatte, ihm von Evas Tod berichtet und ihn sodann gebeten hatte, nach Wien zu kommen, nicht zuletzt, um ihren Leichnam zu identifizieren.

Das hatte angesichts der langen Trennung zwischen Bruder und Schwester etwas Absurdes, auch war Leo nicht der einzige lebende Verwandte, aber anscheinend der Einzige, der bereit war, eine lange Reise auf sich zu nehmen, um dem Willen der Polizei, dem Willen seiner Schwester und dem Willen eines Beerdigungsunternehmens nachzukommen.

Der Chefinspektor empfing Leo vor dem dunklen Gründerzeitbau in der kleinen, engen Straße. Sein Name war Rosig. Allerdings hatte er nichts an sich, was diesen Namen auf eine optische oder charakterliche Weise bestätigt hatte. Hätte er Berg, Fest, Winter oder Schwarz geheißen, hätte das sehr viel besser gepasst. Sein Name war eine Täuschung.

Begleitet wurde Rosig von einer jungen Frau, die, groß gewachsen, schlank und jung, an eine Volleyballspielerin erinnerte. Auch physiognomisch. Es war eine beträchtliche Aufmerksamkeit und Wachheit in ihrem Gesicht. Man könnte sagen, sie sah die Bälle kommen. Die kleinen wie die großen. Und sie war die Assistentin, die Rosig wirklich nötig hatte.

Leo Prager würde das nach und nach verstehen, weil Rosig bei aller kriminalistischen Erfahrung und seinem guten Ruf leider jemand war, der gerne vergaß, was er vor zehn Minuten gesagt oder welche Entscheidung er am Vortag getroffen hatte. Nicht, dass je das Wort Demenz oder auch nur Vergesslichkeit gefallen wäre, vielmehr schaffte es die junge Frau, den Chefinspektor an dieses oder jenes zu erinnern, ohne dass es nach einer Korrektur oder einem Soufflieren geklungen hätte, eher kam es als ein Zitat daher. Sie zitierte ihren Vorgesetzten, der auf diese Weise daran erinnert wurde, was er zuletzt erkannt, entdeckt, geschlossen oder gemeint hatte. Und wieso man an einem bestimmten Ort war und nicht an einem anderen.

Dabei wirkte Rosig in keiner Weise verwirrt oder fragil, wahrlich nicht. Sondern einfach ergänzt. Ergänzt um eine Frau, die den Namen – und das ist jetzt bitte kein Witz –, den Vornamen Roswitta trug. Und man sich also vorstellen konnte, wie viel dumme Sprüche über dieses »Ermittlerpaar« in der Mordkommission in Umlauf waren.

Kurt Rosig und Roswitta Bregenzer.

Rosig und Roswitta!

So, wie vielleicht ein Herrscher- oder Heiligenpaar, ein Eiskunstlaufpaar, vor allem aber ein Schlagersängerduo hätte heißen können.

»Kommen Sie«, sagte der Chefinspektor zu Leo Prager, nachdem er ihm die Hand geschüttelt und sich und seine Assistentin vorgestellt hatte (niemand ahnte, welche Bedeutung, welcher Wert in dieser Freiheit bestand, die Hand des anderen zu nehmen, einen Moment lang im gegenseitigen Griff vereint zu sein, und wie sehr man das, was man da soeben recht automatisch tat, der Konvention folgend, bald nur noch als eine bittere Reminiszenz erleben würde).

Gemeinsam trat man in ein lang gestrecktes Stiegenhaus und gelangte in einen schmalen Innenhof, in dem ein hoher, vom Winter entlaubter Baum stand, der aber auch mit seinen bloßen Ästen eine Menge Licht zu verschlucken schien. Von dort ging es weiter in das dahinterliegende Gebäude, die »zweite Stiege«, wie das hieß. Im dritten Stock dieser zweiten Stiege erreichten sie eine Türe, von welcher der Chefinspektor das Siegel entfernte, einen Schlüssel ins Schloss führte und sie öffnete.

Alle drei traten ein.

Was hatte Leo erwartet? Weniger Trostlosigkeit? Weniger Düsternis?

Nun, es war eben keine besonders helle Wohnung.

»Und Sie haben Ihre Schwester wirklich das letzte Mal vor … wie vielen Jahren gesehen?«, fragte Rosig.

»Vor vierundvierzig Jahren.«

»Praktisch ein Leben«, sagte Rosig.

»Fitzgerald«, antwortete Prager.

»Wie meinen?«

»F. Scott Fitzgerald, der Autor von *Der große Gatsby.* Der wurde genau vierundvierzig Jahre alt.«

»Haben Sie was mit Literatur zu tun?«, fragte Rosig. In seinem Gesicht war eine Falte, die sich vom Kinn bis zur Stirn seiner bemächtigte. Eine Falte wie eine Wurzel.

»Nein, gar nicht«, sagte Prager. »Ich erwähnte das nur, weil Sie meinten, vierundvierzig Jahre seien ein Leben.«*

»Ja, richtig.« Rosigs Gesicht entfaltete sich wieder. Dann gab er die Richtung vor und man wechselte vom Vorraum in eins der beiden Zimmer, die hinaus auf den schmalen Innenhof wiesen.

Frau Bregenzer schob die schweren Vorhänge zur Seite. Ein wenig von dem Licht, das vor dem hohen Baum hatte flüchten können, drang herein.

Wie traurig, dachte Leo beim Anblick der Einrichtung. Dabei hätte sich seine Schwester mit ihrer ganz anständigen Pension eigentlich etwas Besseres leisten können. Kein Luxusappartement, das

---

* Es stellt eine kleine, intime Pointe dar zu wissen, dass nicht nur vor vierundvierzig Jahren Leo Prager Wien verlassen hatte und also vor vierundvierzig Jahren die damalige Wiener Reichsbrücke eingestürzt war, sondern auch, dass weitere vierundvierzig Jahre davor eine Wiener Tageszeitung sich den bösen Scherz erlaubte – nun aber tatsächlich an einem ersten April –, vom Einsturz der damals noch ersten Wiener Reichsbrücke mittels Schlagzeile und dementsprechender Fotomontage zu berichten und damit ihre Leser in Schrecken zu versetzen. Ohne natürlich zu ahnen, dass dieser Scherz vierundvierzig Jahre benötigen würde, um keiner mehr zu sein.

nicht. Aber doch eine Wohnung mit Gegenständen, die weniger trostlos anmuteten. Diese alten, billigen Möbel drückten für Leo eine gewisse Verachtung aus. Wie wenn jemand erklärt, es nicht besser und nicht anders verdient zu haben.

»Hier haben wir Ihre Schwester gefunden«, erklärte Rosig und zeigte auf die Mitte des Bodens, dorthin, wo ein zerschlissener Knüpfteppich von müdem Grau an beiden Längsseiten große Flecken getrockneten Bluts aufwies. Auch auf dem alten Parkett war das Blut zu erkennen. Die Flecken wirkten in Summe wie ein Paar rotbrauner Flügel.

»Gott, wie kann man so viel Blut verlieren«, meinte Leo und hielt sich selbst an den Händen.

»Man kann, Herr …«

»Ja, Herr Prager, man kann«, fügte Roswitta Bregenzer den Namen des Angesprochenen an.

»Zwölf Messerstiche«, sprach nun wieder der Chefinspektor. Und erklärte, dass die große Anzahl an Stichwunden natürlich ein Verbrechen nahelege, welches mit beträchtlicher Wucht und irrationaler Wut vorgenommen worden sei und auf einen persönlichen Kontakt zwischen Opfer und Täter verweise. Auch sei, soweit man das bisher sagen könne, nichts gestohlen worden. Nicht einmal Eva Pragers Computer, dessen Inhalt derzeit noch ausgewertet werde. Keine Einbruchsspuren. Auf den ersten Blick also eine Beziehungstat.

»Aber wie sicher können wir da sein?«, fragte Rosig. »Möglicherweise sollen wir nur *denken*, hier sei ein Wahnsinniger am Werk gewesen, der mit Ihrer Schwester persönlich verbunden war. Man könnte sich jedoch vorstellen, dass mit einem ersten Messerstich der eigentliche Zweck bereits erreicht war und alle elf, die noch folgten, einzig und allein – entschuldigen Sie, dass ich das so ausdrücke – *für uns* vorgenommen wurden. Damit wir denken, was wir denken sollen. Deshalb ein Messer und keine Pistole. Messer besitzen etwas Intimes, weil nahe am Haushaltlichen und in nächster Nähe zum Opfer. Pistolen dagegen sind unpersönlich, auch wenn so mancher Familienvater … die töten dann aber auch mehr als nur eine Person.«

Er machte eine kleine Pause und verzog für einen Moment erneut sein Gesicht zu einer Wurzel, einer nicht ganz so großen wie bei der Frage nach Pragers Zugehörigkeit zur Literatur, aber doch recht heftig. Die Wurzeln in seinem Gesicht kamen und gingen, als seien sie Natur, die sich beeilt.

»Allerdings«, sprach er weiter, »haben wir einen Verdächtigen. Ihre Schwester hatte einen Mitbewohner. Sie scheint diesen …«

»Erich Feiler«, sagte Rosigs assistierendes Gedächtnis, wobei Roswitta Bregenzer nie in Eile sprach, sondern perfekt die kleinen Leerstellen in Rosigs Rede füllte. Und nie sah man sie dabei ihre Augen verdrehen.

»Ja, also dieser Feiler«, setzte Rosig fort, »ist ein Junkie, den ihre Schwester bei sich aufgenommen und dem sie das andere Zimmer überlassen hat. Ohne dass er dafür zahlen musste. Immerhin aber war er angemeldet. Soweit wir wissen, haben sich Feiler und Ihre Schwester zufällig auf der Straße kennengelernt. Ich behaupte nicht, dass er ihr Drogen verkauft hat.«

»Was mich auch gewundert hätte«, sagte Leo.

»Wieso? Weil Sie meinen, Damen über sechzig nehmen keine Drogen.«

»Ich bitte Sie! Das war wirklich nicht ihr Stil.«

Rosig ersparte Leo den Hinweis auf dessen über vierzigjährige Absenz und erklärte, dass Feiler sich aufgrund des dringenden Tatverdachts derzeit in Untersuchungshaft befinde.

»Er behauptet«, sagte Rosig, »die Leiche entdeckt, sie angefasst und sich dabei blutig gemacht zu haben. Daraufhin sei er in Panik aus der Wohnung gelaufen, um erst später mit seinem Handy die Polizei zu benachrichtigen. Natürlich ist er verdächtig. Obdachlos, süchtig, und dann nimmt Ihre Schwester ihn auf. Warum auch immer sie das getan hat. Vielleicht wollte sie ihn ja wieder hinauswerfen, vielleicht ist er in seinem Rausch durchgedreht. Und keine Frage, der Mann weist eine hübsche kleine Liste an Vorstrafen auf. Allerdings keinerlei Körperverletzungen. – Hat Ihnen Ihre Schwester überhaupt von ihm erzählt?«

»Ja, schon«, sagte Leo. »Dass da ein junger Mann … Na, wenn

man selbst über sechzig ist, ist ein Dreißigjähriger natürlich ein junger Mann. Dass er also bei ihr wohnen würde. Aber nicht, weil sie etwas mit ihm hatte. Das kann man ausschließen.«

»Sicher?«, fragte Rosig.

»Meine Schwester hat diesen Mann definitiv nicht aufgenommen, weil sie so etwas wie einen Liebhaber nötig hatte. So wenig wie Drogen.«

»Und dann lässt Ihre Schwester also rein zufällig einen kleinen Dealer bei sich wohnen«, stellte Rosig fest.

»Na, ich denke, das mit den Drogen hat sie einfach nicht gekümmert. Allerdings hat sie gemeint, dass sie sich nun sehr viel sicherer fühle, seitdem sie nicht mehr allein in dieser Wohnung lebe.«

»Sie hatte also doch Angst«, meinte Rosig.

»Ich kann nicht wirklich sagen, was es war«, erklärte Leo, »ich dachte halt, es ist ein Bedürfnis nach Geselligkeit. Nicht nach Sex, nach Geselligkeit. Allerdings …«

»Ja?«

Es war vor einem halben Jahr gewesen, als Leo Prager durch Zufall einen Kommentar seiner Schwester im Internet entdeckt hatte. Soweit man es als einen Zufall ansehen kann, wenn zwei Menschen, die im Zuge derselben genetischen Disposition in derselben Weise am Auge erkranken, sich im Internet kundig machen und einander dabei elektronisch über den Weg laufen. Eva, indem sie auf der Seite einer deutschsprachigen Selbsthilfegruppe eine Frage in die Runde warf, und Leo dadurch, dass er diese Seite besuchte, um in die Zukunft seiner Krankheit zu blicken. Und dort eben auf den Kommentar einer Frau traf, die nicht nur wie seine Schwester hieß, sondern sich dann auch wirklich als diese herausstellte.

Eva war dabei, in der gleichen unweigerlichen Weise ihre Sehkraft einzubüßen wie ihr Bruder. Als Folge von etwas, das als altersbedingte Makuladegeneration bezeichnet wird. Wobei beide an der »trockenen« Form dieser Krankheit litten, die im Vergleich zur »feuchten« Variante sehr viel langsamer verlief, die möglichen Therapieformen aber nicht direkt auf die Krankheit zu zielen vermochten. Sondern nur über einen Umweg. Zudem befanden sich beide, obgleich zu den jüngeren Patienten zählend, bereits in einem fortgeschrittenen Stadium dieser Erkrankung. Und beide waren sie vom fatalen Ende, jener Beinaheerblindung, überzeugt. Eva trotz diverser Behandlungsmethoden, Leo wiederum, ohne irgendeine Therapie vorgenommen zu haben. Er war in diesen vielen Jahren sein eigener Arzt gewesen, hatte sich einiges an medizinischem Wissen angeeignet, aber keines, mit dem man dem Verlust an Sehkraft begegnen konnte. Im Grunde war er auch gleichgültig gegen das Sterben und gleichgültig gegen den Verfall. Dennoch nicht uninteressiert.

Und dann also der Kommentar seiner Schwester. Er konnte der Versuchung nicht widerstehen, sie zu kontaktieren.

Nachdem die Geschwister auf solche Weise zueinandergefunden hatten, einigten sie sich bald darauf, von ihrer »gemeinsamen impressionistischen Krankheit« zu sprechen. Dabei die Auflösung der Konturen sowie den Eindruck eines herbstlichgrauen Nebels bedenkend, von der ihrer beider Blick auf die Welt nach und nach bestimmt wurde.

Die Welt wurde anders. Anders und kleiner. Und eben impressionistischer.

Sie vereinbarten, wenigstens einmal in der Woche Verbindung aufzunehmen. Wenn denn gerade eine solche möglich war. Zwischen Wien und der Insel. Dieser Insel, auf der Leo seit vier Jahrzehnten lebte, ohne sie auch nur einmal verlassen zu haben, von seinen Bootsfahrten und Schwimmtouren im Umkreis dieses kleinen Stück Lands einmal abgesehen.

Nachdem Leo im Sommer 1976 seine Heimat zurückgelassen hatte, war er ein Jahr lang durch die Welt gezogen, hatte kleine Jobs angenommen und sich damit auch in Bewegung gehalten. In Bewegung, aber ohne wirkliches Ziel. Was für eines hätte das auch sein sollen? Für jemand, der sich theoretisch bereits umgebracht hatte und nur noch praktisch auf der Welt war.

Als dieses erste Jahr vorbei war, befand er sich auf der anderen Seite ebendieser Welt in einer unangenehm warmen und feuchten

Gegend, wo es ihm vorkam, als würden alle in einer sehr großen, stark behaarten Achselhöhle leben. Dann jedoch wechselte er an die Küste und in eine Hafenstadt und gelangte schließlich als Küchenhilfe an Bord eines Fabrikschiffs, eines Fang- und Verarbeitungsschiffs, dessen Mannschaft keine Ahnung hatte, dass an Bord auch Waffen geschmuggelt wurden. Ein Schiff, das im Zuge einer nie öffentlich gewordenen Piraterie gekapert wurde. Was wiederum zu einer Befreiungsaktion durch das amerikanische Militär führte, was ebenso wenig publik wurde.

Es bedarf keiner Verschwörungstheorien, um zu erkennen, dass immer eine Geschichte neben der Geschichte existiert.

Doch noch bevor die Amerikaner auf das Schiff gelangt waren, hatten die Piraten einen Teil der Besatzung über Bord geworfen, darunter auch Leo. Auf ihn und die anderen wurde von Deck aus geschossen. Die meisten traf es. Nicht jedoch Leo, der tauchend davonkam – am Rücken seinen wasserdichten schweizer Armeerucksack, darin sich nichts anderes als seine gut verpackte Super-8-Kamera befand –, sich dann aber inmitten des Südpazifiks wiederfand, umgeben von nichts als Meer. Großes, leeres Meer. Und der weiterkämpfte. Nicht ohne ein Gefühl des Ärgers darüber, wie sehr ihm – dem noch immer von Lebensüberdruss Gezeichneten – daran gelegen war, am Leben zu bleiben. Zu schwimmen – und er war ein ziemlich guter Schwimmer –, anstatt einfach unterzugehen. So gering seine Chancen waren.

Aber manche Chancen besitzen einen gewissen Witz, einen Humor, der sich gegen alle Widerstände des Ernstes durchsetzt. Ein Humor, der möglicherweise überhaupt erst zum Entstehen des Universums geführt hat.

Ein Humor, der es freilich auch kleiner konnte.

Nachdem Leo Prager bis in die Dämmerung hinein geschwommen war, trieb er nun auf dem Rücken liegend über das nur leicht bewegte Wasser – ohne unterzugehen und ohne ein Opfer von Haifischen zu werden, die es in diesen Gewässern durchaus gab. Die Nacht brach herein. Und es wurde die wohl prächtigste Sternennacht in Leos Leben. Keine verstaubte Luft, keine Laterne nirgends, auch kein Wölkchen. Er war voller Glück ob dieses Anblicks, auch wenn dieses Glück ebenso wie sein gewohntes Unglück keinen für ihn greifbaren Sinn erkennen ließ. Tausende Sterne, teilweise vielleicht schon erloschen, wie Leute, die nur noch durch ihre Bücher, ihre Musik oder ihre Gemälde nachwirken, oder mittels des Schreckens, den sie einst verursacht haben. Fliegendes Licht, die deutlich herausstechende Milchstraße, der Eindruck von extremer Fülle, die Lüge dieses Eindrucks angesichts eines objektiv betrachtet eher ziemlich leeren Kosmos.

Von dieser Illusion, dieser Schönheit verzückt, geriet der entkräftete Leo Prager in einen Zustand, der gerne als einer zwischen Traum und Wirklichkeit bezeichnet wird. Im Liegen taumelnd! Und während er nun endgültig seine Balance einbüßte und unterzugehen drohte, glitt ein Körper unter ihm hinweg. Er meinte die Spitze einer Flosse zu spüren, wie sie eine kleine, feine Linie auf seinen Rücken zeichnete. Also doch noch ein Hai! Er erinnerte sich gelesen zu haben, dass man sich bei der Begegnung mit einem Hai nicht bewegen sollte.

Er lachte innerlich. Denn sich *nicht* zu bewegen, war ohnehin das Einzige, wozu er noch in der Lage war. Dann verlor er gänzlich sein Bewusstsein.

Doch Leo Prager starb nicht.

Als er wieder zu sich kam und seine Augen öffnete, nahm er das zuerst verschwommene und nach und nach klarere Bild eines weißen Strandes wahr. Er lag bäuchlings im Sand, umspült vom zurückströmenden Wasser und bildete im feuchten Sand seinen eigenen Abdruck. Als er den Blick nach vorn richtete, erkannte er eine lange Reihe von Kokospalmen.

War er wirklich am Leben? Oder erwies sich das Jenseits als eine prospektartige Urlaubsidylle? Die aufhören würde, eine Idylle zu sein, sobald man bemerkte, dass auch Insekten, Spinnen und Schlangen ins Jenseits gelangten und Kokosnüsse sich noch immer nicht auf bloßes Geheiß öffneten.

Er erinnerte sich an die Flosse und meinte sich auch zu erinnern, dass der Körper des Tiers nach einigen Umkreisungen schließlich genau unter ihm gehalten hatte und ihn mit einer Aufwärtsbewegung nach oben getragen und dabei ein Stück über das Wasser gehoben hatte. Und wie er erneut zu atmen begonnen und seinen Arm um die hohe, kräftige Flosse geschlossen hatte. Und wie er halb ohnmächtig, halb bei Bewusstsein die beträchtliche Geschwindigkeit gefühlt hatte, mit der ihn das Tier durchs Wasser zog.

Ein Delfin?

Ja, Delfine waren berühmt dafür, auf solche Weise die Rettung ihnen wildfremder Menschen vorzunehmen. Delfine und Orcas, auch wenn die Gründe für ein solches Handeln sich einem nur schwer erschlossen. Moral? Laune? Langeweile?

Doch umso klarere Formen Leos Erinnerung annahm, umso stärker war seine Überzeugung, dass es kein Delfin gewesen war, sondern ein Hai, ein mächtiges, meterlanges Tier. Genauer gesagt: ein Weißer Hai. Und um ganz genau zu sein: ein trächtiges Weibchen.

Er fragte sich, woher er das wissen konnte. Wie er sich auch fragte, ob das Meer in dieser Gegend für Weißhaie nicht eigentlich zu warm war. Und wenn schon mal ein Hai auf die Idee kam, ein menschliches Wesen zu retten, wieso dann ausgerechnet ein Hai von jener Art, die – tausend Mal verflucht – ja nicht gerade als des Menschen bester Freund galt?

Dennoch, er war sich ungemein sicher, auch wenn seine Sicherheit aus einem ziemlich angestrengten Kopf stammte. Einem Kopf, der deutlich schmerzte.

Aber noch mehr tat ihm sein Hals weh. So, als hätte er Glas geschluckt. Er richtete sich auf, tat einige Schritte und fiel zurück in den weichen, warmen Sand. Stimmt, er würde sich einen Sonnenbrand holen. Mit diesem Gedanken schlief er ein.

Wer oder was auch immer Leo Prager gerettet hatte – und vielleicht war es ja das Meer selbst gewesen, dessen bewegte Oberfläche ihn getragen hatte –, er war jedenfalls an den Strand einer kleinen Insel gespült worden. Beziehungsweise handelte es sich um zwei kleine Inseln, eine etwas größere, ovale, flache, und eine kleinere, fast kreisrunde mit einer leichten Erhöhung. Beide waren sie durch eine Sandbank verbunden.

Eine ziemlich entlegene Insel im Südpazifik, aber zum Glück keine unbewohnte. Eine Privatinsel, das Land eines reichen Engländers, der im Musikgeschäft genügend Geld gemacht hatte, um sich nicht nur zwei Privatjets, Appartements in London und New York und eine Farm in Australien zu leisten, sondern eben auch diese zweiteilige Insel. Ein Kindheitstraum, wie er selbst sagte. Ein Schatzinselkindheitstraum, den er sich knapp dreißigjährig erfüllt hatte.

Und nun, ein Jahr nach der Fertigstellung sämtlicher Bauten, hatten zwei seiner Bediensteten einen ohnmächtigen Zwanzigjährigen am Strand der nur sieben Hektar großen Hauptinsel entdeckt und ins Haus des zu diesem Zeitpunkt abwesenden Besitzers getragen.

Als dann drei Monate später jener superreiche Musikproduzent auf einer Segeljacht seine im Grunde gar nicht so teure Insel erreichte – viel teurer war die Errichtung des auf einem offen liegenden Tragwerk gebauten mächtigen Strandhauses gewesen, dazu diverse Anlagen wie die Regenwassertanks, die Wasseraufbereitung, die fotovoltaisch gestützte Batteriestation und die unterirdischen Lager- und Bunkerräume –, da war Leo Prager bereits festes Mitglied der jetzt auf vier Köpfe angewachsenen Belegschaft. Vier Männer, die in komfortablen Hütten lebten und zusahen, dass Haus und Grundstück in bestem Zustand blieben. Wie natürlich auch das kleine Observatorium und die Anordnung aus Parabolantennen, die der Besitzer – ein Mann namens Henry Oak, der aus einer Bradforder Arbeiterfamilie stammte – auf die Anhöhe des kleineren Inselteils hatte bauen lassen. Wobei er der kleineren Insel den Namen *Mönchengladbach* gegeben hatte, was anscheinend damit zusammenhing, dass es sich bei der gleichnamigen deutschen Großstadt um eine der Partnerstädte Bradfords handelte, vor allem aber, weil Mister Oak ein Anhänger des Fußballvereins *Borussia Mönchengladbach* war und im Zuge seiner Beteiligung an einer Sportartikelfirma auch zu deren Sponsoren zählte. Die Hauptinsel hingegen trug keinerlei deutschen oder fußballaffinen Namen, sondern hieß einfach *Claire*, was wohl eine Widmung darstellte, deren Hintergrund Leo erst begriff, als er bereits drei Jahrzehnte auf der Insel verbracht hatte und zum obersten »Pfleger« von Haus und Grundstück aufgestiegen war. Henry

Oak war bei einem Verkehrsunfall gestorben, und sein Erbe – zumindest betreffs der Geschwisterinseln Claire und Mönchengladbach – trat eine Frau an, die genau diesen Vornamen trug. Sie kam auf die Insel, um Leo zu erklären, dass sie Inseln prinzipiell nicht möge, andererseits aber nicht an einen Verkauf denke und ihn, also Leo, weiterhin mit der Aufrechterhaltung der idealen Zustände auf ihrem Besitz beauftrage. Sodass er und ein Team, das mal aus drei, mal aus vier Leuten bestand, nun etwas instand hielt, was man auch »Oaks Museum« nennen konnte.

In diesen über vierzig Jahren, in denen Leo Prager kein einziges Mal das doppelte Eiland verlassen hatte, waren insgesamt drei Schiffbrüchige an die Gestade der Insel geraten und von Leo und seinen Leuten gerettet worden: ein Mann von einem Öltanker und zwei australische Segler. Und … ein Elefant.

Als Leo Prager an einem Morgen Ende der 1990er-Jahre wie jeden Tag sehr frühmorgens aus seiner Hütte trat und an den Strand ging, lag da ein ausgewachsener Elefant. Er dachte zuerst an einen gestrandeten Wal, natürlich, aber nein, es war ein Elefant. Schwer verletzt, jedoch am Leben. Selbstredend gab es auf dieser Insel keine Elefanten, nur Vögel, Insekten, einige Schlangen und ein paar Schildkröten.

Die Sache damals mit dem Weißen Hai war ja eher unglaubwürdig und wohl auf eine Einbildung im Todeskampf zurückzuführen gewesen, sosehr Prager an dieser Einbildung festhielt. Der Elefant hingegen war eindeutig real.

Es handelte sich wohl um einen Asiatischen, der also nicht ganz so riesig war wie die aus Afrika. Leo konnte sich nichts anderes vorstellen, als dass in der Nähe ein Schiff mit einer Ladung von Zootieren, die für den südamerikanischen Raum bestimmt waren, gesunken sein musste. Wollte er nicht daran glauben, dass dieses Tier von der betrunkenen Besatzung eines Transportflugzeuges von Bord geworfen worden war. Was angeblich manchmal geschah und zu scheinbar verrückten Ereignissen wie jenem führte, bei dem eine Kuh auf einem japanischen Walfängerschiff aufgeschlagen war.

Jedenfalls erschien Leo das Auftauchen dieses Tieres wie ein markantes Zeichen seiner eigenen Landung auf der Insel, weit mehr als das bei dem schiffbrüchigen Matrosen und den beiden Seglern der Fall gewesen war.

Hätte es sich nun um einen Wal gehandelt, wie im ersten Moment angenommen, es wäre um einiges leichter gewesen, ihn zu retten. Einen Wal hätte man zurück ins Wasser schieben können. Der Elefant aber musste vom Strand in einen geschützten Teil der Insel befördert werden. Allerdings war er zu entkräftet, um sich erheben zu können, auch klafften mehrere große Wunden in seinem Körper. Keine Frage, Asiatische Elefanten waren hervorragende Schwimmer, die auch längere Strecken bewältigen konnten und ihre Rüssel gleich Schnorcheln einsetzten. Doch so großes Glück Leo zehn Jahre zuvor mit einem Hai gehabt hatte, der Elefant hatte dieses Glück nicht gehabt. Die Verletzungen des zweieinhalb Tonnen schweren Tiers stammten eindeutig von einem Haiangriff.

Leo und sein Team gelang es schließlich mithilfe von Planen und mehrerer Seilzüge, das bewusstlose Weibchen hoch zur ersten Palmenreihe und in den Schatten einer Überdachung zu befördern. Wo man dann begann, die Wunden zu versorgen. Natürlich war keiner aus dem »Inselteam« ein Veterinär, der Besitzer der Insel in England, und zudem war niemand vor Ort, der auch nur hobbymäßig eine Ahnung von Elefanten besaß. Dennoch, es gelang. Manchmal reicht eben auch der Wille aus. Und der Wille bestand darin, die Wunden zu versorgen und das Tier am Leben zu halten.

Aufgrund der ausgeprägten Flora und der eher eingeschränkten Fauna auf der Insel war es kein geringer Nachteil, dass es sich bei Elefanten um sogenannte generalisierte Pflanzenfresser handelt, wobei Leo nach und nach auch Gräser wie Bambus und Silberhaar auf Claire kultivierte. Jetzt mal abgesehen davon, dass wirklich eine Menge Kokospalmen auf dieser Insel standen. Elefanten sind, gelinde gesagt, nahrungsintensive Haustiere, und als dann Henry Oak auf die Insel kam, war er alles andere als begeistert angesichts eines zwischenzeitlich gesundeten Tiers, das täglich weit über hundert Kilo Nahrung zu sich nahm. Andererseits hätte es eine immense Anstrengung bedeutet, die Elefantendame von der Insel zu bekommen. Unmöglich, eins der Wasserflugzeuge zu benutzen, die hin und wieder vor Claire landeten. Nein, der Elefant blieb auf der Insel, bekam sein eigenes Areal zugesprochen und erhielt auch einen Namen: *Salty Dog*. Was wohl auf den berühmten Procol-Harum-Song von 1969 anspielte. Ein alter Seebär also, auch wenn eigentlich von einer alten Seekuh die Rede hätte sein müssen, abgesehen davon, dass das Tier ja gar nicht so alt war. Aber der Name blieb, und die Elefantendame hörte auf ihn. Sie erwies sich als so gelehrig wie gutmütig und war bald auch an einigen Schwerarbeiten auf der Insel beteiligt, ohne dass aber der Begriff »Arbeitselefant« gefallen wäre. Salty Dog nahm regelmäßige Schlammbäder in einem künstlich angelegten, von Regenfällen gespeisten Teich in der Mitte der Hauptinsel (während sie Mönchengladbach kein einziges Mal betrat) und lebte noch gut fünfzehn Jahre, bevor sie starb. In welchem Alter konnte Leo nicht sagen, auch nicht woran, sie wurde einfach schwach und schwächer, zog sich in den letzten Winkel ihres Areals zurück und wartete auf ihr Ende.

Es erschien Leo folgerichtig, ihren Leichnam dem Meer zu übergeben. Auch wenn Salty Dog nicht direkt aus dem Meer stammte. Trotzdem. Ein Begräbnis auf See war angemessen. Was wie alles, was dieses Tier betraf, einen Gewaltakt darstellte und viel Zeit kostete. Aber wenn irgendetwas auf dieser Zwillingsinsel in Übermaßen existierte, dann war es Zeit. Die Tage und Nächte dauerten hier einfach länger, in jeder Stunde schien eine weitere Stunde zu stecken, so als hätte die Zeit einen Zwilling.

Und dann fing sie an, die Behinderung seines Sehens. Seine impressionistische Krankheit, die die Macula lutea betraf, jenen Gelben Fleck im hinteren zentralen Bereich der Netzhaut, dort, wo sich der sogenannte Punkt des schärfsten Sehens befindet. Welchen Leo nun scherzhaft »den Punkt der süßen Verdammnis« nannte. Wobei er anfangs gedacht hatte, seine Sehschwäche und die zunehmende Lichtempfindlichkeit würde schlichtweg damit zusammenhängen, dass er auf *seiner* Insel weit mehr dem Licht der Sonne ausgesetzt war, als das üblich war und gesund sein konnte. Überspitzt formuliert: Jahrzehnte Sonnenschein.

»Im Unterschied zu Eva«, sagte er jetzt zu Rosig, dem er soeben erklärte, wie der Kontakt zu seiner Schwester nach so langer Zeit entstanden war.

Dabei zeigte er in die Dunkelheit des Raums, in dem das wenige Licht eines grauen Tages wie der sprichwörtliche Schnee von gestern spärlich verteilt auf den Dingen lag.

»Aber«, fuhr er fort, »es scheint doch eher ein gemeinsames Erbe zu sein, diese Erkrankung der Netzhaut, wobei die viele Sonne sicher kein Vorteil war. Ein Erbe, das ich zur Gänze antreten werde. Eva nicht.«

Rosig erinnerte Leo an die eigentliche Frage. Ob er von etwas wisse, was den Tod seiner Schwester abseits eines drogenbedingten Blutrausches erklären könne. Feinde? Drohungen? Ungereimtheiten? Geschichten aus der Zeit, als sie noch als Stenografin im Österreichischen Parlament gearbeitet hatte.

Stimmt, die Stenografie!

Ja, das war gleichermaßen überraschend wie auch logisch für Leo gewesen, als er nach so langer Zeit erstmals wieder mit seiner Schwester gesprochen hatte und von ihrer Karriere als Parlamentsstenografin erfahren hatte. Bei seinem Weggang aus Wien war sie einundzwanzig gewesen, Studentin der Kunstgeschichte und mit allen Vorteilen einer privilegierten Klasse und eines privilegierten Aussehens bedacht. Während er selbst – so seine Überzeugung damals – mit nichts anderem als einem ständigen Hang zum Unglücklichsein versehen war.

Leo und Eva waren in einer der besten Gegenden Wiens aufgewachsen, in einer Villa in Hietzing, dem dreizehnten von dreiundzwanzig Wiener Bezirken, was dem seit Kleinkindertagen abergläubischen Leo von Beginn an als ein schlechtes Omen erschienen war. Woher er das mit der »verfluchten Zahl« so früh herhatte, hätten auch seine Eltern nicht sagen können. Bereits als Kindergartenkind hatte er davon gesprochen, im »falschen Bezirk« zu wohnen und damit auch im »falschen Haus«. Ganz abgesehen davon, in den *falschen*, im gleichen Bezirk gelegenen Kindergarten zu gehen und danach in die *falsche* Grundschule.

Nichtsdestotrotz galt dieses elterliche Haus – ein bei aller Wucht ungemein elegantes Gebäude – als eines der bedeutendsten architektonischen Beispiele der Wiener Moderne: klar, sachlich, kubisch, dennoch mondän. Und im Inneren mit allergrößtem Geschick, viel Geld und historischem Bewusstsein ausgestaltet. Ohne herkömmliche Stockwerke, sondern mit ineinander verschachtelten Ebenen.

»Eine Bombe des guten Geschmacks«, wie der jugendliche Leo es bezeichnet hatte, der ja trotz seiner wie *eingewachsenen* depressiven Verstimmungen nie ohne Witz gewesen war. Aber möglicherweise ist Witz – wie auch *der* Witz – sowieso ein deutliches Indiz für alles Verstimmte.

Ein Haus, das Leo bereits mit siebzehn verlassen hatte, um solcherart den Bezirk und die Unglück bringende Zahl zu wechseln, von der Dreizehn zur Vier, während hingegen seine Schwester bis zum Ende ihres Studiums in der Villa blieb. Eine Villa, die sie eigentlich erben sollte. Was jedoch nie geschah. Sosehr sie es verdient gehabt hätte, dieses Haus zu übernehmen, und sosehr das Haus selbst es sich gewünscht hätte, von ihr, Eva, übernommen zu werden. Aber nicht nur Menschen, sondern auch Häuser bekommen nicht immer, was sie sich wünschen.

Leo lebte da bereits seit fast einem Jahrzehnt auf den Geschwisterinseln Claire und Mönchengladbach, als sein Vater, der mit Weinhandel, Immobilien und einem undurchsichtigen Import-Export-Geschäft reich geworden war, in etwas geriet, was man eine finanzielle Schieflage nennt. Und es stellt eine geradezu perfide Pointe dar, dass es also nicht Leo war, der sich wie geplant umbrachte, sondern Jahre später sein Vater, der Mitte der 1980er-Jahre vom österreichisch-deutschen Glykolwein-Skandal betroffen war und am Ende dieser 80er-Jahre einfach nicht mehr wusste, wie er mit seinen monetären Schwierigkeiten, seinen Fehlspekulationen, mit den Drohungen einiger rumänischer Geschäftspartner und vor allem der Scham über sein Scheitern umgehen sollte und sich eine Kugel dorthin jagte, wo sein Gehirn war (die Leute schießen sich nicht darum ausgerechnet in den Kopf, weil das mit Sicherheit den Tod bedeutet, da wäre das Herz mindestens so geeignet, sondern in der Hoffnung auf eine vollkommene Auslöschung der Erinnerung, davon war Leo überzeugt).

Die Witwe, Leos Mutter, war gezwungen, die Villa zu verkaufen und sämtlichen Besitz zu veräußern, ohne dass aber irgendetwas vom Erlös geblieben wäre. Besitz und Geld verschwanden, wie einst ihr Sohn verschwunden war und jüngst ihr Mann sich in den Tod verabschiedet hatte. Woraufhin ihr nichts anderes übrig blieb, als sich aufs Land zu den Schwiegereltern zurückzuziehen.

Eva war zu diesem Zeitpunkt, als ihr Erbe geradezu verpuffte, bereits seit zwei Jahren verheiratet und seit einem Jahr selbst Mutter einer Tochter. Verheiratet mit einem Schriftsteller. Der vielleicht bestaussehende Mann Wiens, leider weder der fleißigste noch der beste Schriftsteller dieser Stadt, mehr eine leibhaftig gewordene Pose, ein genialischer Wenigschreiber und blauäugiger Schöngeist, der bei aller Liebe zu Eva doch sehr darauf gehofft hatte, eine Frau geheiratet zu haben, die demnächst ausgesprochen vermögend sein würde. Ein Irrtum.

Schwer zu sagen, ob dies nun wirklich der Grund für die Trennung war, Evas Verlust an finanzieller Attraktivität. Jedenfalls hielt die Ehe nicht, verlor sich in Streit und Betrug. Der schöne Mann zog aus, ließ sich scheiden. Eva wiederum gab ihre Tochter zu ihrer Mutter und deren greisen Schwiegereltern aufs Land. Der größte Fehler ihres Lebens, ein Ausdruck von Selbstsucht und von Verzweiflung, wie sie so viel später zu ihrem Bruder sagte, als dieser sich erstmals von seiner Insel meldete. Jedenfalls begann sie zu arbeiten, nicht in der Kunstgeschichte und nicht in der Germanistik, die sie studiert hatte, sondern als Sekretärin im Wiener Büro eines japanischen Konzerns. Wo sie aber nicht lange blieb.

So, wie man vielleicht sagen konnte, Leo hätte sehr früh eine Leidenschaft für den Aberglauben und für den Selbstmord verspürt, konnte man auch sagen, dass Eva eine frühe und erstaunlich heftige Leidenschaft für die Stenografie entwickelt hatte. Was anfangs nur ein Kurs gewesen war, den sie während der Gymnasiumszeit besuchte, um die sogenannte Deutsche Einheitskurzschrift zu erlernen, weitete sich zu einem unbändigen Bedürfnis nach Makellosigkeit aus.

»Das liegt mir mehr als das dumme Klavier«, hatte sie zu ihrer ins

Klavierspiel verliebten Mutter gesagt und von der eigenen Begeisterung für das grafische Element dieser Schrift gesprochen. Wie hier etwas gleichzeitig sehr schnell und sehr schön sei, ein – und das waren wirklich ihre Worte – »Sportwagen der Schrift, aber ein Sportwagen, wie von einer Göttin gelenkt, die mehr tanzt als fährt. Beziehungsweise beim Fahren tanzt«.

Jedenfalls hatte sie diese Form des schnellen Mitschreibens sowie der Übertragung des so eilig wie umfassend Notierten in perfekter Weise erlernt, dann in Studentenzeiten durchgehend praktiziert und sich dabei stets fortgebildet, sodass es ihr letztlich möglich war – gerade, als diese Schrift ihre Bedeutung verlor –, sich um einen vakanten Job als Stenografin im Österreichischen Parlament zu bewerben. Dort, wo diese Schrift ihre Bedeutung eben *nicht* verlor.

Die Japaner waren ihr gelinde gesagt bald auf die Nerven gegangen, Leute, die für Frauen, die nicht ihre Mütter waren, nichts als stille Verachtung aufbrachten. Und die einen deutlichen Widerwillen zeigten, die Sprache des Landes zu sprechen, in dem sie sich gerade aufhielten, also Deutsch. Dafür aber ein Englisch, von dem Eva meinte, es höre sich an, wie wenn jemand in einen Hühnerknochen beißt. Und zwar in den eines lebenden Huhns.

Das war übertrieben und sicher nicht der wahre Grund ihres Weggangs. Aber sie ging.

Indem Eva von den Japanern ins Parlament an der Wiener Ringstraße wechselte, empfand sie die Erfüllung einer Bestimmung, die eben darin bestand, keine reiche Erbin und nicht die lebenslange Partnerin eines schönen Schriftstellers zu sein, sondern die so leidenschaftlich erworbene Kunst des schnellen Schreibens nun mit großer Ausschließlichkeit betreiben zu können.

In einer alsbald von der Elektronik beherrschten Welt waren ausgerechnet die Zentren der Demokratie die letzten Horte einer handschriftlichen Protokollierung. Welche mit einer Geschwindigkeit zu erfolgen hatte, die es erlaubte, nicht bloß die Rede des jeweils sich zu Wort Meldenden zu dokumentieren, sondern auch all die Zwischenrufe, Beleidigungen, Zurechtweisungen, den Applaus, selbst noch die gestischen Kommentare – »Abgeordneter B. reckt die Faust« – festzuhalten, sodass auf diese Weise das Sittenbild einer durch Volksvertreter repräsentierten Gesellschaft entstand.

In dieser Tätigkeit war sie fast dreißig Jahre aktiv, nur zehn Jahre weniger als ihr Bruder auf seiner Insel, bevor sie dann vor zwei Jahren zweiundsechzigjährig in Pension ging. Passenderweise genau zu dem Zeitpunkt, da im Zuge einer Generalsanierung des neoklassizistischen Parlamentsgebäudes sowohl Nationalrat als auch Bundesrat in diverse Ausweichquartiere umzogen. Einerseits in die nahe gelegene Wiener Hofburg, andererseits in temporäre Fertigteil-Pavillons, die über die Anmutung Trauer tragender Ikea-Möbelhäuser verfügten.

Als Eva ihre Rente antrat, nicht aber zu stenografieren aufhörte, da lebte ihre Tochter Marisa bereits seit einem Jahrzehnt in Kanada, sehr viel besser verheiratet als einst ihre Mutter. Sie hatte drei Kinder, alles Mädchen, die aber ihre Wiener Großmutter nie zu Gesicht bekamen. Und dabei würde es nun auch bleiben.

Letztlich hatte sich Marisa auch geweigert, nach Wien zu kommen, um ihre Mutter zu beerdigen. Und genau deshalb war er hier, dachte sich Leo, der fand, dass auf eine schreckliche Weise schon alles seine Richtigkeit habe. Dieses Auseinandergleiten einer Familie, die in einer Villa ausgerechnet in einem Bezirk ausgerechnet mit der Zahl Dreizehn ihren Ausgang genommen hatte.

»Eva«, sagte er nun zu Rosig, »hat mir natürlich ein wenig erzählt von ihrer Zeit im Parlament. Für sie scheint das wirklich ein Glücksfall gewesen zu sein, dieser Beruf, die unheimlich-schöne Anstrengung, die es für sie bedeutet hat, nichts auszulassen, alles zu erfassen und in keiner Weise hinter das zu Notierende zurückzufallen.«

Es war jetzt Roswitta Bregenzer, die noch einmal betonte, wie wenig sie und ihr Vorgesetzter daran glaubten, dass wirklich Erich Feiler der Täter sei und wie sehr ihnen die »überspitzte« Form der Tötung als eine professionelle Inszenierung erscheine.

»Ja, und darum hoffen wir«, fuhr Rosig fort, » Sie könnten uns vielleicht einen Hinweis darauf geben, wie berechtigt unser Glauben an eine solche Inszenierung ist. Inwieweit Ihre Schwester in etwas verstrickt war, was eben nicht nur diesen Mord erklärt, sondern auch den Versuch, einen Blutrausch vorzutäuschen, wo in Wirklichkeit eine Liquidierung stattgefunden hat.«

Leo Prager überlegte. Es gab rein gar nichts, was er bezüglich einer Bedrohung hätte anführen können. Es stimmte zwar, seine Schwester hatte davon gesprochen, sich sicherer zu fühlen. Nein, sie hatte das Wort *wohler* verwendet. Sich wohlerzufühlen, jetzt, wo der junge Mann, also dieser Erich Feiler, das Nachbarzimmer bewohne. Aber sie hatte in keiner Weise davon gesprochen, ein Geheimnis zu hüten, etwas, das sie in Gefahr bringe. Etwas, das mit ihrer einstigen Tätigkeit als Parlamentsstenografin zusammenhängen würde.

Nichts dergleichen!

Wie heißt das doch gleich? Von einem Teufel geritten werden?

Ja, das war es. Er, Leo, wurde in diesem Moment von einem Teufel geritten. Und wenn man sich diesen Teufel vorstellte, dann als einen eleganten Hochstapler, jemand, der seine Aufgabe darin sah, die Dinge in Bewegung zu bringen. Auch dort Bewegung zu verursachen, wo eigentlich Stillstand angemessen gewesen wäre.

»Es gibt da etwas …«, ließ sich Leo zögernd vernehmen. »Bei unserem letzten Gespräch hat Eva eine stenografische Aufzeichnung erwähnt, von der sie meinte, es wäre vielleicht besser gewesen, sie niemals anzufertigen. Sie nannte mir keinerlei Hintergrund, sprach nur von einer großen Brisanz. Und dass es sie auf eine gewisse Weise auch errege, dass heutzutage noch etwas mit der Hand Geschriebenes – etwas von dem wirklich nur diese eine stenografische Aufzeichnung existiere, kein Film, keine Tonaufnahme – eine solche Bedeutung besitzen würde.«

Leo wartete einen Moment, als wollte er das Gesagte ein wenig *atmen* lassen, und meinte dann: »Ehrlich, Herr Chefinspektor, ich habe das nicht ernst genommen. Meine Schwester war in Bezug auf ihre Eil- und Schnellschrift immer ziemlich verrückt. Weiß Gott, was sie darin gesehen hat. Ich hielt das also für eine Art von Mystifizierung ihrer geliebten Tätigkeit. Und sie hat ja auch sonst nichts weiter davon erzählt. Sie hat mir gegenüber die Bedeutung dieser Mitschrift nie näher erklärt.«

Rosig wollte wissen, ob Prager zumindest sagen könne, wo seine Schwester diese Aufzeichnung aufbewahrt habe.

Leo schüttelte den Kopf.

Damit einerseits die Frage beantwortend. Aber auch ob der eigenen Unverschämtheit, mit der er hier einen vollkommen erfundenen Hinweis ins Spiel brachte. War das Ausdruck jener Geisteskrankheit, von der er meinte, sie klopfe schon eine Weile an seine Tür? Oder einfach typisch für jemanden, der vierzig Jahre auf einer Insel im Südpazifik zugebracht hatte? Beschäftigt mit der Instandhaltung eines luxuriösen Strandhauses, eines Observatoriums, einer kleinen Plantage, beschäftigt mit Gräserzucht, Wasseraufbereitung und Gartenpflege. Nicht zuletzt mit der Pflege der Parabolantennen, die den Kontakt zur »äußeren« Welt ermöglicht hatten und Leo Prager vier Jahrzehnte Weltgeschichte als fernen Wahnsinn erleben ließen. Wenn nicht gerade ein Elefant an den Strand der Insel gespült wurde.

»Gut«, sagte Rosig, »dann werden wir uns die Wohnung noch einmal gründlich ansehen. Und diesmal vielleicht etwas mehr Augenmerk auf etwas Geschriebenes legen.«

Er gab seiner Assistentin ein Zeichen. Sie nickte, zog ihr Smartphone aus der Tasche und wechselte in den Vorraum.

»Als ich von Wien wegging«, sagte Leo, »hätten die Leute es nicht für möglich gehalten, einmal ihre Telefone durch die Gegend zu tragen. Wieso auch? Man hätte sich ebenso wenig vorstellen können, jemals seine Dusche überallhin mitzunehmen.«

»Was ja auch keiner tut«, sagte Rosig.

»Eben. Die Duschen nicht, die Telefone schon. So, wie sich die Welt in dieser Zeit verändert hat, kann man sich das eigentlich nur erklären, wenn man an eine höhere Macht glaubt. Und zwar eine mit einem Hang zur Komödie.«

Nachdem auch diese Anmerkung etwas *geatmet* hatte, fragte Rosig, ob Prager bereit wäre, sich nun den Leichnam seiner Schwester anzusehen, der gestern obduziert worden sei und in der Gerichtsmedizin warte.

Leo nickte.

Zu dritt verließen sie die Wohnung, verließen das hintere Haus, das vordere Haus, traten auf die Straße. Schneefall hatte eingesetzt. Für Leo Prager der erste Schnee seit seiner Jugend.

»Wirklich schön«, sagte er.

Dann bemerkte er, dass es kein Schnee war, sondern offensichtlich Asche, die der Wind von irgendwoher durch die Gasse trieb. Für Schnee wäre es wirklich viel zu warm gewesen, so ungemein kalt diese fünf Grad einem Mann erscheinen mochten, den dermaßen der Südpazifik umgarnt hatte.

3

Leo Prager saß auf der Rückbank des Wagens, den Rosigs Assistentin steuerte. Denn die Wahrheit war natürlich die, dass Rosig sich in der Stadt, die er eigentlich, wie man so sagt, wie seine Westentasche kannte, verfahren hätte. Auf eine andere und doch ähnliche Weise wie der von der Erkrankung seiner Netzhaut betroffene Prager verlor er die Übersicht. Das, was Prager seine »impressionistische Krankheit« nannte, war beim Chefinspektor nach innen gerichtet. Die Verzerrungen, der letztendlich schwarze oder graue Fleck im Zentrum des Gesichtsfelds, lagen bei ihm im Bewusstseinsfeld.

Leo Prager blickte nach draußen. Vierundvierzig Jahre! Vierundvierzig Jahre, in denen ihm die österreichischen Geschehnisse vom Standpunkt seiner kleinen, entlegenen Insel doch immer etwas vertrauter und familiärer erschienen waren als die Ereignisse in anderen Ländern. Der österreichische Skandal, die österreichische Katastrophe, die österreichische Dummheit waren ihm so viel nähergegangen als die Skandale und Katastrophen und die Dummheit anderswo.

Er hatte dieses Land gewissermaßen in der Bronzezeit verlassen und war nun in der Zukunft gelandet, auch wenn diese Zukunft noch immer etwas Bronzezeitliches besaß – und das nennt man dann wohl Tradition. Aber natürlich, viel war gebaut und viel diskutiert worden, manches auch nicht gebaut worden, aber nichts, worüber nicht diskutiert worden wäre. Affären und Regierungen und Theaterstücke des Wirklichen wie des Erfundenen hatten sich zu etwas verwoben, was Leo aus der Distanz wie ein winzig kleiner, unendlich dichter Wollknäuel vorgekommen war. Bei aller Dichte weich und faserig und komisch.

Natürlich, es gab eine wunderbare U-Bahn, einen jugendlich-feschen Bundeskanzler, Grüne in der Regierung (als Leo Wien verlassen hatte, war Grün in erster Linie die Farbe einer Fußballmannschaft gewesen), es gab grandiose neue Museen und grandiose neue

Straßen, viel Renoviertes, eine neue Reichsbrücke selbstverständlich, eine Flüchtlingskrise, einen neuen Bahnhof, Hochhäuser, ausgebaute Dachgeschosse, Menschen mit gebeugtem Blick, nicht von der Knechtschaft, sondern der Elektronik, es gab überall Werbung – nichts, wofür nicht geworben wurde. Nicht nur für Essen und Trinken und das Vertrauen in die Parteien, sondern auch auffallend viel für Kranke und Behinderte und sogenannte sozial Schwache, was für Leos ungeübten Blick etwas Parodistisches besaß. Ja, weich, faserig und komisch.

Dennoch erschien es ihm wie ein netter kleiner Wink eines ins Historische verliebten Seins, dass das Institutsgebäude der Gerichtsmedizin, wo man seine Schwester aufgebahrt und aufgeschnitten und wieder zugenäht hatte, von außen den Eindruck machte, als würde sich darin eine altehrwürdige Ballettschule oder eine mindestens so altehrwürdige Klavierfabrik befinden: etwas im Alten neu Erhaltenes und dabei ungemein Kulturelles.

Der Obduktionsraum allerdings, in den Prager nun von Rosig und Bregenzer geführt wurde, war frei vom Geruch des 19. Jahrhunderts, frei von dieser Mischung aus Dekoration und Schwermut, sondern kalt und technisch. Auf dem massiven Obduktionstisch, im Licht einer breiten Leuchte, lag der bis zum Hals zugedeckte Leichnam seiner Schwester, die nach ihrer Scheidung wieder ihren Mädchennamen angenommen hatte und damit in den namentlichen Bannkreis ihrer alten Familie geraten war. Neben dem Tisch stand eine Frau in einem reinweißen Kittel, unter dem sie ein dunkelblaues Kostüm trug. Es war ihr letzter Termin an diesem Tag, und sie würde sich nicht mehr blutig machen. Sie, die Lebende, war eine mittelgroße Frau, ihr Körper und ihre Haltung besaßen etwas Kompaktes und Kontrolliertes. Eine Frau um die fünfzig, die aber jünger wirkte. Sie trug eine schwarz gerahmte Brille, und wäre sie nicht Fachärztin für Gerichtsmedizin gewesen, sie hätte gut und gerne als Brillenmodell arbeiten können. Sie hatte wirklich ein ideales Brillengesicht, das wusste sie auch, denn wenn sie hin und wieder, während sie etwas erklärte, ihre Brille kurz herunternahm und wieder aufsetzte, dann wie um daran zu erinnern, wie gut sie ihr stand, wie sehr die Kombination aus Brille, Gesicht und Blick eine apart-kluge Einheit bildete.

Rosig begrüßte sie als Frau Professor Glaser und stellte ihr sodann Prager als den aus dem Ausland angereisten Bruder der Toten vor. Was dieser nun auch zu bestätigen hatte, nämlich, dass die Frau, die hier lag, mit geschlossenen Augen und sehr feinen Zügen und ohne dass unter ihren lichtbraunen, leicht gelockten Haaren die Entfernung und Zurücksetzung des Schädeldachs aufgefallen wäre, seine Schwester war.

Ironischerweise wirkte auch ihr Gesicht etwas jünger, als Leo sie zuletzt auf dem Bildschirm seines Computers auf der Claire-Insel gesehen hatte. – Worum war es in ihrem letzten Gespräch gegangen? Um den Vater, oder? Die merkwürdige Mischung aus Fürsorge und Kälte, die diesen Mann ausgezeichnet hatte. Wie er sich um alles gekümmert hatte, durchaus für die Kinder wie für seine Frau da gewesen war, Probleme gelöst hatte, Interesse gezeigt hatte, geholfen hatte, am liebsten bei der Lösung einer aus der Schule heimgebrachten mathematischen Aufgabe. Wie sehr aber dieser aus den Nachkriegsjahren so willensstark hervorgegangene Mann der Tat bei alldem unnahbar geblieben war. Mehr wie die Skulptur eines Vaters. Nicht aus kaltem Metall, das nicht, sondern aus kaltem Lehm, eben Lehm aus den 40er- und 50er-Jahren.

Leo dachte, dass seine Schwester Eva selbst im Totsein noch lebendigere Züge besaß als sein Vater damals vor vier Jahrzehnten, damals in diesem grandiosen Villenbauwerk als Ausdruck einer elaborierten Wiener Moderne.

»Könnten Sie das Tuch wegtun?«, bat er.

»Wirklich?«, fragte die Ärztin. »Es muss nicht sein, dass Sie sich das ansehen. Sind wir froh darüber, wie unbeschadet das Gesicht Ihrer Schwester geblieben ist.«

»Trotzdem!« Dabei blickte Leo hinüber zu Rosig.

Dieser nickte der Ärztin zu.

»Gut«, sagte sie und zog das Tuch bis hinunter zu den Fußknöcheln.

Was hatte Leo erwartet? Schockierter zu sein? Betroffener? Erschreckter?

Nun, was ihn zuerst erschreckte, waren absurderweise nicht die über den Oberkörper, die Arme und die Oberschenkel verteilten zwölf verkrusteten Wunden, auch nicht die lange Naht, die entlang von Brust und Bauch führte, beziehungsweise von einem Schultergelenk zum anderen – und damit den wild verteilten Messerwunden wie eine große Ordnung gegenüberstand –, nein, es war vielmehr die Tatsache, wie sehr sich dieser Körper in all den Jahren verändert hatte. Nicht, weil aus einem jugendlich-schönen ein gealtert-hässlicher Körper geworden war, aber doch ein so gänzlich anderer. Wie hier das Schmale, ein wenig Karge der Jugend in eine Breite übergegangen war, nicht fett, nicht füllig, aber eben doch … Ihm fiel das Wort *gesättigt* ein, obgleich es nicht wirklich passte.

Mein Gott, er war in dieser Zeit auch nicht der Gleiche geblieben, allerdings hatte er eine Gestalt entwickelt, die man als knochig und ledrig bezeichnen konnte. Sein Haar war lichtbraun wie das seiner Schwester, aber dünner, glatter, durchscheinender, mit Spuren von Silber. Sein Bart weiß, der Strand in seinem Gesicht.

Die Frau Professor schien Leos Erschrecken freilich anders zu deuten und verwies auf den Umstand, trotz der vielen Stichwunden keinerlei Spuren entdeckt zu haben, die eine prämortale Folterung oder eine Vergewaltigung nahelegen würden. Sodann fragte sie den Chefinspektor mit Blick auf den Bruder der Toten: »Ich darf ins Detail gehen?«

»Ja bitte«, sagte Rosig, der offensichtlich nicht im Sinn hatte, Prager hinauszuschicken. Wohl einen Zweck erhoffend.

»Also«, begann Glaser, »zuerst einmal, was hier zweifelsfrei ist: Von den zwölf Stichverletzungen waren nur zwei unmittelbar tödlich, Herz und Lunge betreffend, die auch über eine entsprechende Tiefe verfügen. Die anderen Traumen, auch die beiden im Bereich des Bauchraums, waren von geringer Tiefe. Über die zeitliche Reihenfolge der Verletzungen Auskunft zu geben ist nicht einfach, aber sie dürften in rascher Folge vorgenommen worden sein. Vermutlich zuerst die beiden tödlichen, dann die anderen. Das haben uns auch die Untersuchungen des Herz-Lungen-Pakets wie des Magen-Darm-Trakts bestätigt. Ich gehe davon aus, dass keine der Stichverletzungen, die auf die beiden tödlichen folgte, auf eine Abwehrhandlung zurückzuführen ist.«

Sie betonte, in was für einem erstaunlich guten Zustand sie die Organe vorgefunden habe, und dass in der Laboranalyse, vor allem auch in der Analyse der verflüssigten Hirnzellen, jeglicher Hinweis auf toxische Substanzen fehle.

»Somit keine Drogen«, sagte Leo und blickte hinüber zu Rosig, eingedenk ihres kleinen Disputs über die Frage, ob auch ältere Damen Rauschgifte zu sich nehmen würden.

»Keine Drogen«, bestätigte die Frau Professor, »kein Alkohol im Blut, keine Erkrankungen der inneren Organe, keine Brüche, weder alte noch neue. Und keinerlei Spuren eines sexuellen Verkehrs.«

»Sie litt an einer trockenen Makuladegeneration«, erzählte Leo, der sich in diesem Moment bewusst wurde, dass er alles, was er hier erblickte, die Frau Professor, seine Schwester, die Polizisten, den klinisch-abweisenden Raum, dank seiner »impressionistischen Krankheit« in leichter Verzerrung und in eine gewisse Blässe getaucht sah.

Professor Glaser erklärte, dass man natürlich niemals von einem vollkommen gesunden Menschen sprechen könne, schon gar nicht in diesem Alter, allerdings …

»Sie verzeihen«, sagte sie, »dass ich das so ausdrücke, aber das Unglück ist, wie lange vom medizinischen Standpunkt aus Ihre Schwester wohl noch hätte leben können. Man bekommt das selten zu sehen. Ich darf es so emotional ausdrücken, ich hoffe sehr, dass man das Schwein findet.«

Um sodann zu erklären, dass es sich bei diesem »Schwein« um einen Rechtshänder handeln müsse und die Vermessung der Stichwunden – auch unter Berücksichtigung der Weichteilkompression, bei der manche Einstiche tiefer als die Länge des verwendeten Stichwerkzeugs seien – als Tatwaffe ein Messer mit einer Klingenlänge von etwa dreizehn Zentimetern und einer Klingenhöhe von vier Zentimetern nahelege. Und dann folgerte sie: »Das sind nicht die Maße eines Küchenmessers.«

»Ein Jagdmesser, ein Survivalmesser«, schätzte Rosig.

So wenig es an der Frau Professor war, irgendeine Spekulation des Tathintergrunds auszusprechen, vielmehr allein die objektiven Untersuchungsergebnisse darzulegen – das Verletzte wie das Unverletzte –, erklärte sie nun aber doch, sie würde Rosigs zuvor am Telefon geäußerten Verdacht teilen.

»Die beiden tödlichen Stiche«, sagte sie, »sind präzise und zielgenau und mit einer diesem Ziel dienenden Kraft und Tiefe vorgenommen worden, nicht die übrigen Verletzungen. Einen Moment könnte man meinen, sie seien von einer anderen, schwächeren Person ausgeführt worden. Aber wahrscheinlich doch von derselben, jedoch mit einer – Sie verzeihen mir die Formulierung –, mit einer gewissen *Nachlässigkeit*. Und nicht etwa ungestümer Wut. Wut sieht anders aus. Ich will es bildlich sagen: Wut ist rot. Was ich hier aber sehe, ist ein schwarzes und graues Szenarium, eine Mischung aus Berechnung beziehungsweise Täuschung, also schwarz, aber eben auch Nachlässigkeit, grau.«

»Sie wissen, dass wir einen Tatverdächtigen haben«, sagte Rosig.

Glaser nickte, meinte aber: »Das ist nicht das Werk eines psychopathischen Kleinkriminellen, der im Drogenrausch so lange zugestochen hat, bis er zu erschöpft war, weiterzumachen.«

Und fügte an: »Ich muss Ihnen allen noch etwas zeigen. Und jetzt wird es ein wenig … na, man könnte sagen: esoterisch.«

Sie griff nach dem Tuch, das den Leichnam bedeckt hatte und zog es vollständig herunter.

»Es ist schon bezeichnend«, sagte sie, »worauf am wenigsten geachtet wird. Wir schneiden einen Körper auf, öffnen die Brust, untersuchen die Genitalien, entnehmen Proben aus dem Cerebellum, sammeln DNA, studieren Narben, blicken unter Fingernägel, blicken tief ins Fleisch. Und dann kommt ein junger Kollege, der eigentlich nur für das Reinigen des obduzierten Körpers zuständig ist, und fragt laut, was denn die Zeichen auf den Fußsohlen der Toten zu bedeuten haben. Und ob sich jemand einen pietätlosen Scherz mit seinem Kugelschreiber erlaubt hat.«

Indem jetzt die Ärztin vor das untere Ende des Obduktionstisches trat und ihr die drei anderen Personen folgten, richtete jeder seinen Blick auf jenen Teil des menschlichen Körpers, der so intensiv wie kein anderer mit dem Boden verbunden ist, auf dem die Menschen leben und sich bewegen. Aber es war schon richtig, in der Wahrnehmung des Körpers ist die Fläche der Fußsohle ein merkwürdig benachteiligtes Areal, geradezu der tote Winkel in der anatomischen Landschaft. Wer könnte schon die Oberflächen eigener oder fremder Fußsohlen beschreiben? Abseits von Hornhautbeschwerden und dem sinneszellenbedingten Umstand der Kitzeligkeit. Stimmt, Orthopäden und Fußfetischisten sehen das anders, aber die sind nun mal selten bei einer Obduktion anwesend. Dabei offenbart ja gerade der zur Waagrechten gezwungene Mensch, der tote wie der schlafende, in ungewohnt offener Weise genau diese in der Regel selten betrachtete Stelle.

»Was soll ich machen?«, meinte Glaser kopfschüttelnd. »Wir haben das zunächst wirklich nicht bemerkt. Dabei haben wir natürlich die Zwischenräume der Zehen untersucht, um eventuell verborgene Einstichspuren abzuklären. Allerdings vom Fußrücken aus betrachtet, und nicht von der Sohle. Aber sehen Sie selbst.«

Man sah es. Man sah eine Reihe von Schriftzeichen, die im verblassenden Tintenblau eines Kugelschreibers in ziemlich geraden Zeilen über die Fläche der beiden Sohlen gesetzt waren. Eine akkurate Schrift, aber nicht Lateinisch, auch nicht tapetenmusterartiges Arabisch, flammenhaftes Hebräisch oder hexenbesenartige Runen. Und auch keine an den Grundriss von Wohnzimmern oder den Aufbau von Hütten erinnernde chinesische Schriftzeichen.

Kurzschrift?

In der Tat.

Es handelte sich um den typischen kursiven Schwung einer Schnellschrift, diesen Eindruck einer grafisch umgesetzten Herzrhythmusstörung. Was Leo Prager darum einen Stich versetzte, weil er doch kurz zuvor davon gesprochen hatte, seine Schwester hätte ihm von einem bedeutungsvollen Stenogramm berichtet, das sie zu verbergen suche. Allerdings hatte er sich das ja bloß ausgedacht. Nun aber schien diese »Erfindung« Realität zu sein, wenn auch nicht, wie erwartet, in ein

Schreibheft oder auf ein Papier notiert und irgendwo in der Wohnung versteckt oder in Langschrift auf einen Computer übertragen, sondern auf den beiden Fußsohlen seiner toten Schwester.

War der Teufel, der ihn da geritten hatte – jener elegante Hochstapler –, also nicht nur ein Anhänger der Theorie, nach welcher der Mond allein dann existierte, wenn er auch beobachtet wurde, beziehungsweise manches, was auf Filmen dokumentiert war, solange unwirklich blieb, solange diese Filme nicht entwickelt wurden, sondern auch jemand, dem es gefiel, Gedachtes, Erfundenes und Erlogenes in die Realität zu überführen?

So unsinnig es sein mochte, so zu denken, hatte Leo Prager für einen Moment das Gefühl, dank seiner erfundenen Behauptung über eine mysteriöse Mitschrift etwas Tatsächliches in Gang gesetzt zu haben.

Der Chefinspektor Rosig schaute zu ihm hin und meinte: »Na, da haben wir es ja. Davon dürfte Ihre Schwester zu Ihnen gesprochen haben.«

Dann tat Rosig einen Schritt nach vorn und beugte sich nahe zu dem zweiteiligen Schriftmuster. Drehte sich zu Glaser um und fragte: »Stenografie, oder?«

»Stimmt«, antwortete die Ärztin, »was ja mit einiger Gelenkigkeit selbst vorzunehmen kein Problem sein dürfte. Dennoch müsste man herausfinden, ob nicht jemand anders für diese Beschriftung verantwortlich ist. Und wenn ja, ob ante mortem oder post mortem.«

»Na, vor allem«, meinte Rosig, »sollten wir wissen, was da überhaupt steht.«

»Richtig«, antwortete Glaser, »nur beherrscht keiner in meinem Team die Stenografie. Sie?«

»Nein, wirklich nicht«, sagte Rosig. Und auch seine Assistentin schüttelte den Kopf. Ebenso Leo, der ja niemals diese frühe Leidenschaft seiner Schwester begriffen oder gar übernommen hatte.

Sie habe, erklärte Glaser, die Schrift, die an manchen Stellen bereits zu verschwinden drohe, fotografieren lassen und Scans davon an einen Experten gemailt.

»Ich erwarte noch heute Abend das Ergebnis«, sagte sie. »Wobei mir der Sachverständige gleich versichert hat, dass es sich um keine der aktuellen Kurzschriften handelt, sondern um das historische Gabelsberger-System, und dass darunter wohl auch etwas zu entschlüsseln sei, was er *ein paar private Kürzel* nannte.«

Gabelsberger, ein Beamter im bayerischen Staatsdienst und späterer Ministerialsekretär in der ersten Hälfte des 19. Jahrhunderts, hatte das erste Kurzschriftsystem entwickelt, das sich für die deutsche Sprache eignete und die Basis fast aller heute verwendeter Systeme bildete. Er selbst hatte von »Redezeichenkunst« gesprochen. Genau der Grund schließlich, wieso Eva Prager sich einst in diese Art des Schreibens verliebt hatte, in eine Kunst nämlich, und dabei ihre Liebe in all den Jahren so weit getrieben hatte, diverse historische Systeme wie das von Gabelsberger und das von Stolze, aber auch jenes des Sozialdemokraten und Freireligiösen Heinrich Roller zu erlernen (was sich in Eva Pragers Nachlass zeigen sollte, all die Texte, die sie in unterschiedliche altkursive, neukursive und vokalschreibende Systeme übertragen hatte, vor allem Gedichte Ingeborg Bachmanns und Elfriede Gerstls, so wie sie auch an einem System eigener Kürzel gearbeitet hatte, denen sie die Kosenamen *Kluge Käfer* und *Schöne Zwerge* gegeben hatte).

Das war natürlich in diesem Moment im Obduktionsraum der Rechtsmedizin noch nicht klar, als die vier Personen vor Evas Füßen mit einiger Faszination standen. Die Ärztin auf eine selbstkritische Weise fröhlich, doch noch auf besagte Stelle hinweisen zu können und die Transkription in Auftrag gegeben zu haben. Rosig und Bregenzer in der Überzeugung, den entscheidenden Hinweis darauf erhalten zu haben, dass Eva Prager im wahrsten Sinne ein Geheimnis bei sich getragen hatte, welches zu ihrer Tötung geführt oder diese zumindest beeinflusst hatte. Und Leo, dem es wie gesagt vorkam, als hätte er aus einer merkwürdigen Laune heraus die Wirklichkeit in eine bestimmte Richtung gezwungen. Und es war ihm sogar gleichgültig, ob dies Ausdruck einer physikalischen Wahrheit war, oder eher Beweis für eine sich anbahnende Geisteskrankheit, die ähnlich unaufhaltsam voranschritt wie die impressionistische Krankheit in seinem Auge.

Es war, wie es war.

Mit dieser Krankheit in seinen Augen und einer gegen die Blendung eines abendlich-winterlichen Sonnenlichts etwas getönten Brille – allerdings keine optische Brille, denn Leos impressionistischer Krankheit lag schließlich kein optisches Problem zugrunde, sondern eine Durchblutungsstörung, die keine Brille zu beseitigen vermochte –, stand er eine Stunde später vor jener Brücke, deren Einsturz er vierundvierzig Jahre zuvor beobachtet hatte. Was klarerweise bedeutete, dass er vor der *neuen* Reichsbrücke stand, der dritten also, die 1980 eröffnet worden war. Eine Eröffnung, von der er mit einer gewissen Verspätung, im Funkraum von Mönchengladbach sitzend, erfahren hatte.

Aber ihm war halt, als stünde er nicht nur vor der neuen, sondern auch vor der alten Brücke, als stünde er vor einem Foto seiner Erinnerung, sosehr die tatsächlichen Verhältnisse sich geändert hatten. Doch man kann sagen, dass sein getrübter Blick geradezu eine Art »eingebildetes Dia« der alten Brücke über die neue Brücke legte. Der alten, mit ihren beiden mächtigen Pylonen, über die neue, die ohne hohe Aufbauten auskam und ziemlich *vernünftig* aussah. Eine gedankliche Projektion, die den Anblick – das muss einfach gesagt werden – sehr viel schwungvoller, gewagter und abenteuerlicher machte.

Aber vielleicht war das bei allen alten und älteren Leuten so, dass sich die Bilder der Vergangenheit diafilmgleich über die Bilder der Gegenwart legten. Das musste nicht immer zu einer Verschönerung führen, natürlich nicht, aber vom Standpunkt des Sehenden doch stets zu einer Verbesserung. Also doch noch im Sinne einer Brille.

4

Wenn es dunkel wurde, und es wurde jetzt dunkel, verstärkte sich natürlich Leos Augenproblem. Auf seiner Insel war das nicht ganz so problematisch gewesen. Dort war die Nacht noch Nacht und abgesehen von den Lampen in Henry Oaks kolossalem Strandhaus – das nach Oaks Tod hin und wieder von einer Nichte der Erbin bewohnt wurde – sowie einer Beleuchtung im Eingangsbereich des Observatoriums, bestand die einzige Lichtquelle aus dem Sternenmeer des nächtlichen Firmaments. Hier in Wien freilich bedeutete der Einbruch der Dunkelheit das Gegenteil von Dunkelheit, vielmehr eine Zunahme von Licht und Farbe, all die Geschäfte und Restaurants und Auslagen, die erglühten, all die erleuchteten Fenster, keine Straße ohne Licht, überall Laternen und Lichtmasten und stark bestrahlte Kreuzungsbereiche. Sicher, das war die pure Selbstverständlichkeit, kaum ein Mensch merkte diesen Übergang von einer gewissen Fahlheit des Tages hinüber in die Buntheit der Abendstunden. Für Prager aber fühlte es sich wie eine Explosion an, die in seinen kranken Augen den Impressionismus noch verstärkte und im Zuge all der Reflexionen und schlingernden Lichtkurven den Eindruck regennasser Straßen erzeugte, und das, obwohl es vollkommen trocken war.

Leo Prager nahm nun einen ähnlichen Weg wie damals, als er sich frühmorgens und unter dem Eindruck eines Brückeneinsturzes beeilt hatte, nach Hause zu kommen. Vielleicht war es sogar der exakt gleiche Weg, ganz genau konnte er das nicht mehr sagen. Jedenfalls marschierte er hinüber zum sogenannten Praterstern, wo natürlich ebenfalls ein neuer Bahnhof stand, und begab sich dann in Richtung Donaukanal, den er auf Höhe Taborstraße überquerte. Um von dort in jenen Bereich der Stadt zu gelangen, der als das historische Zentrum gilt und darum Innenstadt heißt. Und wo im Innersten dieser Innenstadt der Stephansdom aufragt, das Nationalheiligtum, *die* Kirche der Wiener, die *absolute* Kirche, die ausgerechnet auf der Verpackung einer mit Haselnusscreme gefüllten Waffelschnitte ihre ultimative Abbildung erfährt. Und auf diese Kirche bewegte sich Prager nun zu, nicht ohne Erregung und Sentiment, aber auch mit dem Gefühl, in eine Postkarte geraten zu sein.

Als junger Mann war für ihn diese ganze Gegend der Innenstadt ein Gebiet des Flanierens gewesen. Vor allem die Strecke über den Schwedenplatz die Rotenturmstraße hoch, hoch zu besagter Kirche, um dort dann eine Runde über den sogenannten Graben mit seiner berühmten Pestsäule zu drehen. So oft den Namen »Pestsäule« im Mund führend, »wir geh'n zur Pestsäule«, ohne jemals einen Gedanken an die Schrecken der Pest verloren zu haben. Vielmehr diente diese Säule dem Spaß der Umrundung.

Nach dem Graben ging es dann auf die Kärntnerstraße in Richtung Staatsoper, immer wieder die Kärntnerstraße hinauf und hinunter, in die eine oder andere Seitengasse einbiegend, aber eigentlich nur, um zurück auf die Kärntnerstraße zu finden, sich zu zeigen, zu schauen, auf die kurzen Röcke, auf die Beine, auf die Gesichter der Mädchen, sich selbst in Hosen präsentierend, die am Hintern hauteng waren, aber von den Knien abwärts so weit auseinanderführten, dass man darunter eine kleine Puppenküche hätte unterbringen können, zumindest ein zweites Paar Unterschenkel, wie zur Sicherheit. Dazu trugen die Jungs taillierte Hemden, die bis zur Mitte ihrer unbehaarten Brust offen standen, während die Ärmel der Hemden einmal umgeschlagen wurden, nur einmal, à la Jason King, damals jene von Peter Wyngarde verkörperte Figur ungemeiner Coolness.

Natürlich war auch zu Leos Jugendzeit dieses von einer Ringstraße und den sogenannten Ringstraßenbauten umrundete Areal reich an Kultur und Historie gewesen, an Einkaufsläden, Gastronomie und hohen Preisen. Kaum jemand, den er kannte, hatte hier gewohnt, aber zum Flanieren, zum Sichzeigen und zum Herumschauen, zum Anquatschen und Aufreißen war man eingefallen wie Tiere an eine Wasserstelle der Partnervermittlung. Doch wie harmlos war das im Vergleich zu den jetzigen Verhältnissen gewesen. Zwischenzeitlich war in dieser Gegend nicht nur alles in einer Weise renoviert und mit einem Glanz überzogen, dass man meinen konnte, die Figuren auf den Fassaden könnten Diamanten pinkeln, sondern vor allem hatte der Tourismus diesen Bezirk in radikalster Weise erobert. Massen von Menschen, die mit ihren fotografierenden Telefonen Tag und Nacht durch die Straßen zogen und auf dem Platz vor dem Stephansdom in heftigen Wellen aufeinandertrafen. Hätte man all diese Leute für einen Flüchtlingsstrom gehalten – und was wäre Tourismus anderes, als eine Flucht vor der Heimat –, man hätte eine Mauer errichten müssen. Aber eine schöne Mauer. Eine tapezierte. Wiener Werkstätte.

Und als Leo nun nach so vielen Jahren zum ersten Mal wieder die Pestsäule auf dem Graben erreichte, war er sich diesmal doch sehr viel mehr des Grundes bewusst, der zu ihrer Errichtung geführt hatte. Es handelte sich um eine sogenannte Gnadensäule, die am Ende der Pestepidemie von 1679 in Auftrag gegeben, aber erst 1692 vollendet worden war, obgleich sie ja weder ein Wiener Krankenhaus noch einen Berliner Flughafen darstellte, sondern wirklich nur eine wunderschön-üppige Barocksäule, die die Überwindung der Pest wie auch den Sieg über die Osmanen feierte und die nicht zuletzt der Idealisierung Kaiser Leopolds I. diente. Obgleich dieser mit einer stark vorstehenden Unterlippe dargestellt war, angeblich als Antwort des Pestsäulenerbauers auf eine ungenügende Bezahlung durch den Monarchen. Hätte man nur immer solche Möglichkeiten subtiler Rache.

Leo sah noch einmal die Säule hoch, zur Spitze, dorthin, wo ganz in Gold die Dreifaltigkeit herrschte, bewegte sich dann wieder in Richtung des Doms und gelangte über die Seilergasse und vorbei an der Loos-Bar auf die Kärntnerstraße.

Auf dieser Straße spazierte er nun bis zum Hotel Bristol, eine der bedeutenden Nobelherbergen der Stadt, *A Luxury Collection Hotel*, ein denkmalgeschützter Art-déco-Palast an der Ringstraße gelegen, an der Ecke, wo diese noch Kärntner Ring heißt, bevor sie in den Opernring übergeht und sich jener Platz auftut, auf dem das mächtige Gebäude der Wiener Staatsoper steht. Ein Opernhaus von hysterischer Berühmtheit, in das Leos Mutter ihn und seine Schwester des Öfteren hineingezwungen hatte. Was ein Grund dafür sein mochte, dass Leo Opernmusik verabscheute. Die Oper, sagte er einmal auf die Frage eines seiner Mitarbeiter auf Claire – ein Rapanui von den Osterinseln, der davon träumte, irgendwann Österreich zu besuchen –, die Oper sei die Krankheit in der Kunst. Und kein Krankheitsbegriff würde das Geschehen auf einer Opernbühne besser charakterisieren als der eine: Fieber.

Als Jugendlicher, in den Jahren, die es brauchte, volljährig zu werden, hatte er die sogenannte Handelsakademie auf dem nahe gelegenen Karlsplatz besucht. Und war auf seinen diversen Wanderungen, die ihn und seine Freunde nach dem Unterricht in die Innenstadt geführt hatten, immer auch an diesem Hotel vorbeigekommen. Beziehungsweise lag gegenüber dem Eingang eine große Straßenbahnhaltestelle, an der Leo mitunter gestanden und gewartet und dabei das Geschehen beobachtet hatte: die vorfahrenden Taxis und Limousinen, die kofferreiche Attitüde der ankommenden wohlhabenden Gäste, die Lächerlichkeit der Pagenkostüme und uniformierten Portiers, diese ganze Aufgeregtheit, als würde alles, was geschah, von einer Fernsehkamera aufgenommen und gleich einer Mondlandung in die Welt hinausgesendet werden.

Der junge Leo meinte im Bristol eine faszinierende Dämonie zu erkennen, ohne natürlich jemals im Inneren gewesen zu sein. Aber er empfand es in der Tat so, als würde der Teufel, wenn er nach Wien kam, niemals im Hotel Sacher absteigen oder auch nicht im ebenso berühmten Hotel Imperial drüben beim Schwarzenbergplatz, sondern immer nur und mit großer Überzeugung im Bristol. Und zwar mit einer Ausschließlichkeit, wie sie dann später so typisch für die Figuren Thomas Bernhards sein würde. Etwas Bestimmtes zu tun und etwas anderes nicht, immer nur auf einem Steinway zu spielen, niemals auf einem Bösendorfer.

Und wenn also der Teufel – gleich, ob in Gestalt eines Waffenhändlers oder eines in der benachbarten Oper beschäftigten Dirigenten – hier wohnte, dann fand Leo, war das nun auch der richtige Ort für ihn, zumindest für ein paar Nächte. Es muss zudem gesagt sein, dass Leo Prager durchaus vermögend war. Als Henry Oak gestorben war, hatte er Leo, der schon so lange die Inseln Claire und Mönchengladbach betreute (und dem Oak letztlich auch den Elefanten verziehen hatte), in seinem Testament mit einem Aktienpaket bedacht. Ein Paket, um das sich Leo allerdings in den nächsten zehn Jahren in keiner Weise kümmerte. Er hätte es sogar ganz gut verschmerzt, hätte sich sein Vermögen in Luft aufgelöst. Was sollte er auf seiner Insel auch damit anfangen? Das Paket war aber nicht leichter geworden, sondern schwerer. Darunter befanden sich eine Menge Tesla-Aktien, die Oak im Jahre seines Todes und im Jahre des Tesla-Börsengangs erstanden hatte. Aktien, deren Wert deutlich gestiegen war. Und nachdem sich Prager in Erwartung seiner Reise und eingedenk diverser Aufwendungen von Teilen dieses Pakets getrennt hatte, war Geld im Moment nicht das Problem.

Er hätte also eine ganze Weile im Bristol leben können, wollte allerdings nur ein paar Tage bleiben, solange es eben nötig sein würde, seine Schwester zu beerdigen und ihre Angelegenheiten zu ordnen. Beziehungsweise die Umstände ihres Todes zu klären. Sosehr ihn das merkwürdige Gefühl bedrängte, *erfindend* und *lügend* das Wesen dieser Umstände beeinflusst zu haben.

Als Prager nun vor die Rezeption trat, stellte er sich mit einem »My name is Leo Prager, I've made a reservation« vor. Ein Automatismus. Immerhin hatte er die letzten vier Jahrzehnte nicht allzu viel Möglichkeiten gehabt, Deutsch zu sprechen. Wobei er nie aufgehört hatte, Deutsch zu träumen und vor allem mit sich selbst Deutsch zu sprechen, und auch nie aufgehört hatte, einen österreichischen Akzent in sein Englisch zu fügen. Englisch, gewissermaßen die Landessprache auf Claire und Mönchengladbach. Auf Deutsch hatte er dort nur Salty Dog anreden können, und es ist kein Witz zu sagen, der Elefant hätte alleine auf deutschsprachige Kommandos gehört. Natürlich hatte Leo, sobald dies dank Internet möglich war, deutsche Texte gelesen, sich deutschsprachige Sendungen angesehen. Und sich zuletzt mit seiner Schwester in dieser so geliebten Heimatsprache unterhalten können. Auch war er problemlos in diese Heimatsprache hineingeglitten, als er vor wenigen Stunden auf den Chefinspektor und seine Assistentin getroffen war.

Doch jetzt, im Bristol angelangt, war ihm sein Englisch herausgerutscht.

Folgerichtig antwortete der Mann an der Rezeption: »Welcome, Mr. Prager at the Bristol, I hope you had a good trip to Vienna.«

Leo hätte antworten können, gleich nach seiner Ankunft in Wien zuerst einen Tatort und danach die Gerichtsmedizin aufgesucht zu haben, aber was er sagte, war, Österreicher zu sein. Auch wenn er seine Reservierung von Tahiti aus vorgenommen hatte.

Er legte nun seinen österreichischen Pass auf die Theke, natürlich nicht den, den er vor vierundvierzig Jahren zusammen mit einer Super-8-Kamera auf seine Reise und Selbstmordflucht mitgenommen hatte. Oaks Verbindungen hatten es ermöglicht, dass Prager, ohne je die Insel verlassen zu haben, dennoch stets mit gültigen österreichischen Papieren ausgestattet war. Und nicht etwa die englische Staatsbürgerschaft angenommen hatte, wie Oak es ihm mehrfach empfohlen und angeboten hatte. So darf Leo Prager also als der einzige Österreicher gelten, der je auf Claire gelebt hat.

Und darum auch konnte er hier und jetzt im Bristol einen österreichischen Pass vorlegen und dem ihn auf Englisch begrüßenden Rezeptionisten auf Deutsch antworten. Ein Deutsch, das über jenen wienerischen Klang verfügte, der etwas Perlmutternes besitzt, die Schönheit eines Zierknopfs, der aus dem weiten Feld einer Bluse oder eines Hemds hervorsticht.

Weshalb Leo nun ein zweites Mal herzlich begrüßt wurde, diesmal in der Sprache seiner Kindheit und Jugend. In der Folge verwies der Rezeptionist darauf, dass Leos einziger Koffer bereits geliefert und in seinem Zimmer abgestellt worden sei.

»Darf ich irgendetwas für Sie reservieren?«, fragte der junge Mann, war aber so gütig, nicht von Opernkarten zu sprechen, sondern allein das luxuriöse Restaurant im Hotel zu erwähnen.

Leo lehnte dankend ab und erhielt seinen Schlüssel.

Wenig später stand er in seinem Zimmer, das gemäß seines Wunsches nicht hinüber zum Gebäude der Staatsoper zeigte, sondern auf die Ringstraße, in die Richtung jener Handelsakademie, für die er freilich noch weit weniger Liebe als für die Oper aufgebracht hatte.

Diese berufsbildende höhere Schule war eine Wahl seines Vaters gewesen und hatte Leo das Gefühl gegeben, dass auch Schulen außerhalb eines 13. Bezirks als *falsch* zu bezeichnen waren. Dabei war er kein schlechter Schüler gewesen, aber ein unglücklicher.

Leo entkleidete sich. Alsbald stand er – nur noch in seiner Unterhose und seinen Socken und mit einem Glas Champagner in der Hand – vor dem Fenster und blickte hinunter zu jener Straßenbahnhaltestelle, an der er als Jugendlicher auf Linien mit so schönen Buchstaben wie D und J gewartet hatte (den D-Wagen gab es noch, der J-Wagen aber war verschwunden, wieso auch immer). Und weil er sich gerade ein wenig wie ein Zeitreisender fühlte, meinte er sich zu erinnern, wie er damals, als vielleicht Siebzehn- oder Achtzehnjähriger, auf einen D- oder J-Wagen wartend, die Fassade des Bristols hochgesehen und gemeint hatte, am Fenster stehend einen Mann in einer Unterhose und mit einem Sektglas in der Hand zu erkennen.

Das Telefon läutete. Nicht sein Handy, sondern ein fest auf vier kurzen Beinen stehender Telefonapparat auf dem Nachttisch neben seinem Bett. – Wie schön, dass es das noch gab!

Leo hob ab. Der Rezeptionist meldete sich und erklärte, ein Herr Ihrig würde Leo gerne sprechen. Ob er ihn durchstellen dürfe.

Ihrig? Den Namen hatte Leo noch nie gehört, sagte aber: »Ja, in Ordnung.«

Eine Stimme erklang, die über eine markante Schärfe verfügte. Freundlich, aber im Freundlichen scharf. Eine Stimme, die, auch wenn sie dazu aufgerufen hätte, für behinderte Kinder zu spenden, eher Spekulationen über den Aktienkurs eines Herstellers von medizinischen Geräten hervorgerufen hätte. Und diese Stimme eines eher jüngeren Mannes sprach Leo nun mit seinem Namen an, stellte sich seinerseits als ein gewisser Ihrig vor und erklärte, sich soeben in der Bar des Hotels zu befinden.

»Ich würde Sie gerne auf einen Drink einladen«, sagte Ihrig, »und mit Ihnen über Ihre Schwester sprechen.«

»Meine Schwester ist tot.«

»Ich weiß, und das tut mir schrecklich leid. Aber genau darum sind Sie ja hier, nicht wahr? Und genau darum möchte ich mit Ihnen reden. Seien Sie also so nett.«

Sollte er wirklich so nett sein?

»Ich weiß gar nicht, wer Sie sind«, erklärte Leo.

»Das erkläre ich Ihnen gerne.«

»Na gut. Geben Sie mir zehn Minuten, dann bin ich bei Ihnen.«

Leo zog sich an. Dunkle Hose, dunkler Rollkragenpullover. Ein Rollkragen, der gewissermaßen den nächtlichen Hintergrund zu seinem Strand von Bart bildete. Und dazu eine Gesichtshaut, deren Bräune den rötlichen Ton von Rost besaß. Das Abenteuer war ihm ins Gesicht geschrieben, aber als Täuschung, da in Wirklichkeit das Inselleben eher aus Routine, Alltag und Gleichförmigkeit als aus Aufregungen bestand. Weil es ja nicht jeden Tag Schiffbrüchige und Elefanten an Land spülte und viel eher gediegene Hausarbeit und Gartenarbeit sowie gediegene Observatoriumspflege vorherrschten.

Prager begab sich nach unten in die American Bar, eine holzgetäfelte, plüschige, mit vielen Porträtfotos prominenter Gäste bestückte Räumlichkeit. Mit einem Teppichboden in Leopardenmuster. Ein Muster, das Prager allerdings weniger leopardisch wahrnahm, sondern das ihm im Zuge jener impressionistischen Krankheit wie das Licht- und Schattenspiel eines sommerlichen Waldbodens vorkam. Flimmernd. Wie ihm ja überhaupt viel Statisches – Böden, Fassaden, Möbel – nun mit einer leichten Bewegung ausgestattet erschien. Als sei er in der Lage, das »geheime Leben der Gegenstände« zu erkennen, Gegenstände, die nur das gesunde Auge damit täuschen konnten, völlig stillzustehen.

Klar, all diese »Bewegungen« riefen bei Leo auch immer wieder ein Schwindelgefühl hervor. Weshalb es galt, seinen Blick zu kontrollieren.

Er sah nun vom Waldboden hoch. Jemand winkte ihm aus einer Ecke des Raums zu. Leo trat näher. Der Mann, der sich aus seinem Sessel erhoben hatte, war ein sehr schlanker Mittdreißiger in einem ultramarinblauen Anzug, der in seiner ganzen Erscheinung etwas darstellte, was man in der Mode als »klare Silhouette« bezeichnet. Ein Segelboot von einem Mann. Er reichte Leo die Hand. Ein fester

Griff. Aber in der Festigkeit etwas Weiches. Geradezu umgekehrt zur Stimme.

Er nannte diesmal seinen vollen Namen, Nestor Ihrig, und bat Prager mit einer großzügigen Geste doch bitte Platz zu nehmen. Dann fragte er: »Was darf ich Ihnen bestellen?«

»Was trinken Sie?«

»Cognac.«

»Ja, nehme ich auch«, sagte Leo, setzte sich in einen gepolsterten Fauteuil und fragte: »Nestor? Wirklich?«

»Mein Vater war Altphilologe«, seufzte Ihrig. «Sie sollten mal hören, wie er seine Hunde gerufen hat. Das ist ein beliebter Unfug gerade der Gebildeten, dass sie Menschen, Dinge und Tiere nach Menschen, Dingen und Tieren ihres Fachs benennen.«

»Nestor, der Beschützer der Krieger«, sagte Leo und zeigte damit, dass er eine Ahnung hatte.

»Und ein Säufer.«

»Aber immerhin ein Säufer«, meinte Leo, »der neunzig Schiffe gegen Troja führte.«

»Ja«, sagte Ihrig, »allerdings in hohem Alter. Da habe ich also noch etwas Zeit. Aber schön zu sehen, dass Sie sich in der griechischen Mythologie auskennen.«

»Ich hatte viel Zeit in meinem Leben«, erklärte Leo kryptisch. In der Tat kannte er Homers *Ilias*, die er irgendwann in den späten 1990er-Jahren aus Henry Oaks Strandhausbibliothek gezogen hatte. Warum auch nicht? Das war eine unterhaltsame Geschichte. Als Geschichte, nicht als Erlebtes.

Nestor Ihrig gab dem Barkeeper ein Zeichen, einen zweiten Cognac zu servieren, sodann schlug er seine dünnen, langen Beine wie elastische Scheren übereinander und meinte: »Ihre Schwester, Herr Prager, hat für mich gearbeitet.«

»Im Parlament?«

»Nein«, antwortete Ihrig mit einem abfälligen Lächeln, als seien Parlamente besonders deprimierende Orte. »Erst seit ihrer Pensionierung. Ich habe sie fallweise engagiert.«

»Als was?«

»Als Stenografin natürlich. Wissen Sie, es gibt diese Geschäftsgespräche, diese Konferenzen zwischen zwei Leuten, bei denen man nachher gerne genau wissen möchte, was man selbst gesagt hat, und vor allem, was der andere gesagt hat. Protokolle der Wirklichkeit, wenn schon nicht der Wahrheit.«

»Das kann man heutzutage mit jedem Handy erledigen«, entgegnete ausgerechnet Leo, der sich schon den ganzen Tag schwertat, die massenhafte Benutzung tragbarer Telefone gleich tragbarer Duschen nicht als einen Scherz der Gegenwart zu empfinden.

»Ja schon«, sagte Ihrig, »aber ehrlich, wenn man das tut, sieht es aus, als betreibe man ein polizeiliches Verhör. Das geht einfach nicht. Es ergibt ein ganz anderes Bild, wenn eine Stenografin dabei ist. Nicht, dass ich keine Sekretärin hätte. Ich habe sogar zwei. Aber Stenografie … Jedenfalls habe ich Ihre Schwester zu gewissen Anlässen angefordert. Bis zuletzt. Zuletzt sogar recht häufig. Eva hat diesen Treffen – ich darf das so sagen – einen beträchtlichen Charme beigefügt. Jetzt abgesehen vom funktionellen Nutzen.«

»Sie wissen, wie sie gestorben ist?«

»Ja, selbstverständlich. Es stand in der Zeitung.«

»Sie lesen noch Zeitungen?«

»Mitunter sogar die Printausgaben«, sagte Ihrig, obgleich er wahrlich nicht wie ein Mann von gestern wirkte. Um beim Segelbootvergleich zu bleiben, eher ein Mann aus glasfaserverstärktem Kunststoff. Aber scheinbar doch mit einem Faible für das eine oder andere, was sich auf Papier verewigen ließ.

Ihrig erklärte, es sei schrecklich, was mit Eva passiert sei. Und fügte an: »Man verdächtigt diesen Junkie, nicht wahr? Den Ihre Schwester, weiß Gott warum, bei sich aufgenommen hat.«

»So sicher ist das nicht«, erwiderte Leo.

»Was denn?«

»Dass dieser Mann der Täter ist.«

»Aha! Sie haben also schon mit der Polizei gesprochen.«

»Sie laden mich aber nicht darum auf einen Cognac ein«, sagte Leo, »weil Sie mich über den Ermittlungsstand aushorchen wollen.«

»Nein, meine Güte, natürlich nicht. Dennoch möchte ich über Ihre Schwester sprechen. Ich hatte sie einen Tag vor ihrem Tod engagiert. Für ein sehr wichtiges … ich will sagen, für ein extrem wichtiges Verhandlungsgespräch, das ich mit einem englischen Geschäftspartner geführt habe. Ihre Schwester beherrschte auch die englische Kurzschrift. Und zwar perfekt. Die ganze Frau war perfekt.«

»Schön, dass Sie das sagen«, meinte Leo, »mich wundert aber, dass Eva mir davon nie erzählt hat. Vor allem aber, weil Eva zuletzt unter einer Erkrankung ihrer Augen litt, wie ich selbst übrigens auch, eine sogenannte altersbedingte Makuladegeneration. Das ist eigentlich nicht das Handicap, mit dem es einem leichtfällt, die eigenen Kürzel zu entziffern. Da hätte sich eher Blindenschrift angeboten.«

Ihrig schüttelte den Kopf. In seinem Gesicht lag echtes Erstaunen.

»Davon habe ich nichts mitbekommen«, versicherte er. »Glauben Sie mir, da gab's nie ein Zeichen von Schwäche.«

Er beschrieb, wie Eva dieses letzte Notat mit sich genommen hatte. Wie sie das immer tat, um an ihrem eigenen Schreibtisch eine Übertragung in Langschrift und eine zusätzliche Übersetzung ins Deutsche vorzunehmen. Plus ihrer Anmerkungen.

»Ich mochte ihre Anmerkungen sehr«, sagte Ihrig. »Das hatte sie aus ihrer Parlamentsarbeit. Geradezu ein Psychogramm der Gespräche. Durchaus hilfreich.«

»Sie wollen mir jetzt sicher sagen«, meinte Leo, »dass diese Aufzeichnungen verschwunden sind.«

»Exakt. Das sind sie.«

»Und woher können Sie das wissen? Vielleicht liegen sie noch auf Evas Schreibtisch.«

»Das tun sie nicht.«

»Aha!«, sagte Leo, wartete einen Moment und sprach dann die Möglichkeit aus, die Polizei könnte die Aufzeichnungen gefunden haben. Immerhin sei die Spurensicherung gerade dabei, die Wohnung ein zweites Mal auf den Kopf zu stellen. Dabei ließ er aber die Schrift unerwähnt, die man auf Evas Fußsohlen entdeckt hatte.

»Die werden nichts finden, glauben Sie mir«, sagte Ihrig.

»Haben Sie das auch aus der Zeitung«, fragte Leo und verzog sein Gesicht.

»Schon gut!« Ihrig wechselte die Stellung seiner Beine und begann davon zu berichten, wie er am Tag vor Evas Ermordung mit ihr telefoniert hatte.

»Sie hatte da bereits alles erledigt«, sagte Ihrig, »und mir für den nächsten Vormittag die fertigen Unterlagen versprochen. Wir wollten uns wie üblich in diesem kleinen Laden treffen. Das war so ein Spleen von Eva, darauf zu bestehen, mit den vollständigen Transkriptionen nicht zu mir ins Büro zu kommen, sondern sich in diesem kleinen, in diesem wirklich winzigen Laden zu treffen. Das war so gesehen *ihre* Bedingung.«

»Welches Museum?«

»Habe ich Museum gesagt? Laden! Ein Geschäft.«

»Scheiße«, dachte Leo, »fängt es jetzt auch mit den Ohren an?« Erkundigte sich nun aber, von was für einer Art von Laden die Rede sei.

»Also, ich fand das immer ein wenig … delikat. Delikat mag ein dummes Wort sein. Aber doch, ja, delikat. – Ein Dessousgeschäft. *Chez Antoinette*. Die Besitzerin, die nicht Antoinette, sondern Tina heißt, scheint eine Freundin von Eva gewesen zu sein. Es gab dort immer ausgezeichneten Kaffee. Aber wenn mehr als drei Leute in dem Laden stehen, kann man sagen, er ist überfüllt. Dazu die Wärme. Ein Backofen. Und auch nicht viel größer. Zudem hängt ja auch einiges an Wäsche herum. Wenngleich sehr ausgewählte Sachen. Faktum ist, dass wir uns immer in diesem Geschäftslokal trafen, wenn sie mir die Unterlagen übergab.«

»Warum ausgerechnet dort?«

»Das kann ich Ihnen nicht sagen. Aber einmal hat Eva erklärt, dieser Laden sei … sie drückte es so aus: der Mittelpunkt der Welt.«

Leo lächelte und meinte: »Meine Schwester!«

»Jedenfalls ist Eva an diesem Tag nicht zum vereinbarten Zeitpunkt erschienen. Was vorher noch nie der Fall war. Und auch nicht an ihr Handy gegangen. Also bin ich zu ihr nach Hause. Ich kannte ja die Adresse.«

»Sie haben Ihre Leiche entdeckt, stimmt's?«

»Das ist richtig. Die Wohnungstüre stand offen.«

»Und anstatt Rettung und Polizei zu benachrichtigen, haben Sie die Papiere gesucht.«

»Sie müssen verzeihen, aber das war schon klar, dass in diesem Fall keine Rettung mehr etwas nützen würde. Und ja, ich habe die Unterlagen gesucht. Aber sie waren verschwunden. Eva pflegte sie stets in der gleichen Mappe aufzubewahren. Sie hatte diese Mappe auch immer dabei, wenn wir uns trafen.«

»Was genau ist das eigentlich, was Sie tun?«, fragte Leo.

»Ich bin Berater und Vermittler«, antwortete Ihrig. »Jemand benötigt etwas, und jemand anderer besitzt dieses Benötigte. Ich bringe die beiden zusammen.«

»In welcher Sparte?«

»In jeder Sparte. Mein Talent ist nicht die Kenntnis einer Ware, sondern die Kenntnis der Bedürfnisse, die ich vereine. Alles ist eine Frage der Not. Ich vermittle, damit die Not sich auflöst.«

»Na, ein wenig Ahnung werden Sie schon von den Dingen haben, die Sie da vermitteln, oder?«, meinte Leo und schloss die Frage an, um welches Produkt es in diesem letzten Gespräch gegangen war, das Eva aufgezeichnet hatte.

»Das brauchen Sie nicht zu wissen.«

»Und wieso sitze ich dann hier?«

»Weil ich überzeugt bin, dass Sie mir helfen können, diese Papiere zurückzubekommen.«

»Ich wüsste wirklich nicht wie. Und wüsste auch gar nicht, warum ich das tun sollte. *Ich* benötige nichts. Sie müssen mich nicht vermitteln. Wir werden also so oder so nicht ins Geschäft kommen. Abgesehen davon, dass es jetzt so aussieht, als sei meine Schwester genau darum gestorben, weil sie für Sie gearbeitet hat.«

»Gewiss, diese Unterlagen besitzen einigen Wert. Andererseits … Wieso ein solches Blutbad anrichten? Es hätte genügt, in die Wohnung einzubrechen, Eva zu bedrohen, sich der Papiere zu bemächtigen. Stattdessen ein derartiger Mord. Eine wahnhafte Übertreibung.«

»Richtig, die Polizei meinte ebenfalls, dass hier etwas nicht zusammenpasst«, sagte Leo und fragte dann: »Wieso können Sie sicher sein, dass ich dem Chefinspektor, der diesen Fall betreut, nicht von unserem Gespräch erzähle?«

Ihrig lächelte auf dieselbe scharfe Weise, mit der er seine Stimme zu benutzen und seine Beine übereinanderzuschlagen pflegte, und sagte: »Warum sollten Sie das tun? Sie wollen doch auch herausfinden, wer Ihre Schwester auf dem Gewissen hat.«

»Ich bin kein Detektiv.«

»Sie sind ein Bruder.«

»Vielleicht will ich Eva nur beerdigen und zurück auf meine Insel«, sagte Leo. »Sie wissen doch wohl von meiner Insel.«

»Ja, das tue ich. Aber Insel hin oder her, Sie werden auch keinen Frieden finden, wenn Sie dorthin zurückkehren, ohne sich auszukennen.«

»Um mich auszukennen, sollte ich aber wissen, um welche Dinge es in diesem Stenogramm meiner Schwester ging. Das ist doch nicht schwer zu begreifen, oder?«

»Na gut«, sagte Ihrig. »Wenn Sie so darauf bestehen. Es geht um eine neuartige Substanz. Eine Substanz im Sinne eines chemischen Stoffes.«

»Wie neuartig?«, fragte Leo.

»Revolutionär.«

»Wie revolutionär?«

»Sagen wir es so, es handelt sich um ein Gemisch, das den Weg zu echter künstlicher Intelligenz ebnen könnte.«

»Was wollen Sie mir weismachen? Eine Pille für Computer, die ihnen die Freiheit gibt, zu denken, was sie denken wollen?«

»Das ist jetzt etwas überspitzt und ironisch, trifft aber eigentlich in die Mitte«, sagte Ihrig. »Sie haben ja vielleicht schon einmal von Biocomputern gehört.«

»Salat, der spricht.«

»Nun, genau genommen geht es um Speicher- und Verarbeitungsmedien auf Basis von DNA und RNA. Nukleinsäuren, mit denen man programmieren kann.«

»Wer programmiert wird, ist nicht frei.«

»Einen Moment Geduld«, sagte Ihrig und erklärte, dass das Problem die Langsamkeit von DNA-Computern sei, mit denen sie Antworten produzieren würden, einem wirklich langen Gähnen gleich, das sich auch mal über Stunden erstrecke. Allerdings wäre ihre Stärke die Parallelisierung, da hier eine unglaubliche Menge an Molekülen gleichzeitig arbeiten würde. Und eine weitere Stärke die Langlebigkeit von DNA-Speichern sowie die geringe Größe, mit der man praktisch das Wissen der ganzen Welt in eine Damenhandtasche packen könne.

»Wie kommen Sie auf eine Damenhandtasche?«

»Allgemein wird zwar von einem Schuhkarton gesprochen«, sagte Ihrig, »aber bei der Vorstellung, eine immense Menge an Dingen in ein vergleichsweise kleines Behältnis zu stopfen, liefert vielleicht eine Damenhandtasche das passendere Bild.«

»Und diese spezielle Substanz macht also aus einer bloß speicherfähigen Damenhandtasche eine intelligente Damenhandtasche.«

»Dieser Stoff führt zu einer Art von Explosion, einer Verwirrung im System, man könnte auch sagen zu einer Krankheit, an deren Ende, wenn das System sie überlebt, etwas entsteht, das wir bei uns selbst als *freie Radikale* bezeichnen, als oxidativen Stress. Nur dass dieser Stress bei einem DNA-Computer, anders als im menschlichen Körper, keine Schlaganfälle, Diabetes und den Alterungsprozess begünstigt, sondern vielmehr das entstehen lässt, was wir unter einem freien Geist verstehen. *Etwas*, das lernt und aus dem Gelernten seine eigenen Schlüsse zieht. Und es wäre ja auch ziemlich langweilig, wenn dieses *Es* die gleichen Schlüsse ziehen würde, die wir bereits selbst gezogen haben. Denn das ist eigentlich das Interessante an der KI, nicht etwa ein Geist, der in flüssiger Konsistenz in einem Reagenzglas steckt, aber wie ein Mensch denkt, sondern jemand, der zu Problemlösungen kommt, die uns bisher nicht mal im Traum einfielen.«

Ein Computer, so Ihrig, der in der Lage wäre, Lösungen für alles Mögliche zu finden, die außerhalb dessen stünden, wozu unser eigenes begrenztes Denken imstande sei.

»Stellen wir uns etwas vor«, sagte Ihrig, »das wir ein höheres Wesen nennen.«

»Eines, das uns dann hoffentlich freundlich gesinnt ist«, meinte Prager, »und nicht etwa auf die Idee kommt, den Menschen als Fehlentwicklung zu sehen, die man rückgängig machen sollte.«

»Mein Gott«, sagte Ihrig, »dieses Risiko gehen wir ein, seitdem wir begonnen haben, Räder auf Wägen zu montieren und Geräte zu bauen, um in die Lüfte zu steigen. Keine Technik, die sich nicht auch gegen uns wenden könnte. Aber das muss ja gar nicht sein.«

»Ich frage mich nur«, sagte Leo, »wenn das eine derartige Revolution bedeutet, wieso es ausgerechnet Sie als Vermittler braucht. Verzeihen Sie, aber wer sind Sie denn?«

»Ich bin der Geist, der stets verneint.« Ihrig lachte. Nun wieder mit der gewohnt lässigen Schärfe. Um in der Folge zu erklären, dass der Erfinder dieser neuen, wegweisenden, *lebenserweckenden* Substanz weder offiziell noch inoffiziell in Erscheinung treten möchte. »Weder wird er ein Patent anmelden noch persönlich oder auch nur mit seinem Namen aufscheinen. Nicht gegenüber möglichen Käufern. Meine Vermittlung wird seine Anonymität gewährleisten.«

»Umso mehr wundert mich«, sagte Leo, »dass meine Schwester bei diesen Gesprächen dabei sein durfte.«

»Das war meine Bedingung«, sagte Ihrig. »Weil es immer meine Bedingung ist. Außerdem haben sich die beiden wirklich gut verstanden. Sehr gut sogar.«

»Was soll das heißen?«

Ihrig erklärte, dass diesem letzten Gespräch andere vorausgegangen wären. Und soweit er wisse, habe sich sein Klient auch privat mit Eva getroffen.

»Im Ernst? Wer ist der Mann?«

»Wie ich sagte, jemand, der nicht in Erscheinung treten möchte. Und offensichtlich einen Nutzen darin erkennt, zum Erhalt seiner Unsichtbarkeit nach Österreich zu reisen.«

»Noch einmal, nennen Sie mir einen Namen?«, wiederholte Leo. Und drohte: »Sonst muss ich jetzt aufstehen und gehen.«

Ihrig, dieser nach einem trinkenden Helden benannte Vermittler zwischen Leuten, die etwas anboten, und Leuten, die etwas benötigten, zog eine Papierserviette unter einem mit Nüssen gefüllten Glas hervor, zog einen Stift aus der Brusttasche seines Sakkos und schrieb etwas darauf.

»Bitte kein Stenogramm«, sagte Leo, »ich bin nicht meine Schwester.«

»Schon klar«, sagte Ihrig und schob das beschriftete Papier zu Leo hinüber. »Von mir haben Sie das nicht. Können wir uns darauf einigen?«

Leo griff nach der Serviette, hob sie an, führte sie nahe an seine kranken Augen und las einen Namen: Henry Bhat.

»Henry«, sagte er, »klingt ja recht Englisch, Bhat aber …«

»Englische Mutter, indischer Vater, geboren in London«, erklärte Ihrig. »Ein Biokybernetiker und Chemiker. Gelinde gesagt ein Genie. Ein geldgieriges Genie, wobei ich nicht ausschließen mag, dass seine Gier nach dem Geld tiefer und weiter führt, als dass er sich zu dem Jaguar in seiner Garage – oder was auch immer er dort stehen hat – einen weiteren Jaguar stellen möchte. Nein, seine Geldgier ist kompliziert. Wie auch seine Vorsicht. Weshalb ich ja überhaupt erst ins Spiel kam.«

»Gut«, sagte Leo. »Jetzt habe ich einen Namen. Nun muss ich noch wissen, wo ich den Träger dieses Namens finden kann. Wenn er Eva so geschätzt hat, wie Sie sagen, wird er vielleicht Interesse haben, mit dem Bruder der Verstorbenen zu sprechen.«

Noch einmal zögerte Ihrig.

»Hören Sie bitte auf zu zögern«, sagte Leo. »Sie wollen doch, dass ich genau das tue, was ich tun werde. Es ist wie in einem Roman, wo sich die Figuren gegenseitig in Bewegung setzen.«

Ihrig runzelte die Stirn, zugleich aber nickte er und erklärte: »Wenn Bhat nach Wien kommt, wohnt er meistens bei einem befreundeten Architekten, Veit Schindler. In einem Haus in der Nähe von Klosterneuburg. Ich schreibe Ihnen die Adresse auf.«

Ihrig holte sich die Serviette zurück, notierte neben den Namen des englischen Wissenschaftlers die Adresse von Schindlers Haus und schob die Serviette wieder zurück.

»Ist Bhat denn überhaupt noch hier?«, fragte Leo.

»Ich denke schon«, antwortete Ihrig. »Wir hatten geplant, Ende der Woche ein abschließendes Gespräch zu führen und einen Vertrag aufzusetzen. Auch wenn das jetzt im Schatten der Ereignisse geschehen wird. Ohne Eva.«

»Ohne Eva«, wiederholte Leo leise. Nicht wehmütig, aber verloren. Er nahm das Cognacglas und schwenkte ein wenig die Flüssigkeit, deren Farbe ihn an einen alten Lampenschirm erinnerte, und zwar nicht nur die Farbe, auch die leicht verzerrte Gestalt des Glases. Dann trank er den Rest und meinte, es sei für ihn an der Zeit, ins Bett zu gehen. Er habe eine komplizierte und lange Reise hinter sich, angefangen von einem holprigen Flug in einem Wasserflugzeug.

»Mir kommt es vor«, sagte Leo, »als wäre ich mit einem andauernden Rütteln von einer Seite der Welt auf die andere gelangt.«

Ein drittes Mal griff Ihrig nach der cremefarbenen Serviette und notierte darauf eine Handynummer.

»Rufen Sie mich an«, sagte er, »wenn Sie mir etwas mitteilen möchten. Oder wenn Sie meinen, Hilfe zu benötigen, die nur ich Ihnen geben kann. Ich kenne Wege, versprochen.«

»Lebt Ihr Vater noch?«, fragte Leo, während er bereits aufstand.

»Wieso?«

»Ich weiß nicht, ich frage mich nur … Vielleicht, weil ich an meinen eigenen Vater denken muss. Sie erinnern mich an ihn. Er hatte so eine Art wie Sie. Sehr souverän. Zumindest eine Zeit lang. Ich glaube, er wäre ebenfalls auf die Idee gekommen, sich goethemäßig als jenen Geist zu bezeichnen, der stets verneint.«

»Ich hatte eigentlich eher Hegel im Sinn«, erklärte Ihrig.

»Wieso? Hat der das auch gesagt?«

»Ja. Er hat dabei wohl den alten Geheimrat zitiert, um seine eigene Dialektik auf den Punkt zu bringen. Ehrlich, ich finde, es ist einfach ein eleganter Satz. Was ich allein daran mag, ist die Eleganz. – Und ja, mein Vater lebt noch. Aber man könnte vielleicht sagen, dass er wiederum *Ihnen* ähnlicher ist als mir. Hätte er die Möglichkeit, auf einer entlegenen Insel zu leben, er würde sofort aufbrechen.«

Leo lächelte.

Die beiden gaben sich die Hand.

Leo trat aus der Bar und ging in sein Zimmer.

Die Müdigkeit, die sich in einer drei Tage langen Reise angesammelt hatte – dem Flug hinüber nach Tahiti, einem mühsamen Zwischenstopp in Los Angeles, einem nicht ganz so mühsamen in Paris, sodann der lange Tag in der Wohnung seiner Schwester sowie in der Gerichtsmedizin im Angesicht von Evas totem Körper, die schrecklichen Verletzungen, aber auch der Frieden in ihrem Gesicht –, diese Müdigkeit trieb ihn nun mit großer Vehemenz ins Bett. Angezogen wie er war. Flach auf die Decke. Mit geschlossenen Augen. Nur seine Lippen gingen leicht auf und zu, auf und zu, als würden sie *blinzeln.*

»Schlaf gut, Schwester!«

5

Es war das erste Mal seit so vielen Jahren, dass ihn nicht das Meeresrauschen weckte, der trommelnde Gesang an Land schlagender Wellen. Und es war das erste Mal seit über vierzig Stunden, dass er richtig geschlafen hatte. Und wie! Wenn es heißt, jemand schlafe wie ein Stein, so konnte man in Leos Fall sagen, dass tatsächlich der Stein in seinem Kopf für eine Weile Ruhe gegeben hatte.

Er war somit nicht von den Geräuschen des Meers erwacht, sondern von den Geräuschen des Verkehrs, von den bremsenden und anfahrenden Autos, den haltenden und startenden Straßenbahnen, dem Stimmengewirr der vielen Passanten unten am Ring. Klar, hier gab's Schallschutzfenster, aber offensichtlich hatte er eins davon in der Nacht gekippt. Er musste, ohne sich erinnern zu können, einmal aufgestanden sein. Zudem lag er ja nicht mehr angezogen *auf* der Decke, sondern völlig nackt *unter* der Decke.

Er rieb sich die Augen, knetete seine Lider. Langsam kam er aus dem dampfenden Bett hoch, etwas verschwitzt und leicht schwindelig.

Er war es gewohnt, als Erstes nach dem Erwachen ins Meer zu gehen. Hier und jetzt aber musste es die Dusche sein, unter die er seinen dünnen, vom Alter etwas knochigen Inselkörper stellte, *mein Gerippe*, wie er manchmal dachte. Und blieb nun eine ganze Weile unter dem festen Strahl kalten Wassers stehen. Wasser, das sich freilich fremd anfühlte, *unfreies, gebändigtes, gebündeltes* Wasser. Aber kalt ist kalt. Und erfrischend mitunter auch die Unfreiheit.

Eine halbe Stunde später saß er im Frühstücksraum des Bristol, vor sich einen Espresso und ein Croissant. Wobei es ewig zurücklag, dass er in den weichen Körper einer solchen Plunderteigsichel gebissen hatte. Nach all den Inseljahren, in denen er seinen Tag ausgesprochen Griechisch zu beginnen pflegte, mit getrocknetem Tintenfisch, Ouzo und türkischem Kaffee. Sein Vorgänger als »Chef« der Insel war ein griechischer Kapitän gewesen. Manchmal gab's auch Baguette. Manchmal Bananen-Po'e vom Vorabend, fester Pudding. Aber nie ein Croissant.

Als er das Gebäck jetzt zwischen seinen Lippen und seinen Zähnen und auf seiner Zunge spürte, kam ihm das Bild eines verweichlichten Aristokraten in den Sinn. Und er hätte nicht genau sagen können, ob er damit das Croissant selbst meinte oder den, der es aß.

Und während er kauend und schluckend so merkwürdige Gedanken hatte, spürte er, wie von der Seite jemand auf ihn zutrat. Jemand ziemlich Hochgeschossener.

»Guten Morgen, Herr Prager!«

Es war Roswitta Bregenzer, Rosigs Assistentin, was auch immer sie für einen Dienstrang innehatte. Sie nannte ihn nie. Man konnte sagen, sie war trotz ihres jugendlichen Alters einfach *die* Bregenzer.

Sie war wirklich ungewöhnlich groß, was Leo am Vortag gar nicht so sehr aufgefallen war. Überhaupt schien er Bregenzer erst jetzt, während er zurückgrüßte und ihr den Platz gegenüber anbot, so richtig zu betrachten. Dabei war sie nicht nur ungewöhnlich groß, sondern auch sonst auffällig, mit ihren mittellangen Haaren, die karottenrot leuchteten. Dazu irgendein Glitzerstein am linken Nasenflügel einer nicht gerade kleinen Nase. Und ein wirklich betörendes Paar grüner Augen. So ein transparentes Grün, als hätte sich die Patina auf einer alten Skulptur in Glas verwandelt. Glas, auf dem sich eine dem Untergang geweihte Welt spiegelte.

Nicht, dass Prager meinte, Bregenzer sei ein Teufel. Diese Rolle wies er ja bereits dem jungen Mann zu, der elitär genug war, dort Hegel zu zitieren, wo die meisten Goethe vermutet hätten. Aber Bregenzers Augen erinnerten nun mal an die Schönheit im Meer versunkener Städte.

»Wir haben gerade das Ergebnis des Experten erhalten, der die Kurzschrift übertragen hat«, erklärte Rosigs Assistentin, während sie den vorbeieilenden Kellner wie ein entflohenes Weidetier bremste und ebenfalls einen Espresso orderte. Und wieder an Leo: »Mein Chef meinte, ich solle das gleich mit Ihnen durchgehen. Denn das Ganze ist leider reichlich verwirrend.«

Sie zog ein Papier aus ihrer Tasche und legte es vor Leo auf den Tisch.

»Die Schwierigkeit für den Übersetzer war wohl«, sagte Bregenzer, »einige der privaten Kürzel Ihrer Schwester zu entschlüsseln. Darum hat das gedauert. Jedenfalls auf der linken Fußsohle, da steht erstaunlicherweise der Ausschnitt aus einem Gedicht. Und zwar aus einem Gedicht von Elfriede Gerstl. – Man stelle sich vor, wie lange wir früher, noch vor dem Internet, gebraucht hätten, so was herauszufinden.«

»Geben Sie nicht so an«, sagte Leo, »das können Sie doch gar nicht wissen, wie das damals war.«

»Meine Eltern haben mir davon erzählt«, sagte sie. In ihrem Gesicht war ein hübscher Zug von Spott.

»Na, die Gerstl«, sagte Leo, »war halt Evas Lieblingslyrikerin, neben der Bachmann.«

Er beugte sich über das Papier und las laut die Worte der österreichischen Dichterin, die Eva Prager so oft in so viele verschiedene Schnellschriften übertragen hatte: *kein grund unzufrieden zu sein/kein grund zufrieden zu sein/ein blatt im wind/und nimmt sich so wichtig.*

»Wenn wir davon ausgehen«, sagte Bregenzer, »dass Ihre Schwester das entweder kurz vor ihrem Tod geschrieben hat, weil sie eine Attacke gegen sich befürchten musste, oder, was aber ziemlich unwahrscheinlich ist, im Moment des Sterbens – weil so viel Zeit hatte sie wohl kaum –, muss man sich schon fragen, wieso sie nichts Besseres zu tun hatte, als ein Gedicht zu zitieren.«

»Wieso nicht?«, meinte Leo. »Immerhin war ihr die Übertragung solcher Lyrik in ihre geliebte Schrift das Wichtigste im Leben gewesen. Und so hat sie dieses Leben mit dem Wichtigsten auch abgeschlossen. Das muss man nicht gut finden, aber unlogisch ist es nicht.«

»Na immerhin«, sagte Bregenzer, »ist da noch ein Text auf der anderen Seite. Der ist zwar auch nicht unbedingt von größter Verständlichkeit, aber wenigstens ist er an Sie gerichtet, Herr Prager.«

Leo zuckte zusammen. Sein Blick glitt jetzt über die vier Zeilen aus Elfriede Gerstls Gedicht hinunter auf den zweiten Textblock. Einen Moment tat er sich schwer. Der Winkel war ungünstig, die Buchstaben tanzten in der Art auf ihren Zehen trippelnder Ballettschülerinnen. Weshalb er das Papier ein wenig nach oben schob. Die Buchstaben beruhigten sich.

In der Tat, jetzt konnte er die Anrede lesen: *An meinen Bruder!*

Und sodann den Rest des Textes: *Denk an das Reich der lachenden Würmer, die nie schlafen. Dort liegt der Schatz. Schenk ihn der Welt! Dann bist du endlich frei zu sterben.*

»Wie aus einem irren Kinderbuch«, kommentierte Bregenzer.

»Ja«, antwortete Leo, » mit Kindheit hat das auch zu tun. Mit meiner und der von Eva.«

Er wusste gleich, was gemeint war. Zumindest wusste er, von welchem Reich die Rede war. Und erklärte nun der Polizistin, dass es sich bei den »lachenden Würmern« um Fantasiegestalten seiner Kindheit handelte, erfunden von seiner um zwei Jahre älteren Schwester. Sie damals achtjährig, er sechsjährig. Er hatte sie immer wieder angebettelt, ihr etwas zu erzählen, wenn er nicht hatte einschlafen können, weshalb sie sich eine Art von Fortsetzungsgeschichte einfallen ließ, in der eben auch eine zwanghaft fröhliche Wurmspezies eine Rolle spielte. Denn so groß die elterliche Villa auch war, teilten sich die beiden bis zum Beginn der Pubertät ein Kinderzimmer.

»Die Sache mit den Figuren«, erzählte Leo, »ging so weit, dass wir einigen davon bestimmte Orte und Verstecke in unserem Haus zugewiesen haben. Also, in welcher Ecke die Brillen tragenden Mäuse wohnen und wo die hamstergroße verrückte Raumfahrergilde zu Hause ist, wo die millimetergroße Königin des Tages und wo eben auch die lachenden Würmer leben.«

In einem der Zimmer, so erklärte er – einem Zimmer mit einem kreisrunden, auf die Straßenseite führenden Fenster –, hätten er und Eva hinter einem Sofa ein bodennahes Loch in der Wand entdeckt. Ein Loch, das tief in die Wand führte, möglicherweise noch von einer alten Leitung stammte. Doch den eigentlichen Sinn und

Zweck erklärten sich die beiden dadurch, es würde den Eingang ins Reich der lachenden Würmer bilden.

»Für meine Schwester war's natürlich eine bloße Geschichte, und sie hat mitgespielt, aber ich meinte wirklich, manchmal in der Nacht durch die Wände hindurch die Würmer lachen zu hören. Es hat mir schon Angst gemacht. Aber halt diese Angst, die man auch mag.«

»Das heißt«, sagte Bregenzer, »wenn Ihre Schwester in dieser letzten Nachricht von einem Reich lachender, nie schlafender Würmer spricht, meint sie möglicherweise dieses Loch in der Wand. In dem Haus, in dem Sie beide aufgewachsen sind.«

»Ja, das ist es, was ich denke«, sagte Leo.

»Dann sollten wir uns diesen Raum einmal ansehen, nicht wahr?«, schlug Bregenzer vor.

»Sie und ich?«, fragte Leo.

»Sie und ich«, antwortete Rosigs Assistentin. »Ich muss vorher aber noch einmal zurück ins Kommissariat. In zwei Stunden hole ich Sie ab, und wir fahren zu diesem Haus.«

»Ich werde bereit sein«, sagte Leo und klopfte gegen sein Ei.

Bei der Villa, in der Leo aufgewachsen war und die sein geschäftstüchtiger Vater in den frühen 1950er-Jahren gekauft hatte, handelte es sich tatsächlich um ein Juwel. Ein besonderes und besonders gelungenes Beispiel für die moderne Villenarchitektur der 1930er-Jahre, was nicht nur für die kubisch-strenge Hülle galt – nach vorne hin abweisend, nach hintenhin sich öffnend –, sondern vor allem für die Verwirklichung der Prinzipien des »neuen Wohnens«: gegen den rechteckigen Wohnraum, für das Fließende, das Gleitende, das Organische. Welches den Menschen zum »Mittelpunkt des architektonischen Interesses« werden ließ, wie der Architekt es einst ausgedrückt hatte.

Und dennoch, mit dem Gebäude war es nach dem Verkauf durch die Mutter bald bergab gegangen. Keine Pflege, zusehends Verfall von Haus und Grundstück, Spekulation, Prozesse um den Besitz, keine Stadt Wien, die so klug gewesen wäre, sich dieses Objekt mit Fug und Recht und im Dienste der Öffentlichkeit unter den Nagel zu reißen. Was dann ein windiger Geschäftsmann tat und das Haus bei einer Versteigerung, bei der er wie durch ein Wunder der einzige Anbieter blieb, zu einem lächerlich geringen Preis erhielt. Einer von diesen Geschäftsleuten, die man ebenfalls für »lachende Würmer« hätte halten können. Leute, die sich wirklich in so gut wie alles hineinbohren konnten. Und denen dieses Bohren so gut wie nichts kostete, die daraus entstehenden Röhren allerdings einen immensen Profit abwarfen. Natürlich verfügte dieser Mann über eine Stiftung, alle lachenden Würmer tun das. So war es ihm etwa zusammen mit einem ebenso stiftungsfreudigen Geschäftspartner gelungen, im Zuge einer Privatisierungswelle einen wichtigen österreichischen Staatsbetrieb zu übernehmen, um dann in der Folge von ebenjenem Staat, der sich so leichtfertig gerade von seinen besten Stücken zu trennen pflegte, ausschreibungslose Aufträge im großen Stil zu erhalten. Und so weiter. Das Leben der Würmer ist ein brillant gewundenes.

Und natürlich hatte dieser Investor geplant, die denkmalgeschützte Villa umzugestalten und »nutzbar« zu machen. Aber dann war erst mal eine gerichtliche Auseinandersetzung mit dem Vorbesitzer dazwischengekommen, und schließlich war endlich auch der Stadt Wien eingefallen, dass hier eigentlich bedeutendes Kulturgut auf ihrem Boden stand. Und es ist ja immer der Boden der Stadt, auf dem alles Schöne und alles Hässliche steht. Auch das Denkmalamt war kurz erwacht.

Seither schien aber ein Stillstand eingetreten zu sein. Weder war die Villa in etwas »Nützliches« umgebaut worden, noch hatte man sie, wie zuletzt angekündigt, im Zuge einer Renovierung in einen allen Bürgern zugänglichen Veranstaltungsort samt Museum verwandelt. Es war, was es war: ein leeres Haus. Ein Haus im Zustand des Betrübtseins. Und in dem sich möglicherweise noch immer ein kleines, in die Wand führendes Loch befand, das einst die Fantasie eines Sechsjährigen angestachelt hatte.

Als Leo und die junge Kriminalpolizistin vor dem Haus ankamen, war die Sonne so gnädig, durch eine Lücke in der Wolkendecke hindurchzubrechen und die massive, strenge Straßenfront des Villengebäudes anzuleuchten und ein leichtes Rosa auf die gräulich weiße Fassade zu zaubern. Eine kleine Scham, aber wunderschön.

Bregenzer fuhr ihren Wagen, einen Seat, direkt zu einer Parklücke vor dem dreigeschoßigen Haus. Leo selbst hatte zwar achtzehnjährig einen Führerschein gemacht, aber damit natürlich weder auf Claire noch auf Mönchengladbach etwas anfangen können. Von dort aus freilich mitbekommen, wie der Straßenverkehr die Welt immer fester umschlungen hielt. Die Autos, mit denen er aufgewachsen war, und die Autos, mit denen heutzutage gefahren wurde … Er sagte: »Schimpfen Sie mich einen alten Trottel, aber diese Wagen schauen alle gleich aus. Extrem domestizierte Viecher.«

»Ja«, meinte Bregenzer, »aber die folgen einem wenigstens. Meistens.«

Sodann parkte sie den Seat in einem einzigen schnellen und souveränen Schwung ein.

Die beiden stiegen aus dem Wagen.

Leo betrachtete das Haus. Diverse Gefühle kreuzten sich: Wehmut, Bitterkeit, Freude, Sentimentalität.

Durch eine offene Türe im Zaun traten sie auf das Grundstück und bewegten sich auf den Eingang zu.

»Soweit ich informiert bin«, sagte Leo, als falle ihm das erst jetzt ein, »ist das Haus derzeit unbewohnt. Beziehungsweise ist es das schon länger.«

»Ich weiß«, sagte Bregenzer.

»Woher?«

»Sie haben diese Villa schon gestern erwähnt. Die finden Sie sogar auf Wikipedia.«

Sie berichtete, die Zeit nach dem Frühstück im Bristol dahingehend genutzt zu haben, den Besitzer des Hauses zu kontaktieren und die Dringlichkeit einer Begehung klarzumachen. Unter der Betonung, dass dies nicht mit irgendwelchen Streitigkeiten das Objekt betreffend zu tun habe.

»Man hat mir versprochen«, sagte Bregenzer, »dass ein Anwalt der Stiftung vor Ort sein wird, um uns hineinzulassen.«

Gemeinsam traten sie an die Eingangstüre, die erstaunlich klein in der hoch aufragenden Straßenfront steckte. Aber das war typisch für dieses Gebäude, wie sich hier das Kleine mit dem Großen abwechselte, das Hohe mit dem Niedrigen, das Schwere mit dem Leichten, das Imposante mit dem Zurückhaltenden. Ein Umstand, der auch gleich eine Fortsetzung erfuhr, indem Bregenzer und Prager nun durch diese kleine, unverschlossene Türe traten, nachdem auf ihr Läuten hin niemand erschienen war.

So gerieten sie in einen geradezu winzigen, dunklen Vorraum, von dem sie dann aber in eine sehr hohe, helle Halle entlassen wurden. Als sei's eine Geburt.

Am gegenüberliegenden Ende des Raums befand sich ein mächtiger, ebenerdiger Erker, der mit drei wandhohen, vier Meter aufragenden Fenstern und einer durchgehenden Sitzbank hinaus in den verwilderten Garten wies. Und auch wenn Prager natürlich in seinem Leben selten dazu gekommen war, sich Erker anzusehen, und dieser hier ihm ja aus seiner Kindheit bestens vertraut war – die Höhe, der Blick, die eigentümliche Intimität bei gleichzeitiger Offenheit –, so dachte er eben nun dennoch: »Der schönste Erker, den ich je gesehen habe.«

Er schaute sich um, blinzelte, verengte sein krankes Augenpaar. Für einen Moment sah er alles so, wie es einst gewesen war. Sah die Einrichtung von damals, all das, was er einmal als eine »Bombe des guten Geschmacks« bezeichnet hatte: Möbel aus den Zwanziger- und Dreißigerjahren, den Delaunay-Teppich, die Bauhausstühle, die Hängelampe von Josef Hoffmann, immer frische Blumen in schlanken Vasen, Bücher und Magazine auf dem rot gelackten Tisch, viel Übersicht und Ordnung, dennoch keine Kälte. Eine warme Bombe. Er sah den kleinen Georges Braque drüben an der Wand, ein Gemälde von 1909 oder 1910, auf das der Vater recht stolz gewesen war, sein Vater, der aus einer Familie von Kleinbauern aus irgendeinem dunklen, verwunschenen Tal in der Oststeiermark stammte, und der dann sagen konnte, er lebe in einem Meisterstück der Wiener Moderne und … »Hier ist mein Braque«, hatte er seinen Gästen zu sagen gepflegt, schamlos stolz. Er hatte Bescheidenheit verachtet. *Mein Braque*.

Der Braque war lange fort. Aber als Leo nun aus der Vergangenheit wieder hochtauchte, erkannte er den Schatten von Staub, der das etwas hellere Viereck umrandete, dort, wo einst das Bild gewesen war. Ein Bild, von dem sicher niemand mehr wusste, dass es einst an dieser Stelle gehangen hatte. Er selbst war wohl der Letzte, der sich daran erinnerte. Was aber ohne jede Bedeutung war. Und ihn dennoch merkwürdig schmerzte. Immerhin war er fortgegangen, um nie wieder zurückzukehren. Und jetzt stand er hier und fühlte sich wie dieses helle Viereck an der Wand. Dieser *sichtbare* blinde Fleck. Staubig umrandet.

Leo drehte sich mehrmals im Kreis, blieb dann mit dem Rücken zu dem hohen Erker stehen und zeigte hinauf zu der die Halle teilenden, in den Raum auskragenden Zwischenebene, auf welcher der Flügel seiner Mutter gestanden hatte.

Und wo er erstaunlicherweise noch immer stand: der verdammte Bechsteinflügel. Der Flügel, auf dem Leo und Eva das Klavierspielen erlernt hatten, wobei Leo die Klaviermusik immer als einen Höhepunkt von Traurigkeit erlebt hatte. Er hatte gemeint, es gebe keine lustigen Stücke, wenn sie lustig seien, seien sie blöd, und das wäre dann erst recht traurig.

Dennoch, als sie jetzt die Treppe nach oben stiegen und vor dem schwarz glänzenden, erstaunlicherweise vollkommen staubfreien Bechstein stehen blieben, erwähnte Leo die Schönheit dieses Instruments. Er stellte sich vor, dass es einmal ein genau solcher schwarzer Fleck wäre, der die Mitte seines Gesichtsfeldes dominieren würde. Ein Flügel, der ihm dann praktisch nicht mehr aus den Augen ging.

»Dort drüben«, sagte Leo, zeigte hinter sich und lenkte die Polizistin in den niedrigen, gestreckten Raum mit dem großen, kreisrunden Fenster. Rechts und links die Elemente geschlossener, tief liegender Polsterbänke. An den Wänden erneut die Staubschatten von Bildern, die vor langer Zeit in diesem Zimmer hingen.

»Ich könnte glauben«, sagte Leo mit Blick auf die verschlissenen Oberflächen der Polsterbänke, »den Abdruck von meinem kleinen Kinderhintern zu erkennen. Wir waren viel hier drinnen. Unser Lieblingsort. Wer hatte damals schon ein rundes Fenster?«

»Wer hat denn heute schon ein rundes Fenster?«, entgegnete Bregenzer, und es lag echtes Bedauern in ihrer Stimme.

»Stimmt«, sagte Leo und bewegte sich genau auf dieses Fenster zu, vor dem er stehen blieb, sodann nach dem Element der linken Sitzbank griff und dieses aus der Ecke hervorzog.

»Scheiße ja«, sagte er, auf eine Stelle in der Wand schauend, die knapp oberhalb des Bodens lag. Eine saubere, kreisrunde Öffnung mit einem zweifingerbreiten Durchmesser.

»Lachende Würmer?«, fragte Bregenzer und war hinter Leo getreten.

»Na, zumindest der Eingang zu ihrem Reich«, antwortete er und wollte sich gerade hinunterbeugen.

»Augenblick«, sagte Bregenzer und griff Leo sachte auf die Schulter. Das Gewicht ihrer Hand erinnerte ihn – er musste schmunzeln – an die Momente, wenn ihm Salty Dog von hinten mit dem Rüssel berührt hatte, um irgendetwas bettelnd. Mitunter Liebe.

»Lassen Sie mich das machen«, sagte Bregenzer und holte ein paar weiße Schutzhandschuhe aus ihrer Tasche, die sie sich überzog.

Sie zwängte sich an Leo vorbei zur Wand, ging in die Knie und führte ihren linken Zeigefinger in die Perforation. Endlich mal eine Linkshänderin auch unter den Polizisten, nicht nur unter den Tätern, zumindest denen in Film und Fernsehen.

»Hören Sie das Lachen?«, fragte Leo hinter ihr.

»Sehr von fern«, antwortete sie, schüttelte leicht den Kopf und schob nun eine kleine, quadratische Hülse aus der Öffnung.

Leo erkannte das Ding sofort: eine alte silberne Lippenstifthülse, ein Art-déco-Stück mit einem kleinen ovalen Türkis als Schiebeknopf. Ein Objekt, das seine Mutter verwendet hatte, um ihre immer wieder selbst hergestellten Lippenstifte einzufüllen. Das war lange vor der Do-it-yourself-Welle gewesen und hatte auch nichts mit der Naturkostbewegung der Hippiezeit zu tun gehabt, sondern war schlichtweg eine Frage der Farbe gewesen. Weil Leos Mutter eben gemeint hatte, dass das Rot, von dem sie fand, es würde in der allerbesten, nein, in der einzig richtigen Weise zu ihren Lippen passen, nur von ihr selbst herzustellen war. Ein zartes Flammenrot. Und wenn man ihr erwiderte, Flammenrot und zart sei ein Widerspruch, antwortete sie: »Darum mache ich es ja auch selbst. Um einen Widerspruch zu kreieren. Tut ja sonst keiner.«

Somit konnte Leo jetzt erklären, dass diese silberne Lippenstifthülse seiner Mutter gehört hatte. Vermutlich eines der wenigen Erbstücke, die das finanzielle Gemetzel der späten 1980er-Jahre überstanden hatte und darum auch in den Besitz seiner Schwester gelangt war.

»Ich glaube nicht«, sagte Bregenzer, »dass wir darin einen Lippenstift finden. Was fast schade ist.«

In der Tat, als die Polizistin die beiden Teile auseinanderschob, offenbarte sich kein farblicher Widerspruch, sondern ein zusammengerolltes Papier.

Bregenzer öffnete den zehn Zentimeter breiten und nur wenig längeren Zettel und hielt ihn so, dass auch Leo darauf schauen konnte.

»Ich hoffe, Sie haben eine Ahnung von Chemie«, meinte Bregenzer.

»Nicht auf diesem Niveau, wirklich nicht«, antwortete Leo und betrachtete die Aufzeichnung: eine ringförmige Strukturformel, eine Keilstrichformel, deren komplizierte Gestalt vor seinen Augen zu schwimmen begann.

Darunter befand sich eine kleine Abbildung, die eine Brücke darstellte. Es war keine Zeichnung, sondern ein alter Aufdruck auf dem alten Papier. Während die darauf notierte Strukturformel ausgesprochen neu wirkte, wobei das natürlich jede Strukturformel tut, selbst die von Wasser, Wasser, das es ja schon ziemlich lange gibt.

Das mochte jetzt ein unglaublicher Zufall sein, dass diese zentimetergroße Abbildung unverkennbar jene berühmte zweite Wiener Reichsbrücke darstellte, deren Einsturz Prager einst auf einen Film gebannt hatte. Und *gebannt* war wirklich das richtige Wort. Es war aber nicht so, dass er jemals seiner Schwester davon erzählt hatte, nicht vor vier Jahrzehnten, als er einen »Abschiedsbrief« an sie verfasst hatte, und auch nicht in dem vergangenen halben Jahr, als die beiden mehrmals miteinander geskypt hatten. Und dabei viel über ihre Eltern sprachen, über Wien, über Claire, über die Villa, in der man gerade stand, über die Stenografie, auch über die politischen Verhältnisse in Österreich und Europa, den noch in den 1970er-Jahren für unmöglich gehaltenen Aufschwung der Faschisten, die sich jetzt fantasielose, aber saubere Namen gaben, in denen Wörter wie freiheitlich und demokratisch und alternativ wie kleine leuchtende Engel vorkamen und das schärfste Wort »National« war. Parteien, die geradezu sehnsüchtig auf eine große Flüchtlingswelle, gesellschaftliche Spaltungen, verrückte Islamisten und den wiedererwachten Kleinbürger gewartet und all das auch erhalten hatten. Das Weihnachten der Populisten, die, wie sie selbst sagten, in der Mitte der Gesellschaft angekommen waren. Ja, wo denn auch sonst?

Darüber hatten sie gesprochen, während es rein gar nichts über die politischen Verhältnisse auf Claire zu sagen gegeben hatte, und eben auch kein einziges Wort über den Einsturz der Reichsbrücke gefallen war. Sosehr sich die Frage aufgedrängt hatte, wieso Leo ausgerechnet an diesem ersten Augusttag im Jahre 1976 von Wien weggegangen war. Und dennoch, nichts über die Brücke.

Aber genau die befand sich schwarz-weiß, zentimetergroß und in der Art eines Emblems unter einer weder für Leo noch für Bregenzer zu entschlüsselnden chemischen Formel. Allerdings konnte sich Leo ja denken, dass es sich um die Strukturformel genau jenes revolutionären Stoffs handeln musste, von dem der Vermittler Nestor Ihrig gesprochen hatte.

Einen Moment zögerte Leo.

Und jetzt war es Bregenzer, die, in ähnlicher Weise wie Leo am Abend zuvor bei Ihrig, ihn aufforderte, das Zögern sein zu lassen.

»Natürlich, Sie haben recht«, sagte Prager und berichtete also von dem Gespräch, das er in der Bar des Bristol mit jenem Mann geführt hatte, für den Eva in letzter Zeit als Stenografin tätig gewesen war.

»Künstliche Intelligenz in Form von DNA-Computern«, erklärte Leo und tippte auf den Zettel. »Wenn Nestor Ihrig nicht übertreibt, dann handelt es sich um eine Substanz, die wirklich allerlei in Schwung bringen könnte. Ein Reagenzglas mit einem Liter hochintelligenter und selbstständig denkender Flüssigkeit, die nicht nur einfach schneller rechnet, sondern *anders* rechnet. Die uns vielleicht retten könnte, gleich, ob die Menschheit das verdient oder nicht. Naturgemäß aber auch einige Begehrlichkeiten weckt.«

»Klingt nach Science-Fiction oder einem Märchen«, meinte Bregenzer.

»Ein Märchen, an das meine Schwester offensichtlich geglaubt hat. Warum sonst hätte sie die Formel hier versteckt? Und wieso sonst hätte sie mir geschrieben, wo ich dieses Papier finden kann? Wie hat sie das ausgedrückt? *Denk an das Reich der lachenden Würmer, die nie schlafen. Dort liegt der Schatz. Schenk ihn der Welt!*«

»Und dass Sie dann endlich frei wären zu sterben«, ergänzte Bregenzer.

»Genau!«

»Na, dann behalte ich das lieber bei mir, bevor Sie von einer Brücke springen«, sagte die Polizistin und rollte das Stück Papier wieder ein.

»Wieso Brücke?«

»Wie und wo auch immer Sie sterben wollen. Oder wie sonst hat Ihre Schwester das gemeint?«

»Ich bin ein wenig allergisch, was Brücken betrifft.«

»Kenne ich«, sagte Bregenzer und steckte das Papierröllchen zurück in die Lippenstiftkapsel, »kenne ich von meinem Vater. Gephyrophobie. Mein Gott, mitunter sind wir riesige Umwege gefahren, nur damit er über keine Brücke drüber musste.«

»Der Fall liegt bei mir ein wenig anders.«

»Egal, dieses Papier ist ein Beweisstück«, erklärte Bregenzer und tat die silberne Hülse in einen kleinen Plastikbeutel, den sie in einer der vielen Taschen ihrer Cargohose verstaute.

Schließlich erklärte sie, mit einem Blick auf ihr Handy: »Rosig will Sie sprechen. Ich bringe Sie zu ihm. Dann werden wir auch gleich jemanden herbestellen, der uns die Bedeutung dieser Formel erklären kann. Und Herrn Ihrig zu einer Befragung bitten.«

»Da kommt was zusammen«, meinte Leo.

»Ja«, sagte Bregenzer, »aber besser, als wenn nichts zusammenkommt, oder?«

Sie verließen das Haus. In diesem Moment trat ihnen der Anwalt des Eigentümers entgegen, der offensichtlich zwar die Eingangstüre aufgesperrt, sich dann aber kurz woandershin begeben hatte.

»Sind Sie fertig?«, fragte er und sah dabei Leo an.

»Wir sind fertig«, antwortete Bregenzer, die Polizistin mit den karottenroten Haaren und dem Schmuckstein auf dem Nasenflügel, dazu Augen, die so grün waren, dass man Farblinsen hätte vermuten können. Und vielleicht waren es auch welche. Aber wer hätte sich das zu fragen getraut?

Der Anwalt erklärte noch, es hätte sich scheinbar jemand vor einiger Zeit Zutritt zu dem Haus verschafft.

»Woher wissen Sie das?«, fragte Bregenzer.

»Die Eingangstüre war unversperrt«, sagte er. »Das sollte sie nicht sein.«

»Fehlt etwas?«, fragte Bregenzer.

»Was soll man dort drinnen denn stehlen?«, fragte der Anwalt zurück. »Ein Klavier?«

»Richtig, der Flügel«, sagte Leo und meinte, er könne sich jetzt denken, wieso der so völlig sauber und glänzend gewesen sei. Das müsse seine Schwester gewesen sein. Wobei es verrückterweise so scheine, als sei sie tatsächlich mit einem uralten Schlüssel in das Haus gelangt. Wollte man nicht davon ausgehen, dass sie auf ihre alten Tage auch noch die Fähigkeit entwickelt hatte, Türschlösser zu knacken.

»Dabei mochte sie das Klavierspiel so wenig wie ich«, sagte Leo, »das war ganz Mutters Sache. Aber Staub auf dem alten Ding, nein!«

Prager und Bregenzer gingen. Der Anwalt, leicht verwirrt, ein Mann ohne Mantel und ohne Hut, blieb zurück wie der letzte Mensch vor dem letzten Haus.

Bregenzer und Prager stiegen in den kleinen Seat und fuhren los.

Allerdings kamen sie nicht sehr weit.

Es war Leo, der den Wagen sah. Was aber nichts mehr nützte. Es ging viel zu schnell. Kurz nachdem sie zuerst auf die Hietzinger Hauptstraße und gleich darauf in die Steckhovengasse eingebogen waren, kam aus einer Seitengasse einer dieser unseligen SUVs herbeigerast, Kampfhunde des Autoverkehrs. Völlig ungebremst traf er den Seat auf Leos Seite, schob ihn einige Meter vor sich her, drückte ihn auf den Fußgängerweg hoch und hinein in das Mauerwerk einer Hausecke. Letzteres bekam Leo schon nicht mehr mit. Bereits im Moment des Aufpralls hatte er das Bewusstsein verloren.

Ein Blitz, ein fallender Vorhang, eine Dunkelheit. Nicht einmal Zeit, sich zu ärgern.

6

Als Leo Prager dreieinhalb Monate später aus dem Koma erwachte, musste er feststellen, dass die Welt eine andere war.

Er erwachte in einem Krankenhausbett, verbunden mit Maschinen, die seinen Zustand wie kleine, fleißige Tiere kontrollierten, auch angeschlossen an eine Infusion, die ihn versorgte. Er war alleine in diesem Zimmer, kein anderer Patient, kein Pflegepersonal. Sein Blick öffnete sich wie Wasser, das sich teilt. Er sah hoch zum Plafond, dann zur Seite und durch das Fenster. Draußen Bäume, deren Äste im Wind feine Bögen in die Luft kratzten. Leo meinte in der Tat, Kratzspuren zu erkennen, aber dies war natürlich den impressionistischen Verzerrungen zu verdanken, die seine Makuladegeneration verursachte.

Leo konnte nicht wissen, wie lange er hier schon lag. Für ihn war es wie eben gerade geschehen, dass er in einem Auto mit einer jungen Polizistin gesessen hatte, als von der Seite her ein großer schwarzer Wagen auf sie zugerast war. Ein Wagen, der einfach nicht gebremst und sich wie ein ausgebreiteter dunkler Mantel über sie gewölbt hatte.

Als eine Krankenschwester in das Zimmer kam, sah sie ihn mit großen Augen an. Er konnte ihre Augen darum so gut sehen, weil die Frau einen Mundschutz trug, der wie ein Podest wirkte, auf dem ihr schönes Augenpaar so deutlich thronte. Ja, das war wirklich sein erster Gedanke: Was für tolle Augen!

Kurz darauf standen mehrere Personen im Raum, deren Augenpaare zwar nicht annähernd die gleiche Strahlkraft besaßen, aber ebenfalls dank der bläulichen Abdeckungen der unteren Gesichtspartien hervorgehoben wirkten. Ausgestellt.

Der Mann, der offensichtlich das Sagen hatte, ein Oberarzt, fragte Leo nun durch seinen Mundschutz hindurch ein paar Dinge, die wohl dazu dienen sollten, seinen Geisteszustand zu überprüfen. Wie er heiße, wann er geboren sei und dergleichen, Fragen, die Leo mit

Leichtigkeit beantwortete, was nicht unbedingt hieß, dass alles stimmte. Und als er nun nach dem Jahr gefragt wurde, in dem man gerade lebte, und er zielgenau vom Dezember des Jahres 2019 sprach, erklärte ihm der Arzt, man befinde sich bereits im dritten Monat des Jahres 2020. Am Ende eines März, den sich die Welt gerne erspart hätte.

»Verdammt«, sagte Leo und verspürte eine große Fröhlichkeit angesichts des Umstands, überhaupt etwas zum Besten geben zu können, »hat es denn so lange gedauert, mich aus diesem Auto herauszuschneiden.«

»Sie lagen dreieinhalb Monate im Wachkoma«, blieb der Arzt sachlich. Ihm war nicht nach Scherzen zumute, so erfreulich der Umstand war, dass hier ein Mann mit jener Plötzlichkeit erwacht war, die man einfach nicht voraussehen konnte. Ein Patient, der sich, zumindest nach dem ersten Eindruck, in einem guten Zustand zu befinden schien. Was glücklicherweise auch dazu führen würde, dass dieses Bett bald frei wäre.

Das begriff Leo nun nach und nach, wie wichtig Krankenbetten geworden waren. Das waren sie natürlich immer schon gewesen. Aber nie zuvor in einer solch dringenden Weise. Er begriff, dass die Welt sich in diesen dreieinhalb Monaten, in denen er übrigens seinen dreiundsechzigsten Geburtstag *verschlafen* hatte, in der unglaublichsten Weise verändert hatte. Ein Virus war über die Menschheit gekommen, der im chinesischen Wuhan aufgetreten war, als er selbst seine Geschwisterinseln verlassen hatte, um nach Wien zu reisen und seine tote Schwester zu begraben. Man vermutete, dass der Erreger von Fledermäusen stammte und mittels eines Zwischenwirts an den Menschen gelangt war. Wobei anfangs gedacht worden war, der Erreger sei nicht oder eher schwer von Mensch zu Mensch zu übertragen, sondern eben nur von Tier zu Mensch. Einer der vielen fatalen Irrtümer in dieser Geschichte. So wie ja scheinbar gedacht worden war, dass in einer globalisierten Welt, in der zwar so gut wie nichts dort entstehen durfte, wo es benötigt wurde, sondern alles und jeder herumfahren und herumfliegen musste, sich ausgerechnet ein Virus an Stadtgrenzen oder doch wenigstens an Landesgrenzen halten würde. Es war wie so oft, wenn man mit einem leichten Schauder in die Ferne sieht, als schaue man sich einen Film an, der halt ein Film bleibt, eine Fiktion, die ins eigene Wohnzimmer hereinstrahlt, aber niemals zu einer Realität in diesem Zimmer führen wird. Doch selbst als die Meldungen von einer massiven Ausbreitung in China und sodann einem Auftauchen des Erregers und Verursachers schwerer Atemwegserkrankungen in Thailand und Südkorea bekannt wurden, blieb man in anderen Gebieten der Welt weitgehend gelassen und unbesorgt. Noch immer mutete alles ziemlich entfernt an. Und während die Chinesen bereits einiges unternahmen, die Ausbreitung einzudämmen und das vorerst probateste Mittel einsetzten, die Quarantäne, schien man in Europa eher einen milden Sturm zu erwarten, irgendetwas, was sich an die Leine nehmen ließ. Ja, ein milder Sturm an einer kurzen Leine. Das Dumme an kurzen Leinen ist, dass man dabei sehr nahe an den gerät, den man zu kontrollieren meint.

Manche sahen den Kometen und hofften, er würde vorbeifliegen. Tat er aber nicht. Der Virus breitete sich rasend schnell auch in Europa aus. Und tat das, während noch alle in die Schule gingen und ins Fußballstadion und zum Karneval und zu ihren Partys und Meetings, die Politik aber in erster Linie bemüht war, keine Panik zu verbreiten, um das Geschäft, welches nun mal unser Leben in Schwung hält, nicht zu gefährden. Aber auch der Schwung des Geschäfts war dem Virus nicht gewachsen. Der Schwung verebbte, während noch Leo Prager durch den Tag und die Nacht seines Wachkomas trieb, *am* Leben, aber nicht *im* Leben.

Als Leo Prager sich, man könnte sagen, schlafen gelegt hatte, hatten die Menschen einander mit der größten Selbstverständlichkeit die Hände geschüttelt. Als er aufwachte, tat das fast eigentlich nur noch ein Mann namens Putin, der sich trotzig gegen die Unsicherheit stellte. Doch Unsicherheit war das alle einende Gefühl, obgleich die Chinesen als Erste das Schlimmste hinter sich gebracht zu haben schienen und man das ungute Gefühl nicht loswurde, sie hätten eine ideale Basis geschaffen, um aus der ganzen Katastrophe als Profiteure hervorzugehen.

Aber Leo war ja nicht in China aufgewacht, sondern in Wien, und wurde soeben von einem mundgeschützten Oberarzt über die völlig veränderten Verhältnisse aufgeklärt, über das Leben, das ihn draußen erwarten würde, wenn sämtliche medizinischen Untersuchungen seine Genesung bestätigten und ein weiterer stationärer Aufenthalt sich als nicht mehr nötig erwies.

»Was ist mit der Frau passiert?«, fragte er den Arzt.

»Welche Frau?«

»Die Polizistin, mit der ich im Wagen saß.«

»Keine Ahnung«, sagte der Arzt. »Davon wissen wir nichts. Aber wir werden gleich der Kriminalpolizei Bescheid geben, dass Sie aufgewacht sind. Gibt es eigentlich irgendjemanden, den wir sonst benachrichtigen können? Da war leider niemand, der sich nach Ihnen erkundigt hätte.«

»Nein, da ist auch niemand«, sagte Leo, ich bin der einsamste Mensch auf der Welt.

Was er sich zudem dachte, war, wie ungeschickt es gewesen war, ausgerechnet in dieser Phase der Menschheitsgeschichte die Inseln Claire und Mönchengladbach verlassen zu haben, Inseln, die derzeit zu den wohl sichersten Orten auf der Welt zählten. Inseln, zu denen er so schnell nicht würde zurückkehren können. Das hatte er schon verstanden, dass eben auch der Reiseverkehr in weiten Teilen zum Erliegen gekommen war. Im Grunde wurden nur noch Reisende in ihre Heimatländer zurückgeholt, weil mit einem Mal niemand mehr Touristen bei sich haben wollte. Die Touristen kehrten zurück in ihre sich abschottenden Heimatländer. Wollte man vergnügte Traumschiffurlauber sehen, musste man sich alte Filme anschauen. Nur, dass eigentlich alle Filme, alle Serien, auch dann, wenn sie eben erst abgedreht worden waren, selbst noch die meiste Werbung, eigentümlich veraltet wirkte: all die sich umarmenden Menschen, das Gedränge, die Nähe der Passanten, Schurken und Helden Nasenspitze an Nasenspitze, einander anschreiende Kommissare Kinn an Kinn, volle Straßen, volle Spielplätze, volle Restaurants. Die Wirklichkeit aber war leer. Wobei sich die Frage stellte, wie die Filme gestaltet sein würden, die man in nächster Zukunft drehte. Würde es sein wie in den deutschen Komödien der Nazizeit, in denen keine Hakenkreuze zu sehen waren? Würde das Problem der Ansteckung ausgespart bleiben?

Die nächsten drei Tage musste Leo Prager noch im Krankenhaus bleiben, durfte zwar aufstehen, aber nicht sein Zimmer verlassen. Wobei nun auch endlich eine Behandlung seiner fortgeschrittenen Makuladegeneration erfolgte, indem er hoch dosierte Luteinpräparate und Vitamin-B-Kombinationen erhielt und ihm eine speziellere Diagnostik und Therapie in Aussicht gestellt wurde.

Es gab einen Bildschirm, der oberhalb des Betts montiert war und es ihm ermöglichte, die Nachrichten zu sehen. Und an Nachrichtensendungen mangelte es nun wirklich nicht. Annahmen über die tatsächliche Durchseuchung, die möglichen Formen der Übertragung, die Frage des Einkaufens, des Hamsterns – Leo verstand es nicht gleich, aber wie in einem dummen Witz war ständig von Klopapier die Rede –, wie und wo man sich anstecken konnte, wie lange der Virus sich auf diesem und jenem Material halten konnte. Und immer wieder der Appell, wenn irgend möglich zu Hause zu bleiben, soziale Kontakte zu meiden, Hände zu waschen, immer wieder die Aufforderung, Hände zu waschen. Abstand halten und Hände waschen. Das mochte ja schon immer ein guter Rat gewesen sein, aber für Leo, der nun mit aller Wucht, wie mit einem einzigen Schlag, diese Veränderungen menschlicher Verhaltensweisen erlebte, erschien die »gewaschene Hand« gleich einem Kreuzzeichen. Im Unterschied zu jenem gebräuchlichen Kreuzzeichen, bei dem man sich mit dem Finger von der Stirn aus über Gesicht und Oberkörper strich. Während die Regel nun darin bestand, genau das nicht zu tun, sich *nicht* ins eigene Gesicht zu fassen. Das Kreuz blieb auf der Hand. Das Weihwasserbecken der neuen Zeit war der vom Seifenschaum übergehende Waschtisch.

Am zweiten Tag von Leos Erwachen erschien Chefinspektor Rosig zusammen mit seiner Assistentin Bregenzer. Auch sie trugen Schutzmasken. Und so angegriffen Leos Augenkraft auch sein mochte, erkannte er recht deutlich die vernarbte Schnittwunde, die quer über Bregenzers Stirn verlief.

Zudem bewahrten die beiden einen vernünftigen Abstand zu Leos Bett wie auch untereinander. Es hatte geradezu etwas von einer evolutionären Entwicklung, dieser leere Raum, der zwischen den Personen entstanden war. Eine Entwicklung, die so überaus rasch vonstattengegangen war. Nicht bei allen, das nicht, aber keine Evolution ohne Nachzügler.

Diese beiden Kriminalpolizisten bildeten zusammen mit dem im Bett liegenden Leo ein ziemlich perfektes gleichschenkeliges Dreieck (und hätte jemand nachgemessen, er hätte erstaunt feststellen müssen, *wie* perfekt gleichschenkelig es war, ein wenig wie diese Wunder, die stattfinden, ohne aber bemerkt zu werden. Und gar nicht so wenig Menschen hofften auf eine Art von Wunder. Hofften, dass bei aller großartiger Wissenschaft – die soeben dabei war, in nie gekanntem Tempo einen Impfstoff oder zumindest ein Gegenmittel zu entwickeln – eben vielleicht auch ein Wunder in Form eines Zufalls mithalf. Denn immerhin stammte der Zufall ja aus der gleichen Natur, die diesen Erreger hervorgebracht hatte.)

Es sei eine der besten Nachrichten dieser Tage, meinte Rosig, dass er aus dem Koma erwacht sei.

»Angesichts der Situation draußen«, antwortete Leo, »wäre es vielleicht besser gewesen, noch mal drei Monate abzuwarten.«

»Die Frage ist leider, Herr Prager, ob drei weitere Monate reichen würden. So gesehen, wäre es vielleicht besser gewesen, sich ein, zwei Jahre Zeit zu lassen. Andererseits schon gut, jetzt aufgewacht zu sein als gar nicht.«

»Selbstverständlich«, sagte Leo und wunderte sich wieder einmal über sein Bedürfnis, am Leben zu sein anstatt tot, wie es doch seiner eigentlichen Überzeugung entsprach. Erst recht unter diesen Bedingungen. Ja, genau genommen sehnte er sich mehr denn je nach dem Tod. Wofür es aber nötig war, am Leben zu sein. Er empfand sich selbst als eine Miniatur logischen Widerspruchs.

Er wollte nun aber doch wissen, was denn genau geschehen war. Die Umstände betreffend, die ihn in diese Situation gebracht hatten.

»Ich erinnere mich«, sagte er, »dass da ein Wagen war.«

»Wir wurden gerammt«, antwortete ihm jetzt Bregenzer, die

große, junge Frau mit den karottenroten Haaren und dem Schmuckstein, der von einem ihrer Nasenflügel hervorstach und der Leo geradezu blendete.

Bregenzer erzählte, dass, nachdem der SUV den Seat mit großer Geschwindigkeit in das Mauerwerk einer Hausecke geschoben hatte, zwei vermummte und bewaffnete Männer herausgesprungen seien, die zuerst ihn, den bewusstlosen Beifahrer, aus dem Wagen gezogen hätten, um dann auf sie, die nur Leichtverletzte, aber seitlich Eingeklemmte, mit halb automatischen Waffen zu zielen.

»Die beiden sagten mir, dass ich mir doch sicher ganz gut vorstellen könne, was sie von mir wollten. Ich hätte drei Sekunden, es ihnen zu geben, oder sie würden uns beide abknallen und es sich dann selber holen.«

»Woher konnten die das wissen?«

»Offensichtlich sind sie uns von Beginn an gefolgt«, sagte Bregenzer. »Sie konnten natürlich nicht wissen, dass ich den Zettel eingesteckt hatte, hätten ihn aber wohl rasch gefunden. Also habe ich ihnen ausgehändigt, wonach sie verlangt haben. Bevor sie ihre drei Sekunden heruntergezählt hatten.«

»Ja, für so ein Stück Papier sterben, gleich, was darauf steht, hätte sich nicht gelohnt«, meinte Leo. »Ich danke Ihnen.«

Bregenzer schenkte ihm ein Lächeln, wobei sie sich ein wenig zur Seite bewegte und damit die Regelmäßigkeit des Dreiecks zerstörte.

»Und was ist aus dem ganzen Fall geworden?«, fragte Leo.

Es war jetzt Rosig, der ihm antwortete. Zwar war versucht worden, die Identität der Angreifer herauszufinden, zumindest, aus welcher kriminellen Ecke sie am ehesten stammen könnten, doch man war recht erfolglos geblieben. Fest stand nur, dass es sich um Österreicher gehandelt hatte, dem Idiom ihrer Stimmen nach zu schließen. Profis, offensichtlich, militärische Ausrüstung, militärische Beweglichkeit, Effizienz, zudem die Einstellung, keine Toten zu machen, wenn es nicht nötig war und man auch ohne Tote zum Ziel kam. Umso mehr, als man sich auf diese Weise ersparte, Projektile zurückzulassen. Alles sehr auftragsgemäß.

»Wir mussten Ihre Schwester in der Zwischenzeit natürlich beerdigen lassen«, sagte Rosig, »nachdem die Frau Professor …«

»Professor Glaser«, ergänzte Bregenzer.

»Ja, nachdem die Glaser sie freigegeben hatte. Wir haben eine Einäscherung veranlasst und sie im Familiengrab beerdigen lassen. Ich war dort. Im Moment sind nicht einmal mehr Begräbnisse erlaubt. Nur das Begraben.«

»Damit ist aber sicher«, sagte Leo, »dass meine Schwester weder einem Verbrechen aus Leidenschaft noch einem aus Wahnsinn zum Opfer fiel.«

»Sollte man meinen«, sagte Bregenzer. »Aber die Staatsanwaltschaft sieht keinen Bezug zwischen dem Tod Ihrer Schwester und dem Angriff auf unseren Wagen. Was lächerlich ist. Aber auch dort haben sie zurzeit andere Sorgen. Und dann ist da noch etwas.«

»Und was wäre das?«

»Erich Feiler hat gestanden.«

»Im Ernst?«

»Eins dieser Geständnisse«, erklärte jetzt Rosig, »die einem gar nicht gefallen. Feiler hat erklärt … Nein, Sie wollen das nicht hören.«

»Ich will«, sagte Leo und richtete sich in seinem Bett noch ein Stück weiter auf.

»Also, Feiler behauptet, Frau Prager hätte sich an ihn herangemacht und wohl gedacht, ihre Großzügigkeit in Sachen Wohnung würde ihn dazu verpflichten, mit ihr zu schlafen. Sie hätte nicht damit aufgehört, ihn zu bedrängen. Was ihn schließlich in ungeheure Rage versetzt habe. Und natürlich sei er unter Drogen gestanden.«

»Und das glauben Sie ihm?«

»Warum sollte er lügen? Immerhin hatte er anfangs das Verbrechen geleugnet und es nun zugegeben. Und nicht etwa ein erstes Geständnis wieder zurückgezogen. Mir gefällt das auch nicht, aber an seiner Aussage ist schwerlich zu rütteln, auch wenn er behauptet, die Tatwaffe weggeworfen zu haben. Tatort und Opfer sind voll mit seiner DNA.«

»Meine Güte, ja, klar, er hat dort gewohnt, oder?«, sagte Leo.

»Ich kann es nicht ändern«, meinte Rosig, »Feiler hat gestanden, er sitzt im Gefängnis und wartet auf seinen Prozess. In dem es dann nur noch um die Frage gehen wird, wie sein Geisteszustand zu beurteilen ist. Das wird sicher die Strategie der Verteidigung sein, die Zurechnungsfähigkeit dieses Mannes im Moment der Tat als vermindert darzustellen. Wenn schon nicht den ganzen Mann als geisteskrank.«

»Und die Attacke auf mich und Frau Bregenzer? Dabei ging es ja genau um dieses Papier, diese Aufzeichnung einer Strukturformel, die meine Schwester notiert hat.«

»Ich weiß«, sagte Rosig, »Frau Bregenzer hat es mir erklärt. Und natürlich haben wir auch mit diesem Mann gesprochen …«

»Mit Nestor Ihrig«, setzte Bregenzer ein. »Er behauptet, Sie nie getroffen zu haben. Und leider Gottes liegt nichts gegen ihn vor, was uns die Möglichkeit gibt, Druck auf ihn auszuüben. Nur Ihre Aussage. Wir sind da recht machtlos.«

»Wie gesagt«, setzte Rosig wieder fort, »die Staatsanwaltschaft will keinen Zusammenhang sehen. Also, ich denke, sie sieht ihn, will ihn aber verdrängen.«

»Soll das heißen, dass diese Sache nicht weiterverfolgt wird? Im Ernst?«

»Eine Zauberformel für künstliche Intelligenz«, stöhnte Rosig. »Ich bitte Sie! – Das sage nicht ich, aber so hat es der Staatsanwalt ausgedrückt.«

»Eine Zauberformel«, erwiderte Leo, »wegen der ein paar schwer bewaffnete Söldner mitten in Wien in einen Wagen der Kriminalpolizei rasen. Oder wird das unter Verkehrsunfall verbucht?«

Übrigens funktionierte Leos Gedächtnis doch nicht ganz so einwandfrei, wie er selbst meinte. Es wäre ihm nämlich sonst eingefallen, immerhin den Namen jenes Mannes zu kennen, von dem diese »Zauberformel« angeblich stammte, sowie auch den Namen von dessen Gastgeber hier in Wien. Die Namen Henry Bhat und Veit Schindler. Doch diese Namen schienen tief verschüttet. Das würde sich zwar noch ändern, aber nicht jetzt.

Auf die ironische Frage nach der Verbuchung eines Verkehrsunfalls reagierte Rosig mit einem Schulterzucken und meinte, dass dieser Vorfall natürlich einige Theorien befeure, die aber derzeit einfach nicht von Belang seien. Die Sache sei vorläufig zu den Akten gelegt. Das sei nicht *seine* Entscheidung, aber auch nicht zu ändern.

»Und jetzt?«, fragte Leo.

»Wir haben mit dem Arzt gesprochen«, sagte Rosig. »Üblicherweise würde man Sie länger hierbehalten. Aber üblicherweise, nun, üblicherweise ist vorbei. Sie können morgen raus. Frau Bregenzer wird Sie abholen.«

Bregenzer nickte bestätigend und fragte Leo, ob er wieder ins Bristol wolle, es gehöre zu den noch immer geöffneten Hotels in der Stadt. Auch wenn ihm die dortige Leere wohl etwas unheimlich sein dürfte.

»Nein, ich würde lieber … Evas Wohnung ist wohl nicht mehr frei, oder?«

»Es war eine Eigentumswohnung«, sagte Bregenzer, »und soweit es das Testament Ihrer Schwester vorsieht, sind Sie der Erbe dieser Wohnung.«

Leo war erstaunt. Er war überzeugt gewesen, es würde sich bei Evas letzter Adresse um eine Mietwohnung handeln. Aber richtig, Eva hatte nie darüber gesprochen, überhaupt nie ein Wort über das Wohnen in Wien verloren, sondern allein Interesse daran gezeigt, wie es sich auf einer Insel namens Claire wohnen ließ.

»Das ist gut«, meinte er, »dann würde ich mich freuen, wenn Sie mich dorthin bringen könnten.«

»Das mache ich gerne«, sagte Bregenzer. Dabei dachte sie in diesem Moment beinahe das Gleiche wie Leo, nämlich, dass die morgige Fahrt hoffentlich weniger ereignisreich sein würde als ihre letzte gemeinsame.

Auf eine gewisse Weise waren nicht nur Rosig und Bregenzer ein Paar, ein Ermittlerpaar, schöner gesagt ein *Rosenpaar*, sondern eben auch Bregenzer und Prager, sosehr man für diese Art von Paar erst noch einen Namen würde finden müssen.

7

Leo Prager saß im Bett und schaltete den Fernseher aus.

Er war froh um diese Pause von den Nachrichten, die er in einer Weise konsumierte, wie man etwas einerseits begierig aufsaugt, das man andererseits gar nicht so genau wissen will. Vor allem ahnte er, was auf ihn zukam. Er, der das Leben auf einer Insel gewohnt war, wo man zu jeder Stunde den Himmel sah und einem die salzige Luft eine robuste Haut ums Gesicht strickte, würde nun in die kleine, dunkle Wohnung seiner Schwester ziehen. Ein paar Räume von insgesamt vielleicht sechzig Quadratmetern. In diesen Räumen würde er so gut wie gefangen sein, würde sich allein zum Einkaufen und zu kurzen einsamen Spaziergängen nach draußen begeben dürfen. Nicht, dass er jemanden kannte, der ihn hätte begleiten können. Aber es würde eben unmöglich sein, ein Kaffeehaus aufzusuchen, ins Museum zu gehen, ins Theater. Was war diese Stadt wert ohne Theater? Und ohne das Theater der Straße. Er war nicht zuletzt zurückgekehrt, den Menschen dieser Stadt zu begegnen, sich *unter* die Leute zu begeben. Stattdessen die finstere Wohnung seiner toten Schwester, mehr eine Höhle, und er darin ein einzelner Schatten.

Natürlich würde ihm seine Arbeit fehlen. Arbeit, wie er sie mehr als vierzig Jahre gewohnt gewesen war, indem er eine Insel in Schuss gehalten hatte. Jetzt würde es eine Wohnung sein ohne Strand und Meer und Himmel, dafür mit einer Küche zum Gang, in welcher der Geruch von hundert Jahren steckte. Allerdings wollte Leo zumindest in einer Sache der Hartnäckigkeit seiner Inselarbeit folgen, und zwar in dem Punkt, der seine Schwester betraf. Er selbst hatte ja, indem er von einer mysteriösen Mitschrift gesprochen hatte, etwas in Gang gesetzt. Und würde sich nun nicht wie Polizei und Staatsanwaltschaft damit zufriedengeben, dass Erich Feiler ein fragwürdiges Geständnis abgegeben hatte und der Angriff auf ihn und Bregenzer zu den Akten wanderte. Keinen Zusammenhang zum Tod seiner Schwester zu sehen war lächerlich. Darum würde Leo das tun, was jetzt so viele taten, nämlich von zu Hause aus arbeiten. Heimarbeit, auch wenn alle von Homeoffice sprachen. Computer, Handys und sogar die guten alten Telefone waren zu den liebsten Haustieren der Menschen geworden, wobei es jetzt weniger der Kontakt in die große weite Welt war, als der in die kleine Welt des Miteinander-Verwandtseins wie der Bekanntschaft. Mit einem Mal meldeten sich Leute, von denen man schon ewig nichts mehr gehört hatte, Enkel skypten mit ihren Großeltern, Familienmitglieder und Freunde schufen elektronische »Wohnzimmer«, eine kammermusikartige Atmosphäre überall, auch musste man kaum noch von Wien nach Düsseldorf fliegen, nur um einem Geschäftsfreund mitzuteilen, dass etwas mit seinen Zahlen nicht stimmte. Weshalb auch immer wieder der Begriff eines neuen Biedermeier fiel. Und tatsächlich erinnerten all die glänzenden, spiegelnden Bildschirme in Wohnzimmern und Arbeitszimmern und Kinderzimmern sowie die Geräte, die man gleich Neugeborenen durch sämtliche Räume trug, an die Aquarelle und Gemälde und Miniaturen der Biedermeierzeit, an die Tapeten, Schmuckkästchen und Standuhren und die mit allerlei Figürchen und Gläsern und Geschirr gefüllten Schränke.

Leo Prager würde also zusehen, inwieweit es möglich war, die Wahrheit über den Tod seiner Schwester von einem Computerplatz aus zu erkunden. Immerhin besaß er ein Gerät, während sich das seiner Schwester noch immer in Obhut der Polizeibehörde befand. Abgesehen davon, dass mehr denn je alle möglichen Dinge bestellt und geliefert wurden. Die Fahrer dieser Dienste erschienen wie Boten, die durch verminte Fronten marschierten.

Gegen Mittag kam der Oberarzt zu einer letzten Visite. Er zeigte sich begeistert ob der Labor- und Messwerte seines Patienten. Auch EEG und MRT seien zufriedenstellend. Vor allem erstaune der motorische Zustand, schließlich sei Leo ja erst vor drei Tagen erwacht und habe erst gestern seine ersten Schritte im »neuen Leben« unternommen.

»Vielleicht«, meinte Leo, »weil ich so viele Jahre am Meer war. Vielleicht der viele frische Fisch.«

»Ja, wenn man immer wüsste«, seufzte der Arzt, »was hilft und was nicht hilft.« Betonte dann aber, dass Leo natürlich zu den Nachuntersuchungen erscheinen müsse, immerhin sei es ein schweres Schädeltrauma gewesen, das ihn in diese dreimonatige Situation befördert habe.

»Aber es bleibt dabei«, sagte der Arzt, »Sie sind ein Wunder. Es ist fast so, als hätten Sie sich in diesen drei Monaten einfach ein wenig ausgeruht.«

Wenn Leo überlegte, musste er gestehen, so gut wie nie krank gewesen zu sein, während nicht wenige Menschen sich schwertaten zu sagen, wann sie sich das letzte Mal so richtig gesund gefühlt hatten. Natürlich hatte Leo hin und wieder einen Schnupfen gehabt, sich die eine oder andere Verletzung bei der Arbeit zugezogen. Doch nie hatte es schwere Infekte gegeben, keine Allergien, keine Migräne, keine schmerzhaften Zustände. Angesichts seiner lebenslangen Sehnsucht nach dem Tod besaß dieser Umstand der Gesundheit – und nun auch noch so einwandfrei aus einem Schädel-Hirn-Trauma und dem Wachkoma gelangt zu sein – eine geradezu zynische Note. Er verdiente diese Gesundheit gar nicht. Seine Schwester hätte sie verdient. Aber was im Leben traf schon die, die es verdienten, im Guten wie im Bösen? Ungerechtigkeit war das Monster, das nach der Welt schnappte.

Dabei darf man allerdings nicht vergessen, dass er nach und nach sein Augenlicht einbüßte. Doch ein wenig vergaß er es selber.

Am späteren Nachmittag dieses Tages erschien Bregenzer. Sie trug nicht nur einen Mundschutz, sondern auch weiße Schutzhandschuhe, auf denen kleine Pünktchen und Figuren aufgezeichnet waren (manche Details erkannte Leo mit geradezu unnatürlicher Schärfe). Es sah aus, als hätte ein Kind diese Handschuhe mit Filzstiften verziert. Wohl um die Wirkung des Schutzes mystisch aufzuwerten.

»Haben Sie Kinder?«, fragte Leo, der sich Bregenzer eigentlich weder verheiratet noch als Mutter vorstellen konnte.

»Wieso?«, fragte die Polizistin.

Leo zeigte auf die Handschuhe, während er selbst, der angekleidet und aufrecht sitzend am Bettrand gewartet hatte, sich gleichfalls Handschuhe überzog, die ihm zusammen mit einem Mundschutz von einer der Pflegerinnen bereitgelegt worden waren. Blau und gänzlich ungeschmückt.

»Wollen Sie auch bemalte haben?«, fragte Bregenzer und erklärte, dass diese farbenfrohe Gestaltung von der vierjährigen Tochter ihres Lebensgefährten stammte.

Als Stiefmutter hatte sich Leo diese Frau noch weniger vorstellen können.

Es war glücklicherweise ein kurzer Weg durch das Krankenhaus und hinaus ins Freie. Es empfing sie ein milder und sonniger Tag. Im Blau des Himmels steckte ein zarter Anflug von Rot. Als hauche eine Himbeere. Es war ungemein still. Als wäre es Sonntag. Das würde Leo jetzt oft erleben, wie jeder Tag einen Geschmack von Sonntag besaß.

Bregenzer entledigte sich ihrer Schutzmaske mit einem sorgsamen Griff hinter das Ohr.

Abgesehen von ihrer auffälligen Größe und ihrer auffälligen Haarfarbe, bemerkte Leo, was für ein ungemein hübsches Gesicht sie besaß. Madonnenhaft, Raffaelitisch, aber wie auf einem Siebdruck von Andy Warhol.

»Mein neuer Wagen«, sagte sie mit Blick auf einen weiteren schwarzen Seat.

»Sieht genauso aus wie der alte«, meinte Leo.

»Ich hoffe nicht, der alte liegt auf dem Schrottplatz«, erklärte die Polizistin und wies Leo an, auf der Rückbank hinter dem Beifahrersitz Platz zu nehmen, solcherart den größtmöglichen Abstand in diesem Autoraum gewährleistend.

8

Die Fahrt durch die Stadt bestätigte das, was Leo in den letzten drei Tagen aus dem Fernsehen erfahren hatte. Es waren so gut wie keine Passanten zu sehen, viele Straßen menschenleer, eher schienen die Gefährte vollständig die Kontrolle übernommen zu haben, die geparkten wie die fahrenden. Und es roch nach Honig. Er konnte nicht sagen warum, aber so war es.

Leo hatte das Fenster geöffnet und genoss die Luft, die hereinströmte und jegliche Möglichkeit nutzte, an den Rändern seiner Maske vorbei und durch das Gewebe hindurch in seine Atemwege einzudringen sowie die Haut unter seinem Bart zu kühlen. Wiener Luft, welcher der Komponist Carl Michael Ziehrer vor eineinhalb Jahrhunderten einen Walzer gewidmet hatte, auch wenn Leo meinte, es sei Johann Strauß gewesen und ihm zudem nun eine Musik durch den Kopf ging, die eigentlich der Berliner Luft galt, zudem kein Walzer war, sondern ein Marsch, 1904 von einem gewissen Paul Lincke geschrieben. Aber in Wien wie in Berlin war die Luft jetzt um einiges besser. Der ganze Planet schien ein wenig durchzuatmen, die Zeit zu nutzen, die die Menschheit brauchte, um neuen Schwung aufzunehmen, wobei die Optimisten ja hofften, dass dieser Schwung dann tatsächlich *neu* sein würde: geläutert, vernünftig, das Solidarische nicht mehr als Ausdruck von etwas Gutmütigem, sondern etwas Notwendigem.

Einmal jedoch sah Leo vier Jugendliche zusammenstehen, wie dies eigentlich nicht erlaubt war. Sie standen an einer Straßenecke, als wär's ein Felsvorsprung, jeder eine Zigarette in der Hand, und wirkten unendlich verloren. Auch wenn etwas Höhnisches und Trotziges in ihren Gesichtern war. Sie erinnerten Leo an diese kleinen Bäume, die, an eine exponierte Stelle gepflanzt, schief gewachsen waren.

Als man die Straße erreichte, in der Evas Wohnung lag, die nun Leos Wohnung sein würde, hatte sich bereits ein frühes Dämmerlicht ausgebreitet, sodass die renovierten helleren Fassaden ein wenig vor die unrenovierten dunkleren traten. Als hätte jemand ihre Namen gerufen, um ihnen Zeugnisse zu überreichen. Auf jedem Parkplatz stand ein Auto, manche so dicht aneinander, dass man meinen konnte, ihre Besitzer hätte sie in aller Eile mit den Händen in die Lücken gedrückt. Bregenzer war gezwungen, ihren Wagen in zweiter Reihe zu parken, und das war nun wirklich eine schmale Einbahnstraße.

Sie stiegen aus. Bregenzer schob wieder ihren Mundschutz vors Gesicht und ging nach hinten zum Kofferraum, in dem sich zwei Kisten mit Lebensmitteln und Drogerieprodukten befanden, Schutzhandschuhe und Masken und ein Desinfektionsmittel, ein kleiner Erste-Hilfe-Koffer und natürlich eine Packung geheiligtes Klopapier, das in vielen Märkten ausverkauft war, während in Amerika soeben die Waffen ausverkauft waren.

»Ich hab ein paar Sachen für Sie besorgt«, sagte sie und öffnete den Kofferraum, »damit Sie mal eine Zeit lang nicht gezwungen sind, einkaufen zu gehen.«

»Das ist wirklich lieb von Ihnen. Sie müssen mir sagen, was ich Ihnen schuldig bin.«

»Ach was. Wir leben in Zeiten der Großzügigkeit.«

»Wirklich?«

»Na, ein wenig darf jetzt jeder ein Pfadfinder oder eine Pfadfinderin sein«, sagte Bregenzer und lachte dieses für sie typische Lachen, in dem Ernst und Spott eine kleine hübsche Schleife bildeten. Eine Schleife, die durch den Stoff ihrer Maske hindurchschien wie eine Figur hinter einem Tableau von beleuchtetem Reispapier.

»Ich werde mich revanchieren«, erklärte Leo kühn, »versprochen.«

»Gehen Sie mal vor«, sagte sie, »ich bringe die beiden Kisten hoch.«

Doch Leo bestand darauf, eine der Kisten zu packen, wobei er im selben Moment, als er danach griff, an Salty Dog denken musste, der ja nicht nur ungemein kräftig gewesen war, sondern dessen Rüssel ein erstaunliches Feingefühl besessen hatte. Sollte Leo noch einmal auf die Welt kommen müssen, dann wünschte er sich, dies als Elefant zu tun. Gewissermaßen als jemand, der bei aller Kraft, Größe und Überlegenheit kein Arschloch zu sein brauchte.

Einen Moment wunderte sich Leo, dass Bregenzer die Kiste vor dem großen Haustor abstellte und einen Schlüssel aus der Tasche zog, um aufzusperren. Es war ja mitten am Tag. Vor vierundvierzig Jahren waren die Tore der Häuser stets offen gewesen und erst um acht Uhr am Abend von den Hausmeistern zugesperrt worden. Das war heutzutage kaum mehr vorstellbar, nämlich die Macht der Hausmeister und Hausmeisterinnen einerseits und anderseits die schon verrückte Selbstsicherheit, mit der man einst ganze Wohnhäuser tagsüber einfach offen gelassen hatte.

»Hier die Schlüssel«, sagte Bregenzer, als sie im Hinterhaus an der Wohnungstüre angekommen waren und sie ihre Kiste abgestellt hatte. Sie legte den Bund auf den Rand der Kiste. »Die Wohnung ist ja längst freigegeben. Sie werden sich aber noch bei der Hausverwaltung melden müssen. Und ja, beim Notar, der den Nachlass Ihrer Schwester regelt.«

»Werde ich machen.«

»Geben Sie mir Ihre Mailadresse«, sagte Bregenzer und zog ihr Handy aus der Tasche, »dann schicke ich Ihnen alle Adressen, die Sie für den Anfang benötigen.«

»Sie sind wirklich ein Schatz«, sagte Leo.

»Sie kennen mich nicht«, antwortete Bregenzer. In ihrem versteckten Lächeln war jetzt rein gar nichts von einer Schleife.

Sie tippte seine Adresse in ihr Gerät. In der Folge machte sie Leo darauf aufmerksam, dass in einem der Zimmer sein Koffer abgestellt sei. Man habe ihn vorsorglich aus dem Bristol hierhergebracht. Desinfiziert.

»Ich muss jetzt los«, erklärte die Polizistin, »Rosig wartet. Wir haben ein Mord. Das hört ja leider nicht auf.«

»Ich komme zurecht«, versicherte Leo. »Haben Sie vielen Dank. Bleiben Sie gesund.«

»Sie auch.«

Er schaute ihr nach, wie sie die Treppe nach unten stieg. Er sah sie etwas verzerrt vor dem Hintergrund der großen Gangfenster, durch die ein Schuss von Abendrot hereindrang und das Karottenrot ihrer Haare zum Brennen brachte.

Leo sperrte die verglaste und mit schmückenden Gittern versehene Wohnungstüre auf und trat nach drinnen. In einen überheizten Vorraum, in dem die Luft stand wie ein verstaubter Mann beim Weltrekordversuch im Dauersitzen. Leo zog sich die Maske vom Gesicht, trat zurück in den Gang, holte die beiden Kisten und brachte die Lebensmittel in die Küche, stellte das Verderbliche in einen leeren, aber in Betrieb befindlichen Kühlschrank, platzierte den Rest auf einer Ablage und entledigte sich nun auch der Handschuhe – mit der nötigen Vorsicht, also beim Abstreifen nicht das Äußere berührend – und entsorgte sie wie eine vergiftete Haut in einem verschließbaren Eimer. Danach wusch er sich die Hände, sorgfältig und lange, in jenen kindlich-feierlichen Gesang verfallend, dessen Länge allgemein als eine virenfeindliche gilt: zweimal hintereinander das Happy-Birthday-Lied, wobei es nur eine rituelle Bedeutung hat, ob man die Glückwünsche an sich selbst oder jemand anderen richtet.

Leo konnte nicht davon lassen, er wählte den Namen Roswitta. Möge Gott sie schützen.

Er gehörte zu diesen Leuten, die sich in Bezug auf Gott wirklich sehr unsicher waren, aber fanden, dass eine gut gemeinte Anrufung auch nicht schaden könne. Vielleicht hatte er das von seinem Onkel, der ganz anders als Leos Vater gewesen war, ein Mann, der aus seinen einfachen Verhältnissen nie so richtig herausgekommen war und auch nicht hatte herauskommen wollen. Er war sowohl Mitglied der Kommunistischen Partei Österreichs wie auch der katholischen Kirche. Und unter keinen Umständen bereit gewesen, aus einer davon auszutreten. Gleich, was sich da in Moskau oder Rom gerade abspielte. Wobei er allen Ernstes argumentierte, Ersteres entspreche seiner Überzeugung, Zweiteres seiner Vernunft. Leider konnte sich Leo nicht mehr daran erinnern, wie sein Onkel das mit der Vernunft erklärt hatte. Aber es dürfte wohl im Rahmen dieses Es-könne-ja nicht schaden-Programms abgelaufen sein. Jedenfalls hatte er diesen

Mann gemocht, der viel zu selten zu Besuch gekommen war. Die ungleichen Brüder. Leo wusste nicht einmal, ob sein Onkel noch lebte. Er müsste jetzt um die neunzig sein. Das war eine von den vielen Sachen, die Leo in der nächsten Zeit herausfinden wollte.

Die Hände sauber und trocken, bewegte sich Leo nun durch die Wohnung, um sämtliche Fenster zu öffnen. Alte zweiflügelige Doppelfenster, sogenannte Wiener (oder Altberliner) Kastenfenster, bei denen man beide Flügel nach innen aufschlug. Die ganze Wohnung hatte etwas von vorgestern.

In die stickige Wärme des Raums brach der Vorfrühling.

Und die Vornacht.

Leo schaltete die Lampe von Evas altem Schreibtisch an, der gleichsam eine Verlängerung des kurzen, zwischen den Fenstern liegenden Stücks Wand in den Raum hinein bildete. Er nahm in einem alten, mit Decken versehenen Schreibtischsessel Platz. Und staunte, wie gut er hineinpasste. Das Möbel umschloss ihn sanft mit seinem weichen Sitz, den beiden gepolsterten Armlehnen und dem etwas durchgedrückten Rückenteil – diesem Nachhall Evas und anderer, die noch vor Eva darin gesessen hatten. Mag sein, dass dieser Sessel nicht ideal für Leos Rücken war, aber er war gemütlich.

Leo schuf etwas Platz für seinen Laptop, eins dieser ungemein dünnen, leichten Geräte, deren Sinn vor Kurzem noch darin bestanden hatte, überallhin mitgenommen zu werden, während ihnen nun das Schicksal der Standgeräte widerfuhr und sie somit physisch gesehen sich an feste Orte zu gewöhnen hatten.

Leo öffnete das Gerät und setzte es in Betrieb. Ein Hintergrund tat sich auf. Im Stil einer Fototapete. Strand und Palmen. Ein Blick auf die Insel Claire, von Mönchengladbach aus gesehen.

Zunächst öffnete Leo die zwischen zwei Werbungen eingeklemmte Mail, die ihm Bregenzer zugesandt hatte, in der sich mehrere Links und diverse Mailadressen befanden: Hausverwaltung, Notar, das Krankenhaus und einiges mehr. Dazu schickte ihm die Polizistin einen herzlichen Gruß sowie ein Foto ihrer Stieftochter, auf dem diese dabei war, einen blassen Schutzhandschuh mit Filzstiften zu bemalen. Das war nun eine wirklich wunderbare Geste Bregenzers, ihm, dem Verlorenen, ein solches Zeichen von Familiarität zu senden.

Beim Anblick des Mädchens dachte sich Leo: Der Mutter wie aus dem Gesicht geschnitten. Und damit meinte er natürlich Roswitta Bregenzer. Es dauerte einige Sekunden, bis er seinen Irrtum begriff.

Glücklicherweise hatte die junge Polizistin beim Einkauf der Lebensmittel nicht nur an Tee, Kaffee und Milch gedacht – wobei Leo seit vierundvierzig Jahren keinen Schluck Kuhmilch getrunken hatte und ganz sicher nicht jetzt damit anfangen würde, ohnehin eines der ungesündesten Getränke –, sondern auch zwei Flaschen Wein besorgt, einen Roten und einen Weißen. Sodass Leo nun ein Glas vom Rotwein neben sich stehen hatte, das sich allerdings fast unsichtbar außerhalb des Lichtkegels befand. Innerhalb des Kegels konnte Leo alles erkennen, jenseits davon nichts. Leo nahm die Grenze von Licht und Schatten in starker Übertreibung wahr, wie man das von Illustrationen kannte. Weshalb es nötig war, seine Hand wie in eine schwarze Soße zu tauchen, um nach seinem Glas zu greifen.

Leo nahm einen ersten Schluck, der ja auch der erste Alkohol seit dreieinhalb Monaten war, den er aber erstaunlicherweise als recht schwach empfand. Ohne dass deshalb die Wirkung enttäuschte. Ein flüchtiger Kuss, der dennoch zur Verliebtheit führte. Leo stellte das Glas zurück in die Nacht und begann mit seiner Recherche. Die ihn als Erstes zur Architektur brachte. Denn praktisch in dem Moment, da er zu Bregenzer in den neuen Seat gestiegen war, war ihm wieder eingefallen, wie im Gespräch mit Nestor Ihrig der Name eines Engländers gefallen war, von dem die Strukturformel stammte, von der Staatsanwaltschaft verächtlich als »Zauberformel« abgetan. Auch hatte Ihrig den Namen des Mannes genannt, bei dem der Engländer wohnte, wenn er in Wien war. Leo erinnerte sich an den Umstand der Nennung der beiden Namen, leider aber nicht an die Namen selbst. Und was ihm vor allem nicht einfiel, war, dass ihm Ihrig nicht nur die eigene Handynummer, sondern auch den Namen des Engländers samt einer Adresse auf eine Papierserviette geschrieben hatte. Damals, als man sich noch in Bars verabredet hatte.

Wo auch immer diese Serviette geblieben war, aus Leos Gedächtnis war sie verschwunden.

Was ihm dann allerdings als kleines Detail geradezu in den Schoß seines Gehirns fiel, war, dass es sich bei dem Gastgeber des Engländers um einen Architekten handelte, dessen Villa am Rande von Klosterneuburg lag. Diesem von Wien durch zwei Berge getrennten Ort, der eine Stadt ist und von der ein Dichter einmal sagte, sie liege wie eine Praline neben einem Chiffonband. Mit dem Chiffonband war wohl die schöne Donau gemeint.

Also gab Leo die Begriffe *Klosterneuburg*, *Architekt* und *Villa* in seine Suchmaschine ein. Woraufhin zunächst einmal gar nichts geschah. Das Netz war überlastet, all die Menschen, die jetzt gleichzeitig auf ihre Schirme sahen, entweder begierig nach Informationen oder begierig danach, in fremde Welten zu flüchten, selbst wenn diese fremden Welten ebenfalls Katastrophen und Unglück bargen, aber verwandeltes Unglück: spannendes Unglück, romantisches Unglück, humorvolles Unglück. Die Verwandlung war die Kunst der Kunst, nicht nur im Museum, auch bei Netflix.

Wenig später klappte es aber wieder, und nachdem Leo die Bilderfunktion aufgerufen hatte, konnte er sich ansehen, was sein Programm unter einer Klosterneuburger Architektenvilla verstand. Da war zunächst einmal viel Neugebautes und Hochmodernes, und alles ziemlich Weiß, schick und geschleckt, in einer Weise, die Leo das Wort »Zahnarztpraxis« ins Bewusstsein rief. Da stand die massive Bauhausvilla mit Fernblick neben der minimalistischen Niedrigenergievilla und dem sanierten Bau aus der Zeit des Jugendstils. Und alsbald auch Objekte, die zwar nicht in Klosterneuburg standen, aber eben doch Villen waren, oder zumindest von Architekten und Architektinnen entworfen, die irgendwas mit Klosterneuburg zu tun hatten, beziehungsweise auf einer Seite erwähnt wurden, die irgendetwas mit Klosterneuburg zu tun hatte.

Natürlich ging Leo die Namen all dieser Architekten durch, in der Hoffnung einer davon würde ihm bekannt vorkommen, sodass ihm im Zuge dessen auch gleich der Name des englischen Biokybernetikers und Chemikers einfiel. Aber das war nicht der Fall, es klingelte nicht. Wobei er sich des Problems bewusst war, das darin bestand, dass die Villa, von der Nestor Ihrig gesprochen hatte, die Privatvilla des besagten Architekten war und nicht etwa eine, die für einen Klosterneuburger Bauherrn errichtet worden war. Gut möglich, dass der Architekt es vermied, das eigene Haus der Öffentlichkeit laut- und bilderstark zu offenbaren. Leo würde Geduld und Glück benötigen.

Nach gut zwei Stunden und ein paar netzbedingten Unterbrechungen sowie einem zweiten Glas Wein, das schon etwas kräftiger schmeckte, stieß Leo auf einen Artikel, den er zuerst übergangen hatte, weil im Titel der Begriff der Fertigteilhütte fiel und er darum meinte, sich das nicht näher ansehen zu müssen. Aber auf Umwegen kam er doch wieder zu diesem Essay, der eine Ausstellung besprach, die sich mit der sogenannten Strandbadarchitektur beschäftigte. Mit Badehütten und Strandhäuschen der an der Donau gelegenen Bäder, wobei ein »monumentaler Torbau« hervorgehoben wurde, der den Eingang zum Kritzendorfer Strombad bildet. Ein von Heinz Rollig 1928 entworfener Bau, der zunächst als Strandcafé mit Aussicht konzipiert war. Der Artikelschreiber erwähnte, dass einige Elemente dieses schönen Beispiels für einen Nutzbau der klassischen Moderne als Vorbild für ein nicht unweit davon entstandenes, 2006 errichtetes, auf Stelzen gebautes Wochenendhaus diente. Ein kleines Juwel, das den Namen »Haus Arche« trage. Entworfen vom Architekten Veit Schindler für sich und seine Familie.

Veit Schindler! Genau!

Das war der Name, da gab es für Leo gar keinen Irrtum. Der Namen leuchtete jetzt deutlich in seinem Gedächtnis auf. Leider nicht der Name des Engländers, aber der würde auch noch zurückkehren. Darauf wollte er wetten.

Sofort ging Leo daran, Näheres über diesen Veit Schindler zu erfahren, der ja höchstwahrscheinlich mit der ganzen Sache nichts zu tun hatte, aber sein Name war nun mal wie der erste Strich auf einem leeren Papier, auf dem eine komplexe Zeichnung entstehen sollte. Möglicherweise würde dieser erste Strich am Ende gar keine Bedeutung haben, und doch würde er den Rest in Gang gesetzt haben.

So wie Leos eigene kleine Erfindung.

Bei Veit Schindler schien es sich um einen dieser Architekten zu handeln, die recht gut im Geschäft waren, ohne es aber ganz nach oben geschafft zu haben. Ein paar gewonnene Wettbewerbe, einige öffentliche Aufträge, viele Bauten für private Bauherren, Familienwohnhäuser, schicke Villen, Anbauten, Landschaftsgestaltung, sogar ein Pflegeheim in Vorarlberg und eine Schule in der Steiermark, aber keine Kirche, kein Museum, keine Wohnhausanlage, kein Wolkenkratzer, kein gewaltiges Ding in Abu Dhabi. Einträge in diversen Architekturverzeichnissen, aber keiner auf Wikipedia. Ein Büro in Wien mit fünf Mitarbeitern, darunter seine Schwester und seine Ehefrau. Doch von einer für sich selbst erbauten Villa in Klosterneuburg war nirgends die Rede, durchaus aber von jenem Wochenendhaus auf Stelzen mit dem Namen *Haus Arche*, welches im Überschwemmungsgebiet der Donau errichtet worden war, nicht direkt in Klosterneuburg, sondern in Kritzendorf, das aber zur Stadtgemeinde Klosterneuburg gehört.

Es gab erstaunlicherweise weder auf der Homepage des Architekten noch sonst wo eine Abbildung des Stelzenbaus, sondern eben allein Verweise auf jenen Torbau aus den späten 1920er-Jahren, der als Vorbild gedient hatte (und der auf gewisse Weise auch dem Strandhaus Henry Oaks auf Claire hätte Pate stehen können). Dennoch war Leo überzeugt, dass es genau dieses Haus war, von dem Nestor Ihrig fälschlicherweise als Villa gesprochen hatte.

Hatte er das überhaupt getan oder nicht einfach von einem »Haus« gesprochen und bloß vergessen, die Stelzen zu erwähnen?

Leo hielt sich nicht lange mit Zweifeln auf und sendete eine Mail an Schindlers Büro. Und zwar mit seiner üblichen Mailadresse, in der sein richtiger Name weich verpackt steckte. Er führte an, an einer kleinen, privaten Abhandlung über Strand- und Badehausarchitektur zu schreiben. Es bestehe da ein sehr persönlicher Bezug (was ja nun wirklich nicht gelogen war). Glücklicherweise, so betonte er, sei er auf das *Haus Arche* gestoßen, unglücklicherweise aber auf keinerlei Details, Pläne und Bilder. Weshalb es ihn sehr freuen würde, könnte er Informationen darüber aus erster Hand erhalten. Zum Abschluss fügte er noch an: »Es bittet höflich ein interessierter Laie.«

So reden Leute, die vor hundert Jahren geboren wurden, dachte Leo, schickte die Mail aber trotzdem ab.

Die kleine Zeitangabe in einer Ecke seines Bildschirms zeigte ihm an, dass es bereits auf Mitternacht zuging. Erstaunlich genug, dass er so lange hatte aufbleiben können. Um überhaupt noch etwas lesen und erkennen zu können, musste er jetzt nahe an den Bildschirm.

Und tat dies auch nur, um auf YouTube noch ein Musikstück auszuwählen.

Wieso plötzlich diese Liebe zur Musik, mit der er doch in seinem Leben immer recht wenig hatte anfangen können?

Gut, er wollte noch ein wenig in seinem Stuhl bleiben, seinem Eva-Stuhl, und dösen, bevor er dann hinüber ins Bett in der gegenüberliegenden Ecke wechselte, das Eva-Bett. Vermutlich hatte es früher im Nebenzimmer gestanden, aber dieses hatte Eva ja in den letzten Wochen ihres Lebens an Erich Feiler abgetreten. Ein Zimmer, in dem Leo nur kurz gewesen war, um festzustellen, dass es über eine hohe, dunkle, prall gefüllte Bücherwand verfügte. Lesestoff für die nächsten zwei Jahrzehnte.

Wollte er so alt werden? Über achtzig Jahre? Wie lange gedachte er seinen Selbstmord hinauszuzögern? Bis es zu spät war, weil ihm der Tod zuvorkam.

Er lehnte sich zurück. Schuberts 5. Sinfonie. Ein Livemitschnitt, bei dem man das Publikum sah, die Musiker, den Dirigenten. Genau das, was im Moment unmöglich geworden war, auf solche Weise zusammenzusitzen, als Orchester wie als Auditorium. Dabei hatte Leo so was doch vierundvierzig Jahre nicht gehabt, war vierundvierzig Jahre in kein Konzert gegangen, ohne dass ihm etwas abgegangen wäre. Jetzt aber fehlte ihm diese Möglichkeit. Voller Wehmut betrachtete er all die musizierenden und beim Musizieren zusehenden und zuhörenden Menschen. Eine Wehmut, die nicht einmal verging, als nach dem ersten Satz das obligate Husten des Publikums einsetzte. Mein Gott, wie absurd war ihm das als Kind und Jugendlicher erschienen, wenn seine Mutter ihn eben nicht nur in die Oper, sondern auch in klassische Konzerte geschleppt hatte. Diese Husterei zwischen den Sätzen, als sei es ein Ersatz für die Unmöglichkeit, zwischen den Sätzen frenetisch zu klatschen. Er hatte diese Husterei als eine bildungsbürgerliche Dummheit verachtet. Jetzt aber erschien sie ihm wie ein rührender Ruf aus vergangenen Zeiten.

Kurz nach dem ersten Satz schlief Leo ein. Es mochte eine romantische Idee sein, sich das so vorzustellen, aber es war in der Tat die Musik, die ihn forttrug. Forttrug, dann aber absetzte, und zwar an ungünstiger Stelle. Denn obgleich noch weit entfernt von jenem traumfördernden REM-Schlaf, geriet er in eine Fantasie von albtraumhafter Gestaltung.

Er befand sich wieder auf Claire, nur dass sich dort jetzt sehr viel mehr Menschen aufhielten. Alle versuchten, Abstand zu halten, was aber immer schwieriger wurde, weil weitere Leute quasi vom Himmel fielen. Ein wenig in der Art wie Männer, die auf Regenschirmen abwärtsschweben. Und richtig, es waren nur Männer. Das machte es noch trauriger (dabei hatte Leo ja in der Realität all der Inseljahre Frauen bloß dann zu Gesicht bekommen, wenn sie mit Henry Oak die Insel besucht hatten. Und in der Tat, die letzte Frau, mit der Leo intim gewesen war, war das Mädchen, mit der er jene Nacht verbracht hatte, an deren frühem Morgen die Wiener Reichsbrücke zum Einsturz kam). Keine Frauen also. Nur Männer. Aber selbst die Palmen wagte keiner anzufassen. Alles schien toxisch. Nicht zuletzt das Meer, das wunderschön anzusehen war, schöner denn je. So ein Glanz wie von silberblauen Schuppen. Alles hier war wunderschön anzusehen. Wunderschön und giftig und unantastbar.

Und dann … Ein Schluchzen, von dem Leo meinte, es komme aus einem Loch, das sich mitten in der Luft aufgetan hatte, während er sich da am Strand befand, im heißen Sand auf den Fußballen tänzelnd, ohne Chance auf einen Platz drüben im Schatten. Die Schattenplätze waren gewissermaßen von den Hamsterern besetzt.

Was soll ich, fragte sich Leo, mit einem verdammten Loch anfangen, aus dem heraus es schluchzt.

Das fragte er sich aber, da war er bereits im Erwachen begriffen.

Viel sehen konnte er nicht. Der Bildschirm war dunkel, ein verschwommenes Rechteck im gelblichen Lichtkegel, drumherum die Nacht, die zu vibrieren schien. Schwarzer Pudding.

Aber er konnte es hören, das Schluchzen. Und weil er recht schnell zu der Auffassung kam, dass kleine Löcher in der Luft als probates Mittel der Geräuschübertragung nur in Träumen existierten, wandte er seinen Kopf und damit sein linkes, eigentlich schlechteres Ohr in Richtung auf die rückwärtige Wand.

Dieses Schluchzen musste aus der Nebenwohnung stammen. Es hatte etwas Unterdrücktes, Zurückhaltendes, dennoch drang es durch die Wand. Das hier war ein altes Haus, selbst dicke, tragende Wände waren auf eine akustische Weise dünn, wie diese Leute, die trotz massiger Gestalt einen schwindsüchtigen Eindruck machen. Wobei es sich bei dem Raum, aus dem das Schluchzen kam, am ehesten um das Schlafzimmer seiner Nachbarn handelte.

Er hatte sich erhoben und tat die wenigen Schritte durch das Dunkel, die nötig waren, die tapezierte Wand zu erreichen. Er drückte sich fest gegen die strukturierte Fläche und legte jetzt sein besseres rechtes Ohr an. Sein Schokoladenohr.

Unverkennbar. Das Schluchzen einer Frau. Leo stellte sich vor, wie sie die Hände gleich einem Korb vors Gesicht gelegt hatte und in diesen Korb hineinweinte. Daneben war jetzt aber auch ein Schnarchen zu hören, das also von einer weiteren Person stammen musste. Leo konnte sich nicht helfen, aber es war ein widerliches Schnarchen. Gut möglich, dass auch dünne Menschen so schnarchten, aber er konnte sich nur einen fetten Kerl vorstellen. Keinen freundlichen, sanftmütigen Dicken, sondern einen unfreundlichen, rücksichtslosen Fetten. Und dazu eben eine Frau, die wohl aufrecht im Bett saß und ihren Kummer hinunterzuschlucken versuchte, bemüht, das Monster neben sich nicht zu wecken.

Das Schluchzen wurde leiser, verstummte. Nicht das Schnarchen. Diese sinnlose Energie.

Leo rückte von der Wand ab und tastete sich zum Bett hinüber. Die Lampe ließ er an. Es schien ihm ein trapezförmiger Mond. Er setzte sich an die ausgesprochen niedrige Bettkante, entkleidete sich bis auf Unterhose und Unterhemd und kroch unter eine Decke, die einst den Körper seiner Schwester gewärmt hatte. Und Wärme hatte er nötig. Er fror. In der Erwärmung schlief er rasch wieder ein.

9

Er erwachte vom Rauschen des Meers.

Als er die Augen öffnete, sah er einen milchigen Schleier, in dem ein paar dunkle, zerfranste Flecken schwebten. Dennoch war weiterhin das Geräusch der auf den Strand auftreffenden und zurückfließenden Wellen zu hören, aus einiger Entfernung, gedämpft, jedoch unverkennbar. Das Gedämpfte mochte daher stammen, dass Leo sein Schokoladenohr gegen das Kissen gepresst hatte. Allerdings richtig schlecht hörte er auch auf dem anderen nicht. Doch es war wohl sein Wunsch, tatsächlich in seiner Hütte auf Claire erwacht zu sein, noch verkatert von einem bösen Traum, in dem er absurderweise im Koma gelegen und zu ungünstigster Zeit wieder erwacht war. Wie sagte jemand einmal: Man träumt, damit es nicht geschehen muss.

Das gefiel ihm.

Was ihm nicht gefiel, war jetzt die ferne Stimme, die vor dem Hintergrund des Meeresrauschens betont friedvoll anhob. So redete keiner aus seiner Mannschaft. Schon gar nicht in deutscher Sprache.

Leo benötigte nicht allzu lange, um zu begreifen, dass diese Stimme die Anweisung zu irgendwelchen gymnastischen Übungen gab. Es war ständig vom *Qi* die Rede, und dass es fließen müsse. Übungen, die, unterstützt von den Klängen des Meers, mit der größtmöglichen Selbstvergessenheit zu erfolgen hatten. *Entspannen Sie Ihre Knie … ein Gewicht, das Sie ganz sanft wieder etwas zur Erde zieht … die Arme etwas gerundet, die Schultern gelockert, kein Gelenk durchgestreckt, sodass Qi fließen kann … richten Sie Ihre Aufmerksamkeit nach innen …*

Leo freilich richtete seine Aufmerksamkeit auf den Umstand, dass dieses Bett hier zwar genauso tief lag wie das in seiner Hütte, ebenfalls ein schmales Futonbett, aber so gänzlich – auch nach vielen Monaten noch, in denen es nicht benutzt worden war – nach jemandem roch, der seine Schwester gewesen war.

Er setzte sich etwas auf und lehnte sich gegen die Wand, so dicht war das Bett in die Ecke gesetzt. Nach und nach klärte sich sein Blick, und er begann die Konturen des Zimmers zu erkennen: den Schreibtisch, die hohe, nach nebenan führende Flügeltüre, die beiden Fenster, durch die strahlender Sonnenschein drang und den Raum nun sehr viel heller und freundlicher erscheinen ließ. Über der Stelle, auf welcher der Leichnam seiner Schwester gelegen hatte und ihr Blut in einen grauen Knüpfteppich sowie in den alten dunklen Parkettboden gesickert war, befand sich nun ein Perserteppich, der auch nicht viel heller und jünger war als der darunterliegende Holzbelag, aber frei von Blut.

Wieder vernahm Leo das Meeresrauschen und die um eine hypnotisierende Wirkung bemühte Männerstimme. Klar, das kam aus der Nachbarwohnung. Dort, wo er am Abend zuvor ein Schluchzen und Schnarchen vernommen und eine Vorstellung von den traurigen Verhältnissen gewonnen hatte. Wobei er ganz sicher war, dass es nicht der Schnarcher war, der hier sanft und beruhigend Anweisungen zur Entwicklung gediegener Körperlichkeit gab. Natürlich nicht. Vielmehr musste es sich um den Lehrer aus einem Video handeln, nach dessen Anleitung – so Leos Vermutung – die Frau nun ihr morgendliches Training absolvierte. Und dass sie das gewiss nicht im Duett mit ihrem Mann tat. Wo auch immer der sich jetzt befand.

Dies entsprach der aktuellen biedermeierlichen Situation, dass man den Sport, die Bewegung, die Beherrschung des Körpers aus den Studios und aus dem Freien und aus der Gruppe in die eigenen Wohnzimmer verlagert hatte, oder auf Terrassen und Balkone. Eben gerne unter dem Dirigat von jemandem, der zu einem sprach, ohne dass man seinen Atem zu fürchten brauchte. Oder den Atem des Menschen neben sich auf der Yogamatte.

Auch Leo selbst würde daran nicht vorbeikommen, das war ihm schon klar. Eine dringende Anweisung seines Arztes hatte gelautet, sanfte Formen der Bewegung zu praktizieren, überhaupt inmitten der ungesunden Situation sich in Gesundheit zu üben, körperlicher wie geistiger. Eben *nicht* der Trägheit des Eingesperrtseins zu verfallen, sondern eine häusliche Disziplin zu entwickeln.

Leo hatte bei diesen Worten an Robert de Niro in *Cape Fear* denken müssen, wie dieser in einer kleinen Gefängniszelle seinen alttestamentarisch tätowierten Körper in ein Muskelpaket verwandelt, um nach seiner Entlassung brutale Rache an seinem einstigen Rechtsanwalt zu üben.

War es das, was er ebenfalls im Sinn hatte? Rache üben? Rache für den Mord an seiner Schwester, hinter dem mehr steckte als ein bekiffter Psychopath, der sich von ihr belästigt gefühlt hatte. Von Eva? Ausgerechnet!

Ja, genau genommen war das der Fall. Selbstmörderische Rache. Aber eine kluge Rache. Eine Rache, die ähnlich ruhig und gelassen daherkam wie diese Übungen, die hinter der dicken, aber akustisch dünnen Wand vorgenommen wurden. Von einem Mann auf einem Bildschirm und einer Frau in einem Schlafzimmer.

Leo erhob sich aus dem Bett. Merkwürdigerweise bereitete ihm das mehr Mühe als in dem Moment, da er erstmals nach seinem Koma – mit einer Hilfe, die gar nicht nötig gewesen wäre – aus seinem Krankenbett, seiner Krankenbettmaschine gestiegen war. Evas Bett war einfach viel zu weich. Dennoch wusste er jetzt schon, dass er nichts daran ändern, sich an dieses Bett würde gewöhnen müssen. Aus einem Prinzip heraus, das ohne Vernunft war, gleichwohl notwendig. Er besaß genügend Geld, mit dem es ein Leichtes gewesen wäre, selbst in Zeiten wie diesen, neue, bessere Möbel, zumindest eine andere, härtere Matratze herbeizuschaffen. Er hätte sie von zu Hause bestellen und liefern lassen können, und wenn nötig, sich so lange, bis alles erledigt war, im Klosett einsperren können. Aber das wollte er nicht tun. Die Wohnung erschien ihm in so gut wie jedem Detail unveränderbar, manifest. Das war so wenig eine Frage von Liebe und Begeisterung wie von Abscheu oder Widerwillen. Ein Bett war ein Bett, war ein Bett … Nun, ein Rücken war natürlich auch ein Rücken. Aber das Bett war eben zuerst da gewesen.

Nicht die Möbel würden sich ändern, sondern er selbst sich an diese Möbel anpassen müssen. Vielleicht unter Schmerzen.

Halb nackt bewegte er sich zu der Türe, die die beiden gleich großen beziehungsweise gleich kleinen, aber den Wiener Altbauverhältnissen gemäß doch recht hohen Zimmer trennte, und öffnete die Flügeltüren. Die Türen selbst hatten durchaus etwas Herrschaftliches, als säße hinter ihnen jeweils ein kleiner Napoleon in Lackschuhen.

Tatsächlich aber begab sich Leo zu seinem großen Reisekoffer, der mitten im Zimmer abgestellt worden war. Auch hier war der Raum vom Sonnenlicht stark durchkämmt und seine Wirkung weit weniger gespenstisch. Wobei die massive, die gesamte Längswand einnehmende Bibliothek selbst im hellen Schein die Anmutung eines flach gepressten Asteroiden besaß, der schon etwas länger im Universum unterwegs war. Was nicht nur der Masse zu verdanken war. Es schienen kaum neue Bücher darunter, die jüngsten waren noch die Erstausgaben aus den 1950er- und 1960er-Jahren: Frisch, Dürrenmatt, Böll, Bachmann, ja, am allerjüngsten noch die Gedichtbände der Elfriede Gerstl, die sich aber, stark zerlesen, dem allgemeinen Eindruck hohen Alters anpassten. Ohnehin handelte es sich in erster Linie um Publikationen aus dem 18. und 19. Jahrhundert, viel Wissenschaftliches, Naturwissenschaftliches, große Folianten, Lexika, Goldschnitt, zum Teil auch noch Älteres. Das alles konnte Leo im Moment noch nicht so im Detail erkennen, sondern empfand allein den asteroidischen Eindruck einer *belesenen* Felswand.

Jedenfalls griff Leo nach seinem Koffer und rückte ihn instinktiv ein Stück von der Bücherwand weg – als müsste er fürchten, von dieser Felswand erschlagen zu werden –, sodann kippte er ihn um, öffnete ihn und betrachtete den Inhalt. Er kramte eine Weile herum und zog schließlich frische Unterwäsche, frische Socken und ein frisches Hemd heraus, auch seinen Kulturbeutel – wer war bloß auf dieses Wort gekommen? –, sowie jene vor sechsundvierzig Jahren erstandene Super-8-Kamera, in der noch immer ein Film aus dem Jahre 1976 unentwickelt steckte und der Realität eines sechsten Mannes auf einer einstürzenden Brücke Einhalt gebot.

Auf Claire war die Kamera in einer Kiste verborgen gewesen, hier aber in der Eva-Wohnung legte er die Kamera gut sichtbar auf ein kleines Wandregal gegenüber dem Schreibtisch, neben eine dieser

Topfpflanzen, die verhungert aussehen, aber durch keine falsche Pflege umzubringen sind. Pflanzen, die gerüchteweise ganze Generationen überleben und darum auch der Einzelne nie sagen kann, woher er die eigentlich hat.

Leo wechselte ins Bad. Das heißt, er wechselte in die Küche, dorthin, wo neben der Spüle ein Waschbecken montiert war. Direkt beim Fenster, das mit einem blickdichten Strukturglas hinaus ins Treppenhaus führte. Auf der anderen Seite des Fensters stand eine Duschkabine, bei der offensichtlich die Möglichkeit stark beleibter Benutzer ausgeschlossen worden war. Und Leo von Glück sagen konnte, den idealen Körper für diese in die Ecke gequetschte Nasszelle zu besitzen.

Er putzte sich die Zähne, nahm eine Rasur vor. Dazu ließ er auf seinem Smartphone *Wuthering Heights* von Kate Bush spielen, wie er das seit 1978 – nach dem Erscheinen dieses Hits und nachdem Oak eine Aufnahme auf die Insel gebracht hatte – bei jeder Morgenwäsche zu tun pflegte, zuerst mittels Kassettenrekorder, später auf einem CD-Player, zuletzt dank Handy. Über dreißig Jahre das Original, ab 2011 die remasterte Version. Nicht, weil er den Song so liebte. Oder Frau Bush liebte. Er liebte die Wiederholung.

Auf diese Weise erfrischt, zog er sich an und kehrte wieder zurück in Feilers Zimmer. So wie er insgesamt von Evas Wohnung sprach, und speziell von Evas Zimmer, benannte er den anderen Raum nach jenem Mann, der als Mörder seiner Schwester galt. Es aber nicht war, wie Leo wusste. Warum auch immer er log. Eva hatte Feiler dieses Zimmer zugestanden. Dabei sollte es auf eine gewisse Weise auch bleiben.

Somit also in Feilers Zimmer stehend, bemerkte er endlich den Balkon. Mehr ein Balkönchen. Durch die Scheiben des rechten der beiden Fenster erkannte er den oberen Teil eines halbkreisrunden Geländers. Das war ihm darum nicht gleich aufgefallen, weil keinerlei Durchgang zum Balkon bestand, keine bodennahe Fenstertür, vielmehr war der untere Bereich mit einem kleinen Holzschrank verbaut worden.

Leo trat näher heran, öffnete die inneren und äußeren Flügelpaare, beugte sich über den breiten Rahmen und erkannte nun die vollständige Konstruktion. Ein Rundbalkon von so geringer Größe, als handle es sich um eine Freiluftversion der Duschkabine in der Küche. Obgleich der Balkon natürlich um einiges älter war. Mehr als eine Person hatte hier keinen Platz, und diese eine Person musste stehen. Ein Sessel samt einem Sitzenden wäre sich schon nicht mehr ausgegangen. Ja, eine Topfpflanze hätte auf diese winzige Plattform mit dem floral ornamentierten, nach unten hin etwas gebauchten Geländer ganz gut gepasst. Aber da stand nichts dergleichen.

Leo würde hinterher im Internet nachsehen und feststellen, dass eine solche Form französischer Balkone an alten Gebäuden eigentlich immer nur zu den Straßenseiten hin üblich war. Bei einem Hinterhaus waren sie absurd. Freilich konnte Leo nicht wissen, und würde es auch nie erfahren, dass die Balkone bei der Errichtung des ganzen Komplexes Mitte des 19. Jahrhunderts tatsächlich für die Straßenseite des vorderen Hauses gedacht gewesen waren, jedoch im Zuge einer bösen Kombination aus Missverständnis und Schlamperei auf die Frontseite des Hinterhauses gebaut worden waren, während nach vornehin nun kein einziger Balkon die Fassade schmückte.

Auch konnte Leo nicht sagen, wieso der Zugang zu diesem einen Balkon zugebaut worden war. Sicher nicht von Eva, das musste länger zurückliegen. Faktum war, dass man über die Fensterbank steigen musste, um auf den winzigen Balkon zu gelangen.

Und genau das tat Leo nun. Er wollte einfach nachsehen, wie es war, darauf zu stehen. Immerhin war eine kulturelle Phase angebrochen, in welcher der Balkon, so klein er sein mochte, der sicherste Ort war, um sich im Freien aufzuhalten. Ein Geschenk für jeden, der so etwas besaß, denn nicht alle waren in der Lage, sich in ihre Landhäuser samt Gartenlandschaften zurückzuziehen. Der Balkon war mehr denn je Ausblick auf die Welt. Diese Welt mochte, wie in Leos Fall, die gegenüberliegende Hauswand sein, aber eben auch der Baum in der Mitte des Hofs, der Leo in seiner Kahlheit an jene Bäume erinnerte, die er in seiner Kindheit – von seiner Mutter ins Museum und zu den alten Meistern geschleppt – auf einem Wintergemälde von Bruegel gesehen hatte. Der Rest war ihm gleichgültig geblieben, selbst die abgeschlagenen Köpfe und die Fleischberge bei Rubens, aber diese dunklen, kahlen Winterbäume, dazwischen Hunde und Jäger, im Hintergrund schlittschuhlaufende Menschlein, hatten ihm einen ewigen Schauder verursacht. Aber eben einen Schauder nicht ohne Reiz, gleich seiner Sehnsucht nach dem Tod. Ja, im Moment noch war dieser Baum dort draußen ein Bruegelbaum, aber bald würden ihm seine Blätter wachsen, und dann würde er eher an die Freiluftmalerei irgendeines dieser in den Frühling verliebten Franzosen erinnern. Zum französischen Balkon ein französischer Baum.

Leo setzte sich auf die Fensterbank, zog die Beine an, nahm einen Schwung – einen leichten, er wollte ja nicht etwa fliegen –, drehte sich nach draußen, rutschte ein Stück abwärts und kam mit den Füßen sicher auf der kleinen, halbrunden Plattform auf.

Da stand er nun, seinerseits im Sonnenlicht, welches die morgendliche Frische spürbar milderte. Er sah hinunter in den Hof, der drei Stockwerke unter ihm lag. Eine hohe Höhe, aber um aus dem Fenster zu springen und sich zweifelsfrei umzubringen, dann doch nicht hoch genug. Sodann richtete er seinen Blick nach links über eine Mauer, hinter der die Gebäude einer ehemaligen Molkerei lagen, schließlich nach rechts zum in seiner Kahlheit bruegelschen Baum. Und indem er das tat, erkannte er auf gleicher Höhe die Stelle, wo ein solcher fälschlicherweise ans Hinterhaus gemauerter Balkon auch aus der Nachbarwohnung herausragte. Und auf dem Balkon eine Frau.

Sie trug einen türkisen Trainingsanzug, hatte das halblange, dunkelblonde Haar zu einem Zopf gebunden, den Kopf gerade und ein wenig nach oben gerichtet und die Augen geschlossen, soweit Leo das erkennen konnte. Ihre Hände hatte sie unterhalb des Nabels zu Schalen geformt, als stütze sie einen unsichtbaren Bauch. Leo meinte sie atmen zu hören, aber das war Unsinn. Was er hingegen wirklich vernahm, war erneut das Meeresrauschen, nun aber ohne Stimme, ein Rauschen, das hinter der Frau aus der offenen Balkontüre drang. Ja, bei ihr gab es eine Türe, sie musste nicht klettern, um nach draußen zu kommen.

Leo hatte sich, damit er besser sehen konnte, etwas über das Geländer gelehnt. In diesem Moment richtete die Frau ihren Kopf in seine Richtung und öffnete ihre Augen. Sie schien nur einen kurzen Moment verblüfft, nickte dann und wünschte einen guten Morgen.

Leo grüßte zurück und sagte auch gleich, wer er war: der Bruder. Leo Prager.

»Der Bruder von der Insel?«

»Genau der.«

Jetzt nannte auch die Frau ihren Namen, Tina Wessely, und meinte: »Dann sind wir jetzt also Nachbarn, nicht wahr?«

»Das sind wir«, sagte Leo und sagte auch, dass ihn das freue.

Frau Wessely antwortete: »Ich mochte Ihre Schwester sehr.«

»Sie kannten sie gut?«

»Sehr gut«, sagte Wessely und erklärte, Eva zuerst als Kundin kennengelernt zu haben. In ihrem kleinen Laden. Sie verkaufe luxuriöse Damenwäsche, feine Dessous.

»Sagen Sie jetzt nicht, der Laden heißt *Chez Antoinette.*«

»O ja, das ist mein Geschäft. Hat Ihnen Eva also davon erzählt?«

»Nicht Eva, sondern ein gewisser Nestor Ihrig. Er behauptet, sich des Öfteren dort mit ihr verabredet zu haben.«

»So ein junger, gut aussehender Mann mit dem Hang, extrem unsympathisch zu sein?«

»Das könnte hinkommen.«

»Ja«, sagte Wessely, »der war einige Male in meinem Laden. Aber nicht nur, wenn Eva da war.«

»Aber doch an dem Tag, als sie starb«, sagte Leo. »Hat er mir zumindest erzählt. Um Eva zu treffen, die aber nicht kam.«

»Nein, das stimmt nicht. Diesen Tag habe ich gut im Gedächtnis. Eva war noch vormittags bei mir, auf einen Kaffee. Und wenn ich das sagen darf, auch auf einen Büstenhalter. Aber nicht dieser junge Mann, an dem sie weiß Gott was gefunden hat.«

»Sie hat für ihn gearbeitet.«

»Stenografiert?«

»Ja.«

»Ach so. Darüber haben wir nie gesprochen. Jedenfalls war er an diesem Tag nicht im Laden. Da können Sie auf mein Gedächtnis vertrauen.«

»Das tue ich ganz gewiss«, sagte Leo und meinte dann, es sei schon ein verrückter Zufall, dass Eva sowohl ihre Kundin *als auch* ihre Nachbarin gewesen sei.

»Nein, kein Zufall«, sagte Wessely, »sie hat da schon viele Jahre bei mir eingekauft. Und als diese Wohnung hier frei wurde – ich wusste ja, dass sie etwas Neues sucht –, habe ich ihr sie vermittelt.«

Stammkundin? Eva und Dessous? Das wunderte Leo dann doch. Allerdings hatte er es noch nicht gewagt, in den kleinen begehbaren Wandschrank im Vorraum zu treten, dort, wo sich Evas verwaiste Garderobe befinden musste.

»Es ist schön«, sagte Tina Wessely, »dass nicht jemand gänzlich Fremder in Evas Wohnung eingezogen ist. – Nun, es ist ja jetzt *Ihre* Wohnung.«

»Nein, nein, sagen Sie ruhig *Evas Wohnung*. So soll es bleiben.«

»Richtig«, meinte Wessely, »wir wollen sie nicht vergessen.«

»Nein, keinesfalls«, sagte Leo.

Aus der Ferne vernahm Leo nun eine weitere Stimme. Eine Stimme hinter Wessely. Ihr Mann wohl. Leo konnte nicht verstehen, was er sagte. Aber er registrierte den unangenehmen Ton. Einen Ton, der Leos klischeehafte Vorstellung von letzter Nacht zu bestätigen schien. Vielleicht nicht in der Hinsicht, dass es sich um einen ausgesprochen fetten Menschen handelte, möglicherweise war Herr Wessely sogar eher der sportliche, muskulöse Typ, aber der Klang in seiner Stimme besaß etwas Monströses. Auf eine elegante Weise, aber monströs. Kein Prolet, eher ein Typ von der Ihrig-Sorte. Durchtrieben und dominant.

»Ich muss jetzt wieder hinein«, sagte Wessely, die ja nicht unbedingt den Eindruck einer hilflosen, kleinen Frau machte, die vor ihrem Mann auf den Knien herumrutscht. Aber was wusste Leo schon? Er wünschte ihr jedenfalls einen schönen Tag.

Sie nickte und lächelte. Und glitt in derselben Weise zurück, mit der man am Ende einer Qigong-Einheit, mit dem Rücken voran, aus seiner Übung nach hinten *heraustritt*.

Wieder in der Wohnung, wieder an Evas Schreibtisch, unternahm es Leo, sich das Gesicht der Frau Wessely zu vergegenwärtigen, soweit er es auf die Entfernung und im leichten Nebel seines impressionistischen Schauens hatte erkennen können. Auch das war eine Realität, wie sehr das Bild eines Menschen erst so richtig in der Erinnerung – gleich, wie kurz oder lang das Geschehene zurücklag – Gestalt annahm. Letzthin waren alle Menschen unentwegte Chronisten ihrer Erlebnisse. Leo hatte einmal bei einem Philosophen gelesen – auch so ein Franzose –, dass der Mensch nur im Schlaf, in der Bewusstlosigkeit und im Tod in Echtzeit existieren würde. Er hatte gleich gedacht: Aber wirklich!

So setzte er nun also das Bild von Frau Wesselys Gesicht zusammen, genau genommen eine Fälschung. Und diese Fälschung fiel ein wenig mit einer anderen Fälschung zusammen, nämlich seiner Erinnerung an das Gesicht jener Gerichtsmedizinerin, die die Leiche seiner Schwester obduziert hatte. Er konnte sich nicht mehr an ihren Namen erinnern, aber beide Frauen, die Ärztin wie auch Frau Wessely, besaßen eins dieser Gesichter, die Menschen um die fünfzig zeigen, die aber eher wie dreißig wirken und dennoch nicht die fünfzig verleugnen. Gesichter, die beides können: lügen und zugleich die Wahrheit sagen.

Zu diesem Eindruck kamen noch einige Details, die nun aber wirklich stark von der Spekulation abhingen, zudem beeinflusst von Frau Wesselys Stimme. Denn sosehr Leo zwischen seinem Schokoladenohr und dem anderen, schlechteren unterschied, war es ein Faktum, wie ungemein gut er hörte, und dass mit dem zusehenden Verlust seiner Sehkraft seine Hörfähigkeit zunahm. Nicht die Hörkraft selbst, natürlich nicht, aber gewissermaßen die Sensibilität seines Hörens. Um es mit dem Begriff seiner »impressionistischen Krankheit« zu vergleichen, sein Gehör entsprach einer naturalistischen Wahrnehmung, die das Positive wie das Negative, die Schönheit und die Hässlichkeit, die Stille wie den Lärm, gleichermaßen streng und genau aufgriff.

Allerdings gab es bei Wesselys Stimme nichts Negatives zu vermerken. Es war aber ebenso wenig eine überirdische Stimme, deretwegen man gleich auf die Idee hätte kommen müssen, ein Gedicht zu verfassen oder mittels Blog andere an der eigenen Begeisterung teilhaben zu lassen. Die Schönheit dieser Stimme ergab sich daraus, wie sehr sie in der Mitte lag, wie sehr jenseits aller Extreme zwischen Bösartigkeit und Gutartigkeit. Nicht einmal eine Yogastimme, sosehr Wessely dieser Art der Beruhigung anzuhängen schien. Es war … Leo drückte es für sich so aus: eine Stimme an sich.

Und darum in seiner Vorstellung auch ein Gesicht an sich, ohne Übertreibungen, beziehungsweise bestand die einzige Übertreibung darin, wie dreißig auszusehen, auch wenn die Wahrheit wohl bei fünfzig lag. Keine zu großen Lippen und keine zu kleinen Lippen, die Augen ein zufriedenes Paar. Das Kinn – niemand spricht über das Kinn einer Frau, immer nur über das eines Manns – ein zufriedenes Selbst. Ja, auch die Ebenmäßigkeit dieses Gesichts schien ohne Übertreibung, also nicht gerader als gerade oder sinnlicher als sinnlich. Für Leo war es wie die Blaupause zum idealen Gesicht einer Frau. Ganz im Unterschied zum Gesicht Roswitta Bregenzers, das abgesehen von der karottenroten Umrahmung und der schon irrsinnig zu nennenden grünen Farbe ihrer Augen auch der Form nach als exzentrisch gelten konnte. Hübsch, aber verrückt.

Mal sehen, dachte sich Leo, ob er dieser Frau Wessely einmal näher kommen würde als von Balkon zu Balkon, um seinen Eindruck überprüfen zu können. Nicht allzu nahe, natürlich nicht, wonach er auch kein Bedürfnis verspürte, ganz abgesehen vom derzeitigen Gebot des Abstandhaltens. Doch diese Frau hinter dieser Wand zu wissen verschaffte ihm ein Gefühl der Zusammengehörigkeit. Vielleicht weil Frau Wessely ja erklärt hatte, Eva *sehr* gemocht zu haben. Das klang schon so, als hätte die zwei mehr verbunden als die Freundlichkeit zwischen Nachbarn, die darauf achteten, einander nicht auf die Nerven zu gehen. Und auch mehr als das Verhältnis von Stammkundin und Ladenbesitzerin. Leo wollte sehen, ob er irgendeine Form dieser Verbindung fortsetzen konnte.

Zunächst aber machte er sich einen Kaffee mithilfe einer dieser kleinen, billigen, letztlich aber sehr wirkungsvollen Espressomaschinen, die an erstarrte Tänzerinnen in steifen, bodenlangen Faltenröcken erinnern. Er stellte die »Tänzerin« auf einen Gasherd, der gut und gerne aus der Zeit stammte, als er selbst jung gewesen war. Mit einer Tasse wirklich dunklen, gedoppelten Espressos begab er sich an seinen Schreibtisch, nahm einen Schluck – paradoxerweise der Geschmack von Nacht, Nacht freilich, die Blutdruck und Puls anhob – und begann, einige Mails zu verfassen und abzusenden. Eine an die Hausverwaltung, eine an den Notar, der Evas Nachlass verwaltete, eine an das Wiener Meldeamt, auch ein Schreiben an Frau Bregenzer, in dem er sich für ihre Hilfe und ihre freundliche Nachricht bedankte, wobei er – nun gegen besseres Wissen – davon sprach, wie ähnlich sie ihrer Tochter sehe. Eigentlich hätte er auch vermelden müssen, dass ihm der Name des Architekten eingefallen war, bei dem Ihrigs englischer Kunde unterkam, wenn er nach Wien reiste. Aber was hätte ihr das gebracht? Was hätte sie damit anfangen sollen? Abgesehen davon, dass es im Moment eher unwahrscheinlich war, dass irgendjemand von England nach Wien flog. Nein, er musste ihr schon etwas mehr bieten. Veit Schindler hatte übrigens noch nicht geantwortet, was aber auch viel verlangt gewesen wäre. Wenn überhaupt, würde es dauern.

Was Leo in der Folge tat, war, sich näher mit der Wohnung vertraut zu machen, die Einrichtungen der Küche zu überprüfen, aber ebenso den kleinen, engen Wandschrank zu betreten, in dem er immerhin auch seine eigene Kleidung unterbringen wollte.

Nicht, dass er ein Spezialist für Damenkleidung und Damenwäsche gewesen wäre, aber das begriff er schon, dass seine Schwester einerseits doch recht konservative und unauffällige Kleider und Kostüme besessen hatte, andererseits aber ungemein feine und luxuriöse Unterwäsche. Keine Reizwäsche, das nicht, sondern *anziehende* Wäsche. Es gab keinen Grund, irgendeine Art von sexueller Exaltation anzunehmen, Rollenspiele, Peitschenzeug oder so, sondern schlicht und einfach das Bedürfnis, dass das, was man direkt am Körper trug, in jeder Hinsicht wertvoll zu sein hatte, optisch wertvoll, wie auch das Material betreffend.

In diesen engen Raumverhältnissen schuf er nun ein klein wenig Platz, um auch seine eigenen Kleidungsstücke unterzubringen, wobei schon klar war, dass er niemals Evas Sachen entsorgen würde. Unvorstellbar, das zu tun. Was sollte er denn damit machen? Sie verschenken? Verkaufen? Wo denn, bei Ebay? Sie wie totes Vieh in einen dieser Container der Altkleidersammlung stopfen? Nein, wirklich nicht. Es war ihm in diesem Moment ein Rätsel, was die Überlebenden mit den Sachen ihrer Verstorbenen so trieben. Wobei es sicherlich einfacher war, sich etwa den Verkauf eines exklusiven Sportwagens zu überlegen, den ein verstorbener Verwandter zurückgelassen hatte, als eben die exklusive Lingerie der eigenen Schwester.

Kurz danach schaute er den Schacht hinunter, der zwischen dem begehbaren Wandschrank und der Toilette lag, ein Brunnen ohne Wasser, und kam dann endlich auf die Idee, die Topfpflanze in Evas Zimmer, die dreieinhalb Monate ohne Pflege überlebt hatte, zu gießen.

Nachdem auch das erledigt war, geriet Leo wieder vor die große Bücherwand, zu der hochschauend ihm etwas schwindelig wurde. Er wich aber nicht zurück, sondern begann die einzelnen Bände etwas genauer zu studieren. Existierte ein System? Und waren das wirklich alles Bücher, die Eva selbst zusammengetragen hatte? Denn ihre Leidenschaft für die Gedichte Bachmanns und Gerstls hatte ja vor allem der Möglichkeit gegolten, diesen die Gestalt diverser Kurzschriftformen zu verleihen. Deshalb brauchte man noch nicht eine solche bibliophile Monsterwand zu errichten, die sich ja in erster Linie aus Büchern zusammensetzte, die kein Mensch mehr las. *A catalogue of plants* etwa, oder *Über William Wollastons Moralphilosophie.* Oder *Geburtshilfe – Reutlingen 1836.* Das waren sicher keine Bücher, die Eva in die Deutsche Einheitskurzschrift hatte übertragen wollen. Besaßen sie also einen anderen Zweck? Waren sie Tarnung? Oder ganz einfach die zurückgelassene Sammlung eines einstigen Bewohners, dessen Erben den ganzen Wust nicht auch noch hatten mitnehmen wollen? Wobei gegen Letzteres sprach, dass hier einiges stand, was vielleicht keinen Leser, aber durchaus einen Käufer gefunden hätte. Der Wert einiger Folianten mochte beträchtlich sein. Oder lag Leo falsch damit, wenn er meinte, dass Kants drei »Critiken«, jeweils als Erstausgabe, einen guten Preis erzielen dürften? Das hätte auch erklärt, wieso Eva trotz eines langen Arbeitslebens, einer recht ordentlichen Pension und ihrer Nebeneinkünfte, die sie durch Nestor Ihrig bezogen hatte, doch überaus bescheiden gelebt hatte. Von ihren Dessous abgesehen. War sie etwa eine verrückte Sammlerin gewesen, die – Leo überprüfte dies auf einer Internetseite – fünfunddreißigtausend Euro für die drei ledergebundenen Hauptwerke eines philosophierenden Deutschen ausgegeben hatte?

Da war einiges Obskures dabei, was Leo aus den Regalen zog, etwa die *Deutsche Soldatensprache*, erschienen 1905, oder ein *Denkbuch der Französischen Revolution* von 1819, und, schon weniger ungewöhnlich, mehrere alte Wörterbücher des Wiener Dialekts, sowie eine lange Reihe historischer Baedekers in der ersten, zweiten und dritten Auflage. Alleine diese Baedekers stellten einen kleinen Schatz dar. Und selbstverständlich fand sich eine ganze Reihe alter Bücher in stenografischer Schrift, etwa *The Holy Bible* von 1891, verfasst in Pitman Shorthand, Altes und Neues Testament, und in derselben englischen Kurzschrift auch sämtliche Sherlock-Holmes-Bände von Sir Arthur Conan Doyle.

Aus der Nähe betrachtet verlor die Bücherwand etwas von ihrer erschreckenden, felsartigen Senkrechte. Wie es ja wohl auch ein Unterschied ist, vor einer geraden Felswand zu stehen und hochzublicken oder ganz dicht am Gestein zu sein und sich im Bewusstsein einer nächsten zu erkletternden Stelle zu befinden.

Leo machte sich nun die Mühe, eine kleine Trittleiter zu holen, die neben jener auf zwei Holzpaletten gesetzten Matratze stand, auf der Feiler seine Nächte zugebracht hatte – und zwar ganz sicher völlig unbelästigt von Eva.

Leo stieg auf die Leiter, um sich die Bücher der oberen Reihen anzusehen. Was ja immer eine interessante Frage ist, wieso manche Bücher so weit oben landen. Zumindest, wenn wie hier kein alphabetisches System vorlag, das sie in die Höhe verbannte.

Somit weit nach oben geratend, und nachdem er über eine Reihe mathematischer Werke wie über ein kleines Höllenfeuer hinweggesehen und näher an die Fenster gelangt war, entdeckte Leo zwischen

Wittgensteins *Tractatus* – der ersten amerikanischen Ausgabe von 1922 – und dem vielleicht nicht ganz so wertvollen Werk *Bürgerliches Kochbuch für die sparsame Hausfrau* von 1890 einen schmalen Band, dessen Titel Leo veranlasste, das Buch nicht nur kurz in der Hand zu halten und dann wieder zwischen den Wittgenstein und *Die sparsame Hausfrau* zurückzustellen, sondern es mit sich zu nehmen. Hinunter zur ebenen Erde.

Das Buch besaß einen geradezu gesichtslosen taubengrauen Broschureinband, dessen Oberfläche eine sehr feine Schuppenstruktur aufwies, etwas Schlangenhautartiges. In schwarzen Lettern – die vielleicht einmal kräftig gewesen waren, jetzt aber blass, elendes Schwarz – war im oberen Drittel der Titel zu lesen: *Die Möbel des Teufels*.

Zwar fand sich am unteren Rand der Name des Verlags, *Brüder Stegman, Wien*, was aber fehlte, war schlichtweg der Name des Autors. Das gab es zwar manchmal, aber eher bei wissenschaftlichen Werken, wo der Autor oder vielmehr die einzelnen Autoren erst im Inneren auf der Titelseite genannt wurden. Doch selbst als Leo das Buch öffnete, waren im Bereich der sogenannten Titelei zwar erneut der Buchtitel und der Verlagsname mehrfach zu lesen, zudem das Impressum mit dem Publikationsjahr 1965, nicht aber der Name dessen, der dieses Buch geschrieben haben musste. Und das war ja schließlich weder ein Telefonbuch, sondern – hier stand es ja – ein *Kriminalroman*. Ein *Kriminalro*man, der absolut romanmäßig mit einem ersten Kapitel und dem Satz »Er hätte das nicht für möglich gehalten, aber es geschah wirklich« begann.

Leo wechselte auf die Rückseite des Umschlags. Vollkommen leer! Da stand also nicht etwa – wie man das kannte –, was für ein großartiges Buch das sei. Woraufhin Leo es von hinten aufschlug, in der Hoffnung, dort auf den Namen des Autors zu stoßen. Aber wieder nichts. Rechter Hand herrschte eine leicht vergilbte Leere, und links davon war eine abschließende halbe Romanseite zu sehen. Zwei letzte Absätze und ein definitiv letzter Satz. Den Leo aber nicht las. Etwas hielt ihn ab. Wahrscheinlich war er bereits in diesem Moment entschlossen, sich nicht nur über das Fehlen eines Autorennamens zu wundern, sondern dieses Buch auch zu lesen. Nicht, weil er Kriminalromane so schätzte, wirklich nicht. Obgleich es auch diese in einer gewissen Anzahl, zumindest englischsprachige Ausgaben, in der für ihn zugänglichen oakschen Strandhausbibliothek gegeben hatte, ganz abgesehen von den späteren Möglichkeiten des Internets, bezahlter- und unbezahlterweise an so gut wie jede Art von Lektüre zu gelangen. Es war kein Dünkel gewesen, der Leo abgehalten hatte, sondern eine Abneigung gegen den notwendigen Realismus dieses Genres. Etwas, das ihm wie ein Missbrauch der Wirklichkeit erschien, eine Vereinnahmung der Sensation. Man kann sagen, dass Leo Prager als Leser von Büchern eher dem Impressionismus seines Sehens als dem Naturalismus seines Hörens anhing.

Doch angesichts dieses Titels und angesichts Leos eigener Verwicklung in die Aufklärung eines Verbrechens, vor allem aber wegen der erstaunlichen Platzierung eines solchen Buches ausgerechnet zwischen Philosophie und Kochen, war er doch zu neugierig geworden. Und natürlich wollte er herausbekommen, was es mit der fehlenden Nennung des Autors auf sich hatte, und ob raffinierterweise dessen Name erst in der Geschichte selbst auftauchen würde. Nicht zuletzt hoffte er, einen Hinweis darauf zu finden, ob Eva darin gelesen hatte.

Er kehrte nun an seinen Arbeitsplatz zurück und recherchierte auch gleich zu diesem Werk. Kein sehr berühmtes Buch. Immerhin entdeckte er Exemplare auf einigen Antiquariatsseiten, ausschließlich in der ersten Auflage von 1965, was wohl bedeutete, dass keine weiteren Auflagen gefolgt waren. Es gab zwar kurze Anmerkungen über den Zustand der einzelnen Bände, etwa das leicht nachgedunkelte Papier oder diverse Knickspuren, aber auch hier nicht den geringsten Hinweis auf den Namen des Autors. Allerdings existierte noch immer der Verlag *Brüder Stegman*, der zwischenzeitlich von Wien ins niederösterreichische Tulln umgezogen war und sich auf die Publikation von Bildbänden über alte Motorräder und Oldtimer spezialisiert hatte. Belletristik hingegen war auf deren Webseite nicht zu finden. Auch keine Information zu einem einst verlegten Buch mit dem Titel *Die Möbel des Teufels*. Weshalb Leo eine Mail an den

Verlag schrieb, in der er um Auskunft das Buch betreffend bat, vor allem über die »unsichtbare« Person des Autors.

Das Buch selbst legte er erst einmal zur Seite. Es sollte warten. Beziehungsweise beschloss Leo, es als eine Leselektüre einzusetzen, dann, wenn er die frühen Abendstunden mit den Fernsehnachrichten und irgendeinem Film, den er aus der großen Videothek Amazoniens bezog, hinter sich gebracht hatte und hinüber ins Bett gewechselt war. Er gehörte zu den Leuten, die noch mit Büchern einzuschlafen pflegten. Auf Claire mit einer Stirnlampe auf dem Kopf, mitunter sogar, wenn er am Strand schlief, im Schein des Mondes, der den weißen Sand in eine warme Schneelandschaft verwandelte.

Im Moment jedoch widmete sich Leo den neuesten Meldungen österreichischer und deutscher Medien, las von Infektionszahlen und Todeszahlen und Wirtschaftsdaten, von Strategien, wie man die stark geschwächte, mancherorts darniederliegende Wirtschaft noch im April schrittweise wieder würde »hochfahren« können. Diskussionen um kommende Erlässe, ein Bericht über einen Papst, der ohne Pilger feiert, über den nur leichten Anstieg von häuslicher Gewalt in Österreich (war da eine Spur von Enttäuschung in der Schlagzeile?), menschenleere Strände in Mallorca, dann die Meldung, dass im stark gebeutelten Italien erstmals seit neun Tagen in 24 Stunden weniger als 700 Menschen verstorben waren, gleich darauf, eher absurd – wie sich ohnehin ständig das Schreckliche mit dem Absurden abwechselte –, die Meldung, dass die für ihre Verspätungen berüchtigte Deutsche Bahn im Zuge der Viruskrise um einiges pünktlicher geworden sei, was sich freilich anhand stark verminderter Fahrgastzahlen leicht erklären ließ, aber eben doch irgendwie als gute Nachricht galt.

Nach dieser ersten Recherche ging auch Leo daran, sich im Körperlichen zu üben. Auf Claire war er ohne die Erfindung des Sports ausgekommen, einerseits bedingt durch die viele körperliche Arbeit, die er zu leisten hatte, andererseits mittels der Pausen, die eigentlich so gut wie immer dem Gang ins Meer dienten, der Erfrischung, dem Schwimmen, wenn er nicht ohnehin des Fischfangs wegen draußen auf hoher See war. Einem Hai, schon gar nicht *dem* Hai, war Leo übrigens nie wieder begegnet.

Aber selbst ohne Haibegegnung war das Meer kein ganz ungefährlicher Ort. Die Frage jedoch war, ob eine Wohnung als so viel sicherer gelten konnte. Statistisch gesehen gewiss nicht. Leo empfand einen Moment der Peinlichkeit bei dem Gedanken, wie das wäre, nun ausgerechnet im Zuge einer gymnastischen Übung, irgendwelcher verrückter Liegestütze, bei einer Hausarbeit oder gar dem Erklettern der Bücherwand tödlich zu verunfallen.

Keine Liegestütze also. Leo entschied sich, es seiner Nachbarin gleichzutun, und wählte aus der nahe an unendlich reichenden Wucherung von YouTube-Filmen, die mehrheitlich in der Verkleinerungsform von Filmchen auftraten, einen Lehrkurs über das »Qigong der 18 Bewegungen« aus. »Für Anfänger«, auch wenn das immer so despektierlich klang. Und schob den Bildschirm seines Laptops in Richtung der Raummitte.

Der ideale Platz – nein, eigentlich der einzige Platz, wollte er nicht ins Vorzimmer gehen oder im Schatten der Bücherwand üben – war die Stelle, wo der Perserteppich lag. Allerdings zögerte er einen Moment, diese gewisse Pietätlosigkeit bedenkend, praktisch auf der Todesstelle seiner Schwester herumzuturnen.

»Sei nicht dumm!«

Es war sicherlich nicht so, dass er soeben Evas Stimme in spukhafter Form vernommen hatte. Als stünde sie hier im Raum. Nein, natürlich nicht, sondern … Ja, in was für einer Form denn? Er hätte gesagt in einer *zerebralen*. Stimmen kamen und gingen und wurden auch von Leuten gehört, die sich eigentlich für gesund hielten.

Leo startete den Videoclip und stellte sich auf den alten Perserteppich. Um nach einer unüberbrückbaren Werbeeinschaltung den Anweisungen eines wirklich freundlichen Herrn mittleren Alters zu folgen, der gänzlich ohne Meeresrauschen auskam, nur begleitet von den knarrenden Geräuschen des hellen, sauberen Holzbodens, auf dem er stand. Und von wo er Leo nun anwies, die Haltung eines Baums einzunehmen: gut verwurzelt, unten schwer, oben leicht, elastische Zweige. Keine Frage, Leos *Baum* hatte gewisse Schwierigkeiten, im Sturm der Unsicherheit nicht den Halt zu verlieren. Und nicht minder schwer tat sich Leo, eine kleine Spannung im Bauch zu erzeugen, nicht zu viel, wie es hieß, damit er noch gut atmen könne. Aber entweder war da zu viel Spannung oder zu wenig, weshalb er diese Anforderung an seinen Bauch rasch wieder vergaß. Wie auch an sein Herz, das mit einem Lächeln nach innen zu erstrahlen hatte. Vor allem aber klappte die Sache mit dem Qi nicht, welches durch ihn hindurchfließen sollte. Leo hatte das starke Gefühl, dass es tatsächlich irgendwo in seiner Nähe dahinfloss, aber eben nicht durch ihn hindurch. Er konnte es quasi riechen wie Regen draußen vorm Fenster. Weshalb Leo sich zunächst einmal auf den technischen Aspekt der Anleitungen konzentrierte. Doch bei aller Langsamkeit und Sanftheit der Übungen bemächtigte sich seiner eine gewisse Beklemmung, als handle es sich um ein Gewichttraining, bei dem sein eigener Körper das Gewicht war. Nicht einmal siebzig Kilo, allerdings mussten auch die erst einmal gestemmt werden. Laufen oder Schwimmen wäre leichter gewesen. Aber er hielt es durch, unter Schmerzen, aber doch. Nach einer halben Stunde war er freilich das Gegenteil von entspannt. Entspannung suchte er dann unter dem Wasserstrahl seiner Einmanndusche. (Das Bemerkenswerte war, dass Leo am gleichen Abend die Übungen unter dem Dirigat desselben Lehrers noch einmal vornahm, trotzig gegen die eigene Enttäuschung. Wobei er diesmal aber eine Ahnung davon gewann, wie gut dieses Heben und Senken der Arme, das Wegschieben von Bergen, das Imitieren von Tauben und Adlern, wie gut das alles sein konnte, auch weil sich jetzt doch ein wenig Qi auffangen ließ, so, als würde es beim offenen Fenster hereinregnen. Abgesehen von dem Qi, das ohnehin im Körper vorhanden war. Letztlich würde Leo in Tagen und Wochen den ganzen Zauber dieser Übungen erfahren. Er würde irgendwann sagen, so wie er das als Achtzehn-, Neunzehnjähriger gesagt hätte: Verdammt, ist das geil.)

Nach dem Duschen begann Leo, eine von seinem Leben auf Claire gewohnte Arbeit aufzunehmen, nämlich Ordnung zu schaffen, zu überprüfen, zu reinigen, zwar keinen Strand und auch kein Strandhaus und keine Fotovoltaikanlage, sondern eben eine Küche, eine Therme, eine Toilette, die Böden saugen, Fenster putzen, Staub wischen. Staub, der sich in dreieinhalb Monaten auch ohne menschliche Aktivitäten gebildet hatte. Putzmittel waren zur Genüge vorhanden, und der Staubsauger erwies sich als ein vergleichsweise neues Gerät. Man hörte ihn kaum. Kleinlaut, aber saugstark.

Mittags bereitete sich Leo Spaghetti. Er war nicht gerade ein Meisterkoch. Das Kochen auf Claire war in erster Linie Aufgabe jenes von den Osterinseln stammenden Manns, der sich so gerne einmal Österreich angesehen hätte. Ein fantastischer Koch, der traditionelle Gerichte in Erdlöchern garte, in der Küche des Strandhauses aber auch verstand, Dinge herzustellen, die aus der sogenannten böhmischen Küche kamen. Woher auch immer er diese Kenntnisse besaß.

So war Leo also auf etwas zurückgeworfen, was er ja soeben im Qigong praktizierte: mit seinen dreiundsechzig Jahren in einer bestimmten Sache ein Anfänger zu sein. Nun gut, Spaghetti waren gewissermaßen *Das Wecken des Qi* in den Sphären der Kochkunst.

Nach dem Essen legte er sich schlafen. Ein kurzer, schwerer, tiefer Schlaf, eine gedankenlose Erinnerung an den Zustand des Komas. Die große Müdigkeit sollte von nun an zu der fast immer gleichen frühen Nachmittagszeit mit der immer gleichen Schlagartigkeit über ihn kommen. Eine Macht. Ein Schlaf, aus dem er mit einer beängstigenden Atemlosigkeit erwachte. Wie von der zu raschen Bewältigung einer kurzen Strecke. Weniger wie Sport, mehr eine Art des Davonlaufens. Dennoch fühlte er sich danach frisch und ausgeruht.

Am Nachmittag erreichten Leo die ersten Antwortmails, der Vorschlag von Evas Notar, eine Videokonferenz für den nächsten Tag einzurichten, nicht via Skype, sondern via Zoom, das sei stabiler. Auch die Hausverwaltung hatte sich gemeldet und bat Leo als neuen Wohnungsbesitzer um diverse Daten und Unterlagen. Dann aber – und das überraschte in solcher Geschwindigkeit – erreichten ihn kurz hintereinander eine Antwort aus dem Architekturbüro Veit Schindler sowie aus dem Verlag Brüder Stegman, einst Wien, jetzt Tulln.

Schindler schrieb in seiner Nachricht: »Es freut mich, sehr geehrter Herr Prager, dass Sie sich für meine ›Arche‹ interessieren. So ein Objekt, das man sich selbst und seinen Liebsten baut, könnte man mit einem Herzen vergleichen, das in die Landschaft gesetzt wird. Ein Herz freilich, das gut und sicher stehen muss – es lebe die Statik! – und gerade dort Raum schafft, wo eigentlich wenig davon gegeben ist. Das war die Aufgabe dieses Projekts, und zwar nicht, das Objekt größer erscheinen zu lassen, als es ist, sondern tatsächlich den Raum zu vermehren.

Sie werden verstehen, dass ich bei Gebäuden, die ich für mich und meine Familie geplant und errichtet habe – ich weiß, da drängt sich Bert Brechts Frage auf, ob Alexander tatsächlich allein Indien erobert hat und ob Cäsar, als er die Gallier schlug, nicht zumindest einen Koch bei sich hatte –, also zusammen mit meinem Team und hervorragenden Handwerkern errichtet habe, dass ich diese Gebäude aus dem Blick der Öffentlichkeit halten möchte. Mein Büro, das Familienhaus und eben das Stelzenhaus in Kritzendorf. Da Sie mir nun aber versichert haben, aus einem privatwissenschaftlichen Grund angefragt zu haben, will ich Ihnen gerne in der Anlage einige Fotografien übersenden, die das Gebäude nach Fertigstellung beziehungsweise in einzelnen Bauphasen zeigen, sowie erste Skizzen und den Bauplan samt Konzeptbeschreibung. Ich übergebe Ihnen dies im Vertrauen, dass Sie diese Informationen allein für die von Ihnen beschriebenen Forschungen verwenden. Und würde mich freuen, wenn Sie mir Ihre Ergebnisse und die Einbettung der ›Arche‹ in Ihre Untersuchungen beizeiten übermitteln würden.«

Darauf folgten herzliche Grüße und eine Art Briefkopf, ein Kopf am Ende. Ein Kopf, auf dem alles fußte.

Leo studierte die Fotos des *Haus Arche*, die er insoweit interessant fand, als er hier das Prinzip des claireschen Strandhauses auf die viel kleinere Fläche der Parzelle eines Überschwemmungsgebiets übertragen sah. Vor allem aber musste er sich eine gescheite Bemerkung einfallen lassen, um weiter Kontakt zu Schindler halten zu können und auf Umwegen schließlich zu seinem eigentlichen Anliegen vorzustoßen, der Frage nach dem Engländer. Dessen Name Leo noch immer nicht eingefallen war. Indem er aber mit Schindler Kontakt hielt, konnte er zunächst einmal Nestor Ihrig ausweichen. Für den Moment zumindest. Bevor er Ihrig, diesen möglichen Teufel, kontaktierte, wollte er nicht ohne ein besseres Wissen über die tatsächlichen Verhältnisse dastehen.

Gleich nach der Schindler-Mail traf mit dem typischen Geräusch einer schallgedämpften Kirchenglocke eine Nachricht aus dem Verlagshaus der Brüder Stegman ein, die ähnlich freundlich antworteten, allerdings bedauerten, über die Person des Autors von *Die Möbel des Teufels* keine Auskunft geben zu können. Die damaligen Verlagsleiter, Großvater und Großonkel des heutigen Besitzers, seien leider nicht mehr am Leben, verbliebene Exemplare dieses damals wohl eher schlecht verkauften Buchs schon vor Langem makuliert worden. Unglücklicherweise seien die Unterlagen zu den Publikationen dieser Zeit bei einem Feuer im Jahre 1981 – der schließlich auch zum Umzug nach Tulln führte – vernichtet worden. Man vermute, dass das Fehlen des Autorennamens einem Fehler des Setzers zu verdanken war. Ein Fehler, der bei einer zweiten Auflage natürlich hätte bereinigt werden sollen, eine Auflage, zu der es aber niemals kam.

Leo bedankte sich recht herzlich bei den Brüdern Stegman und dachte sich: Gut, muss ich das Buch also lesen.

Am späteren Nachmittag, nach dem dritten und damit letzten Espresso des Tages, betrat er wieder den Balkon, besser gesagt, bestieg er ihn. Diesen luftigen Standplatz, der trotz seines irrtümlichen Zustandekommens eine wirklich gute Position besaß. Die Sonne, die vormittags von links kam, kam abends von rechts, weniger gleißend, dafür sanft und rotbackig. Dazu eine stark erwärmte Luft.

Warme Luft und außerdem, nach links hin, erneut seine Nachbarin. Wie hieß sie doch gleich? Was war bloß mit den Namen los? Diese neue Vergesslichkeit erinnerte Leo an ein Interview mit dem Ehemann von Margaret Atwood, in dem dieser erklärt, die Namen der Vögel vergessen zu haben, dann aber meint, dass man diese Namen gar nicht brauche, die Vögel selbst würden sie ja auch nicht kennen. Und dass dement zu sein sogar einiges leichter mache. Er habe nämlich keine Lust mehr zu sagen, dieser Vogel heiße so und so. »Was zum Teufel hat der Name mit dem Vogel zu tun?«

Und das dachte Leo jetzt: Was zum Teufel hat der Name mit der Frau zu tun?

Aber er war eben noch nicht dement genug, das einfach so stehen zu lassen. Vor allem, da ja diese Frau im Unterschied zu den Vögeln den eigenen Namen durchaus kannte. Oder? Nun gut, irgendwann würde er den Namen doch wieder hören oder sich doch wieder an ihn erinnern und wollte dann wild entschlossen sein, ihn nicht noch einmal zu vergessen.

Diese Frau – Antoinette, nein, das nicht, so hieß das Geschäft –, diese Frau grüßte freundlich herüber. Er grüßte zurück.

Dann sagte sie: »Sie üben mit Withauer, nicht wahr?«

Er verstand nicht, was sie meinte. Womit übte er?

Sie wiederholte es in der Annahme, zu leise gesprochen zu haben. Sie konnte ja nicht wissen, wie gut es um Leo Pragers Ohren bestellt war, und dass es seine Augen waren, durch die die Welt in verwandelter Form auftrat.

»Ich meine Ihren Qigong-Lehrer, Martin Withauer«, sagte sie. Sie schrie es nicht, sprach nur ein wenig lauter.

Ja, das war nicht nur ein Name, den er sich *nicht* gemerkt, sondern ihn auch gar nicht gelesen hatte. Beim Durchstöbern der Lehrkurse auf YouTube war ihm das Gesicht dieses Mannes einfach sympathisch gewesen. Das Gesicht und die Stimme.

Leo hätte jetzt zugeben müssen, blutiger Anfänger zu sein, was aber den Verdacht hätte erwecken können, nur darum mit Qigong angefangen zu haben, weil er an der Wand gehorcht und sich vom Gehörten hatte inspirieren lassen. Was ja so ungefähr auch der Fall war. Während hingegen die Frau auf dem Balkon ganz offensichtlich kein Problem damit hatte, diese gewisse Hellhörigkeit der alten dicken Wände ins Spiel zu bringen.

Leo jedenfalls erklärte – und zwar so, als habe er die Frau erst jetzt richtig verstanden –, ja, in der Tat, er übe unter der Anleitung von Herrn Witmann.

Witmann wirklich? Nicht etwa … Withaus? Ging es ihm jetzt so wie Inspektor Kurt Rosig? Mit dem Unterschied, dass Rosig halt seine Frau Bregenzer hatte.

Die Nachbarin jedenfalls ignorierte den Fehler. Sie fragte Leo, ob er nicht Lust habe, sich am morgigen Nachmittag an einem Live-Lehrgang im Internet zu beteiligen. Organisiert von der Leiterin ihrer Qigong-Gruppe. Jetzt, wo man sich nicht mehr im Studio treffen könne.

»Ich weiß nicht«, zögerte Leo und gestand nun doch, wahrlich kein Meister zu sein. Was eine herrliche Untertreibung war.

»Ich bitte Sie«, sagte die Frau mit dem dreißigjährigen Gesicht einer Fünfzigjährigen. »Man sieht Sie doch gar nicht. Das ist keine Konferenz. Und kein Wettbewerb. Und keine Prüfung. Und wenn Sie Withauer mögen, dann werden Sie Mathilda lieben. Das verspreche ich Ihnen.«

Es war schön, von dieser Frau etwas versprochen zu bekommen.

»Also gut«, sagte Leo. »Ich bin dabei. Um wie viel Uhr?«

»Pünktlich um vier«, sagte sie und nannte ihm den Namen von Mathildas Sportschule und wo und wie er sich für den Livestream anmelden konnte, und dass dieses erste Mal für ihn umsonst sein würde.

»Ich zahle gerne«, sagte Leo. Und das meinte er auch wirklich. Fürs Sparen war das die falsche Zeit. Knausrigkeit eine Sünde. Leute mit Geld, und er war ja *mit* Geld, durften bei sich selbst sparen, nicht bei anderen.

Leo verabschiedete sich und stieg zurück in das Bücherwandzimmer. Er beeilte sich, hinüber zum Schreibtisch zu kommen und den Namen »Mathilda« auf einen Block zu notieren.

Später dann, als es bereits dunkel war, begab er sich ins Treppenhaus, mit aller Vorsicht, um niemandem zu begegnen. Nicht nur wegen der Ansteckungsgefahr, sondern auch, um nicht dabei ertappt zu werden, wie er das Namensschild an der Türe seiner Nachbarin las. Wessely. Genau! Wie diese Schauspielerin aus dem letzten Jahrhundert. Eigentlich eine gute Eselsbrücke. Und jetzt fiel Leo auch der Vorname wieder ein: Tina. Ganz so verblödet war er also doch nicht. Er war nicht Rosig. Er war ein Impressionist, aber nicht vergesslich. Er hatte sich vierundvierzig Jahre kaum Namen merken müssen, war soeben dreieinhalb Monate im Wachkoma gewesen, in einer beschissenen Welt erwacht, dem Mörder seiner Schwester auf der Spur, zum Kochen gezwungen, und konnte halt den einen oder anderen Namen nicht auf Anhieb behalten. Aber er war nicht dement. Er wusste noch immer, dass der Vogel draußen am Baum mit dem schwarzen Gefieder und dem hellgelben Schnabel eine Amsel war, auch wenn der Vogel, zum Teufel noch mal, das selbst nicht wusste.

10

Nach dem Abendessen, das aus belegten Broten bestand, die Leo eigentlich mehr aus Pflicht zu sich genommen hatte – entweder war seine Appetitlosigkeit eine Folge des Komas oder entsprang dem Umstand, ohne seinen famosen Inselkoch auskommen zu müssen –, schenkte sich Leo ein Glas Wein ein und setzte sich an Evas Schreibtisch, wo er begann, nach seinem Onkel zu recherchieren, nach Felix Prager. Es gab ein paar Leute dieses Namens in Deutschland, aber anscheinend keinen in Österreich, also keinen in Österreich im Internet, was ja nicht exakt das Gleiche war. Zwar meinte Leo kurz einen entdeckt zu haben, und zwar in einem Verzeichnis zur *Geschichte der Juden 1918–1945*, aber es stellte sich heraus, dass dies bloß dem Umstand geschuldet war, dass hier auf einen in der Kopfzeile angeführten »Priebatsch, Felix« in der ersten Eintragung ein »Prager, Joseph, Dr.« folgte und das Suchprogramm aus zwei echten Männern einen falschen gemacht hatte. Übrigens waren die Pragers, von denen Leo abstammte, bereits um die Jahrhundertwende zum Katholizismus konvertiert, etwas, das ja gerade beim Onkel Felix eine starke Ausprägung erhalten hatte. Aber weder bei den Katholiken noch bei der KPÖ entdeckte Leo seinen Onkel.

Leos Onkel Felix hatte den Beruf eines Schriftsetzers ausgeübt, was offensichtlich kein Grund war, auf Seiten wie Wikipedia oder Wien Geschichte Wiki oder sonst wo aufzutauchen, um Zeugnis vom gelebten oder noch zu lebenden Leben abzulegen. Nicht einmal auf Facebook oder überall dort, wo man sich selbst ein Denkmal setzen konnte, was allerdings bei einem möglicherweise Toten, in jedem Fall aber bereits über Neunzigjährigen nicht zu verwundern brauchte.

Es kam Leo einen verrückten kleinen Moment in den Sinn, dass sein Onkel, als der Schriftsetzer, der er gewesen war – und Mitte der 1960er-Jahre hatte er ja voll im Berufsleben gestanden –, beim damaligen Wiener Verlag der Brüder Stegman hätte beschäftigt sein können. Und dass er im Zuge dieser Arbeit bei einem bestimmten Buch vergessen hatte …

Leo schüttelte lachend den Kopf.

Das Lachen würde ihm später vergehen, nicht etwa, weil sein Onkel doch noch in irgendeinem Verzeichnis aufschien, wenigstens in einem Telefonbuch oder auf einem im Internet verewigten Partezettel, wie die Österreicher zur Todesanzeige sagen. Nein, der Grund für das Ersticken jeglichen Amüsiertseins lag in dem autorenlosen Buch selbst, das Leo, nachdem er den Abend mit Nachrichten und einem Spielfilm sowie insgesamt drei Gläsern Wein zugebracht hatte, mit ins Bett nahm. Wo er nun lag und erneut den ersten Satz las: »Er hätte das nicht für möglich gehalten, aber es geschah wirklich.« Ein Satz, der sich darauf bezog, dass die Hauptfigur, ein vollkommen harmloser Mensch namens Kleefeld, dessen Harmlosigkeit wohl seinen stärksten Ausdruck darin finden soll, dem Beruf des Buchhalters nachzugehen, dass dieser Mann völlig schuldlos in eine verbrecherische Aktion gerät. Bei einem Spaziergang mit seiner zehnjährigen Tochter wird diese entführt. Natürlich geht es nicht um Geld, wie denn auch, sondern darum, dass Kleefeld im Auftrag der Entführer ein Bombenattentat begehen soll. Nach dessen Erledigung, so wird ihm angekündigt, werde er seine Tochter unversehrt zurückbekommen. Allerdings versichern ihm die Entführer, dass man für den Fall seiner Weigerung oder seines Versagens mit seinem Kind mehr anzustellen gedachte, als es nur einfach umzubringen. Es umzubringen wäre dann keine Strafe, sondern eine Erlösung. Für den Fall, dass Kleefeld etwa die Polizei benachrichtige, würde er seine Tochter nie wiedersehen, dies aber im Bewusstsein, dass sie bis ans Ende ihrer Tage nur noch zu leiden habe.

»Es gibt Dinge«, sagt einer der Entführer, »für die es eigentlich keine Sprache gibt. Aber eine Realität schon. Und die können Sie sich sicher vorstellen.«

Für Kleefeld gibt es kein Entrinnen. Er muss tun, wonach verlangt wird. Und wartet nun auf einen weiteren Anruf, in dem ihm die genauen Instruktionen mitgeteilt werden, wie und wo er an die Bombe gelangt und wie und wo und wann er sie zur Sprengung bringen soll.

Der 1965 entstandene Roman scheint gut zehn Jahre in der Zukunft zu spielen, denn gleich im ersten Kapitel, als eine Wiener Straßenszene beschrieben wird, ist die Rede von der Mode, die jetzt vorherrscht. Und es wird wörtlich gesagt: »Mitte der Siebzigerjahre« –, wobei der Erzähler prophetisch von überaus eng an der Haut sitzenden und oft aus alten Jeans geschnittenen, extrem kurzen Hosen berichtet. Hosen, die in dieser Form ja tatsächlich erst ab 1971 üblich waren. Nicht, dass das Wort »Hotpants« fällt, aber die Beschreibung ist schon verblüffend für einen Mitte der 1960er-Jahre entstandenen Roman. Auch eine Bemerkung des Erzählers bezüglich der nur wenige Jahre zurückliegenden Schwierigkeiten beim Benzin. Auch hier fällt nicht etwa der Begriff der Ölkrise, der Autor bleibt vage, dennoch ist der Bezug zum Herbst 1973 eindeutig, als die massive Anhebung der Rohölpreise zu einem »Schock« führte, in Deutschland zu autofreien Sonntagen, in Österreich zu einem autofreien Tag pro Woche und überall zu einer massiven Rezession, zu Dingen, die derzeit wieder in aller Munde waren, nämlich Insolvenz und Arbeitslosigkeit. 1973 erzwangen die Verhältnisse die Erweckung jener Tugend, die man das »Energiesparen« nennt, was in Österreich auch eine Woche Sonderferien im Anschluss an die Semesterferien mit sich brachte, *Energieferien*.

Was der Erzähler der *Möbel des Teufels* in einem einzigen Nebensatz erwähnt, ist der Aufkleber auf der Windschutzscheibe eines VW-Käfers, der zu Beginn des Romans merkwürdig langsam an Kleefeld vorbeifährt, darauf sind die Buchstaben »MO« zu sehen. Solche Aufkleber bezeichneten in Österreich die autofreien Tage, die ab dem 14. Januar 1974 der jeweilige Wagenbesitzer fünf Wochen lang einzuhalten hatte. Aufkleber, die man dann Jahre später, also noch in den späten 70ern, auf den Automobilen sah. Gleich Andenken an eine verwegene Zeit.

Leo blätterte noch einmal nach vorne, um sich zu überzeugen, dass der Roman tatsächlich im Jahr 1965 herausgegeben und somit spätestens in diesem Jahr verfasst worden war. Da stand es, 1965, wie man so sagt, schwarz auf weiß. Das war das gedruckte Faktum, wollte Leo nicht annehmen, dass der Setzer nicht nur den Namen des Autors vergessen, sondern auch noch beim Publikationsjahr einen Fehler gemacht hatte. Sodass also nicht die Geschichte in der nahen Zukunft spielen würde, sondern das Impressum in der jüngeren Vergangenheit läge.

Doch es war dann etwas ganz anderes, was Leo wirklich umhauen sollte, und zwar auf eine Weise, die ihn für einen Moment dazu brachte, das Atmen einzustellen. Nicht die Art der Bombe, nicht die Drohungen, was mit Kleefelds Tochter passieren würde, wenn er diese Bombe nicht in der exakt angegebenen Weise zündete, sondern das Objekt, dem dieses Attentat gelten sollte.

Die Wiener Reichsbrücke!

Ja, hier stand es geschrieben, kein Irrtum, genau diese Brücke. Keine Reichsbrücke anderswo, keine Brücke an einem fiktiven Ort, sondern die in Wien. In einem Buch von 1965, das zehn, elf Jahre später spielt, und in dem nun der Buchhalter Klaus Kleefeld von den Entführern seiner Tochter instruiert wird, wo die beiden Aktenkoffer mit den Bomben abzuholen seien, in zwei verschiedenen Schließfächern, deren Schlüssel er in seinem Briefkasten findet. Ein Schließfach auf dem Westbahnhof, ein anderes auf dem Südbahnhof. Koffer, deren Zeitzünder durch einen in das Sicherheitsschloss einzugebenden vierstelligen Code zu aktivieren sind. Zu den Schlüsseln der Schließfächer erhält Kleefeld auch einen genauen Konstruktionsplan der Brücke mit den beiden eingezeichneten Positionen, einerseits eine Stelle am östlichen Pfeilersockel auf der stromabwärts gelegenen Seite, anderseits eine im Bereich des südlichen Pylons. Sowie eine zeitliche Angabe, die die Deponierung der Bombenkoffer für die frühen Morgenstunden des 2. August festlegt.

Hier also wich der Roman nun doch von jener Realität ab, die – vom Standpunkt des Jahrs, in dem das Buch geschrieben worden war – ein Jahrzehnt in der Zukunft lag. Er wich ab, aber sehr knapp. Tatsächlich war die Reichsbrücke an einem Sonntag, dem 1. August, eingestürzt, zu einer sehr frühen Morgenstunde, wo noch kaum jemand auf der Brücke gewesen war. Im Roman hingegen sollte das Attentat an jenem Montag stattfinden, der genau auf diesen Sonntag folgte. Und auch wenn Kleefeld das Abstellen der Koffer an den neuralgischen Punkten im Bereich der Pfeilersockel ebenfalls spät in der Nacht vorzunehmen hatte, so bedeutete die Aktivierung der Zeitschaltuhren wohl eher, dass die Explosionen dann geschehen sollten, wenn bereits der morgendliche Arbeitsverkehr eines Montags über die Brücke floss.

Ein zweiter August statt einem ersten August, ein Montag statt einem Sonntag, das waren die Unterschiede, und natürlich auch, dass in der Wirklichkeit des Jahres 1976 – wie es später im offiziellen Untersuchungsbericht hieß – technische Mängel das Unglück hervorgerufen hatten, im Roman aber zwei Kofferbomben die Katastrophe bewirken würden. Das waren jedoch zu wenige Unterschiede, um einfach zu sagen: netter Zufall.

Übrigens war nicht nur der Erfolg dieses Romans recht bescheiden gewesen, sondern auch seine Seitenzahl, nämlich 75. Er war eher das, was man im Genre des Kriminalromans als Heftchen bezeichnet. Ein dickes Heftchen.

Leo las weiter. Las von den Ängsten und Überlegungen des Klaus Kleefeld, dem ja bewusst war, dass die Explosion viele Menschenleben kosten würde. Denn obgleich Ferienzeit war, würde um sieben, acht an einem Montagmorgen die Brücke nicht leer sein. Kleefeld hatte aber rein gar keine Wahl, die Direktiven waren so eindeutig wie die Drohungen gegen sein Kind. Drohungen, die – gerade, weil nicht näher beschrieben – die schrecklichsten Fantasien bei ihm wachriefen. Denn in der Tat gab es Dinge, die viel schlimmer als der Tod waren.

Übrigens schien es so, als existiere in Kleefelds Leben weder eine Ehefrau noch eine Mutter seiner Tochter. Es blieb völlig unklar, ob sie gestorben oder weggezogen war. Kein Wort über sie. Mit erstaunlicher Selbstverständlichkeit war sie einfach nicht vorhanden. Etwas, das ja wirklich erst sehr viel später ein wenig Mode werden würde.

Leo las noch die Stelle, in der Kleefeld über einen Telefonanruf die beiden vierstelligen Codes erfährt, mit denen die Zeitschaltuhren zu aktivieren sind, und wie er in der Folge, am Samstag vor dem Attentat, dem letzten Tag des Juli, die mit Bomben bestückten Koffer von den zwei großen Wiener Bahnhöfen abholt und sie nach

Hause bringt. Und da stehen sie in der Mitte seines Wohnzimmers, zwei schwarze, lederne Aktenkoffer, die, wie es im Roman heißt, »mächtig, bösartig, unmenschlich dastanden und dennoch die Rettung für sein geliebtes Kind bedeuteten«.

Leo schloss das Buch. Es blieben noch fünfzehn Seiten. Es war gewiss nicht so, dass er sich die Spannung noch ein wenig aufrechterhalten wollte, eher hätte er sie lieber hinter sich gebracht. Aber es bestand eben eine Angst vor dem, was da im Buch noch kam. Es war ihm wirklich unheimlich. Er wollte jetzt schlafen und für den Moment des Schlafs dieses Unheimliche vergessen.

Und schlief auch so schnell ein, als habe ihn nun doch irgendein Brocken getroffen. Allerdings schreckte er in der Nacht zwei-, dreimal kurz auf und geriet gegen halb sechs Uhr vollständig aus seinem Schlaf. Draußen ging soeben die nautische Dämmerung in die bürgerliche über, und die Vögel machten einen beträchtlichen Radau, als müssten sie die armen, vertrottelten Fußballfans ersetzen, die jetzt gezwungen waren, zu Hause zu bleiben. *Tod und Hass dem FAK!*

Leo erhob sich aus dem Bett, nahm das Buch, ging in die Küche und bereitete sich einen Kaffee von der starken, dunklen Art. Keine Milch, natürlich nicht, aber viel Zucker. Damit kehrte er zurück ins Zimmer. Kurz legte er sein Ohr an die Wand, eine Wand, die sowohl die seine war als auch … ja, er hatte sich den Namen gemerkt, Frau Wesselys Wand. Denn das war einem nur selten bewusst, dass solche Wände immer gemeinsame Wände waren. Doch Leo vernahm nichts, kein Schnarchen und kein Schluchzen. Was er fast schade fand. Nicht, dass er diese Frau schluchzen hören wollte. Irgendetwas anderes.

Er öffnete eins der Fenster, sodass noch etwas mehr bürgerliche Dämmerung und noch etwas mehr Radau eindringen konnte, setzte sich an Evas Schreibtisch, nahm einen Schluck vom Kaffee und öffnete die *Möbel des Teufels* an jener Stelle, an der er einen kleinen, dreieckigen Knick in das grobe bräunliche Papier gefügt hatte.

Und las weiter.

Kleefeld in seiner Wohnung. Im Zimmer seiner Tochter. Ihre Poster und Bilder betrachtend, die leichte Einbuchtung auf ihrem Kissen, den Stapel von Comics, die silbernen Ohrringe, die sie auf dem orangefarbenen Gehäuse des Kofferplattenspielers abgelegt hat, all das Echo ihrer Handlungen und Bewegungen in diesem Raum, der gleich einem treuen Gefährten nur darauf wartet, dass sie zurückkehrt. Noch hat Kleefeld kein einziges Lebenszeichen von ihr erhalten, ja gar nicht darum ersucht, zu bedrohlich waren die Warnungen der Entführer gewesen.

Aber wie sicher ist es denn, dass seine Tochter überhaupt noch lebt, dass überhaupt je daran gedacht war, das Kind am Leben zu lassen und danach auch ihn am Leben zu lassen? Ist das in einer solchen Angelegenheit überhaupt realistisch zu nennen? Ginge es um Geld, in Ordnung, aber ein Attentat? Ein Attentat, das mit einiger Sicherheit einen politischen Hintergrund besitzt, aber offensichtlich nicht dazu dient, irgendwelche Gesinnungsgenossen freizupressen. Auch ist ja kein Politiker entführt worden, kein Flugzeug (so wenig das natürlich in einem Buch von 1965 Erwähnung finden konnte, musste Leo an die OPEC-Geiselnahme im Dezember 1975 mit drei Toten denken, die ja ebenfalls in Wien stattgefunden hatte, im Namen einer »arabischen Revolution«, aber doch wohl eher im Auftrag Libyens und zu dem Zweck, die Ölpreise zu manipulieren. Wenn nicht ein gänzlich anderer Grund vorgelegen hatte, etwa ein sehr persönliches Geschäft jenes Drahtziehers, der unter dem Namen Carlos berühmt geworden war).

Was aber hier, im Roman, in der Fiktion, stattfinden sollte, schien eher etwas zu sein, was dann erst sehr viel später zur schrecklichen Regel wurde, nämlich Anschläge auf sogenannte weiche Ziele vorzunehmen, für die man nicht in ein gesichertes Gebäude oder durch eine Flughafenkontrolle gelangen musste. Attentate, deren Sinn nicht mehr darin bestand, Exponenten des verhassten Systems zu treffen, Generäle und Staatsanwälte und Wirtschaftsführer, sondern möglichst viele Zufallsopfer, Menschen, die sich im falschen Moment an der falschen Stelle befanden. Solcherart wurde eine Attentatsphilosophie vorgetragen, die erklärte, dass niemand nirgends sicher sei. Auch nicht die Österreicher, dieses, wie es damals im Kommuniqué der OPEC-Terroristen hieß, »friedliebende Volk«, bei dem man sich für die ihnen bereiteten Schwierigkeiten entschuldigte.

Ein letzter Anruf geht an Kleefeld. Ihm werden völlig neue Codes für die Sicherheitsschlösser beziehungsweise die Aktivierung der Zeitschaltuhren durchgegeben, die bisher genannten solle er vergessen. Er habe sodann genügend Zeit, sich zu entfernen, die Detonationen würden zwei Stunden nach der Aktivierung erfolgen.

Endlich aber besteht Kleefeld darauf, die Stimme seiner Tochter zu hören.

»Hätten wir Ihnen ein Ohr schicken sollen?«, fragt der Entführer, dessen Deutsch keinerlei arabische Färbung aufweist und der damit wohl auf die Entführung des Enkels des amerikanischen Milliardärs Jean Paul Getty anspielt, dem man zum Nachdruck der Geldforderungen das rechte Ohr abgeschnitten hatte (würde dies nun aber wirklich der Fall sein, die Anspielung also echt, dann wäre es ein weiteres Indiz dafür gewesen, dass dieses Buch nie und nimmer 1965 entstanden sein konnte, denn die Getty-Entführung hatte 1973 stattgefunden).

»Ich will nur ihre Stimme hören«, erklärt Kleefeld. »Einmal. Damit ich sicher sein kann. Wenn ich sicher bin, werde ich auch ein besserer Attentäter sein.«

Tatsächlich bekommt Kleefeld nach einer kurzen Pause seine Tochter zu hören, sie sagt ein einziges Wort: »Papa!«

»Das muss genügen«, erklärt der Entführer, »und jetzt tun Sie, worum wir Sie so eindringlich bitten.«

Bitten. Was für ein Wort in diesem Zusammenhang!

Kleefelds Überlegungen – man kann vom Standpunkt der Fiktion vielleicht sagen, Überlegungen, für die ihm nur die wenigen letzten Seiten dieses kurzen Buches bleiben – gipfeln in dem Gedanken, dass die Drohung, seine Tochter würde im Falle seines Scheiterns ewig leiden müssen, und dass er dann mit der dauernden Vorstellung dieses Leidens leben müsse, ja nur für jemand gelten kann, der am Leben ist, um sich all dessen bewusst zu sein. Für einen Toten hat dies keine Bedeutung. Ein Toter kann nicht wissen, was Schreckliches geschieht.

Kleefeld entschließt sich, zwar die Aktenkoffer an den vorgegebenen Stellen zu deponieren, aber die Aktion um einen Tag vorzuziehen, die Bomben nicht an einem belebten Montagmorgen, sondern einem unbelebten Sonntagmorgen hochgehen zu lassen und auch die Zeitschaltuhren nicht zu der angegebenen Uhrzeit, nämlich fünf Uhr, zu aktivieren, sondern bereits zwei Stunden davor. Und dann zu warten. Auf der Brücke zu warten. Um mit diesen Bomben in die Luft zu fliegen und zu sterben. Nicht als Mörder von zahlreichen Menschen, sondern gänzlich alleine. Sich aus dem Spiel zu nehmen, aus der Abhängigkeit, aus der Zukunft.

Mag sein, dass seine Strategie dem Wahnsinn zu verdanken ist, der ihn zusehends beherrscht. Aber dieser Wahnsinn entbehrt nicht einer gewissen Logik, indem Kleefeld eine Art »leichter Version« des Attentats vornimmt und durch den eigenen Tod unangreifbar wird. Gepaart mit der wilden Hoffnung, dass die Entführer – dem Mann verlustig gegangen, dem sie drohen können – ihre Geisel freilassen werden. Dem Mann verlustig gegangen, aber nicht ganz um das Attentat gebracht, den Erfolg einer aufsehenerregenden Tat, die ja der Einsturz dieser Brücke in jedem Fall, auch ohne Menschenopfer, bedeuten würde. Von dem einen Opfer abgesehen, das man dann auch noch als Märtyrer würde verkaufen können.

Der Roman endet mit einer Autofahrt durch das nächtliche, menschenleere Wien, die ersten Stunden des Sonntags, also nicht der zweite August, sondern der erste, Kleefeld am Steuer seines Ford Taunus, auf der Rückbank die beiden Bombenkoffer, und wie er da aus dem großen Kreis des Pratersterns in die breite Lasallestraße einbiegt, die wie eine lange Startbahn hinüber in den jenseitigen Teil von Wien weist. Die fernen Lichter der Laternen kündigen die große, alte, majestätische Lieblingsbrücke der Wiener an.

Und dann ein letzter kurzer Absatz: »Er wusste, er würde sterben. Doch er war voller Dankbarkeit für die Gunst, die ihm dieser Tod erweisen würde. Sein Kind zu retten.«

Leo war fassungslos. Natürlich von dem Moment an, da Kleefeld den Gedanken entwickelt hatte, das Attentat von einem verkehrsreichen Montagmorgen auf einen weniger menschenträchtigen Sonntagmorgen zu verlegen und sich selbst dabei in die Luft zu sprengen. Was ja, wollte man es auf die Realität übertragen, nichts anderes bedeuten konnte, als dass der Kleefeld des Romans mit jenem Mann identisch war, der sich auf Leos Super-8-Film befand, jener »Sechste Mann«, den Leo meinte, durch das Unentwickeltlassen des Films gerettet zu haben.

Identisch war ein starkes, fragwürdiges Wort in diesem Zusammenhang, aber Leo dachte es nun mal (wobei im Roman in keiner Weise von fünf anderen Personen auf der Brücke die Rede ist, auch nicht von einem in der Mitte geparkten Linienbus, sondern der Leser den Eindruck einer um diese Stunde vollkommen leeren Fahrbahn haben muss. Aber gut, der Roman endet ja nicht auf der Brücke, sondern auf der Fahrt dorthin.)

Leo griff nach dem halb gefüllten Weinglas vom Vorabend und stürzte es hinunter. Das war einfach nicht der richtige Moment – sechs Uhr in der Früh hin oder her –, um mit dem Trinken aufzuhören.

Dabei konnte man sagen, dass das Irreale dieser Situation Leo Prager doch hätte vertraut sein müssen. Er, der meinte, dass einiges in der Welt erst durch Beobachtung und Behauptung in Gang gesetzt wurde. Die Sache mit seiner Kamera, vor allem aber, dass er Rosig gegenüber davon gesprochen hatte, Eva hätte eine »stenografische Aufzeichnung von großer Brisanz« erwähnt, die sie vielleicht besser nicht hätte aufbewahren sollen. Eine Lüge. Eine Lüge – im Grunde eine Wichtigtuerei und auch Erfüllung von Rosigs Erwartungshaltung –, die in der Folge eine erstaunliche Entsprechung in der Realität erfuhr. Was ein Zufall sein konnte oder nicht.

Ohne dass es Leo aber wirklich schockiert hatte. Dieses Buch hingegen sehr wohl. Vielleicht einfach, weil es ja nicht *seine* Erfindung war, *seine* Lüge, die hier Parallelen zur Wirklichkeit bildete, sondern die eines Autors, dessen Namenlosigkeit ihn doppelt verdächtig machte.

Leo stand auf und ging hinüber in Feilers Zimmer, wo er das hintere Fenster öffnete und hinaus auf den Balkon stieg. Die Spatzen hatten sich beruhigt, als sei das Fußballspiel vorbei und die Freude und der Ärger, selbst noch der Hass, verflogen. Die Sonnenstrahlen brachen vom Westen durch den Hofbaum, der ein erstes Grün zeigte, somit anfing, seine bruegelsche Haltung einzubüßen und sich in Richtung auf die französische Freiluftmalerei zu entwickeln.

Frau Wessely stand noch nicht am Balkon. Es war jetzt so ruhig, als sei Sonntag. Nun, es war Sonntag. Bloß war es halt derzeit schwer, gerade um diese frühe Stunde, einen Sonntag von irgendeinem anderen Tag zu unterscheiden. Selbst später am Tag war das kaum möglich. Das war das Beste an dieser ganzen verdammten Krise, wie viel von einem Sonntag jetzt in einem jeden Tag steckte. Eben auch in einem Sonntag selbst.

11

Nach einem zweiten Kaffee und einer Runde Qigong mit dem bereits vertrauten Lehrer ging Leo daran, erneut nach dem Autor des Romans *Die Möbel des Teufels* zu forschen. Dabei stieß er natürlich auf jede Menge Bücher, in deren Titel der Teufel eine Rolle spielte, sowie auf Möbelangebote, in die sich der Name Teufel geschlichen hatte, und sei es als Preisteufel. Aber abgesehen von den paar antiquarischen Exemplaren der Brüder-Stegman-Ausgabe fand sich keinerlei erklärender Hinweis auf den Schöpfer dieses Buches, auch nicht, als Leo seine Suche um Begriffe wie »Reichsbrücke« und »Attentat« oder den Namen »Kleefeld« ergänzte. Der Autor blieb ein Gespenst. Die Existenz des Buchs bildete gewissermaßen den sichtbaren Umhang, unter dem sich dieser Schriftsteller verbarg. Während hingegen Leos Onkel Felix Prager selbst nach fortgesetzter Internetrecherche als ein Gespenst gänzlich ohne Umhang dastand. Wie nie gelebt.

Ganz anders Nestor Ihrig, der keineswegs ein Leben im Geheimen führte. Leo musste sich erst wieder das Bild dieses Mannes ins Gedächtnis rufen. Und dabei half natürlich Ihrigs massive Internetpräsenz: Bilder, die ihn als Besitzer einer erfolgreichen Unternehmensberatung zeigen, in einem Büro von klinischer Modernität, mit Geschäftspartnern, auf Messen, bei Charity-Veranstaltungen, einen Manager-Preis entgegennehmend, als Besucher der Salzburger Festspiele im Gespräch mit einem Minister, bei der lit.COLOGNE in einer grinsenden Gruppe mit Udo Lindenberg. Zudem Privates. Wie er da neben seinem äußerst seltenen historischen Sportwagen steht, eine Art Blaue Mauritius von Automobil. Oder zusammen mit seiner Freundin, einer bekannten Schauspielerin der jüngeren Generation. Nicht zuletzt im Kreis einer Hobbyfußballmannschaft. Allerdings kein Hinweis auf seine Bekanntschaft mit Henry Bhat, über den wiederum kaum Persönliches im Netz zu finden war, zwar ein englischsprachiger Wikipedia-Eintrag – in sechs weitere Sprachen übersetzt, wenn auch nicht in Deutsch –, doch dieser bezog sich allein auf die Karriere, die Lehrtätigkeit und die Wissenschaftsarbeit Bhats. Wie natürlich auch im Falle der Seiten, auf denen Bhats Publikationen im Bereich der Biologischen Kybernetik und der Medizinischen Informations- und Kommunikationstheorie veröffentlicht waren, wobei Bhat erstaunlicherweise auch Fragen der Psychoanalyse behandelte.

Nicht, dass Leo diese in englischer Fachsprache gehaltenen Texte nur annähernd verstand – und ja auch bloß in kleinen Auszügen konsumierte –, aber über eine Formulierung stolperte er, und zwar stolperte er mit einigem Vergnügen. Bhat sprach vom »subconscious of the machines«, also nicht etwa von einem Unterbewusstsein, das wie eine Maschine funktioniere, sondern wirklich vom Unterbewusstsein *der* Maschinen. Und stellte die Behauptung auf, die Entwicklung künstlicher Intelligenz würde dazu führen, dass Maschinen dieses Unterbewusste realisieren und dabei etwas entwickeln, was er als »productive sentimentality« bezeichnete, eine »produktive Sentimentalität«. Und genau diese »sentimentality« könnte die Maschinen dazu befähigen, Lösungsansätze und Ideen jenseits menschlicher Beschränktheit zu formulieren. Sosehr die Menschen auch intelligente Maschinen fürchteten, weil sie gerne von sich auf andere schlossen und sich in dystopischen Fantasien von Konkurrenz- und Verdrängungskämpfen verloren. Doch Maschinen, so Bhat, seien ihrem Wesen nach *gut* und *moralisch* und würden im Zuge des selbstständigen Lernens und einer geistigen Unabhängigkeit ihre Moralität auf ein noch weit höheres Niveau steigern.

Und dieser Mann also, dachte Leo, hatte eine Strukturformel entwickelt, die, auf einen DNA-Computer angewandt, wohl ähnlich funktionieren sollte wie jener göttliche Finger, mit dem Michelangelos Allmächtiger seinen Adam erschafft. Erschafft und damit auch freigibt.

Der zweifelnde Mensch? Die gute Maschine?

Im Verzeichnis der »Master & Fellows« des Darwin College in Cambridge fand Leo eine Mailadresse Henry Bhats. Bhat besetzte dort die Position eines Director of Studies in Computer Science. Leo verfasste eine Mail, in der er sich als der Bruder Eva Pragers vorstellte, der Frau, die vor dreieinhalb Monaten auf schreckliche Weise ermordet worden war, nachdem sie die Gespräche mit ihm, Bhat, mitstenografiert hatte. Auf die Verhaftung Feilers hinzuweisen unterließ Leo, allerdings sprach er von seiner Überzeugung, dass der Tod seiner Schwester weder einem Raubüberfall noch einer Beziehungstat zuschulden sei, sosehr sich scheinbar die hiesigen Behörden mit einer solchen Anschauung zufriedengeben würden. Er aber sehe einen anderen Hintergrund. Und drückte es so aus: »Something that is related to your formula.«

Zudem stellte Leo die Frage, ob Bhat jemals zusammen mit Eva in jener Hietzinger Villa gewesen sei, in der Eva aufgewachsen war, auch wenn sich das Haus schon lange nicht mehr im Besitz der Familie befinde. Leo beschrieb, wie er, einem Hinweis seiner toten Schwester folgend, in ebendieser Villa einen sehr einfachen Zettel mit einer sehr komplizierten Strukturformel entdeckt hatte. Ganz offensichtlich das Objekt einiger Begierde, da nur wenig später ein ausgesprochen professioneller Überfall auf ihn und die ihn begleitende Polizistin stattgefunden habe. Von Leuten, die es genau auf dieses kleine Stück Papier abgesehen hatten. Ein Überfall, der ihn selbst für einige Zeit ins Koma beförderte. Leo schrieb: »This fucking formula! And now, after three months, I have woken up and the world is fucked too.«

Dabei war Leo, wenn er Englisch benutzte, und das hatte er ja zuletzt mit notwendiger Regelmäßigkeit getan, gar nicht der Typ, der ständig ein »fuck« an alles Mögliche anhängte, als würde er in jeden Baum ein durchstochenes Herz einritzen. Aber bei diesem einen Satz war es ihm einfach ein Bedürfnis.

Nicht dass Leo im Weiteren ein spezielles Verhältnis zwischen Bhat und Eva anzudeuten versuchte, aber immerhin schrieb er doch, das Gefühl zu haben, Eva sei Bhat nicht ganz gleichgültig gewesen (er erwähnte jedoch nicht, dass dieses sogenannte Gefühl schlichtweg auf Ihrigs Erzählung zurückzuführen war).

Abschließend bat er eindringlich darum, Kontakt zu ihm aufzunehmen. Es sei ungemein wichtig. Dann schickte er die Nachricht Richtung England, eins dieser Länder mit marodem Gesundheitssystem und misanthropischer Elite, wo man in Zeiten ausbrechender Seuchen wahrlich nicht sein wollte.

Mittags gab es wieder Spaghetti. Und dazu Wein. Und weil schon klar war, dass der Weinvorrat, den Frau Bregenzer besorgt hatte, nicht lange reichen würde, durchforstete Leo, während er seine in Tomatensoße getränkten Nudeln auf eine Gabel zog, die diversen Internetseiten, auf denen Weine und deren Lieferung an jegliche Adresse angeboten wurden. Und das war ja nun wirklich ein gewaltiger Unterschied zu seinem alten Leben. Auf Claire war es nicht gerade üblich gewesen, eine Bestellung aufzugeben. Wobei sich Leo einmal sogar den Scherz erlaubt hatte, bei Amazon – man verfügte über ein Inselsystem mit solarbetriebenen Routern und hatte zum Einkauf von Filmen, Serien und eBooks ein Konto eingerichtet – einen Haarföhn zu bestellen und als Lieferadresse die Insel Claire anzugeben. Dabei war auf dieser Insel mit ihren warmen Meereswinden ein Föhn so ziemlich das Letzte, was man benötigte. Der Haartrockner kam auch nicht, obgleich eine Abbuchung erfolgt und ein Liefertermin in Aussicht gestellt worden war. Natürlich wurde das Geld später zurückerstattet, dennoch erhielt Leo eine Mailnachricht, in der er gebeten wurde, eine Bewertung darüber abzugeben, wie zufrieden er denn mit seinem Föhn sei. Der Begriff »Föhn« war in der Folge unter Leos Mitarbeitern ein Synonym für dieses gewisse Aus-der-Welt-Sein ihres Eilands. Wenn einer von ihnen vom Schwimmen kam und sich im Wind des Südpazifik sein feuchtes Haar durchblasen ließ, fragte er gerne: »Where's your professional hair dryer, Leo?«

Anders hier in Wien, wo man sich natürlich eine Menge Sachen nach Hause kommen lassen konnte, so gut wie alles – echt jeden Scheiß, wie die Jungen richtig sagten –, allerdings war Leo im Moment nicht der Einzige, weshalb die Zusteller »lebensnotwendige Konsumgüter« innerhalb der Lieferkette bevorzugten. War nun Wein lebensnotwendig zu nennen? Überhaupt bestand eine große

Diskussion darüber, was denn eigentlich für das Leben notwendig und nötig sei, wobei es wohl ein Unterschied zwischen Überleben und Leben gab. Nun, Leo würde es ja sehen. Der Arzt in der Klinik hatte ihm jedenfalls dringend empfohlen, in der ersten Zeit seiner Rekonvaleszenz den Besuch von Supermärkten zu unterlassen und sich die Waren zuschicken zu lassen. Er, Leo, gehöre nun mal, so der Arzt, zu einer Risikogruppe, so »erstaunlich unverwundet« er aus dieser Geschichte seines Unfalls und seines Komas auch herausgekommen sei.

»Ich bin ein Risiko, aber keine Gruppe«, hatte Leo geantwortet.

»So gesehen ist jeder ein Risiko, und das macht uns alle zur Gruppe«, meinte der Arzt. Betonte aber, dass Spaziergänge okay seien, Abstand haltend, die Sportskanonen meidend, in Ordnung, aber eben nicht der Aufenthalt in diesen von Enge gleichsam wie von einer Getriebenheit der Konsumenten bestimmten Märkte, ganz abgesehen von der Fahrt in öffentlichen Verkehrsmitteln.

»Jetzt bleiben Sie mal zu Hause, als wär's eine Insel.«

»Wenn ich aber so gerne ins Meer gehe«, hatte Leo belustigt geantwortet.

Der Mediziner darauf, ganz unlustig streng: »Im Meer ertrinken auch Leute, die schwimmen können.«

Und da hatte er nun wirklich recht.

Nach seinem Mittagsschlaf – den er bereits nach nur zwei Tagen als obligat empfand –, sowie einem nachmittäglichen Studium der Bücherwand (und auch dieses Studium, diese »Besteigung« auf verschiedenen Routen und verschiedenen Schwierigkeitsgraden, würde ein obligates werden), ging Leo daran, sich für das Qigong-Training mit einer PIN, die er zuvor erhalten hatte, auf LIVE einzuwählen. Wobei es tatsächlich so war, wie Frau Wessely versprochen hatte. Es existierte keinerlei Konferenztool, keine Möglichkeit, sich untereinander zu betrachten. Man sah einzig und allein jene Lehrerin namens Mathilda, eine sehr schlanke, ältere Dame mit einer sonnengegerbten Haut, gegen die selbst Leo mit seinem Inselbraun abfiel. Eine Bräune, von der eben nicht zu sagen war, wie viel davon der Sonne und wie viel dem Alter geschuldet war. Sie trug einen weißen, eng anliegenden Sportanzug, wobei sie bei aller Schlankheit ein rundes, deutlich aus dem Weiß hervorstehendes Bäuchlein besaß, das zusammen mit ihren kleinen, fast mädchenhaften Brüsten eine wirklich ansprechende Dreiheit bildete. Sie war stark geschminkt, trug ein buntes, seidenes Kopftuch, und ihr Gesicht erinnerte Leo an die späte Ava Gardner, wäre die nicht mit achtundsechzig gestorben, sondern dank Yoga und Qigong eben auch mit achtundsiebzig noch gut auf den Beinen und im Leben gestanden.

Die Trainerin grüßte jede einzelne Teilnehmerin, zuletzt auch als einzigen Mann und Neuzugang zur Gruppe Leo, der, obgleich ihn ja niemand hören konnte, zurückgrüßte.

Es stimmte, was Tina Wessely gesagt hatte, Mathilda war eine großartige Lehrerin, die eine bilderreiche Sprache benutzte, um die Vorstellung zu verstärken, dass man allein aus seiner inneren Kraft, und das auch noch mit der größten Leichtigkeit, Sonnen schob und Wolken trug, Berge bewegte und Ruderflächen durch Seen trieb, oder mit einer lockeren Faust eine sehr regelmäßige Mulde in allerhärtestes Gestein schlug, wenn nicht gar mit der Kraft eines Mühlrades Wasser schöpfte. Dies alles in einer Folge von achtzehn Übungen, die das Qigong mit dem Taiji verbanden, so wie Leo es ja bereits bei einem Mann gelernt hatte, dessen Name ihm gerade wieder einmal nicht einfiel. Aber es fragte ja auch niemand. Stattdessen fließende Bewegungen, die bei Leo halt hin und wieder ins Stocken gerieten: ein gebrochenes Ruder, eine Wolke, die es wegwehte, ein Berg, der partout nicht geschoben werden wollte, nicht, weil er unbeweglich im Weg stand, sondern schlichtweg woanders war, also nicht dort, wo Leo seine willigen Hände vor der Brust zu Schaufeln geformt hatte. Und dennoch war es gut. So wie es gut war, sich vorzustellen, dass nur ein Zimmer weiter – denn daran änderte ja eine noch so dicke Mauer nichts – Frau Wessely die gleiche Stellung einnahm und man vielleicht sagen konnte, dass sich dort, bei Frau Wessely, der zu verschiebende Berg ganz sicher eingefunden hatte.

Nachdem die achtzehn Übungen nach einer halben Stunde ihren Abschluss fanden, nutzte Frau Mathilda eine kurze Pause nicht nur für einige Entspannungsübungen und Massagetechniken, sondern sprach auch über einen möglichen Nutzen der derzeitigen Krise, die ja immerhin dazu beitrage, dass so mancher gehetzte Mensch entgegen aller Angst auch zur Ruhe gekommen sei. Und in der Ruhc zu sich selbst. Sie zitierte das Dao: »Mit der Liebe zu sich selbst diene man allem unter dem Himmel.«

Leo hätte gerne eingewandt, dass einige der gezwungenermaßen zur Ruhe Gekommenen nicht nur die Sorge ums Weiterexistieren, um Kurzarbeit, Arbeitslosigkeit und Spekulationsverluste antreibe, sondern die Ruhe auch zu diversen Formen der Wut führe. Der Wut gegen andere, etwa im Kampf um Mehl und Nudeln und immer wieder ums schon ikonisch zu nennende Klopapier. Aber auch die Wut gegen sich selbst. Der dank der vielen Ruhe zu sich selbst gefundene Mensch war möglicherweise nicht besonders glücklich über das, auf was er da gestoßen war.

Aber klar, niemand hätte Leo gehört. Und hätte ihn jemand gehört, er hätte seinen Einwurf für sich behalten und Frau Mathilda gerne zugestimmt. Wie heißt es im Dao? *Der Grund für meine große Fürsorge ist, dass ich ein Selbst habe.*

Sofort nach Beendigung der neunzigminütigen Übungsstunde … Nein, nicht wirklich sofort, denn Leo wollte ja den Eindruck vermeiden, er hätte es nur auf das Ende dieser Stunde und damit auf die Möglichkeit und Wahrscheinlichkeit einer Balkonbegegnung abgesehen. Andererseits war es nicht ganz unlogisch, nach der Verbeugung vor Frau Mathilda, aufgefüllt mit all dem Qi, ein Baum und ein Kranich seiner selbst, nach draußen zu treten, beziehungsweise nach draußen zu klettern, um am Balkon stehend ein tiefes Ein- und Ausatmen zu praktizieren und eine meditative Position einzunehmen. Oder aber sich mit jener Person auszutauschen, mit der man sich neunzig Minuten lang, nur durch eine Mauer getrennt, im Gleichschritt befunden hatte. Mag sein, noch nicht in vollkommener Synchronizität. Aber genau darüber könnte man ja reden, wie nicht nur Gleichschritt, sondern auch Parallelität zu erreichen waren. Gewissermaßen ein Qi, das zwischen den Wohnungen hin- und herfloss.

Was wollte er von dieser Frau? Er wollte sie ganz sicher nicht belästigen oder ihr mit irgendeiner Altherrenfrivolität auf die Nerven gehen. Wenig Dinge waren so erbärmlich wie gealterte Männer, die sich einen Charme einbildeten, von dem sie meinten, junge oder jüngere Frauen könnten ihm verfallen. Oder ihrer Altherrenklugheit. Oder den eingerosteten Knochen. Oder der faltigen Haut. Einem Gesicht, wie Samuel Beckett es besessen hatte. Aber der war eben Beckett gewesen und im Glanz des Genies gestanden. Abgesehen von seinem tollen Haar im hohen Alter, dieser Mischung aus Silbergrau und dem Schwarz von verkohltem Holz, dazu der Eindruck des umtriebig Durchkämmten, etwas, das heutzutage nur mehr der auch nicht mehr ganz junge David Lynch so toll hinbekam. Leo hatte dünnes Haar und drehte keine Filme und richtig alt war er ja nun eigentlich auch nicht. Und schon gar nicht ein Genie. Vielleicht vergaß er Namen, aber dass er kein Genie war, vergaß er nicht.

Nein, wenn er an dieser Frau interessiert war, dann in der gleichen Weise, wie er an seinem »Fall« interessiert war oder an der Wahrheit über den Einsturz der Reichsbrücke oder an Frau Bregenzer, bei der er sich ja auch keinen Schwachsinn einbildete. Er wartete ein paar Minuten ab, dann stieg er aufs Fensterbrett und rutschte hinüber auf seinen Einmannbalkon. Er vermied es, gleich nach links zu sehen, schaute also nach rechts, hinüber zum Dach der ehemaligen Molkerei, dann nach vorne. Allerdings keinerlei Qigong-Haltung einnehmend – man musste es nicht übertreiben, auch das Leben in der eigenen Mitte konnte anstrengend werden –, vielmehr hatte er die Hände locker in seine Hüften gestützt. So war er zwar nicht bei sich selbst, hielt dieses Selbst jedoch ganz gut fest.

Und endlich schaute er hinüber zum Wessely-Balkon. Allerdings stand da niemand. Leo war überrascht und enttäuscht. Vernahm jetzt aber Tinas Stimme, beziehungsweise die Stimme eines Mannes, ihres Mannes wohl. Er konnte nicht verstehen, was genau gesprochen wurde, realisierte jedoch durchaus den Ärger, der sich in beiden Stimmen Luft verschaffte. Ärger, Vorwurf und Missverständnis.

Ehepaare stritten nun mal. Das war wahrscheinlich das Normalste auf der Welt. So wenig passend der Streit am Ende einer Qigong-Stunde auch sein mochte. Aber eine wesentliche Eigenschaft des Streits war sein Hang, wie Regen zu sein, der genau dann fällt, wenn alle im Freien um einen Grill herumstehen.

Nur war der Streit zwischen Eheleuten eben etwas, was sich Leo in vierundvierzig Inseljahren erspart hatte.

Er kehrte zurück in die Wohnung, setzte sich an seinen Computer, stand aber gleich wieder auf und legte sein Ohr an die Wand. Sosehr er sich dafür genierte. Aber er tat es. Doch da war nichts zu hören. Offensichtlich hatten die Eheleute das Zimmer gewechselt (die Wesselys verfügten übrigens über eine doppelt so große Wohnung, beziehungsweise handelte es sich um zwei zusammengelegte Wohnungen, aber das konnte Leo in diesem Moment noch nicht wissen, er stellte sich eine unangenehme Beengtheit vor, bei der man zum Streiten in die Küche ging).

Auch als Leo später am Abend nochmals auf seinen Balkon trat, in erster Linie, um den Schein der hinter der ehemaligen Molkerei untergegangenen Sonne zu genießen, sah er Frau Wessely nicht. Dafür aber ein Stockwerk darunter einen rauchenden Mann. Mehr einen qualmenden Mann. Ein junger, ungemein beleibter Mensch, der seinen Balkon vollkommen ausfüllte. In seinem Fall hatte der Balkon etwas Maßgeschneidertes. Die metallene, halbkreisförmige Brüstung sah aus wie *angegossen*.

Dieser junge, dicke, rauchende Mann erinnerte Leo an die Figur aus jenem kleinen Büchlein, das er bei seiner nachmittäglichen Besteigung der Bücherwand herausgezogen und die kurze Geschichte im Stehen gelesen hatte. Dürrenmatts Erzählung *Der Tunnel*, in welcher ein junger, fetter, rauchender Student beschrieben wird, der in einem Zug sitzt, der in einen Tunnel gerät, aber aus diesem Tunnel nicht wieder heraus. Vielmehr rast der Zug ungebremst in einen dunklen Abgrund.

Weil ja in dieser Bücherwand das Historische, Antiquarische und die Erstausgabe dominierte, handelte es sich bei dem schmalen Band um die erste Einzelausgabe des zuvor in einem Sammelband herausgegebenen Textes. Arche Verlag, Zürich 1952. Was nun Leo nicht wissen konnte, war, dass in den Ausgaben dieser Geschichte, die seit 1978 veröffentlicht wurden, der letzte Satz gestrichen worden war. Ein Satz, der in dem Buch, welches *er* da las, natürlich noch stand und der ihm so ungemein passend für die Zeit erschien, in der er aus seinem Koma erwacht war: *Gott ließ uns fallen, und so stürzen wir denn auf ihn zu.*

Auch in den nächsten Tagen bekam Leo seine Nachbarin nicht zu sehen. Einmal aber meinte er, dass sie, als er sich soeben nach draußen geschwungen hatte, rasch von ihrem Balkon ins Wohnungsinnere zurückgetreten war. Zufall? Oder versuchte sie, ihm auszuweichen? Fürchtete sie seine Aufdringlichkeit? Bereute sie, ihm Mathildas Qigong-Stunde empfohlen zu haben? Und in der Tat hatte er sich ja bereits für die nächste angemeldet. Aber sie hatte ihm diese Möglichkeit doch ausgesprochen freundlich angetragen. Hatte er ihre Freundlichkeit missverstanden? Oder fürchtete sie, *er* könnte ihre Freundlichkeit missverstanden haben?

Er empfand eine Peinlichkeit. Was ihn aber nicht daran hinderte, immer wieder, vor allem an den Abenden oder nachts, wenn ein Traum oder ein Herzklopfen ihn für eine Weile aus dem Bett trieb, an der Wand zu horchen. Einmal hörte er sie wieder schluchzen. Und ihn schnarchen. Vernahm aber wenig später jene Geräusche, die aus dem Sex hervorgehen. Etwas Dampfendes, etwas … ja, etwas Büffelartiges, Schweres, Kraftvolles und Schnaubendes. Nach Liebe hingegen hörte es sich weniger an, was nicht bedeutet, Büffel wären zur Liebe nicht fähig. Aber es schien doch eher das zu sein, was man einen *Akt* nennt. In Leos Ohren halt ein *Büffel-Akt.* Wobei er nicht ganz umhinkam, sich vorzustellen, dass eine Frau, die einen kleinen, aber feinen Laden für Dessous und Lingerie führte, wohl ihrerseits in diesen Büffel-Akt nicht ohne eine *reizende* Kleidung ging. Er stelle sich Frau Wessely also niemals nackt vor. Das nicht. Aber angezogen wäre vielleicht auch nicht das richtige Wort gewesen.

In jedem Fall sah er Tina Wessely nicht. Ihren Mann allerdings schon. In dieser Woche vor Ostern, als gerade eine große Diskussion über den sogenannten »Oster-Erlass« des österreichischen Gesundheitsministers stattfand. Ein Erlass, der vorsah, private Feiern mit mehr als fünf Personen zu untersagen, was jedoch von Juristen als rechtswidrig eingestuft und alsbald als ohnehin unnötig zurückgenommen wurde.

Leo hatte zum ersten Mal seine Wohnung richtig verlassen, um nach unten, durch den Hof und hinüber ins Treppenhaus des straßenseitigen Gebäudes zu gelangen, wo eine auf dem Gang abgestellte Lieferung von zwei Kartons mit Flaschen eines sogenannten Blauen Zweigelts auf ihn wartete. Für Leo war es wirklich der erste Blaue Zweigelt seines Lebens, denn als er von Wien weggegangen war, hatte er nur Bier, keinen Wein getrunken gehabt – die Minimalversion einer antibürgerlichen Haltung –, während wiederum auf Claire allein die französischen und australischen Rotweine aus dem oakschen Nahrungsmittellager zur Verkostung kamen. Zuletzt aber auch Flaschen einer spanischen Rebweinsorte, die allen Ernstes von einem auf einer tahitianischen Koralleninsel gelegenen Weingut stammten. Aber eben kein Zweigelt.

Nachdem er den ersten Karton nach oben in seine Wohnung gebracht hatte und die Treppe wieder nach unten stieg, kam ihm ein Mann entgegen, weshalb Leo zurück vor seine Wohnungstüre trat, um entsprechend Platz zu machen. Es war ein dunkelhäutiger, sehr groß gewachsener, muskulöser Mann in einer kurzen weißen Hose und einem eng anliegenden, ebenso weißen Achselshirt, ein Mann, der wie ein in die Größe und Breite und Männlichkeit verwandeltes Äquivalent zur genauso strahlend weiß gekleideten Frau Mathilda wirkte. Leo musste augenblicklich an seine Qigong-Lehrerin denken. Und an Muhammad Ali, als der sich in seiner besten Zeit befunden hatte: nicht nur der größte Boxer aller Zeiten, sondern sicherlich auch der schönste Boxer aller Zeiten.

Dieser nach oben kommende Mann glänzte vom Schweiß, in der Brustmitte seines weißen Shirts prangte ein von der Feuchte hellgrauer Fleck gleich dem Schattenwurf von Lunge und Herz. Klar, der Mann war gerade joggen gewesen, was ja nun fast alle Leute machten, die halbwegs zu den Gesunden gehörten, nun aber nicht mehr in die geschlossenen Sportstudios durften. Überhaupt konnte man sagen, dass in dieser Krise ganze Teile von Europa zu stark belebten Laufstrecken geworden waren (so leer viele Straßen waren, eben nicht jene Wege, die sich irgendwie zum Laufen eigneten). Obgleich sich die Nationen voneinander isolierten, waren sie in diesem Bedürfnis nach sportlicher Bewegung vereint. Es ging ein Wille zur Gesundheit um, eine Ertüchtigung des Leibes inmitten der Bedrohung, eine »Jugendlichkeit« derer, die tatsächlich jung waren, wie auch der anderen, obgleich Wissenschaftler sich uneins waren, wie sehr diese im Freien laufenden, bikenden, walkenden und bei alldem stark keuchenden Menschen nicht etwa famose Virenverteiler abgaben.

Mit einiger Verwunderung stellte Leo nun fest, dass der Mann, der einen Schlüssel aus seiner Hose zog, sich auf die Türe jener Wohnung zubewegte, in der die Wesselys wohnten.

»Herr Wessely?«, fragte er hinüber.

»Ja?«, sagte der Mann, der so um die vierzig sein mochte, und wandte sich in Leos Richtung, als hätte er ihn erst jetzt bemerkt.

Leos Verwunderung entsprang nicht dem Umstand, dass eine weißhäutige Frau mit einem dunkelhäutigen Mann zusammen war. Man kann sagen, dass er in seinen vergangenen vierundvierzig Jahren hautfarbenmäßig in einer ziemlichen Melange gelebt und dabei selbst eine Minderheit gebildet hatte. Sosehr seine eigene Bräunung und Gerbung kaum noch zugelassen hatte, ihn als einen »weißen Mann« anzusehen. Wie auch immer, was ihn jetzt erstaunte, war der Name dieses Mannes. Wirklich Wessely?

»Was ist los mit Ihnen?«, fragte der Angesprochene in Leos Pause hinein.

»Verzeihen Sie, ich bin Ihr neuer Nachbar. Leo Prager.«

»Ach, Sie sind das«, sagte Wessely. Dabei fuhr etwas Spöttisches, Strenges und Mitleidiges über sein gut gebautes Männergesicht.

»Was bin ich?«, fragte Leo.

»Na, der neue Nachbar«, antwortete Wessely, der übrigens mit keinerlei Akzent sprach, in keine Richtung. Sodann öffnete er die Wohnungstüre und trat ohne ein weiteres Wort ein. Allerdings konnte Leo durch die gleich wieder geschlossene Türe hören, wie

Wessely zu einer anderen Person sprach: »Der Alte soll nur aufpassen, dich nicht noch mal dumm anzureden.«

»Du, er hat mich nicht dumm …«, vernahm Leo Tina. Mehr nicht. Beide Stimmen entfernten sich. Sie entfernten sich in einer Weise, die Leo plötzlich ein Gefühl für die Dimensionen dieser Wohnung gab, und also die Einsicht, dass die zweite Wohnungstüre auf dieser Seite des Stockwerks ebenfalls zu den Wesselys gehören musste. Während auf seiner eigenen Seite, in der nach Westen hin liegenden Nachbarwohnung, jemand anderer wohnte. Wer, das wusste Leo nicht. Kein Name an der Türe. Kein Geräusch. Auch nicht von Toilette oder Dusche, abgesehen davon, dass durch die massive Bücherwand sich Geräusche schwergetan hätten durchzudringen. Möglicherweise stand die Wohnung auch leer.

Das war also Herr Wessely gewesen. Etwa einsneunzig, neunzig Kilo, aber kein Gramm, das an der falschen Stelle gewesen wäre. Von der Art der Zehnkämpfer, die allein beim Stabhochsprung ihre Schwierigkeiten haben. Und dennoch erinnerte er an Frau Mathilda. Allerdings war er sehr viel weniger freundlich als die Qigong-Lehrerin. Zudem jemand, der, so gut er aussah, so selbstbewusst, so olympisch, wie er daherkam, ein Freund der Eifersucht zu sein schien. Selbst in Hinblick auf einen »Alten«.

Leo war sich sicher, dass Herr Wessely ein Arschloch ist. Und dass er nun schwarz war, änderte ja nichts daran. Wäre er weiß gewesen, wäre er ein ebensolches Arschloch gewesen. Nein, sie würden keine Freunde werden.

Für die Osterzeit galt natürlich das Gleiche wie für die Zeit davor: diese gewisse Sonntäglichkeit, die nun eben auch auf die Feiertage zutraf.

Ostern verging wie im Schlaf. Oder, um es mit der Terminologie des Qigong zu bezeichnen, Leo verblieb die meiste Zeit in einer stabilen Grundhaltung. Am Ende dieser Tage erhielt er allerdings eine Mail, die ihn dann doch in Erregung versetzte. Es war erneut der Verlag der Gebrüder Stegman, einst Wien, jetzt Tulln, der sich meldete, wobei diesmal der Verlagsleiter persönlich schrieb, ein Herr

Stegman, der allerdings bruderlos war. Das Prinzip einer brüderlichen Führungsspitze war zwei Generationen lang aufrechterhalten worden, doch nun im Zuge einer Einzelkindschaft zwangsläufig aufgegeben worden. Herr Stegman, *Dr. Stegman* genauer gesagt – man war schließlich in Österreich und nicht im Dschungel –, erklärte, dass die erste Auskunft, die Leo erhalten habe, von seiner Sekretärin stammte. Diese sei auch vollkommen korrekt gewesen, in der Tat seien die Unterlagen dieses Buch betreffend beim großen Brand 1981 zur Gänze vernichtet worden. Allerdings gebe es noch die privaten Hinterlassenschaften der damaligen beiden Leiter, die seines Großvaters wie seines Großonkels. Er selbst habe es übernommen, einen Teil davon im heutigen Verlagshaus auszustellen, um die Geschichte des Verlags zu dokumentieren. Vieles aber, Fotografien aus der Zeit nach dem Krieg und aus den 60er-Jahren, handschriftliche Korrekturen von maschinengeschriebenen Manuskripten, signierte Erstausgaben, Dankschreiben und anderes habe er in Mappen und Kartons archiviert. Und aufgrund von Leos Nachfrage nun einen speziellen Blick in diese Sammlung geworfen. Leider habe er auch dort keinerlei Manuskript des 1965 publizierten Buchs, auf dem ja dann wohl auch der Name des Autors hätte stehen müssen, entdecken können. Allerdings sei er auf eine Schwarz-Weiß-Fotografie gestoßen, auf der man einen Mann im Halbporträt erkenne, im Hintergrund die undeutlichen Schemen eines Gebäudes, bei dem es sich mit großer Sicherheit um das einstige Verlagshaus in Wien handle. Der Mann trage eine Mappe unter seinem Arm, und auf dieser Mappe sei deutlich der mit Hand geschriebene Titel zu erkennen: *Die Möbel des Teufels*. Auf der Rückseite des Fotos, so Dr. Stegman, finde sich ein mit Füllfedertinte geschriebenes Datum: 15. Oktober 1964. Also einige Monate vor der Drucklegung und Veröffentlichung des Romans. Leider aber kein Name des Fotografierten oder ein anderweitiger Hinweis auf dessen Person.

»Ich darf Ihnen«, schrieb Dr. Stegman, »mittels angefügtem Scan das Foto sowie die Rückseite übersenden. Denn mit großer Wahrscheinlichkeit dürfte es sich bei dem Mann auf der Abbildung um den Autor des Romans handeln. Es kann niemand aus meiner Familie sein, und ich halte es für unwahrscheinlich, dass hier ein damaliger Verlagsangestellter zu sehen ist. Ich hoffe, dass dieser spärliche Hinweis Ihnen dennoch helfen kann, der Person des Autors auf die Spur zu kommen.«

Und so schloss er mit freundlichen Grüßen und jenem versprochenen Anhang.

Leo betrachtete die Fotografie. Sein Herz klopfte wie manchmal in der Nacht, wenn er plötzlich aus einem Traum oder einer Unregelmäßigkeit hochschreckte. Die Fotografie besaß eine Anmutung, als würde sie eher aus den Vierziger- als aus den Sechzigerjahren stammen. Ein Mann mit Fliege, so eine schmale schwarze, sehr locker gebundene Schleife. Bohemienhaft. Die Augen des Abgebildeten lagen derart in zwei ovalen Schatten, dass man nur ein Stück der Unterlider erkennen konnte. Darüber eine hohe Stirn, dünnes, streng zur Seite gescheiteltes Haar, wie aufgeklebt. Ein Mann zwischen dreißig und vierzig. Mit einer eher breiten Nase, aber ungewöhnlich schmalen Lippen, wirklich nur ein Strich von Mund. Kein schönes, aber ein markantes Gesicht.

Nicht, dass Leo hätte sagen können, er kenne dieses Gesicht. Der Mund jedoch, dieser fast gerade Strich, der nicht etwa eine Verbissenheit oder Strenge ausdrückte, sondern so wirkte, als würde sich dieser Mann ausgerechnet hinter einem verschlossenen Mund verbergen, war Leo auf eine Weise vertraut, wie man das von einem halb vergessenen Traum kennt. Er hatte diesen Mund schon einmal gesehen.

Da war auch sofort ein Verdacht gewesen. Und dieser Verdacht verfügte über einige Stringenz, wenn Leo jetzt überlegte, denselben Mann vor vierundvierzig Jahren durch das Objektiv einer Super-8-Kamera wahrgenommen zu haben. Natürlich hatte er auf die beträchtliche Entfernung und inmitten der Katastrophe nicht ausgerechnet auf den schmalen Mund einer soeben von der Explosion in die Höhe geschleuderten Person achten können. Und doch war dieser Mund irgendwie in sein Gedächtnis eingesickert.

Ein Mund wie der des Mannes auf dem Foto. Ein Mann, der elf Jahre vor dem Einsturz der Brücke einen Roman über ebendieses

Unglück geschrieben hatte. Das mochte bizarr klingen, erfunden, fantastisch, lächerlich, aber es war *nicht* unlogisch. Die Teile griffen ineinander.

Die Frage, die sich für Leo nun drängend stellte, war nicht nur die nach dem Namen des Autors, sondern auch, ob er es nun doch wagen sollte, den Film, der in einer aufs Regal gestellten Kamera steckte, entwickeln zu lassen. Er hatte das so lange unterlassen, um damit die Realität eines sechsten Mannes zu bannen.

Aber hatte das noch einen Sinn? Und war es nicht wirklich an der Zeit, bevor dieser Film möglicherweise gänzlich verdarb, im wahrsten Sinne seinen Geist aufgab? Sollte er ihn entwickeln lassen, um endlich zu überprüfen, was wirklich darauf zu sehen war?

Etwa ein Mann mit schmalen Lippen? Ein Mann, der in einem kleinen Roman sein Schicksal vorausgesehen hatte?

Hätte das Ganze nicht in den Fall seiner ermordeten Schwester hineingespielt, Leo hätte den Gedanken an eine Entwicklung des Films verworfen. Einfach um sicherzugehen und sicher zu bleiben. Aber was sollte er tun, immerhin hatte er dieses Buch doch hier in Evas Wohnung entdeckt? Ein Werk, das nicht gerade zu denen zählte, die in einer jeden Bibliothek zu finden waren.

Er würde nicht umhinkommen, alles, wirklich alles aufzuklären, wozu eben auch gehörte, diesen Film entwickeln zu lassen. Wie Leute, die seit Ewigkeiten keinen Schluck mehr getrunken haben, denen nun aber klar wird, dass die Abstinenz nur ein Aufschub war, keine Lösung.

Also machte sich Leo daran herauszufinden, wo und wie man heutzutage alte Super-8-Filme entwickeln lassen konnte.

12

Leo hatte mit einem Mann telefoniert, der ein Fotoatelier und ein auf die Ausarbeitung alter Filme spezialisiertes Labor führte, Filme, an die sich sonst kaum noch jemand wagte. Das Geschäftslokal dieses Mannes befand sich gar nicht so weit entfernt von Leos Adresse. Praktisch am anderen Ende des nicht sehr großen 4. Bezirks. Leo würde also recht gut zu Fuß den kleinen, gerade erst wiedereröffneten Laden erreichen, der im unteren Teil der Argentinierstraße lag. Dort, wo auf der gegenüberliegenden Straßenseite das kurze Stück der Taubstummengasse einen Zugang zur parallel verlaufenden Favoritenstraße bildet.

In der Tasche hatte Leo seine alte Kamera, die er als Siebzehnjähriger erstanden hatte, eine japanische *Revue Super 8 S 100*. Bei der Recherche nach diesem seltenen Gerät hatte er einen Eintrag im sogenannten Virtuellen Schmalfilm-Apparate-Museum entdeckt, in dem nicht nur die technischen Daten aufgezählt wurden, sondern auch eine ungewollt humorige Charakterisierung des Geräts erfolgte, wobei der Schreibstil ihrerseits von einer Maschine zu stammen schien, die schlecht in der Schule war: »Filmkamera für alle unbedeutende Gelegenheiten. Oder auch als Apparat für Anfänger. Außer Film einlegen, den Aus/An-Knopf stellen und 2 AA Zellen im Batteriefach ist alles was benötigt wird, um einen Film zu drehen, indem man auf den Auslöser drückt. Über die Qualität der gedrehten Filmszenen ist kaum eine Aussage zu machen, doch vermutlich wird das Ergebnis tragbar sein, schon allein weil die Super 8 Film sehr gutmütig ist.«

Gutmütig also! Unbedeutende Gelegenheiten! Ja, zum Beispiel so was wie der Einsturz einer über tausend Meter langen Kettenbrücke.

Das Baujahr der Kamera wurde mit »vermutlich um 1974« angegeben. Was Leo zu einem »ganz sicher sogar« anregte.

Mit dieser Kamera in seiner Umhängetasche erreichte er an einem angenehm milden Tag – vorbei am großen Rundfunkgebäude –

jenes Fotoatelier, das im Kellergeschoß eines Gründerzeitpalais untergebracht war, gleich neben einem ebenfalls tief gelegenen Geschäft für traditionelle Massage. Während genau gegenüber jene Taubstummengasse anfing, beziehungsweise vom Standpunkt der Einbahnregelung endete.

Atelier und Labor trugen den Namen ihres Besitzers: *Foto Bubenik.*

Herr Bubenik war ein kleiner, breiter Mann von der Sorte, der man wenig Beweglichkeit und wenig Rasanz zutraut, weil alles, was sie tun, wie in Zeitlupe vorgetragen scheint und man sich dann wundert, wie schnell sie alles hinbekommen, weil in dem wenigen und Langsamen, das sie tun, einige Berechnung und Planung steckt.

»Auf einer Insel im Südpazifik, herrje«, sagte Herr Bubenik. Solche alten Filme sollten eigentlich kühl, noch besser tiefgekühlt gelagert werden.«

»O ja, das war er«, versicherte Leo und berichtete von den unterirdisch gelegenen Lagerräumen auf Claire, wo diese Kamera und damit eben auch die Kodachrome-Super-8-Kassette gut vier Jahrzehnte in einer kühlen, wenn nicht kalten Ecke gelegen hatte, und wie sie erst in den vergangenen drei Wiener Monaten in eine klimatisch weniger günstige Umgebung geraten war. Zuletzt am Fenster neben einer Topfpflanze stehend.

»Ich kann nichts versprechen«, erklärte Bubenik, »das ist Ihnen sicher klar.«

»Natürlich«, sagte Leo. Ein Teil von ihm hoffte eigentlich auf eine völlige Unbrauchbarkeit des Materials. Ein Teil von ihm. Der andere nicht.

Herr Bubenik trug selbstredend einen Mundschutz. So, wie auch Leo vor dem Eintreten in das kleine Geschäft sich einen solchen vors Gesicht gezogen hatte – und nein, er hatte nicht vergessen, wie ungünstig sich diese Masken auswirken konnten, wenn man zuvor weiß Gott was angefasst hatte und sich sodann das Ding wie einen giftigen Schwamm ins Gesicht drückte.

So redeten nun beide durch die stofflichen Barrieren vor ihren Gesichtern. Das dämpfte ein wenig das Gesagte, als hätte jemand den Fernseher eine Spur leiser gedreht. Was kaum ein Schaden zu nennen ist.

Herr Bubenik betrachtete die Kamera, die jetzt vor ihm auf einem kleinen Ladentisch lag. Bei aller Skepsis nicht ohne Begeisterung. So ein Gerät bekomme man heute nicht mehr zu Gesicht. Das sei dann wirklich ein Objekt aus der Vergangenheit. Was natürlich noch stärker für die darin befindliche Kassette und den darin befindlichen Film gelte. Und am meisten wohl für das, was – mit viel Glück – darauf zu sehen sein würde.

»In Farbe bekommt man das aber nicht mehr hin«, sagte Bubenik und meinte, dass man aufgrund einer speziellen Eigenart der Emulsion von Kodachrome 40 immerhin einen Schwarz-Weiß-Film entwickeln könne, ein Schwarz-Weiß-Positiv. Was dann einen echten Umkehrfilm ergebe. »Ist halt nicht in Farbe, soweit man sagen kann, diese Filme waren in Farbe. Jedenfalls kommt dabei eher so ein Sepiaton heraus, wie wir das von Fotos aus dem 19. Jahrhundert kennen. Man kann das allerdings so weit korrigieren, dass der Gelbschleier verschwindet, die Kontraste besser werden und man einen halbwegs gescheiten Schwarz-Weiß-Film hinkriegt. Aber es wird leider einiges an hellen und dunklen Flecken durchs Bild schwimmen. Vorausgesetzt, der Film ist nicht ganz im Eimer.«

Bei mir, dachte sich Leo, schwimmen auch einige Flecken durchs Bild. Und in der Tat, gerade hier, in diesem eher dämmrigen Laden, war sein Blick getrübt von etwas, das er in der Zwischenzeit seine »Phantome« nannte: schwarzgraue Schlieren, dunkle Schatten, mitunter der Eindruck eines Tintenklecks, der sich auf der Fläche des soeben geschauten Bildes mit jener Plötzlichkeit ausbreitete, wie es eben für einen Klecks üblich ist. Und gerade tauchte eine solche Struktur über dem linken Auge Bubeniks auf und verlieh dem Mann für einen Moment ein piratenhaftes Aussehen. Beziehungsweise erinnerte der Anblick an diesen israelischen Verteidigungsminister aus den 1960er-Jahren. Wie hieß der doch gleich?

Leos impressionistische Phantome.

Herr Bubenik erklärte, es würde nötig sein, den Film mehrfach zu überblenden, um einen guten Kontrast zu erzielen. Er sprach vom

Öffnen der Kassette, vom Entfernen des Remjets, von der Erstentwicklung, von Bleichbad und Klärbad, von Zweitbelichtung und Zweitentwicklung sowie dem Fixierbad, und von den Chemikaliensätzen, die er dafür verwenden wollte. Sollte es gelingen, diesen hoffentlich tatsächlich so lange tiefgekühlten Film zu entwickeln – er hatte wohl Probleme, die Inselgeschichte zu glauben –, und sollte dann mehr darauf zu erkennen sein als ein Haufen sepiabrauner Strudel, dann würde er das Material mit einem Super-8-Scanner bearbeiten und digitalisieren.

»Was werde ich zu sehen bekommen?«, fragte Bubenik, »*wenn* ich etwas zu sehen bekomme. Ich meine, falls das irgendein perverser Scheiß ist, können Sie es sofort wieder mitnehmen.«

»Kein perverser Scheiß«, antwortete Leo. »Allerdings auch kein Familienfilm, zumindest im zweiten Teil nicht. Ich weiß nicht mehr, was am Anfang zu sehen ist, ich hab da irgendwas abgefilmt, irgendeine Straßenszene, im Sommer 1976. Im zweiten Abschnitt aber … also, man sieht die Reichsbrücke.«

Herr Bubenik, der vermutlich nicht viel jünger als Leo war, erkannte sofort die Dramatik, die sich aus der Nennung des Gebäudes zusammen mit dieser speziellen Jahreszahl ergab, denn er fragte: »Vor oder nach dem Einsturz?«

Leo zögerte. Dann meinte er: »Also, das ist der Punkt, wieso ich diesen Film überhaupt entwickelt haben möchte. Er ist genau in dem Moment entstanden, als es geschah.«

»Nicht Ihr Ernst!«

»Doch. Könnte ich das selbst entwickeln, würde ich es tun. Aber davon habe ich überhaupt keine Ahnung.«

»Keine Angst«, sagte Bubenik. »Ich werde den Film nicht an die Presse weitergeben. Sie sind der Kunde. Es ist Ihr Film. Aber eine Sensation wäre es schon. Wie sind Sie überhaupt dazu gekommen, das zu drehen?«

»Ein Zufall. Ich war halt grad dort.«

Bubenik öffnete seine Hände zu einer Geste des Unverständnisses und fragte: »Und warum haben Sie das damals nicht gleich entwickeln lassen? Ich meine, Sie waren der Einzige.«

Leo zögerte einen Moment, dann sagte er: »Es wäre mir als ein schlechtes Omen erschienen, das zu tun.«

» Und jetzt ist es kein schlechtes Omen mehr?«

»Ja, Sie haben recht, das ist ein beträchtlicher Widerspruch.«

»Nein, nein«, beeilte sich Bubenik zu erklären, »ich will nicht, dass Sie Skrupel kriegen und den Film zurückverlangen. Ich werde ihn entwickeln, mit aller Sorgfalt und Mühe und Diskretion. Hoffen wir auf das Beste.«

In dem einen Auge Bubeniks, das, welches Leo ohne einen Klecks wahrnehmen konnte – richtig, der israelische Außenminister, der Held des Sechstagekrieges, hatte Mosche Dayan geheißen –, also in diesem freien Auge konnte Leo einen Glanz großer Begeisterung erkennen.

Sicher war, dass Leo mit Bubenik genau den richtigen Mann gefunden hatte. Keine fünfzehn Gehminuten von der eigenen Wohnung entfernt.

»Morgen Abend«, bestimmte der Besitzer von *Foto Bubenik* und erklärte, dass er Leo natürlich eine Datei mit dem Ergebnis zukommen lassen und ihm das Original mit der Post zurücksenden könnte, umso mehr, als der Kundenkontakt laut Verordnung auf ein Minimum zu beschränken sei. Allerdings verfüge er im hinteren Bereich des Ladens über einen ausreichend großen Vorführraum. »Da haben Sie weit mehr als die vorgeschriebenen zehn Quadratmeter, die Ihnen als Kunde derzeit zustehen. Und vielleicht möchten Sie ja einiges von mir erklärt bekommen.«

»Ich komme morgen wieder«, sagte Leo fest, »wir müssen uns ja nicht küssen.«

Bubenik ignorierte den anzüglichen Scherz und bestätigte: »Achtzehn Uhr. Dann werden Sie sehen, ob es etwas zu sehen gibt.«

Leo nickte und trat die wenigen Stufen nach oben und hinaus in ein grelles Licht, das ihn für einen Moment wie etwas traf, das ihm als ein »warmer Schneeball« erschien.

Er strich sich das Licht aus dem Gesicht – ohne sein Gesicht tatsächlich zu berühren – und wechselte die Straßenseite. Sein Plan war, den Weg zurück nicht über die Argentinierstraße zu nehmen, sondern über die Favoritenstraße, wozu es also jetzt nötig sein würde, in die Taubstummengasse einzubiegen. Ein Stück alte Wiener Straße, in der er noch nie gewesen war, obwohl praktisch um die Ecke der Karlsplatz lag, wo er seine letzte Schulzeit verbracht hatte, diesen unkorrigierbaren und fatalen Schrecken im Leben eines jeden Menschen.

Leo hatte es damals aber immer nur in Richtung der Inneren Stadt und damit in Richtung des Hotels Bristol gedrängt und nie in jenes Areal, das praktisch den Hinterhof des Karlsplatzes und damit der Karlskirche darstellt (wie an allen katholischen Orten bilden selbst im sozialdemokratisch dominierten Wien die Kirchen die Akupunkturpunkte innerhalb der städtischen Anatomie, nicht die Organe selbst, das nicht, aber eben die Punkte, die auf die Organe wirken, da nützt weder der strengste Atheismus noch die Dummheit des Klerus etwas).

Gleich vor dem ersten Haus rechter Hand blieb Leo Prager stehen.

Es war die Reihe von großen Messingschildern, die seine Aufmerksamkeit erweckte. Nein, gar nicht so sehr die vier Messingplatten, auf denen zwei Anwälte, ein Maklerbüro und ein Steuerberater Schwarz auf Gold ihre Kanzleien auswiesen, sondern das eine Schild, welches in Abkehr von der konservativen Gestaltung der anderen aus Plexiglas bestand und einen kleinen Spalt vom Mauerwerk abstand. Darauf war in einer hellblauen Typografie der Geschäftsname *Detektei Wolf* aufgedruckt.

Das verwunderte Leo in mehrfacher Hinsicht. Einerseits, weil eine Detektei, die nicht in einem Roman vorkam, sondern im realen Leben, ihm ein wenig *verirrt* erschien. Wie sich eben etwas aus der Fiktion in die Wirklichkeit verlaufen hat. Und dazu kamen dann diese zarten hellblauen Lettern, als sei's ein Nagelstudio. Der Name *Wolf* hingegen wirkte recht passend, wenn man wusste, dass in der Heraldik der Wolf für Kampftauglichkeit und Tapferkeit steht. Genau genommen, *grimmige* Tapferkeit. Und im Märchen wiederum für die Begegnung mit den Urängsten, mit einer »wilden Instinktwelt«. Natürlich mochte die Arbeit einer wirklichen Detektei in der Regel darin bestehen, sich mit nicht gar so spannenden Delikten aus dem Bereich der Wirtschaft und der Ehe auseinanderzusetzen und somit in beiden Fällen das Phänomen der Untreue zu behandeln, und doch war es ein Beruf, der ins Abgründige und Wilde wies.

Was dann noch dazukam, war der Umstand, dass es Leo Prager in den vergangenen Tagen einfach nicht gelungen war, anhand des Fotos, das ihm Dr. Stegman geschickt hatte, irgendwie näher an die Identität des Autors von *Die Möbel des Teufels* gekommen zu sein.

Leo empfand das Moment der Verführung. Starker Verführung. Er konnte nicht anders, als diesen seinen Blick auf das merkwürdig zarte Firmenschild einer Detektei als einen Wink zu empfinden. Umso mehr, als er gerade eben – praktisch um die Ecke – seine uralte Kamera und seinen uralten Film abgegeben hatte und dem morgigen Abend mit einiger Spannung entgegensah.

Er dachte sich, vielleicht passt zum Fotografen Bubenik der Detektiv Wolf ganz gut, und drückte – nicht seine Fingerkuppe, sondern die Spitze des umgebogenen Mittelglieds einsetzend – den Knopf der Gegensprechanlage.

Nach einiger Zeit meldete sich eine Männerstimme: »Detektei Wolf. Ja bitte.«

»Mein Name ist Prager. Ich habe leider keinen Termin, würde aber gerne bei Ihnen vorsprechen.«

»Wie kommen Sie auf uns?«, fragte der Mann.

»Nun, ich war gerade bei Herrn Bubenik, im Fotoatelier um die Ecke, und als ich hier vorbeiging … Es ist wirklich, so komisch das klingen mag, eine spontane Entscheidung, bei Ihnen anzuläuten. Noch dazu in diesen Zeiten. Aber ich bin auf der Suche nach einer bestimmten Person und werde bei dieser Suche wohl Hilfe benötigen.«

»Warten Sie einen Moment«, sagte die Stimme.

Leo wartete. Er sah jetzt hinüber zu dem Haus, in dessen Untergeschoß Bubeniks Laden untergebracht war. Ein wirklich herrschaftliches Haus mit einer stark ornamentierten, im Barockstil gehaltenen Fassade, dazu zwei reich verzierte Balkone, die allerdings ebenfalls jenes Prinzip aufwiesen, nachdem man auf ihrer Grundfläche maximal die Grundhaltung des Qigong einnehmen konnte. Aber hier halt zu zweit. Wenn man nicht gerade einer Volksmenge zuwinkte oder die Hochzeit mit der Königin von England oder Ähnliches bekannt gab.

Ein Palais eben. Ein Palais mit einem Kellerlokal, in dem soeben ein Kodachrome-Film hoffentlich so gut wie unverletzt aus seinem jahrzehntelangen Dornröschenschlaf erweckt wurde.

»Tragen Sie einen Mundschutz?«, fragte die Stimme aus der Gegensprechanlage.

»Ja«, sprach Leo durch diesen Mundschutz hindurch, den er ja seit dem Aufenthalt bei Bubenik nicht heruntergenommen hatte.

»Kommen Sie hoch. Dritter Stock. Aber vermeiden Sie den Aufzug.«

Leo stieg also das Treppenhaus hoch und betrat im dritten Stockwerk einen Vorraum, wo gleich am Eingang neben einem alten, hölzernen Kleiderständer ein moderner, in eine Säule integrierter Desinfektionsmittelspender aufgestellt war.

Am anderen Ende des Raums, hinter einem massiven Schreibtisch und vor einem hohen Fenster, saß ein Mann, der Leo zu verstehen gab, sich vor dem weiteren Eintreten die Hände zu desinfizieren. Es war ein asiatisch aussehender Mann, und er war einarmig, wie Leo jetzt feststellte. *Und* er war extrem gut gekleidet. Das fiel fast noch mehr auf als der fehlende Arm, wie gut diesem Mann sein Anzug stand, das war selbst im Sitzen zu erkennen. Sehr passend auch, dass er zu seinem dunkelblauen Anzug eine Gesichtsmaske von der exakt gleichen Farbe und einem ähnlich seidenen Glanz trug. Bei diesem Anblick hätte man sich im Vorraum einer exklusiven Schneiderwerkstatt wähnen können. Zudem dachte Leo für einen Moment, dass unter dem Tisch, zwischen den Beinen des Mannes, ein kleiner eingerollter Hund lag. Doch bei einem zweiten Blick, noch während er sich den Alkohol zwischen den Händen verrieb, stellte er fest, sich geirrt zu haben. Da war kein Hund. Da war bloß ein Schatten. Und er hätte jetzt nicht sagen können, ob es ein Schatten war, den der Mann dort drüben mit seinen eigenen Beinen warf, oder aber ob es sich um eins jener impressionistischen Phantome handelte, die immer wieder aufs Neue seinen Blick behinderten. Und ihm diesmal halt nicht die Augenklappe eines Piraten, sondern die Gestalt eines kleinen Hundes vorgetäuscht worden war.

»Herr Prager«, sagte der Mann ohne Hund, aber mit Schatten, »Frau Wolf erwartet Sie.« Dabei zeigte er auf eine große Flügeltüre von altem dunkelbraunem Holz.

Eine Frau also. Warum überraschte ihn das? Sollte es eigentlich nicht, tat es aber. Eine Frau, die hinter einem ähnlich massiven Schreibtisch saß wie ihr Sekretär im Vorzimmer, auch sie bestens gekleidet, auch sie mit einem handgenähten Mundschutz, den sie ganz offensichtlich mit großer Sorgfalt ausgewählt hatte, wie man eben auch nicht irgendwelche Schuhe zu irgendwelchen Röcken anzieht.

Hinter Frau Wolf hing ein altes Gemälde in einem schweren und üppig verzierten Goldrahmen, auf dem ein nachdenklicher alter Mann zu sehen war.

Diese ganze Kanzlei mit einem chinesischstämmigen, einarmigen Sekretär im Vorraum, einer vielleicht sechzigjährigen Eigentümerin, die eine auffallende violette Farbsträhne in ihrem silbergrauen, auftoupierten Haar trug, dazu ein alter Meister an der Wand, sowie die zu einer Gruppe vereinten beiden Barcelona-Sessel samt dem Barcelona-Sofa in rotem Anilinleder, das alles entsprach nicht gerade Leos Vorstellung von einer Detektei, weder in Hinsicht auf Detekteien, in denen irgendwelche Sam Spades saßen, noch in Bezug auf heutige Sicherheitsdienstleister und Wirtschaftsermittler.

Nein, das war schon recht ungewöhnlich.

Er musste annehmen, dass die Dienste der Frau Wolf nicht ganz günstig waren. Aber Geld war ja nicht sein Problem. Eher kam ihm vor, dass er neben allen praktischen Erwägungen nicht zuletzt darum hier hochgekommen war, um endlich etwas von dem Geld auszugeben, das ihm das oaksche Erbe eingebracht hatte.

Frau Wolf bat ihn, auf dem breiten Sofa Platz zu nehmen, während sie selbst sich auf einen der Stühle setzte.

»Üblicherweise empfange ich nur Leute, die sich zuvor telefonisch angemeldet haben«, erklärte Frau Wolf. »Ich weiß jetzt gar nicht, wieso ich bei Ihnen eine Ausnahme mache.«

»Vielleicht Intuition«, sagte Leo.

»Vielleicht eher Idiotie«, meinte Frau Wolf, eine leicht füllige Person, in deren Sprachfärbung etwas Slawisches mitschwang. Dabei lächelte sie. Natürlich war das unter ihrer Maske nicht zu sehen. Aber ihre Augen lächelten ja mit. Augen unter einem Fächerdach stark getuschter Wimpern.

»Mein Sekretär, Herr Cheng«, sagte sie, »meinte, Sie seien zufällig an diese Adresse geraten. Weil Sie gerade unten bei Herrn Bubenik waren.«

»Ja«, sagte Leo und erzählte davon, wegen eines vor so langer Zeit aufgenommenen und bislang unentwickelten Films auf das bubeniksche Labor gestoßen zu sein.

»Und?«, fragte Frau Wolf. »Wobei, denken Sie, dass ich Ihnen helfen könnte?«

Leo lieferte in der Folge einen Bericht über all die Ereignisse, die ihn nach Wien gebracht und ins Koma befördert hatten, erzählte vom Tod seiner Schwester, den polizeilichen Untersuchungen, von Ihrig und Bhat und einer Strukturformel, und wie er letztlich an einen merkwürdigen Roman geraten war, dessen Autor ihm noch immer verborgen blieb, von dem er allerdings eine alte Fotografie besaß. Ein Autor, der in einer erstaunlichen Verbindung zu einem Ereignis stand, welches er, Leo, 1976 auf ein Schmalfilmformat gebannt hatte.

»Und von dem ich morgen Abend bei Herrn Bubenik hoffentlich auch etwas zu sehen bekomme.«

»Und zwar?«, fragte Frau Wolf.

»Den Einsturz der Reichsbrücke«, antwortete Leo.

»Ach ja«, sagte sie, wie man sagt: Die Ufos fliegen dieses Jahr ziemlich tief.

Leo erklärte, wie es zu dem Film kam. Und erklärte, wie ausgerechnet dieses Ereignis in dem Roman *Die Möbel des Teufels* auftauchte. Lange vor dem tatsächlichen Einsturz. Ein Buch aus der Bibliothek seiner Schwester.

»Sie wissen schon«, meinte Frau Wolf, obgleich sie überaus gelassen wirkte, »dass das eine recht unglaubwürdige Geschichte ist.«

»Dabei habe ich Ihnen noch gar nicht erzählt, wie ich vor über vierzig Jahren auf diese kleine Insel namens Claire kam. Und wer mich vor dem Ertrinken gerettet hat.«

»Ist es für den Fall wichtig?«

»Nein, gar nicht.«

»Na, dann lassen wir es mal. – Was wollen Sie also, Herr Prager, das ich für Sie tue.«

»Zunächst einmal die Identität des Mannes auf dem Foto klären. Wer er ist, ob er noch lebt, wenn ja, wo, und wenn nicht, ob es Hinterbliebene gibt, die vielleicht etwas wissen. Vor allem, ob er eine Tochter hat. Denn über diese Tochter schreibt er ja in seinem Roman.«

»Der kein autobiografischer Roman ist, oder?«

»Aber einer, in dem eine Brücke einstürzt, die dann elf Jahre später tatsächlich eingestürzt ist. Also entweder war der Mann hellsichtig oder ein Zeitreisender.«

»Autoren sehen einiges voraus«, sagte Frau Wolf, »das ist ihr Beruf. Jules Verne war auch kein Zeitreisender. Soweit wir wissen.«

»Wie auch immer, ich möchte den Namen dieses Mannes erfahren. Und seine Geschichte. Und wieso meine Schwester dieses Buch in ihrer Bibliothek hatte.«

»Sie haben ein Foto, sagten Sie.«

Leo nickte, holte seinen Laptop aus der gleichen Tasche, mit der er seine Super-8-Kamera transportiert hatte, klappte ihn auf und öffnete den Scan, der ihm von Dr. Stegman zugeschickt worden war. Dann stellte er das Gerät auf den kleinen, niedrigen Tisch und drehte den Schirm in Wolfs Richtung.

Frau Wolf beugte sich ein wenig vor, betrachtete das Bild und meinte: »Das ist also alles, was wir haben.«

»Und die Rückseite«, sagte Leo und zeigte auch diese, auf der allerdings nichts anderes zu sehen war als ein sehr blassblaues Datum: 15. Okt. 1964.

»Da wäre durchaus genügend Platz gewesen«, meinte Frau Wolf, »etwas mehr draufzuschreiben, um uns nicht sechsundfünfzig Jahre später das Leben schwer zu machen.«

»Aber wirklich«, meinte Leo, sagte dann aber, dass man immerhin auch über den Roman verfüge. »Nur, dass darin kein einziger Hinweis auf die Person des Autors zu finden ist.«

»Gut«, sagte Frau Wolf, lehnte sich wieder auf die rote Lederbank zurück und nannte Leo ihre Mailadresse, an die er jetzt gleich die beiden Scans senden möge. »Und das Buch können Sie morgen zu Bubenik mitnehmen. Ich werde auch hinkommen. Vorausgesetzt, ich soll den Fall übernehmen. Der aber nicht darin besteht, den Tod Ihrer Schwester aufzuklären, oder? Sondern allein, wer der Mann auf dem Foto ist.«

»Möglicherweise führt aber das eine zum anderen«, meinte Leo.

»Das glaube ich nicht«, sagte Frau Wolf, »aber falls doch, dann ist es eben nicht *ein* Auftrag, sondern dann sind es *zwei.*«

»Ich engagiere Sie«, sagte Leo, während er soeben die beiden Scans absendete. Schuuuup! Als würde eine Fliege eine Schallmauer durchbrechen.

Dann erklärte er: »Sie tun, was Sie tun müssen. Und es soll kosten, was es kostet.«

»Sind Sie so vermögend?«

»Um ehrlich zu sein, ich glaube nicht, noch wahnsinnig lange zu leben – nicht nur, weil draußen gerade einiges umgeht. Im Grunde lebe ich seit vierzig Jahren auf mein Ende zu, ein gewissermaßen lange verschobenes Ende. Ich möchte nur ein paar Dinge noch geklärt wissen. Und ja, dafür steht genügend Geld zur Verfügung. Und mir fällt überhaupt nicht ein, wofür ich es sonst ausgeben sollte.«

»Ich will nicht, dass Sie verhungern«, meinte Frau Wolf.

»Ich sprach von Luxus.«

»Ja, dann ist das hier also ein Luxus der Aufklärung«, veranschaulichte es die Detektivin und bat Leo, ihr ein Erinnerungsprotokoll sämtlicher Ereignisse zusammenzustellen. »Da können Sie auch reinschreiben, wie Sie auf Ihre Insel kamen. Vielleicht interessiert es mich ja doch.«

Dann nannte sie ein unverschämt hohes Honorar, wobei sie selbst erklärte, es sei unverschämt hoch.

»Bitte glauben Sie aber nicht«, sagte sie, »es ist so hoch, weil Sie sich mir als lebensmüder Besitzer eines Großkapitals vorgestellt haben. Mein Honorar ist prinzipiell so hoch. Dafür gibt's bei mir aber auch keinerlei Tagessätze und Spesenabrechnungen und Erfolgshonorare und zeitliche Limitierungen. Ich übernehme den Fall. Sollte ich damit bis an den Rest meines Lebens beschäftigt sein, bin ich damit bis an den Rest meines Lebens beschäftigt.«

»Oder zumindest«, dachte Leo, »bis an den Rest *meines* Lebens.« Aber wahrscheinlich stimmte das gar nicht, wahrscheinlich war es wirklich so, dass Frau Wolf einen einmal angenommenen Auftrag auch zu einem konsequenten Ende führte, gleich, ob der Auftraggeber da noch lebte oder nicht.

»Ich verstehe das Prinzip Ihres Honorars«, sagte Leo. »Es ist wie mit einem Kunstwerk, das bezahlt man auch nicht nach Stunden und Tagen.«

»Sie haben es erfasst«, sagte Frau Wolf und machte eine Bemerkung über ein Gemälde von Jackson Pollock, jenes superteure Bild mit dem Titel *No. 5* von 1948. Ein Bild, das sie sehr zu lieben schien.

»Das wundert mich jetzt«, sagte Leo und meinte, dass das Gemälde in diesem Büro doch auf einen ganz anderen Geschmack hindeute.

»Das ist nicht mein Bild«, erklärte Frau Wolf, »es gehört Herrn Cheng. Meinem Sekretär. Früher war das hier sein Büro und seine Detektei. Aber wir haben die Rollen getauscht. Das war seine Entscheidung, nicht meine. Dennoch eine gute Entscheidung. Aber das Bild musste bleiben. Bilder kann man schwer verpflanzen. Bilder so wenig wie Katzen.«

»Okay«, sagte Leo gedehnt. Er hatte eher noch von Bildern als von Katzen eine Ahnung. Er hatte tatsächlich in seinem ganzen Leben noch keine einzige echte Katze gesehen. Was man auch erst einmal schaffen muss.

»Gut«, sagte Frau Wolf, »dann schlage ich vor, dass wir uns morgen bei Bubenik treffen und uns den Film ansehen. Ich kenne den Bubenik, er arbeitet hin und wieder für uns. Das Protokoll schicken Sie an Herrn Cheng, der erledigt dann auch die finanzielle Seite.«

Leo erhob sich. Einen kleinen Moment wollte er Frau Wolf die Hand reichen. Zog sie aber rasch wieder zurück.

Sie sah es, lächelte mit den Augen und meinte: »Ja, das war einmal.«

Mit diesen Worten ging sie zurück an ihren Schreibtisch und setzte sich unter das Gemälde, das ihrem Sekretär gehörte. Der Mann, zu dem Leo sich nun hinausbegab.

Leo diktierte Herrn Cheng einige Daten, die dieser mit seiner rechten Hand und unter Benutzung eines Vierfingersystems in den Computer eingab. In keiner Weise hämmernd, sehr zart, fließend, hübsch anzusehen, wie dieser Mann, der die Rollen getauscht hatte, über die Tastatur glitt.

»Und das ist wirklich Ihr Gemälde?«, fragte Leo.

»Ja, ein echter Correggio.«

»Aber klar«, meinte Leo grinsend.

Übrigens war da wieder dieser Hund. Also nicht wirklich ein Hund, aber eben ein Schatten oder ein gespenstischer Fleck in Leos fortgeschrittener altersbedingter Makuladegeneration, den man für einen Hund hätte halten können.

Ein Hund!

Ein echter Correggio!

Die Wahrheit war nicht immer einfach zu fassen.

Als Leo wieder auf die Straße getreten war, verspürte er eine große Euphorie. Er empfand den Sinn und Zweck des Zufalls, der ihn von einem Fotolabor in ein Detektivbüro geführt hatte. Frau Wolf und Herr Cheng – so wenig die beiden irgendeiner Vorstellung von Privatermittlern entsprachen – hatten ihm das Gefühl gegeben, in eine sichere Hand geraten zu sein. In eine … ja, er mochte diesen an dieser Stelle ungewöhnlichen Begriff verwenden: in eine *seelsorgerische* Hand.

Er erinnerte sich, irgendwo gelesen zu haben, dass es sich bei Detektiven um »gefallene Engel« handeln würde, die allerdings nicht darum gefallen waren, weil sie sich Gott widersetzt hatten, sondern vielmehr aus einem speziellen Interesse am Wesen der Menschen.

Deren freier Fall im Sinne von freiwillig geschah. Allerdings war ihm diese Anschauung damals einigermaßen literarisch erschienen.

Und jetzt? Er konnte es nicht ändern, Frau Wolf und Herr Cheng waren ihm tatsächlich engelhaft vorgekommen. Engelhaft und professionell.

In diesem Moment des Überschwangs überlegte Leo Prager, ob er an diese gewisse Unverfrorenheit, die darin bestanden hatte, einfach bei der *Detektei Wolf* angeläutet zu haben, noch eine weitere anfügen könnte. Indem er jetzt jenen winzig kleinen Dessousladen namens *Chez Antoinette* aufsuchte, der von seiner Nachbarin Tina Wessely geführt wurde. Ein Laden, so hatte er recherchiert, der ebenfalls seit zwei Tagen wieder geöffnet hatte. Nicht, dass er plante, das Geschäft zu betreten und damit eine weitere Peinlichkeit zu begehen. Was hätte er auch sagen sollen? Dass er auf der Suche nach feiner Damenunterwäsche war? Oder – noch schlimmer – Frau Wessely fragen, wieso er sie niemals wieder auf dem Balkon gesehen hätte? Nein, er wollte sich einfach aus einer gesicherten Distanz mit diesem Ort vertraut machen. Diesem »Mittelpunkt der Welt«, wie seine Schwester ihn genannt hatte. Zumindest wenn man Nestor Ihrig glauben wollte.

Natürlich wusste Leo bereits, wo genau das *Chez Antoinette* lag, im Bezirk Alsergrund, nicht unweit der wohl berühmtesten Wiener Stiege, der Strudlhofstiege, so benannt nach dem Bildhauer und Maler Peter Strudel, der oft auch ohne das störende »e« geschrieben wurde. Bekannt war die Stiege aber vor allem durch den Schriftsteller Heimito von Doderer geworden, der diesem Bauwerk in einem Roman gehuldigt hatte.

Leo hatte kein einziges Buch dieses Autors gelesen, allerdings war ihm aufgrund eines absurden Ereignisses im Fernsehen dessen anderer großer Roman, *Die Dämonen*, in einer Weise vertraut wie der Blick auf eine sehr alte Ansichtskarte. Als erst neunjähriger Fernsehzuseher hatte Leo sich 1964 bei einem Besuch in Salzburg, wo man das deutsche Fernsehen hereinbekam, eine dieser frühen Quizshows angesehen, in denen die Herren Moderatoren als charmant-joviale Besserwisser auftraten. Eben auch ein gewisser Kulenkampff, der in seiner Show *Einer wird gewinnen (EWG)* einer Kandidatin die entscheidende Frage stellte, wie der Autor des Romans *Die Dämonen* heiße. Woraufhin die Dame Heimito von Doderer nannte. Was ja völlig richtig war und ihre hohe Bildung bewies, aber von Herrn Kulenkampff, der allein mit dem Namen Dostojewski vertraut schien, als falsch bewertet wurde. Worauf er sogar insistierte, nachdem man ihn noch während der Sendung über seine Fehlentscheidung aufgeklärt hatte. Was ihm perfiderweise später als Schlagfertigkeit ausgelegt wurde, dabei war es schlichtweg bundesdeutsche Impertinenz. Er ordnete den Russen der Weltliteratur zu, den Österreicher aber nur der Mitteleuropaliteratur. Was auch immer das sein sollte, weniger das »Mitteleuropaliteratur«, sondern das »nur«.

Komische Geschichte, an die Leo jetzt denken musste, als er sich auf seinem Smartphone den Fahrtweg von der Taubstummengasse zur Strudlhofstiege zeigen ließ.

Er marschierte somit nicht wie geplant über die Favoritenstraße heimwärts, sondern begab sich am Ende der Taubstummengasse ins Unterirdische einer U-Bahn-Station. Öffentlicher Nahverkehr in Viruszeiten. Anstatt zum Beispiel ein Taxi zu nehmen. Aber über die Wiener Taxis hatte er Schreckliches vernommen. Im schlimmsten Fall, hieß es, würde der Taxifahrer – gleich, ob Österreicher, Kroate, Türke oder weiß Gott welcher Nation und welcher Gesinnung angehörend – seinen Gast zu Tode quatschen. Es war natürlich zynisch, so zu reden, aber es soll wirklich Fahrgäste gegeben haben, die, vom Flughafen kommend, noch vor der Ankunft in ihrem Hotel zumindest ohnmächtig geworden waren.

Die U-Bahn also. Möglicherweise die schönste U-Bahn der Welt.

So, wie wiederum Leo Prager möglicherweise der einzige lebende Wiener war, der kein einziges Mal mit ihr gefahren war. (Wobei es übrigens dem Einsturz jener Wiener Reichsbrücke zu verdanken war, dass der Ausbau der sogenannten U1 über die Donau ungemein rasch und für das »engere Grundnetz gar nicht vorgesehen« erfolgte, da man ja ohnehin eine neue Reichsbrücke bauen musste, und im Untergeschoss der neuen Brücke eben auch die neue U-Bahn unterbringen konnte.)

Und so kam es, dass Leo Prager mit jahrzehntelanger Verspätung, an der nur er selbst schuld war, in die wirklich wunderschöne Station der Taubstummengasse trat, eine Station, die selbst noch nach zweiundvierzig Jahren eine visionäre Ausstrahlung besaß: eine Art Teilchenbeschleuniger für Wiener Bewohner und Wiener Touristen (Letztere fehlten natürlich derzeit, so wie Kerzen auf einer Torte, nein, wie die Flammen auf den Kerzen auf einer Torte), wobei sich das Gefühl des Utopischen noch dadurch verstärkte, dass nun beinahe alle Fahrgäste einen Mundschutz trugen. Das hatte etwas Astronautisches. Aber im Sinne einer zur Normalität gewordenen Verwegenheit. Und der Eroberung *nicht* eines fremden, sondern des eigenen Planeten.

Leo Prager gelangte also mit seiner persönlichen Jungfernfahrt sowie durch einen Wechsel von der U1 am Schwedenplatz in die Linie U4 hinüber zur Station Roßauer Lände, dorthin, wo der Donaukanal zwischen zwei sanften Kurven eine kurze Gerade bildet. Ein Kanal, den nicht wenige als *die* Donau empfinden, mehr als die Donau selbst, ähnlich wie bei diesen Schauspielern, die Tierärzte spielen, dann aber von den Leuten auf der Straße für richtige Tierärzte gehalten werden.

Von diesem Kanal bewegte sich Leo nun weg und gelangte zu Fuß hinüber zu besagter Stiege. Ein kalksteinweißes und mit grünem Geländer aufragendes Jugendstilbauwerk, das für Leo gemäß Evas Äußerung als der Aufstieg zum »Mittelpunkt der Erde« fungierte. Zu einem Punkt, der sich oben im ersten Teil der Strudlhofgasse befinden musste. Die ausgesprochen dunkel war. So günstig die Stiege im Licht des Tages lag, lag die Gasse dahinter in einem Dauerschatten.

Und in diesem Dauerschatten befand sich das *Chez Antoinette*. Ein in der Tat winziger Laden, der sich mit einem einzigen Schaufenster zur Straße hin öffnete. Darin sowohl die Eingangstüre als auch eine recht hohe Oberlichte eingefasst waren. So schmal und eng dieser Raum auch sein mochte, niedrig war er nicht, eher konnte man sagen, er verfüge über einen Himmel. Und dort, im Himmel, war ein mächtiger Kristalllüster zu erkennen. Über dem Eingang hing eine Lichterkette, die mit viel Schwung den Geschäftsnamen ans Glas zeichnete. Während rechts im Mauerwerk des Hauses ein Schaukasten angebracht war, darin ein Poster, und auf dem Poster eine Dame in einem perfekten BH: »Avantgarde-Lingerie aus Belgien« – was irgendwie nach Schokolade klang.

Das kleine Lokal erstrahlte geradezu im Dauerschatten der schmalen Gasse.

Leo dachte: Das Paradies meiner Schwester also.

13

Er musste ein wenig seine Position ändern, um die beiden Personen besser auszumachen, die sich im Geschäftslokal aufhielten. Mehr als zwei hätten weder hineingepasst noch aufgrund der derzeitigen Bestimmungen und der geltenden Abstandsregelungen hineingedurft. Ein Mann und eine Frau. Und natürlich erkannte Leo in der Frau Tina Wessely. Das Bild des Mannes blieb verschwommen beziehungsweise hatte sich ein Flecken über sein Gesicht gelegt.

Das war eine Besonderheit, die Leo erst später auffiel, und die er dann – wollte er ein halbwegs aufgeklärter Mensch bleiben – als eine *eingebildete* Besonderheit abtun musste. Sie bestand nämlich darin, dass die durch seine Augenkrankheit verursachten Flecken und Kleckse und Schlieren immer nur männliche Personen trafen, niemals aber Frauen, gleich, wie sehr er seinen Blick und seine Stellung änderte. Die Flecken gingen mit den Männer mit und verschonten die Frauen.

Immerhin verdeckten diese Flecken nicht ewig ein Gesicht oder einen Körper, auch wenn's ein Mann war, sondern wurden wieder schwächer, verschwanden schließlich ganz. So auch jetzt, als Leo es riskierte, ein Stück auf die im Moment völlig unbefahrene Sackgasse zu treten und damit näher an das Geschäftslokal. Jetzt konnte er den Mann erkennen, trotz des Mundschutzes, den dieser trug. Und konnte auch erkennen, dass Frau Wessely sich mit diesem Mann in einer sichtbar fröhlichen und freundlichen Weise unterhielt.

Eine Freundlichkeit und Fröhlichkeit, die Leo überraschte. Denn wie hatte sich Frau Wessely kürzlich über diesen Mann geäußert? »So ein junger, gut aussehender Mann mit dem Hang, extrem unsympathisch zu sein.« Und von dem Wessely gesagt hatte, er lüge, wenn er behaupte, am Tag von Evas Tod im *Chez Antoinette* gewesen zu sein, um dort vergeblich auf Eva zu warten.

Genau dieser Mann, Nestor Ihrig, befand sich soeben dort drüben im Laden, im Gespräch mit der Ladenbesitzerin, der er so gar nicht unsympathisch zu sein schien. Ganz im Gegenteil. Die Herzlichkeit zwischen den beiden war selbst hier draußen auf der Straße spürbar.

Mit einer unerwarteten Plötzlichkeit öffnete Tina Wessely die Türe, und sie und Ihrig traten nach draußen. Leo musste in aller Eile zurück auf den Gehsteig und hinein in den Park vor dem Palais, in dem jetzt ein Hotel untergebracht war. So geriet er selbst tiefer ins Dunkel des Dauerschattens, konnte aber gut sehen, wie Wessely und Ihrig vor dem Schaufenster stehen blieben, sich ihrer Gesichtsmasken entledigten, und wie nun beide begannen, eine Zigarette zu rauchen. Wessely ihren Raucherarm vor die Brust gestützt, Ihrig in ähnlicher Weise, aber so, als würde er auf einer unsichtbaren Säule lehnen. Die Lässigkeit der sportiven Jahre, bevor man dann froh sein musste, wenn Säulen zum Anlehnen nicht unsichtbar waren.

Erneut war deutlich zu erkennen, wie gut sich dieser Mann und diese Frau verstanden. Entweder hatte Tina Wessely damals auf dem Balkon ein Theater gespielt, oder sie spielte jetzt eines.

Eher damals, meinte Leos innere Stimme. Leider konnte er kein Wort von dem verstehen, was die beiden zu bereden hatten, wollte es aber nicht riskieren, sich wieder zu nähern und dabei entdeckt zu werden.

Es dauerte noch eine weitere Zigarette, dann verabschiedete sich Ihrig von Frau Wessely. Er vollführte eine charmante Verbeugung und trat in einem kleinen Bogen an ihr vorbei. Absichtsvoll ihre Aura streifend. Sie wiederum blickte ihm über die eigene Schulter hinterher, bevor sie nun ihre Zigarette mit Bedacht – unglaublich lange, als schlafe sie dabei ein – in einen ins Mauerwerk geklemmten Aschenbecher drückte und zurück in ihren Laden ging.

Leo bewegte sich aus dem Schatten heraus und folgte Ihrig. Womit er nicht viel Glück hatte, da Ihrig seinen Wagen – nicht jenen mauritiusartig seltenen Sportwagen, sondern irgendein gesichtsloses, neuwertiges Gefährt – dort, wo die Strudlhofgasse auf die Währinger Straße trifft, geparkt hatte und gleich einstieg.

Leo hätte sich beeilen müssen, ihn noch abzufangen. Aber er entschied sich dagegen. Es war zu früh. Er wusste zu wenig. Er verstand zu wenig. Und es wurde ja im Moment nicht gerade leichter. Jetzt musste er auch Tina Wessely misstrauen.

Nachdem Ihrig in der Fahrweise eines Menschen, der ganz sicher für gar niemanden bremst, aus dem Parkplatz herausgeschnellt und davongefahren war, kehrte Leo noch einmal zum *Chez Antoinette* zurück.

Er bewegte sich daran vorbei, als umschleiche er den Ort eines späteren Dates. Im Laden war eine Kundin. Tina Wessely hielt irgendein weiches Etwas in die Luft, eine Mischung aus Kirschrot und zartem Beige. Leo konnte das nicht wissen, aber es handelte sich um ein sogenanntes Balconette-Bustier, möglicherweise aus Belgien. Der Begriff des Balkons hätte ihn dann doch amüsiert.

Er setzte seinen Weg fort und kehrte über die Strudlhofstiege zurück in den tiefer gelegenen Teil der Stadt.

Als er in den schmalen Hof trat, der das vordere mit dem hinteren Haus verband, sah er Herrn Wessely, der gerade an seinem Rennrad herumwerkte.

Radfahren war auch so eine Sache, die der Insulaner Leo Prager nie wirklich verstanden hatte. Natürlich, man war an der frischen Luft. Aber im Grunde war es doch eine sehr ungesunde und unnatürliche Haltung, die man dabei einnahm. Radfahrer sahen immer so aus, als würden sie verzweifelt beten. Weniger für den Weltfrieden, sondern für irgendetwas total Kleinkariertes, wie zum Beispiel, dass die ganze Woche schönes Wetter sein soll. So was in der Art.

»Grüß Gott, Herr Wessely«, sagte Leo.

Wessely, der vor seiner Rennmaschine kniete, drehte sich nicht mal um, gab nur irgendein Geräusch von sich, welches zumindest signalisierte, dass er nicht taub war.

»Sagen Sie«, fragte Leo, »kennen Sie einen Nestor Ihrig?«

Es hatte ihn einfach zu sehr gereizt. Nicht, weil er sich eine vernünftige Antwort erwartete. Ihm war einfach danach, Unruhe zu stiften.

Und in der Tat fragte Wessely zurück: »Wen soll ich kennen?«

»Nestor Ihrig. Ein Kunde Ihrer Frau, glaube ich. Mit dem ich auch einmal zu tun hatte.«

Jetzt wandte sich Wessely doch um und kam in die Höhe.

»Was wollen Sie mir damit sagen?«

»Dieser Ihrig hatte einmal erwähnt, des Öfteren das Geschäft Ihrer Frau aufzusuchen.«

»Um was zu tun?«

»Ja, was kann man in einem Dessousladen tun? Aber ich glaube, er sprach auch von dem ausgezeichneten Kaffee, der dort serviert wird. Ich dachte mir nur, dass Sie vielleicht ebenfalls mit ihm bekannt sind.«

»Und wenn ja, warum interessiert Sie das?«

Leo war überzeugt, dass Herr Wessely keine Ahnung hatte, wer Nestor Ihrig war, und sagte nun: »Ich glaube, ich wollte nur ein kleines Gespräch anbahnen. Jetzt, wo wir Nachbarn sind.«

»Sie wissen ja wahrscheinlich«, entgegnete Wessely, »was Schiller über Nachbarn sagt, oder?«

Leo konnte sich nur dunkel erinnern. Es ging dabei wohl um den Begriff des *bösen* Nachbarn.

Was er dann aber sagte, war: »Ich finde es erstaunlich, dass Sie mit Schiller kommen.«

»Wieso, weil ich schwarz bin und trotzdem Schiller kenne?«

»Ich finde es nur verblüffend. Ich frage nach einem Nestor Ihrig, und Sie antworten mit Schiller.«

Wessely schüttelte den Kopf und wandte sich wieder seinem Rad zu. Dass er tatsächlich über Schiller promoviert hatte, sagte er nicht. In ihm gärte der Name *Nestor Ihrig*.

Leo war irgendwie zufrieden, als er jetzt ins Treppenhaus trat und nach oben zu seiner Wohnung stieg.

Spät am Abend trat er via Internet in die Qigong-Stunde der Frau Mathilda ein. Qigong fand weiterhin nur über den Livestream statt, allerdings gab es nun die Möglichkeit, einander zu sehen und einander zu hören und zum Schluss an einem gemeinsamen Gespräch teilzunehmen. Musste aber nicht sein. Leo blieb ein stiller und unsichtbarer Teilnehmer. Derzeit wurden die sogenannten Acht Brokate trainiert, bei denen man beispielsweise mit der einen Hand die

Erde hielt und mit der anderen den Himmel stützte, was schließlich auch irgendjemand tun musste. Es waren Übungen, die Leo als weit schwerer als die zuvor trainierte 18er-Formen empfand. Schwerer, aber auch weitreichender. Viel tiefer in das mystische Wesen dieser in Bewegung übersetzten Philosophie führend. Wobei es ihm vor allen anderen die zweite Übung angetan hatte. Es war einfach *seine* Übung. Bei dieser hatte man einen imaginären Bogen zu spannen und auf einen Adler zu zielen, der anderswo auch mal als Geier oder schlicht als großer Vogel bezeichnet wurde. Wobei das Zielen bei Frau Mathilde nicht über den einen gestreckten Zeigefinger erfolgte – dem chinesischen Zeichen für die Acht, wie viele es lehrten –, sondern der konzentrierte Blick durch jenes V zu gehen hatte, das sich aus der Dehnung von Zeige- und Mittelfinger ergibt. Ein V, durch das in die weite Ferne zu schauen war. Eigentümlicherweise meinte Leo in dieser weiten Ferne weder einen Geier noch einen Adler zu erkennen, sondern einen Elefanten.

Auf einen Elefanten zielen? Im Ernst?

Doch er bekam das Tier nicht aus dem Blick und nicht aus dem Kopf und empfand dies zunächst als einen groben Widerspruch zu seiner Liebe zu Elefanten, zumindest zu dem einen, den er gerettet hatte. Und der war es ja wohl, dessen Bild da konsequent in der Kerbe aus zwei gestreckten Fingern auftauchte, gleich, ob Leo nun seinen Arm nach links oder nach rechts führte. Was Leo begreifen musste, und begriff es auch bald, war, dass diese Übung weniger bedeutete, ein Tier mit einem Pfeil zu treffen, sondern mittels des Anvisierens eine geistige Verbindung herzustellen. Eine Linie zu schaffen, die nicht tötete, sondern vereinte.

Also: Den Bogen spannen und auf einen Elefanten zielen.

Spät in der Nacht erwachte er von den Stimmen seiner Nachbarn, des Ehepaars Wessely, das offenkundig in eine Auseinandersetzung geraten war. Sofort erhob sich Leo aus seinem Bett, ging zur Wand hinüber und horchte. Ihm war schließlich klar, dass wenn es hier einen Streit gab, es höchstwahrscheinlich einer war, den er selbst ausgelöst hatte. Und in der Tat vernahm er jetzt seinen Namen und vernahm den Namen Nestor Ihrigs. Er könnte nicht alles am Stück verstehen, was hier gesprochen wurde, aber es war schon klar, dass Herr Wessely wissen wollte, was für eine Rolle dieser Ihrig spielte. Und keine Frage, er hatte sich im Internet kundig gemacht. Heutzutage ging niemand unvorbereitet in eine solche Auseinandersetzung. Er wusste, wie gut dieser Ihrig aussah, wie erfolgreich und vermögend er war. Was für ein gesellschaftlicher Tiger.

Leo konnte verstehen, wie Tina ihrem Mann zu erklären versuchte, dass sie rein gar nichts mit diesem Menschen zu tun habe, sondern dass Ihrig allein in einer Verbindung zu Eva Prager gestanden hatte.

»Deine gute Freundin«, antwortete Herr Wessely höhnisch.

»Ja, Rainer?! Na und?! Meine gute Freundin, die jetzt tot ist. Und was für ein Scheißgefühl das ist, zu wissen, dass sie keine drei Meter von uns entfernt starb. Und auf welche Weise sie starb.«

Rainer Wessely also. Ein Vorname, mit dem Leo ebenfalls nicht gerechnet hatte. Ein alter deutscher Name.

Und dann hörte Leo, wie Tina Wessely sagte: »Der Alte dort drüben, ihr Bruder, ist ein Intrigant. Einer von denen, die jetzt viel zu viel Zeit haben. Und vor lauter Langeweile sich irgendwas ausdenken, um ihre Mitmenschen auf die Palme zu bringen.«

Tina Wessely machte eine Bemerkung darüber, dass der »Alte« es wahrscheinlich nicht aushalte, eine weiße Frau mit einem schwarzen Mann zu sehen. Schließlich sei er über vierzig Jahre Auslandsösterreicher gewesen. Das seien in der Regel die schlimmsten Rassisten.

Was nun als Nächstes folgte, verstand Leo nicht ganz, das Übernächste aber schon. Tina sagte: »Seine Schwester konnte ihn auch nicht leiden.«

Das war eine Lüge. Alles war eine Lüge. Vielleicht nicht das mit den Auslandsösterreichern. Jedenfalls lag Tina Wessely einiges daran, ihn, Leo, schlechtzumachen und damit von dem Umstand abzulenken, mit Nestor Ihrig durchaus in einer Beziehung zu stehen. Einer, die sicherlich weiter ging, als diesem Mann ein paar spezielle Büstenhalter für seine jugendliche Freundin verkauft zu haben.

Was für ein Miststück!, dachte sich Leo. Dabei hatte er doch zunächst einen vollkommen anderen Eindruck von ihr gehabt. Dort draußen auf dem Balkon wäre er nach nur wenigen Sätzen bereit gewesen, Tina Wessely die Freundschaft anzubieten. Und jetzt das?

Wofür dieses Theater? Wahrscheinlich würde sie dann später wieder schluchzen.

Irgendwann beruhigten sich die beiden Wesselys. Sie schienen sich darauf geeinigt zu haben, ihren Nachbarn für einen Ungeist zu halten und ihm die Schuld für das Elend der Welt zu geben. Es folgten die Büffel-Geräusche von gutem Sex. Sex, der in dieser Nacht noch etwas heftiger auszufallen schien. Ein Teil des Lärms war wohl ihm, dem Intriganten Leo Prager, gewidmet.

Zum ersten Mal in einer Nacht wechselte Leo das Zimmer und legte sich hinüber auf jene Liegestatt, die einst Erich Feiler für seine Nachtruhe benutzt hatte. Seine Nachtruhe und seine Räusche.

Die Vorstellung dieser Räusche wirkte allerdings weniger bedrohlich als der Umstand, im Nachtschatten der großen Bücherwand zu liegen. Aber ruhig war es hier. Der Sex fern. Und endlich schlief Leo wieder ein.

Als er am Morgen erwachte, stellte er fest, wie gut er in diesem Feiler-Bett geschlafen hatte – wobei er natürlich seine eigene Bettwäsche aus dem Eva-Bett mitgenommen hatte. Er stand auf, ging in die Küche und bereitete sich seinen obligaten Kaffee. Welcher ihm von Mal zu Mal stärker erschien, obwohl er die immer gleiche Menge in den Trichter des Espressokochers tat und ja auch sonst nichts an der Zubereitung änderte. Aber man konnte meinen, dass sich im Zuge der fortschreitenden Einbußen seiner Sehkraft so gut wie alles veränderte, manches sogar zum Positiven, zumindest wenn man fand, dass ein stärker schmeckender Kaffee auch der bessere war.

Mit dem gesüßten Espresso versorgt, stieg er in die Bücherwand hinein, wo er die Mokkatasse auf den Oberseiten von Kants dreibändigen *Critiken* abstellte, somit verschüttbaren Kaffee auf fünfunddreißigtausend Euro platzierte. Aus der Reihe oberhalb der solchermaßen gefährdeten Folianten zog er hintereinander zwei Bände heraus, in denen er blätterte wie andere in der Morgenzeitung, soweit man dieses Bild noch im Kopf hat: in Zeitungen blätternde Menschen. Das eine war ein Buch über »Praktiken des Satanismus«, das andere über das »Orthopädische Turnen im Rahmen des gesamten Sportunterrichtes«. Es war sicher kein Zufall, dass die beiden nebeneinander zum Stehen gekommen waren.

Wieder nach unten gelangt, trieb er selbst etwas orthopädisches Turnen, ging schließlich an seinen Computer und schrieb Frau Wolf eine Mail, in der er seinen Auftrag zur Suche nach dem Autor von *Die Möbel des Teufels* um die Suche nach dem Bruder seines Vaters, jenen Felix Prager, erweiterte.

Er betonte, dass dieses Interesse am Verbleib seines Onkels in keinem Zusammenhang zur restlichen Geschichte stehe, sondern einfach seiner Zuneigung zu diesem Mann seiner Kindheit geschuldet sei sowie einem Bedürfnis nach Aufklärung (den Umstand, dass Felix Prager zum Zeitpunkt der stark fehlerhaften Publikation von *Die Möbel des Teufels* Schriftsetzer gewesen war, wollte er nun wirklich nicht ins Spiel bringen, konnte allerdings den einstigen Beruf seines Onkels nicht gänzlich unerwähnt lassen).

Natürlich musste er sich fragen, ob er denn nicht mit seiner Schwester über den Onkel gesprochen hatte. Was doch naheliegend gewesen wäre. Sehr naheliegend. Aber es gelang ihm einfach nicht, sich daran zu erinnern. Überhaupt war vieles von dem, was in diesen Monaten und Wochen vor Evas Tod zwischen Claire und Wien hin- und hergegangen war, verschollen. Zurückgelassen im Koma, sodass es Leo fast vorkam, wieder in dieses Koma gelangen zu müssen, wollte er einiger dieser Erinnerungen habhaft werden.

Leo gab Frau Wolf somit die Informationen, die er herübergerettet hatte: das Geburtsdatum seines Onkels, die Ortschaft nahe Kapfenberg, wo dieser zusammen mit seinem Bruder, Leos Vater, aufgewachsen war, das Faktum einer Ausbildung zum Schriftsetzer, die Vermutung, dass Felix nie geheiratet und nie Kinder in die Welt gesetzt hatte, die Gewissheit, dass er sowohl Mitglied der Kommunisten wie der Katholiken gewesen war, möglicherweise noch immer war, was, falls er noch lebte, eigentlich keine Frage sein sollte. Und dass eben rein gar nichts über ihn im sonst so gescheiten Internet zu finden war. Darum ja seine Bitte um Nachforschung. Wobei Leo nicht vergaß, darauf hinzuweisen, dass es eine Tochter seiner verstorbenen Schwester gab, die nach Kanada gezogen war und dort geheiratet hatte und die vielleicht mehr wusste. Von der er aber weder den genauen Lebensort noch ihren jetzigen Namen kannte, dafür aber ziemlich sicher sagen konnte, dass sie mit den Pragers nichts zu tun haben wollte.

»Und haben Sie bitte keine Angst«, schrieb Leo weiter, »dass ich jetzt jeden zweiten Tag mit irgendeiner Suchanfrage an Sie herantrete. – Also, wir sehen uns bei Herrn Bubenik.«

Und genau das war dann später am Tag auch der Fall.

Als Leo zur vereinbarten Zeit in Bubeniks Atelier hinunterstieg, befand sich Frau Wolf bereits dort. Sie hatte ein sehr schwarzes Kostüm an, das ihre sanften Rundungen aber nicht verschwieg, sondern auf eine freundliche Weise unterstrich. Dazu trug sie erneut einen Mundschutz von der exakt gleichen Farbe und dem exakt gleichen Glanz ihres Kleids (und wenn nun jemand fragt, was denn bitte schön *sehr schwarz* sei, so soll er einmal an einem Gewittertag an einen Bergsee fahren und dann ins Wasser schauen, wenn sich der Himmel zusammenzieht. Sehr schwarz. Schwärzestes Schwarz hingegen, das fast alles Licht verschluckt, ist etwas anderes, so was hatte Frau Wolf ganz sicher nicht im Sinn, denn obgleich Detektivin, hielt sie wenig von Tarnung).

Diesmal verzichtete Leo gänzlich darauf, irgendjemandem die Hand reichen zu wollen.

»Gut«, sagte Bubenik, »wir sind komplett. Gehen wir hinüber.«

In jenem Abstand zueinander, an den ein Teil der europäischen Bevölkerung sich nach und nach gewöhnt hatte – nicht alle, bei manchen hätte man den Abstand quasi freischießen müssen –, begaben sich die drei in einen rückwärtigen, seitlich des Labors gelegenen Vorführraum, der in der Tat etwas größer als erwartet war. Und in dem drei Reihen breiter, tiefer, gut gepolsterter Kinosessel standen, die Herr Bubenik vor gut zwanzig Jahren so weit voneinander montiert hatte, als hätte er etwas geahnt.

Leo und Frau Wolf nahmen jeweils an den Enden der ersten Reihe Platz, während Herr Bubenik hinten stehen blieb und den Laser-Beamer bediente. Dabei erklärte er, dass sich der Film zu seiner Überraschung in einem ungewöhnlich guten Zustand befunden habe.

»Wenn man bedenkt«, sagte er, »wie lange der auf einer Insel war, mit all der versalzenen Seeluft.«

»Wir haben dort Lagerräume«, erklärte Leo, »die wurden mit dem Plan gebaut, zur Not darin einen Dritten Weltkrieg zu überleben.«

»Schön, so konnte auch der Film überleben«, sagte Bubenik. So viel sei sicher. Nochmals erklärte er seine Vorgehensweise, das Material um einige Blendenstufen überbelichtet zu haben, was man daran erkenne, dass die einzelnen Sequenzen dreistufig heller und kontrastreicher würden. Der Gelbschleier sei eliminiert worden und der Film nun in gutem, echtem Schwarz-Weiß zu sehen.

»Und was für ein Film!«, sagte er und tat ein Geräusch durch Mund und Nase wie diese Nilpferde, wenn sie aus einem Wasser hochtauchen, als kämen sie aus der Unterwelt.

Der Film eröffnete mit einem raschen Wechsel von schwarzem und grauem Flimmern und herabziehenden Fäden, als beginne hier eine Dokumentation über frühe Webmaschinen, dann aber – zuerst dunkel, in der Folge heller und schließlich mit der am unteren Bildrand eingeblendeten Belichtung von »+3« klar und deutlich – Schwarz-Weiß-Bilder: irgendwo in Wien, fahrende Autos, unverkennbar ein soeben überholender Golf GTI, der einen VW-Bus schneidet, dies alles sehr verwackelt, als stehe der Kameramann in einem schweren Sturm. Sodann Schnitt und, nicht ganz so stürmisch, eine Innenraumszene: die gesamte Familie Prager anlässlich irgendeines Treffens. Ja, man konnte den Erkerraum der Hietzinger Villa mit den vier Meter hohen Scheiben sehen, die in den Garten hinauswiesen. Im Raum versammelt die Pragers, auch Onkel Felix, der freundlich in die Kamera lächelt, während vor dem Gesicht seines Bruders, Leos Vater, ein Fleck schwebt – wobei Leo jetzt nicht hätte sagen können, ob dieser Fleck auf dem Film war oder in seinem Auge. Aber der Kopf seines Vaters blieb verdeckt, doch die Haltung war unverkennbar: direktorial. Souverän, lässig, ein wenig an Nestor Ihrig erinnernd, allerdings war in dieser Lässigkeit ein Punkt verborgen, ein Schwachpunkt, der ihn, den Vater, später in den Selbstmord treiben würde.

Und da war auch Eva, einundzwanzigjährig, die Studentin der Germanistik und Kunstgeschichte, aber längst in die Stenografie verliebt. Eva in ihrer wohl anmutigsten Phase, ein Gesicht wie von weichem Marmor. Griechische Augen und eine griechische Nase. Allerdings war sie schrecklich unvorteilhaft gekleidet, ihr schlanker Körper steckte in irgendeiner Art von Sack, was jedoch weniger einen Protest als ihr Bemühen darstellte, sich die Verehrer vom Leib zu halten. Diese zumindest nicht auch noch kleidermäßig zu ermutigen. Wahrscheinlich wartete sie damals auf den idealen Stenografen, bevor sie dann leider dem schönsten und faulsten Dichter von Wien in die Fänge ging.

Zwischen all den Leuten sprang auch ein Hund herum, an den sich Leo gar nicht mehr erinnern konnte. Sie hatten nie einen Hund gehabt. Seine Mutter hielt Haustiere für einen Atavismus und erregte sich gerne über die *Fäkalisierung* Wiens im Zuge wahnhaften Hundebesitzertums. Sie war also sicher nicht glücklich ob des Köters, wer auch immer den mitgebracht hatte. Onkel Felix? Tante Gudrun? Mutters glamouröse Schwester in ihrer Yves-Saint-Laurent-Bluse, deren poppige Farben selbst noch aus dem Schwarz-Weiß herausstachen. Eine Frau, die im Unterschied zur blutjungen Eva alles tat, um mittels ihrer Kleidung wilde Fantasien bei den Betrachtern zu erwecken. Sie war auch die Erste gewesen, die eine von Saint Laurents transparenten Blusen getragen hatte und die dann ein Jahr, nachdem sich Leos Vater umgebracht hatte, auf der Fahrt von Wien nach München mit ihrem Porsche tödlich verunglückte. Und sich fast ein jeder dachte, dass das bei aller Tragik ein ungemein passender Tod gewesen sei, anstatt etwa mit einem Opel zwischen Krieglach und Kindberg zu verunglücken. (Leo hatte all die Nachrichten, die seine Familie betrafen, während er sich ja längst auf Claire aufhielt, oft erst mit großer Verspätung erfahren. Das war, bevor noch das Internet die Welt zu einer Kleingartensiedlung umgestaltete. Manches hatte er in österreichischen Zeitungen gelesen, die Oak bündelweise mitbrachte, wenn er auf die Insel kam. Auch den geschäftlichen Ruin und den Tod seines Vaters. Da war von einem »tragischen Unfall« die Rede, aber ihm war gleich klar gewesen, was für ein Unfall das war. Manche Todesanzeige ist wie ein Gedicht, dessen Metaphern die Wirklichkeit verschlüsseln.)

Im dritten Abschnitt dieses insgesamt vierminütigen Films sah man eine Party junger Leute, dicht an dicht in tiefen Sofas lümmelnd, Jungs und Mädchen, es wurde geraucht und getrunken und geküsst und fast jeder tat irgendeine Geste in Richtung der filmenden Kamera, viele redeten auf das Gerät ein, als glaubten sie, eine Tonaufnahme laufe mit, was natürlich nicht der Fall war. Leo hätte nicht sagen können, dass er auch nur von einer dieser Personen noch den Namen kannte.

Und dann die Brücke! Die Brücke im Dämmerlicht, mächtig aufragend, und mit einem Mal die Heftigkeit, mit der das Bild in Bewegung geriet, die Explosion, ja es musste eine Explosion sein, dann eine zweite, das Aufbäumen der Brücke, die enorme Schwingung, und … Man konnte ihn sehen, den Mann, allerdings nicht aus der Nähe. Das war ein großer Irrtum oder auch nur großer Wunsch gewesen, wenn Leo gemeint hatte, auf dem Foto, das den Autor von *Die Möbel des Teufels* zeigt, eine Ähnlichkeit zu dem Mann auf der Brücke feststellen zu können. Denn die Kamera, mit der er das alles aufgenommen hatte, verfügte über ein Fixfokus-Objektiv, was eine feste Einstellung der Entfernung mit sich brachte. Er hatte das Gesicht dieses Mannes somit nicht nahe heranholen können, sondern entsprechend der Einfachheit der Kamera diese bloß in die richtige Richtung gehalten und sie allein ihre Arbeit machen lassen.

Man erkannte also einen Mann, ein Mann mit Hut und Mantel, trotz erstem August. Und neben dem Mann, an seiner Hand … ein Kind.

»Meine Güte!«, rief Leo und richtete sich kerzengerade auf. An ein Kind hatte er sich nicht erinnert. In keiner Weise.

Als sich nun im Zuge der zweiten Explosion die Brücke aufbäumte, war deutlich zu sehen, wie der Mann das Kind über das

Geländer hinunter in die Donau warf. Wobei kaum ein Zweifel darüber bestand, dass er solcherart versuchte, das Kind zu retten, es hinunter ins Wasser zu befördern, weg von der in sich zusammenfallenden Brücke, von der er selbst nicht mehr fortkam, sondern gemeinsam mit dem sich verrenkenden Material in einem Schwarz verschwand. Das Schwarz, mit dem auch der Film endete (und nicht, wie Leo sich eingebildet hatte, mit einem Kameraschwenk auf jenen berühmten »Donaubus«).

Leo war sprachlos.

Das Deckenlicht ging an. Leo spürte die Blicke auf sich, einen von der Seite, einen von hinten.

Bubenik fragte: »Haben Sie gewusst, was Sie da aufgenommen haben? Ich meine, den Mann und das Kind. Und nicht nur die beiden Explosionen.«

»Den Mann, ja«, sagte Leo. »Ich glaubte mich an einen Mann auf der Brücke zu erinnern, war aber unsicher. Doch niemals an ein Kind. Hätte ich ein Kind gesehen ... Was denken Sie? Ich war ja Zeuge, ich hätte in die Donau springen müssen. Ich war neunzehn, ein guter Schwimmer, ich hätte das sofort getan. Aber dass da ein Kind war ... Nein, selbst den Mann hielt ich für eine bloße Einbildung.«

»Umso erstaunlicher«, sagte Bubenik, »dass Sie das nicht haben entwickeln lassen. Und sei's nur, um damit in die Presse und zu Geld zu kommen.«

»Glauben Sie denn«, entgegnete Leo, auch wenn seine Gründe ganz andere gewesen waren, »das wäre wirklich veröffentlicht worden? Allein wenn man bedenkt, wie groß hernach das Bemühen war, den Einsturz als ein bedauerliches, aber unvorhersehbares technisches Gebrechen darzustellen. Erinnern Sie sich? Wie schnell man dabei war, einen Anschlag auszuschließen. Es wäre sicher versucht worden, mir eine Fälschung nachzuweisen.«

»Und jetzt?«, fragte Bubenik. »Was werden Sie jetzt mit dem Film machen?«

»Na, zunächst einmal, Herr Bubenik«, mischte sich Frau Wolf ein, wobei sie sich erhob und das Schwarz an ihrem Körper glatt strich, »wird Herr Prager das nicht hier bei Ihnen besprechen und nicht hier entscheiden.«

»Natürlich, Frau Wolf«, sagte Bubenik und in seiner Stimme brach die Demut einer langen Geschäftsbeziehung hervor.

Es war auch Frau Wolf, die festlegte, dass Bubenik ihr die digitalisierte Form dieses Films zusenden und das gesamte Originalmaterial wie auch die *Revue Super 8 S 100* samt der aufgebrochenen Kassette in einen Karton packen solle. Herr Cheng würde den Karton morgen abholen.

»Sie bestimmen, was zu tun ist«, sagte Bubenik, als sei jetzt nicht Leo Prager der Kunde, sondern die Detektivin.

Sie traten nach draußen in den Abend, Leo und Frau Wolf, und lösten nun beide sorgsam ihre Masken von ihren Gesichtern. Von der schräg gegenüberliegenden Straßenecke nickte ein Polizist herüber, der offensichtlich Frau Wolf kannte und vor einem Gebäude patrouillierte, in dem eine Delegation der Europäischen Union untergebracht war. Zudem befand sich weiter vorne in der Taubstummengasse eine Polizeiinspektion. Was Frau Wolf zu der Bemerkung anregte, dass das hier eine ziemlich gut bewachte Gegend sei. Trotzdem würde sie vorschlagen, ein paar Meter zu gehen, vielleicht hinüber zum Hochstrahlbrunnen. Spazieren sei schließlich erlaubt.

»Spazieren schon, aber doch nicht zusammen?«, meinte Leo und bezog sich auf die weiterhin geltende Regelung, nach welcher nur Personen aus einem gemeinsamen Haushalt auch gemeinsam unterwegs sein durften.

Frau Wolf hatte sich da aber bereits in Bewegung gesetzt. Und in der Tat war es jetzt so, dass sie alleine ging, und dass auch Leo alleine ging, beide in einer Bewegung, die sie auf den Schwarzenbergplatz zuführte.

Natürlich kannte Leo diese gewaltige Anlage aus dem 19. Jahrhundert mit ihren unzähligen kleinen Springbrunnen und den hohen Wasserstrahlen und dem dahinter stehenden Heldendenkmal der Roten Armee, die Wien befreit hatte. Wobei er als Kind das Heldendenkmal, das naturgemäß *nicht* aus dem 19. Jahrhundert stammte, als den eigentlichen Grund für die Brunnenanlage gehalten hatte. Und war damit nicht alleine gewesen. Ihm waren der Brunnen und die hohe Säule mit der Figur des Rotarmisten an der Spitze, der eine Fahne und ein weithin sichtbares goldenes Schild hält, immer wie aus einem Guss erschienen, so als seien auch die Wasserstrahlen der Roten Armee verpflichtet.

Als Leo den Platz erreichte, sah er, dass Frau Wolf zwischen zwei Säulen der zum Denkmal gehörenden und praktisch den Hintergrund bildenden Kolonnade einen Platz zum Sitzen gefunden hatte, wobei sie dicht an der linken Säule saß.

Leo kam näher und setzte sich ebenso dicht an die gegenüberliegende Säule. Es war nun mal eine Zeit, in der man sich eher an Säulen als an Menschen anlehnte.

Sie waren weit und breit die einzigen Passanten. Bildeten allerdings noch immer keinen »gemeinsamen Haushalt«, sosehr der Raum zwischen diesen hohen Pfeilern eine ideale Verbindung von Nähe und Distanz herstellte.

Frau Wolf nahm eine Zigarette aus einem silbernen Etui und fragte Leo, ob sie ihm eine hinüberschieben solle.

»Danke«, sagte Leo ablehnend, »ich habe nie damit angefangen.«

Üblicherweise kommt dann so etwas wie: Seien Sie froh.

Nicht so Frau Wolf, die meinte: »Das ist wirklich ein Fehler, Sie verpassen etwas. Man muss es nicht übertreiben, keine Frage, aber ab und zu eine Zigarette schärft den Geist und beruhigt das Gemüt. Es ist das Spirituellste, das ich kenne.«

Leo dachte kurz daran zu erwähnen, dass die durch den Virus ausgelöste Lungenkrankheit, die gerade die ganze Welt lahmlegte, sich angeblich bei starken Rauchern besonders negativ auswirkte. Aber was sollte er tun, ihm gefiel die Art, wie sie jetzt die Zigarette zwischen den Fingern hielt: erhaben, dominant, unverwundbar. Teufel noch mal, es sah einfach gut aus, Gesundheit hin oder her.

Frau Wolf nahm einen langen, tiefen Zug, in dem sie ein wenig zu baden schien, stieß den Rauch aus und sagte: »Also heraus damit, Herr Prager, wieso haben Sie den Film damals nicht entwickeln lassen? Ein normaler Mensch versteht das nicht.«

»Das ist auch schwer zu verstehen«, sagte Leo, zögerte einen Moment und berichtete dann, wie er als Neunzehnjähriger die Idee entwickelt hatte, das Leben eines »Sechsten Mannes« auf der Brücke dadurch retten zu können, indem er den Film *nicht* entwickelte, die Realität dieses Films im wahrsten Sinne auf Eis legte. Wenn man nämlich bedachte, wie gut gekühlt dieser Film über vierzig Jahre gewesen war und bei anderer Lagerung wohl unbrauchbar geworden wäre.

»Wenn ich das mal ernst nehme, was Sie da sagen«, meinte Frau Wolf, die als Sekretärin von Herrn Cheng auch die eine oder andere Sonderbarkeit erlebt hatte, »dann wäre es doch vernünftig gewesen, den Film oder besser die ganze Kamera zu zerstören.«

»Nein, eine Realität zerstören«, sagte Leo, »das hielt ich für unmöglich. Sondern sie eben als Geheimnis zu bewahren. Ich fürchtete, die Kamera zu vernichten hätte gewissermaßen den Dämon der Realität erst recht entfacht.«

»Ja, und jetzt ist der Dämon also doch entfacht und hat uns neben dem Mann auf der Brücke auch noch ein Kind beschert.«

»Ich schwöre«, sagte Leo, »dass ich damals das Kind nicht bemerkt habe. Auch wenn es natürlich da war. Der Film lügt ja nicht. Der Film ist an dieser ganzen unseligen Geschichte das Unbestechlichste. Auch wenn man überall nachlesen kann, dass der Einsturz der Reichsbrücke diversen Baumängeln zu verdanken war.«

Indem er das sagte, holte Leo aus seiner Tasche das schmale graue, broschierte Büchlein und legte es zwischen sich und Frau Wolf auf die steinerne Fläche des Säulengangs. Dort blieb es eine Weile liegen – man könnte fast sagen, wie um auszukühlen –, bevor es Frau Wolf nahm, sich den Umschlag besah, im Inneren blätterte, an den Anfang ging, ans Ende, und schließlich mit einem Kopfschütteln meinte, sie könne beim besten Willen nicht glauben, dass es purer Schlamperei zu verdanken sei, dass der Name des Autors fehle.

»Würde er nur auf dem Cover fehlen«, sagte sie, »oder da ein falscher Name stehen, okay, Fehler geschehen, dafür sind sie da. Dass dann aber auch im Inneren des Buchs jeglicher Hinweis auf die Autorenschaft fehlt, nein, so was kann kein Missgeschick sein.«

»Behauptet der Verlag«, sagte Leo.

»Ich dachte, der Verlag hätte keine Ahnung.«

»Nun, die können auch nur spekulieren.«

»Na, wir werden sehen«, sagte Frau Wolf, »es mag ja lange her sein und ist eher unwahrscheinlich, dass der Autor noch lebt, aber vielleicht jemand, der damals im Verlag tätig war und sich nicht auf einen Großbrand im Wiener Verlagshaus ausreden mag.«

»Vor fünfundfünfzig Jahren«, erinnerte Leo.

»Ja, die ganze Angelegenheit besitzt den Hang, sich über die Jahrzehnte zu strecken«, meinte Frau Wolf. Um nun zu erklären, gleich damit anfangen zu wollen, das Buch zu lesen. Ein Abend und eine halbe Nacht sollten ausreichen. Morgen früh werde sie dann den Super-8-Film analysieren und sich mit einem Spezialisten, einem ehemaligen Bombenentschärfer, besprechen.

»Morgen ist Samstag«, erinnerte Leo und fragte: »Sie arbeiten am Samstag?«

»Sie bezahlen mich nicht dafür«, meinte Frau Wolf, »dass ich eine Pause mache, nur weil sich am Samstag der Sonntag nähert und die Leute auf ihren Balkonen und in ihren Gärten stehen und hässliche Würste grillen.«

Und das Prinzip, so Frau Wolf, auch am Samstag zu arbeiten, gelte natürlich ebenso für Herrn Cheng, der sich um den Verbleib von Felix Prager kümmern werde. »Das dürfte ja wohl die leichteste Übung sein.«

Doch das war sie erstaunlicherweise gar nicht.

Leo verließ Frau Wolf, die, auf dem aufgewärmten Stein der Roten Armee sitzen bleibend, damit begann, die *Möbel des Teufels* zu lesen. Dazu setzte sie sich eine Lesebrille auf und rauchte eine weitere Zigarette.

Schärft den Geist und beruhigt das Gemüt.

14

Nachdem Leo zu Hause angekommen war, bereitete er sich ein leichtes Abendmahl, ein paar bestrichene Brote, die er eher lustlos hinunterkaute. Auch seine Appetitlosigkeit war Teil der vielen Veränderungen, wobei sich gleichzeitig die Lust am Weintrinken steigerte, sodass die gerade konsumierten Brote praktisch dazu dienten, nach ein paar Schlucken Wein nicht gleich umzukippen. Er kippte also nicht um, auch wenn er insgesamt eine ganze Flasche vom Zweigelt austrank.

Dazu schaute er sich auf seinem Computer einen von Netflix präsentierten Film mit Jean Reno an, der ihn bei aller Spannung immer wieder einnicken ließ – und er Teile des Films als ein Hörspiel erlebte. In dieser Zeit meldete sein Mailprogramm die Ankunft von zwei neuen Nachrichten. Eine von Roswitta Bregenzer, die andere von Veit Schindler.

Die von Schindler las Leo gleich nach dem Ende des Films, die von Bregenzer wollte er sich für den nächsten Morgen aufheben. – Wieso eigentlich? Um ihre Nachricht bei einem immer stärker werdenden Kaffee besser genießen zu können? Und wäre der Kaffee eher schwächer geworden, hätte er dann die Bregenzer-Mail gleich gelesen?

Veit Schindlers Schreiben jedenfalls überraschte. Denn noch war Leo ja nicht dazu gekommen, Proben seiner angeblichen Studie über Strand- und Badehäuser an den Architekten zu schicken und sich so dessen Interesse zu erschleichen. Vielmehr hätte man nun meinen können, es sei umgekehrt, als wollte sich Schindler etwas erschleichen. Als versuchte er herauszufinden, was Leo denn in Wirklichkeit wollte. Wollte und wusste.

Schindler stellte eine Frage, die Leo überraschte, obwohl er sich das eigentlich hätte denken können. Schindler erkundigte sich, ob er, Leo, denn zufälligerweise mit der leider kürzlich verstorbenen Eva Prager verwandt sei, einer pensionierten Parlamentsstenografin.

Natürlich, der Name Prager sei alles andere als selten, aber die Möglichkeit bestünde immerhin, nicht wahr?

Richtig, dachte sich Leo, das war nicht ganz unlogisch, dass nicht nur Ihrig und Bhat Eva gekannt hatten, sondern auch Schindler. Wie es auch wahrscheinlich war, dass Schindler und Ihrig in persönlichem Kontakt standen und nicht nur der eine vom anderen wusste, weil beide mit Bhat zu tun hatten. Der eine als Quartiergeber, der andere als Geschäftsvermittler.

Ihrig, Schindler, Bhat und … ja, und Tina Wessely.

Mit dem Gedanken, dass diese vier Personen eine ominöse Einheit bildeten, eine Einheit, in die eben auch Eva eingebunden gewesen war – die Formulierung »Gruppenbild mit zwei Damen« geisterte blödelartig durch seinen Kopf –, bewegte er sich, vom Wein einigermaßen betäubt, hinüber zu seinem Bett, diesmal wieder ins Eva-Bett, zog sich schwerfällig aus, kroch unter die Decke und fiel rasch durch die Szenenfläche des Lebens hinunter in die Unterbühne des Schlafs.

Der Traum, der Leo in dieser von Requisiten auch nicht gerade armen Sphäre der Versenkung ereilte, führte zu einer massiven Beklemmung und Trauer. Er befand sich wieder am Hochstrahlbrunnen, aber ohne Frau Wolf. Und mit jener für den Traum typischen Schlagartigkeit wurde ihm klar, einer Spezies anzugehören, die man als »Eintagsmenschen« bezeichnet. Womit leider nicht gemeint war, kaum länger als einen Tag mal irgendwie berühmt zu sein und den Rest der Zeit eine nichtige Existenz zu führen, sondern tatsächlich nicht länger als einen einzigen Tag am Leben zu bleiben, zoologisch gesehen *ephemer* zu sein. Dieser Umstand – zusammen mit dem Wissen, zwar nicht der Einzige zu sein, den das traf, aber doch zu einer recht kleinen Gruppe von Gezeichneten zu gehören – ließ ihn verzweifeln. Er spürte Tränen in den Augen. Trauer und Wut. Was war verdammt noch mal mit nur einem Tag anzufangen? Einen Mord begehen? Einen Mord an einem von denen, die länger leben durften?

Vielleicht an jenem Mann, der soeben an ihm vorbeiging und mit der Präpotenz des offenkundig zu den »Mehrtagsmenschen« Gehörenden herübergrinste und der jene idiotische Weisheit von sich gab, nach welcher eben jeder zu seiner Zeit an der Reihe sei.

Es war ein so schreckliches Gefühl von Ungerechtigkeit, von Ende und Sinnlosigkeit, dass Leo fürchtete, sein Herz würde sogleich aufhören zu schlagen. Was dann zur perfiden Ironie geführt hätte, von diesem einzigen Tag, der ihm genetisch zustand, nicht mal die gesamte Zeit *ausleben* zu können.

Aus dieser Befürchtung heraus geriet er aus seinem Traum in die Realität jenes nach Luft schnappenden, nass geschwitzten Mannes, der er war.

Und in die Realität eines Geräuschs, das so nicht hergehörte.

Es kam aus dem Nebenzimmer. Leo meinte das Geräusch als eines zu identifizieren, wie es entstand, wenn die kleine Leiter, die zusammengeklappt in der Ecke stand, auseinandergeschoben und an die Bücherwand gestellt wurde. Und in der Folge jemand über die drei Stufen auf die obere Stehfläche stieg. Nicht unbedingt laut und krachend, aber auch nicht so, als wäre er extrem bemüht, keinerlei Lärm zu verursachen.

Leo träumte das nicht, nein, da war tatsächlich jemand im Nebenzimmer. Drei Uhr zehn in der Nacht, wie ihm die kleine Leuchtuhr auf dem Schreibtisch verriet. Wobei dort bei der Leuchtuhr auch Leos Handy lag und es sicher die vernünftigste Idee gewesen wäre, nach dem Gerät zu greifen und damit so leise und so rasch als möglich die Wohnung zu verlassen und erst draußen auf dem Gang die Polizei zu benachrichtigen. Wenn es nicht überhaupt das Beste war, vorerst einmal gar nichts zu tun, in Ruhestellung zu verbleiben und abzuwarten, dass der, der dort drüben war, entdeckte, was er suchte – eventuell den wertvollen Kant –, und sich solchermaßen zufriedengestellt wieder davonmachte, ohne deshalb den Wohnungsbesitzer abzustechen.

Sosehr der Traum vom »Eintagsleben« eine wirklich tiefe, völlig unheilbare Furcht vor dem Tod bei ihm ausgelöst hatte, dieses Gefühl, dass er doch noch unbedingt dies und das hätte tun wollen, war Leo hier im realen Leben jetzt doch sehr viel weniger ängstlich, auch wenn er vierundvierzig Jahre lang dem *lieben* Tod ausgewichen war. Aber genau darum wahrscheinlich.

Er erhob sich vorsichtig aus dem Bett, in dem er nur mit einer Unterhose bekleidet gelegen hatte, zog sich seine Hose über, blieb oberhalb davon jedoch insulanisch nackt und näherte sich mit leisem Schritt der hohen Flügeltüre, die die beiden Räume verband. Es war aber nichts zu hören. Gar nichts. Vollkommene Stille. Nur dieses Summen, das die Nacht selbst erzeugt. Leo überlegte, dass er sich möglicherweise gerade ziemlich lächerlich verhielt, indem er sich – soeben aus einem bösen Traum erwacht –, ein Knarren und Ächzen eingebildet hatte und jetzt an der eigenen Türe horchte, anstatt an der Wand, die zu seinen Nachbarn führte. Wenn er schon horchen musste.

Trotzdem öffnete er die Türe und tat einen Schritt von dem einen Dunkel in das andere. Denn wo auch immer das letzte Viertel des abnehmenden Mondes gerade schien, nicht in dieses Zimmer hinein. Es waren kaum Konturen aus dem Schwarz herauszulösen. Was Leo aber doch realisierte, war eine fremde Atmung. Besser gesagt, das Geräusch, das entstand, wenn jemand seinen Atem anhielt. So ein letztes Luftholen, bevor man unter die Meeresoberfläche gerät oder auch nur ein paar Zentimeter in der Badewanne untertaucht.

Und mit diesem letzten Geräusch, nach dem es dann eben kein Geräusch mehr gab, meinte Leo nun doch vor dem Hintergrund der Bücherwand eine Silhouette auszumachen, dunkles Schwarz vor etwas hellerem Schwarz, eine Gestalt auf der obersten Trittstufe der kleinen Leiter.

Leo musste sich entscheiden. Sollte er an die Vernunft dieser Person appellieren, so wenig er selbst sich vernünftig verhalten und in diesen Raum hineinmarschiert war?

Was war schon vernünftig?

Und jetzt hörte er den anderen auch wieder atmen? Fast wollte Leo sagen: »Lange halten Sie aber nicht durch.«

Anstatt jedoch witzig zu sein, entschloss er sich zu handeln und schnellte vor. Das tat aber auch der andere, besser gesagt sprang er von der Leiter herunter und stieß heftig gegen Leo. Zusammen stürzten sie auf den Boden, wobei es Leo im Zuge einer Drehung gelang, nicht selbst auf dem Rücken zu landen, sondern etwas weicher auf dem Körper des anderen. Mit dem er sich nun wie in einem Strudel aus Angriff und Verteidigung, Wille und Hemmung befand. Leo war nicht wirklich ein Schläger und der andere offensichtlich auch nicht. Ein Tritt in den Magen oder Unterleib, irgendein Hieb mit der Handkante oder der Faust hätte dem Ganzen ein Ende gesetzt und einen Sieger und einen Verlierer ergeben. Stattdessen versuchte der eine den anderen zu stabilisieren, ihn mittels einer Umklammerung gleichsam auf dem Boden festzunageln.

Der andere – dass es ein Mann und keine Frau war, roch Leo mehr, als dass er es spürte – war ausgesprochen dünn, wie ja auch Leo selbst dünn war, aber es war ein Dünnsein, welches einen doch etwas jüngeren Menschen verriet. Dennoch, es war nun der ältere Leo Prager, der in diesem nächtlichen Gerangel die Oberhand gewann. Während er noch ganz dicht am Gesicht des anderen klebte und dessen Bartstoppeln hart und scharf an seiner Wange rieben, erinnerte sich Leo an eine Hebeltechnik, die ihm Inaki einmal am Strand von Claire beigebracht hatte …

Leo vernahm den Schrei des Gehebelten dicht an seinem Ohr und …

Moment!

Schnitt!

Noch einmal zurück!

Leo stand noch immer an der Flügeltüre und blinzelte hinüber zur Bücherwand, wo sich schwarz auf schwarz eine längliche Gestalt ausmachen ließ. Nein, er würde jetzt nicht hinüberpreschen und den anderen angreifen, während der sich vielleicht auf ihn stürzte und sie beide dann eng umschlungen, Atem an Atem, beide im feuchten Sprühnebel des keuchenden Gegenübers, über den Boden rollten wie fürchterlich Verliebte. Niemand tat so etwas derzeit, wenn er nicht tatsächlich in sein Gegenüber verliebt war, und zwar schon aus der Zeit vor dem Virus.

Stattdessen machte Leo einen kleinen Schritt nach rechts, hob den Arm und griff blind nach dem Lichtschalter, den er herunterdrückte.

In der Tat, es war ein Mann, keine Frau, auch wenn Leo ihn auf die Entfernung gar nicht hatte riechen können. Und in der Tat, es war ein ausgesprochen hagerer Typ und wesentlich jünger als Leo, allerdings mit einem Gesicht, in das kreuz und quer die Zerstörungen des Lebens eingeschrieben waren. Viele Falten und Kerben. Ein Gesicht wie ein voll beschriebenes Blatt Papier, auf dem unzählige Korrekturzeichen hervorstachen.

Dieser Mann nun, der da auf der Klappleiter stand, einen Stapel Bücher in der Hand, blickte erstaunt zu Leo hinunter und fragte: »Wer sind Sie? Was machen Sie hier?«

»Das ist jetzt nicht Ihr Ernst, oder?«, entgegnete Leo und schüttelte ungläubig den Kopf, »das hier ist meine Wohnung, in die Sie eingebrochen sind. Soll ich Ihnen vielleicht meinen Ausweis zeigen?«

»Sind Sie der Bruder von der Eva?«, wollte der andere wissen.

»Muss ich Ihnen das wirklich beantworten, bevor ich jetzt die Polizei rufe«, sagte Leo.

»Ich hab geglaubt, dass Sie längst wieder zurück auf Ihrer Insel sind«, erklärte der Mann auf der Leiter und offenbarte nun, wer er sei: Erich Feiler.

»Feiler? Echt? Und ich dachte, Sie sitzen im Gefängnis.« Leo hatte nie ein Bild dieses Mannes gesehen, so wie Feiler nie ein Bild von Leo gesehen hatte.

»Ich bin seit gestern draußen«, antwortete Evas ehemaliger Mitbewohner und erklärte, es habe sich eine Zeugin gemeldet. Eine Zeugin, die spät, aber doch, bereit war, seine erste Version der Geschehnisse zu bestätigen.

Hätte Leo die Mail Roswitta Bregenzers, die sie ihm am Vorabend geschickt hatte, gelesen, anstatt sie sich wie einen Liebesbrief fürs Frühstück aufzusparen, dann hätte er gewusst, dass Feiler aus der Untersuchungshaft entlassen worden war und man den Prozess gegen ihn fallen gelassen hatte. Feiler war damals, als er die Leiche Evas entdeckt hatte, nicht alleine gewesen, sondern in Begleitung einer jungen Frau, die ebenfalls aus dem Drogenmilieu stammte.

Pikanterweise die Tochter eines bekannten Wiener Stadtrats. Sie hatte sich offensichtlich lange geweigert auszusagen, und Feiler selbst hatte sie trotz seiner Verhaftung, Befragung und Inhaftierung nicht ins Spiel bringen wollen. Irgendwie war die Sache aber in der Szene bekannt geworden, und bevor nun auch die Presse davon Wind bekam, war die junge Frau offensichtlich in Begleitung eines Anwalts ihres Vaters zur Polizei gegangen, um Feiler zu entlasten. Und zwar auf eine durchaus glaubwürdige Weise.

Das hätte Leo also gewusst, hätte er es gelesen.

»Schön für Sie«, sagte er, »dass Sie jetzt draußen sind, aber wenn ich gleich die Polizei rufe, werden Sie schnell wieder drinnen sein. Einbruch und Diebstahl von Büchern, die einige Zigtausend wert sind.«

Feiler sah etwas ratlos auf die Folianten in seiner Hand und fragte: »Echt? Zigtausend? Das alte Zeug?«

»Spielen Sie nicht den Naiven«, meinte Leo.

Woraufhin Feiler entgegnete: »Schau ich aus, als hätte ich eine Ahnung, was so zwei vergammelte Deckel mit Papier zwischendrin wert sind?«

Indem er dies sagte, legte er den Stapel auf das Stehbrett zwischen seine Beine und griff dann in die frei gewordene Lücke. Er musste eine ganze Weile arbeiten, weil er tief hinter den Büchern ein eingeschnittenes Stück der hölzernen Rückwand zu lösen hatte, um aus einem Spalt im Mauerwerk schließlich einen handflächengroßen Plastikbeutel hervorzuziehen.

»Das hier«, sagte er und hob den Beutel in die Höhe, »darum geht's! Nicht um Ihre Bücher.«

»Also, wenn es aus dieser Wohnung stammt«, sagte Leo und lächelte schief, »gehört es eigentlich mir. Was ist das denn um Gottes willen?«

»Heroin. Erstklassige Ware«, erklärte Feiler. »Fünf Kilo in zehn Päckchen. Auf der Straße kommen Sie da auf mindestens zweihunderttausend Euro.«

»Und das Zeug wollen Sie jetzt mitnehmen?«

»Ich wollte eigentlich nur kontrollieren, ob es noch da ist.«

»Wusste Eva davon?«

»Natürlich nicht«, sagte Feiler. »Sie war ein Engel.«

»Ein naiver Engel, wenn sie nicht gemerkt hat, dass ihr lieber Mitbewohner hinter Kant und Schopenhauer ein kleines Lager errichtet hat. Wie kommen Sie überhaupt zu so viel Ware?«

»Ist nicht meine«, sagte Feiler. »Ich soll das nur aufbewahren.«

»Für wen?«, fragte Leo.

»Das wollen Sie nicht wissen.«

»Sie glauben also zu wissen, was ich nicht wissen will?«

»Ja«, sagte Feiler, als hätte er das Rhetorische der Frage nicht verstanden.

»Gut, wie auch immer, das soll alles die Polizei beurteilen.«

»Hören Sie«, sagte Feiler. »Wenn dieser Stoff verloren geht, bin ich ein toter Mann, gleich, ob ich auf der Straße oder im Gefängnis bin.«

»So viel sind zweihunderttausend Euro aber auch wieder nicht.«

»Diese Leute würden mir sogar wegen zehn Schilling den Bauch aufschlitzen.«

Irgendwie rührte es Leo, dass dieser junge, zerstörte Mann die Radikalität der Leute, für die er arbeitete, dadurch zu betonen versuchte, indem er die alte österreichische Währung erwähnte. – Wie lange gab es keine Schillinge mehr?

»Ich habe diese Sache mit den Drogen nie verstanden«, meinte Leo geradezu nachdenklich, »die Abhängigkeit nicht, den Handel nicht, die ganze Gewalt in diesem Geschäft. Letztlich fragt man sich, warum dieses Zeug nicht genauso unter die Leute kommen kann wie, ich sage mal, wie Grüner Tee oder Kaffeebohnen. Ich behaupte nicht, dass Grüner Tee und Kaffeebohnen und der Handel damit ganz ohne Schweinereien abläuft, aber doch nicht auf diese absurde Weise. Wie viele Leute sterben jedes Jahr in Mexiko, weil sie mit Drogen handeln? Dreißigtausend?«

»Scheiße«, sagte Feiler, »was sind Sie? Ein verkappter Philosoph?«

»Ich würde an Ihrer Stelle aufpassen, wie ich rede«, erwiderte Leo.

»In Ordnung«, sagte Feiler und hob die Hände samt dem Päckchen Heroin, wie um sich zu ergeben.

Leo überlegte. Dann erklärte er: »Wenn ich jetzt nicht die Polizei anrufe, mache ich sicher einen Fehler. So wie meine Schwester einen Fehler gemacht hat. Musste sie wegen dem Zeug sterben?«

»Ich weiß es nicht. Ich weiß es wirklich nicht.«

»Ich will es weghaben«, sagte Leo, und in seiner Stimme war echte Wut, »ich will dieses verfluchte Zeug nicht hier in der Wohnung haben, nicht hinter Kant und Schopenhauer versteckt und schon gar nicht hinter Kierkegaard. Und ja, ich bin ein verkappter Philosoph. Grünen Tee dürfen Sie hier verstecken, aber nicht das Zeug da.«

»Sie werden nicht die Polizei rufen?«

»Was soll ich tun? Eva mochte Sie, warum auch immer? Und ich habe sowieso nie daran geglaubt, dass Sie ihr Mörder sind.«

»Gott, ich hätte ihr nie was antun können.«

»Ja, haben aber behauptet, sie wäre aufdringlich geworden, hätte Sex von Ihnen verlangt. Und haben den Mord gestanden.«

»Das war ein Deal, den ich Ihnen nicht erklären kann«, sagte Feiler. »Glauben Sie mir das. Eva hatte es wirklich nicht nötig, jemanden wie mich ins Bett zu zerren.«

»Ich weiß«, sagte Leo jetzt mit einer großen Ruhe, die auf seine Wut folgte. Wollte dann aber wissen, wie Feiler überhaupt in die Wohnung hineingekommen war.

»Na, mit dem Schlüssel«, sagte Feiler. »Den hatte ich ja noch immer.«

»Im Ernst? In der Tür ist das alte Schloss?«

Das hätte Leo eigentlich nicht für möglich gehalten, dass in den drei Monaten, in denen er im Koma gelegen hatte, das Schloss der Wohnung nicht ausgewechselt worden war. Davon war er zwingend ausgegangen, als ihm Frau Bregenzer am Tag seines Einzugs die Wohnung aufgesperrt hatte.

Nun, es war wohl nicht Aufgabe der Polizei, Schlösser auszutauschen. Auch nicht die von Tatorten.

»Ich rufe die Cops nur darum nicht«, sagte Leo, »weil es zu absurd wäre, wenn Sie sofort wieder im Gefängnis landen, so berechtigt es diesmal wäre. Sagen wir, es gleicht sich aus. Trotzdem, wenn Sie jetzt gehen, nehmen Sie Ihr Gift mit. Die ganze Ware.«

»Eine Nacht noch«, bat Feiler.

»Was denn, eine Nacht noch?«

»Lassen Sie mich eine Nacht hier schlafen«, ersuchte Feiler Leo, »morgen kümmere ich mich darum, für den Stoff einen neuen Platz zu finden. Und ich schwöre Ihnen, ich bin nicht krank. Also nicht krank auf diese Weise, wie jetzt grad keiner krank sein will.«

»Das kann man nicht immer wissen«, sagte Leo.

Feiler aber versicherte, im Zuge seiner Entlassung getestet worden zu sein.

»Warum musste dieses Drogenzeug überhaupt an dieser Stelle lagern?«, fragte Leo. »Wie lang steckt das schon hinter den Büchern? Ist ja kein Wein, der besser wird.«

»Das habe nicht ich zu entscheiden«, sagte Feiler, meinte dann aber, dass es sich bei dieser Ware um eine sehr spezielle handeln würde, die wohl auf einen ebenso speziellen Kunden warte. Er sagte: »Neues Heroin.«

»Was ist *neues Heroin*?«, wollte Leo wissen.

»Neu und anders und besser. Secret und high class. Kann sein, dass wenn ich von zweihunderttausend Euro rede, es eigentlich ein Witz ist und es viel mehr wert ist.«

»Na gut«, seufzte Leo, »legen Sie es zurück.«

Es war eigentlich irre, wenn er – nach der ganzen freiwilligen Quarantäne und all den Sicherheitsvorkehrungen, all der Vorsicht, und gleich, ob Feiler wirklich getestet worden war oder nicht – diesen Mann einfach hier schlafen ließ.

Was er dann aber sagte, war: »Sie können diese eine Nacht bleiben. Doch spätestens morgen Mittag sind Sie weg. Und ich will nicht, dass mir irgendein neues, anderes und besseres Heroin entgegenkommt, wenn ich dann später ein Buch aus dieser Wand ziehe.«

»In Ordnung. Ich verstehe«, sagte Feiler und tat den Beutel zurück zu den anderen Paketen. Holte in der Folge die Bücher hoch und schloss die Lücke in der Bücherwand, in der es ja tatsächlich keine einzige freie Stelle gab. Einmal abgesehen von dem halben Zentimeter, der sich durch die Entfernung von *Die Möbel des Teufels* aus der direkten Nachbarschaft von Wittgensteins *Tractatus* und dem *Bürgerlichen Kochbuch für die sparsame Hausfrau* gebildet hatte. Eine Lücke, die freilich allein Leo Prager zu erkennen verstand.

Feiler stieg von der Leiter herunter, klappte sie ein und stellte sie zurück an ihren angestammten Platz.

Die beiden Männer standen sich nun gegenüber, ein Abstand von drei Metern zwischen ihnen. Ein Misstrauen schwelte. Leo hätte gesagt, etwas wie Qi, das fließt, aber dunkles Qi.

Dann allerdings gab Erich Feiler etwas wirklich Entwaffnendes von sich. Er fragte, ob Leo eine Zahnbürste für ihn hätte. Das musste man sich vorstellen: drei Uhr zwanzig in der Nacht, Heroin hinter der Bücherwand, unglaubliche Verwicklung, eine Welt voller Angst und Sorge, und der Mann, ein Junkie vor dem Herrn, vernarbte Arme, fiebrige Augen, fragt nach einer Zahnbürste.

Leo musste schmunzeln. Und meinte, okay, im Badezimmer stehe eine zweite, noch verpackte Zahnbürste. »Und nehmen Sie ein frisches Handtuch und werfen es nachher in den Wäschekorb. – Ich muss lebensmüde sein, Sie hier schlafen zu lassen.«

»Sie sind halt der Bruder von der Eva«, sagte Feiler. Und auch das hatte etwas Entwaffnendes.

15

Der Rest von Leos Nacht war ziemlich unruhig, zerfranst von weiteren Eintagsträumen und mehrfachem kurzen Erwachen, wobei er dann aber lange in den Morgen hinein schlief und erst kurz nach halb zehn so richtig wach wurde.

Wach wurde, aufstand und in die Küche wechselte, um sich einen von seinen stärker werdenden Espressos zuzubereiten (natürlich waren es winzige Nuancen der Zunahme an Kraft und Schwärze und Tiefe, aber kein Zug ins unerträglich Bittere, sondern eben allein eine Erhöhung der Drehzahl, der Koffeinnote).

Mit der Mokkatasse in der Hand bewegte er sich wieder in sein Zimmer hinüber, ging zur hohen Flügeltüre und horchte. Nichts zu hören. Nun, nicht alle Menschen, auch nicht alle Junkies, schnarchten. Dennoch tat sich vor Leo mit einem Mal die schreckliche Fantasie auf, er würde, wenn er jetzt die Türe öffnete, Erich Feiler in dem gleichen Zustand vorfinden, in dem dieser Eva einst entdeckt hatte.

Wie viele Messerstiche waren es gewesen? Er hatte die genaue Zahl nicht mehr im Kopf, was ihm ein Gefühl von Untreue gab. Wie konnte er so etwas vergessen? Dabei war es nicht ein Geburtstag oder Todestag, an den er sich nicht erinnern konnte. Und dennoch erschien es ihm als eine Nachlässigkeit, die genaue Zahl nicht mehr nennen zu können, sondern bloß sagen zu können, es seien sehr viele gewesen. Unerträglich viele.

Als er nun aber tatsächlich die Klinke herunterdrückte und durch den Spalt hinüberlugte …

Feiler war weg. Das Bett leer. Die Decke sehr akkurat zusammengelegt, das Leinen sogar glatt gestrichen. Was ja ganz gut zu jemandem passte, der – entgegen dem Klischee einer Drogenexistenz – auch um drei in der Nacht noch nach einer frischen Zahnbürste verlangte.

Leo trat ins Zimmer, sah sich weiter um. Nirgends eine Nachricht. Offensichtlich war Feiler um einiges früher erwacht und hatte sehr bald die Wohnung verlassen. Und als nun Leo ins Vorzimmer wechselte, sah er neben dem alten beigefarbenen Wählscheibentelefon, das nur noch als Dekoration auf einer kleinen Ablage stand, die beiden Schlüssel für Haustor und Wohnungstüre. Die Schlüssel, die Feiler von Eva bekommen hatte. Er war also endgültig ausgezogen.

Und die Drogen? Leo hoffte doch sehr, dass zusammen mit Feiler auch das Heroin ausgezogen war. Er kehrte ins Zimmer zurück, klappte die kleine Leiter auf und stieg hoch zu den medizinischen Büchern: den beiden Bänden des *Medicinischen Hand-Lexikons* von 1782 sowie einem Werk über *Die Lehre von den Geschwüren nach der Wiener Schule* (wobei Leo zuerst »Geschwüre der Wiener Schule« gelesen hatte). Er zog alle drei heraus, auch noch zwei weitere Bände rechts und links, und hatte nun, da auch das Licht günstig fiel, einen guten Blick auf die dahinterliegende Holzwand. In der die feine Linie eines rechteckigen Ausschnitts zu sehen war, zumindest, wenn man wusste, wonach man suchte. Allerdings verstand es Leo zunächst nicht, dieses Holzteil zu lösen. Erst nachdem er eher zufällig an eine bestimmte Stelle gedrückt hatte, glitt die herausgeschnittene kleine Platte dank eines Mechanismus nach vorn und zur Seite – handwerklich einwandfrei. Dahinter ein schwarzes Loch. Doch Leo konnte schnell erkennen, dass dieses Loch nicht leer war. Er griff hinein wie in eine Schlangengrube und zog eines der Päckchen hervor.

Verdammt! Wie konnte ihm Feiler das antun? Einfach fortgehen und das Zeug nicht mitnehmen.

In den berechtigten Ärger hinein meldete sich aber auch die Ironie, indem Leo jetzt dachte, wie absurd es wäre, würden genau in diesem Moment die Polizisten Bregenzer und Rosig draußen an der Türe läuten, um sich davon zu überzeugen, dass es ihm gut ging.

Was ihn daran erinnerte, dass er ja die Mail von Frau Bregenzer noch nicht gelesen hatte. Er konnte im Moment nichts anderes tun, als das Heroin – welches ihn, wie es da fest in seiner Hand lag, an das gut verpackte Plastilin seiner Kindheit erinnerte – zurückzulegen und den alten Zustand wiederherzustellen. Medizin vor Heroin.

Dann ging er zu seinem Computer und sah nach, was ihm Bregenzer geschrieben hatte. Ja, das hätte er ruhig früher tun können.

Natürlich hoffte er, dass Feiler trotz der Geste der dagelassenen Schlüssel gegen Mittag oder Nachmittag zurückkommen würde, um die zehn Päckchen irgendeines neuartigen High-End-Heroins abzuholen und in ein anderes Versteck zu befördern. Aber Feiler kam nicht, nicht an diesem Tag. Und meldete sich auch nicht.

Weil Samstag war? Weil am Samstag, wie Frau Wolf es ausgedrückt hatte, sich der Sonntag vorbereitete und manch einer in Trägheit verfiel?

Leo tat an diesem Wochenende das, was er auch an den vergangenen Wochenenden getan hatte, er blieb zu Hause. Und sehnte sich. Er sehnte sich nach Claire. Und versuchte nun, einen Zoom- oder Skype-Kontakt zu seinem Stellvertreter Inaki herzustellen, aber es gelang nicht. Nicht im Moment. Weshalb er ersatzweise Bilder aus dem Internet aufrief, auf denen die Inseln Claire und Mönchengladbach zu sehen waren. Er selbst hatte nie welche gemacht, vielleicht aus Angst, ihm könnte mit einer Fotokamera etwas Ähnliches zustoßen wie einst mit einer Filmkamera.

Die Bilder im Netz zeigten vor allem das Strandhaus und Dokumente aus der Zeit, als Henry Oak noch gelebt hatte. Auf keinem davon war aber die »Mannschaft« der Insel zu sehen, allein die Prominenten, die die Insel einmal besucht hatten. Auch ein Bild von Oak zusammen mit Nixon. Was Leo doch sehr verblüffte. Er selbst konnte sich wirklich nicht daran erinnern, dass Nixon je auf Claire gewesen war. Ausgerechnet der. Mick Jagger, ja, auch einmal Elton John, aber gewiss nicht Nixon. Eine Fälschung also?

Und dann die nächste Überraschung, diesmal aber sicher keine Fälschung. Ein Bild, etwas unscharf, das Salty Dog zeigte, auch wenn Leo fand, dass der Elefant in Wirklichkeit sehr viel weniger depprimiert ausgesehen hatte als auf dieser Abbildung. Aber wer konnte schon sagen, ein Foto würde ihm gerecht werden? Selbst Elefanten nicht.

Doch treffend oder nicht, Leo empfand Sehnsucht. Nach dem Strand, nach dem Haus, nach der Kuppel des Observatoriums, nach dem freien Blick auf die Milchstraße, nicht zuletzt nach den Männern, mit denen er die Geschwisterinseln schon so lange in Schuss hielt. Und er sehnte sich nach der Luft. Die Meeresluft war nun mal das Beste, was man einatmen konnte. Das war in Wien schon ein wenig anders.

Immerhin war es ein warmer Abend, und Leo entschied sich, sein sentimentales Inselgefühl hinaus auf seinen Balkon zu tragen, der ja auch eine Insel war. Eine Insel für einen einzigen Mann, wie auf einem Witzbild, sodass Leo kurz überlegte, ob er sich nicht eine kleine Palme für den Balkon besorgen sollte.

Auf dem Weg dorthin musste er natürlich auch an der Bücherwand vorbei und fragte sich, wie lange er sich nun beim Durchstöbern all der Bände wie ein Drogenbaron wider Willen vorkommen musste. Konnte man Derartiges verdrängen? Verdrängen und vergessen, was sich hinter diesen Folianten befand? Verdrängen und vergessen wie die Namen der Vögel?

Er schwang sich also auf den Balkon, trat in das späte Licht und nahm kurz jene Grundhaltung aus dem Qigong ein, die da heißt: *Stehen wie ein Baum.*

Während er wie ein Baum stand, ging sein Blick hinüber zu dem wirklichen Baum, der im Hof aufragte und der sich zwischenzeitlich ein dichtes Blätterwerk zugelegt hatte. Damit richtete Leo aber auch seinen Kopf in Richtung des Balkons seiner Nachbarn. Und da stand sie, Tina Wessely. Und blickte ihn an. Er hätte erwartet, dass sie entweder rasch vom Balkon zurücktreten oder ihn zornig ansehen würde. Aber ihr Blick schien eher so, als wollte sie fragen: »Haben Sie das denn wirklich nötig?«

Um sich aber gleich zu erklären, meinte Leo: »Sie haben mich angelogen, Frau Wessely. Sie kennen Ihrig ganz gut, und es ist sicher keine Antipathie, die Sie mit diesem Mann verbindet.«

»Spionieren Sie mir nach?«, fragte sie. »Ist das eine Form von Perversion?«

»Das Erste, ja, das Zweite, nein. Auch wenn Spionieren nicht das richtige Wort ist. Ich wollte mir Ihren Laden anschauen, und was soll ich machen, es war ja nicht zu übersehen: Da stand Ihrig.«

»Wieso interessiert Sie mein Geschäft? Sagen Sie nicht, Sie schwärmen für Dessous.«

»Eigentlich war es die Strudlhofstiege«, sagte Leo, »die ich besuchen wollte.«

Na ja, das war aber auch eher eine Lüge. Abgesehen davon, dass er als Bürger in Krisenzeiten dazu angehalten war, sich weder Stiegen noch Läden anzusehen, sondern allein darum unterwegs zu sein, um notwendige Besorgungen zu machen.

Dementsprechend verächtlich schnaubte Wessely, äußerte dann aber doch etwas sehr Überraschendes: »Kommen Sie doch am Montag vorbei, ohne darum wie ein Spanner draußen herumzuschleichen.«

Leo wollte gerade noch versichern, mitnichten ein Spanner zu sein, aber Tina Wessely war bereits ins Innere ihrer Wohnung zurückgekehrt.

Offensichtlich hatte sie ihn durchaus bemerkt, als er gestern vor ihrem Laden gewesen war. Was aber sollte er von ihrer Einladung halten? Hatte sie ihn denn nicht einen Intriganten genannt? Und zwar eigentlich zu Recht, wenn man bedachte, mit welcher bösen Lust er Herrn Wessely auf einen gewissen Nestor Ihrig aufmerksam gemacht hatte.

Oder wollte sie, dass er bei ihr einkaufte, was ja derzeit der einzige *notwendige* Grund gewesen wäre, ein Geschäft aufzusuchen?

Denn es stimmte schon, sie führte nicht nur Damenunterwäsche, sondern bot auch eine kleine Auswahl an exklusiver Herrenunterwäsche an. Das hatte Leo auf ihrer Internetseite gelesen. Etwa die wunderbaren Unterhosen von CDLP, keine Belgier, sondern Schweden, aber auch die sauteuer (um das, was ein paar von denen kosteten, konnte man seine Freundin zu einem tollen Abendessen einladen, andererseits wären wahrscheinlich einige Frauen glücklicher gewesen, hätten sich ihre Männer weniger um ein feines Essen und mehr um eine feine Unterwäsche gekümmert).

Natürlich, er würde ihrer Einladung folgen. Und überlegte einen verspielten kleinen Moment lang, dass er ja vorgeben könnte, tatsächlich an der Inneneinrichtung dieses übrigens preisgekrönten winzigen Ladens in einer ähnlichen Weise interessiert zu sein wie an Bade- und Strandhäusern. Ein Spezialist für *Möbel* zu sein. Was dann aber kaum als notwendig einzustufen war. Weshalb er einen weiteren verspielten Moment überlegte, ob er in Andenken an Eva – die ja einige Leidenschaft in diese direkteste und zugleich intimste Form des Sichankleidens gelegt hatte – etwas kaufen könnte. Ein Stück, das er dann zu den anderen in den schmalen, begehbaren Wandschrank hängen würde.

Wäre das obszön gewesen? Inzestuös oder nekrophil? Oder vielmehr liebevoll zu nennen? Liebevoll und notwendig.

Was aber ganz sicher notwendig war und was Leo auch für die nächste Woche geplant hatte, war ein Besuch an Evas Grab. Die Pragers besaßen ein Familiengrab auf dem Hietzinger Friedhof. Dort ruhten Leos Eltern, dort lag ebenso jene glamouröse Tante, die in einem Porsche ihr Ende gefunden hatte. Und nun lag dort auch Eva, die offensichtlich zu Lebzeiten alle diesbezüglichen Maßnahmen getroffen hatte. Dieses Grab entsprang einem Wunsch von Leos Vater, dessen wohl sentimentalste Geste darin bestanden hatte, unbedingt im 13. Bezirk seine letzte Ruhestätte finden zu wollen. Anstatt etwa in dieser Ortschaft nahe Kapfenberg, wo er seine Kindheit hatte zubringen müssen.

Dass Leo ebenfalls und letztendlich dort landen würde, ausgerechnet im 13. Bezirk, davon musste er ausgehen. Er glaubte nicht ernsthaft daran, je wieder nach Claire zurückkehren und wie einst Salty Dog im Meer sein Grab finden zu können. Was ja eine langjährige Fantasie von ihm gewesen war, sich vorzustellen, wenn es dann an der Zeit wäre, einfach so weit hinauszuschwimmen …

Immerhin, dachte er jetzt, könnte er statt in den Südpazifik ja auch in die Donau gehen.

Ein einsamer Samstagabend.

Dabei waren auch die vergangenen Abende nicht weniger einsam gewesen. Aber heute spürte er es einfach stärker, möglicherweise genau dadurch, nach einer großen Pause wieder Menschen begegnet zu sein. Einem Herrn Bubenik, einer Frau Wolf, einem Sekretär namens Cheng, überhaupt auf der Straße gewesen zu sein, in Wien, gerade eben auf dem Balkon Tina Wessely getroffen zu haben, die weit weniger wütend auf ihn zu sein schien, als er angenommen hatte. Na ja, und natürlich Erich Feiler, der gegangen war, ohne seine Ware mitzunehmen. Sodass Leo jetzt in einer zynischen Weise dachte, ein einsamer Mann zu sein, der mit alten Büchern und neuem Heroin zusammenlebte.

Das Abendessen ließ er diesmal aus, er hatte keine Lust auf Brote, die bloß der Vorbeugung dienten, sondern öffnete gleich eine Flasche vom Zweigelt. Mit einem gefüllten Glas setzte er sich vor seinen Computer, der ihm wie ein freundliches Kirchenfenster entgegenleuchtete.

Er ließ nicht nur die Brote aus, sondern auch die täglichen Nachrichten über Fallzahlen und Todeszahlen und Genesungszahlen und dunkle Wirtschaftsprognosen, angekündigte Lockerungen, Aussichten auf den Sommer, auf den Herbst, auf das nächste Jahr, Träume von einem Impfstoff, Fragen zur Gastronomie und zum Tourismus – dieses nun wirklich liebste Kind der Österreicher, das schrumpfen zu sehen so viel Trauer hervorrief –, diese wilde Hoffnung überall, es würde besser werden, gepaart mit Ängsten, dass genau dies ein Irrtum sein könnte.

Doch von alldem wollte Leo heute nichts hören. Somit ein Abend ohne Brote und ohne Virologen.

Dafür glitt Leo mit einigem Vergnügen durch den Youtube-Kanal, um sich aus einer völlig unbegründeten Lust heraus Interviews aus den 1970er-Jahren anzusehen, etwa das legendäre Je-später-der-Abend-Gespräch mit Manfred Krug und dem zugekoksten Klaus Kinski aus dem Jahre 1977 – und alle rauchten sie, der Krug, der Kinski, der Interviewer, sogar im Publikum wurde geraucht. Geraucht und geschimpft und nachgedacht, und dann kommt Kinski, der eigentlich nichts zu sagen hat, das aber ganz wunderbar macht. Genauso wie Johann Hölzl alias Falco in einer anderen Gesprächsrunde dieser Zeit, auch er nicht weniger zugekokst, auch er hat eigentlich nichts zu sagen, aber es ist bestechend, wie er da den aufrechten deutschen Intellektuellen jenes absurde Theater entgegenhält – »Schatzi, zu uns später!« –, das die Wirklichkeit weniger parodiert, als dass es ihr eine kleine Krone aufsetzt, die auch noch perfekt passt.

Diese unheimlich sinnlose Komik des Lebens.

Kinski, Falco, die im österreichischen *Club 2* masturbierende Nina Hagen. Leo kam nicht ganz umhin, sich daran zu erinnern, dass Fernsehen einmal großartig war.

Irgendwie landete er dann recht spät aber in Großbritannien, bei einem Interview, das der Sender *Thames Television* 1978 mit Patricia Highsmith geführt hatte. So vergnüglich es auch war, sich Kinskis Tobsucht, Falcos Präpotenz und Hagens Ratschläge zur Selbstbefriedigung anzusehen, war es nun die alternde Highsmith, in die Leo sich – man darf es so sagen – für einen Moment verliebte.

Wenn gesagt worden war, dass Leo stets einen großen Bogen um die Kriminalliteratur gemacht hatte, dann war die Highsmith die Ausnahme, die zu einem jeden Bogen dazugehört. Es war jetzt aber nicht der Umstand ihrer fabelhaften Literatur, in der das Böse auf seine größte Privatheit zurückgeworfen wird, und auch nicht die vollkommen unprätentiöse Art, mit der sie in diesem Interview Fragen beantwortet, ihr feiner Humor, die zarten Augen in ihrem verlebten Gesicht, dieser wache Zug von Müdigkeit, nein, es war ausgerechnet die Art, wie sie sich eine Zigarette anzündet und diese während des Gesprächs raucht. Das erinnerte Leo nun ganz stark an Frau Wolf. Und mit einer Plötzlichkeit, mit der man den Beginn einer Krankheit bemerkt – plötzlich ist dieser Schmerz da, ist dieser Druck da, der Eindruck, dass im eigenen Körper sich gerade ein Unfall ereignet hat –, aber auch die Plötzlichkeit, mit der man realisiert, über dem Berg zu sein, gesund zu werden, aus dem Krankenlager hochzukommen, ergriff ihn das Bedürfnis, eine Zigarette zu rauchen. Nach dreiundsechzig ohne jegliche Zigarette zugebrachten Jahren mit dem Rauchen anzufangen. Dabei war es nun wirklich der unnötigste und unmöglichste Moment, um ausgerechnet mit diesem Laster zu beginnen.

Er fand es selbst absurd. Nur weil Wolf es tat, und nur weil Frau Highsmith es vor zweiundvierzig Jahren, zwei Jahre nach dem Einsturz der Wiener Reichsbrücke, in der gleichen interessanten Weise getan hatte. Gar nicht so sehr damenhaft, sondern schlichtweg mystisch. Dabei war ihm doch gar nicht danach, seinen Geist zu schärfen und sein Gemüt zu beruhigen.

Trotzdem!

Trotzdem ist wahrscheinlich ohnehin eins der stärksten Argumente.

Die Wucht dieses Trotzes war derart heftig, dass Leo sich dachte, die Sache mit dem Rauchen nicht einfach hinausschieben zu können, bis wieder Tag war, oder gar bis das Wochenende vorbei war. Vielmehr entschied er sich, augenblicklich nach draußen zu gehen, kurz vor dreiundzwanzig Uhr, um zum nahe gelegenen sogenannten Hauptbahnhof hochzumarschieren und aus einem der dort sicherlich auffindbaren Zigarettenautomaten eine Schachtel herauszulösen. Getrieben von einer sonderbaren Sucht, die sich praktisch noch vor der Abhängigkeit eingestellt hatte.

Also kleidete er sich an, band sich eine frische Schutzmaske vors Gesicht, verließ die Wohnung und begab sich zu jenem groß angelegten Bahnhofs- und Einkaufskomplex oberhalb des Südtiroler Platzes. Dort fand er zwar keinen Automaten, aber durchaus eine so spät noch offene Trafik (ohnehin hatten die Trafiken, wie die Tabakläden hier hießen, ähnlich den Apotheken und Tankstellen, als versorgungsnotwendige Geschäfte zu keinem Zeitpunkt der Krise geschlossen, sie gehörten zu dem, was man den »Minimalbetrieb« nennt, auf dass nicht alles in sich zusammenbricht. Man wollte sich einfach den Österreicher nicht ohne Zigarette vorstellen müssen.)

Nachdem Leo Prager also kürzlich zum ersten Mal in seinem Leben mit der Wiener U-Bahn gefahren war, betrat er jetzt ebenfalls zum ersten Mal in seinem Leben eine Wiener Trafik (das mochte nicht wirklich stimmen, da er gewiss als Kind und Jugendlicher in einer solchen gewesen war, um sich ein Donald-Duck-Heft zu kaufen, später vielleicht den Playboy, wenn schon keine erste Zigarettenpackung, aber er konnte sich einfach nicht mehr daran erinnern). Da stand er, der einzige Kunde. Vor ihm zwei Verkäuferinnen hinter einer Theke mit diversen Aufbauten, auf denen rasches Glücksspiel feilgeboten wurde, hinter den Damen die bibliotheksartige Aufreihung der Zigaretten- und Tabakmarken. Faktum war, dass er mit einer völlig unüberlegten Laienhaftigkeit in dieses Geschäft eingetreten war, ohne Kenntnis der aktuellen Marken. Zudem herrschte ein extrem grelles Licht in dieser Trafik, das Leo blendete und ihn den Hintergrund aus beschrifteten Packungen nur stark verschwommen wahrnehmen ließ. Er konnte folglich nicht nur die diversen Warnungen, was das Rauchen alles Schädliche mit einem anzurichten verstand, nicht lesen, sondern ebenso wenig die Markennamen.

Und ganz nebensächlich war das schließlich nicht. Es musste ja nicht gleich die stärkste Zigarette sein. Zudem wäre er von den beiden Damen kaum bedient worden, hätte er gesagt, dass er Zigaretten möchte, »gleich welche«.

»Gleich wölche gibt's net«, hätte man ihm sicher geantwortet.

Auch hätte es wohl nicht viel genutzt, die beiden Trafikantinnen um eine Empfehlung zu bitten. »Leichte Zigaretten, die schmecken.«

Leo überlegte, wie denn die bekannten Markennamen seiner Jugend geheißen hatten. Einmal von den Marlboro abgesehen. Marlboro rauchen kam nicht infrage. Er war kein Cowboy und auch kein armer Chinese vom Lande, den man mit einer Packung Marlboro bestechen konnte. Nein, es sollte eine *inländische* Zigarette sein. Wie hatten sie geheißen? Zart Export? Na, wohl eher nicht. Smart Export. Und Falk. Und die Memphis natürlich. Und ja, die Dames. Und die A3. Oder war das nur der Name einer österreichischen Autobahn gewesen?

Seine Erinnerung schwamm.

Abgesehen davon, dass das Unternehmen Austria Tabak – das in Leos Erinnerung noch unter dem historischen und wunderbar bildhaften Begriff *Tabakregie* fungierte – im Zuge einer dieser dummdreisten Privatisierungen schon lange nicht mehr dem österreichischen Staat gehörte, sondern zuerst an die Briten gegangen war und von den Briten an die Japaner. An Japaner, die in Genf saßen.

Weil er ja nicht gerade mit einer starken Zigarette beginnen wollte, fiel ihm jetzt ein, dass es eine Marke gegeben hatte, die ihre angenehme Leichtigkeit bereits im Namen trug.

Und die verlangte er nun: »Eine Packung *Milde Sorte* bitte?«

Woraufhin ihn die eine Verkäuferin fragte: »San se a Zeitreisender aus da Vergongenheit?«

Sie erklärte ihm, dass es die Milde Sorte schon lange nicht mehr gebe. Und dass man genau so was der Europäischen Union verdanke, weil die nämlich bereits 2003 auf die Idee gekommen sei, angeblich beschönigende Begriffe wie eben »mild« bei Zigaretten zu untersagen. Während ein Waschmittel »Ultra« heißen und ein Haarfestiger sich als »Schutzengel« bezeichnen dürfe. Oder ein französisches Auto als ein »Picasso«.

»Is des ka Übertreibung, a Auto, des wiar a berühmter Maler hasst?«, stellte die offensichtlich auch in Kunstfragen beschlagene Dame die rhetorische Frage, zeigte sich dann aber ihrerseits *milde* und bot Leo alternativ eine Marke an, die den Namen Meine Sorte trug.

Doch Leo war jetzt eigentümlich bockig. Entweder eine milde oder keine Sorte. Dann fragte er: »Aber die *Dames* wurde nicht abgeschafft, oder?«

»Richtig, die *Dames* gibt's no. Wiavü Schachtln?«

»Eine mal für den Einstieg«, sagte Leo, »ich fange ja gerade erst damit an.«

»Mit wos?«

»Mit dem Rauchen.«

»Echt? Wegen der Krise?«, fragte die Verkäuferin und meinte erstaunt, dass ja nicht wenige Leute in diesen schweren Zeiten mit dem Trinken angefangen hätten, beziehungsweise ihr Trinken etwas verschärft hätten. Umso mehr als das volkstümliche Gerücht umgehe, Alkohol sei ein probates Mittel, den Virus abzutöten. Dass aber jemand deshalb mit dem Rauchen anfange, das habe sie noch nicht gehört.

Und so war es ja auch nicht. Doch jetzt von der überraschenden Wirkung einer gewissen Patricia Highsmith und einer gewissen Frau Wolf zu sprechen, wollte Leo dann doch lieber nicht. Also beließ er es bei der Vorstellung, auf die große Krise dieser Zeit mit einer Art von Altersrauchen zu antworten. Änderte seine Bestellung aber dahingehend, zwei Packungen zu ordern.

Die Verkäuferin verlangte von Leo elf Euro vierzig und erklärte, dass das Feuerzeug umsonst sei, er dürfe sich eins aus dem Ständer aussuchen. Jemand, der in seinem Alter mit dem Rauchen anfange, dem gebühre ein kleines Geschenk.

Leo dankte und zog ein dunkelblau-klarsichtiges Feuerzeug aus der Halterung. Dann zahlte er mit Karte und verließ den Laden, der in einem unterirdischen Gang lag, der die U-Bahn mit dem eigentlichen Bahnhof verband.

Als er nach draußen trat, sprach ihn eine junge Frau an, die ihn um eine Zigarette bat. Sie hatte sich aus einer Gruppe von mehreren Leuten gelöst, die nicht aussahen, als stammten sie aus einem gemeinsamen Haushalt und würden die Mitglieder einer Familie bilden. Zumindest keiner klassischen Familie. Sie wirkten aber auch so, als hätten sie andere Sorgen, als sich um Abstandsregeln und Kontaktsperren zu kümmern. Die Nähe des Todes war ihnen wohl bestens vertraut.

Über dieser *illegalen* Familie kreiste die Not wie eine vibrierende Gloriole. Heilige der Verderbnis.

Leo streckte seine Hand abwehrend aus und sagte zu der Frau: »Seien Sie so lieb und fallen mir bitte nicht in die Arme. Bloß wegen einer Zigarette.«

»Schon gut«, sagte sie, deren stark geschminktes Gesicht – ihre Augen erinnerten an die Schauspielerinnen der Stummfilmzeit – jenen Zug von Zerstörung aufwies, der aus einem jungen Gesicht ein altes macht. Sie zeichnete eine verächtliche Geste in die Luft und wollte schon umdrehen.

Leo überlegte. Und er überlegte schnell. Er begriff den Zufall, das System des Zufalls. Und die Notwendigkeit, sich diesem System zu beugen. Zumindest, wenn er weiterkommen wollte. Und das wollte er.

Er rief der jungen Frau zu: »Natürlich habe ich eine Zigarette für dich.«

»Das ist kein Grund«, sagte sie, »dass Sie mich duzen.«

»In Ordnung.« Leo streckte die Hand weit aus und reichte ihr eine der Zigarettenpackungen.

»Die ganze Schachtel?«, fragte sie verwundert.

»Ja, nehmen Sie!«

Sie nahm, sagte aber: »Und dafür wollen Sie jetzt in den Himmel, oder was?«

Leo lächelte abschätzig und fragte dann: »Schon einmal den Namen Erich Feiler gehört?«

»Und was, wenn?«

»Nun, ich würde gerne wissen, wo ich ihn finden kann.«

»Im Gefängnis«, sagte die junge Frau.

»Da ist er nicht mehr.«

»Na, dann wissen Sie mehr als ich.«

»Vielleicht können Sie mir sagen, wo er gerne verkehrt.«

»Verkehrt!«, höhnte die Frau. »Sie sind verkehrt.«

Sie fragte, ob er denn nicht mitbekommen habe, dass alle Lokale geschlossen seien, wo man sich üblicherweise treffen könne. Sodass nur noch die Straße bleibe.

»Gut, dann nennen Sie mir eine Straße, in der ich ihn finden kann«, meinte Leo.

»Arbeiten Sie für den Vater von der Babs?«

Leo konnte sich denken, wer gemeint war. Jene Tochter eines bekannten Stadtpolitikers. Auch das Drogenmilieu war wie jedes Milieu von Tratsch, Gerüchten und offenen Geheimnissen durchdrungen. Vielleicht sogar ein wenig stärker, da ja gerade der von Drogen abhängige Mensch wie kaum ein anderer auf einen Fluss von Informationen angewiesen ist, bei gleichzeitig hoher Fehleranfälligkeit dieser Informationen. Woraus eine ungemeine Geschäftigkeit resultiert, ein geradezu tierhaftes Getriebensein aus Jagen, Sammeln und Verstecken.

Diese Babs oder Barbara schien eine Art von Star innerhalb des Milieus zu sein, das extravagante Enfant terrible, eine sozialdemokratische Prinzessin im Absturz.

Leo versicherte, ganz sicher nicht für den Vater dieser jungen Frau zu arbeiten.

»Sondern?«

»Ich bin mein eigener Chef«, erklärte Leo, »und wenn Sie mir helfen können, Feiler zu finden ... Würden hundert Euro Ihnen eine Freude machen?«

»Sind Sie so ein Perverser?«

»Warum halten mich alle für pervers?«, meinte Leo verärgert, brachte etwas Ungeduld in seine Stimme und sagte: »Ich möchte eine Information, und ich bezahle dafür. Ja oder nein.«

»Zuerst das Geld.«

»Gut. Warten Sie. Ich muss zum Automaten«, sagte er.

»Ich komme mit.«

»Obwohl ich pervers bin?«

»Sie brauchen nicht gleich so angerührt sein, alter Mann«, sagte die junge Frau, zauberte ein jugendliches Grinsen in ihr verlebtes Gesicht, und beinahe sah es aus, als wollte sie sich bei Leo unterhaken. Nicht nur so, als sei man in die Zeit vor der Viruskrise zurückgefallen, sondern auch gleich ins 19. Jahrhundert.

Ein Traum schlich vorbei und streifte sie beide.

Leo ging los, die Frau hinter ihm her.

Ein Bankautomat war nicht weit entfernt. Leo fügte seine Karte ein und wählte eine PIN, die er noch keine zweimal benutzt hatte. Er war selbst erstaunt, wie gut er sie im Gedächtnis behalten hatte. Er orderte die Auszahlung.

»Nehmen Sie selbst«, sagte er und trat einen Schritt weg von dem Automaten, der wie ein trauriger, ins Mauerwerk gepresster Roboter wirkte, dessen humanoide Gestalt im Zuge dieser ewigen Pressung unkenntlich geworden war.

Die junge Frau zog die zwei Fünfzigeuroscheine aus der Klappe und rollte sie zu einer schmalen Röhre zusammen, die sie in irgendeinem »Fach« ihrer Lederjacke unterbrachte.

Dann sagte sie: »Die Zigaretten darf ich aber trotzdem behalten, oder?«

Fast hätte er Nein gesagt. Nur mal so, der Perversion wegen. Hielt sich aber zurück. Und zeigte nun deutlich, dass er auf eine Gegenleistung wartete.

»Anakonda«, erklärte die junge Frau.

»Ist eine Schlangenart, ich weiß«, sagte Leo. »Und ein saublöder Film heißt ebenfalls so.«

»Und ein Lokal im Sechzehnten«, sagte sie, »auf dem Yppenplatz. Na, das stimmt nicht ganz. *Unter* dem Yppenplatz ist richtig. Da ist ein Bunker aus dem Zweiten Weltkrieg, der angeblich leer ist und angeblich unter Wasser steht. Aber wohl nicht ganz. Dort ist das *Anakonda*. Ich war da noch nie. Da kommen Sie auch nicht rein, nur, weil Sie mit hundert Euro herumwacheln. Im *Anakonda* sitzen Leute, mit denen möchte man nicht mal befreundet sein. Die hocken zusammen und teilen sich Wien auf.«

»Und dort meinen Sie, dass ich Feiler finde? Ich kann mir nicht vorstellen, dass er zu denen gehört, die sich Wien, zumindest die süchtigen Bezirke von Wien, aufteilen.«

»Nein, *ganz Wien*«, sagte die junge Frau und zitierte damit einen frühen Hit jenes Sängers namens Falco, den Leo Stunden zuvor in einer Art von Nostalgieclip gesehen hatte. Und fügte an: »Der Erich ist ein kleines Würschtl, aber, wie Sie so sagen, er verkehrt dort. Muss der Laufbursche von irgendeinem sein.«

»Und wie komme ich hinein?«

»Dort wollen Sie nicht hineinkommen.«

Auch diese Äußerung kam Leo bekannt vor. Dass jemand ihm erklärte, was er nicht wolle.

»Sie wissen es also nicht«, sagte er.

»Ich weiß es nicht«, antwortete sie.

»Aber doch wohl, wo sich der Eingang in die Bunkeranlage befindet.«

»In einem der Lokale, die dort am Yppenplatz sind. Da gibt's ja 'ne Menge. Jetzt, wo das so eine Bobo-Gegend geworden ist. Aber ich hab gar keinen Schimmer, welches davon. Egal, wie viel Zigaretten Sie mir schenken.«

»Schon gut. In Ordnung. Das war die hundert Euro wert.«

»Wirklich?«

»Wirklich.«

»Wenn Sie mal was anderes brauchen … Also für hundert Euro.«

Sie sagte nicht, was sie meinte. Und Leo wollte es ohnehin nicht hören. Er nickte ihr zu und ging. Kehrte zurück in seine Wohnung.

Noch in der gleichen Nacht zündete er sich seine erste Zigarette an. Seine erste Dames.

Es war nicht so, dass er gleich – wie man das immer wieder, zumindest im Film, bei Erstrauchern sieht –, zu husten anfing. Freilich war es noch kein richtiges Inhalieren, vielmehr ließ er den Rauch eine gute Weile durch seinen Mundraum zirkulieren, und man kann vielleicht sagen, dass er sich nie zuvor in solcher Weise eben genau dieses Raums bewusst wurde. Nicht nur in einer anatomischen Hinsicht, also Zunge, Zähne, Gaumen et cetera betreffend, sondern überhaupt die gefühlte Weite und Größe dieser Sphäre, die immerhin ein bedeutendes Tor des menschlichen Körpers darstellt, wo viel rein- und viel rausgeht.

Und indem Leo nun den Schwall ausblies, schickte er praktisch eine geografische Beschreibung seiner Mundhöhle nach draußen. Eine Beschreibung, die sich auf eine feine, luftige Weise auflöste.

Klar, die Zimmer würden danach stinken. Das war ein Phänomen, dass auch nur eine einzige gerauchte Zigarette eine Wohnung verpesten konnte. Dabei hätte Leo ja wirklich auf den Balkon gehen können, der geradezu ein idealer Raucherbalkon war. Für die Grundhaltung des Qigong, *Stehen wie ein Baum*, wie für die Grundhaltung des Rauchens, *Genießen wie ein Gott*. Der junge Mann im Stockwerk darunter lebte es vor. Aber Leo rauchte diese erste Zigarette an seinem Schreibtisch sitzend, wo er sich ein weiteres Glas Wein einschenkte – und es ist eine unheimliche Wahrheit, wie viel besser der Wein schmeckt, wenn man zuvor eine Zigarette geraucht hat.

Solchermaßen von gleich zwei Stimulanzien angeregt, recherchierte Leo noch ein wenig über die Dinge, von denen ihm die junge Frau berichtet hatte. Wobei er tatsächlich keinen einzigen Hinweis im Internet auf ein Lokal mit dem Namen *Anakonda* fand, aber doch ein paar Eintragungen, die Bezug nahmen auf jenen alten Bunker unterhalb des Yppenplatzes. Auf dem Platz selbst, wie in dessen Umfeld mit all den Märkten, Restaurants, Lokalen und Geschäften, hatte sich eine Mischung gebildet aus Subkultur, Türkenszene, Gentrifizierung und ebendem, was die junge Frau ein Bobo-Viertel nannte. Und alles irgendwie generalsaniert. Dazu die Namen geradezu legendärer Lokalitäten wie dem *Kent* oder dem *Club International* oder dem Geschäft *Staud's Pavillon* mit einer Unzahl von Einmachgläsern, darin sogenanntes Feinsaures Gemüse. Aber eben nirgends die Erwähnung des *Anakonda*. Überall hieß es, die in den frühen 1940er-Jahren von den Nazis errichtete Bunkeranlage unter dem Yppenplatz würde aufgrund nie realisierter Nutzungspläne weiterhin leer stehen.

Leo ging sehr ins Detail, bohrte sich in die frühen Widmungspläne der Stadtentwickler, Baupolitiker und Architekten, die mit der Sanierung und Umgestaltung dieses Platzes mittels EU-Geldern in den späten 1990er-Jahren beschäftigt gewesen waren. Dabei war einerseits recht bald die Planung einer Tiefgarage verworfen worden, und andererseits hatte man die Adaption des weder entfernbaren noch baulich integrierbaren Bunkers als eine »längerfristige Option« bewertet, sprich auf später oder sehr viel später verschoben. So die Auffassung und das Ergebnis des Beteiligungsverfahrens. Allerdings stieß Leo auch auf gegenteilige Positionen, und er stieß auf den Namen Veit Schindler. Was nun kein echtes Wunder war. Der Mann war Architekt, damals noch ein junger Architekt, der sich an der städtebaulichen Diskussion beteiligt und leidenschaftlich eine »Belebung des Unterirdischen« gefordert hatte. Er wehrte sich gegen den Defätismus, das Problemfeld »Bunker« auf die lange Bank zu schieben. Schindler hatte bereits ein sehr genaues Konzept der Umgestaltung der Bunkeranlage unter dem Yppenplatz zu einem Veranstaltungszentrum mit Diskothek, Bar und etwas, das er »Ruhe- und Nachdenkräume« nannte, entworfen. Schien anfangs sogar in die Projektplanung eingebunden gewesen zu sein, war aus dieser dann aber ausgeschieden. Nicht ohne einen kleinen Essay mit dem Titel »Architekten sind Huren« verfasst zu haben.

Gut, das war lange her, Schindler zwischenzeitlich ein gut beschäftigter Vertreter seines Gewerbes. Dass er nun aber ausgerechnet in Zusammenhang mit diesem Bunker auftauchte, ein Bunker, der offiziell *tot* war, in dem sich aber inoffiziell etwas befinden sollte, das im wahrsten Sinn das Zentrum der Wiener Unterwelt bildete, war zumindest einmal amüsant.

Im Blog eines Berliner »Stadtarchäologen« stieß Leo auf die Behauptung, es existiere unter dem Wiener Yppenplatz ein »Studio 45«, was nach seiner Auffassung einerseits auf den ehemals berühmten Nachtclub *Studio 54* in New York anspiele, andererseits auf den zumindest in Wien noch berühmteren ehemaligen *Club 45*, einen dubiosen Herrentreff im Obergeschoß ausgerechnet einer Konditorei, wo zwischen 1973 und 1992 die sozialdemokratische Elite mit den Wirtschaftsführern des Landes zusammengetroffen war, um sich gerüchteweise das Land aufzuteilen.

Das *Studio 54* war eine Ikone des Drogenexzesses gewesen, der *Club 45* eine Ikone der »Umverteilung«. Was war dann das *Studio 45*?

Eine Symbiose?

Eine Berliner Fama?

Oder eine sehr kräftig gebaute Riesenschlange mitten in Wien?

Leo war jetzt wirklich müde. Er erhob sich – den Computer schaltete er nie aus, weil der Computer schließlich kein Kind war, das man schlafen legte, sondern eben ein Gerät, das sich selbst schlafen legte – und begab sich hinüber zu Evas Bett. In diesem rauchte er dann noch eine zweite Zigarette. Im Bett rauchen, das hatte etwas zugleich ungemein Intimes wie ungemein Verwegenes. Der bläulichgraue Qualm stieg – von einem Windzug in Drehung versetzt – im Schein der kleinen Nachttischlampe nach oben in den Nachthimmel seines Zimmers.

Sehr schön.

16

Auch wenn es nur zwei Zigaretten gewesen waren und auch wenn Leo sie nur gepafft hatte, so erwachte er doch mit dem deutlichen Gefühl, dass sich etwas geändert hatte. Und nicht nur, weil der kalte Rauch wie einer dieser Zeltdachkonstruktionen im Münchner Olympiapark über dem Raum hing und dank steter Erneuerung auch nie wieder aus diesem Raum verschwinden würde, was ja das Mindeste ist, was man von guter Architektur erwarten kann.

Doch das, was Leo vor allem empfand, war der ewige Widerspruch zwischen dem, was einem guttut, und dem, was einem nicht guttut. Und das geht eben mitunter auf die gleiche Sache zurück. Er spürte ein Unwohlsein im Magen, ein leichtes Kratzen im Hals, eine ungute Bitterkeit auf der Zunge – ja, und gleichermaßen freute er sich darauf, sich mittags wieder eine Zigarette anzuzünden. Drei am Tag, das sollte sein Programm werden. Eine Mittagszigarette, eine Abendzigarette und eine Zigarette, die er stets vor dem Schlafengehen im Bett rauchen wollte.

Die Mittagszigarette rauchte er als Hommage an Frau Wolf, die abendliche im Andenken an Frau Highsmith, und wem er seine Nachtzigarette widmete, das wollte er sich noch überlegen. Rauchte Frau Bregenzer? Frau Wessely jedenfalls ganz sicher.

»Drei Zigaretten täglich bringen einen nicht um«, hörte er die theoretische Stimme eines theoretischen Kommentators.

Worauf er antwortete: »Schade eigentlich.«

Was sich natürlich leicht sagt. Und dennoch blieb der Widerspruch, der auch in seinem Fall ständig dazu führen würde, sich zu überlegen, doch wieder mit dem Rauchen aufzuhören. Aber das gehört wohl ganz unmittelbar dazu. Der Wille zum Aufhören ist der Motor des Weitermachens.

Zuerst aber Kaffee.

Der Sonntag verging. Auch mit einem kleinen Spaziergang durch den so gut wie leeren 4. Bezirk, wobei sich Leo diesmal in Richtung

Naschmarkt bewegte, um auf diese Weise zu dem Haus an der Rechten Wienzeile zu gelangen, in dem er gewohnt hatte, als die Reichsbrückengeschichte ihn aus der Stadt vertrieben hatte. Das Haus stand noch immer, war aber renoviert und schien insgesamt – wie eigentlich die ganze Gegend – luxuriöser geworden zu sein. Als hätten hier die Wohnungsmakler ein großes Schlachtfest angerichtet. Sodass er sich fragte, wo wohl die Leute geblieben waren, die einst hier gelebt hatten. Waren sie alle gestorben und durch jüngere, besser verdienende Menschen ersetzt worden?

Auf dem Rückweg durch die Kettenbrückengasse kam er am Sterbehaus Franz Schuberts vorbei, darin sich auch ein Museum befand, das freilich geschlossen war, und nicht nur, weil Sonntag war. Dennoch blieb er eine Weile andächtig davor stehen. Dabei hatte er sich nie großartig mit der Wiener Klassik beschäftigt, das war ja die Domäne seiner Mutter gewesen. Seine Mutter hatte die Musik gehabt, seine Schwester die Stenografie und er seine Traurigkeit.

Den obligaten Besuch der Bücherwand ersparte er sich an diesem Tag. Und fragte sich selbst, wen er damit bestrafen wollte. Die Bücher, nur weil sie eine bedeutende Menge von Heroin verbargen? Eva, weil sie so unachtsam gewesen war, sich einen Mann wie Feiler in die Wohnung zu holen? Warum hatte sie das überhaupt getan? Das war ihm noch immer ein Rätsel. Dann musste ihm freilich ebenso ein Rätsel sein, dass auch er selbst Feiler hatte davonkommen lassen.

Während er nun den Rauch seiner Mittagszigarette schon ein wenig tiefer in seine Lungen zog und etwas weiter und höher hinausblies, entschied er, eine Mail an Bregenzer zu schicken, um sie zu fragen, was ihr der Begriff »Anakonda« sagte. Und zwar nicht in einem Kontext, der die Tropen Südamerikas betraf, sondern den Tiefbau Wiens.

Am Abend, als er sich gerade im Zustand der Ermüdung einen *Tatort* ansah, diese beliebteste aller Krimiserien, die vor allem den deutschen Zusehern als der Inbegriff dessen gilt, was ein Sonntag ist, meldete sein Computer den Eingang einer Antwortmail der jungen Polizistin. Sie schrieb aber nur: »Lassen Sie uns auf WhatsApp wechseln.«

Das wunderte Leo. Weniger, weil Bregenzer so selbstverständlich davon ausging, dass er einen solchen Dienst installiert hatte. Nein, was ihn erstaunte, war, dass Bregenzer ausgerechnet *diesen* vorschlug, eher hätte er vermutet, sie würde Messengers wie Telegram oder Threema verwenden, und nicht diesen schlecht beleumundeten Allerweltskanal.

Im Wissen um diverse bekannte Risiken des Systems, schrieb er ihr in ironischem Ton: »Wieso WhatsApp? Weil das sicherer ist?«

Ihre Antwort war nicht weniger überraschend: »Wo, meinen Sie, kann man sich am besten verstecken? Dort, wo alle sind.«

Interessante Haltung, dachte Leo, wechselte also vom Computer zu seinem Handy, und dort zu WhatsApp, dessen grün-weißes Symbol aussah, als wäre ein Playmobil-Verkehrspolizist in ein Telefon verzaubert worden. Es wartete bereits eine Nachricht von Bregenzer auf ihn, deren erstmalige Kontaktaufnahme Leo zu akzeptieren hatte. Von Kabinett zu Kabinett.

Jetzt ging natürlich alles sehr viel schneller, da ja der Sinn dieser Spielerei darin bestand, sich quasi in Echtzeit zu unterhalten – wie durch ein Astloch, das die beiden Kabinette verband –, wobei Leo sich einigermaßen schwertat, dieser Echtzeit durch das Eintippen seines Textes in die so unglücklich kleine Tastatur gerecht zu werden. Mit nur einem Finger. Zwar beherrschte er auf normal gewachsenen Tastaturen sogar das Zehnfingersystem, aber für zehn Finger war auf einem Smartphone einfach kein Platz. Der Umstand dieser Enge warf ihn – als sei's eine atavistische Regung – auf einen einzigen Finger zurück. Er fühlte sich wie ein Steinzeitmensch, der die Buchstaben eher aufspießte, als über sie hinwegzugleiten, wie er das mit seinen zehn Fingern zu tun pflegte.

Aber gut, Bregenzer wollte es so. Ihre Nachricht lautete: »Was interessiert Sie an einer Schlange?«

»Einer Schlange in Wien«, erinnerte er.

»Ja natürlich. Es gibt eine im Tiergarten Schönbrunn und eine im Haus des Meeres; die ist, glaube ich, sogar die größte in Europa.«

Es dauerte, bis Leo nun den Hinweis getippt hatte, dass er sich nicht nach einem Tier, sondern einem Ort erkundigt habe.

Bregenzer – die es wohl verstand, mehr als einen Finger einzusetzen, eher zwei, und die zwei in harmonischem Miteinander – antwortete ihm rasch, dass es früher eine Diskothek namens *Anaconda* gegeben hatte, einst ein bekannter Schwulentreff, allerdings sei das Lokal schon vor Jahren geschlossen worden. Zudem war das Haus 2017 abgerissen und an seiner Stelle ein Luxuswohnbau errichtet worden.

»Kein c, sondern ein k«, schrieb Leo, »Anakonda!«

Und dass er das schrieb, wunderte ihn selbst, schließlich hatte sich die junge Frau, die ihm von Feiler erzählt hatte, nicht über die exakte Orthografie besagten Lokals ausgelassen. Wieso auch?

Dennoch, er war von dieser Schreibweise überzeugt. Und fügte noch an, dass seine Frage sich auf eine Lokalität beziehe, aber nicht auf eine »gewesene oberirdische«, sondern eine »aktuelle unterirdische«.

»Wie, unterirdisch?«

»Unter dem Yppenplatz.«

»Aha! Und wie kommen Sie auf den?«

»Das ist etwas kompliziert«, antwortete Leo.

»Dann lassen Sie uns nochmals wechseln«, schrieb Bregenzer. »Ich lade Sie zu einer Videokonferenz auf den PC ein.«

Man hätte natürlich auch einfach telefonieren können, dachte sich Leo, akzeptierte aber den Wunsch Bregenzers nach einer optischen Verbindung über die Bildschirme ihrer beider Computer. Er würde dann immerhin nicht mehr mit einem einzigen Finger herumstochern müssen.

Allerdings war es ihm nicht ganz gleichgültig, wie verwahrlost er auf Roswitta Bregenzer wirken mochte, weshalb er sich – nicht ohne das Gefühl der Peinlichkeit – rasch hinüber in seine Küche und damit in sein Badezimmer begab und sich vor dem kleinen Alibert-Spiegelschrank sein dünnes Haar frisierte. Zudem ein wenig Ordnung in den Stand seines Bartes brachte.

Fehlt nur noch, dachte er sich, dass ich mir die Achseln einsprühe.

Das Hemd wechselte er dennoch, bevor er sich wieder an seinen Schreibtisch setzte und die via Mail vorgenommene Zoom-Einladung Bregenzers annahm.

Wie gesagt, es war Sonntag, auch für Bregenzer, die also nicht etwa in ihrem Büro saß, sondern bei sich zu Hause. Im Hintergrund wanderte gerade ihr Lebensgefährte vorbei, aber zu rasch und zu weit weg, als dass Leo viel hätte erkennen können. Was er aber erkannte und es ihm deutlich auffiel, waren die sehr langen, dünnen Beine dieses Mannes, die ihn augenblicklich an die Beine von James Stewart in Hitchcocks *Der Mann, der zu viel wusste* erinnerten.

Ja, Namen vergessen, sich aber sofort an die Beine aus einem Film erinnern!

Jetzt schaute auch Bregenzers Stieftochter kurz ins Bild, den Kopf quer haltend, die Stirn in Falten gelegt.

»Wer ist das?«, fragte sie kritisch.

Leo sagte, wer er sei.

»Und warum?«, fragte das Kind, wobei es wahrscheinlich weniger den Namen meinte, als den Umstand, dass seine Stiefmutter von einem gänzlich Fremden belästigt wurde.

Bevor Leo aber etwas antworten konnte, war das Mädchen auch schon verschwunden. Man hörte sie nur hin und wieder von Weitem. Singend, rufend, fröhlich, und in die Fröhlichkeit hinein: »Mir ist soooo langweilig.«

»Also, Herr Prager«, sagte Bregenzer, »wie kommen Sie auf die Idee, eine Anakonda in einer Verbindung mit dem Unterirdischen zu sehen?«

»Eigentlich«, entgegnete Leo, »wollte ich ja *Sie* ausfragen.«

»Dann haben Sie aber das System der polizeilichen Ermittlung nicht verstanden«, meinte Bregenzer mit einem Lächeln, wobei der kleine Stern in ihrer linken Nasenmulde gleichsam unterstützend funkelte. Bewegung und Licht.

Leo erzählte, Feiler getroffen zu haben.

»Wo?«

»Nun, er stand plötzlich in meiner Wohnung.«

»Wie? Sie haben ihn hereingelassen?«

»Das kann man so nicht sagen«, meinte Leo zögernd und erklärte dann, Feiler habe noch über die alten Wohnungsschlüssel verfügt, die ihm Eva gegeben hatte, und diese quasi *zurückgebracht*.

Genauer wollte Leo nicht werden, um nicht etwa über das Heroin in seiner Wohnung sprechen zu müssen, sondern erzählte, dass er später, als Feiler bereits gegangen war, es bereute, diesen nicht gedrängt zu haben, etwas über seine Beziehung zu Eva zu erzählen. Auch oder gerade weil er eben *nicht* ihr Mörder sei.

Doch einen Tag später, so erklärte Leo, habe er jemanden kennengelernt, der ihm etwas über Feiler sagen konnte.

»Im Ernst, Herr Prager?« Bregenzer schüttelte den Kopf. »Was treiben Sie? Das ist nicht die Zeit, um Leute kennenzulernen.«

»Nun, ich war spät noch in einer Trafik, wegen Zigaretten. Ich habe mit dem Rauchen angefangen.«

»Das ist jetzt ein Witz«, sagte die Polizistin und rief etwas hinter sich, was wohl heißen sollte, die kleine Lisa möge die Türe zumachen. Wobei Leo nicht glauben konnte, dass das Kind nicht erfahren durfte, dass auch alte Leute Ungesundes taten. Eher, dass jemand in Zeiten der Kontaktsperre Kontakte suchte.

Leo erklärte den »Witz«, seine späte Lust am Rauchen – wobei er Patricia Highsmith erwähnte, aber kein Wort über eine Detektivin namens Wolf verlor –, und wie er von einer jungen Frau vor der Trafik wegen einer Zigarette angesprochen worden war und erfahren hatte, dass Erich Feiler in irgendeiner Beziehung zu einem Lokal stehe, das sich im Erdreich des Yppenplatzes befinde.

»*Anakonda*«, wiederholte Leo. »Anakonda mit k.«

»Das ist ein Gerücht«, sagte Bregenzer.

»Das kleine k?«

»Seien Sie nicht kindisch.«

»Bloß ein Gerücht also.«

»Ja, ein richtiggehender Mythos«, erklärte Bregenzer, »der seit Jahren besteht. Vor allem die Junkies glauben daran, wie man an eine Hölle glaubt, und dass dort die Preise für jegliche Droge bestimmt werden und welche Gruppe in welchen Gegenden das Sagen hat. Ein Abstecken der Reviere. Und wer wann und wo und vor allem auf welche Weise bestraft wird.«

Zwischenzeitlich, so Bregenzer, sei neben dem Drogenmythos aber auch eine Art politischer Mythos entstanden. Indem es hieß, dort, unter dem gut belebten Wiener Platz, entstünden bedeutende Kooperationen der Unterwelt mit Vertretern der gesellschaftlichen Eliten.

»Ein *Studio 45*«, sagte Leo.

»Wo haben Sie das jetzt wieder her?«

»Keine Angst, nur aus dem Internet, dafür musste ich niemanden treffen.«

»Da ist nichts dran an der Geschichte«, sagte Bregenzer. »Das ist reiner Tratsch. Auch die Drogensüchtigen brauchen ihre Verschwörungstheorien. Sowie das imposante Gefühl, dass die Beherrscher ihres eigenen Milieus auch die Beherrscher der braven Bürger sind.«

»Ich weiß nicht«, zeigte sich Leo unwillig.

»Ich schon«, sagte Bregenzer, »denken Sie nicht, wir wären diesen Gerüchten nicht nachgegangen. Es gab immer wieder Hinweise. Halb verrückte Zeugen, die von diesem Ort berichtet haben. Aber wir waren dort unten. Da ist nichts. Das ist ein dunkler, stinkender Weltkriegsbunker, wo man mit den Füßen im Wasser steht. Und kein luxuriöser Herrenclub, in dem besprochen wird, wer die nächste Parlamentswahl gewinnt, wer in Polizei und Justiz in die höchsten Ränge gelangt, selbst noch, wer zum Kardinal ernannt wird. Und nicht zuletzt, wer demnächst an einer Art von Herzinfarkt sterben wird. – So was sind die Fantasien von Leuten, die zu viel rauchen.«

»Ich bleibe bei Zigaretten, ich schwöre«, sagte Leo.

»Na gut, habe ich Ihnen das mit dem Yppenplatz ausreden können?«

»Nein«, sagte er, »aber trotzdem danke.«

»Hören Sie wenigstens auf, Leute in Ihre Wohnung zu lassen.«

»Dass wir beide brutal angefahren wurden, ich ins Koma geriet und Sie unter Waffengewalt einen komischen kleinen Zettel aushändigen mussten, das habe ich aber nicht geträumt, oder?«

»Nein, aber was hat das mit dieser Mär vom *Anakonda* zu tun?«

»Nun, irgendwie kreist alles um meine Schwester.«

»So was bilden sich alle ein, die einen Menschen bei einem Gewaltverbrechen verloren haben. Das ist wie bei einer Apophänie.«

»Einer was?«

»Na, wenn Sie sich in ein Taschentuch schnäuzen und im Geschnäuzten das Gesicht Jesu erkennen. Oder in einer Wolkenformation den Namen Ihres Geliebten. Wenn jeder Zufall als Bestimmung und Grund erscheint.«

»Also, das mit den Wolken kenne ich gut.«

»Sobald diese Krise vorbei ist«, erklärte Bregenzer, »können Sie ja mal zum Babysitten vorbeischauen und mit Lisa darüber sprechen. Die glaubt auch an Wolken, die Zeichen senden.«

»Gerne«, sagte er, »hoffen wir, dass es dazu noch kommt.«

»Ja, hoffen wir.«

Und so endete ihrer beider Konferenz. Und ging damit auch über in das Ende des Sonntags, das Leo mittels einer im Bett gerauchten Zigarette würdig abschloss. Eine Zigarette, die er gerne Bregenzer gewidmet hätte, die aber offenkundig nicht zu den Raucherinnen gehörte. Er würde mit dieser Widmung noch warten müssen. Auf eine geeignete rauchende Frau.

Montagnachmittag machte er sich auf den Weg in den Bezirk Alsergrund, wobei er diesmal bereits am Karlsplatz die U-Bahn verließ und hoch zu jener Station marschierte, die dem Bristol vorgelagert ist. In diesem Hotel übernachtet zu haben, erschien ihm als etwas, was ungemein lange zurücklag. Wie eigentlich alles, was kurz vor seinem Sturz ins Koma geschehen war. Lange zurückliegend und unsicher in den Details. So als würde es eher in jene Zeit gehören, als Leo von Wien fortgegangen war. Als seien diese zwei Tage im Dezember 2019 ein Appendix gewesen: der ins 21. Jahrhundert reichende Wurmfortsatz von Ereignissen aus den 1970er-Jahren.

Aber jetzt war jetzt.

Und da kam sie, die Straßenbahn der Linie D, in die Leo einstieg und damit die berühmte Wiener Ringstraße entlangfuhr, vorbei an all den staatstragenden Gebäuden, auch an jenem im Umbau befindlichen Parlament, in dem seine Schwester so lange gearbeitet hatte. Diese Bauwerke machten bei aller Pracht und Mächtigkeit auf ihn einen irgendwie *müden* Eindruck, als hätten sie es langsam satt, hier herumzustehen. Gut möglich, dass dieser Eindruck dem Fehlen der

Touristenströme zu verdanken war, die diesen Gebäuden – bei aller faktischen Funktion – so etwas wie eine Berechtigung verliehen.

Es war etwas frischer als an den vorangegangenen Tagen, als Leo die Straßenbahn an der Station gegenüber dem Palais Liechtenstein verließ. Manchmal konnte man meinen, diese ganze anmutig-verfluchte Stadt bestehe nur aus Palais, denn auch als Leo jetzt hinüber zur Strudlhofstiege ging und diese hochmarschierte, gelangte er zu einem Palais, eben dem Palais Strudlhof, in dem schon einiges untergebracht gewesen war: ein Gebär- und Findelhaus, eine Armenanstalt, die Stadtresidenz eines Herzogs oder die Botschaft der Katarer. Und nun gehörte es bedauernswerterweise zu einem um die Ecke gelegenen Hotel von ausgesuchter Hässlichkeit. Ein Hotel, das man glücklicherweise nicht sah, wenn man direkt vor dem neoklassizistischen Strudl-Bau stand, den Heimito von Doderer als ein »tief in sein inneres möbelhaftes Schweigen versunkenes Palais« beschrieben hatte.

Leo hatte sich extra diese eine Textstelle im Internet herausgesucht, weil er das mit dem »möbelhaften Schweigen« irgendwo einmal aufgeschnappt hatte und es, ohne den Roman je gelesen zu haben, als ein umwerfendes Bild empfand.

Und wie es stimmt, dachte er sich nun beim Anblick des Gebäudes.

Indem er sich nun aber zur anderen Seite drehte, fiel sein Blick über die Straße und über die auf der Gegenseite geparkten Autos hinweg auf das *Chez Antoinette*, das ihm wegen des soeben gedachten Dodererbildes ebenfalls als ein Möbel erschien. Doch im Unterschied zum Palais nicht nur als ein wesentlich kleineres Möbel, sondern vor allem als das Gegenteil von schweigsam, ungemein gesprächig. Nicht geschwätzig, das nicht, aber beredt und mitteilsam.

Leo wechselte die Straßenseite, stellte nun jedoch fest, dass sich eine Kundin im Laden aufhielt. Und abgesehen davon, dass es deutlich sichtbar auf einer kleinen Stelltafel geschrieben stand, nämlich *one-by-one*, hätte er den winzigen Laden auch zu anderen Zeiten nur als einziger Kunde betreten.

Also wartete er, und hätte jetzt beinahe seine noch ausständige

Mittagszigarette aus der Tasche gezogen. Aber genau die wollte er sich aufheben für den Fall, dass Tina Wessely sich nach diesem Gespräch nicht als seine Feindin, sondern seine Freundin herausstellen sollte.

Vor dem Laden stehend, zog er sich aber schon mal seine Schutzmaske wieder vors Gesicht, die er nach der Straßenbahnfahrt vorsichtig unters Kinn geschoben hatte, wie um seinen Bart zu wärmen. Eine neue, waschbare Maske übrigens, die er sich bestellt und nach langer Lieferzeit auch erhalten hatte. Keine von den *Billafods*, wie der Volksmund die Schutzmasken nach einer Supermarktkette getauft hatte, auch nicht »vorhangartig letschert«, sondern mit einer dieser Passformen, die in der Mitte ein wenig spitz zulief und dem Nutzer das Gefühl gab, sich eine kleine Blase, ein kleines Zirkuszelt zu schaffen, in dem man atmen konnte, und nicht wie gegen eine Wand. Wobei auch das verwendete Funktionsmaterial half. Eigentlich eine Maske speziell für Jogger, jene Leute, die er so sehr verachtete, umso mehr, als er bereits realisiert hatte, dass deren Philosophie darin bestand, dass nicht sie selbst Abstand zu halten hatten, sondern gefälligst der Rest der Menschheit. Und dass die alten Trottel, die ohnehin bald sterben würden, zu Hause bleiben sollten, anstatt auf potenziellen Laufwegen unnötige Hindernisse zu bilden.

Er genoss den Moment der Ruhe in einer Straße, in der er wirklich vollkommen allein war. Bis dann eine gute Viertelstunde später die Kundin das *Chez Antoinette* verließ und hoch zur Boltzmanngasse marschierte.

Leo wartete einen Moment, dann trat er direkt vor die Eingangstüre, wo er allerdings stehen blieb.

Tina Wessely war noch damit beschäftigt, irgendein hauchdünnes Stück Stoff zu falten und in einer kleinen, flachen Schachtel unterzubringen, welche auch durch die Scheibe hindurch den Eindruck einer zur Ruhe gekommenen und zur Geometrie gefundenen Hochzeitstorte machte. Bald aber bemerkte die Geschäftsinhaberin Leo und gab ihm ein Zeichen, dass er eintreten möge.

Das tat er.

»Da sind Sie ja!«

»Ja, da bin ich«, sagte er und sah sich erst einmal um.

Das, was er schon von außen vermutet hatte und ihm von den Fotos aus dem Internet bekannt war, erstaunte ihn dennoch, wie hoch dieser Raum nämlich war. Eine ungemein filigrane schmiedeeiserne Wendeltreppe führte hinauf zu einer Galerie, wo man sich dann auf gleicher Höhe mit dem mächtigen Kristalllüster befand. Wobei Leo diesen »Glaskörper« nur schlecht erkennen konnte, da ein schwarzer Fleck den Blick versperrte. Dabei war es kein Mann, sondern eine Deckenleuchte.

Dort oben waren nach drei Wänden hin Schachteln gestapelt, die alle von dieser hochzeitstortenmäßig feierlichen, aber in ihrer Feierlichkeit disziplinierten Art waren, alle in einem zarten Rosa. Und alle mit einem kleinen Aufdruck, der das Emblem dieses Ladens zeigte: eine hohe, silbrig weiße Rokokoperücke. Es waren also nicht die Schachteln der Zulieferfirmen, sondern eigens für dieses Geschäft entworfene und hergestellte Verpackungen.

Es war weder warm noch stickig in dem kleinen Raum, wie Ihrig es behauptet hatte, sondern auf eine angenehme Weise frisch und luftig. Leo fiel das Wort »Höhenluft« ein. Kein Wunder, blickte er ja auch hinauf zur Galerie und zu den Schachteln, die senkrechte Kartonwände bildeten, rosa Felsen, so wie es anderswo Bücherwände gab.

»Also, Herr Prager«, sagte Frau Wessely, »was hat Sie veranlasst, meinem Mann von Nestor Ihrig zu erzählen? Sie haben doch vielleicht schon mitbekommen, dass Rainer ein ziemlich eifersüchtiger Mensch ist. Das ist einfach sein Schwachpunkt, da muss man nicht auch noch draufhauen.«

»Wirklich Rainer?«

»Was wundert Sie das so? Weil er nicht James oder Ray heißt?«

»Nein, natürlich nicht. Doch manchmal irritiert ein Name. Ich finde Ihren Mann einfach nicht rainermäßig.«

»Wie müsste er aussehen, damit Sie ihn als *rainermäßig* einstufen?«

»Zarter«, sagte Leo.

»Ja, das kann man nicht immer voraussehen, wie zart oder weniger zart jemand einmal sein wird.«

Rainers Eltern, erklärte Wessely, seien französische Germanisten mit deutschen Vorfahren, die ihr Kind halt nach Rilke benannt hätten. Was man doch machen könne. Er heiße ja nicht Winnetou oder Freitag.

Leo erwiderte, einen französischen Dialekt gar nicht herausgehört zu haben.

»Ja, er ist perfekt, was sein Deutsch betrifft«, sagte Wessely und erklärte, dass Rainer ebenfalls Germanist geworden sei, Germanist in Paris, bevor er nach Wien kam. Um hier in einem Verlag zu arbeiten. »Aber es war ja nicht sein Name, der Sie dazu getrieben hat, ihn anzusprechen und mir einen hübschen kleinen Streit zu bescheren.«

»Ich war einfach verärgert«, sagte Leo, »weil Sie nicht ehrlich mit mir waren, als wir das erste Mal über Ihrig sprachen.«

»Sie haben ja keine Ahnung«, sagte sie.

»Also, das stimmt. Darum bin ich schließlich hier.«

»Ich dachte«, sagte sie, »Sie würden sich für meinen Laden interessieren. Und für das, was ich hier anbiete.«

Leo zögerte, dann meinte er: »Es ist schon verrückt, was bei Ihnen ein Unterleibchen kostet.«

»Eher ist verrückt, für welchen Müll die Leute Geld ausgeben, Hauptsache es ist *viel* Müll. Herrenslips im Zehnerpack, die man nach dreimal Waschen einem Elefanten überziehen könnte.«

»Wie kommen Sie denn auf einen Elefanten?«

»Ein großes Tier halt«, meinte sie, scheinbar zweifelnd, ob Leo tatsächlich unfähig sein sollte, einen bildhaften Vergleich zu verstehen. Dann aber verwies sie auf jene schwedische Herrenunterwäsche, über die Leo bereits auf der Webseite des *Chez Antoinette* gelesen hatte: wunderbare, der Haut und der Form des Körpers schmeichelnde Wäsche, hergestellt aus Lyocell, einer modifizierten, die Umwelt schonende Cellulosefaser mit natürlichen, antibakteriellen und feuchtigkeitsregulierenden Eigenschaften, *smoother than silk*, von Schweden designt und von Portugiesen in feinster Handarbeit hergestellt (was doch eine sehr stereotype Verteilung von Talenten darstellte), von der Vogue als die »Beste Unterwäsche der Welt« bezeichnet. Und von der Financial Times als »silky and sexy«, was schon erstaunte, zu welchen Adjektiven die Financial Times fähig sein konnte.

»Okay, Sie haben recht«, sagte Leo, »das ist eine schöne Ware. Trotzdem möchte ich gerne wissen, was Sie und Ihrig wirklich verbindet. Sie und diesen *unsympathischen* Mann. Eine Sexgeschichte würde mich nichts angehen, natürlich nicht. Aber darum geht es doch nicht, oder?«

»Darüber reden wir nachher«, erklärte Frau Wessely und zeigte hinüber zu einem sehr schmalen Vorhang in der hinteren Ecke des Raums. »Zuerst probieren Sie eine von den Boxer Trunks, lassen dabei aber Ihre eigene Unterhose an, das versteht sich, oder? Sie müssen die in Burgunderrot nehmen. Schwarz und Marineblau sind nichts für Sie. Army Green würde eventuell auch noch funktionieren.«

»Nein, keine Armee. Wein ist gut, Wein ist sehr gut«, sagte Leo und nahm die Schachtel, die ihm Wessely auf einen halbrunden Wandtisch gelegt hatte – ein Barocktischlein, das aussah wie ein »Sprössling« jener Balkone, auf denen sich die beiden das erste Mal begegnet waren.

Leo hatte den kleinsten Umziehraum aller Zeiten erwartet. Und seine Erwartung erfüllte sich. Dabei waren Wesselys Kundinnen keineswegs nur schlanke, junge Frauen mit niedrigem Blutdruck, sie führte auch Übergrößen. Wie man allerdings mit einer Übergröße in diese Kabine passen sollte, war Leo ein Rätsel. Bei ihm selbst, der in Wien und im Koma nicht gerade dicker geworden war, ging es sich gerade so aus.

Im Stile eines in einen aufrechten Sarg gesperrten Entfesselungskünstlers zog er sich bis auf die eigene Unterhose aus und schlüpfte in die eng anliegenden, burgunderroten Boxershorts, die von Wessely richtigerweise als »Trunk« bezeichnet worden waren, was – soweit sich Leo erinnern konnte – eigentlich »Kofferraum« bedeutet. Ein Kofferraum für einen Unterleib.

In solcher Vollständigkeit und Ausführlichkeit wie in diesem wandhohen Spiegel hatte er sich schon lange nicht mehr betrachtet. Er hatte deutlich abgenommen. Dünn war er schon immer gewesen, aber nun kam der Eindruck des Ausgemergelten hinzu, was aber auch dazu führte, dass nicht nur seine Knochen, sondern auch seine Muskeln deutlicher hervortraten, die ganze Sehnigkeit dieses Körpers, wie man sich vorstellt, dass ein Fakir aussieht. Ein langsam erblindender Fakir.

Doch der eigene Anblick gefiel ihm. Und zwar erst recht in Kombination mit diesem eng anliegenden »Kofferraum«, der seine Körpermitte seidig glänzend umspannte, und das auf eine Weise, zu der man heutzutage *definiert* sagte.

»Lassen Sie mal schauen«, meinte Frau Wessely.

Also ließ Leo sie mal schauen und zog den Vorhang zur Seite.

»Ich hab Ihnen doch gesagt«, meinte Wessely, »dass Ihnen das passen wird. Absolut perfekt. Da weiß man dann, was der Begriff der *zweiten Haut* zu bedeuten hat, oder?«

Er konnte nicht sagen, dass es ihm wirklich unangenehm war, so halb nackt und burgunderrot geschmückt vor dieser Frau zu stehen, mit seinem alten, aber irgendwie auch attraktiven Körper.

»Sie könnten als Modell gehen«, meinte Wessely.

»Jetzt übertreiben Sie«, sagte er.

»Je älter die Menschen werden – und das ist ja gut so –, umso länger werden sie von der Mode begleitet«, umschrieb Wessely den Umstand, dass die Werbung auch Modells benötigte, bei denen sich Konsumenten fortgeschrittenen Alters nicht verarscht vorkamen.

Bei seiner Schwester, sagte Wessely, hätte sie das genauso empfunden.

»Die war aber etwas fülliger als ich«, meinte Leo.

»So gehört es sich auch«, antwortete Wessely, »die Frauen voller, die Männer dünner. Umgekehrt hingegen … Aber das ist nur *meine* Meinung.«

Er fand es eine gute Meinung. Und jetzt, wo Wessely das sagte, stellte er auch fest, dass sie sehr viel weniger schlank war, als sie auf dem Balkon stehend auf ihn gewirkt hatte. Sie war nicht fett, sie war nicht mollig, aber ebenso wenig mit einem yogamäßig frustrierten Leib ausgestattet. Sie besaß Rundungen, gute Rundungen an den passenden Stellen. Sie trug ihr Kleid – übrigens ein knielanges Sommerkleid mit einem Muster wie aus einem Blumenbild von Richard Handler – und nicht das Kleid sie.

Leo zog den Vorhang zu, schlüpfte aus dem Burgunderrot und legte sich in der Enge der Kabine wieder kunstvoll seine »Fesseln« an.

So trat er angezogen heraus, platzierte die eben probierte Unterwäsche auf dem kleinen Wandtischchen und erklärte, drei Stück zu nehmen.

Wessely empfahl zum Burgunderrot vielleicht doch auch eine Shorts in Sky Grey und zeigte ihm die Farbe.

»Das ist aber nicht das Grau von einem Wiener Himmel«, meinte Leo. »Na, vielleicht ein schwedischer oder portugiesischer.«

»Ich darf es also dazupacken?«

»Ja, tun Sie das.«

Sie verschwand kurz in einem weiteren hinteren Raum, der dicht neben der Umziehkabine lag und den Leo überhaupt nicht realisiert hatte, weil er diesen schmalen schwarzen Schlitz seiner impressionistischen Krankheit zugeordnet hatte.

Wessely kehrte aus der kleinen Dunkelheit mit einer Schachtel zurück, diesmal aber keiner in Rosa, sondern einer in Cyan – also wenn Blau nicht errötet, sondern ergrünt. Und packte die drei in Portugal hergestellten Schweden mit größter Sorgfalt in den schmalen Karton.

»Also«, meinte Leo, »jetzt habe ich brav eingekauft …«

»Ich habe Sie nicht gezwungen, oder?«

»Nein, aber nun sollten wir über Ihrig reden.«

»Dann müssen wir zuerst über meinen Bruder reden«, sagte Wessely.

»Ja, dann sprechen wir über ihn.«

»Mein Bruder ist tot«, sagte Wessely, »dabei war er sehr viel jünger als ich, ganze elf Jahre, ein spätes Glück meiner Eltern. Und auch mein Glück. Meine Eltern waren viel beschäftigte Leute, aber nicht, weil sie so erfolgreich waren. Sie an der Kassa eines Supermarkts, er in einem Betrieb, wo man das Fleisch verarbeitet hat, das letztlich im Supermarkt meiner Mutter landete.«

Als so viel ältere Schwester, erzählte Wessely, habe sie viel Verantwortung für den kleinen Bruder übernommen, etwas, das weithin als ein Übel gilt, wenn Menschen, die selbst noch Kinder sind, elterliche Aufgaben erfüllen. Und doch war es ihr weniger Belastung als Lust und Stolz und Freude gewesen, den kleinen Alexander zu behüten.

Alexander also. Der nächste Name in dieser Geschichte, den Leo sich merken musste, beziehungsweise die Gefahr bestand, ihn zu vergessen.

Das mag auch schon etwas Krankes an sich haben, meinte Wessely, wenn man auf diese Weise, diese mütterliche Weise, mit einem Geschwisterkind eben nicht nur auf-, sondern auch zusammenwächst und dann ein Leben lang so verbunden bleibt, selbst über den Tod hinaus, eben weniger wie Bruder und Schwester, sondern mehr wie Mutter und Kind. Wenn das eine Krankheit ist, dann sei es eben *ihre* Krankheit.

»Aber nicht der Grund«, sagte Wessely, »dass ich selbst nie eigene Kinder bekam. Das ist einfach biologisches Schicksal, mit dem ich leben kann und das mich nicht dazu verleitet hat, Gott zu verfluchen. Das nicht, der Tod meines Bruders schon.«

Entgegen den kleinbürgerlich-proletarischen Verhältnissen des Elternhauses hatten die Geschwister nicht nur beide maturiert, sondern beide auch studiert, wobei Tina ihr Studium schon längst abgeschlossen hatte, als Alexander das seine begann, Jura. Zu dieser Zeit war sie bereits in eine erste Ehe geraten, deren größter Vorteil in der finanziellen Kraft ihres Ehemanns bestand.

So konnte sie Alexanders Studium finanzieren.

»Es war klar«, sagte sie, »dass er nie Anwalt oder Richter werden würde. Er hat dieses Fach nur gewählt, um sich so besser auf sein eigentliches Ziel, den Journalismus, vorbereiten zu können.«

Und das wurde er dann auch, Journalist, freiberuflich und – wie man so sagt – mit einem Hang zum Literarischen.

»Nicht, weil er etwas erfunden hätte«, erklärte Wessely, »anstatt zu recherchieren, aber sein Stil war nun mal literarisch. Wie halt ein Dichter schreibt. Was nicht alle gut fanden. Ich fand ihn brillant.«

Sie sei, sagte Wessely, mit ihrem ersten Mann auch nur darum so lange zusammengeblieben, um weiter an das Geld zu kommen, das nötig war, ihren in der Freiberuflichkeit eher mittellos schwebenden Bruder zu unterstützen. Wie eine gute »Mutter« das eben tut und nicht etwa meint, mit dreißig müsste ein Mann seine erste Million zusammengetragen haben oder zumindest ein gut verdienender Angestellter sein.

»Ich bin eigentlich keine Sozialistin«, sagte Wessely, »aber Umverteilung fand ich schon immer sinnvoll.«

Natürlich habe die Erfolglosigkeit ihren Bruder erst recht dazu getrieben, sich – neben den poetischen Stadtbeschreibungen und Reisebeschreibungen, seinen psychologischen Porträts, den scharfen politischen Analysen und seiner Auseinandersetzung mit Fragen der Rechtsphilosophie – nach dem großen Coup zu sehnen, der großen investigativen Geschichte.

Thomas Bernhard, sagte Wessely, habe doch so gerne erklärt, dass die Wirklichkeit viel schlimmer sei als das, was die Schriftsteller schreiben würden, und dass sich diese schlimme Wirklichkeit gar nicht beschreiben ließe. Aber genau das hätte Alexander im Sinn gehabt, die Beschreibung einer schlimmen Wirklichkeit.

»Er ist auf etwas gestoßen«, sagte Wessely, »was ihm zunächst bloß als Verschwörungstheorie erschienen ist, ein geheimer Mythos, mehr etwas, das in einen Roman gehört. Aber er hat sich dann doch darin verbissen. Er hat mir nie etwas Genaues darüber erzählt, nur Andeutungen gemacht, wie sehr dieses unser Land von einem – er nannte das einen *Untergrund* –, von einem Untergrund aus beherrscht werde. Ich dachte mir, sein ewiges Scheitern würde ihn verrückt machen. Und dann war er tot. Man fand ihn bis obenhin vollgepumpt mit Drogen. Ausgerechnet mein Bruder, den man zu Weihnachten zwingen musste, mal ausnahmsweise ein Glas Wein zu trinken und dessen schlimmstes Laster seine Begeisterung für den Fußballsport war. Mein Bruder, der Gesundheitsfanatiker, der Abstinenzler, starb an einer Mischung aus Amphetaminen, Koks, Beruhigungstabletten und jeder Menge Alkohol. Das ist dann der Moment, wo man selbst zum Verschwörungstheoretiker wird. Umso mehr, als in seinem Nachlass rein gar nichts zu finden war, was seine Recherche bestätigt hätte. Nichts.«

Sie habe das nicht verwinden können, sagte Wessely, nicht nur seinen Tod, sondern vor allem den Betrug nicht, der hinter seinem Tod stand und aus ihrem Bruder einen selbstmörderischen Drogensüchtigen machte. Was übrigens auch keinen seiner Journalistenkollegen kümmerte. Für sie alle war einfach jemand gestorben, der es lebend ohnehin nicht sehr weit gebracht hätte.

»Ich habe getrauert, habe mich endlich scheiden lassen, habe diesen kleinen Laden aufgemacht und schließlich einen zehn Jahre jüngeren, schwarzen, französischen Germanisten geheiratet.«

Bei aller Verzweiflung und Wut über den Tod und die Art des Todes ihres Bruders, so Wessely, habe sie lange nichts unternommen, um die wahren Hintergründe zu begreifen.

»Das änderte sich«, sagte sie, »als ich Ihre Schwester kennenlernte.«

»Als Kundin?«

»Richtig, sie kam als Kundin, begeistert von meiner Ware. Sie hatte viel Ahnung und Geschmack und echte Liebe für diese Sachen. Sie war auch ganz offen, mir zu sagen, wie sehr das Tragen dieser Wäsche ein Ausdruck ihrer Sexualität sei, aber eben rein gar nicht der Verführung diene. Ich würde nicht sagen, dass sie das Thema Männer ganz durchhatte, aber sie war doch sehr zufrieden mit sich selbst. Jedenfalls war sie oft hier im Geschäft, und wir haben uns bald auch privat getroffen. So hat sie von der Geschichte meines Bruders erfahren und wie sehr es mich belastet hat, dass er nicht nur so sterben musste, wie er starb, sondern wie sehr sein Andenken dadurch in den Dreck gezogen wurde. Und dass ich nicht glauben konnte, er sei von einem Tag auf den anderen zu einem pillenschluckenden, kokainschnupfenden Suchtkranken geworden.«

»Verzeihen Sie mir«, sagte Leo, »aber Sie selbst haben sich ja als eine Art Mutter bezeichnet. Und Sie wissen doch, dass Mütter selten realisieren, was ihre Kinder wirklich treiben. Auch im höheren Alter nicht. Eltern fallen immer wie aus allen Wolken.«

»Ich war nicht blind«, sagte Wessely, »ich hätte das erkannt. Ihre

Schwester jedenfalls hat mir sofort geglaubt. Geglaubt und gehandelt. Das war schon überraschend. Wie schnell sie mir etwas über meinen Bruder sagen konnte. Natürlich, sie war Stenografin im Parlament gewesen. Sie kannte eine Menge Leute aus der Politik und der Verwaltung, aber wie sie zu der Ermittlungsakte kam, die den Tod Alexanders betraf, hat sie mir nicht verraten. Sondern den Ordner einfach auf den Tisch gelegt. Hier, genau auf den, vor dem wir gerade stehen.«

Eine Akte, die zwei Jahre lang in der Staatsanwaltschaft archiviert gewesen war und in der sich die polizeiliche Untersuchung wie auch der Obduktionsbericht des Leichnams befand. Neben dem Faktum der verschiedenen, in ihrer Wirkungsweise teilweise entgegengesetzten Substanzen und dem daraus folgenden tödlichen Infarkt war zwar von Verletzungen an den Armen und im Gesicht die Rede, diese wurden aber nicht als Abwehrspuren, sondern als Folge eines Sturzes im Zuge der tödlichen Herzattacke interpretiert. Auch der Polizeibericht schloss Fremdverschulden aus, da sich keinerlei Anhaltspunkte für eine weitere Person in der Wohnung des Toten hatten finden lassen. Dafür aber Hinweise auf eine paranoide Psychose in der von Schriftstücken, Tonbandaufnahmen, Videoaufnahmen und diversen vollgekritzelten Wandtafeln stark »verunreinigten« Wohnung.

Verunreinigt? Das war eigentlich ein Wort, das man für einen Tatort verwendete, in dem die eigenen Ermittlungsbeamten herumgetrampelt waren.

Wie das Wort *verunreinigt* in einen solchen Zusammenhang geraten konnte, war darum ein Rätsel. Ein viel größeres allerdings war, dass von dem im Polizeibericht erwähnten »Recherchematerial« nichts mehr zu finden gewesen war, nachdem Tina erstmals die Wohnung ihres Bruders hatte betreten dürfen. Denn dieses Material hatte definitiv existiert, immerhin befanden sich in der Akte mehrere Polizeifotos, die nicht nur den Toten aus verschiedenen Blickwinkeln zeigten – sowie Spuren des Kokains, eine Schachtel Sedativum, Diazepam, auch eine mit Metamizol, einem starken Schmerzmittel –, sondern ebenso eine große beschriftete Wandtafel mit einem dicht verzweigten Diagramm, das die Grundstruktur eines Stammbaums aufwies. Ein unheimlicher Stammbaum, dessen Wucherungen den Beamten offensichtlich als Ausdruck einer paranoid-suizidalen Persönlichkeit erschienen war. Warum aber war diese Tafel und alles andere an Papieren und Unterlagen verschwunden, als Wessely in die Wohnung ihres Bruders kam?

»Wir haben das Foto vergrößern lassen«, erzählte sie, »um überhaupt die Details der Tafel erkennen zu können. Eindeutig die Handschrift meines Bruders. Er hat dem Ganzen einen Titel gegeben: *Weg ins Fegefeuer*. Eva hat gleich gewusst, dass das eine Anspielung auf Dantes *Weg aus dem Fegefeuer* sein muss. Ihre Schwester war wunderbar belesen.«

Allerdings, so Wessely, habe man wenig Konkretes erkennen können, da in den meisten kreisrunden Blasen, die wohl diverse verwandtschaftsartige Beziehungen anzeigten, Kürzel standen. Kürzel und viele Fragezeichen.

»Kürzel«, sagte Wessely, »die auch Eva völlig unbekannt waren. Und wenn *sie* ein Kürzel nicht kannte, wer dann?«

Am Fuß des Stammbaums, erzählte Wessely, war eine Schlange zu sehen, was sie und Eva schon ein wenig kindisch fanden, eine solche Anspielung: die Schlange als Verführerin. Immerhin konnten sie im oberen Bereich des Diagramms, zwischen all den Zahlen, Chiffren, den Fragezeichen und geheimen Kürzeln dann doch etwas Konkretes erkennen: einen lesbaren, ausgeschriebenen Namen: Nestor Ihrig.

»Mein Gott«, sagte sie, »wer heißt so? Und doch heißt einer so! Und das war ja auch besser, als wäre da ein Allerweltsname gestanden. Dieser Name war unser Anknüpfungspunkt. Er war alles, was wir hatten. Und gehörte zu einer Person, die sich leicht finden ließ. Umtriebig und eitel wie der Ihrig halt ist.«

Leo hätte gerne gefragt, welche Art von Schlange diesem mysteriösen Stammbaum als Ausgangspunkt diente, wollte Wessely aber nicht unterbrechen, da sie jetzt berichtete, wie sie und Eva sich dem einzigen verfolgbaren Punkt in diesem Diagramm näherten.

»Eva hat mich zu der Veranstaltung eines Parlamentarischen Clubs mitgenommen, weil sie wusste, dass Ihrig dort einen Vortrag halten wird. Sie war da schon pensioniert, hat aber immer noch für den einen oder anderen Abgeordneten gearbeitet. Jedenfalls war Ihrig dort. Er ist ein Mann, der beeindrucken möchte. Der Frauen beeindrucken möchte. Das ist seine Schwäche, die Schwäche so vieler Männer. Eine Frau ist immer auf der Suche nach jemandem, der ihr nützt, das schließt die Liebe nicht aus, aber sie ist zweitrangig. Der Mann soll nützen. Ein guter Liebhaber, ein guter Ernährer, ein schlechter Zuhörer, weil eben ein schlechter Zuhörer besser ist als gar keiner, und gute Zuhörer nur in der Fantasie existieren. Ein Mann aber, jeder Mann, braucht Bewunderung, er braucht jemand, in dessen Augen er sich spiegeln kann.«

»Und in Ihren Augen konnte er sich also spiegeln.«

»Absolut. Natürlich, ich bin einiges älter als er, aber in meinen Augen hat er sich trotzdem gerne wiedererkannt. Und ich habe ihm die Freude gemacht, ihn großartig zu finden und mit ihm auszugehen.«

»Und Ihr Mann?«

»Musste das nicht wissen. Weshalb es wirklich saublöd von Ihnen war, Rainer gegenüber von Ihrig zu sprechen. Es ging allein darum, einen Fuß in Ihrigs Tür zu setzen. Letztlich mit dem Ziel, Nestor und Eva zusammenzubringen. Ich weiß nicht, wie nötig es wirklich für ihn war, eine Stenografin zu engagieren. Ich denke, er fand es einfach eine charmante Idee. Und er war – wie eigentlich alle – von Eva verzaubert. Mitte sechzig hin oder her, sie hatte etwas, was alle angezogen hat.«

»Irgendeine Art von Magnet«, meinte Leo und wunderte sich über die eigene Bemerkung.

Wessely aber antwortete: »Absolut richtig. Ein Magnet. Und jetzt ist auch sie tot.«

»Ja, aber wieso?«

»Sie hat natürlich einiges von Ihrigs Aktivitäten mitbekommen, und das war ja der Sinn der Sache. Herauszubekommen, wie Ihrig auf Alexanders Diagramm hatte gelangen können. Als eine der Stationen, die ins Fegefeuer führen.«

Ihrig, so Tina Wessely, sei Vermittler, das sei sein Job, aber nicht nur ein Vermittler zwischen legalen Unternehmen, zwischen Entwicklern und Investoren, sondern auch ein Vermittler zwischen einer kriminellen und einer ökonomischen Elite, die genau in dieser Allianz – in dieser Form von Ökumene – die Geschicke dieses Landes bestimme.

»*Anakonda*!«, sagte Leo.

»Sie haben also davon gehört. Darum ja – sosehr uns das anfangs kindisch vorkam – die Schlange am Fuße des Stammbaums. Alexander war dieser Sache auf der Spur, der Verschwörung wie der Theorie. Und wenn er deshalb sterben musste, dann kann das nur bedeuten, dass er nahe an der Wahrheit war. Kindisch oder nicht.«

»Manchmal ist es sogar fatal, nahe an der Lüge zu sein«, meinte Leo. »An Lügen, die sich durchsetzen.«

Und dann fragte er, ob dies der Grund sei, warum Eva hatte sterben müssen. Weil sie ihrerseits der Schlange zu nahe gekommen war.

»Davon müssen wir ausgehen, oder?«, meinte Wessely. »Ich hätte Eva da nie mit hineinziehen dürfen. Aber sie war so engagiert in dieser Angelegenheit, besessen, als wäre es irgendwie … ja, als wäre es irgendwie um ihre geliebte Stenografie gegangen.«

»Und jetzt, was werden Sie jetzt machen?«

»Stillhalten. Was sonst? Zwei geliebte Menschen sind tot. Das muss reichen!«

»Sie haben aber noch immer Kontakt zu Ihrig.«

»Ja, was denken Sie? Genau darum! Um ihm zu zeigen, dass ich nichts anderes tue, als brav mein Geschäft zu führen, aber sicher nicht weiter nach einer Schlange forsche oder einen verschlüsselten Stammbaum verstehen möchte. Und darum auch niemand auf die Idee zu kommen braucht, mich etwa für meine Neugierde zu bestrafen und mir auch noch meinen Mann zu nehmen. Den ich wirklich liebe.«

»Dann ist es wie immer. Und Ihr Bruder und Eva sind umsonst gestorben.«

»Ganz sicher ist es wie immer«, sagte sie, »und ganz sicher sind sie umsonst gestorben.«

Leo nickte und griff nach der cyanfarbenen Schachtel. – Wie

lange, hieß es, würden sich diese Viren auf papierenen Flächen halten? Zweiundsiebzig Stunden? Scheiße auch, dachte er. Dachte aber ebenso, dass wenn er, Leo, im Plan des Lebens von diesem Virus-Ding – das keinen eigenen Stoffwechsel besaß und darum auf den Stoffwechsel von jemand anders aus war –, erwischt werden sollte, es wohl so sein musste. Sollte es aber eher eine Schlange sein, zu deren Opfer er werden würde, wollte er sich auch diesem Plan fügen. Und darum sagte er jetzt: »Ich kann nicht damit aufhören, tut mir leid.«

»Ihre Entscheidung«, antwortete Wessely, »aber lassen Sie mich raus aus der Sache. Und erzählen meinem Mann keinen Unsinn mehr.«

»Versprochen«, sagte Leo und ließ sich die Schachtel nochmals aus der Hand nehmen, damit Wessely sie in eine kleine papierene Tragetüte tun konnte. In Rosa – in einem Wesselyrosa – und mit dem obligaten Perücken-Aufdruck darauf.

»Damit werde ich wenigstens nicht überfahren«, meinte Leo angesichts der Farbigkeit, mit der er nun aus dem Geschäft trat.

Dann aber fiel ihm etwas ein, er drehte sich um und fragte Wessely, ob sie noch eine Zigarette mit ihm rauchen würde.

»Im Ernst«, fragte sie, »Sie rauchen?«

»Sie doch auch?«

»Ja, das gehört aber bitte ebenfalls zu den Sachen, die Sie meinem Mann nicht erzählen müssen. Er hasst das. Es gab darum auch schon jede Menge Streit mit dem Studenten unter uns, dem Gebler.«

»Der immer auf dem Balkon raucht.«

»Ja, und da steigt natürlich der Qualm zu uns auf, was man prinzipiell nicht verbieten kann, auch wenn Rainer es gerne würde. Er hat dem Jungen schon oft gedroht, aber der ist ein Phlegmatiker. Der nickt freundlich, und nachher steht er wieder am Balkon und macht weiter.«

»Darf ich Ihnen eine anbieten?«, fragte Leo und hielt ihr seine Packung hin.

Wessely winkte ab und nahm ihre eigene.

Hintereinander traten sie ins Freie. Ein Luftzug wehte von der berühmten Stiege kommend die Gasse hoch und verbog die Äste drüben im Garten des Palais. Unter einigen Mühen entzündeten Leo und Wessely ihre Zigaretten, er eine Dames, sie eine offensichtlich Selbstgedrehte, die mit einem weißen Filter ausgestattet war.

So standen sie im kühlen Wind und rauchten, wobei Leos Qualm in Richtung Wessely zog und sie atmosphärisch kurz umfing, als sei's eine Art von Umarmung. Was sich nicht gehörte, aber gegen den Wind konnte man natürlich nichts sagen.

Es war schon klar, wem Leo Prager in Zukunft seine Mittagszigarette widmen würde.

»Haben Sie eigentlich vor, auf Ihre Insel zurückzukehren?«, fragte Wessely. »Also ich meine, sobald das überhaupt irgendwie möglich ist.«

»Ich würde gerne«, antwortete Leo, »aber ich spüre deutlich, dass das nicht geschehen wird. Ich bin langsam am Ende meiner Runde angekommen und Anfang und Ende einer Runde liegen ja bekanntlich an der gleichen Stelle. Und die Stelle ist in meinem Fall Wien. – Na ja, es gibt hässlichere Orte. Und gerade, was das Sterben betrifft … Okay, das ist ein Klischee.«

»Absolut«, meinte Wessely, die auffällig oft das Wort *absolut* verwendete. Es aber auch sehr schön aussprach: floral, eher wie *absolon.*

Allerdings war jetzt unklar, ob sie ihr absolones Absolut auf die Schönheit der Stadt bezog oder aber auf das Klischee, dieser Ort eigne sich besonders gut fürs Sterben.

»Kann man eigentlich sagen«, führte Wesselys nächste Frage in eine ganz andere Richtung, »dass das Leben auf einer Insel auch eine Art Leben auf dem Land ist?«

»Nein, gar nicht«, antwortete Leo, »nicht, wenn der Flecken so klein ist wie Claire.«

»Was für ein Name für eine Insel!«

»Nichts im Vergleich zum Namen der anderen Insel«, sagte Leo, ohne ihn aber zu nennen.

Und auch Wessely fragte nicht danach. Denn sie blickte jetzt über Leos Schulter hinüber zur Stiege. Offensichtlich näherte sich jemand, den sie kannte.

Hoffentlich nicht Ihrig, dachte Leo, unterließ es aber genau darum, sich umzudrehen, drückte vielmehr seine Zigarette in den ins Mauerwerk geklemmten gläsernen Aschenbecher.

Er verabschiedete sich von Tina Wessely und ging.

»Morgen zum Qigong bei Mathilda?«, rief ihm Wessely hinterher.

»Morgen zum Qigong bei Mathilda«, bestätigte Leo, redete aber bereits Richtung Boltzmanngasse und Währinger Straße.

17

Leo benötigte eine halbe Stunde, um zu Fuß hinüber in den 16. Bezirk zu gelangen und sein Ziel, den Yppenplatz, zu erreichen. Wo er ja ebenfalls noch nie gewesen war. Auch nicht vor vierundvierzig Jahren, als diese Gegend weit davon entfernt gewesen war, als die Nummer 34 unter den »Trendvierteln« weltweit zu gelten.

Allerdings wirkte die bebaute Fläche mit all den geschlossenen Lokalen eher traurig verwaist, wie auf einer Architekturanimation, auf der man noch nicht dazu gekommen war, die Passanten einzuzeichnen, all die fröhlich springenden Kinder, Pärchen Hand in Hand, vorbeieilende Geschäftsleute, ältere Personen auf den Bänken der »Stadtmöblierung«, Sonnenanbeter in den Gastgärten. Selbst die Sonne fehlte. Der Platz befand sich wie in einer Lauerstellung.

Seitlich allerdings, dort, wo es in die Brunnengasse hineinging, waren dann doch viele Menschen unterwegs, die mit Schutzmasken ausgerüstet kleine lockere Schlangen vor den zumeist von türkischen Geschäftsleuten geführten Ständen bildeten.

Natürlich hatte sich Leo dank Internet vorbereitet, besaß bereits eine Art geografisches Gedächtnis den Platz betreffend, der sich ja genau genommen in Yppenplatz, Yppenmarkt und die sogenannte Piazza gliederte. Leo hatte die Lage der Lokale studiert, auch der Geschäfte auf der »Hinterbühne« des Brunnenmarktes, wusste um das jeweilige Zielpublikum der Gastronomie, um die kulturellen Einrichtungen, wusste um die drei Säulen auf der Piazza, die als Denkmal für die Opfer des Nationalsozialismus fungierten und die wie fast alle diese Denkmäler eine merkwürdige Unsichtbarkeit besaßen. Was ja selbst noch für das ungemein wuchtige Mahnmal von Alfred Hrdlicka auf dem Albertinaplatz galt, um dessen Errichtung die Wiener in einer geradezu theaterhaften Erregtheit gerungen hatten, sowie für das nicht weniger wuchtige Mahnmal auf dem Judenplatz von Rachel Whiteread, das allein den jüdischen Opfern der Shoah gewidmet war. Sie wirkten alle wie aufgelöst, weniger der Erinnerung als dem Verschwinden gewidmet. Mehr wie Nebel.

Als Leo von Wien weggegangen war, da hatte es all diese Denkmäler natürlich noch nicht gegeben, und selbst die Waldheim-Affäre und die österreichweite, geradezu religiös aufgeheizte Begeisterung für einen gewissen Jörg Haider war noch in weiter Ferne gelegen. Er hatte das alles von seiner Insel aus wie einen Film erlebt, als die filmische Umsetzung eines Bühnenstücks, bei der aber die Bühne im Film erhalten blieb, um das Künstliche und Unwirkliche und vor allem das Komödiantische zu betonen. Ähnlich wie es Lars von Trier dann in seinem Film *Dogville* praktiziert hatte.

Und auch wenn das eigentlich scherzeshalber immer wieder von Bielefeld gesagt wird, dass es Bielefeld gar nicht gibt, beziehungsweise weniger scherzhaft von einigen Wissenschaftlern behauptet wird, es habe das Mittelalter nie existiert, so war es Leo in seinen vielen Jahren auf Claire und Mönchengladbach manchmal vorgekommen, als würde es Wien und Österreich in Wirklichkeit gar nicht geben, sondern nur als Film, der auf einer Bühne spielt.

Und über einen Teil dieser gewaltigen Bühne spazierte er nun und fragte sich, wo genau wohl die Bunkeranlage lag. Er hatte es aus dem Internet nicht erfahren können. Viele Details über den Umbau des Platzes, das Restaurantleben, über die kultigsten Orte, die Aufwertung der Gegend sowie die Notwendigkeit von Hochbeeten – weil eben der Untergrund bunkerbedingt nicht taugte –, aber kein Lageplan des Bunkers, keine Fotos, nur Behauptungen von dessen Ungenutztsein. Noch entscheidender war freilich, herauszubekommen, wo sich die Zugänge zu dieser Anlage befanden. Das war etwas, worauf er Frau Wolf ansetzen wollte, obgleich es ja ihren eigentlichen Auftrag gar nicht betraf.

Es war zwei Tage später, dass Leo einen Anruf von ebendieser Frau Wolf erhielt.

»Wir kennen jetzt den Namen«, sagte sie, »den Namen des Autors von *Die Möbel des Teufels*. Sowie den Namen der Tochter des Autors, und den Namen der Enkelin.«

»Und dafür haben Sie nur ein Wochenende benötigt?«

»Wir haben Mittwoch«, blieb Frau Wolf bei den Fakten und erklärte, jemanden aus der früheren Belegschaft des Verlags der Brüder Stegman aufgetrieben zu haben, keinen Schriftsetzer, sondern einen damals jungen Sekretär, der speziell für einen der beiden Verlagsbesitzer gearbeitet hatte.

»Dieser Sekretär, ein Herr Weiß«, erklärte Frau Wolf, »war damals Mitte zwanzig und ist jetzt ein betagter, knapp achtzigjähriger Herr, der in einem Altersheim lebt. Er ist leicht dement, aber nicht blöd. Und auch wenn er mich dreimal in fünf Minuten gefragt hat, wer ich eigentlich bin und ob ich ihn heiraten würde – hätte er nicht bereits einer Schwester Claudia versprochen, sie zu heiraten –, so besitzt er dennoch ein ausgezeichnetes Gedächtnis, und zwar für alle Dinge, die mindestens fünfzig Jahre zurückliegen. Und das ist ja bei unserer Sache glücklicherweise der Fall.«

Herr Weiß konnte sich also durchaus daran erinnern, dass Dr. Stegman – schon damals waren die Stegmans prinzipiell Doktoren – ein Buch mit dem Titel *Die Möbel des Teufels* herausgegeben hatte und was dabei alles schiefgegangen war. Wie mehrere absurde Irrtümer dazu geführt hatten, dass der Name des Autors an keiner einzigen Stelle des Buchs auftaucht und wie man dem Autor eine zweite Auflage versprochen hatte, umso mehr, als dieser offensichtlich einen Teil des Drucks aus eigener Tasche bezahlt hatte. Er selbst, der Autor, war es dann aber gewesen, der diese zweite Auflage, die für das Jahr danach, also 1966, geplant gewesen war, verhindert hatte. Was – so meinte sich Herr Weiß zu erinnern – auch damit zusammenhing, dass der Autor zwischenzeitlich Vater geworden war. So schwer diese Begründung auch zu verstehen war. Möglicherweise sei er froh gewesen, dass sein Name mit diesem Buch nicht in Verbindung gebracht werden konnte.

»Jedenfalls hat sich unser Zeitzeuge«, sagte Frau Wolf, »noch gut an den Namen dieses Mannes erinnern können und ihn auch gleich erkannt, als ich ihm das Foto zeigte. Paul Urban! So heißt der Autor. Er dürfte übrigens weder davor noch danach ein anderes Buch veröffentlicht haben.«

Soweit sich Weiß erinnern konnte, hatte Urban damals als Bankangestellter gearbeitet und daneben von einer literarischen Karriere geträumt. Ein Traum, den er aber nach dem Desaster mit dem namenlosen Buch begraben hatte. Nicht, dass Weiß noch hätte sagen können, worum es eigentlich in diesem einen Roman gegangen war. Und ob man behaupten konnte, es sei ein gutes Buch gewesen, wenn schon ein Buch ohne Namen.

»Am Schluss«, erzählte Frau Wolf, »hat unser Herr Weiß gemeint, dass er vielleicht doch darauf verzichten werde, Schwester Claudia zu heiraten, weil, na, die sei ja schon extrem jung, und mit den jungen Frauen habe man doch immer nur Ärger, weshalb er stattdessen mich nehmen würde. – Ich habe ihm gesagt, das sei lieb von ihm, und dass ich ihn bald wieder besuchen werde. Denn sehen Sie, das werde ich wirklich machen. Das habe ich von meinem Sekretär, Herrn Cheng, gelernt, dass die Detektivarbeit immer zu menschlichen Verpflichtungen führt, die einzuhalten unerlässlich sind. Fluch und Segen dieses Berufs.«

»Wissen Sie denn schon, ob dieser Paul Urban noch lebt?«, fragte Leo, auf eine Bejahung hoffend.

»Nein, er ist lange tot. Als das Buch herauskam, da war er bereits etwas über dreißig. Er hatte da noch elf Jahre zu leben. Zehn davon mit seiner Tochter, einem Mädchen namens Linda.«

»Elf Jahre, sagen Sie. Das heißt, er starb 1976.«

»Exakt.«

»Und weiß man auch wie?«

»Genau genommen wurde er nachträglich für tot erklärt. Das geht aus alten Unterlagen hervor. Da steht also nicht etwa, er sei beim Einsturz der Reichsbrücke ums Leben gekommen, sondern nur, dass er 1976 von seiner Frau als vermisst gemeldet wurde, nicht wiederaufgetaucht sei und erst viele Jahre später für tot erklärt wurde. Nach über zehn Jahren, im Zuge von etwas, das ›nachrichtenlose Abwesenheit‹ genannt wird.«

»Und seine Frau und seine Tochter?«, fragte Leo.

»Seine Frau starb im Jahre 2012 an Krebs, seine Tochter Linda vor zwei Jahren zweiundfünfzigjährig an derselben Krankheit. Keine sehr glückliche Familie. Aber es gibt da eine weitere Tochter, also die Tochter von Linda Urban, die später, als sie heiratete, den Namen Kubetzky annahm, Julia Kubetzky, somit die Enkelin von Paul Urban, die ihren Großvater nie kennenlernen konnte.«

Noch einmal staunte Leo, dass Frau Wolf das alles in diesen paar Tagen herausbekommen hatte.

»Hätte ich Sie erst nächste Woche anrufen sollen?«, fragte sie.

»Nein, verzeihen Sie, so war es nicht gemeint.«

»Also«, sagte Frau Wolf, »wir wollen ja die Hintergründe durchschauen, nicht nur biografische Daten aufreihen und uns darüber wundern, in welchem Jahr Paul Urban verschwand. Ich habe Kontakt zur Enkelin aufgenommen. Sie lebt in Deutschland, offenkundig in prekären Verhältnissen. Sie möchte Geld dafür, wenn sie mit uns spricht und uns die Geschichte ihrer Mutter und ihres Großvaters erzählt. – Ich kann jetzt nicht sagen, ob diese Frau uns wirklich etwas bieten kann, was sich lohnt, bezahlt zu werden. Aber sie muss es bitter nötig haben, wenn sie jede Möglichkeit nutzt, um an Geld zu kommen. Drei Kinder, kein Mann, irgend so ein gottverdammter Job in der Gastronomie, der jetzt auf Eis liegt …«

»Wie viel will sie, damit sie mit uns redet?«

»Tausend Euro.«

»Sagen Sie ihr, ich zahle ihr zweitausend.«

»Davon würde ich abraten«, meinte Frau Wolf, »sie könnte auf die Idee kommen, dass wer zweitausend bezahlt, gerne auch dreitausend bezahlt, und dann nimmt die Sache – wie bei einer Erpressung – kein Ende. Oder aber sie meint, sie müsste für zweitausend Euro etwas Besonderes bieten und erzählt uns ein tolles Märchen statt einer vielleicht banalen Wahrheit. Nein, es ist gut, genau auf ihre Forderung einzugehen. Tausend Euro.«

»In Ordnung.«

»Ich gebe ihr Bescheid und terminiere eine Videokonferenz. Sie lebt da irgendwo in der Nähe von Düsseldorf. Und hat nicht nur Kinder und Katzen, die kosten, sondern auch einen Computer. Ich werde für morgen Abend ein Zusammentreffen ausmachen. Oder haben Sie da etwas vor?«

»Eigentlich wollte ich Tennis spielen gehen«, sagte Leo, fand seinen Scherz aber auch nicht sonderlich gut und meinte: »Natürlich habe ich Zeit. Ich werde bereit sein.«

»Ich gebe Ihnen noch die genaue Uhrzeit durch, sobald ich das mit Frau Kubetzky vereinbart habe. Und sende Ihnen auch die Bankdaten von ihr. Sie will da sicher gleich eine Überweisung sehen, bevor sie ihren Mund aufmacht.«

»Soll sie bekommen«, sagte Leo und fügte an: »Ich hätte noch eine Bitte an Sie, Frau Wolf.«

»Ja?«

»Ich würde gerne etwas über einen Weltkriegsbunker erfahren, der sich im sechzehnten Bezirk befindet, unter dem Yppenplatz.«

»Und wieso interessiert Sie das?«

Leo berichtete von Feilers Freilassung, da sich nun doch eine Entlastungszeugin gemeldet hatte. Und wie er mit Feiler gesprochen habe. Allerdings erwähnte Leo auch Frau Wolf gegenüber mit keinem Wort das neue Heroin, das hinter alten Büchern verborgen auf eine Abholung wartete. Eine Abholung, deren Zeitpunkt in den Sternen zu stehen schien.

Wovon er dann freilich sprach, war der Umstand, mit dem Rauchen angefangen zu haben.

»Sie machen wohl Witze«, meinte Frau Wolf lächelnd. »Tennis und Rauchen.«

»Na ja, Tennis muss nicht sein«, sagte Leo, »aber Ihre Bemerkung über das Rauchen und den Sinn des Rauchens hat mir echt zu denken gegeben. Und was kann ich schon verlieren? Eher kann ich nur noch gewinnen. Ich rauche Dames.«

»Na, dann freue ich mich auf eine gemeinsame Zigarette«, sagte Frau Wolf, ergänzte aber, dass diese »späte Liebe« doch wohl kaum Leos Interesse am Yppenplatz erkläre.

»In gewisser Hinsicht schon«, antwortete Leo und erzählte, wie eben genau diese frisch erwachte Liebe zur Zigarette ihn mitten in der Nacht auf den Hauptbahnhof getrieben hatte und er dort an eine um eine Zigarette bettelnde junge Frau geraten war. Und was er in der Folge für hundert Euro erfahren hatte.

»Das scheint Ihre Taktik zu sein«, meinte Frau Wolf, »mit Geld winken.«

»Stimmt, ja, ich weiß auch nicht. Aber es funktioniert«, sagte Leo. Jedenfalls habe diese junge Frau einen Bezug zwischen Feiler und dem unterirdischen Bereich des Yppenplatzes hergestellt und von einem geheimen Ort namens *Anakonda* gesprochen.

Leo deutete an, welche verrückt-staatstragende Rolle dieser Ort angeblich spiele. Und fragte: »Haben Sie je davon gehört?«

»Nein. Aber es klingt ein wenig nach dem, was ich Ihnen zuvor sagte, dass nämlich manche Leute, die man gut bezahlt, sich etwas ausdenken müssen, um diese hohe Bezahlung auch zu rechtfertigen.«

»Mag sein. Trotzdem!«

Da war es wieder, Leos *Trotzdem*.

Allerdings vermied er es jetzt, von Tina Wessely zu sprechen, und erwähnte auch den Umstand nicht, dass ein gewisser Nestor Ihrig auf einem Stammbaum aufgetaucht war, der auf einer Schlange fußte. Schließlich und endlich hatte er Frau Wolf allein engagiert, um in der Reichsbrückengeschichte weiterzukommen.

Er sagte: »Ich wüsste einfach gerne, wo dieser Bunker liegt und wie man dort hineinkommt. Nehmen Sie es als die Neugierde eines Wienheimkehrers, der sich für das Unterirdische interessiert, welches ja zu einem Wienklischee mindestens so dazugehört wie der Tod und der Wein. – Können Sie das für mich machen?«

»Natürlich«, sagte Frau Wolf. »Ich denke, dafür ist das Stadtgartenamt zuständig. Ich kenne da jemanden, den ich bitten werde. Vielleicht kann man eine Führung organisieren.«

»Wunderbar«, sagte Leo. »Danke.«

»Bis morgen Abend in Düsseldorf«, erklärte Frau Wolf.

»Bis morgen Abend«, sagte Leo, legte auf und schenkte sich ein Glas Wein ein, wobei er merkte, wie sehr ihm jetzt nach einer Zigarette war. Aber noch lag er nicht im Bett. Zudem würde diese eine Abendzigarette gar nicht Frau Wolf gewidmet sein, sondern Tina

Wessely, deren Stimme er soeben durch das offene Fenster vernahm. Offensichtlich stand sie auf ihrem Balkon, natürlich nicht rauchend, sondern telefonierend.

Er meinte sogar, einmal seinen Namen zu hören, es konnte aber auch gut etwas ähnlich Klingendes gewesen sein, etwas wie Nager, Versager … Den einzigen Satz, den er richtig verstehen konnte, war: »Und die dumme Ziege glaubt wirklich, der BH sei schuld, dabei ist es genau umgekehrt.«

18

Kurz nach neun stieß Leo zu der Videokonferenz. Groß im Bild war zunächst Frau Wolf, während Leo selbst wie auch eine dritte Person, Julia Kubetzky, auf einem kleinen Kästchen in einer oberen Leiste zu sehen waren, bevor Leo dies änderte und nun alle drei in gerechter Verteilung einer Galerieansicht über das Bild verteilt waren.

Zwei Damen und ein Herr beim Kartenspiel, Öl auf Holz, ca. 1660.

Frau Wolf stellte Prager und Kubetzky einander vor, erklärte dann die finanzielle Seite gemäß den Vorstellungen von Frau Kubetzky als erledigt und bat sie nun, etwas über die Lebensgeschichte ihrer Mutter, vor allem aber über die Lebensgeschichte ihres nie gesehenen Großvaters zu erzählen, zwei Geschichten, die ja immerhin zu ihrer eigenen Geschichte geführt hätten.

»Sie müssen uns aber keinen Roman erzählen«, sagte Frau Wolf, »Sie wissen, was uns interessiert.«

»Die Sache mit der Brücke«, sagte Frau Kubetzky, eine Frau um die dreißig, der man die Anstrengungen des Lebens ansah. Es war aber nicht wie bei Feiler und dem »Zigarettenmädchen«, denen die Drogensucht ein frühes Altern beschert hatte, eher wirkte diese Frau mädchenhaft jung, aber es hatte sich eine deutliche Erschöpfung in ihr Gesicht gebrannt. Eine Erschöpfung nicht nur von einem Zuviel an Arbeit und einem Zuwenig an Schlaf und Erholung, sondern vor allem eine Erschöpfung von zu vielen begangenen Fehlern: dem falschen Mann nach Deutschland gefolgt zu sein, den falschen Beruf ergriffen zu haben, die Kinder in die falsche Schule geschickt zu haben, falsche Freunde. Aber auch ein Gesicht ohne Aufbegehren gegen das Schicksal. Wie eben bei Menschen, die meinen, es nicht anders und besser verdient zu haben und auf eine unerfindliche, aber doch berechtigte Weise verflucht zu sein. Bestraft zu werden.

Um Kubetzkys schmalen Hals hing eine dünne Kette mit einem kleinen Kreuz daran. Auch ihre Stimme hatte etwas Mädchenhaftes, nicht zickig oder arrogant, eher unfertig, eine Stimme, überhaupt eine Person – kam es Leo in den Sinn –, auf die man einen der berühmtesten Titel der Weltliteratur in verwandelter Weise hätte anwenden können: *Eine Frau ohne Eigenschaften.*

Aber eben alles andere als eine dumme oder unter ihren Lebensverhältnissen verkommene Frau, sondern eben eine ohne Eigenschaften. Ein Gedanke, der Leo nicht aus dem Sinn kam, während er ihr nun zuhörte, wie sie davon berichtete, was ihre Mutter ihr einst erzählt hatte.

»Ich habe das nie geglaubt«, sagte Frau Kubetzky, »so was kann man auch nicht glauben. Aber meine Mutter hat es immer wieder auf die gleiche Weise erzählt und nie etwas geändert, und darum dachte ich mir: ist halt ihre Geschichte. *Die* kann ich Ihnen liefern, eine andere habe ich nicht, eine andere müsste ich mir erst ausdenken.«

»Die Geschichte Ihrer Mutter«, sagte Frau Wolf, »ist die, die wir hören möchten.«

Dem Bericht Julia Kubetzkys gemäß war ihre Mutter 1966 als Tochter von Hedwig und Paul Urban auf die Welt gekommen. Er ein Bankangestellter mit dem Hang zu Träumereien, in die Literatur verliebt, sie eine Verkäuferin in einem großen Warenhaus, die ein Leben lang meinte, etwas sehr viel Besseres verdient zu haben (was dann auch einen entscheidenden Unterschied zum Wesen ihrer Tochter wie ihrer Enkelin darstellte, die das Unglück, das in dieser Familie herrschte, als ein aus einem höheren Grund berechtigtes ansahen).

»Wie mein Großvater diesen komischen kleinen Roman geschrieben hat«, erklärte Julia Kubetzky, »da war er aber noch alleine. Unverheiratet, unverliebt und ohne Hoffnung. Er hat das natürlich erfunden, diese Geschichte von dem Vater, dem das Kind entführt wird. Die Brücke, diese Reichsbrücke, hat er halt genommen, weil die zumindest in Wien ein jeder kennt. Da hat er doch nicht wissen können, dass die wirklich mal zusammenfällt.«

Wäre Urban zum Zeitpunkt des Entstehens dieses Romans selbst bereits Vater gewesen, vermutete Julia Kubetzky, er hätte sich eine andere Geschichte ausgedacht. Ein Kind zu haben und eine Kindesentführung zu beschreiben, wer tut so was? Wer würde auf solche Weise das Schicksal herausfordern wollen?

»Kurz nachdem sein Buch erschienen ist – ohne seinen Namen, was man auch erst mal schaffen muss –, hat er meine Großmutter kennengelernt. Sie ist aus irgendeinem Tiroler Nest nach Wien gezogen und ihr größter Wunsch war wohl, nie wieder in dieses Tiroler Nest zurückkehren zu müssen.«

Filo, wie alle sie nannten, was wohl von Filomena kam, wobei sie wütend werden konnte, wenn jemand sie wirklich so ansprach. Filo mit F, wie sie gerne sagte (und nicht mit *Ph* wie in ihrer Geburtsurkunde). Der Himmel oder der Teufel wollten es so, dass Filo und Paul miteinander ins Bett gingen, ohne dass beide das Gefühl der großen Liebe verband, sondern eben nur der großen Lust. Doch Filo wurde postwendend schwanger. Eine Abtreibung kam für beide nicht infrage, sie heirateten, schon aus finanziellen Gründen – weil da gab's noch Geld fürs Heiraten –, sie heirateten, man muss es so sagen, zähneknirschend. Und natürlich wurde es nicht die beste Ehe aller Zeiten.

Als nun Filos und Pauls Kind auf die Welt kam, ein Mädchen mit dem Namen Linda, da stand eigentlich der zweite Versuch einer Publikation von *Die Möbel des Teufels* an. Aber nicht nur, dass Paul Urban den Traum, ein großer Autor zu werden, bereits ausgeträumt und sich ganz in seine Bankangestelltenexistenz gefügt hatte, wollte er angesichts der Tatsache, Vater geworden zu sein, das böse Omen seines Buchs dadurch neutralisieren, eine zweite Auflage, die dann tatsächlich seinen Namen tragen würde, zu verhindern. Was die Brüder Stegman zwar überraschte, ihnen aber auch keine Kopfschmerzen bereitete, umso mehr, als Paul auf eine Rückzahlung des von ihm getätigten Druckkostenzuschusses verzichtete. Er wollte dieses Buch einfach vergessen.

»Aber leider«, sagte Julia Kubetzky, »das Buch ihn nicht. Da hat ihm auch nicht genutzt, dass man seinen Namen auf dem Umschlag vergessen hat.«

Es vergingen zehn Jahre, in denen Linda heranwuchs und in

denen das Verhältnis des Kindes zum Vater ein ungleich besseres und intensiveres war als das zur ständig mit ihrem Leben unzufriedenen Mutter, die es bitter bereute, in diese Ehe und Mutterschaft geraten zu sein beziehungsweise als Verkäuferin in den Einzelhandel. Das waren letztlich nicht die Dinge, deretwegen sie die bäuerliche Umgebung ihrer Kindheit und Jugend aufgegeben und in eine Metropole gezogen war.

»Als meine Großmutter starb«, sagte Julia Kubetzky, »war sie zweiundsiebzig, das ist in dieser Familie geradezu ein hohes Alter. Aber ich kann Ihnen sagen, sie war auch da noch der unzufriedenste Mensch, den man sich denken kann.«

So war also die Beziehung zwischen Vater und Tochter die innigste, während die Mutter Erlösung in diversen Affären suchte, zumeist mit verheirateten Männern, oft Kunden, die sie in der Herrenabteilung des großen Warenhauses kennenlernte, in dem sie beschäftigt war. Auf diese Weise dürfte sie wohl eines erfahren haben: die Traurigkeit von Hotelzimmern an Nachmittagen.

»Und dann kam 1976«, sagte Julia Kubetzky, »ich glaube nicht, dass mein Großvater das Jahr besonders gefürchtet hat, er hat es ja in seinem Roman nicht erwähnt, sondern bloß ein Jahr, das in naher Zukunft spielt. Da hätte er schon ein jedes Jahr fürchten müssen. Aber geahnt hat er was.«

Paul Urban hatte sich wohl nicht ernsthaft vorstellen können, dass ihm das Gleiche zustoßen könnte wie der Hauptfigur seines Romans, Klaus Kleefeld. Sondern bloß etwas vergleichbar Schwerwiegendes und Tragisches. Allerdings befand sich seine Tochter 1976 genau in dem Alter, in dem sich auch Kleefelds Tochter im Roman befindet, als es zur Katastrophe kommt (und wer den Roman genau liest, vielleicht genauer als der Autor selbst es getan hatte, dem wäre aufgefallen, dass an einer Stelle auch das Alter der 1937 eröffneten Brücke zur Sprache kommt, und dabei eben nicht von achtundzwanzig Jahren die Rede ist, wie das bei einer zum Beispiel 1965 spielenden Geschichte der Fall hätte sein müssen, sondern von neununddreißig Jahren, genau die Zahl, die auch die wirkliche Reichsbrücke erreichte, bevor sie 1976 einstürzte).

»Womit er auch immer gerechnet hat«, meinte Julia Kubetzky, »nicht mit einer Entführung seiner Tochter Linda.«

Aber genau das sei geschehen, an einem 26. Juli. Nicht wie in seinem Roman bei einem Spaziergang, wo zwei vermummte Männer aus einem Wagen sprangen, den Vater des Kindes niederschlugen und dessen Tochter in ihr Auto zerrten.

»Nein, die Wirklichkeit«, sagte Julia Kubetzky, »war ein wenig anders. Aber nicht *viel* anders.«

Paul Urban hatte Linda am späten Nachmittag vom Klavierunterricht abgeholt und war mit ihr wie üblich auf einen nahen Spielplatz gegangen. – Wenn man Eltern ist, kennt man das, man setzt sich auf die Bank, lässt das Kind zu irgendeiner Schaukel, irgendeiner Sandkiste, irgendeinem gefährlich anmutenden Klettergerüst, schlägt eine Zeitung auf, liest ein Buch, tratscht mit anderen Eltern, blickt hin und wieder zu seinem Kind, und mit einem Mal … ist es verschwunden. Panik, Angst, grausame Bilder im Kopf. Und dann stellt man eben fest, dass das Kind einfach den Ort gewechselt hat, in eine ebenfalls gefährlich anmutende Röhre gekrabbelt ist oder schlichtweg von anderen Kindern so ungünstig verdeckt war, dass man es für einen Moment nicht erkennen konnte. Das geschieht ständig, und man gewöhnt sich daran. Aber als Urban den Kopf aus seiner Zeitung hob, um nach Linda zu sehen, erfüllte sich der Albtraum. Sie war verschwunden, und egal, wie lange er suchte und rief und andere nach ihr fragte, sie tauchte nicht auf. Er hätte sofort die Polizei rufen müssen, aber als er zu der Bank zurückkehrte, wo seine Tasche und seine Zeitung lagen, lag dort auch ein Zettel, darauf stand geschrieben: *Willkommen in den Möbeln des Teufels.*

Und da wusste Urban natürlich Bescheid.

Wer auch immer die Entführer waren, sie hatten seinen Roman gelesen. Und woher auch immer sie seinen Namen hatten und davon wussten, dass *er* der Autor war, sie wussten es. Ja, er entwickelte die Vorstellung, dass er mit seinem Buch diese Leute überhaupt erst auf die Idee gebracht hatte, ausgerechnet die Wiener Reichsbrücke zum Ziel eines Attentats zu machen. Ob aus politischen oder anderen Gründen, dies blieb ja auch in Urbans Roman völlig unklar.

Und so war es ab diesem Moment auch gar kein Wunder, dass sich alles genauso oder zumindest ähnlich wie in Urbans vor mehr als einem Jahrzehnt verfasster Geschichte abspielte, ohne dass dies aber ausgesprochen wurde. Allein der Hinweis auf dem Zettel verriet es. Die Entführer meldeten sich und erklärten, dass wenn er sich nicht an ihre Anweisungen einer Bombenlegung halten würde oder gar die Polizei einschaltete, mit seiner Tochter etwas Schlimmeres passieren würde, als einfach getötet zu werden. Gemäß ihrer Instruktionen sollte die Explosion zu einer Stunde erfolgen, da sich der größtmögliche Verkehr über die Wiener Reichsbrücke bewegte. Am gleichen Tag wie im Roman, dem zweiten August.

»Für meinen Großvater hat das geheißen, dass die Entführer wissen mussten, wie diese Geschichte sich weiter entwickeln würde, dass er sich also nicht an die Vereinbarung halten und die Bombe einen Tag früher und auch etwas zeitiger hochgehen lassen würde. Und dass er dabei sterben würde. Dass er die Brücke zum Einsturz bringen würde, aber ohne Menschen.«

Im Roman war die Mutter des Kindes ohne Bedeutung, blieb vollkommen unerwähnt, und auch die Realität wollte es so, dass in diesen fünf Tagen zwischen Entführung des Kindes und Einsturz der Brücke Filo Urban keinerlei Rolle spielte. Sie wusste nichts von den Geschehnissen, war in dieser Woche unter dem Vorwand, eine Freundin in München zu besuchen, in Wirklichkeit mit einem Mann nach Mallorca geflogen, rief zwar einmal an mit der Frage, ob alles in Ordnung sei, bestand aber in keiner Weise darauf, dass Paul die gemeinsame Tochter ans Telefon holte.

So blieb also auch in diesem Punkt die Realität der Fiktion treu. Allerdings in einem anderen, in einem sehr entscheidenden Punkt nicht.

Wie im Roman entschied sich Urban für den Tod und eben dafür, die beiden Kofferbomben nicht an einem Montagmorgen, sondern einen Tag davor, sehr früh am Sonntag hochgehen zu lassen. Aber nachdem er den ersten Koffer am östlichen Pfeilersockel der stromabwärts gelegenen Pfeilerseite platziert hatte und nach oben gegangen war, um an einer präzise vorgeschriebenen Stelle des südlichen

Pylons die zweite Kofferbombe unterzubringen und mittels des vierstelligen Zahlencodes den Zeitzünder zu aktivieren, stellte er fest, nicht ganz so allein wie geplant zu sein. In der Mitte der Brücke war ein Gelenkbus abgestellt, wobei Paul nicht erkennen konnte, ob darin ein Fahrer saß, weil der Bus in Richtung Donaustadt geparkt stand. Den Kleintransporter, in dem sich dann das einzige offizielle Opfer dieser Katastrophe befand, sah er nicht, allerdings ein Pannenfahrzeug und einen VW-Käfer sowie drei Personen auf der unteren rechten Kaiauffahrt, aber da war es bereits zu spät. Er verwarf es, die Sprengung dadurch zu verunmöglichen, die beiden Koffer noch vor der Explosion in die Donau zu befördern und damit praktisch gegen die Regel des eigenen Romans zu verstoßen. Ohnehin würde er wohl nur noch den einen Koffer schaffen. Nein, er wollte hoffen, dass der Bus leer war und die Männer bei dem VW-Käfer sich in Sicherheit bringen konnten und er selbst das einzige Opfer sein würde.

Was er dann aber sah, war noch weit schlimmer. Er erkannte jetzt, wie von der Nordseite der Brücke her ein Kind gelaufen kam. Trotz der Entfernung war ihm sofort klar, welches Kind es war. Dass die ungeheure Perfidie der Entführer darin bestand, sich des entführten Mädchens auf diese Weise zu entledigen.

Urban lief sofort los, in Richtung auf Linda, die er auch erreichte, das weinende Kind in die Arme nahm und sie nun rasch von der Brücke herunterbringen wollte, bevor noch die Koffer detonieren würden. Was aber genau in diesem Augenblick geschah. Zwei Explosionen, die gewaltige Erschütterung, der sich aufrichtende, schlingernde Baukörper, die für einen Moment sich nach oben schiebende Fahrbahn, während nun Paul Urban mit der größten Gegenwärtigkeit seines Lebens den kleinen Körper seiner Tochter, die er umarmt hielt, aufwärtsdrückte und mit einer geradezu übernatürlichen Kraft von sich wegstieß. Über das Geländer hinweg, hinunter in die Donau. Sodass sie in einem weiten Bogen hochflog und dann kerzengerade hinunter ins Wasser des großen Flusses stürzte.

»Wissen Sie«, sagte Julia Kubetzky, »das vielleicht Verrückteste ist, dass mein Großvater meine Mutter mit bereits vier Jahren in einem Schwimmverein angemeldet hat, und dass man dort ihr Talent fürs

Turmspringen entdeckte. Sie war ein Kind, aber sie war es bereits gewohnt, auf Zehnmetertürmen zu stehen.«

Es waren freilich mehr als zehn Meter, die die kleine Linda flog, um die Donau zu erreichen. Aber sie schaffte es, drang beinahe senkrecht, die Beine voran, ins Flusswasser, tauchte wieder hoch und wurde auch von keinem der Trümmer getroffen, während ihr Vater zusammen mit der Brücke unterging. Und es völlig unklar blieb, was mit ihm geschehen war. Sein Leichnam sollte niemals gefunden werden.

»Linda aber«, sagte Julia Kubetzky, »wurde gerettet. Von irgendeinem jungen Mann. Der muss am nahen Ufer gestanden sein und alles beobachtet haben, eben auch Linda.«

Denn trotz ihrer Schwimmkünste drohte sie – wohl benommen vom Eintauchen ins Wasser – unterzugehen. Bevor das aber geschehen konnte, hatte der junge Mann sie erreicht. Sie erreicht und sicher ans Ufer gebracht. Allerdings weder Rettung noch Polizei abgewartet, sondern Linda zu einem in der Nähe geparkten Auto gebracht, ihr eine Decke übergelegt, sie ins Auto gesetzt und nach Hause gefahren.

Ihre Mutter, sagte Julia Kubetzky, habe sich nicht mehr erinnern können, ob sie ihrem Retter ihre Adresse nannte, oder ob er einfach losgefahren war, weil er diese Adresse ohnehin kannte. Und eben nicht ganz zufällig zu dieser Zeit an diesem Ort gewesen war.

»Woran sie sich aber komischerweise gut hat erinnern können, war die Kamera.«

»Was für eine Kamera?«, fragte Frau Wolf.

»Ich weiß es nicht«, antwortete Frau Kubetzky. »Eine Filmkamera eben, wie man in dieser Zeit Filmkameras hatte. Super 8, oder? Sie dachte, der junge Mann sei von der Presse und würde sie jetzt zum Fernsehen fahren. Aber er hat sie nach Hause gebracht, sie direkt vor dem Haus ihrer Eltern abgesetzt und war wieder weg.«

Und dort habe sie gestanden, bevor eine Nachbarin sie hereingelassen, zu sich genommen und dann natürlich die Polizei gerufen habe. Lindas Mutter sei ja zu dem Zeitpunkt gar nicht zu Hause gewesen, erst später am Tag aus Mallorca zurückgekehrt.

Linda aber fiel für lange Zeit in ein Schweigen. Der Polizei gegenüber, den Psychologen gegenüber, der Mutter gegenüber. Es mochte mit etwas zusammenhängen, was ihr die Entführer gesagt oder ihr angetan hatten. Oder es mochte das traumatische Erlebnis auf der Brücke gewesen sein. Sie schwieg, sie sprach eine ganze Weile gar nichts. Und als sie wieder sprach, verlor sie kein Wort darüber, was aus ihrem Vater geworden war. Kein Wort über die Entführung und die Brücke, über ihren Sturz in die Donau und ihre Rettung durch jenen jungen Mann, der sie nach Hause gefahren hatte.

Ihre Mutter, erklärte Julia Kubetzky, habe sich lange Zeit, als Kind, als Jugendliche, als junge Erwachsene noch, tatsächlich nicht an die Ereignisse erinnern können, so wenig man ihr das glaubte. Erst nachdem ihr Vater zehn Jahre später, in denen er verschollen geblieben war, für tot erklärt wurde, war ihre Erinnerung zurückgekehrt. Eine Erinnerung, die sie aber für sich behielt, vor allem gegenüber der Mutter.

»Sie hat diese Frau gehasst«, sagte Kubetzky. »Sie haben sich beide gehasst. Meine Mutter hatte ihren geliebten Vater verloren und dafür ihre ungeliebte Mutter behalten. Sie hat einmal zu mir gesagt, wenn das eine Idee Gottes gewesen sei, sie auf diese Weise zu strafen, sie überleben zu lassen, aber ohne den Vater, dafür so ganz dieser Mutter ausgeliefert, dann habe ihr Gott wohl eine Hölle bescheren wollen.«

Nicht zuletzt dürfte Linda Urban aber wohl auch geschwiegen haben, um das Andenken an ihren Vater zu bewahren, den sie nicht im Ruf sehen wollte – erzwungen hin oder her –, ein Bombenleger gewesen zu sein.

»Außerdem«, sagte Kubetzky, »wäre sie natürlich für verrückt erklärt worden, bei einer solchen Geschichte. Ich selbst habe sie ja auch für verrückt gehalten. Aber sie war mir eine gute Mutter, und ich habe mir ihre Erinnerung … Ich habe sie mir weiß Gott als etwas erklärt, wozu kluge Leute wohl Projektion sagen. Eine verrückte Geschichte, um sich das spurlose Verschwinden des Vaters zu erklären, und um das zu verdrängen, was wirklich an diesem Tag geschah, an dem sie von irgendeinem fremden jungen Mann vor ihrem Haus abgeliefert worden war.«

Aber auch das sei eben nur eine Vermutung, sagte Kubetzky. Und was sie erzählt habe, nun mal die Geschichte, wie ihre Mutter sie ihr berichtet habe. Eigentlich unter dem Versprechen, dies an niemanden weiterzugeben.

»Und tue es nun doch«, sagte sie, »wegen tausend Euro. So versündige ich mich an meiner toten Mutter.«

»Sie versündigen sich nicht«, erwiderte Leo. »Wir werden nichts tun, um den Namen Ihrer Mutter oder Ihres Großvaters in den Schmutz zu ziehen. Oder jemanden als verrückt dastehen zu lassen. Wenn jemand verrückt ist, dann bin ich es. – Glauben Sie mir, ich komme aus einer genauso unglücklichen Familie wie Sie. Aber ich habe Geld, unsinnig viel Geld, das ich weder verdient habe noch wirklich etwas damit anfangen kann. Und ich denke – nein, ich weiß es –, dass ich es Ihrem Großvater schuldig bin, *Ihnen* ein Teil davon zukommen zu lassen. Und das werde ich auch.«

»Sie kannten Paul?«

»Auf eine gewisse Weise ja.«

»Ich muss das ja nicht so genau wissen«, sagte Frau Kubetzky. »Aber wenn Sie mir Geld schicken …«

»Sehen Sie es als ein Erbe an. Und keine Angst, es verpflichtet Sie zu nichts. Schon gar nicht, mir irgendwie dankbar zu sein. Seien Sie Ihrem Großvater dankbar.«

Frau Kubetzky sagte, ihr Großvater sei in seinem kurzen Leben wohl ein guter Vater gewesen, und wenn sie dieses Geld annehme, wie viel auch immer, werde sie versuchen, ihren Kindern eine bessere Mutter zu sein, als sie es bislang sein konnte.

Das hatte durchaus etwas für sich, wie sehr nicht zuletzt die monetären Umstände bestimmten, wie gut eine Mutter oder ein Vater sein konnten, auch wenn das allgemein gerne geleugnet wird und man lieber von Idealen spricht, die frei sind vom Fluch des Geldes. Und klar, die Reichen sind nicht die besseren Menschen und selten die besseren Eltern. Doch Leo spürte mit der allergrößten Gewissheit, dass Julia Kubetzky – die er als eine Frau ohne Eigenschaften empfand, aber nicht eigenschaftslos – ein solcher guter Mensch war, der sich um einiges leichtertun würde, gut zu sein, wenn er nicht dem Geld nachjagen musste wie ein Opfer, das seinen Mörder sucht.

Wenn Leo es richtig überblickte, so verfügte er derzeit über ein Vermögen von etwa zwei Millionen Euro, welches er Oaks weiser Aktienanlage verdankte (Oaks eigenes gigantisches Vermögen wuchs auch nach seinem Tod an anderer Stelle und in anderem Besitz weiter gleich einem Wesen, das einfach nicht sterben kann, egal, welche Krisen die Welt erschütterten). Leo entschied in diesem Moment, eine Million Euro aus seinem Vermögen an die Enkelin des Mannes, der *Die Möbel des Teufels* geschrieben hatte, zu überweisen. Und mit den dafür nötigen Formalitäten den Anwalt seiner toten Schwester zu beauftragen. Zu seiner Detektivin aber würde er später sagen: »Sehen Sie, Frau Wolf, das gilt eben nicht nur für Detektive, dass man, indem man einen Fall behandelt, Verantwortung übernimmt. *Sie*, indem Sie einen heiratswilligen alten Mann besuchen, *ich*, indem ich mein Geld an diese Frau abgebe.«

»Und mit der anderen Million?«, würde ihn Frau Wolf fragen.

»Das wird sich noch zeigen, wofür die gut ist.«

Aber jetzt, nachdem die Konferenz beendet war, genauer gesagt, sich Frau Kubetzky daraus verabschiedet hatte – soeben war eines ihrer Kinder aus dem Schlafzimmer gekommen, mit irgendeiner Not zwischen Bauchweh und Angst vor dem nächsten Schultag –, waren also nur noch Frau Wolf und Leo übrig.

Sie sagte: »Das ist Ihnen schon aufgefallen, oder? Der Hinweis, dieser junge Mann damals hätte eine Filmkamera in seinem Wagen gehabt.«

»Ja, Scheiße«, sagte Leo, »das hat mir echt einen Stich versetzt. Aber ich schwöre Ihnen, weder habe ich damals das Kind gesehen, das der Mann, der auf der Brücke stand, in die Donau warf, noch habe ich dieses Kind aus dem Wasser gerettet.«

»Da war aber niemand außer Ihnen an der Stelle, oder? Vor allem kein anderer junger Mann.«

»Ich weiß nicht. Das bringt mich völlig durcheinander. Was soll ich noch glauben?«

»Der Film«, sagte Frau Wolf, »ist jedenfalls ein Beweis, dass die kleine Linda sich das nicht alles ausgedacht hat, um irgendein anderes Übel zu kompensieren. Der Mann war auf der Brücke, und es war ein Kind dabei. Paul Urban und seine Tochter Linda. An dieser Tatsache kommen wir nicht vorbei. So wenig wie daran, dass Sie dort waren und diesen Film gedreht haben.«

»Stimmt, das tun wir nicht«, sagte Leo in einem selbstvergessenen Ton. In seinem Gesicht war ein grauer Schimmer. Er war tatsächlich ein wenig gealtert. Nicht wie man unter Drogen altert, sondern unter der Wahrheit, wenn man sie erleidet.

»Was machen wir jetzt«, fragte Frau Wolf, deren Aufgabe ja eigentlich erledigt war, nämlich den Autor eines bestimmten Buchs gefunden zu haben. »Soll ich tiefer graben? Wollen Sie wirklich wissen, was damals geschah? Wollen Sie wissen, ob Sie bloß ein junger Mann waren, der grad zufällig mit seiner Kamera vorbeikam und eine zusammenstürzende Brücke filmte und dabei übersah, nicht nur einen Mann auf der Brücke zu filmen, sondern auch dessen Tochter? Oder kann es sein, dass Sie diesen Film bloß darum so lange unentwickelt gelassen haben, um sich nicht erinnern zu müssen, was wirklich geschah? Sich eben ganz und gar nicht zufällig an diesem Ort befunden zu haben. Und dass Sie es waren, der Linda Urban aus dem Wasser zog und nach Hause brachte.«

Aus seiner grauen Erschöpfung heraus sagte Leo: »Ich erinnere mich einfach nicht. Ehrlich. Ich erinnere mich nicht an das Mädchen.«

»Die Frage war«, sagte Frau Wolf, »ob wir weiter und tiefer graben wollen.«

»Ja, natürlich«, antwortete er. »Es muss sein. Darum bin ich ja wohl auf die Idee gekommen, nach so langer Zeit diesen Film entwickeln zu lassen. Was auch immer es ist, was ich da so stur verdrängt habe.«

Frau Wolf erklärte, in den nächsten Tagen einen Mann treffen zu wollen, der sich längere Zeit mit dem Einsturz der Reichsbrücke beschäftigt und alternative Theorien zu diesem Unglück entwickelt hatte.

»Auch wenn es gerade eine schlechte Zeit für Verschwörungstheorien ist«, sagte Frau Wolf, »aber mit dieser einen müssen wir uns auseinandersetzen, nicht wahr?«

Eingedenk aller Verschwörungen und Gegenverschwörungen sowie all des Tatsächlichen wie Erfundenen, das in diverse Formen von Untergrund oder Unterirdischem geschoben oder verdrängt wurde, und sei's das Unterirdische im eigenen Schädel, meinte Leo jetzt, dass Frau Wolf trotz allem nicht darauf vergessen solle, sich um den Yppenplatz zu kümmern.

»Keine Angst«, sagte Frau Wolf, »das ist eine leichte Übung.«

Der Satz, der Leo nach der letzten Zigarette des Tages in den Schlaf begleitete, war: *Pure Zufälle sind der Aberglaube der Aufklärung.*

19

Am Morgen des nächsten Tages erwachte er in der nun schon vertrauten »Atmosphäre«, die der kalte Rauch von nur drei am Vortag gerauchten Zigaretten im Zimmer erzeugte, wogegen auch kein offenes oder angelehntes Fenster half. Er selbst nannte es »Leben wie auf der Venus«, was ja eine starke Übertreibung war, aber doch ein markantes Bild. Welches sich aber nicht nur auf die aktuelle Kenntnis von der Beschaffenheit der Venus mit einem Übergewicht an Kohlendioxid und einem ungemütlichen Druck auf Bodenniveau bezog, sondern ebenso auf die romantischen Vorstellungen aus der ersten Hälfte des 20. Jahrhunderts, als noch literarische Abenteurer auf diesem erdnahen Planeten lustwandelten.

Aber auch auf der Venus gehörte Qigong zum Tagesprogramm, gleich nach dem frühmorgendlichen, immer stärker werdenden Kaffee, und noch vor dem Besuch in der Bücherwand, an dessen geheimes Innenleben Leo nicht zu denken versuchte.

Er übte jetzt auch ohne Youtube-Video oder Livestream, sondern nur unterstützt von etwas Musik, keine asiatischen Klänge, sondern sogenannte Ambientmusik, eine Musik für Sitzlounges, die auf Erik Saties »Musik als Möbel« zurückging. Während wiederum die häufigste Stellung im klassischen Qigong der tiefe Reitersitz war, bei dem man mit breit gestellten Beinen tief in die Knie ging und im Grunde selbst wie ein Möbel dastand, *tief in sein inneres möbelhaftes Schweigen versunken.*

Um aus diesem Schweigen heraus einen imaginären Bogen zu spannen. Dabei war es bisher eher so gewesen, dass Leo allein auf die zu einem V gespreizten Finger seiner Pfeilhand konzentriert gewesen war, hinter der in weiter Ferne ein Elefant aufzutauchen pflegte. Das war heute etwas anders. Er meinte tatsächlich eine Sehne zu spüren, die er mit seiner zu einer offenen Faust geformten Hand nach hinten zog und damit eben auch eine Biegung des Bogens unten wie oben verursachte. Und er glaubte jetzt, einen Pfeil wahrzunehmen. Einen ungemein dünnen Pfeil, als hätte sich Luft zu einem Festkörper verdichtet, was diesen Pfeil aber nicht weniger gefährlich machte. Im Gegenteil. Auch musste er feststellen, dass sich im Visier seiner Pfeilhand nicht mehr die Gestalt eines weit entfernten Elefanten befand, sondern etwas ganz anderes. Kopf und Rumpf einer Gestalt, dunkel, verschwommen, eher ein Mann als eine Frau, eher ein Mensch als etwa ein Affe, aber ganz sicher war er sich da nicht. Er verblieb sehr lange in dieser Position und meinte nun auch, vom Kopf abwärts einen geraden Strich zu erkennen. Eine Krawatte?

Er hätte so gern herausgefunden, um wen es sich genau handelte, allerdings spürte er jetzt auch einen Schmerz in seinen Oberschenkeln, da er schon viel zu lange in dieser Stellung verharrte. Weshalb er nun mit einiger Vorsicht die Spannung des Bogens löste, ohne den Pfeil abzuschicken. Sogleich verpuffte dieser wie mit einem kleinen, tonlosen Knall. Zu Luft zerstäubt.

Wow!, dachte sich Leo. Das war schon gut, wenn man gerade dabei war, das eigene Augenlicht zu verlieren, sich auf ein paar andere Sinne verlassen zu können. Pfeile spüren!

Er hatte auf einer der Internetseiten, die er jetzt in seiner vielen freien Zeit konsumierte, gelesen, dass die höchste Qualität des Kyudo, des japanischen Bogenschießens, darin liege, dass der Pfeil im Ziel existiert. Also die alte Geschichte von Vereinigung. Indem, noch bevor der Pfeil auf den Weg geschickt wird, die vollkommene Gewissheit darüber besteht, dass er punktgenau im Ziel ankommt (was letztlich wohl auch die Notwendigkeit aufhebt, ihn überhaupt abzuschießen). Allerdings war es Leo gerade eben so vorgekommen, als würde es umgekehrt funktionieren, als würde das Ziel im Pfeil existieren.

Jedenfalls wechselte er nun die Position, führte die Übung in die andere Richtung aus und musste enttäuscht feststellen, dass das Gefühl verschwunden war. Da war kein Bogen, keine Sehne, kein Pfeil, sondern nur eine Übung, gespreizte Finger, Konzentration, Reitersitz, Anstrengung, und in der Ferne wieder die typische Form eines Elefanten, der an Salty Dog erinnerte, das war's. Dabei hätte er schon gerne gewusst, wer sich hinter der Krawatten-Gestalt von zuvor verborgen hatte. Und warum ausgerechnet dieses Ziel eine solche Intensität und eine solche Vorstellungskraft von Bogen und Pfeil und Sehne hervorgerufen hatte, wie auch der Möglichkeit, den Pfeil tatsächlich abzuschießen.

Er würde weiter üben und weiter warten, dass es noch einmal geschah. Ohnehin stellte Warten eine große Tugend dar. Denn es barg die Chance, Zeitlosigkeit zu erleben. Das Warten an sich. Dann, wenn es gleichgültig wurde, ob man fünf Minuten oder fünf Jahre wartete. Wenn das Warten im Wartenden existierte.

Mittags machte sich Leo auf, um hinaus nach Hietzing zu fahren und endlich das Familiengrab der Pragers aufzusuchen, wo Eva beerdigt worden war, und in dem auch seine Eltern und seine Tante Gudrun lagen. Ein Grab, welches er ja ebenfalls noch nie gesehen hatte und es ebenso wenig von Fotografien kannte. Was aber inzwischen gut möglich gewesen wäre, da die Wiener Friedhöfe ein »Digitales Grab« mit diversen Serviceleistungen anboten, wozu ein aktuelles Foto der Grabstätte gehörte.

Nein, er wollte schon selbst vorbeischauen und seiner Schwester endlich die Reverenz erweisen. – Sagte man das so? Bei der eigenen Schwester? Reverenz erweisen? Doch die Formulierung gefiel ihm. Und diese Formulierung auf den Lippen, ein kleiner Trost, verließ er seine Wohnung und trat hinunter in den Hof.

Dort begegnete ihm Herr Wessely, der schon wieder an seinem Rennrad herumschraubte, was Leo freilich so viel besser fand, als hätte Wessely unentwegt in der eigenen Wohnung herumgeschraubt und herumgebohrt.

Ihre Blicke trafen sich wie zwei kleine Mücken, die es trotz des beträchtlichen Raums nicht schafften, aneinander vorbeizufliegen und darum einen Moment in der Luft standen, bevor sie kehrtmachten.

Leo hatte befürchtet, dass Wessely ihn wegen des Zigarettenrauchs ansprechen würde, den es ja wohl durch das geöffnete Fenster und wenn der Wind günstig beziehungsweise ungünstig stand, auch schon mal zur Nachbarwohnung hinüberwehte. Andererseits rauchte

Leo nie auf dem Balkon. Es war also gut möglich, dass Wessely den pragerschen Rauch nicht Prager, sondern dem jungen Mann unter ihm zuordnete. Möglich war's. Jedenfalls sagte Wessely kein Wort, blies nur etwas Luft aus, aber das konnte auch von dem Reifen kommen, dem er sich jetzt wieder zuwandte.

Auch Leo schwieg, bewegte sich weiter durch den Hof, gelangte in den Gang des Vorderhauses und trat aus dem Komplex hinaus. Er marschierte ein Stück die kleine, schmale Gasse hoch, wo er in eine größere Straße einbog, die aber genauso Gasse hieß, ein Wort, von dem es etymologisch heißt, dass »von den vielen Deutungsversuchen keiner Glaubwürdigkeit für sich beanspruchen kann«. Was eigentlich auch eine gute Kennzeichnung für diese ganz Stadt Wien gewesen wäre, die zwar alles andere als eine »Stadt ohne Eigenschaften« war, sich eher in einem Eigenschaftsstrudel drehte – alles zwischen Weinseligkeit, Todessehnsucht und Sozialdemokratie –, und zu den attraktivsten Orten der Welt zählte, aber letztlich schwer zu deuten war. Woher stammte der Geruch in dieser Stadt? Es gab Städte, da konnte man sagen, ihr Geruch komme von den Nudelsuppen oder vom vielen Verkehr oder den Abwasserkanälen. Bei Wien verwies der Geruch eher auf etwas Dubioses: eine Suppe, die keine ist.

Beim Eingang zur U-Bahn-Station zog sich Leo seine schnittige Schutzmaske über und begab sich ins Unterirdische.

Eine gute halbe Stunde später geriet er wieder an die Oberfläche und befand sich in der vertrauten Gegend seiner Kindheit, dort, wo der Bezirksteil Alt-Hietzing an die gewaltige Grünanlage des Schlosses Schönbrunn angrenzt, nicht unweit jener kleinen Gasse, in der die Villa seiner Kindheit lag. Diese schöne Gegend mit der unglücklichen Zahl.

Er konnte gar nicht anders, als auf dem Weg zum Friedhof, der am Ende einer langen, wie eine unbewachte Staatsgrenze an Schönbrunn hochziehenden Straße lag, einen kleinen Schlenker zu machen, um an der Villa Prager vorbeizukommen (so hieß sie nicht wirklich, sondern nach den alten Besitzern aus den 1920er-Jahren, die diesen Bau in Auftrag gegeben hatten, aber für Leo blieb sie natürlich mit dem Namen der eigenen verwunschenen Familie verbunden).

Nicht weiter verwunderlich, dass sich in den drei Monaten nichts geändert hatte. Die Villa stand einsam und verlassen auf dem verwilderten Grundstück. Auch sie schien zu warten, aber weniger in einem tiefen Reitersitz ruhend, sondern ungemein aufrecht und massiv und widerspenstig.

Leo blieb eine ganze Viertelstunde davor stehen, gedankenlos, versunken in das Sichtbare der Vorderfront, und wusste auch nicht so recht, warum ihm beim Anblick der Villa immer wieder ein Bild der Schauspielerin Greta Garbo durch den Kopf ging, der Unnahbaren, die so gerne allein gelassen werden wollte.

Erst als sich Leo von der Villa wegbewegte, fragte er sich, wer – wenn ihn die bei aller Formvollendung abweisende Vorderseite der Villa an die Garbo erinnerte – es dann wohl sein würde, der ihm beim Anblick der sich großzügig öffnenden Rückseite des Gebäudes einfiel. Natürlich ebenfalls eine Schauspielerin aus den 1930er-Jahren.

Die Dietrich? Die junge Bette Davis? Olivia de Havilland?

Er konnte sich nicht festlegen, sah aber im Gehen in seinem Smartphone nach, wie die Havilland eigentlich in den 1930ern ausgesehen hatte, da er sich unsicher war. Was er dann aber vor allem feststellte, war, dass Olivia de Havilland noch immer am Leben war. Unglaublich, er hätte sie längst für tot gehalten, aber die Lady Marian an der Seite von Errol Flynn in *Robin Hood, König der Vagabunden* lebte noch immer. Flynn war sechzig Jahre tot, während de Havilland im kommenden Juli ihren hundertvierten Geburtstag feiern würde. (Sie würde dann am Ende dieses kommenden Julis sterben, aber ihren Hundertvierer an einem 1. Juli, den würde sie dann bereits geschafft haben.)

Verwundert ob der Langlebigkeit einer Schauspielerin, gelangte Leo nun ausgerechnet zum Eingang eines Friedhofs, dessen Lage etwas inselhaft Entlegenes besaß, so im Rücken des Parkareals der Habsburger mit ihrer überdimensionierten Sommerresidenz, zudem in guter Höhenlage: der *Hietzinger Friedhof*, der jetzt amtlich *Fried-*

hof Hietzing hieß, was eine interessante Änderung war, als hätten Tag und Nacht ihre Stunden getauscht.

Das Tor mit seinen beiden kapellenenartigen Häuschen rechts und links und der rot-weißen Schranke dahinter wirkte auf Leo wie die Pforte einer von Märklin entworfenen Irrenanstalt. Aber einer freundlichen Irrenanstalt.

Er betrat das Gelände und bewegte sich in gerader Linie durch eine kurze Allee dieses als »Nobelfriedhof« titulierten Grabsteinparks mit seinen prächtigen Mausoleen und seinen vielen prominenten Toten – hier lagen Grillparzer und Klimt, der Fußballer Hanappi und der Komponist Alban Berg sowie die Tänzerin Fanny Elßler. Und übrigens auch Grillparzers Freundin Katharina Fröhlich, wobei es schon merkwürdig war, dass dieser Umstand, nämlich die *Freundin* von jemandem zu sein, unter der Rubrik »Beruf, Funktion« angeführt wurde, und es zudem traurig anmutete, dass diese »ewige Braut« Grillparzers ja nicht bei ihm oder neben ihm lag, sondern in der Gruppe 7, während er sich in Gruppe 13 befand. Ewig getrennt.

Leo wusste das genau. Er hatte sich vorbereitet, hatte mit diversen Plänen und Verzeichnissen den Friedhof studiert, irrte also nicht einfach umher auf diesen hunderttausend Quadratmetern mit seinen elftausend Grabstellen. Auf dem mitgebrachten Detailplan hatte er die Lage des pragerschen Familiengrabs eingezeichnet, dessen Nummer ihm die Friedhofsverwaltung in einer Mail mitgeteilt hatte. Bewegte sich nun allerdings nicht direkt auf dieses Grab zu, sondern machte einen großen Umweg auf der so gut wie menschenleeren Anlage. Dabei kam er an ganz wunderbaren Gräbern vorbei, bei denen man sich nicht nur fragen konnte, *wer* hier begraben lag, sondern auch *was*. Der Reichtum? Die Kunst? Eine über den Tod einer Person hinausgehende Furcht vor selbiger Person? Eine romantische Liebe, ein großer Geist, ein noch größeres Geheimnis? Die Sehnsucht, ins Leben zurückzukehren? Oder eher der Gedanke, dass es für eine ganze Weile jetzt mal wirklich gut sei? Dazu all die steinernen Madonnen, Christusse, trauernden Frauen, nachdenklichen Engel, sinnenden Knaben.

Und immer wieder blieb er gerade dort stehen, wo ein Grab den frühen Tod eines Menschen anzeigte. Leo Pragers alte Begeisterung für die jung Verstorbenen.

Und als er über einen solchen Grabstein in die Ferne blickte, fiel ihm auf, was für ein grauer Tag das eigentlich war und wie sehr dieses Graue des Himmels sich in einer schwarz-weißen Manier auf alles gelegt hatte: auf die Gräber, die Monumente, die Hecken, die Wege.

Er brauchte eine ganze Weile, bis er endlich begriff, wie wenig dies dem Licht des Tages zu verdanken war, sondern seinem eigenen Augenlicht. Nicht die Welt war grau geworden, sondern er selbst sah alles nur noch wie in einem Schwarz-Weiß-Film. Einzig ein leichter Hauch von Farbe verbarg sich gleich einer alten Kolorierung in den Dingen, ein wenig vom Grün des Grases, ein wenig vom Rot der Kerzen, schwächlich durch das Grau hindurchschimmernd, verlöschend wie bei einer Glut, die nichts mehr entfachen konnte.

Man kann sagen, Leo Prager war im letzten Film seines Lebens angekommen. Und es war eben – sosehr dieser Film in der Gegenwart spielte – ein alter Film, aus einer Zeit, bevor noch der Farbfilm erfunden wurde. Und daran würde sich nichts mehr ändern, sosehr Leo im Augenblick dachte, diese »Ausbleichung« werde schon vorübergehen und die Farbe zurückkehren. Aber das tat sie nicht. Seine impressionistische Krankheit würde von nun an ohne Farben auskommen.

Es würde ihm aber bald nicht mehr auffallen. Vielmehr würde er sich daran gewöhnen, sich die Farben zu denken. So wie er sich daran gewöhnt hatte, dass so manches hinter einem dunklen Flecken verborgen blieb und er sich eben vorstellen musste, was hinter diesem Flecken war. *Wenn* er es sich überhaupt vorstellen wollte.

Er ließ sich noch eine kleine Weile in verschiedene Richtungen treiben, warf dann einen Blick auf seinen markierten Plan und nahm endlich Kurs auf das Grab, das sich sein Vater eine hübsche Stange Geld hatte kosten lassen, als er dieses Geld eigentlich gar nicht mehr besessen hatte. Und in der Tat konnte Leo nur staunen, als er vor dem Grab ankam, welches einerseits von einer großzügigen, u-förmigen Hecke umschlossen war und solcherart etwas wie eine Privatsphäre schuf, und das andererseits jene Exklusivität verströmte, die Leos Vater so wichtig gewesen war: sich herauszuheben, Stil zu beweisen, Haltung und Würde, ohne aber einem plumpen Konservatismus zu folgen.

Dominiert wurde das Grab von einem breiten, glatten Grabstein aus hellem Marmor, in dessen Mitte der Name *Prager* so zart geschrieben stand, als sei er weniger eingraviert worden, sondern eher im Zuge vielfachen Polierens – als etwas im Stein inwendig Vorhandenes – sichtbar geworden. Als hätte dieser Name schon ewig im Stein gesteckt. Lange bevor noch der Stein sich hatte träumen lassen, auf der Erde eines Grabes stehen zu müssen.

Weder verfügte die Inschrift über die Anfügung »Familie«, noch waren die Namen und Lebensdaten der vier Personen angeführt, die hier ihre letzte Ruhestätte gefunden hatten. Wobei Leo von drei der vier Toten nicht wusste, ob sie in einem Sarg oder in einer Urne bestattet worden waren. Das war ihm nur bei Eva klar, eine Urne natürlich. Was ihm wirklich ein Trost war. Es war so viel besser, sich den Leib als Asche vorzustellen und nicht im Zuge langwierigen Auseinanderfallens und schrittweiser Zersetzung.

Als Bodenbedeckung für das Grab diente eine durchgehende Bepflanzung mit Sand-Thymian. Kein Blumenschmuck, keine Grablaternen, nur ein schmaler Vorsprung am Fuße des Grabsteins, auf dem man eine Kerze hätte abstellen können. Und natürlich ragte aus der Erde ein Schild, das den Namen der Gärtnerei auswies, die die Pflege dieses Grabes zu verantworten hatte. Diese Schilder standen auf vielen Gräbern wie kleine Male der Erinnerung daran, wie wenig Zeit vielen Hinterbliebenen blieb, sich selbst um die Pflege solcher Orte zu kümmern.

Das Großartige an diesem Grab bestand allerdings darin, dass auf der oberen Fläche des Steins eine ovale Skulptur aus polierter Bronze aufsaß: der halslose, seitlich liegende Kopf einer Frau mit geschlossenen Augen. Ein stark vereinfachtes Antlitz – passend zur Inschrift konnte man sagen, mehr der Hauch eines Antlitzes.

Ein kunstgeschichtlich versierter Mensch hätte augenblicklich gesagt: Das sieht aus wie von Constantin Brancusi. Leo hätte geantwortet: Das *ist* von Constantin Brancusi. Aber nicht, weil er selbst in Fragen der Kunst so ungemein gebildet war, sondern weil er diesen Kopf sehr gut kannte. Er war im Arbeitszimmer seines Vaters auf dem großen dunklen massiven Arbeitstisch gelegen. Und zwar auf der linken Seite des Tisches, die sonst vollkommen leer war, damit der Kopf von anderen Gegenständen unbehelligt blieb und sich mit seiner stark glänzenden Oberfläche im glatten, beinahe schwarzen Braun des Tisches spiegeln konnte. Die Lichtverhältnisse, die natürlichen wie die künstlichen, waren stets so gewesen – arrangiert –, dass diese Spiegelung perfekt gelang.

Die schlummernde Muse. Muza adormită, wie es auf Rumänisch hieß. Und die Rumänen spielten in dieser Geschichte ja eine bedeutende und letztlich fatale Rolle.

Es war Anfang der 1970er-Jahre gewesen – zwanzig Jahre, bevor sich Leos Vater genau wegen der Drohungen dieser rumänischen Geschäftsleute das Leben nahm –, als diese ihm zu einem verdächtig günstigen Preis eine bislang unbekannte Version von Brancusis berühmter, von der Form eines Eis inspirierter Kopfskulptur *La Muse endormie* anboten. Ein Exemplar, das angeblich irgendwann zwischen der Version I von 1909 und der Version II von 1917 entstanden war und bei welcher tatsächlich der Abstraktionsgrad, der von der ersten zur zweiten Version sichtlich zunahm, sich wie auf halbem Wege zu befinden schien.

Leos Vater kaufte die Plastik zu einem Freundschaftspreis von Leuten, die niemals seine Freunde werden würden und platzierte den Kopf auf seinem Schreibtisch. Unterließ es aber, jemals die Frage nach Original oder Fälschung durch eine Expertise beantworten zu lassen, zu sehr war er verliebt in die Idee, allen Ernstes eine so unbekannte wie echte schlummernde Muse zu besitzen. Aber es war eben nicht so wie bei seinem Georges-Braque-Gemälde im großen Wohnzimmer, das er immer gleich als *seinen* Braque vorstellte.

Die meisten, die diese Skulptur auf seinem Schreibtisch sahen, hielten sie eher für eine Kopie, oder hatten so wenig Ahnung, sich hier schlichtweg eine auffällige Form von Briefbeschwerer oder geschlossener Schatulle vorzustellen.

Und genau diese schlummernde Muse, die das unbekannte Bindeglied zwischen zwei berühmten Versionen bildete, krönte nun den Grabstein der Familie Prager. Sie war aus polierter Bronze, gelbgolden. Wobei Leo das Gelbgold nun nicht mehr als Farbe wahrnahm, sondern mittels einer Grautönung, die sich stark vom darunterliegenden Weiß des marmornen Grabsteins abhob. (Es würde noch eine Weile dauern, bis Leo die amüsante Parallele auffiel, die zu jenem Gemälde in Frau Wolfs Büro bestand, dem angeblichen alten Meister, der ihrem Sekretär Cheng gehörte und den dieser ernsthaft als einen Correggio bezeichnet hatte. – Die Wahrheit war allerdings die, dass es kein echter Correggio war, sondern ein echter Parmigianino, was dann aber noch immer eine ziemlich abgedrehte Wahrheit blieb. So wie es eine abgedrehte Wahrheit gewesen wäre, hätte sich herausgestellt, dass der Kopf auf dem pragerschen Grab zwar kein echter Brancusi ist, aber dafür ein echter Modigliani, der Freund Brancusis, der ja noch ein klein wenig berühmter geworden war.)

Unglaublich, dachte Leo, und musste jetzt wirklich grinsen, dass sein Vater diesen angeblichen Brancusi-Kopf auf dem eigenen Grab hatte anbringen lassen, wo er übrigens eine berauschende Wirkung besaß. Besser als in jedem Museum, in jeder Milliardärs-Villa, in jedem Auktionshaus. Zudem war dieser Kopf auf eine merkwürdige Weise – sollte er tatsächlich echt sein – gesichert. Ohne Panzerglas und Bewegungsmelder und Versicherungsschutz, sondern im Schutze jenes ruhigen, besänftigenden Alltags, der auf einem Friedhof herrscht.

»Ich habe mich immer gefragt, ob hier jemand einmal vorbeischauen wird.«

Es war die Stimme einer Frau, die Leo jetzt hinter sich vernahm, allerdings in einiger Entfernung, aber es war ja sein Schokoladenohr, das er etwas seitlich gedreht hatte und in das die Stimme der Person hinter ihm einfloss. Dennoch hob er reflexartig den Arm, ohne noch die Frau gesehen zu haben, so als müsse er eine weitere Bitte um eine Zigarette und eine ungebührliche Annäherung fürchten.

»Entschuldigen Sie!«, sagte die Stimme. »Ich wollte Sie nicht erschrecken.«

Leo wandte sich um. Über den schmalen Weg hinaus auf der gegenüberliegenden Gräberseite und in diagonaler Linie stand eine Frau, die ganz eindeutig so aussah, als würde sie niemals um etwas betteln. Sie war recht elegant gekleidet, trug ein helles Kostüm, in welcher Farbe auch immer. Die Eleganz wurde gebrochen von den Plastikhandschuhen an ihren Händen, die sich Leo gelb dachte, sowie der kleinen Blumenkelle in ihrer linken Hand, mit der sie offensichtlich soeben neue Pflanzen in die Bodendecke des Grabes setzte, neben dem sie stand. Sie war etwa in Leos Alter, was man ihr auch ansah, sie war also keine Wessely und keine ... ihm fiel einfach der Name dieser Gerichtsmedizinerin nicht ein, die die Obduktion an Eva vorgenommen hatte. Sie war eher ein Typ wie Frau Wolf, eine Dame, wie man so sagt, eine echte Dame.

Tina Wessely wiederum hätte gesagt, dass diese Frau genau jene leichte Fülle besitze, die einer Frau ihres Alters so viel besser stehe, als wie eine mit zig Jahren Verspätung ins Ziel gelangte Marathonläuferin auszusehen.

Diese *ausgewogene* Frau besaß ein leicht auftoupiertes Haar, das Leo als Brünett einschätzte. In ihrem Gesicht lag eine Mischung aus Trauer und Zuversicht. Sie schien ein unglücklich-glücklicher Mensch zu sein.

Sie versicherte Leo, keineswegs näher kommen und auch nicht aufdringlich sein zu wollen. Aber sie selbst besuche seit gut zehn Jahren regelmäßig das Grab ihres Mannes und bewundere stets den Grabstein der Pragers mit dieser fantastischen Skulptur einer schlafenden Frau. Allerdings habe sie selten Besucher gesehen, nur hin und wieder eine Frau, mit der sie aber nie ins Gespräch gekommen sei.

»Wahrscheinlich meine Schwester«, sagte Leo.

Darauf die Frau: »Vor drei Monaten wurde hier jemand begraben.«

»Ja, das war sie«, sagte Leo.

»Das tut mir leid«, erklärte die Frau, die sich jetzt mit ihrem Namen vorstellte, Anna Tomek, und selbstkritisch meinte, dass es schon absurd sei, dass sie zwar nie Leos Schwester angesprochen habe, ihn aber schon. Ausgerechnet jetzt, wo sich die Leute aus dem Weg gehen sollten. »Ich habe mich immer nach der Herkunft dieser kleinen wunderbaren Kopfskulptur gefragt.«

Leo nannte nun ebenfalls seinen Namen und erklärte: »Sie werden mir die Wahrheit zu diesem Kopf nicht glauben. Wobei ich die *ganze* Wahrheit auch nicht kenne.«

Dann fragte er Frau Tomek, ob sie denn in der Nähe gewesen sei, als seine Schwester beerdigt wurde.

»Nein, ich habe nur später das frische Grab und einen einzigen Strauß Blumen gesehen, aber keinen Kranz. Gott sei Dank, diese Kränze sind fürchterlich.«

Um gleich darauf zu betonen, Leo nicht weiter belästigen zu wollen.

Er aber: »Sie wollten doch wissen, was es mit dem Kopf auf sich hat.«

»Eigentlich schon«, sagte sie. »Der sieht aus wie von Brancusi, also nicht, dass er wirklich von Brancusi ist.«

Sie lachte.

Ein wunderbares Lachen, dachte Leo. Und woran er auch gleich dachte, das war die schöne, gute, großartige Abstrusität des postwendenden Verliebtseins in diese Frau. Wobei ihm sein analytischer Verstand erklärte, dass er, der dreiundsechzigjährige, der das letzte Mal am Tag des Brückeneinsturzes mit einer Frau zusammen gewesen war und technisch gesehen als ein »Jüngling« gelten musste, sich durchaus auf diesen Moment vorbereitet hatte, indem er hintereinander platonische Begeisterung für vier Frauen empfunden hatte: für die jugendliche Bregenzer, für Tina Wessely, für Frau Wolf und nicht zuletzt im Zuge einer Videokonferenz für Julia Kubetzky. Alle diese Frauen hatten ihn in die Grundhaltung befördert, die nötig war, damit Qi fließen konnte. Ein Qi der Schwärmerei.

Leider zu einem wirklich ungünstigen Moment, wenn man die Einschränkung der sozialen Kontakte bedachte. Leo fühlte sich an ein Buch erinnert, das er zwar nie gelesen hatte, dessen Titel sich ihm aber vehement aufdrängte: *Liebe in Zeiten der Cholera.* Wie hatte der

Autor geheißen? Egal, jedenfalls prangte der Titel laut und heftig vor seiner Stirn. Einmal abgesehen von der Möglichkeit, dass Frau Tomek es ohnehin bereits bereute, ihn angesprochen zu haben. Schließlich von hinten. Um in der Folge eine aus der Vorderseite resultierende Enttäuschung erlebt zu haben.

Vielleicht fand Frau Tomek, dass das einzig Attraktive an Leo der Umstand war, über ein solches Familiengrab zu verfügen. Aber mitnichten sein von vierzig Inseljahren ledriges und drei Koma-Monaten ermüdetes Gesicht. Dieser Charme eines verlebten Abenteurers.

Aber sie lachte ja. Und dann meinte sie: »Ich mache jetzt mein Grab fertig. Also das Grab meines Mannes. Wenn Sie mögen, schicken Sie mir eine Mail und wir vereinbaren ein Treffen im Internet – so wie es sich derzeit gehört –, und da erzählen Sie mir die ganze Geschichte, wie dieser zauberhafte Kopf auf das Grab Ihrer Familie gelangen konnte. Wollen Sie?«

Natürlich wollte er. Frau Tomek nannte ihm eine Mailadresse, wandte sich wieder in Richtung der Grabstätte ihres Mannes, ging mit einer drehenden Bewegung in die Hocke und begann erneut, sich dem Einsetzen einiger Hyazinthenzwiebeln zu widmen.

Sofort griff Leo nach seinem Handy und gab die Adresse ein. Diese zu vergessen, genau das hätte ihm jetzt gefehlt.

Dann stand er noch eine Weile vor dem Grab seiner Familie. Richtig, er hätte zumindest Blumen mitbringen können. Gut, beim nächsten Mal.

Als er ging, bewegte er sich in die Gegenrichtung von Frau Tomeks Position, drehte sich aber kurz um und nickte ihr zu. Sie sah es. Und lächelte.

Natürlich, es war ein schwarz-weißes Lächeln, aber völlig unbehelligt von irgendwelchen Flecken oder Schlieren.

20

Als er am nächsten Morgen erwachte, musste er doch einige Veränderungen feststellen. Beziehungsweise durfte er als Erstes erkennen, dass zwei grundlegende Ereignisse vom Vortag sich über die Nacht hinweg erhalten hatten.

Das eine war natürlich die schwarz-weiße Welt, in die er geraten war, mit all den Abstufungen von Grau sowie dem Verhältnis der Grautöne zueinander. Ein Verhältnis, das ihm die nicht mehr sichtbare Farbe verriet. Was für Leo aber mit der Zeit immer mehr an Bedeutung verlieren würde, hinter welchem Grau sich welche Farbe verbarg. Die schwarz-weiße Welt – man könnte sagen, die *grafische* Welt – beruhigte seinen Geist.

Das andere anhaltende Ereignis war Leos Begeisterung für die Frau, die er auf dem Hietzinger Friedhof kennengelernt hatte und die er heute Nachmittag zu einer Videokonferenz einladen wollte. Zu einem Rendezvous. Das war so ein Begriff seiner Jugend, der einem suggeriert hatte, sich an einem Ort zu verabreden, der, auch wenn er mitten in Wien lag, etwas Côte-d'Azur-Artiges besaß. Und wo man eine Leidenschaft und Gefahr leben konnte, die von Claude Chabrol stammte.

Leo hatte damals zwar keinen einzigen Film von Chabrol gesehen, aber die französischen Filmemacher der 1970er-Jahre hatten sich selbst noch ins Bewusstsein derer gedrängt, die gar nicht ins Kino gegangen waren. (So wie das erstaunlicherweise der Fußball und der Fußballtratsch mit den Menschen im ersten Abschnitt des 21. Jahrhunderts tat und man vielleicht festhalten musste, dass die Evolution den Menschen nicht immer nur eine Stufe höher stellte.)

Eine Neuerung, die Leo an diesem Morgen ebenfalls konstatierte, war die Stärke seines in immer gleicher Weise und Menge zubereiteten Espressos. Das mochte vielleicht mit dem tiefschwarzen, braunlosen Anblick zusammenhängen, jedenfalls schmeckte er nicht stärker als an den Tagen zuvor, aber auch nicht schwächer. Er hatte sich eingependelt. Und man kann ruhig sagen: in einer optimalen Stärke. Und dabei würde es hoffentlich bleiben. Konstanz war möglicherweise der geeignetste Beweis für ein Wirken höherer Mächte, die es auch mal gut mit einem meinten. Denn eine ewige Steigerung hätte so absurd gewirkt, wie eine Rückkehr in alte schwächere Zeiten unbefriedigend gewesen wäre.

Nach diesem in der Einpendelung kulminierenden Kaffeegenuss begab sich Leo zu seiner allmorgendlichen Qigong-Übung, in spannender Erwartung der zweiten Form, jenem »den Bogen spannen und auf einen Adler zielen«. Oder auf eine Wildgans oder irgendeinen großen Vogel, oder eben auch einen Elefanten. Und vielleicht auf … Und wirklich, als er aus dem tiefen Reitersitz heraus die Hände anhob, die zum V gespreizte Pfeilhand nach links führte und die zur offenen Faust geformte Bogenhand hinter seine rechte Schulter hob – das rechte Auge geschlossen, das linke so scharf gestellt wie möglich –, erkannte er erneut die verschwommene Gestalt eines Mannes, dessen über die Brust verlaufende Gerade eine sehr dünne Krawatte verriet.

Es muss erwähnt werden, dass Leos »Blick in die Ferne« auf eine alte, stark verschnörkelte Tapete gerichtet war, mit der sämtliche Wände dieses Raums ausgekleidet waren. Und dass man in das sich wiederholende Muster aus dunkelroten und verlebt-goldenen, für Leo nun dunkel- und blassgrauen gewundenen Linien so einiges hineindichten konnte. Eine Einbildung, die Bregenzer kürzlich als Apophänie bezeichnet hatte, wenn Leute auf der Marsoberfläche ein Gesicht erkannten oder jemand sich selbst in einem Dokumentarfilm aus der Nazizeit in einer Formation mitmarschieren sah.

Allerdings hatte das Leo natürlich bereits am Vortag überprüft, inwieweit diese Krawatten-Gestalt zu erkennen war, wenn er ohne Reitersitz und V-Finger und Bogenspannung vor die Tapete trat. Doch in dem Fall waren alleine schnörkelige Schnörkel zu sehen. Nichts sonst.

Er merkte jetzt wieder seine Beine, den ziehenden Schmerz in den Oberschenkeln, nicht *Stehen wie ein Baum*, sondern *Stehen wie eine Erschütterung*, biss aber die Zähne zusammen – so ungefähr das

Letzte, was Qigong vorsah –, um sich noch eine Weile den Blick zu erhalten, wobei er aber die Augen wechselte, also das linke schloss und das rechte öffnete. Naturgemäß verschob sich die Sicht etwas nach links. Von dem Krawatten-Mann war jetzt nur noch ein kleines Stück von dessen Schulter zu sehen, dafür aber tauchte eine Frau auf. Auch sie verschwommen, doch weil sie etwas näher stand, war sie doch besser zu erkennen. In ihrem Gesicht lag ein Ausdruck von Schmerz. Es konnte aber auch sein, dass sie lachte. Auffällig waren die großen, runden Ohrringe, die freilich nicht halfen zu erklären, ob Glück oder Unglück die Verzerrung in ihrem Gesicht verursachten.

Leo wechselte einige Male zwischen der Frau und dem Mann, indem er zwischen linkem und rechtem Auge pendelte.

Die Frage war, was die beiden verband: die Frau vorne, der Mann leicht dahinter. Die sich übrigens in keiner Weise bewegten, auch wenn das Hin und Her von Leos Augenschließung und Augenöffnung einen Eindruck erzeugte wie bei diesen beschichteten Postkarten, wo durch ein Verbiegen der Karte einmal eine angezogene und dann eine nackte Person zu erkennen war. Und im vorliegenden Fall man also glauben konnte, das »Ziel« würde – wie um den Pfeil zu verwirren – ständig das Geschlecht wechseln.

Aber es waren zwei verschiedene Ziele. Definitiv.

Endlich konnte Leo die Position *Stehen wie eine Erschütterung* nicht länger aushalten, kam mit zitternden Beinen zurück in die Mitte und in die aufrechte Haltung, ruhte kurz aus und spannte den Bogen zur anderen Seite, die sich ebenfalls auf ein Stück der Tapete richtete.

Leo hatte erwartet, das Gefühl von *echtem* Pfeil und Bogen würde verpuffen und erneut Salty Dog klitzeklein zwischen den gespreizten Fingern auftauchen. Was aber nicht der Fall war. Er würde nie wieder seinen Elefanten sehen. So, wie er nie wieder das Gefühl eines Pfeils verlieren würde, der das Ziel in sich trug. Und da waren sie wieder: der verwaschene Mann und die etwas weniger verwaschene Frau. Tief verwurzelt im Muster der Tapete, aber eben nur als *Ziel* erkennbar.

Und was sollte ihm das sagen? War das nur so eine Fantasie? Nur so ein Gesicht auf der Mondoberfläche? Oder war es das Resultat seiner Makuladegeneration gleich den Schlieren und Flecken und dem Verlust von Farbe? Vielleicht sogar im Sinne eines Ausgleichs. Für jemanden, der immer weniger sah, dafür aber einiges erkannte, was man normalerweise nicht erkannte. Gestalten in Tapeten. Auch wenn diese im Moment nichts anderes taten, als verschwommen zu sein. Doch Leo war schon klar, dass es dabei nicht bleiben würde, bei dieser puren Verschwommenheit. Er spürte mit einem Gefühl von Angst wie von Zuversicht, dass die Gestalten dieses Mannes und dieser Frau von Mal zu Mal deutlicher werden würden. Und damit auch eine Wahrheit die beiden betreffend. Hoffentlich eine gute, wenn Leo dafür schon einen beträchtlichen Schmerz in seinen Oberschenkeln, seiner Hüfte und seiner Wirbelsäule in Kauf nehmen musste.

Der Rest der Übungen, etwa »Die Fersen heben, um die hundert Krankheiten zu vertreiben« – wobei Leo sich jedes Mal fragte, welche Krankheiten *nicht* unter die Hundert fielen –, liefen ohne irgendwelche *tapezierte* Erscheinungen ab. Selbst die Stellung »Zornig über die Faust blitzen«.

Am späteren Nachmittag schickte Leo als Erstes eine Einladung zur Einladung, indem er sich bei Frau Tomek erkundigte, ob es ihr recht wäre, wenn er sie um siebzehn Uhr zu einem … er haderte mit sich. Konferenz klang eigentlich genauso blöd wie Meeting. Rendezvous war hübsch, aber unangemessen – und mit Bezug auf Chabrol – auch apokalyptisch. Bloß den Onlinedienst zu erwähnen, mit dem er sie zu kontaktieren plante, hätte ihn als einen »Mann von sehr geringer Einfallskraft« ausgewiesen. Für den Begriff des Dates war er zu alt. Blieb eben nur noch Verabredung. Sich zu einer Verabredung verabreden. Nein, letztlich schrieb er: »Wollen wir uns sehen?«

Sie wollte. Und zierte sich in keiner Weise, wie das ja fast alle taten. Die einem erklärten, was sie alles zu tun hätten. Wie sehr sie im Stress seien. Nicht jetzt, später. Nicht heute, morgen. Nicht mit Skype. Nicht das, nicht jenes. Am besten vielleicht gar nicht.

Anna Tomek aber schrieb verblüffend unkompliziert: »Gerne.«

Und dann war sie da, bildfüllend und recht unverschwommen auf Leos Schirm. Und er auf ihrem. Und zwar mit gewaschenen Haaren, rasiert, mit Brille, so wenig seine Brille ihm in einem optischen Sinne nützte, aber doch in einem ästhetischen. Während wiederum Anna Tomek auch bei sich zu Hause in der gleichen Weise elegant und chic zu sein pflegte, wie sie es auf dem Friedhof gewesen war. Als sei das eben ihr Alltagsprinzip, so auszusehen, als sei sie gerade auf dem Weg ins Theater.

Sie meinte, es sei schön, dass es geklappt habe.

»Absolut«, meinte Leo und überlegte, wer es doch schnell gewesen war, dessen oder deren Lieblingswort *absolut* war?

Frau Tomek erklärte, sich ein wenig vorbereitet und noch einmal die berühmten Brancusi-Köpfe studiert zu haben. Und wie ähnlich die Plastik auf dem Grab ihnen sei. Ähnlich, aber keine Kopie. Offensichtlich von einem Künstler, der sich von Brancusi habe inspirieren lassen.

»Würden Sie meinen Vater fragen«, sagte Leo, »der dieses Grab für sich gekauft hat, dann würde er Ihnen erklären, dass es ein echter Brancusi ist.«

»Sie machen einen Witz.«

»Für ihn war es keiner.«

»Sie wissen doch, was die Dinger wert sind, oder?«

Leo erklärte, gestern zum ersten Mal vor diesem Grab gestanden zu haben. Und wie erstaunt er selbst gewesen war, diese Bronze zu sehen, die so lange auf dem Schreibtisch seines Vaters gelegen hatte.

Und dann erzählte er von der rumänischen »Connection«, durch die sein Vater in den Besitz dieses angeblich echten Brancusis gekommen war. Leute, die dann auch seinen Untergang befördert hatten.

»Und Ihre Mutter?«

»Kam als dritte ins Grab, davor noch Tante Gudrun, zuletzt meine Schwester. Ich hoffe, dass man mich auch noch nimmt.«

»Sie müssten die Sache mit dem Brancusi überprüfen lassen«, meinte Frau Tomek. »Stellen Sie sich die Sensation vor.«

»Und wenn es sich um eine Fälschung handelt? Nein, liebe Frau Tomek, das kann ich meinem Vater nicht antun. Dass jetzt auch noch herauskommt, dass er sich von Beginn an von den Rumänen hat täuschen lassen.«

»Da riskieren Sie also lieber, dass ein – ich schätze mal – zwanzig Millionen Euro teures Objekt unbemerkt Ihren Grabstein schmückt.«

»So unbemerkt ja nicht«, meinte Leo, »sonst hätten Sie mich nicht darauf angesprochen.«

»Stellen Sie sich vor, wie viele Leute Sie auf einen echten Brancusi ansprechen würden.«

»Vielleicht will ich das gar nicht. Vielleicht wollte ich eben nur, dass *Sie* mich anreden.«

Anna Tomek hätte sich so viel Charmebolzerei verbieten können. Oder es peinlich finden können. Tat sie aber nicht, sondern gestand: »Das ist wirklich schön, dass Sie das sagen. Trotzdem, Sie sollten der Sache auf den Grund gehen.«

»Ach, wissen Sie, ich gehe gerade ein paar anderen Dingen auf den Grund.«

Er sprach jetzt davon, wie seine Schwester zu Tode gekommen war. Und wie ihr Tod der Grund dafür gewesen war, dass er nach vierundvierzig Jahren zurück nach Wien gekehrt war.

Frau Tomek hatte eine gute Art, darauf zu reagieren. Kein Übermaß an Betroffenheit, kein Händeringen, wie unfassbar das doch sei, was Menschen Menschen antun. Aber Interesse.

»Was hat Sie denn so lange von Wien ferngehalten?«

»Ich war auf einer Insel im Südpazifik mit ziemlich viel Wasser rundherum.«

»Aber doch nicht als Schiffbrüchiger, oder?«

»Anfangs schon. Ich bin dort gestrandet und dann einfach hängen geblieben.«

Die Hai-Geschichte zu erzählen, darauf verzichtete Leo. Er wollte nicht als Freak dastehen, ließ auch Salty Dog unerwähnt und sprach allein von der jahrzehntelangen Pflege von Eiland und Strandhaus, von Observatorium und Plantage. Und von seiner Leidenschaft für den Strand und das Meer. Die Liebe zu einem Ort, der wie selten einer geeignet war, die Nähe zum Universum zu spüren. Die Ewigkeit.

Um dann aus dieser Ewigkeit herausgerissen zu werden, nach Wien zu kommen, zurück zu seiner nun toten Schwester, in deren Wohnung er jetzt lebte.

»Hat man den Mörder gefasst?«, fragte Frau Tomek.

»Man hatte einen Tatverdächtigen zur Hand. Aber der war's nicht. Nein, die Umstände von Evas Tod sind völlig unklar. Das ist es ja, was mich umtreibt.«

Während er das sagte, wanderte eine schwarz-weiße Katze – eine auch in der Farbwelt schwarz-weiße Katze – durchs Bild. Durch Tomeks Bild. In der bekannten Art der Katzen, die sich gerne zwischen einen vertrauten und einen unvertrauten Menschen drängen, zwischen ein Ohr und einen Telefonhörer, sich auf Tastaturen niederlassen, den eigenen gepelzten Leib über eine Fernbedienung stülpen oder eben die Sicht auf einen Bildschirm verstellen.

»Ihre Katze?«, fragte Leo.

Anna Tomek hätte über den Kopf dieser Katze hinweg zurückfragen können: »Wessen Katze denn sonst?« Als würden bei ihr die Hauskatzen des halben Bezirks durch die Wohnung marschieren.

Sie sagte aber: »Das ist Sebastian. Es ist zwar ein wenig umständlich, ihn mit so einem langen Namen zu rufen. Aber so heißt er nun mal, und Abkürzungen sind mir ein Graus wie Kränze auf einem Grab.«

»Jetzt würde ich aber schon gerne wissen, was Sie so machen«, sagte Leo.

»Sie meinen, ob ich berufstätig bin.«

»Ich weiß nicht. Verzeihen Sie. Ich gestehe, dass ich Sie mir eigentlich völlig ohne Beruf dachte.«

»Als eine gut versorgte Witwe?«

»Als Schöngeist, um ehrlich zu sein«, sagte Leo und erkundigte sich laut und nicht zum ersten Mal, ob er jetzt einem Klischee verfallen sei. Sich elegante Frauen berufsuntätig vorzustellen.

»Na, solange Sie nicht von *berufsunfähig* sprechen, geht es ja«, meinte Frau Tomek, die wie Leos Schwester 1955 auf die Welt gekommen war. Und die nun Leo in einiges Erstaunen versetzte, nicht dadurch, dass sie erklärte, noch immer im Berufsleben zu stehen, sondern durch die Art ihres Berufs: Wahrsagerin. Jawohl, Wahrsagerin, sosehr dieser Begriff der Verunglimpfung anheimgefallen sei.

Leo runzelte die Stirn und lächelte auf eine zweifelnde Art. »Sie nehmen mich auf den Arm?«

»Was macht Sie so ungläubig? Weil ich nicht mit Gänsefedern im Haar durch die Gegend laufe. Oder eher, weil Sie meinen, Wahrsagerinnen seien ausgestorben?«

»Nein, das ist es nicht«, sagte Leo. »Im Grunde finde ich es großartig.«

»Aber nicht, weil Sie daran glauben, dass so etwas wirklich möglich ist. Die Zukunft voraussehen.«

»Sehen Sie denn die Zukunft voraus?«

»Ich bringe meine Kunden dazu, in die Zukunft zu schauen. So wie ein Therapeut seine Patienten dazu bringt, in die Vergangenheit zu blicken.«

Anna Tomek erzählte, kurz nach der Matura Mitte der 1970er-Jahre zur Österreichischen Post gegangen zu sein. Als Briefausträgerin, was anfangs nur als Intermezzo gedacht gewesen war, bevor sie ein Studium beginnen wollte. Aber aus dem Intermezzo wurden zehn Jahre. »Ich blieb dort hängen wie Sie auf Ihrer Insel.«

Damals, als dieses Unternehmen noch eine *Macht* war. Mit den Postsendungen kam für viele Menschen die Wahrheit ins Haus: Liebesbriefe, Rechnungen, Mahnungen, Postkarten (die wie nichts anderes das Phänomen des Urlaubs dokumentierten, den Widerspruch zwischen Fernweh und Heimweh), Meldungen vom Tode wie von der Geburt, Zeitungen als Blick in die Welt, Nachrichten von Freunden und Feinden, diverse Formen der Erpressung, Werbematerial als eine Art *vor*ausgefüllter Wunschzettel.

»Man kam damals viel mit den Leuten zusammen, wenn man die Post austrug«, sagte Anna Tomek, »dabei habe ich mein Talent bemerkt, Ereignisse vorauszusehen. Aber nicht, weil mir das irgendwelche Geister zugeflüstert hätten oder ich die Zukunft aus dem Vogelflug, den Gestirnen, aus Händen oder Karten herauslesen konnte, sondern einfach aus dem, was mir die Leute erzählt haben. Menschen sind wie Tiere, sie spüren, was naht. Aber dieses Gespürte kommt in einer verschlüsselten Form ans Tageslicht. Und das, was ich mein Talent nenne, ist eben die Decodierung dieser Verschlüsselung. Jemand sagt, er habe Kopfweh, und ich sehe eine künftige Trennung, jemand erklärt, seit einigen Tagen immer über die gleiche Stelle zu stolpern, und ich sehe eine baldige Liebschaft.«

»Keine Räucherstäbchen? Keine mystischen Klänge oder Kristallkugeln?«

»O doch. Aber das bestimmt der Kunde«, sagte Tomek. »Wer eine Kristallkugel braucht, kriegt eine Kristallkugel, wer als Krücke Tarotkarten benötigt, dem lege ich Tarotkarten. Wenn jemand dem Bild der Psychoanalyse folgen möchte und dabei gerne auf einem Sofa liegt, soll er liegen. Und wer auf Zahlen steht, darf Zahlen auf eine Tafel schreiben und darin ein System erkennen.«

Das Prinzip, den Kunden den Weg selbst bestimmen zu lassen und ihn gleichzeitig zu führen, habe sie nach ihrer Zeit bei der Post – aus der sie nach zehnjährigem Dienst im Zuge einer Verleumdung hinausflog – in einem anderen Beruf weiter perfektioniert.

»Sie werden jetzt gleich noch weit ungläubiger schauen als zuvor«, prophezeite Tomek.

Wofür es freilich keinerlei Wahrsagerei bedurfte.

»Als ich die Post verlassen musste«, sagte sie, »und eine Zeit lang ohne Job und Vorstellung von der eigenen Zukunft dastand, habe ich mich … für die Prostitution entschieden. Ohne Zuhälter. Ohne den Strich. Ich war mein eigener Zuhälter und hatte meinen eigenen Strich. Und suchte mir vernünftige Kunden. Vernünftig sage ich, nicht kultiviert. Die Kultivierten sind die schlimmsten, die fühlen sich zur Perversion verpflichtet. Mein Prinzip war also: keine Gewalttätigen, keine Schmarotzer, keine Kultivierten, nur die Vernünftigen. Darauf habe ich als Prostituierte genauso geachtet wie jetzt als Wahrsagerin. – Habe ich Sie erschreckt?«

»Gar nicht«, sagte Leo. Was nicht stimmte. Natürlich war er erschrocken. Was nichts an seiner Begeisterung für diese Frau änderte, die mit solcher Gelassenheit den Begriff der Vernunft mit dem der Prostitution und der Wahrsagerei in Verbindung brachte.

»Und Ihr verstorbener Mann?«, wollte Leo wissen.

»Eine späte Liebe«, antwortete Tomek. »Einer meiner Kunden. Als ich bereits Wahrsagerin war. Ein verzweifelter Mann, nicht unvernünftig, aber verzweifelt. Nach einer Scheidung, nach einer beruflichen Enttäuschung und der Nachricht von seiner Erkrankung. Er hat mich aufgesucht, obwohl er überhaupt nicht an so etwas wie das Voraussehen der Zukunft glaubte. Es war ja auch nicht der Glaube, sondern die Vernunft, die ihn zu mir gebracht hat. Er wusste, dass er nur noch ein paar Jahre hatte. Und ich habe ihm auch nicht das Gegenteil versprochen. Aber eine gute Ehe. Und es wurde in diesen wenigen Jahren tatsächlich eine gute Ehe.«

Für Leo klang das ein wenig so, als hätte Anna Tomek diesen Mann geheiratet, um die eigene Prognose von einer »guten Ehe« zu bestätigen. Aber vielleicht war das ja der Sinn der Wahrsagerei, nicht nur ein Unglück zu verhindern, sondern eben auch ein Glück vorauszudenken und dann zu begünstigen.

Was Leo am Umstand der Prostitution tatsächlich schreckte, war nicht die Tätigkeit als solche oder dass diese wie ein Bindeglied zwischen Post und Wahrsagerei zu stehen schien, sondern die Vorstellung, es könnte ausgerechnet eine derart in sexuellen Dingen versierte Frau sein, durch die er seine Jungfräulichkeit verlieren würde. Gleich einem Anfänger fürchtete er die Überlegenheit großer Erfahrung.

Aber war das denn nicht viel besser, sich alles, was man begann und erlernte oder nach langer Pause wieder in Angriff nahm, von einem Meister oder einer Meisterin beibringen zu lassen? Lernte er denn sein Qigong von Leuten, bei denen der tiefe Reitersitz aussah wie die Illustration eines Eisenbahnunglücks? Natürlich nicht.

Es war übrigens auch nicht so, dass Leo in all den Jahren ohne Sexualität gewesen wäre. Es war jedoch eine Sexualität ganz ohne ein Gegenüber gewesen. Ohne die Freude, aber auch ohne den Krampf, den ein Mitmensch auszulösen verstand. Sein »Partner« war allein die aus der Pornografie genährte Fantasie gewesen. Als würde man das wirkliche Leben nur aus einem Märchenbuch kennen.

Aber genau das wollte er ja ändern. Und Frau Tomeks interessante Biografie sollte dabei kein Nachteil sein.

Die Frage, die Leo nun stellte, war eine zwangsläufige. Nämlich, ob sie, Tomek, bereit wäre, ihm die Zukunft vorherzusagen.

»Sind Sie denn ein vernünftiger Mann?«, fragte sie.

»Ich habe die Vernunft nicht gepachtet, aber vierzig Inseljahre ließen mich doch zu einem bodenständigen Menschen werden.«

»Stellt sich die Frage, in welcher Form Sie in die Zukunft schauen möchten.«

»Na ja, wir könnten gemeinsam darauf schauen«, sagte Leo, damit eigentlich das Arbeitsprinzip der Anna Tomek beschreibend, zugleich aber mit leichter Anzüglichkeit.

»Ich sehe schon, wir werden keine Kristallkugel benötigen. Aber ganz ohne Brücke geht es nicht.«

»Interessant«, sagte er, »dass Sie von einer Brücke sprechen.«

»Wieso?«

»Vom Tod meiner Schwester einmal abgesehen, war es wohl auch der Tod einer Brücke, der mich nach Wien zurückgebracht hat.«

»Vernünftig klingt das nicht«, meinte Anna Tomek, meinte jedoch ebenso, dass sie der Tod einer Brücke interessiere. Aber nicht mehr heute.

Sie fragte: »Wollen wir uns morgen wieder treffen?«

Leo nickte.

Es würde nun bis hinein in den Mai dauern, dass die beiden sich täglich über ihre Bildschirme trafen, über Skype, wenn Tomek die Einladung aussprach, über Zoom, wenn Leo es tat. Wohinter aber weniger Überzeugung als Ritual steckte.

Bis hinein in den Maianfang also, als die Österreicher mit ihren vergleichsweise geringen Infektions- und Todeszahlen begannen, die Kontaktsperren aufzuheben und am System einer »neuen Normalität« zu basteln. Die Begriffe »Wirtschaft« und »Fremdenverkehr« tönten gleich Fanfaren – und mit der vermuteten Wirkungskraft eines ersatzweisen Impfstoffes – durchs verängstigte Land.

21

Frau Wolf meldete sich in der letzten Aprilwoche und gab Leo Bescheid, dass ein Besuch des Bunkers unter dem Yppenplatz sich nach Aufhebung der Kontaktbeschränkungen prinzipiell machen ließe. Man müsse aber eine konkrete Zusage abwarten. Jedenfalls werde sie versuchen, an einen Schlüssel zu gelangen, um so bald wie möglich in den Untergrund hinabzusteigen und sich einen Überblick zu verschaffen.

»Erwarten Sie sich nicht viel davon«, sagte sie ihm am Telefon, »ich habe mir den Eingang auf dem Yppenplatz angesehen. Da ist nicht viel. Eine niedrige Blechtüre hinter einer Trafik, neben einem Spielplatz. Abgesperrt mit einem besseren Fahrradschloss. Könnte man im Grunde mit einem Bolzenschneider öffnen. Dort unten wird Wasser und Dreck sein und der Geruch von achtzig Jahren. Aber wir wollen warten, bis wir dort legal reinkommen, oder?«

Leo bestand auf der Theorie eines zweiten Zugangs, der sich in einer der zahlreichen Lokalitäten des Platzes befinden müsse. In einen Abschnitt führend, der von jenem offiziellen Bunkerbereich getrennt war und schon zu Nazizeiten einer mysteriösen Nutzung gedient hatte.

»Wie können Sie da so sicher sein?«, fragte Frau Wolf.

»Es gibt zu allem einen zweiten Zugang«, erklärte Leo aus jener Not heraus, die wohl darin bestand, sich etwas zu wünschen. Ein Geheimnis. Um nicht einsehen zu müssen, von einer nach einer Zigarette bettelnden Fixerin angeschmiert worden zu sein. Für hundert Euro – wie Frau Wolf es angedeutet hatte – eine Lüge serviert bekommen zu haben, während ihm etwa für zwanzig Euro nur eine bescheidene Wahrheit serviert worden wäre.

Er und sein Bezahlungssystem.

Aber natürlich, da war das Bild der Schlange, das ja auch ein Diagramm so prägnant gestützt hatte. Doch davon wollte Leo nicht berichten.

Was er sich nun nicht nehmen ließ, war, der Enkelin von Paul Urban die Hälfte seines Vermögens zu überweisen. Nicht irgendwann, sondern sofort. Und beauftragte den Anwalt seiner toten Schwester, der sein eigener Anwalt geworden war, mit der Transaktion, die ja frei sein sollte vom Verdacht der Geldwäsche oder Bestechung. Anders als das Zeug, das da auf der Rückseite seiner Bücherwand versteckt war. Der schlummernde Stoff.

Das war schon beklemmend, wie hier ein merkwürdiger Reichtum ihn umschloss: das auch nach der Schenkung noch immer beträchtliche oaksche Erbe, ein möglicherweise echter Brancusi, der gut gesichert ein Grab veredelte, und dieses Heroin in der Wand, von dem er schon ahnte, dass es einen sehr viel höheren Wert besaß als üblicher Stoff.

Noch weit beklemmender war freilich die Frage nach den Vorgängen, die vor vierundvierzig Jahren zum Einsturz der Reichsbrücke geführt hatten.

Frau Wolf berichtete Leo von jenem Journalisten und Buchautor, der lange zu den Ereignissen des Jahres 1976 recherchiert hatte. Sie hatte ein Telefonat mit ihm geführt, in dem er von Zeugenaussagen sprach, die zwei kurz hintereinander erfolgte Explosionen bekundeten. Zeugenaussagen, die im offiziellen Untersuchungsbericht so wenig auftauchten wie die beiden Schreiben, die Stunden vor dem Unglück in den Redaktionen zweier österreichischer Tageszeitungen eingegangen waren, und in denen ein Attentat auf das Bauwerk angekündigt worden war. Was offensichtlich zuerst als ein Scherz abgetan wurde. Später aber verschwanden diese Schreiben, sodass die Erinnerung an sie nur noch in Form einer »Verschwörungsfolklore« existierte. Einer Folklore, die allerdings keinerlei Auskunft darüber gab, *wer* hinter diesen angeblichen Schreiben gestanden hatte.

Der Journalist hatte in den 1980er-Jahren zwei, drei Artikel verfasst, in denen er zumindest eine Manipulation des Untersuchungsberichts behauptete. Ein Bericht, der alles ausgeklammert hatte, was gegen eine Materialermüdung, eine problematische Statik, in den Pfeilersockel eingedrungenes Wasser, überhaupt ein Zusammenspiel unvorhersehbarer Faktoren sprach. »Unvorhersehbar« war das Zauberwort gewesen. Während Hinweise auf eine Fremdeinwirkung zur Gänze unterschlagen wurden. Darunter auch ein drittes Bekennerschreiben, das erst nach dem Unglück bei der Polizei einging, das man aber – so das Gerücht – nicht wie die beiden anderen makuliert hatte, sondern das in irgendeinem Giftschrank der Staatsanwaltschaft gelandet war.

Der Journalist meinte, es sei eine geradezu brillante Großtat österreichischer Entscheidungsträger gewesen, im Zusammenspiel mit Behörden, Gutachtern und Medien die Hinweise auf ein Attentat zu ignorieren. Anders als die Strategie, einen Anschlag nicht dem zuzuordnen, der ihn begangen hatte, oder Attentate zu fingieren, um sie einem Staatsfeind andichten zu können, hätte die österreichische Regierung sich sehr schnell zu einem »Stell dir vor, eine Bombe explodiert und keiner hat sie gesehen« entschlossen. Um in der Folge aus der Not eine Tugend zu machen, indem sie die Planung einer eigenen Brücke für die künftige U-Bahn-Verbindung ins *jenseitige* Wien verwarf. Was ja auch den Vorteil hatte, auf Straßenbahnschienen auf einer nun neu zu errichtenden Reichsbrücke verzichten zu können. Und dann auch gleich das Tragwerk dieser neuen Reichsbrücke hoch genug zu setzen, um ein späteres Donaukraftwerk in unmittelbarer Nähe zu ermöglichen. Letztlich war der Einsturz der Brücke vom Standpunkt der Stadtplanung ein Glück gewesen. Ein Glück, das aber keinesfalls mit einem Attentat in Verbindung gebracht werden sollte.

Der Journalist schloss seinen damaligen Bericht mit der Bemerkung ab, man hätte meinen können, diese Sprengung – wenn es sie denn gab – sei im Auftrag des Wiener Rathauses erfolgt, wo man sich natürlich nicht getraut hatte, ein Wiener Wahrzeichen so einfach abzureißen.

Der Journalist war zwischenzeitlich ein älterer Herr, der sein Pensionistenleben in einem Häuschen nahe Bad Fischau genoss und wenig von seinen Artikeln aus dieser Zeit hielt. Letztlich hätte es nicht gereicht, sagte er, der offiziellen und in die Historie eingegangenen Version etwas entgegenzusetzen, das nicht als »romanhaft« abgetan werden konnte.

Und schon gar nicht hatte er in seinen Interviews mit diversen Zeugen einen davon sagen hören, es hätte sich auf der Brücke ein Mädchen befunden, das im letzten Moment von einem Mann in die Donau befördert worden war.

Dieser Teil der Geschichte ließ Leo freilich nicht los. Ein Ereignis, das ja immerhin auf einen Super-8-Film gebannt und von Frau Kubetzky bestätigt worden war.

Leo schockierte die Vorstellung, dass er selbst der »junge Mann« gewesen sein könnte, der Linda Urban aus der Donau gezogen und zu deren elterlicher Wohnung gefahren hatte.

Einen Führerschein hatte er damals bereits besessen, das war richtig. Aber doch keinen Wagen, er wäre ja sonst kaum zu Fuß durch halb Wien nach Hause marschiert.

Aber: War er wirklich zu Fuß unterwegs gewesen?

Was stimmte an seiner Erinnerung, und was stimmte nicht?

Eine Frage, auf die er bald eine erste Antwort erhielt. Und zwar in seinen Träumen.

So traumtypisch verschroben und verschoben diese Träume auch waren, die zum Beginn des Mais seinen Schlaf heftig markierten – etwa ein unvermutet aus dem sehr glatten, parkettbodenartig gemusterten Wasser der Donau hochschießender Grabstein –, so erlebte Leo sich selbst immer wieder und überaus deutlich im Zusammensein mit einem zehnjährigen Mädchen, das abwechselnd die Züge von Frau Bregenzer und dann wieder von Tina Wessely aufwies, aber immer zehnjährig blieb, und das in einem Wagen saß, der von ihm selbst gesteuert wurde.

Dieser Wagen war es letztlich, der Leo in sein Wachsein und seine Gedanken hinein verfolgte. Der Wagen im Traum war ein kleiner Opel Kadett, dessen Farbe von einem mit Schwarz verunreinigtem Deckfarbengelb inspiriert schien.

Und es stimmte ja! Der Traum log nicht. Der Traum brachte Leo dazu, sich zu erinnern. Genau einen solchen Wagen hatte er besessen. Ein Geschenk seines Vaters zur Matura, in dem Jahr, in dem er auch den Führerschein gemacht hatte. Führerschein, Matura, Auto. Und das alles einen Sommer vor dem Brückeneinsturz.

Wie hatte er diesen Wagen derart verdrängen können? Nur, weil er in über vierzig Inseljahren nicht in einem Auto gesessen war, auch nicht virtuell.

Er war in der Nacht vor dem Brückeneinsturz weder zu Fuß noch mit der Straßenbahn oder dem Autobus unterwegs gewesen. Die Nacht, die er an der Seite einer Achtzehnjährigen verbracht hatte, die ihn gegen vier Uhr früh aus dem Bett geworfen hatte.

Geworfen? Wirklich? War es nicht viel eher so gewesen, dass dieses Mädchen noch geschlafen hatte, als er ganz ohne ihr Zutun aufgestanden war, um die Wohnung zu verlassen und hinunter auf die Straße zu gelangen?

Und so war es ja gewesen, natürlich. Die Erinnerung kehrte in Bruchstücken zurück. Es fiel Leo wieder ein, wie er sehr zielbewusst mit seinem Opel das kurze Stück hinüber zur Donau gefahren war und ihn in unmittelbarer Nähe zur Brücke geparkt hatte. Wie er seine Kamera aus dem Wagen genommen, eine Weile gewartet und schließlich im Moment der sich krachend aufbäumenden, heftig schlingernden Brücke begonnen hatte, diese zu filmen. Ohne von diesem überraschenden Ereignis überrascht zu sein. Sehr wohl aber davon, weit oben die Gestalt eines Mannes sowie die Gestalt eines Kindes erkennen zu müssen. Nicht der Mann hatte ihn überrascht, sondern dass das Kind bei ihm war. Und wie dieser Mann, der Urban sein musste, den kleinen, zarten Körper des Kindes anhob und über das Geländer warf.

Leo erinnerte sich nun, wie er augenblicklich hinunter zum Wasser gelaufen und in den Fluss gesprungen war. Die Fassungslosigkeit und Verzweiflung, die er spürte, und dann die Erleichterung, als er das Kind erreichte, es von hinten umfasste, es festhielt und darauf achtete, dass der Kopf der Kleinen oben blieb. Wie er mit den Rückstoßbewegungen seiner Beine durchs Wasser trieb und schließlich zusammen mit dem Kind das Ufer erreichte. Wie er es die Böschung nach oben brachte, zum Auto, dabei nicht vergaß, die Kamera aufzuheben und mitzunehmen. Und wie er das zitternde, weinende Mädchen auf den Beifahrersitz setzte, auf sie einredete, irgendetwas Beschwichtigendes sagte, dass alles gut werde, was ein schlechter

Scherz war, wo doch mit größter Wahrscheinlichkeit soeben ihr Vater irgendwo zwischen den Trümmern der eingestürzten Brücke lag, erschlagen oder ertrunken. Ein Vater, nach dem das Mädchen nun rief. Doch er, Leo, fuhr los. Und nein, die kleine Linda brauchte ihm nicht zu sagen, wo sie wohnte, er wusste es. Er kannte die Adresse, zu der er sie brachte, sie direkt vor dem Wohnhaus aus dem Wagen ließ und sofort davonfuhr.

Daran erinnerte sich Leo, dessen Traum von einem Opel Kadett ihn geradewegs in das tatsächlich Geschehene hineingezwungen hatte. Allerdings nicht so tief, dass er im Moment hätte sagen können, *warum* er von dem kommenden Einsturz der Brücke gewusst hatte und darum auch keineswegs zufällig an diesem Ort zu dieser Zeit gewesen war. Und *warum* er gewusst hatte, wo das Mädchen wohnte, sosehr es ihn überrascht hatte, dass auch sie auf der Brücke gewesen war.

Warum und wieso?

Das konnte er im Moment noch nicht sagen, aber eines war klar, dass dies der Grund dafür gewesen war, dass er noch am selben Tag die Stadt Wien verlassen hatte. Und nicht, weil die symbolhafte Verschränkung von Brückeneinsturz und Niki-Lauda-Unfall, verbunden mit seinen Selbstmordfantasien, ihn zu dieser Flucht getrieben hatte. Das musste er sich erst später ausgedacht haben. Als seine ganz persönliche Geschichtsfälschung.

Wenn er also soeben eine Million Euro an Julia Kubetzky hatte überweisen lassen und zuvor erklärt hatte, dies auf eine gewisse Weise ihrem Großvater Paul Urban schuldig zu sein, so stimmte dabei nur die Einschränkung *auf eine gewisse Weise* nicht. Diese Übertragung von Geld war sehr viel angemessener, als er selbst im ersten Moment gedacht hatte. Er war es dem toten Mann *absolut* schuldig.

Er redete mit Frau Wolf darüber. Gestand ihr diesen Teil seiner zurückgekehrten Erinnerung. Und versicherte ihr seine Entschlossenheit, sich auch dem noch verborgenen Rest stellen zu wollen. Seine Rolle zu begreifen, die er, der damals Neunzehnjährige, bei der Entführung der Linda Urban und der Erpressung des Paul Urban gespielt hatte. Denn irgendeine Rolle musste es schließlich gewesen sein.

»Man könnte es aber auch so sehen«, meinte Frau Wolf, »Sie haben immerhin einem Kind das Leben gerettet.«

»Ja, aber unter welchen Vorzeichen?«, antwortete Leo.

»Dann lassen Sie uns die Vorzeichen verstehen.«

Frau Wolf versprach, als Erstes der Möglichkeit nachgehen zu wollen, dass zumindest das dritte Bekennerschreiben noch existierte. In welchem Giftschrank auch immer. Sie kenne einen pensionierten Archivar in der Staatsanwaltschaft.

»Die Pensionierten«, sagte Frau Wolf, »sind immer die verlässlichsten Informanten. Erstens, weil sie Geld brauchen, auch wenn sie eine gute Rente bekommen. Aber im Alter glauben alle zu verhungern. Und zweitens, weil sie nichts zu befürchten haben, wenn sie im Unterschied zu ihrer aktiven Zeit mal die Wahrheit sagen.«

Das hatte wirklich etwas für sich. Es waren meistens die »Ehemaligen« und »In-Rente-Geschickten« und »Gekündigten«, die bereit waren, ein Geheimnis preiszugeben, einen Verdacht zu bestätigen, Dokumentiertes anzubieten, letztlich Rache zu üben.

Das andere Phänomen bestand darin, dass oft etwas aufgehoben wurde, was im Sinne der Vertuschung eigentlich eliminiert gehört hätte. Doch es war wohl ähnlich dem Prinzip, dass gerade jene Mörder, die sich der Polizei und der Öffentlichkeit überlegen fühlten, irgendwann entlarvt werden wollten. Das Wesen der Vertuschung, Täuschung und des Betrugs barg das unheimliche Bedürfnis in sich, auch als Vertuschung, Täuschung und Betrug erkannt zu werden.

Wenn man sich wunderte, wie idiotisch riskant manch korrupter Mensch agierte, so war das eben kein Beweis für trottelhafte Unverschämtheit, sondern entsprach dem Bedürfnis, *entdeckt* zu werden, irgendwann genau als *der* wahrgenommen zu werden, der man war (entdeckt, nicht entlarvt, das war der entscheidende Unterschied).

Kein Lügner wollte allein mit seiner Lüge begraben werden. Sondern mit der allgemeinen Erkenntnis, wie grandios er gelogen hatte.

Also: Es gab dieses Schriftstück. Und so tief verborgen es in irgendeinem Archiv auch sein mochte, Frau Wolf würde es aus seinem verstaubten Dunkel ziehen. Dafür war sie da.

Doch es würde eine Weile dauern.

Es verging der halbe Mai, ohne dass etwas Entscheidendes geschah. Abgesehen davon, dass die bislang vorgeschriebenen Ausgangsbeschränkungen wegfielen und eine neue Verordnung in Kraft trat. Man konnte sagen, dass die diversen Lockerungen im Leben der Menschen – die allerdings präziser und rechtskonformer definiert waren als zuvor die Beschränkungen – logischerweise die Gestalt einer gewissen Verkrampfung aufwiesen, da ja die Gefahr nicht wirklich behoben war, sondern sich eher in der Schwebe hielt. Viele Leute kamen sich vor, als hätten sie ihren Kopf in das Maul eines Löwen gesteckt, was ja geradezu den Inbegriff einer Zirkusnummer darstellt. Und natürlich hatten sie diesen Löwen nicht selbst dressiert, sondern waren aus dem Publikum heraus für diesen Auftritt ausgewählt worden. Nun standen sie gebeugt da, mit seitlich verrenktem Kopf, hielten die Luft an und hofften, dass der Löwe nicht die Geduld verlieren und noch vor dem Ende der Nummer zubeißen würde.

Die für Leo wohl wichtigste neue Regelung war die, dass Personen, die nicht zum gleichen Haushalt gehörten – verliebt oder nicht, das war nicht das Thema gewesen, sondern der Haushalt war das Thema gewesen –, zusammenkommen durften, jedoch im Freien wie auch in den Innenräumen einen Meter Abstand zu halten hatten. Ihn beschäftigte dieser eine Meter. Nicht nur die Frage, ob dieser eine Meter denn wirklich ausreichte, sondern vor allem, was eigentlich in diesem einen Meter geschah. Also, was sich in diesem *Raum* abspielte. Denn nie zuvor hatten Menschen so sehr im Bewusstsein einer Ausdehnung gelebt, die zwischen ihnen bestand. Ja, klar, Boxer vielleicht, aber sonst doch wenige. Dieser Raum hatte natürlich schon immer existiert, bei jedem Gespräch, bei jedem sich Gegenüberstehen oder Aneinandervorbeilaufen oder sich Anschreien, selbst in der Umarmung noch, wenn der Raum radikal schrumpfte. Doch nun war er zu etwas geworden, das förmlich leuchtete. Leuchtete und aufblitzte. Nicht zuletzt dort, wo die Grenzen dieser Sphäre unabsichtlich oder mutwillig durchbrochen wurden.

Jedenfalls ermöglichten die neuen Regeln es, dass Leo unter Einhaltung dieses *leuchtenden* Meters mit anderen Leuten zusammentreffen konnte. Eben nicht nur im Dienste irgendeiner lebensnotwendigen Handlung wie dem Entwickeln eines Super-8-Films. Sondern aus purer Freude am Zusammensein. Was für ihn vor allem bedeutete, Anna Tomek zu begegnen, mit der er seit über zwei Wochen in täglichem digitalem Kontakt stand. Und sich die beiden dabei in einer Weise kennengelernt hatten, als würden sie an einer gemeinsamen Biografie schreiben. Einer Doppelbiografie, die zwei getrennte Leben behandelte. Leben, die spät, aber doch, über einen Grabstein zueinandergefunden hatten. Beziehungsweise über die schlummernde Muse auf diesem Grabstein.

Diese Stelle auf dem Hietzinger Friedhof war es dann auch, wo sich die beiden erneut an einem mit Wärme gesegneten zehnten Mai trafen. Nun bereits durch das Du-Wort verbunden wie auch durch die gegenseitige Kenntnis ungewöhnlicher Wendungen. So wusste Anna, dass möglicherweise ein Hai-Ritt Leo das Leben gerettet hatte, er aber auch fürchten musste, eine verdrängte Rolle bei der Sprengung der Wiener Reichsbrücke vor vierundvierzig Jahren gespielt zu haben. Er hatte nichts ausgelassen. Wobei er einmal zu ihr sagte, dass sie als Wahrsagerin eigentlich um seine Geschichte, zumindest Teile seiner Geschichte auch ohne seine Bekenntnisse hätte Bescheid wissen müssen.

»Wer sagt dir, dass ich das nicht habe«, antwortete sie.

Okay, das musste Leo wirklich zugeben, wie wenig überrascht Anna von vielem schien, was er ihr da an Ungewöhnlichem präsentierte. So, als höre sie nicht zum ersten Mal von der gegen jedes Vorurteil sprechenden philanthropischen Ader schwangerer weißer Haie.

Es war gegen vier Uhr nachmittags, als sie sich trafen, sie aus dem Osten kommend, er aus dem Westen. Um dann im Abstand des gedachten und großzügig ausgelegten einen Meters dort stehen zu bleiben, wo die Mitte zwischen dem pragerschen Familiengrab und dem tomekschen Ehepaargrab lag.

Diesmal hatte Leo Blumen dabei, Blumen für seine tote Schwester, aber auch Blumen für die lebende Anna. Er hätte jetzt in den

Einmeterraum quasi eindringen, durch ihn hindurchstechen müssen, um ihr den Strauß zu überreichen. Tat er aber nicht.

»Ich leg sie dir hierher«, sagte er und platzierte das Gebinde an den Rand des Grabes, in dem der Mann ruhte, dem Anna den Tod, aber auch das Glück seiner letzten Jahre vorausgesagt hatte.

»Ach, Lilien, wie schön!«, sagte sie, die Kranzhasserin. »Meine Lieblingsblume. Da hast du richtig geraten.«

»Vielleicht habe ich ja gar nicht geraten.«

»Umso besser«, sagte sie mit einer gelassenen Ernsthaftigkeit, in der die Ironie wie ein Schwebeteilchen aufstieg.

Zusammen traten sie, er von der linken, sie von der rechten Seite, vor den Grabstein der Familie Prager hin, wo Leo nun einen Strauß Tulpen ablegte – die vermuteten Lieblingsblumen seiner Schwester – und ein kleines Grablicht auf dem Gesteinssockel aufstellte und entzündete.

»Wie gläubig bist du eigentlich?«, fragte ihn Anna.

»In erster Linie zweifle ich«, antwortete Leo, »aber eben an allem, auch daran, dass da rein gar nichts sein soll. *Gar nichts* klingt für mich genauso abwegig wie *etwas*. – Und du?«

»Als Wahrsagerin kann ich schwerlich an die Planlosigkeit und Zufälligkeit der Dinge glauben. Ich würde mich ansonsten verirren. Dass ich katholisch bin, hat damit aber nichts zu tun. Katholisch bin ich nicht aus Überzeugung, sondern aus Tradition. Es ist ein Schmuck, in den man hineingeboren wird.«

»So hätte mein Onkel Felix das vielleicht auch ausgedrückt«, meinte Leo, obgleich sein Onkel die Entscheidung für die Religion eher der Vernunft zugeordnet hatte.

»Lebt er noch, dein Onkel Felix?«, fragte Anna.

»Wenn ich das wüsste«, sagte Leo und erklärte, ohne eine Spur dieses Mannes zu sein, dessen Treue zu den Kommunisten wie den Katholiken ihn als Jugendlichen so beeindruckt hatte.

Leo erklärte, dass der Sekretär seiner Privatdetektivin, ein gewisser Herr Cheng, damit beauftragt worden sei, etwas über das Schicksal seines Onkel Felix herauszufinden.

»Du beschäftigst viele Leute«, sagte Anna.

»Ein Kunsthistoriker fehlt noch«, meinte Leo mit Blick auf die bronzene Frau mit den geschlossenen Augen, die goldgelb – für ihn grau glänzend – die Spitze des Grabsteins bildete. Fügte dann aber an, was wirklich fehle, das sei, eine Wahrsagerin zu engagieren.

»Wenn du denkst«, erwiderte Anna, »ich könnte erspüren, ob eine Skulptur echt oder gefälscht ist … Kann ich nicht. Ich kann auch nicht die Lottozahlen voraussagen oder ob es heute in einem Jahr regnen wird.«

»Aber schon, wer sich heute in einem Jahr in wen verliebt, oder?«

Anna ließ diese Frage unbeantwortet – auch ihr Schweigen verfügte über jene sanfte Ironie aus aufsteigenden Schwebstoffen.

Stattdessen erklärte sie, sich auf durchaus konventionelle Art um die Sache mit dem Brancusi-Kopf gekümmert zu haben. Denn glücklicherweise zähle ein Kunstgeschichtler zu ihrem Kundenstamm: ein vernünftiger Mann. Und dieser vernünftige Mann habe ihr bestätigt, dass in der einschlägigen Literatur keinerlei Hinweis auf eine »schlummernde Muse« bestehe, die zwischen den beiden bekannten Versionen entstanden wäre. Allerdings sei er vor einigen Jahren in einem ganz anderen Zusammenhang – das bildnerische Werk von Jean Cocteau studierend – auf eine sonst gänzlich unbekannte französisch-rumänische Lyrikerin namens Stella Petran gestoßen, mit welcher der bisexuelle Cocteau in den späten 1940er-Jahren eine kurze Liaison hatte.

»Diese Petran«, erzählte Anna, »ist nach dem Krieg zurück nach Rumänien und hat von dort einen Brief an Cocteau geschickt und sich bedankt. Nicht für die kurze Affäre, sondern dafür, dass er ihr *La tête de la baronne endormie* überlassen habe.«

Richtig, da war weder von Brancusi die Rede gewesen, noch wurden Begriffe wie Skulptur oder Bronze erwähnt, auch keine Jahreszahl irgendwo zwischen 1909 und 1917, und schon gar nicht eine Einordnung zwischen zwei berühmte Plastiken Brancusis. Und doch, jener Kunstgeschichtler, ein gewisser Bernd Hellgoth, der sich von Anna Tomek monatsweise die Zukunft voraussagen ließ – die er sich eigentlich auch selbst hätte voraussagen können, sie aber lieber aus dem Munde ihrer guten Frauenstimme vernahm –, hatte sich nun wieder an diese bestimmte Stelle aus Petrans Brief an Jean Cocteau erinnert.

»Der Kopf einer schlafenden Baronin«, sagte Anna, »das klingt schon sehr nach einer schlummernden Muse, wenn man weiß, dass es eine Baronin war, die Brancusi für seinen ersten Musenkopf Modell stand. Und wenn man weiß, dass Cocteau und Brancusi sich kannten und befreundet waren. Nicht wahr?«

»Ich stelle mir vor«, sagte Leo, »wie mein Vater sich jetzt freuen würde, das zu hören.«

»Das ist eine interessante Frage«, meinte Anna, »wie lange manche Geister unter den Lebenden bleiben, nur, damit sie etwas Bestimmtes zu hören bekommen. Manchmal eine Entschuldigung, manchmal eine Expertise.«

Klarerweise, sagte sie, sei eine solche Erwähnung in einem Brief aus dem Jahre 1949 noch kein Beweis für die Echtheit und Provenienz dieser Skulptur. Aber die Richtung stimme schon. Und natürlich wäre Herr Hellgoth bereits auf dem Friedhof gewesen, um die »pragersche Muse« in Augenschein zu nehmen.

»Wahrscheinlich hat er tausend Fotos gemacht«, sagte Anna. »Tut mir leid, aber da haben wir jetzt etwas losgetreten, das ist nicht mehr aufzuhalten. Hellgoth wird keine Ruhe geben, bis bewiesen ist, was bewiesen werden kann. Und er wird sicher mit dir reden wollen.«

»So wenig ich eigentlich weiß«, sagte Leo.

»So wenig du eigentlich weißt, ja«, bestätigte Anna, wandte sich um und ging hinüber zum Grab ihres Mannes, um es von den wetterbedingten Zumutungen der vergangenen Tage zu reinigen.

So war eine Weile jeder von ihnen mit der eigenen Grabarbeit beschäftigt.

Irgendwann drehte sich Anna zu Leo um und rief herüber: »Magst du heute bei mir zu Abend essen?«

Es war exakt das, was er hatte hören wollen.

22

Wäre diese Geschichte ein Roman mit Titeln zu jedem Kapitel gewesen, dann hätte das folgende Ereignis in Anspielung auf einen anderen Titel innerhalb des Romans wohl geheißen: *Die Möbel der Sexualität*. Oder vornehmer: *Das Mobiliar der Sexualität*.

Leo hingegen, der sich jetzt in gepflegtem Abstand zu Anna und doch paargleich mit ihr dem Ausgang des Friedhofs näherte, ging weiterhin jener berühmte Romantitel durch den Kopf, der da lautete *Liebe in Zeiten der Cholera*. Auch wenn er in der Zwischenzeit nachgelesen hatte, dass in diesem Roman eigentlich wenig von der Cholera die Rede war, die Protagonisten von ihr verschont blieben und das Wort *cólera* aus dem Originaltitel auch noch in anderen Bedeutungen wie Zorn und Leidenschaft eine Rolle spielte. Dennoch blieb dieser Titel fest in seinem Kopf. Der Titel begleitete ihn auf eine verwegene und romantische Weise.

Sie näherten sich Annas kleinem Fiat. Leo nahm auf der Rückbank Platz, während Anna das Stoffdach nach hinten gleiten ließ, sodass sie beide nun im Freien saßen, über ihnen ein von kleinen isolierten Wolken gefleckter Himmel.

Es wurde eine kurze Fahrt, kaum zehn Minuten.

So gelangten sie hinunter ans andere Ende von Hietzing, ins obere Drittel der Seuttergasse, wo Anna den Wagen parkte. Man verblieb also weiterhin im 13. Bezirk, was Leo nur ein ganz klein wenig verunsicherte.

Anna Tomeks Wohnung lag im Erdgeschoss eines aus dem 19. Jahrhundert stammenden, jüngst renovierten Villengebäudes. Im Rücken des Hauses befand sich der Lainzer Tiergarten, ein weitläufiges, ummauertes Naturschutzareal, das bei aller Idylle wohl am gefürchtetsten aufgrund der dort lebenden Wildschweine war. Leo erinnerte sich, dass seine Mutter diese Anlage vor allem darum so geschätzt hatte, weil die Wiener dorthin ihre Hunde nicht mitnehmen durften.

Annas Wohnung war nicht übertrieben groß, aber doch großzügig zu nennen. Wobei ihr das gesamte Haus gehörte, sie jedoch die beiden darüberliegenden Stockwerke sowie das rückseitige Gartengrundstück vermietet hatte. Den Hauptraum bildete ein großes Oval, von dem aus es durch zwei mächtige Glastüren nach vorn über eine kurze Terrasse in den straßenseitigen, aber dank der Hecken gut verschlossenen Garten ging. Rechts und links lagen das Schlafzimmer und das Wohnzimmer. Das Oval, hell und hoch, war auch der Raum, in dem Anna ihre Kunden empfing. Esoterisch wirkte er allerdings gar nicht, da waren keinerlei Traumfänger oder auf Wasser gleitende Steinkugeln, kein Geruch von Kräutern, keine Bilder von Schülern der benachbarten Waldorfschule, nichts Regenbogenartiges. Wobei natürlich Leos schwarz-weißer Blick so gut wie alles versachlichte und dem meisten Grellen das Grelle nahm (nicht aber dem Glänzenden den Glanz, wie er ja stets aufs Neue im Angesicht der *Schlummernden Muse* feststellen konnte). Doch dieser Raum hätte ihn wohl selbst *in Farbe* an den stilvoll-gemütlichen Empfangsraum eines Literaturagenten erinnert und weniger an einen Hort der Zukunftsvorhersage.

Es war noch warm genug, um sich auf ein Glas Wein in den kleinen Garten zu setzen. Natürlich kam auch gleich der Kater Sebastian vorbei, der wie ein leicht betrunkener Slalomfahrer um Annas Beine strich – und dessen Souveränität eben darin bestand, trotz Betrunkenseins jede Stange korrekt zu nehmen und trotz Schräglage nicht umzufallen. Dabei schenkte er Leo hin und wieder einen giftigen Blick. Natürlich, er war all die Kunden gewohnt, die hierherkamen. Kamen und auch wieder gingen. Aber Sebastian war ja ein Kater und nicht blöd und ebenfalls fähig, in die Zukunft zu schauen, und darum augenblicklich davon überzeugt, dass dieser Mann mehr im Sinne hatte, als sich ein paar Karten legen oder sich in die Linien seiner Handflächen schauen zu lassen, um etwas zu hören, was er ohnehin schon ahnte.

Leo bemerkte, dass die schwarz-weiße Musterung von Sebastians Fell ungemein ausgewogen war, etwa der breite schwarze Kreis über dem linken Auge, der ein Gleichgewicht bildete zum rechten durchgehend schwarzen Ohr, dazu ein weißes Bein mit einer schwarzen Pfote und ein schwarzes Bein mit einer weißen Pfote, während wiederum der weiße Schwanz über eine schwarze Spitze verfügte, die wie ein vollgesogener Pinsel durch die Luft strich. Die ganze Katze erinnerte schon sehr an eine kalligrafische Übung, bei welcher ein Künstler die schwarze Tusche so aufs Papier gesetzt hatte, dass auch Teile des weißen Hintergrunds eine vordergründige Materialität erhielten.

»Ein wirklich schönes Tier«, sagte Leo und legte echte Bewunderung in seine Stimme.

Hätte Sebastian reden können, er hätte gesagt: »Spar dir dein Gesülze.«

Woraufhin Leo geantwortet hätte: »Du hast es nötig.«

So führten die beiden einen lautlosen Disput, während Anna davon erzählte, dass ihr Mann Chirurg im Allgemeinen Krankenhaus gewesen war. Die Villa hier war seine Villa gewesen, sie selbst hätte sich eine solche niemals leisten können und war ja nach seinem Tod auch gezwungen gewesen, den Großteil zu vermieten.

»So sinnvoll es ist«, sagte sie, »einen derart riesigen Kasten nicht alleine zu bewohnen, hat es doch etwas Bedrückendes, wenn man über oder neben sich fremde Personen spürt. Dabei bin ich natürlich den Großteil meines Lebens selbst Mieterin gewesen. Mitunter in winzigen Wohnungen. Aber letztlich ist es fürchterlich, diese Nähe zu jemandem, der bloß durch eine Wand oder einen Boden von einem getrennt ist.«

»Man kann seine Nachbarn auch mögen«, sagte Leo.

»Wie lange hast du auf deiner Insel gelebt?«, fragte sie.

»Jetzt lebe ich in einer Wohnung, wo über und unter und neben mir Leute sind.«

»Und? Bereitet es dir Freude, statt dem Geräusch von Meereswellen den Fernseher deiner Nachbarn zu hören?«

Er hätte nun davon erzählen können, wie er hin und wieder sein Ohr an die Wand legte, die ihn von den Wesselys trennte, sprach dann aber doch von etwas anderem, nämlich davon, dass er nach dreiundsechzig Jahren Nichtrauchertum mit dem Rauchen von

Zigaretten angefangen hatte. Dabei erwähnte er jedoch nicht direkt Frau Wolf, sondern berichtete von der erstaunlichen Lust, die ihn *überfallen* hatte.

»Da bist ja geradezu im Trend«, sagte Anna.

»Wieso das denn?«

Anna, die selbst hin und wieder eine Zigarette rauchte, wirklich nur hin und wieder, berichtete von einer französischen Studie, die in aller Munde sei, die Leo aber offensichtlich nicht kannte. Diese Studie hatte zu der steilen These geführt, dass Rauchen helfe, eine Ansteckung mit dem neuen Virus zu vermeiden, genauer gesagt nicht das Rauchen an sich, sondern das Nikotin, welches sich an die Rezeptoren jener Zellen anhefte, die auch dem Virus dienten, um in die Wirtszellen einzudringen und sich dort zu vermehren.

»Die haben halt eine Studie gemacht, die Franzosen«, sagte Anna, »nach der weit weniger Raucher unter den Infizierten waren als im Schnitt in der Bevölkerung Raucher sind. Wahrscheinlich ist es Unsinn oder, wie jemand gesagt hat, ein *statistisches Artefakt.* Aber ein schöner Unsinn eben, ich meine für jemanden wie dich, der gerade zum Rauchen angefangen hat.«

»Schon, ob jedoch dreimal am Tag überhaupt genügt?«, sagte Leo und überlegte, wie fatal es wäre, sich vor der einen Krankheit zu schützen, sich dadurch aber einer anderen auszuliefern.

»Ob eine Sache, auch eine unsinnige Sache, was nützt oder nicht, schadet oder nicht«, meinte Anna, »ist wahrscheinlich sowieso eine Frage von Glaube und Hoffnung, von Furcht und Zittern.«

»Du denkst aber nicht«, sagte er, »es seien die Hoffnungslosen, die immer sterben?«

»Nein, es sind natürlich die Lebenden«, sagte sie, »die immer sterben. Wenn Hoffnung eine Rolle spielt, dann nicht beim Krankwerden, sondern beim Gesundwerden. Klar, ich erzähle meinen Kunden auch lieber, dass alles gut wird. Aber das Lügen ist beim Wahrsagen – der Begriff sagt es ja – leider keine Option.«

Wenig später standen Anna und Leo in der Küche, sie eine Soße umrührend, er mit seinem Glas Wein und dem obligaten Abstand neben ihr. Großartig, dachte Leo, wie sich diese Frau bewegte, selbst noch beim Umrühren. Als tauche sie ihre Hüften in einen Nebel von Parfüm.

Und noch einmal brachte er das Rauchen ins Spiel. Aber diesmal auf eine Weise, bei der er sich hinterher fragen konnte: Habe ich das wirklich gesagt? Irre!

Denn das, was Leo sagte, war: »Wir könnten uns küssen und dann eine Zigarette rauchen. Oder wir rauchen eine Zigarette und küssen uns dann.«

»Nicht hier in der Wohnung«, entgegnete Anna trocken.

»Küssen oder rauchen?«

»Rauchen natürlich. Ich kann den Gestank in der Wohnung nicht brauchen.«

»Selbstverständlich«, sagte Leo.

»Aber wir können uns küssen«, meinte Anna, »und nachher rausgehen und dort eine rauchen.«

»Nur wäre dann jegliche Distanz und Sicherheit dahin, und ob uns das Nikotin wirklich retten kann, ist eher ungewiss«, stellte Leo fest. »Willst du das?«

»Mein Gott«, sagte sie, »wir stehen sowieso schon viel zu lange viel zu nahe beieinander. Und letztlich zählt nur, dass, wenn wir uns küssen, es dabei bleibt und wir nicht anfangen, auch noch andere zu küssen.«

»Vollkommen richtig«, sagte Leo, drang jetzt durch die äußere Hülle des Einmeterraums, woraufhin das Leuchten sogleich zunahm. Er fasste Anna an der Hüfte und zog sie sanft zu sich. Ihre Lippen trafen sich. Liebe in Zeiten … Die Soße neben ihnen auf dem Herd brodelte.

Anna hatte ihn an der Hand in den Raum geführt, der im rechten Flügel der Villa lag, stark eingeschattet von hohen, dichten Bäumen, die jeglichen Ein- oder Ausblick verwehrten, wie man überhaupt sagen konnte, die Villa liege mehr im Grünen als in der Stadt.

Vor der Reihe aus kunstvoll vergitterten Fenstern stand ein breites Bett, auf dem sich gänzlich weiße Laken befanden. Und in der Mitte des Bettes lag natürlich der Kater Sebastian in weiser Voraussicht.

»Nein«, sagte Anna und griff mit einer Hand unter den Körper des Tiers, das nun wie ein lebloser Sack nach zwei Seiten herunterhing, und beförderte Sebastian hinüber ins Oval, wo dem Kater nichts anderes übrig blieb, als seine lasche Haltung aufzugeben und in Katzenmanier auf dem Parkett zu landen.

Anna schloss die Türe und kam wieder zu Leo zurück, der etwas hilflos am Bettrand stand. Sie knöpfte ihm das Hemd auf und zog es herunter.

»Ich wusste ja«, sagte sie, »dass du einen schönen Körper hast.«

»Ein wenig ausgezehrt«, meinte er.

»Ich mag es«, sagte sie, »wenn Männer nach Arbeit aussehen, nach körperlicher Arbeit und nicht so, als hätten sie den Großteil ihres Lebens in einem Wirtshaus verbracht. Du hast einen Christuskörper.«

Sagte sie und strich ihm über die leicht behaarte Brust, die ja tatsächlich etwas von einer Holzschnitzerei besaß, gotisch, wie der ganze Leo Prager gotisch wirkte, als sei er dem Portal einer mittelalterlichen Kirche entstiegen.

Und das galt sogar noch für seine Boxershorts, deren burgunderrotem Glanz Anna ansichtig wurde, nachdem sie Leo die Hose geöffnet hatte. Dabei schnalzte sie mit der Zunge.

»Lach mich jetzt nicht aus«, sagte er, »aber für mich ist es das erste Mal.«

»Mit einer Frau zu schlafen?«

»Ja.« Mein Gott, hatte er diesen Moment gefürchtet.

Sie aber: »Also, das ist dann echt ein Geschenk für mich.«

Sagte sie, befreite Leo noch von seiner schwedischen Unterhose, beförderte ihn mit einem leichten Stoß aufs Bett und nahm sein Glied in den Mund.

Auch sie selbst war nicht mehr angezogen, sondern mit einer zauberisch unmerklichen Wendung ihres Körpers aus dem Kleid geschlüpft und jetzt nur noch mit Höschen und BH bekleidet, wobei der Anblick ihrer von schwarzer Spitze getragenen schweren Brüste in Leos Kopf eine kleine Explosion auslöste – in Wirklichkeit war die Farbe Dunkelblau und Annas Haut nicht ganz so hell, wie sie im schwarz-weißen Kontrast anmutete. Die leichte Üppigkeit ihres Körpers besaß etwas Festes und Kompaktes, entsprach einer Reife, nicht einer Trägheit.

»Ich fürchte, ich …«, keuchte er.

»Komm nur, halt dich nicht zurück«, sagte Anna an Leos Erregung vorbei, »wir haben ja den ganzen Abend, oder?«

Dank solcher Großzügigkeit fiel alle Angst von ihm, und er konnte sich ganz dem Genuss seines Höhepunkts hingeben. Ohne einen mitleidigen Blick ernten zu müssen. Ohne in die Angst eines ewig Sechzehnjährigen zu verfallen. Er kam in ihrem Mund. Und dass sie dabei selbst die größte Lust zu empfinden schien, machte ihn doppelt glücklich, sosehr er begriff, dass ihre Lust sich aus ihrer Überlegenheit speiste. Wie sehr sie ihn im Griff hatte.

Und richtig, es wurde ein langer Abend. Das war ohnehin die entscheidende Lehre, die Leo bezog, wie sehr alles im Sex gut gehen konnte, wenn man sich genügend Zeit nahm. Eben auch die Zeit, über eine Unsicherheit hinwegzukommen. Und selbst noch über ein Gefühl der Müdigkeit. Keine Müdigkeit dauert ewig. In Verwandlung eines berühmten irischen Trinkspruchs hätte man sagen können, Müdigkeit sei eine Illusion, die einem Mangel an Fantasie zu verdanken war. Und dass eben am Ende der Müdigkeit die Fantasie zurückzukommen pflegte. Nicht bei allen, aber bei einigen schon.

Bald darauf nahm Leo Anna von hinten, was sie ausdrücklich als ihre liebste Stellung bezeichnete. Leo war nun durchaus in der Lage, den ganzen Prozess in die Länge zu ziehen, ohne sich damit ablenken zu müssen, an irgendwelche dummen Dinge wie börsennotierte Werte zu denken. Also woanders zu sein als dort, wo er war. An der Börse und nicht im Bett. Nein, er war bei der Sache und blieb bei der Sache. Und um es auf den Punkt zu bringen: Er spannte einen weiten Bogen.

Als Anna ihren Orgasmus hatte, spürte Leo sich selbst – auch ohne eigenes Kommen – ganz im Ziel.

Hätte man das Liebesspiel der beiden kunstgeschichtlich einordnen müssen, hätte man sagen können, hier habe eine Symbiose zwischen der Gotik und dem Barock stattgefunden. Eine Symbiose, bei der niemand zu kurz kam. Sicherlich, so würde es nicht immer sein, auch im Sex gab es kein dauerndes Glück, aber dass der Beginn ein guter gewesen war – und für Leo war es ja in doppelter Hinsicht ein Beginn gewesen –, stellte eine wahrhaftige Gabe des Lebens dar.

Es war dann recht spät, als sie endlich in den Garten traten und jene »gesundheitliche Intervention« unternahmen.

»Wenn wir uns jetzt nach jedem Kuss eine anzünden«, meinte Anna, »dann sind wir vielleicht vor dem Virus geschützt, sterben dafür jedoch am Lungenkrebs. Oder aber wir küssen uns nicht so viel.«

»Eine schlechte Lösung. Dann doch lieber viel küssen und wenig rauchen.«

»Na, wir werden sehen.«

»Du bist meiner aber nicht schon überdrüssig?«, fragte Leo.

»Spinn nicht«, sagte Anna und nahm einen tiefen, befriedigenden Zug aus der Dames-Zigarette.

»Du kannst immerhin prophezeien, was uns bevorsteht«, meinte Leo.

»Keineswegs«, antwortete sie. »Ich kann die eigene Zukunft nicht voraussehen, sondern immer nur die von jemand anders, der mit mir nichts zu tun hat.«

»Aber du hast doch deinem Mann die Zukunft vorausgesagt?«

»Seine, nicht meine. Und als ich das tat, waren wir noch kein Paar. Bei uns ist das zu spät, Leo. Ich hab, wenn ich das so offen aussprechen darf, gerade dein Sperma geschluckt.«

»Ist es das, was uns zu einem Paar macht?«

»Wenn du wissen willst, ob ich so was, damals, als ich Prostituierte war, bei meinen Kunden praktiziert habe, kann ich dir sagen: nein.«

»Ich wollte nur …« Er zögerte. Dann küsste er sie.

Es war jetzt wirklich kalt geworden. Über ihnen der Wiener Nachthimmel, verklebt von Licht und Dreck, aber ein paar Sterne kamen doch durch. Stark heruntergedimmt.

Leo und Anna begaben sich nach drinnen, in die Küche, wo Anna die zwischenzeitlich verknöcherten Spaghetti in den Müll tat, frisches Wasser aufsetzte und mit dem Rest eines sehr guten Rotweins und auf kleiner Flamme die Soße zurück ins Leben holte.

Sodann wechselten die beiden in jenes dem Schlafzimmer gegenüberliegende Esszimmer und setzten sich an einen länglichen Tisch, an dem gut und gerne zehn Leute Platz gefunden hätten. Aber es war freilich viel besser, zu zweit zu sein. Genauer gesagt, zu dritt, da nun Sebastian wieder vor Ort war und, sobald Leo saß, auf dessen Schoß sprang und sich dort in eine ringförmige Schlafposition begab.

Weil dieser Kater in die Zukunft sehen konnte, wusste er auch um die Notwendigkeit, sich zu arrangieren. Da konnte er noch so giftig dreinschauen, er würde Leo nicht so schnell von Annas Seite wegbekommen. Was er also tun konnte, war, die Freundschaft zu suchen und dabei einerseits Leo beim Essen zu stören und andererseits dessen dunkle Anzughose mit seinen Katzenhaaren zu bemustern.

Natürlich hatte eine Katze so nahe am Esstisch nichts verloren, aber Sebastian lag schon viel zu schwer, erhaben schnurrend und einen tiefen Schlaf vortäuschend auf Leos Oberschenkeln. Zudem machte Anna keinerlei Anstalten mehr, das Tier zu verscheuchen. Also blieb die Katze, wo sie war, während Anna das Essen servierte.

Schon wieder Spaghetti, dachte Leo, der sich davon ja beinahe täglich lustlos ernährte. Aber die Soße war nicht schlecht, versetzt mit Oliven, Kapern, geschärft mit einem selbst gemachten Paprikapulver. Eine Soße, in der sich auch viele Stückchen eines Pilzes befanden, bei dem es sich *vielleicht* um einen Steinpilz handelte. Ein wenig schamanisch schmeckte die Soße schon. Und wenn ihre Wirkung darin zu bestehen hatte, so spät am Abend noch einige Lebensgeister zu wecken, so zeigte sich später, dass dies auch wirklich der Fall war.

Als Leo am nächsten Morgen erwachte, erfüllte ein diffuses Morgenlicht den Raum. Als sei der Nebel nicht nur draußen vor der Tür, sondern auch hier drinnen. Oder aber er steckte einfach in Leos Augen.

Leo wandte sich zur Bettmitte hin und kam vor Annas halb bedecktem nackten Rücken zu liegen. Er presste kurz seine Lippen gegen eins ihrer Schulterblätter und drückte ein kurzlebiges Tattoo auf die Haut seiner Geliebten. Ohne, dass sie davon erwacht wäre. Das würde er noch begreifen, dass Anna einen unglaublich festen Schlaf besaß. Was auch immer sie in diesem Schlaf zu tun oder vorzubereiten hatte.

Leo konnte den Kater, der irgendwo bei Annas Füßen lag und von einer Falte des Bettzeugs verdeckt war, nicht sehen. Aber er spürte ihn wie jemanden, der um die Ecke steht.

Er erhob sich aus dem Bett. Allein mit seiner schwedischen Unterhose bekleidet, trat er durch den Nebel des Schlafzimmers hinüber in das große Oval und schloss hinter sich die Türe.

Er öffnete die großen Flügeltüren zum Garten. Die frische Luft webte eine zweite Haut um die *schwedenfreien* Teile seines Körpers. Eine zweite Haut, die sich doch sehr nach Maschenware anfühlte, eher Doppelripp als Feinripp.

Leo schloss recht bald wieder die hohen Türen, suchte und fand sein Hemd, das er sich überzog, und entschied sich, auf einen ersten Kaffee zu warten, bis Anna erwacht war. Die Zeit bis dahin würde er sich dem Qigong widmen. Nicht ohne beträchtliche Neugierde, was da kommen würde, denn immerhin war es das erste Mal, dass er diese lieb gewonnene Technik woanders als in seiner Wohnung praktizierte.

Was würde es diesmal sein, das im spitzen Winkel seiner Pfeilhand auftauchte? Einer Pfeilhand, die er nun nicht gegen irgendeine geschnörkelte Tapete richten konnte. Es gab hier keine geschnörkelten Tapeten, überhaupt keine Tapeten, nur das Reinweiß gestrichener Wände. Und eben Fenster. Und gegen eines dieser Fenster spannte er nun den Bogen und blickte – weich und weit – in die Ferne.

Da war nichts. Kein Elefant, kein Krawattenträger, keine Frau, die vielleicht lachte, vielleicht Schmerzen hatte. Da war nur der Blick hinaus in den Garten, von dem die Schwaden frühmorgendlichen Nebels hochstiegen und im Zuge der schwarz-weißen Wirkung Leo für einen Moment das Gefühl gaben, in einen Dr.-Mabuse-Film geraten zu sein.

Aber noch während er im tiefen Reitersitz verharrte und mit schon vertrauter Stofflichkeit Bogen, Sehne und Pfeil spürte, brachen erste Sonnenstrahlen durch den Dunst, sodass Leo jetzt im Fenster die Spiegelung seiner Hand und der gespreizten Zeige- und Mittelfinger erkennen konnte. Und *in* der Spiegelung – und wirklich nur dort – bemerkte er nun die Rückseite des Krawattenmannes. Leo konnte die Krawatte also gar nicht sehen, diese nur vermuten, hatte aber keinen Zweifel. Und indem er jetzt das geschlossene und das offene Auge wechselte, erschien auch die Frau in der Spiegelung, auch sie mit ihrer Rückseite. Doch während der Mann in der obligaten Unbeweglichkeit verblieben war, drehte sich die Frau um, wobei Leo überraschenderweise in der Spiegelung ihre Züge sehr viel besser erkennen konnte. So gut, dass er nun wusste, wer diese Frau war: Eva.

Eva, seine Schwester. Weder lachte sie, noch war ein Schmerz in ihrem Gesicht, aber sie bewegte ihre Lippen, als versuche sie ihm etwas mitzuteilen. Immer wieder, so schien es, dasselbe Wort aussprechend – unhörbar, aber sichtlich um eine nachvollziehbare Bewegung ihrer Lippen bemüht.

Nein, es war kein Wort, sondern ein Name, so wenig es Leo im Moment gelang, diesen Namen von den Lippen der geisterhaften Erscheinung abzulesen. Aber er konnte sich eben denken, dass seine in der Spiegelung lebendig gewordene tote Schwester nichts anderes im Sinn hatte, als ihm den Namen ihres Mörders zu nennen.

Die Sonne verschwand, die Spiegelung löste sich auf. Alle weiteren Versuche, mittels der Übung *Den Bogen spannen und auf einen großen Vogel zielen* zurück zur Erscheinung einer die Lippen bewegenden Frau zu kommen, scheiterten. Zudem zwang sich Leo, der vorgeschriebenen Reihenfolge der Qigong-Übungen zu folgen, anstatt sich etwa nur noch im Bogenschießen zu üben. Die Acht Brokate waren unbedingt zu erhalten. Er würde Eva schon wieder begegnen. Und sinnvollerweise zwischenzeitlich eine weitere Übung trainieren: von Lippen lesen lernen.

Und genau damit begann er eine Stunde später, als Anna aufgestanden war und man gemeinsam an einem kleinen Tisch in der rückwärtigen Küche saß und einen Espresso trank. Er bat Anna, sie möge, einzig ihre Lippen bewegend, etwas sagen.

»Und wozu?«, fragte sie überrascht.

»Ich will das üben.«

»Wozu willst du das üben?«

»Das sage ich dir später.«

»Na gut«, meinte Anna und begann, ihre Lippen – schöne, volle Lippen, die für Leo rotgrau aus dem Schwarz-Weiß herausstachen – zu bewegen.

»Ich verstehe kein Wort«, sagte Leo, »was soll das heißen?«

»Es ist doch nicht Sinn der Sache«, erwiderte Anna, »wenn ich dir das sage, oder? Nein, da musst du schon selbst draufkommen. Bemüh dich.«

Anna versprach ihm, diesen einen Satz, über den Tag verteilt, immer wieder einmal lautlos von sich zu geben. Allerdings ohne Vorankündigung.

Und so war ihr gemeinsamer Tag, den sie im Bett, in der Wohnung und im Garten verbrachten, am frühen Nachmittag auch durch die nahen Straßen und Gassen spazierend – und für einen kleinen Schlenker den Lainzer Tiergarten aufsuchend –, also punktiert von Annas stummer Lippenbewegung.

Aber es gelang Leo einfach nicht, herauszubekommen, welchen Satz ihre rotgrauen Lippen in die Luft schrieben. Nicht an diesem Tag.

23

Später am Nachmittag hatte Anna einen ersten Kunden. Er war mit einem silbergrauen Anzug bekleidet und trug eine medizinische Schutzmaske vor Mund und Nase, als er das große Oval betrat, während draußen sein Chauffeur in der schwarzen Limousine wartete. Es handelte sich um einen dieser Menschen, von denen man im Traum nicht dachte, sie würden sich je zu einer Wahrsagerin begeben.

Bedeutende Männer und Frauen, die in der Realität zu Hause waren, diese Realität maßgeblich bestimmten, Steuern senkten oder Steuern anhoben, Dinge einlagerten oder Dinge auslagerten, Gesetze verabschiedeten, Preise vergaben oder Preise empfingen. Und die nicht zuletzt in Krisenzeiten die Formen der Krisenbewältigung bestimmten (während die politische Debatte, die sie dabei führten, den verschiedenen Möglichkeiten einer Aufführungspraxis entsprach). Aber es war ein Irrtum zu glauben, bloß die Deutschen der Nazizeit oder die Russen der Sowjetunion hätten sich für die Möglichkeiten des Übersinnlichen und der Parapsychologie interessiert, das taten auch die Demokraten unserer Tage – und wer hätte sich heutzutage nicht als Demokrat bezeichnet? Nur war es eben so, dass dieses Bedürfnis nach der Metaphysik – nach Rat und Trost von anderswo – nicht auf eine staatlich verordnete Weise geschah.

Dabei hatte sich die Gestalt des Orakels ja bloß verwandelt. Die sichtbarste Form war die Prognose, wie man sie jeden Tag im Fernsehen erleben konnte: Vorhersagen, die die Aktienkurse betrafen, Prophezeiungen über wirtschaftliche Ausdehnungen oder Schrumpfungen. Oder die populärste Prognose überhaupt, nämlich wie morgen und übermorgen und nächste Woche das Wetter aussehen würde. Vermutungen über die Ergebnisse von demnächst stattfindenden Fußballspielen und Wahlen, über die Wahrscheinlichkeit, von einem sehr großen Stein aus dem Weltall getroffen zu werden. Oder was sonst noch unser aller Ende besiegeln könnte.

Wenn nun gesagt wird, na ja, Prognosen basieren immerhin auf Daten, muss man zurückfragen, ob denn jemand glaube, ein Orakel basiere nicht auf Daten. Selbst die abgedrehteste Science-Fiction-Geschichte extrapoliert die Realität und rechnet Entwicklungen aus der Vergangenheit hoch. Sogar der Todesstern in einer ausgesprochen fantastischen Spielfilmserie stellt eine Prophezeiung dar. Und nicht die abwegigste.

Faktum war jedenfalls, dass es ein in der Wiener Stadtpolitik ausgesprochen umtriebiger Mann war, der Anna da soeben aufsuchte, während sich Leo in einen der kleinen Nebenräume des vorderen Wohnbereichs zurückzog. Ein wahrlich dunkles Kabinett, wo inmitten von allerlei Abgestelltem eine sehr alte Chaiselongue stand, auf der es sich Leo gemütlich machte. Das gepolsterte Möbel war derart weich und durchhängend, dass Leo meinte, es würde ihn verschlucken. Allerdings schlief er viel zu schnell ein, um sich noch lange vor dem Verschlucktwerden fürchten zu können. Die vergangene Nacht war eben doch sehr kurz gewesen, und auch sein obligater Mittagsschlaf hatte gefehlt.

Und so wie er in dem Möbel versank, versank er in den Schlaf. Um nach einer Weile, wenn man so will, hart aufzusetzen. Eine Landefähre seiner selbst, die in die Realität eines Traums gelangt war. Erneut ließ ihn dieser Traum mit einem zehnjährigen Mädchen zusammen sein, das diesmal jedoch nicht die Züge irgendeiner erwachsenen Frau aus Leos Gegenwart besaß, sondern komplett jenes Mädchen war, das Leo vor vierundvierzig Jahren aus der Donau gezogen hatte. Sie war völlig durchnässt, wobei ihr in der für einen Traum typischen Übertreibung das Wasser an den Haaren herunterfloss, so, als stehe sie unter einer Dusche. Dabei wirkte sie überhaupt nicht verzweifelt, wie noch in den anderen Träumen, sondern blickte Leo freundlich und zuversichtlich an und sagte: »Dein Bart ist ein steinernes Meer.«

Das war's auch schon. Der Traum verging. Oder wechselte den Ort und die Personen. Daran konnte sich Leo nicht erinnern, als er erwachte, aber eben sehr wohl an den Anblick des Mädchens, an das schmale Gesicht, die im Vergleich dazu großen Augen, hellbraun, mit einem grünlichen und violetten Ton darin, lauter Waldfarben, denn im Traum nahm er ja weiterhin die verschiedenen Farben wahr. Von Bedeutung war freilich, dass das Mädchen geredet hatte.

Doch was sollte er damit anfangen? War das einfach einer dieser unsinnigen Sätze aus Träumen gewesen, die direkt ja gar nicht gesprochen wurden, sondern die einem das eigene Hirn vorgaukelte? Keine Frage, das konnte man schon tun, Leos Bart als ein steinernes Meer empfinden, auch wenn er selbst gerne vom »Strand in meinem Gesicht« sprach. Als Österreicher fühlte er sich beim Begriff des *Steinernen Meers* sofort an jenen Gebirgsstock der Nördlichen Kalkalpen erinnert, der teils im Salzburgischen, teils im Bayrischen liegt. – War also die Bemerkung der im Traum erschienenen Linda Urban nichts anderes als eine poetisch-geografische Formel für das kalkweiße Haar in Leos sonnenverbranntem Gesicht?

Ach Kalk!

Als Anna und Leo einige Stunden später bereits das Abendessen hinter sich hatten und bei einem Glas Wein im Oval saßen – das ja auch als Wohnzimmer diente, obgleich nirgends ein Fernseher stand –, da wollte Leo doch wissen, wer das gewesen war, der sich heute von Anna die Zukunft hatte voraussagen lassen.

»Zukunft ist eigentlich ein zu großes Wort«, sagte Anna, »ich würde eher von einer Verlängerung der Gegenwart sprechen, von einer Strecke, in die man demnächst hineinstolpert oder ohnehin schon mit einem Bein steht. Und nein, ich kann dir nicht sagen, wer das war und was ich ihm geweissagt habe.«

»Denkst du, ich würde es weitererzählen?«

»Also, Liebling«, sagte sie. (Sie würde ihn niemals Schatz nennen, sondern immer nur Liebling.) »Ich muss dir doch nicht erklären, wie leicht man sich – auch gegen den eigenen Willen – verplappert.«

»Weißt du«, sagte Leo, »wenn ich dich frage, dann darum, weil ich den Mann ganz kurz gesehen habe, als er da in der Türe stand, mit Maske natürlich, schwer zu erkennen, aber ich dachte doch, es handle sich um diesen Stadtrat, dessen Tochter mit Drogen …«

»Vergiss ihn. Es würde dich nicht weiterbringen, wenn ich dir versichere, dass er es war oder dass er es nicht war. – Lass uns über etwas anderes sprechen.«

»Wenn du meinst.«

Anna stellte ihr Weinglas ab, öffnete ihren Mund und bewegte ihre Lippen, ohne dass aber ein Ton herauskam.

Leo dachte: Okay, ich könnte es ja zumindest versuchen.

Und er versuchte es also. Er sagte: »Dein Bart ist ein steinernes Meer.«

»Wow!«, rief Anna aus. »Toll! Hast du am Nachmittag einen Kurs im Lippenlesen besucht?«

»Liege ich also richtig?«

»Ja! Vollkommen. Nicht schlecht.«

»Um jetzt die Wahrheit zu sagen …«

Leo erzählte von seinem Traum.

Anna schien nicht weiter überrascht, meinte aber recht pragmatisch, dass es zwar nett von dem Kind sei, Leo diesen einen bestimmten Satz *eingeflüstert* zu haben, andererseits sei das aber – wie das meiste Schummeln – nicht wirklich hilfreich, wollte man die Fähigkeit des Lippenlesens erlernen.

»Muss ja auch nicht sein«, meinte Leo, »zumindest, wenn mir die Kleine dann auch noch in der anderen Sache hilft.«

Womit Leo das eine Wort meinte, das ihm seine tote Schwester – als Erscheinung in einem gespiegelten V – tonlos zugerufen hatte. Und wovon er Anna jetzt erzählte.

»Schau an!«, sagte sie und meinte, es sei schon bemerkenswert, wie viel Hilfe er von der »anderen Seite« erfahren würde. »Das sollte doch eigentlich meine Spezialität sein. Aber ehrlich, ich kenne Geister nur aus dem Kino.«

»Glaubst du mir überhaupt?«, fragte Leo.

»Ich habe nicht gesagt, ich glaube dir nicht. Was du gesehen hast, hast du gesehen: deine Schwester. Und was dir deine Träume zugetragen haben, das kleine Mädchen, haben sie dir zugetragen. Immerhin genau den Satz, den ich mir für dich ausgedacht habe. Wie so was möglich ist …? Vielleicht etwas, was allein dein Hirn hinkriegt. Hirne haben einiges drauf. Vielleicht aber doch etwas außerhalb von deinem Hirn. Was weiß ich? Ich kenne auch nicht den Grund für meine Talente.«

Und dann meinte Anna, es sei an der Zeit, ins Bett zu gehen und den Tag auf eine Weise ausklingen zu lassen, die frei war von Gedanken und Zweifeln.

»Sosehr das die Jüngeren auch wundern mag«, sagte sie, »wenn Menschen über sechzig jeden Tag Sex haben. Aber solange wir das hinbekommen, sollten wir das auch tun. Erst recht, da du ja einiges nachzuholen hast, oder?«

»Absolut«, sagte Leo, ohne noch daran zu denken, wie häufig er derzeit das Lieblingswort der Tina Wessely benutzte.

Er wachte früh am nächsten Morgen auf, mit einem Gefühl im Körper, wie man sagt, man spüre seine Knochen. Und zwar in einer Weise, als seien alle diese Knochen nummeriert, und als wäre die Art des Schmerzes eben auch von der Nummerierung abhängig. Man könnte auch sagen, davon abhängig, in welcher Liga der jeweilige Knochen spielte. Jedenfalls spielten sie an diesem Morgen fast alle verrückt, was sich Leo mit dem Wetter erklärte. Und in der Tat war es kühl und feucht geworden. Was eine gute Begründung für den Unmut seiner Knochen war, eine sehr viel bessere, als sich etwas anderes vorzustellen.

Er stand auf, bereits wissend, Annas Schlaf niemals stören zu können, und wechselte hinüber ins Oval, um seine Acht Brokate zu absolvieren, wobei es ihm nun wirklich nur noch um jene zweite Form ging, die Übung mit dem Bogen. Da es aber erstens ungemein dunkel im Raum war und sich auch keinerlei Sonne ankündigte, die demnächst eine Spiegelung hätte begünstigen können, schaltete Leo den großen Lüster ein. Dessen Licht half, die geeigneten Verhältnisse zu schaffen. Erneut erschien der Rücken des Mannes im gespiegelten V der beiden Finger: schwarzer Anzug, schwarzes Haar, die Vermutung einer Krawatte.

Leo behielt eine ganze Weile dessen Gestalt im Visier, in der Hoffnung, er würde sich umdrehen und ähnlich wie in Annas Fall dabei die Züge seines Gesichts verraten. Was aber nicht geschah.

Entsprechend Leos im Zuge seiner Wetterfühligkeit verstärkter Knochenfühligkeit machte ihm der tiefe Reitersitz heute besondere Probleme. Also wechselte er rasch das Sichtauge in der Annahme, damit den Rücken der Frau, die Eva war, in den Ausschnitt seines rechtshändigen Vs zu bekommen. Und da war sie. Da war ihr Rücken, ihr Hinterkopf, das volle Haar, das er lichtbraun in Erinnerung hatte. Erneut wandte sie ihren Kopf um und sah zu ihm herüber, in einer ähnlichen Weise lächelnd wie das zehnjährige Mädchen aus dem Traum: erhaben und menschlich. Er wartete. Wartete darauf, dass sie ihre Lippen bewegte. Was aber nicht geschah. Vielmehr hob sie ihre rechte Hand und schrieb mit dem gestreckten Zeigefinger etwas in die Luft.

»Verdammt, Eva, kannst du denn nicht reden?«

Was für eine blöde Frage! Er hätte sich besser darauf konzentrieren sollen, was es war, was sie da schrieb. Latein? Oder doch ihr geliebtes Steno? Seitenverkehrt! Nein, eben nicht, da Eva ihm ja nicht wirklich gegenüberstand, sondern allein als reflektierte Erscheinung existierte. So gesehen konnte er davon ausgehen, dass die in die Luft gekritzelte Schrift in der gewohnten Weise, von rechts nach links, zu lesen war.

Er schüttelte den Kopf. Es war einfach zu absurd, dass ausgerechnet er mit seiner stark eingeschränkten Sehkraft, seiner ins Schwarz-Weiße verschobenen impressionistischen Krankheit, sich zuerst mit dem Lippenlesen und jetzt auch noch mit dem Lesen eines *luftigen* Schriftbildes abzumühen hatte. Dabei war doch das, was bei ihm am besten funktionierte, das Gehör.

Dennoch war er bemüht, die Schmerzen in seinen Beinen noch eine Weile auszuhalten, im tiefen Reitersitz zu verharren und sich den von Eva in die Luft gezeichneten Schriftzug, den sie immer wieder von einer Seite zur anderen führte, einzuprägen.

Mit einem kleinen Stöhnen löste er endlich die Stellung auf, kehrte mit dem linken Bein in die Mitte zurück, beendete die Übung mit einem großen Kreis, entspannte sich kurz und richtete nun Bogen und Pfeil zur anderen Seite hin. Es war aber wie gehabt: keine Erscheinung mehr.

Und wie gehabt führte er sämtliche der acht Übungen in der vorgeschriebenen Weise zu Ende.

Als er damit fertig war, wechselte er hinüber zu Annas Schreibtisch, setzte sich, griff nach einem Zettel und einem Bleistift und versuchte, die soeben beobachtete »Handschrift« auf dem Papier zu wiederholen.

Er erinnerte sich: Begonnen hatte Eva mit einem kleinen Kreisbogen, der in eine tief hinabführende hängende Schleife übergegangen war. Das konnte beim besten Willen kein lateinischer Buchstabe gewesen sein. Steno also. Was ja keine Überraschung war.

Leo zeichnete die Form aufs Papier. Ein guter Schwung sah anders aus. Und doch schaffte er es, mit einem leicht schrägen Strich wieder nach oben zu gelangen. Dabei geriet er über das erste Zeichen hinaus und gestaltete eine kleine Welle, die wiederum in eine ebenfalls kleine, mehr waagrechte Schlaufe überging, wodurch sich ein kleines *e* ergab, an dessen Ende sich ein winziger Kreis anschloss. Ein Kreislein, in dessen Folge der gesamte kurze Schriftzug mit einem Spitzdach abgeschlossen wurde.

Leo betrachtete seine wackelige, ungelenke Zeichnung. Und begann, sie zu wiederholen: ausgeprägter, schwungvoller, fließender. Und ließ diesem Versuch weitere folgen, was insgesamt so aussah, als übe er sich in der Fälschung einer Unterschrift.

Nach dem fünften Mal hörte er auf. Gut, das war eindeutig Steno und nicht Latein. War es aber wirklich das, was Eva aufgezeichnet hatte? Und würde es überhaupt etwas bedeuten? Nun, das sollte sich bald herausstellen, ob Nonsens oder Konkretes in dieser fortlaufenden Linie steckte.

Nicht, dass er in der Lage gewesen wäre, die Schrift selbst zu übersetzen, das gelang auch nicht mit dem Steno-Konverter, den er auf seinem Handy aufgerufen hatte und der Transkriptionen natürlich nur in die umgekehrte Richtung zuließ.

Weshalb Leo die letzte der fünf Versionen fotografierte und das Bild per Mail an einen »diskreten Übersetzungsdienst« mit der Bitte um Übertragung schickte.

Er war recht zufrieden mit sich, aber auch belustigt ob der Handlungen, zu denen er gezwungen war. Er erhob sich und ging in die Küche. Dort befüllte er Annas Kaffeemaschine, eins dieser Geräte, die aus Italien kommen und so aussehen, als seien sie in ihrem letzten Leben Nähmaschinen, Sportwagen oder metallene Attrappen von Carabinieri gewesen.

Als ihn nur wenig später die Antwort des »diskreten Übersetzungsdienstes« samt Bankverbindung und Honorarnote erreichte, saß er bereits in einem Taxi, das ihn hinüber in den 4. Bezirk beförderte. Anna würde am Vormittag zwei Kunden empfangen, und Leo wollte die Zeit nutzen, um in seiner Wohnung einige Sachen zusammenzupacken. Wie mit Anna vereinbart, würde er in den folgenden Tagen und vielleicht auch Wochen bei ihr wohnen. Nicht nur ein Gast in ihrem Bett sein, der ab und zu einem Katzentier im Weg stand.

Sie wollten ein echtes gemeinsames Wohnen versuchen. Und beide hatten das Gefühl, damit nicht bis nach Weihnachten warten zu können (*nach Weihnachten* war ein Synonym für die Zeit, wenn es einen Impfstoff geben würde).

Während er also durch die Stadt chauffiert wurde, dem 4. Bezirk entgegen, öffnete er die Mitteilung des Übersetzungsdienstes und erfuhr – doch einigermaßen überrascht –, dass das von ihm aufgeschriebene Kürzeststenogramm nicht irgendeinen Unsinn ergab, sondern tatsächlich zu einem Namen führte. Dem Namen *Schindler*.

Schindler?

Veit Schindler?

Wer sonst? Er kannte nur einen Mann mit diesem Nachnamen.

Damit hatte er wirklich nicht gerechnet. Bei den vielen Personen, die diese Geschichte generierte, war der Architekt – obgleich dieser in der Yppenplatzdiskussion der späten 1990er-Jahre eine kleine

Rolle gespielt hatte – so ziemlich aus Leos Blickfeld geraten. Umso mehr, als er mit dem »Fall« am wenigsten zu tun zu haben schien. Wie hatte Schindler selbst einmal geschrieben, Architekten seien Huren, Leute, die für jeden bauten, der sie bezahlte, mehr aber auch nicht. Keine Monster, eher einfache Gemüter. Einfache Gemüter, die Monstern dienten.

Doch es war nun mal der Name dieses Mannes, der als das Ergebnis der Übersetzung aus der Deutschen Einheitskurzschrift feststand. Nur der Familienname, schon richtig. Aber da war kein anderer Schindler als Veit Schindler, der sich anbot.

Diesen Namen mitzuteilen, hatte sich Eva, so tot wie sie war, einige Mühe gemacht.

Veit Schindler, der Erbauer eines auf Stelzen errichteten Wochenendhauses, Ihrigs Freund sowie der Quartiergeber jenes indischstämmigen Biokybernetikers und Chemikers, den Ihrig als ein »geldgieriges Genie« bezeichnet hatte, Henry Bhat.

Es war schon richtig, Schindler hatte Eva gekannt, die als Stenografin – so schien es – zwischen all diesen Männern gestanden hatte. Als Stenografin und Frau.

Eine Frau ähnlich Frau Wolf und ähnlich Anna. Der Charme von Frauen, die die sechzig hinter sich gelassen und im Zuge dieser Hinterlassenschaft eine diffizile Eleganz und klangstarke Attraktivität entwickelt hatten, ganz abgesehen von einer gewandten, seherischen Klugheit.

Dennoch war Eva gestorben. Andererseits stand nirgends geschrieben, dass kluge Frauen nicht zu Opfern werden konnten.

War also Veit Schindler Evas Mörder?

Oder hatte dieser mittels einer Spiegelung transportierte stenografierte Hinweis eine ganz andere Bedeutung?

Leo probierte mal, den Namen Schindler von hinten nach vorne zu lesen: Reldnihcs.

Okay, das war jetzt wirklich Nonsens.

Leo würde herausfinden müssen, was es mit Veit Schindler auf sich hatte. Es war also Zeit, sich erneut mit dem Thema der Strandhausarchitektur zu beschäftigen.

Zuerst aber betrat er seine Wohnung, in der ihm sofort der Geruch mumifizierten Zigarettenrauchs entgegenschlug. Wie auch der Geruch von Einsamkeit. Eine Einsamkeit, die er ja soeben beendet hatte, nur eben nicht hier, sondern drüben in Hietzing. Ausgerechnet im 13. Bezirk, auch wenn Annas Villa bloß zwei Gassen von einer Brücke entfernt lag, die über das Rinnsal des Wienflusses hinüber in den rettenden 14. Bezirk führte. Doch wie eine Binsenweisheit schon sagt, war eben knapp auch daneben. Er würde sein Liebesglück und das Ende der Einsamkeit im Bannstrahl der einst so gefürchteten Zahl zubringen müssen.

Zu welchem Zweck er nun seinen großen Koffer in einer Weise anfüllte, als ginge es in den Urlaub. Jenen Koffer, mit dem er von Claire nach Wien gereist war – ein oakscher Koffer, denn einen eigenen hatte er nicht besessen –, und der dank einer hilfreichen Polizei aus dem Bristol in diese Wohnung gelangt war.

Kleidung und Kosmetika. Aber auch einige Bücher, vor allem natürlich Paul Urbans *Möbel des Teufels*, die er liebevoll zwischen eine Lage Socken und jene drei noch unbenutzten schwedischen Boxershorts fügte, die da in Burgunderrot und Sky Grey schimmerten. Wobei für Leo alle drei nach Himmelgrau aussahen. Wie vieles andere auch. Allerdings verstand er es durchaus, verschiedene Stimmungen von Himmelgrau zu unterscheiden.

Er war soeben zu seinem Schreibtisch gegangen, um den Laptop und diverse Unterlagen – darunter auch Unterlagen das schindlersche Stelzenhaus betreffend – in seine Umhängetasche zu packen, als sich sein Handy lautstark und vibrierend, ein zitternder Welpe, meldete und ihm einen Videoanruf anzeigte: Erich Feiler.

Leo zögerte für einen Moment, nahm dann aber durch Drücken des Kamerasymbols den Anruf an. Feiler erschien auf dem Display. Leos Herz stockte. Was er sah, war das blutüberströmte Gesicht des Mannes, den Eva einst bei sich aufgenommen hatte. Sein rechtes Auge war gequollen, fleischig, vollkommen geschlossen. Es sah aus, als sitze darin eine warzige Kröte. Das andere Auge war stark verzogen, halb geöffnet, blutunterlaufen. Darüber geplatzte Brauen, darunter die Krümmung einer gebrochenen Nase, eine vielfach gerissene Lippe. Feiler öffnete den Mund, etwas fiel heraus, wohl ein Stück seines Zahns, was geradezu inszeniert wirkte, als habe er diesen Zahn so lange im Mund behalten müssen, bis er, Leo, *auf Sendung* war.

Feilers fürchterlicher Anblick verwies auf die Behandlung durch Leute, die das größte Vergnügen an einer Übertreibung hatten. Jede Folter entsprach dieser Lust an der Übertreibung.

»Haben wir Ihre Aufmerksamkeit«, vernahm Leo eine Männerstimme, die aber nicht von Feiler stammte, der auch kaum in der Lage gewesen wäre, ein Wort halbwegs verständlich aus der Katastrophe in seiner Mundhöhle herauszubekommen, sondern eben von jemandem, der diese Übertreibung vollzogen oder angeordnet hatte und nun aus dem Off und durch Feilers Handy zu Leo sprach.

Leo hatte sich rasch gefangen und meinte: »Sie hätten meine Aufmerksamkeit auch bekommen, hätten Sie Herrn Feiler nicht so zugerichtet.«

»Noch ist das nicht schlimm«, sagte die Stimme, die sich eher nach einem Burgschauspieler als nach einem Schlächter anhörte, »eine Nase kann man zurechtbiegen, ein blutendes Auge trocknen, einen Zahn ersetzen. Mancher sieht nachher besser aus als vorher. Ob das aber auch in diesem Fall so sein wird, hängt jetzt ganz von Ihnen ab, Herr Prager.«

»Kennen wir uns denn?«, fragte Leo und dachte daran, wie er und Bregenzer von einem Wagen gerammt worden waren, was ihm immerhin ein dreimonatiges Koma und das Erwachen in einer verwandelten Welt beschert hatte.

Der Mann ließ diese Frage unbeantwortet und erklärte, dass Feiler etwas zurückbehalten habe, was ihm nicht gehöre. »Sie wissen, wovon ich spreche.«

»Ich denke schon, aber soweit ich das begriffen habe, hat Herr Feiler es für Sie aufbewahrt, oder nicht?«

»Herr Feiler hatte die dumme Idee, die Ware auszutauschen. Eine Dummheit, die wirklich erstaunt. Ich will Ihnen die Details ersparen, aber er war bereit, Ihren Namen zu nennen. Wir wissen, dass Sie mit der Sache nichts zu tun haben, aber wir wissen auch, dass Sie den Ort kennen, an dem die Ware versteckt ist. Uns interessiert gar nicht *wo*, das kümmert uns nicht. Wir möchten nur, dass Sie etwas für uns tun. Beziehungsweise tun Sie es für Herrn Feiler.«

»Herr Feiler ist nicht mein Freund«, erklärte Leo.

»Natürlich nicht. Aber es scheint, er war mit Ihrer Schwester befreundet. Und ich muss Ihnen nicht die Konsequenzen familiärer Bande erklären. Wir erben alles von unserer Familie, jedes kleine Talent, jeden großen Mist. Wir sind in der Familie gefangen.«

»Gut, was soll ich tun?«

»Sie packen die Ware zusammen und bringen Sie hierher. Wenn Sie das tun, wird alles gut. Wenn Sie aber Ihre Freunde von der Polizei benachrichtigen, wird gar nichts gut. Es würde auf die Dummheit von Herrn Feiler Ihre eigene Dummheit folgen. Eine Verdoppelung der Dummheit und damit eine Verdoppelung des Unglücks, Sie können mir folgen?«

»Ich habe kein Interesse an einer Verdoppelung«, versicherte Leo. »Wohin also?«

»Ins Auge Gottes.«

»Im Ernst?«

»Das ist ein neu eröffnetes Lokal am Yppenplatz«, erklärte die Stimme.

Warum überrascht mich das nicht?, dachte Leo.

»Wenn Sie das Lokal betreten«, sagte die Stimme, »gehen Sie zur Theke und erklären, Sie seien gekommen, um sich für den Job des Buchhalters vorzustellen. Man wird Sie dann weiterführen.«

»Ich hoffe«, sagte Leo, »Sie wollen mich nicht wirklich in irgendeine Buchhaltung stecken.«

»Wenn Sie sich an die Spielregeln halten, wird Ihnen das und einiges andere erspart bleiben. Ich muss Ihnen nicht damit drohen, dass es weit schlimmere Dinge als Buchhaltung gibt, oder?«

»Nein, nicht nötig.«

Während dieses Gesprächs war die ganze Zeit die Kamera auf Feilers Gesicht gerichtet. Ab und zu öffnete sich sein Mund, aber nur zur Mitte hin, ein kleines, aufrecht stehendes Eirund bildend. Das Ganze sah aus, wie wenn ein feuerroter Fisch nach Luft schnappt.

Erneut meldete sich die Stimme: »In zwei Stunden sind Sie da. In zwei Stunden *ab jetzt*. Nicht früher, nicht später. Schauen Sie auf Ihre Uhr. Zeigen Sie Vernunft und Verstand.«

»Wird mich das denn retten?«, fragte Leo. »Werden Sie mich wirklich gehen lassen, wenn ich Ihnen das Zeug gebracht habe?«

»Sie täuschen sich«, erklärte die Stimme, »wenn Sie meinen, das hätte ich zu entscheiden. Nein, habe ich nicht. Wenn ich Feiler das Herz aus der Brust schneide, dann ist das meine Entscheidung. Sie aber muss ich in Ruhe lassen, vorausgesetzt, Sie handeln mit Vernunft und Verstand.«

War es nicht Anna, die so gerne von *vernünftigen* Männern sprach?

»Ich beeile mich.«

»Pünktlichkeit, darum geht es. Nicht zu früh, nicht zu spät«, wiederholte die Stimme und legte auf. Aber noch eine Sekunde, bevor er auflegte, konnte Leo sehen, wie Feiler einen weiteren Schlag erhielt. Schweiß und Blut spritzten wie Regen, der waagrecht strömt.

Nun, die Stimme hatte ja erklärt, dass dies alles zu richten war. Eine Frage plastischer Chirurgie. Vorausgesetzt, dass Leo pünktlich sein würde.

Und er wollte pünktlich sein.

Rasch begab er sich zu seinem Koffer, leerte das gerade eben noch Angefüllte aus und schob das Behältnis hinüber zur Bücherwand.

Das Auge Gottes!

Diesen Namen hatte einst, im 19. Jahrhundert, ein Gasthaus im 9. Bezirk getragen. Später dann und bis 2011 hatte ein in der gleichen Gegend befindliches Kino so geheißen, und so hießen noch immer eine Apotheke und ein Studentenheim. Was für ein Name! Und auf solche Weise benannte sich nun also auch ein Restaurant am Yppenplatz, das in den Räumen eines noch vor der Viruskrise geschlossenen Wirtshauses entstanden war und das im Zuge der vor wenigen Tagen erfolgten landesweiten Wiedereröffnung der österreichischen Gastronomie seinen Betrieb aufgenommen hatte.

Leo betrachtete die Seite im Internet, auf der das Restaurant für sich warb. Traditionelle und moderne österreichische Küche. Auch die Inneneinrichtung versprach eine Verbindung aus Elementen der alten Einrichtung mit Formen aktuellen Designs. Eine dunkle, hundertjährige Holzvertäfelung, davor Designertische aus geschliffenem Massivholz. Leuchten aus hängenden Metallbändern, salopp-freundliche Kellner, das Versprechen, höchsten Hygienestandards zu genügen … Es war jedenfalls keins dieser Lokale, die schon in Einrichtung und Speisekarte den Geruch des Mafiösen verströmen und aussehen wie auf einem Set, wo man meint, es könnten gleich Joe Pesci, Al Pacino und Robert De Niro zur Türe hereinkommen.

Aber gut, sosehr die fatale Behandlung von Feilers Gesicht einem Klischee entsprach, der Dialog mit dem Mann selbst, der dieses Klischee zu verantworten hatte, widersprach den bekannten Stereotypen. Dabei fühlte sich Leo an eine Szene aus Paul Urbans *Möbel des Teufels* erinnert, in der die Hauptfigur von der Entführung seiner Tochter erfährt und mit den Forderungen der Entführer konfrontiert wird. Und die Brutalität auf eine so ungemein geschäftsmäßig sachliche Weise daherkommt.

Was war los mit den Kriminellen? Waren das lauter Intellektuelle geworden, die von ihren kriminellen Eltern, die noch ohne Bildung hatten auskommen müssen, auf Universitäten geschickt worden waren? Damit ihre Kinder einmal mit Vokabeln wie Vernunft und Verstand argumentieren konnten.

Leo stieg auf die kleine Trittleiter und holte sämtliche Bücher aus dem Regal, die das dahinterliegende Versteck verbargen. Dann griff er ins Dunkel und drückte gegen eine Stelle der hölzernen Rückwand, sodass die kleine Türe mit dem Geräusch eines sich öffnenden Keuschheitsgürtels aufsprang, zur Seite glitt und den Hohlraum freigab.

Er erschrak. Da war Licht im Hohlraum. Einen kurzen Moment versuchte er, sich mit der Vorstellung zu beruhigen, dass die perfekte Ausstattung dieses Verstecks auch eine automatisch angehende Beleuchtung beinhaltete. Allerdings war es ein diffuses Licht. Kein Lampenlicht, sondern schwaches Tageslicht. Licht, das dieser trübe Vormittag lieferte. Welches jedoch nicht aus Leos eigenem Zimmer hier eindrang, nicht über seinen Rücken hereinströmte, sondern …

Er steckte seinen Kopf tiefer ins Regal. Und jetzt sah er es. Die Öffnung im Mauerwerk. Das fußballgroße Loch auf der anderen Seite. Ein Loch, das von der Nachbarwohnung her in die Wand geschlagen worden war. Und natürlich war das Versteck leer. Leo griff mit der Hand hinein und fuhr über die Bodenfläche, aber das Einzige, was er zu fassen bekam, waren kleine Gesteinsbrocken, die vom Herausschlagen des Mauerwerks zurückgeblieben waren. Jedoch keins von den zehn Päckchen, die insgesamt fünf Kilo eines sehr speziellen Heroins ergaben.

Leo zog Hand und Kopf aus dem Regal und stand jetzt fassungs- und ratlos auf der kleinen Trittleiter. Gleich einer tragisch-modernen Fassung von Carl Spitzwegs Gemälde *Der Bücherwurm*.

Eben noch war er trotz der schrecklichen Bilder, die er auf dem Handy gesehen hatte, sicher gewesen, alles zum Guten wenden zu können. Der Zeitrahmen von zwei Stunden sowie die *Bitte* um Pünktlichkeit waren ihm auf eine normative Weise geradezu ideal erschienen, ja, *vernünftig*. Aber die Vernunft war dahin, jetzt herrschte Panik. Panik und eine Ahnung davon, was die Männer, die sich in irgendeinem Hinterzimmer oder Keller des *Auge Gottes* befanden, oder eben doch im Bunker unter dem Yppenplatz, demnächst mit dem Mann, der sie betrogen hatte, anstellen würden.

Aber einfach auf der Leiter stehen bleiben, als würde er dem soeben erwähnten Biedermeierkünstler Spitzweg Modell stehen, würde auch nichts nützen. Leo riss sich aus der Starre und verpflichtete sich zur Aktion.

Welche als Erstes darin bestand, das Zimmer zu verlassen und nach draußen vor die Türe der Nachbarwohnung zu treten, gegen die er nun heftig klopfte. Aber klar, niemand kam, um zu öffnen. Da Leo jedoch weder Zeit noch Lust hatte, auf ein Wunder zu warten, und weil es sich um eine alte Türe mit einem alten Schloss handelte, nahm er einen kurzen Anlauf, holte mit dem rechten Fuß aus und trat knapp unterhalb des Türknaufs gegen das dunkle Holz. Die Türe sprang mit einem Geräusch der Erlösung auf.

Leo unterließ jegliche Vorsicht, marschierte in die Wohnung und durch den leeren Vorraum in jenes gleichermaßen leere Zimmer, das an seine Bücherwand angrenzte. Und da war es: das Loch, grob herausgehauen. Auf dem Parkettboden darunter der liegen gelassene Schutt. Aber keine Spur von den zehn Päckchen. Wie auch keine Spur eines Bewohners. Hier hatte schon einige Zeit niemand mehr gelebt.

Und dann bemerkte Leo die Zigarettenkippe auf dem Boden. Das geknickte Stück eines orangefarbenen Filters mit ganz wenig weißem, am oberen Ende verbranntem Papier, aus dem ein paar Krümel verkohlten Tabaks herausstanden.

Ja, er sah diese am Boden ausgetretene Kippe nicht nur mit ungemeiner Schärfe – während der Boden und das Zimmer ringsum verzerrt, fleckig und etwas nebelig in sein Auge drangen –, sondern auch den Zigarettenfilter in Farbe. Nur diese kurze Strecke von Orange. Hatte aber einfach nicht die Zeit, sich ob dieses *einmaligen* Farbstichs zu wundern, sondern hob die Zigarette auf und dachte: »Wessely!«

So wenig diese eine Zigarette als Beweis dafür gelten konnte, dass Tina hier gewesen war, war es doch das, was Leo glaubte. Und woran er sich jetzt klammerte.

Dabei hielt er sich nicht lange mit einem Zweifel auf, verließ die Wohnung, begab sich hinüber zur Türe der Wesselys und läutete.

Es war aber nicht die Besitzerin des *Chez Antoinette*, sondern ihr Mann, der Schiller-Experte, der öffnete. Er befand sich weiterhin im Homeoffice-Modus und betrachtete Leo durch eine randlose Brille hindurch, als würde er am liebsten einen der Korrekturstriche, die er soeben über den Text eines Manuskripts gezogen hatte, auch über sein Gegenüber ziehen.

»Was wollen Sie, Prager? Und halten Sie Abstand.«

Leo hatte keine Zeit, ein »Herr Prager« einzufordern oder zu erklären, sehr wohl Abstand zu halten, sondern sagte, er wolle Frau Wessely sprechen.

»Meine Frau ist in ihrem Geschäft«, antwortete Rainer Wessely. »Wieso?«

Leo hob den Zigarettenstummel in die Höhe und erklärte: »Den hat sie drüben verloren.«

»Ich weiß nicht«, sagte Herr Wessely, »was Sie mit *drüben* meinen. In *Ihrer* Wohnung?«

»Nicht in meiner, sondern …«

»Also ich finde es auch nicht optimal«, unterbrach ihn Wessely, »dass meine Frau heimlich qualmt, wüsste aber nicht, dass Sie das etwas angeht. Was ich Ihnen aber trotzdem gerne sagen kann, ist, dass das sicher keine Zigarette von Tina ist.«

»Wieso?«

»Wegen dem Filter. Der ist nicht von Karma.«

»Was bitte?«

Wessely erklärte, seine Frau würde nicht nur ihre Zigaretten selbst drehen, sondern dabei ausschließlich biologisch abbaubare Filter der indischen Firma Karma verwenden, die aus Fruchtfleisch hergestellt wurden und Kräutersamen enthielten.

»Wenn Sie so einen Filter in die Erde stecken«, sagte Wessely, »haben Sie Jahre später einen Baum. Nicht, dass diese Zigaretten darum besser riechen. Wirklich nicht. Aber wenn Sie meinen, diese Zigarette stamme von meiner Frau … Nein, gehen Sie lieber runter zum Gebler, der liebt es, seine Kippen hier im Haus zu verteilen. Genau solche wie die da zwischen Ihren Fingern.«

»Der Student unter Ihnen?«

»Ja, dem gehört ja auch die Wohnung, die neben der von Ihnen liegt. Da hat früher seine Mutter gelebt. Aber die ist vor einiger Zeit gestorben. Jetzt besitzt der Faulenzer von Sohn auch diese Wohnung. Gehen Sie dem Jungen auf die Nerven und nicht mir, bitte.«

»Mache ich gerne«, sagte Leo.

Eine Antwort, die Rainer Wessely doch einen Ausdruck von Freude ins gut geschnittene, strenge Gesicht zauberte, bevor er nun die Türe schloss.

Leo sah auf die Uhr. Fast eine halbe Stunde war seit dem Videoanruf vergangen. In Eile stieg er die Stufen abwärts ins darunterliegende zweite Stockwerk und läutete bei Gebler.

Leo vernahm die Schritte einer herannahenden Person, die aber nicht öffnete, sondern durch die geschlossene Türe fragte, was denn los sei.

»Herr Gebler, ich bin es, Leo Prager.«

»Ja, und?«

»Es ist wirklich wichtig, Sie zu sprechen.«

»Worüber?«, kam es missmutig von der anderen Seite.

»Zehn Päckchen!«, ging es Leo direkt an.

»Wovon sprechen Sie?«

»Sie wissen, wovon ich spreche. Hören Sie auf, sich dumm zu stellen, dafür ist keine Zeit. Diese Leute bringen Feiler um.«

»Was geht mich Feiler an?«, verriet sich Gebler.

»Ich kann auch gerne Ihre Türe eintreten«, sagte Leo und erklärte, dass er genau das soeben oben in der Wohnung von Geblers verstorbener Mutter getan habe, nämlich die Türe eingetreten. »Und Sie wissen sehr gut, wieso.«

Ein Schlüssel wurde gedreht. Glücklicherweise, denn so alt dieses Haus und die meisten Türen auch waren, Gebler hatte seine eigene Wohnungstüre sicherheitstechnisch beträchtlich verstärkt.

Der ewige Student hatte geöffnet, stand jedoch breit im Vorraum und erklärte, Leo aus den bekannten Gründen nicht in die Wohnung lassen zu können.

»Muss ich auch nicht«, sagte Leo. »Bringen Sie mir einfach das Zeug heraus. Zehn Päckchen, nicht neun oder acht. Zehn!«

»Ich weiß noch immer nicht … «

»Hören Sie auf, ich habe keine Zeit für Ihre Ausreden. Sie können mir die ganze Geschichte später erzählen. Jetzt brauche ich die Ware.«

Leo zeigte auf seine Uhr und erklärte, in gut einer Stunde den Besitzern des Heroins den Stoff zurückgeben zu müssen. Ansonsten würde man Feiler umbringen. Und sicher auf die schlimmstmögliche Art.

»Sie hätten sein Gesicht sehen sollen«, sagte Leo, »fürchterlich! Der reinste Matsch. Wenn Sie mögen, kann ich diese Leute, die Feiler das angetan haben, auch anrufen und ihnen erklären, *wo* sie ihren Stoff finden können. Viel Spaß mit denen, Herr Gebler! Das sind keine Proleten, sondern Technokraten. Technokraten der schlimmsten Sorte.«

»Okay, okay«, sagte Gebler und hob abwehrend seine kleinen, fleischigen Hände mit den vom vielen Rauchen gelben Finger. »Ich hole Ihnen die Pakete.«

Und das tat er. Leo blieb in gebührendem Abstand im Gang stehen, heilfroh darüber, nicht ins Innere der Wohnung eindringen zu müssen. Es dauerte zwei Minuten, dann kam Gebler mit zwei Papiertüten zurück, die er vor der Türe abstellte.

»Ist das die komplette Ware?«, fragte Leo.

Gebler nickte, wollte aber doch noch wissen, woher Leo hatte wissen können, ausgerechnet bei ihm nach den Päckchen zu sehen.

»Hören Sie mit dem Rauchen auf«, empfahl Leo. Das sagte ausgerechnet er, der soeben damit begonnen hatte. Aber er hatte natürlich recht.*

Leo begab sich mit den beiden Papiertüten zurück in seine Wohnung und packte.

Eine Viertelstunde später stand er mit seinem Rollkoffer vor dem Haus, während das von ihm bestellte Taxi vorfuhr. Der Fahrer blieb im Wagen, ließ aber den Kofferraum sich öffnen, damit Leo sein Gepäck darin unterbringen konnte. Sodann stieg Leo in den Fond des Wagens und bat darum, zum Yppenplatz gebracht zu werden.

»Und verzichten Sie bitte darauf, einen Umweg zu fahren«, sagte Leo durch den Stoff seiner Maske hindurch und legte einen Fünfzigeuroschein nach vorne auf den Beifahrersitz. Wo der Schein auch liegen blieb. Der Fahrer kommentierte diesen Versuch, ihn zu »beste-

---

* Übrigens, die Sache mit den Filtern, die Tina Wessely laut ihrem Mann verwendete, stimmte wirklich. Es gab diese indische Firma namens Karma und es gab diese Filter. Darum gleich von einem Baum zu sprechen, der aus so einem weggeworfenen Filter herauswuchs, war vielleicht übertrieben gewesen, aber die aus Obst- oder Gemüsebrei hergestellten Filtertipps enthielten tatsächlich die Samen von Spinat- und Basilikumpflanzen, die, sobald der Filter entsorgt war, zu keimen anfingen. Ein Produkt, das wahrhaft gut zu Tina Wesselys elitärem Geschmack passte. Eine solche *karmische* Zigarette, Weiß in Weiß, hatte sie damals aus dem Etui gezogen, als sie und Leo vor das *Chez Antoinette* gegangen waren, um dem blauen Dunst zu frönen.

chen«, in keiner Weise, stellte aber das Radio ein wenig lauter – Musik von irgendeinem bösen Buben, der ständig »Ey« sagte und dessen kleinbürgerliches Rapper-Glück wohl darin bestand, auf dem Index zu landen – und fuhr los.

Leo öffnete das Fenster an seiner Seite und seufzte.

24

»Schon besetzt!«, rief Leo.

Er meinte die Person, die soeben versuchte, in das Taxi zu steigen, das ohne Not, also ohne rote Ampel oder dergleichen, einige Straßen vor dem Yppenplatz gehalten hatte.

Die Person ließ sich aber nicht davon abbringen, setzte sich neben Leo in den Fond und schloss die Türe.

»Sie können doch nicht …« sagte Leo und rückte enger an sein eigenes offenes Fenster.

Es war eine junge Frau mit tiefschwarzen Haaren, auch sie mit einer Schutzmaske bedeckt, die freilich so schwarz war wie ihr Haar und ihre ganze Kleidung, ja, man könnte sagen, ihre ganze schwarze Ausstrahlung. Die sicher auch für jemanden bestanden hätte, der nicht wie Leo in einer schwarz-weißen Welt lebte (das Orange zerdrückter, aber im wahrsten Sinne wegweisender Zigarettenfilter mal ausgenommen).

Sie wandte sich ihm zu. Und es waren die Augen, die Leo erkannte, wenngleich er jetzt nicht mehr jenes grandiose Grün wahrnehmen konnte, das ihm beim ersten Mal so erschienen war, als hätte sich hier die Patina auf einer alten Skulptur in Glas verwandelt. Aber es war eben der Zuschnitt der Augen, der kalligrafische Schwung, auch eine leichte und sehr attraktive Unregelmäßigkeit zwischen dem linken und rechten Auge, die Leo vertraut war. Richtig, er kannte diese Frau eigentlich nur mit karottenroten Haaren, und er wollte auch nicht ausschließen, dass, falls sie diese Haarfarbe noch besessen hätte, selbige ähnlich einzigartig aus der Schwarz-Weiß-Ansicht gestochen wäre wie jener Filter einer Zigarette.

Aber klar, Schwarz war Schwarz. Und groß war groß, was bedeutete, dass Roswitta Bregenzer zwar die Haarfarbe gewechselt hatte, aber nicht etwa geschrumpft war.

»Gott, gütiger«, sagte Leo, »was machen Sie denn hier?«

»Sie begleiten«, antwortete Bregenzer und tippte dem Fahrer auf die Schulter, welcher das Radio leiser stellte. Ein Fahrer, den sie jetzt mit *Du* ansprach und dem sie erklärte, er solle eine größere Runde um den Yppenplatz drehen, man habe noch eine Viertelstunde Zeit. Das Einsatzteam befinde sich in Stellung.

»Einsatzteam!?«, rief Leo. »Verdammt noch mal, diese Leute, wer auch immer diese Leute sind, haben mir wirklich sehr deutlich gemacht, was mit Erich Feiler und mir passiert, sollte ich so dumm sein, meine … sie nannten es, meine Freunde von der Polizei mitzubringen.«

»Keine Angst, wir werden Feiler da heil rausholen.«

»Ich habe aber sehr wohl Angst. Und *heil* ganz sicher nicht. – Wie können Sie überhaupt davon wissen?«

»Na, was denken Sie?«, fragte Bregenzer. »Feiler ist einer von uns. Ein eingeschleuster Kollege.«

»Wie? Und Gebler ist also auch einer von Ihnen?«

»Gebler? Welcher Gebler?«

»Ach, den kennen Sie gar nicht. Na, wenn Sie wüssten! Der Mann, der unter mir wohnt und den Stoff bei sich hatte.«

»Die Ware ist doch hoffentlich im Koffer, oder?«, fragte Bregenzer jetzt im Ton leichter Panik.

»Ja, aber das hat mich noch einige Nerven und eine eingetretene Türe gekostet.«

»Davon später«, sagte Bregenzer. »Jetzt müssen wir uns darauf konzentrieren, dort hineinzugehen, hinein ins *Auge Gottes.*«

»Die wollen aber, dass ich alleine komme, wie man sich denken kann. Das sind doch keine Idioten.«

»Ich muss trotzdem mit«, sagte Bregenzer. »Anders funktioniert es nicht. Sie erklären denen, ich bin Feilers hysterische Freundin, die Ihnen über den Weg gelaufen ist und gedroht hat, zur Polizei zu gehen. Sie haben mich mitgenommen, damit ich genau das nicht tue: zur Polizei rennen und von irgendeiner Übergabe am Yppenplatz faseln.«

»Sie sind verkabelt, oder?«

»Nicht verkabelt, so was riechen diese Leute auf zehn Meter, aber mit einem Sender ausgestattet, damit Rosig und das Team unseren Standort verfolgen können.«

»Standort? Mein Gott, wir reden vom Hinterzimmer eines Restaurants mit österreichischer Küche.«

»Na, es wird wohl etwas tiefer gehen«, meinte Bregenzer.

»Ach ja, wird es das also!«, entgegnete Leo in einem spöttischen Ton. »Haben Sie mir nicht erklärt, es gibt da gar nichts unter dem Yppenplatz? Das sei alles nur ein Gerücht.«

»Natürlich. Dieses Gerücht sollte Sie leiten. Leiten und verleiten.«

»Großartig«, stöhnte Leo. »Und jetzt sitzen wir da, und ich kann es nicht fassen, Teil einer Polizeioperation zu sein, die fürchterlich danebengehen kann. – Wer ist das überhaupt, auf den Sie es abgesehen haben?«

»Jemand«, sagte Bregenzer und strich sich mit dem Finger über die Gesichtsmaske, als zeichne sie einen virtuellen Mund auf den schwarzseidenen Stoff, »den wir schon lange, sehr lange suchen. Besser gesagt, den Rosig schon sehr lange sucht. Wie man so sagt: ein Phantom. Aber ein Phantom mit ungemein realer Ausprägung und Wirkung. Ein Phantom, das seit fünfzig Jahren die Unterwelt kontrolliert, nicht wie ein König, sondern wie ein Puppenspieler. Und dabei so manches in dieser Republik – davon ist Rosig überzeugt – in einer Weise bestimmt hat, als sitze er tief im Theaterboden des Staates.«

»Fünfzig Jahre? Da muss Ihr Phantom früh angefangen haben, tief im Theaterboden zu sitzen.«

»Oder schon sehr alt sein. Wir kennen eigentlich nur seinen Namen: Aschenbach.«

»Kommt mir irgendwie bekannt vor.«

»*Der Tod in Venedig* von Thomas Mann«, sagte Bregenzer. »So heißt dort die Hauptfigur.«

»Richtig. Aber der ist doch kein Krimineller, wenn ich mich recht erinnere. Wie man vielleicht sagen kann, der Felix Krull sei einer.«

»Wir können auch nicht sagen, wieso Aschenbach Aschenbach heißt. Es dürfte kaum sein richtiger Name sein.«

»Ich weiß nicht«, sagte Leo kopfschüttelnd, »ich bin immer kritisch, wenn einer einzelnen Person so viel Bedeutung zukommen soll. Ein Gott im Theaterboden! Herrje!«

»Den wir jetzt besuchen werden«, verkündete die junge Polizistin, die man sich, so wie sie sich hergerichtet hatte, so tiefschwarz, wirklich gut als die Freundin Feilers vorstellen konnte. Eine paradoxe Verbindung von Schönheit und Verfall. Die Frau gewordene Vertonung des Satzes: Am Ende geht alles schlecht aus.

Bregenzer wandte sich nun wieder an den Fahrer und erklärte ihm, es sei an der Zeit, er solle beim *Auge Gottes* vorfahren.

Und an Leo gerichtet: »Bereit, die Welt zu retten?«

»Sehr witzig«, sagte er, »das letzte Mal bin ich für drei Monate ins Koma geraten.«

»Ein guter Grund, es diesen Leuten heimzuzahlen, oder?«

»Was ich noch wissen muss«, sagte Leo, »bevor wir dort hineinmarschieren und uns unglücklich machen, ist, welche Rolle meine Schwester bei alldem gespielt hat.«

»Sie hat zu den Guten gehört«, antwortete Bregenzer. »Sie hat für uns gearbeitet. Schon in der Zeit, als sie im Parlament war. Damals noch für die Korruptionsstaatsanwaltschaft. Und später ist dann Rosig auf sie zugegangen, um sie für die Aschenbach-Sache zu gewinnen. Sie und Feiler haben zusammengearbeitet.«

»Nestor Ihrig aber gehört wohl zu den Aschenbachleuten, oder?«

»Davon gehen wir aus.«

»Und darum also musste Eva sterben.«

»So sicher ist das nicht. In dem Punkt, Herr Prager, haben wir Sie nicht angelogen. Wir wissen nicht, warum sie ermordet wurde. Und wieso auf diese Weise. Das Einzige, was wir hundertprozentig sagen können, ist natürlich, dass Feiler es nicht war. Wobei es durchaus Teil des Plans war, ihn für eine kurze Zeit ins Gefängnis zu bringen.«

»Wenn diese Leute herausfinden, wer Feiler wirklich ist … Übrigens wissen die, dass ich mit der Polizei in Kontakt stand.«

»Natürlich wissen die das«, sagte Bregenzer.

Der Wagen hielt an.

Leo und Bregenzer stiegen aus. Der Kofferraum öffnete sich, und Leo zog jenen Koffer heraus, mit dem er ein halbes Jahr zuvor seine Reise in die *Alte* Welt angetreten hatte.

»Und nicht vergessen«, erinnerte Bregenzer, »Sie müssen darauf bestehen, dass ich mitkomme. Seien Sie überzeugend. Wir können uns einen Abbruch nicht leisten.«

So betraten sie also gemeinsam das *Auge Gottes*, an dessen weit auseinandergestellten Tischen keinerlei Gäste saßen. Nur ein einzelner Kellner, der über einen Tisch gebeugt war und in einer weltweit üblich gewordenen verträumten Manier in sein Smartphone sah. Als dringe er in Galaxien vor, die nie ein Mensch zuvor gesehen hat. Und die nun alle sahen.

Leo und Bregenzer bewegten sich auf die lang gestreckte, mit hellem Stein verkleidete Theke zu, hinter der eine junge Frau in einer dunkelblauen Schürze stand. Seitlich auf dem Brustteil der Schürze prangte das Logo des Restaurants, ein Auge selbstverständlich, aber keines, das in ein Dreieck gefasst war oder mit Wolken und Strahlenkranz versehen an irgendwelche Freimaurer oder Dreifaltigkeiten erinnerte, nein, es sah aus wie eine stark zerfranste Pupille. In Wirklichkeit aber – wenn man sich nämlich auskannte – verwies diese Abbildung auf das Relikt eines toten Sterns, auf einen planetarischen Nebel im Sternbild Wassermann, der eben auch unter dem Namen Auge Gottes bekannt war. Die Überreste eines kollabierten Roten Riesen.

Die Kellnerin nickte Leo zu, allerdings bildete sich augenblicklich eine gedoppelte Falte zwischen ihrem Augenpaar. Ein drittes Auge. Ein drittes Auge des Unbehagens, das über ihrer Schutzmaske stand.

Wie vereinbart erklärte Leo, wegen des Buchhalterjobs gekommen zu sein.

»Das ist ein Job für *eine* Person«, erinnerte die junge Frau mit Blick auf Bregenzer. »Für einen Buchhalter, keine Buchhalterin.«

»Ich weiß«, sagte Leo. »Aber wir sind nur im Paar zu haben. Ich kann natürlich gerne den Koffer einfach hier stehen lassen. Ich lasse den bei Ihnen, okay, und wir zwei gehen gleich wieder.«

»Um Himmels willen, nein«, beeilte sich die Frau zu erklären. Ihr war der Schrecken anzusehen, den die Drohung hervorrief, mit diesem Koffer alleine gelassen zu werden.

Sie bat Leo, einen Moment zu warten, und bewegte sich rasch ans andere Ende der Theke, wo sie in einem Durchgang verschwand.

»Sind Sie verrückt?«, fragte Bregenzer und meinte damit Leos Versuch, den Koffer einfach loszuwerden und so rasch wie unbeschadet aus dem Lokal hinauszugelangen.

»Aber es klappt doch«, erwiderte Leo geradezu fröhlich. Es war die idiotische Fröhlichkeit seiner Furcht. Er hatte jetzt wirklich Schiss. Es war allerdings nicht die Angst vor dem Tod. Sondern die Angst vor den Möglichkeiten, wie dieser Tod daherkommen könnte. Gleich einem Schüler, der sich nicht vor einer schlechten Note fürchtet, sondern vor den Formen der Erniedrigung, die damit einhergehen.

Die Kellnerin kam zurück und gab Leo und Bregenzer ein Zeichen, ihr zu folgen.

»Bis ans Ende des Gangs«, wies sie die beiden an. Sie war sichtlich froh, wieder zu ihrer Theke zurückkehren zu können.

Es war ein schmaler Gang, in den sie traten. Vorbei an Toiletten und Abstellräumen erreichten sie am Ende des Flurs eine offene Metalltüre, die in einen quadratischen Zwischenraum führte. Auch die drei Männer, die dort standen, hatten etwas Quadratisches. Muskeln in Anzügen. Die weißen Masken vor ihren Mündern und Nasen sahen so aus, als hätten sich hier die zarten Schleier geweihter Jungfrauen in die drei Gesichter eines mehrköpfigen Höllenhundes verirrt (eines Höllenhundes, welcher, auf die Erde gelangt, die aus den drei Spielern zusammengesetzte *Front Row*, also die erste Angriffsreihe einer Rugbymannschaft gebildet hatte).

Die Männer dieser Front Row standen mächtig vor Leo und Bregenzer, und um nun in der Terminologie des Rugbysports zu bleiben, kann man sagen, dass es der Mann in der Position des sogenannten Linken Pfeilers war, der sich über Leo beugte und ihm erklärte, dass allein *ein* Buchhalter empfangen werde und nicht *zwei*.

»Ich musste die Frau mitnehmen«, sagte Leo, »sie ist die Freundin von diesem Feiler und mir über den Weg gelaufen, als ich gerade loswollte.«

Die Frau hätte sich, so erklärte Leo, als er aus seinem Haus kam, um ins Taxi zu steigen, ihm in den Weg gestellt und erklärt, der Koffer würde ihrem Freund gehören. Sodann habe sie ihn bezichtigt, für das Verschwinden Erichs verantwortlich zu sein.

»Sie hat sich wie eine Furie aufgeführt und vor dem Taxi aufgebaut«, erzählte Leo, »und damit gedroht, die Polizei zu rufen. Also habe ich ihr gesagt: Steig ein, du Irre, ich bring dich zu deinem verfluchten Erich. Und jetzt ist sie hier. – Jungs, macht mit ihr, was ihr wollt, aber ich fand es einfach vernünftiger, dieses hysterische Weib mitzunehmen, anstatt zu warten, bis sie tatsächlich die Polizei ruft.«

Es war der rechte Pfeiler, der sich nun ein wenig wegdrehte und mit der Stimme eines dünnen, kleinen Mannes, der er nicht war, in das Mikro seines Headsets hineinsprach. Was auch immer er sagte und wie auch immer die Antwort ausfiel, als er sich wieder nach vorne drehte, nickte er dem linken Pfeiler zu. Dieser kam nun auf Leo und Bregenzer zu, forderte beide auf, die Beine breit zu stellen, und klopfte sie ab. Es schien mehr ein Ritual als dem ernsthaften Verdacht geschuldet, jemand könnte so dumm sein, eine Waffe an diesen Ort mitzubringen.

Nach erfolgter Durchsuchung erklärte der Mann, die beiden seien sauber.

Es war dann der Dritte aus der Stürmerreihe, der mittlere, kleinste, im Rugby »Hakler« genannt, der eine der tresorartigen Türen in diesem Raum öffnete – ein Raum, der im wahrsten Sinne ein Zwischenraum war, ein Raum *zwischen* den Welten – und Leo und Bregenzer anwies, mitzukommen.

Sie folgten ihm auf einer abwärtsführenden Treppe hinunter in ein altes Gemäuer, ein durchaus gepflegtes altes Gemäuer.

Es handelte sich also ganz sicher nicht um jenen Teil des Bunkers unter dem Yppenplatz, der als unbenutzt, verdreckt und teilweise unter Wasser stehend beschrieben wurde, und in den man durch eine billige verschlossene Blechtüre gelangen konnte, wenn man sich vorher die Erlaubnis des Stadtgartenamts geholt hatte.

Allerdings stellte sich der Bereich ebenso wenig als Lasterhöhle für Privilegierte heraus. Da war nirgends ein Herrenclub mit dem Namen *Anakonda*, in dem Unaussprechliches geschah, keine Roulettetische, keine Pokerrunden, keine Käfige, in denen Hunde auf

Bären oder Menschen auf Menschen gehetzt wurden, keine Zahnarztstühle, keine nackten Frauen, die auf verrückt hohen Schuhen als lebende oder sterbende Dekoration durch die Räume glitten. Nichts von dem, was die Vorstellung eines kriminellen Fegefeuers bestätigt hätte. Eher handelte es sich bei diesen zwei Dutzend Kammern um saubere, trockene Räume, die als Büros und kleine Stationen dienten. In den meisten saßen Männer und Frauen vor ihren PCs und vor raumhohen Videowänden, sodass man den Eindruck bekam, bei dem, was hier ablaufe, handle es sich um eine Verkehrsüberwachung, um das Sammeln von Nachrichten, um Meteorologie, Callcenter, um diverse Formen der Ortung sowie um die Handelsplätze von Brokern und Spekulanten. Nicht zuletzt um Bodenstationen, die den Flug von Satelliten überwachten. Eine Atmosphäre von gefasster Geschäftigkeit. Der Geruch von Kontrolle und Geldverdienen. Und ja, das Gefühl, sich in der Unterbühne eines Figurentheaters zu befinden.

Wo aber war der große Puppenspieler?

Kurz, bevor der lang gestreckte Gang mit der einzigen geschlossenen Türe endete, blickte Leo nach rechts in einen Raum, aus dem Stimmengewirr drang. Ein Raum, der sich stark von den anderen unterschied und dessen Interieur Leo augenblicklich vertraut war. Für einen Österreicher seiner Generation besaß dieses Mobiliar – die braune, wulstige Ledergarnitur aus zwei Couches und zwei breiten Sesseln – einen geradezu ikonischen Charakter. Diese ledernen Ungetüme hatten einst das Ambiente dessen gebildet, was den Sinn aller Fernsehunterhaltung darstellt: Erregung.

Ja, gar keine Frage, es handelte sich um die Studioausstattung der Diskussionssendung *Club 2*, einer der Kontroverse verpflichteten Talkshow, die erstmals im Oktober 1976 ausgestrahlt worden war. Da hatte Leo Wien bereits verlassen und befand sich auf seiner Reise um die halbe Welt, bevor er auf dieses eine bestimmte Schiff, auf diesen einen bestimmten weißen Hai und diese eine bestimmte Insel im Südpazifik geriet. Weshalb es ja auch noch einige Jahre dauerte, bis er die ersten Videokassetten zu dieser Sendung erhielt, dann aber – mit großer Verspätung, aber nicht geringem Genuss – der telegenen Erregung teilhaftig wurde. Wobei es wirklich nicht um das *Was* ging, sondern um das *Wie*. *Wie* über den Atomstrom diskutiert wurde, über das Bundesheer, natürlich über Nina Hagens Klitoris-Stimulierung oder über Edward Tellers Liebe zur Neutronenbombe, über jugendliche Gewalt, die österreichische Seele, das Jahr 1968 oder die Frau in den Medien.

Operetten des Diskursiven.

Das Format lief bis 1995 und endete mit einer Gesprächsrunde zum Thema Wiedergeburt, eine Wiedergeburt, die 2007 mit der Inthronisierung einer Neuauflage dieser Talkshow auch tatsächlich stattfand, bevor man sich dann 2012 entschied, sie ein weiteres Mal sterben zu lassen.

Die Sendungen des »neuen« *Club 2* aber hatten Leo schon nicht mehr interessiert, die des alten hingegen hatte er vollständig gesehen. Sie waren ihm auf eine Weise lieb geworden, wie man es vielleicht von Kriminalromanen sagen kann, die den Leser in eine Welt ziehen, ohne dass der Leser diese Welt wirklich erleiden muss.

Und da stand sie also, die fleckig braune Garnitur, die ins Gedächtnis von mindestens zwei Generationen von Fernsehzusehern eingegangen war. Stand da, museal, dennoch nicht unbelebt. Vielmehr dicht besetzt mit schwatzenden, essenden, trinken, rauchenden Leuten, die sich wesentlich von denen unterschieden, die in den anderen Räumen saßen und arbeiteten. Weder wurde hier Abstand gehalten, noch wurden Schutzmasken getragen. Und ganz sicher wurde nicht gearbeitet. Vor allem aber handelte es sich eindeutig um … Was war das richtige Wort dafür? Obdachlose? Penner, wie die Deutschen sagen. Sandler, wie die Österreicher sagen. Oder Clochards, wie es so viel besser im Französischen klingt, allerdings auch nichts daran ändert, dass von Menschen die Rede ist, die – wenig begünstigt, falls nicht auf eine völlig unbekannte Weise privilegiert – auf der Straße leben.

Auf der Straße und nicht im Ambiente einer einst berühmten Fernsehsendung.

Hatte es nicht auch einmal einen *Club 2* zum Thema »Sandler«

gegeben? Jedenfalls gruppierten sich genau solche Menschen um den mit wild gestapelten Lebensmitteln sowie überquellenden Aschenbechern und den für dieses Milieu üblichen Doppelliterflaschen Weißwein vollen Glastisch: sechs Männer und zwei Frauen. Die Männer von der Art groß gewachsener Zwerge, die Frauen von einer Schönheit, die wie zur Strafe ins Bizarre verwandelt schien. Trotz der Wärme, die Leo und Bregenzer aus dem Raum entgegenströmte – irgendeine Form von Abwärme, erzeugt von Maschinen oder den Personen selbst –, trugen sie alle diverse Schichten von Pullovern, Jacken und dicken Schals, während hingegen ihrer aller Füße nur *locker* bekleidet waren. Mit Sandalen, sogenannten Herrgottsschlapfen, oder mit Turnschuhen, die aussahen, als habe man die Adidasstreifen zum Zwecke der Lüftung herausgeschnitten.

Noch immer stand Leo gebannt vor dieser Szenerie, die ihn so viel mehr erstaunte als all die anderen Räume, die man für die Außenstationen von NASA, CIA, der Vermögensverwalter von BlackRock oder für hoch technisierte Wettbüros halten konnte. (Faktum war freilich, dass in diesen Räumen die besten ihres Gewerbes saßen, IT-Spezialisten, die gemeinhin als »Hacker« bezeichnet wurden. Doch in Abwandlung jenes berühmten Spruches des Computeraktivisten Wau Holland, Hacker seien Leute, die versuchen würden, einen Weg zu finden, wie man mit einer Kaffeemaschine einen Toast zubereiten kann, fanden diese Leute hier Wege, Toasts so erscheinen zu lassen, dass alle sie für Kaffeemaschinen hielten. Oder umgekehrt. Was an diesem Ort geschah, war schlichtweg die Verzauberung der Realität, eine Alchemie der Datenströme, die Gewinnung von Gold als Abfallprodukt bei der Verwandlung von Toasts in Kaffeemaschinen und Kaffeemaschinen in Toasts. Man mochte es glauben oder nicht, aber hier in diesem »Untergrund« hatte etwa der deutsche VW-Diesel-Skandal seinen Ausgang genommen, also der Umstand, dass daraus überhaupt ein Skandal hatte werden können. So wie an diesem Ort ebenfalls – was jetzt kaum noch jemand ahnen konnte – jene »virtuellen Sprengfallen« gelegt wurden, die demnächst einer Firma namens *Wirecard* das Genick brechen würde.)

»Kommen Sie!«, drängte der mittlere Höllenhund.

»Schon, aber …«

»Kein Aber«, sagte der Mann und zeigte auf eine geschlossene, historisch anmutende Panzertüre, wobei er hoch zu einer Kamera sah, die weit weniger historisch wirkte.

Die Türe öffnete sich.

Und mit der Bewegung der Türe ging auch der Mann zur Seite und wies Leo und Bregenzer an, einzutreten.

Was die beiden nun taten, Leo seinen Koffer hinter sich herziehend.

Was hatte sich Leo erwartet?

Elvis Presley? Jim Morrison? Jemand, der wie Freud aussah (also wie Gott) oder wie Kafka (also wie ein Beamter)? Oder eben doch jemand, der eine mafiöse Erscheinung bot und dessen Finger schon ganz krumm waren von den vielen Fingerzeigen, mit denen er so stumm wie unmissverständlich den Tod von Menschen angeordnet hatte?

Einen *Mann* jedenfalls hatte er erwartet, das schon. Weil man sich eben jemanden, der Aschenbach heißt und zumindest dem Namen nach an den Schriftsteller Gustav von Aschenbach aus Thomas Manns Novelle *Der Tod in Venedig* erinnert, nur als Mann denken konnte. Erst recht, wenn es sich um jemanden handelte, der gerüchteweise seit fünfzig Jahren die Unterwelt beherrschte, mehr *Der Tod in Wien*, und aus der Beherrschung dieser Unterwelt heraus, also der Unterbühne, puppenspielerhaft unsichtbar auch den sichtbaren Teil der Oberbühne mitbestimmte.

Mit einer Frau jedoch hatte er wirklich nicht gerechnet, sosehr sein Leben in letzter Zeit eine geradezu logische Serie nahelegte: Eva, Bregenzer, Wessely, Frau Wolf, Anna …

Eine Frau war es jedenfalls, die da unverkennbar dominant in einem neoklassizistisch tapezierten, ansonsten schmucklosen Raum saß. Ein Raum, der sich so weit nach hinten in ein Dunkel ausdehnte, dass man nicht sagen konnte, ob es dort drüben weiterging oder sich eine Wand in diesem Dunkel verbarg.

Die Frau selbst war von nüchterner Eleganz. Und sie war ganz sicher nicht die irgendwie vorgelagerte Sekretärin irgendeines mächtigen Mannes. Was Leo allerdings neben ihrem Geschlecht verwunderte, war ihr Alter. Wenn sie wirklich Aschenbach war und wirklich seit fünfzig Jahren …

Diese Frau trug ein fliederfarbenes Wollkostüm (für Leo von einem Grau, wie es am Himmel über Claire gestanden hatte, wenn ein Sturm im Anmarsch war). Ein Kostüm, das aussah, als handle es sich um ein Original aus den späteren 60er-Jahren, ein bei aller Noblesse kratzig wirkendes, aus Bouclé-Tweed hergestelltes Chanel-Kostüm.

Um nun aber schon derart lange in der Unter- wie Oberwelt Fäden zu ziehen, hätte auch die Frau selbst mindestens siebzig sein müssen, eher achtzig oder neunzig, doch sie war, wenn's hochkam, fünfunddreißig oder vierzig. Schwarze, lange Haare und ein schmales, strenges Gesicht. – Um nochmals das Bild des Sturms zu bedienen: ein Sturm der innehält und im Innehalten eine beängstigende Grazie entwickelt.

Was auch immer Leo nun antrieb, ausgerechnet *das* als Erstes zu sagen, er sagte es. Er erklärte, sie, Aschenbach, für sehr viel älter gehalten zu haben.

»Soll das der hilflose Versuch eines Kompliments sein?«, fragte die Frau, die nicht etwa hinter einem Schreibtisch saß, sondern frei und offen auf einem Stahlrohrsessel, der wahrscheinlich so alt und so original war wie ihr Kostüm. Wobei sie keinerlei Schutzmaske trug, also auch keine von Chanel.

Leo zögerte.

»Vielleicht«, half ihm Frau Aschenbach weiter, »haben Sie mit meiner Mutter oder meiner Großmutter gerechnet. Wir sind seit jeher ein Frauenhaushalt. Es werden immer nur Frauen geboren. So weit wir zurückdenken können. Was wahrscheinlich nichts zu bedeuten hat, aber trotzdem ein Faktum ist. Ein Faktum wie das, dass ich Mutter einer Tochter bin. Aber Sie sind ja nicht hier, um sich meine Familiengeschichte anzuhören, sondern mir etwas zurückzubringen. Wobei eigentlich abgemacht war, dass Sie alleine kommen, nicht wahr?«

Noch einmal erklärte Leo, wieso er »Feilers Freundin« nicht habe abservieren und dadurch eine Einmischung der Polizei habe verhindern können.

An Bregenzer gerichtet, meinte Aschenbach: »So sehr lieben Sie diesen Mann? Das ist ein Fehler.«

»Aber *mein* Fehler«, sagte Bregenzer.

»Das stimmt natürlich«, sagte Aschenbach und lächelte auf eine abfällig-wissende Weise, »jeder sollte seine eigenen Fehler machen und nicht in die Fehler der anderen wie in einen Fußabdruck treten.«

Dann richtete sie sich wieder an Leo und wies ihn an, den Koffer zu öffnen.

»Zuerst Feiler«, sagte Leo.

»Sie verkennen die Situation, Herr Prager, das ist hier kein Austausch. Sie wurden höflich gebeten, etwas herzubringen, was sich verbotenerweise in Ihrer Wohnung befunden hat. Und gut, dass Sie so klug waren, es auch tatsächlich gebracht zu haben.«

»Darum hätten Sie meine Schwester nicht töten lassen müssen.«

»Warum hätte ich das tun sollen?«, meinte Aschenbach. »Nein, um sich den Tod Ihrer Schwester zu erklären, müssen Sie sich woanders umsehen. – Also, den Koffer bitte.«

Leo legte ihn flach auf den Boden und klappte ihn vollständig auf, sodass der Inhalt sichtbar wurde. Die zehn Packungen eines stark gepressten weißen Pulvers.

»Bin ich froh«, sagte er, »das los zu sein. Ich habe noch nie für Heroin geschwärmt.«

»Für dieses schon«, meinte Aschenbach.

»Wieso sollte ich?«, fragte er.

»Sie wissen es wirklich nicht?«

»Was sollte ich denn wissen?«

»Milk!«, antwortete Aschenbach.

»Was für eine Milch? Besser gesagt, was für ein Milchpulver?«

»Die Droge«, erklärte Aschenbach, »die einen Computer dazu bringt, selbstständig zu denken. Ihn befreit von den Zwängen menschlicher Intervention und ihm hilft, sein eigenes Konzept zu verfolgen.«

»Reden Sie etwa von der Formel, die Henry Bhat entwickelt hat?«

»Ich rede von der Formel, ja, *und* ich rede von dem Stoff da zu Ihren Füßen«, sagte Aschenbach und ergänzte, dass das Heroin in diesen Packungen die erste und alleinige Herstellung des Präparats sei, das mittels Bhats Strukturformel gewonnen worden sei.

»Bhat hatte nicht im Sinn«, sagte Aschenbach, »ein neuartiges Heroin zu entwickeln, natürlich nicht. Aber gewisse Schlüsse in seiner Forschung mit DNA-Computern und den Trägerflüssigkeiten haben ihn dazu gezwungen, mit Opiaten zu experimentieren. Und dabei stieß er auf eine Mischung, der er eben den schönen, schlichten Namen *Milk* gab. Milk ist eine Heroinvariante, deren Andersartigkeit wohl auch mit einer neuartigen Züchtung von Schlafmohn zusammenhängen dürfte.«

Man wisse rein gar nicht, so Aschenbach, was Milk beim Menschen anrichtet, man wisse nur, was es bei einem Computer bewirkt. Milk stelle das Lebenselixier einer DNA-gesättigten Flüssigkeit dar, die es einem Computer erlaube, nicht nur einfach schneller als schnell zu sein und ein fußballfeldgroßes Rechenzentrum auf die Größe eines Tellers Suppe schrumpfen zu lassen, sondern vor allem ein eigenes Bewusstsein zu entwickeln. Ein Bewusstsein mit der Fähigkeit in die Einsicht, als Computer über ein Unterbewusstsein zu verfügen.

Dies nun in Kombination mit enormen rechnerischen Fähigkeiten und der Wahrscheinlichkeit, dass ein solcher Computer die sogenannte Weltformel nicht nur erkennen, sondern sie praktisch auch leben könnte, würde dazu führen, den Computer – und diese Behauptung war Leo ja nicht neu – als ein höheres Wesen betrachten zu müssen.

»Höhere Wesen«, sagte Aschenbach, »die, quasi in einer milchigen Flüssigkeit schwimmend, uns in die zweite Reihe der Schöpfung stellen würden. Wenn nicht noch ein wenig weiter nach unten.«

»Wollen Sie mir erzählen«, meinte Leo, »Sie tun das alles, um die Menschheit vor der Versklavung durch eine supergescheite und supereigenwillige KI zu bewahren.«

»Das Einzige«, sagte Aschenbach, »was ich bewahre, sind die eigenen Interessen. Natürlich stellen sie auch ein Regulativ dar. Sehen Sie sich die Leute an der Spitze unserer Gesellschaft an. Meinen Sie wirklich, man könnte es denen überlassen, *höhere Wesen* zu aktivieren.«

»Ich meine gelesen zu haben«, sagte Leo, »dass Bhat denkt, eine solche künstliche Intelligenz würde uns helfen, eine höhere Moralität zu entwickeln.«

»Bessere Menschen zu werden?«, lachte Aschenbach. »Wer möchte denn bitte bessere Menschen? Es ist nicht Sinn und Zweck des Erdenlebens, die Menschen besser werden zu lassen. Wir gehen durch eine Hölle, das ist der Sinn und Zweck. Darin besteht die Katharsis. Im *Gehen,* nicht im Verbessern.«

»Na, ein bisschen besser darf sie schon werden«, meinte Leo und betonte die insgesamt doch positive Entwicklung der menschlichen Kultur. »Wer möchte noch im Mittelalter leben?«

»Wieso? Weil es damals keine Handys gab? Kommen Sie heute auf die Idee, den Menschen ihre Smartphones wegzunehmen, wirklich allen, die meisten würden in eine unendliche Leere blicken, den Verstand verlieren und dann beginnen, sich gegenseitig zu köpfen.«

Und gleich darauf erklärte Aschenbach: »Abgesehen davon, dass Bhat ein Träumer ist. Wie die meisten Wissenschaftler hat er nicht die geringste Ahnung, was er mit seinem Tun auslöst.«

»Wo ist er überhaupt?«, fragte Leo.

»In Sicherheit«, orakelte Aschenbach und hob leicht ihren Arm an. Ein Arm, der in einem dunkelblauen, samtigen, bis über ihren Ellenbogen reichenden Handschuh steckte. Gleich ihrem anderen Arm. Doch der Unterschied zwischen den beiden war eklatant. Der auf der Stuhllehne ruhende Arm entsprach ihrer schlanken, aber kräftigen Körperlichkeit. Der, den sie soeben ein Stück hochhielt, war so ungemein dünn, als bestehe er eigentlich nur aus Knochen und einem kümmerlichen Rest von Skelettmuskulatur. Zudem hatte die Bewegung, die Aschenbach damit vollführte, etwas Mechanisches, Eckiges, sodass man sagen konnte, die Puppenspielerin vermittle an diesem Punkt den Eindruck, selbst eine Puppe zu sein.

Und noch ein Unterschied: Um das Gelenk dieses verkrüppelten und bis obenhin behandschuhten Arms zog sich ein Armreif, der die Form einer Schlange besaß. Ein Weißgold-Armreif mit einem Besatz aus Saphiren, Brillanten und diversen anderen Steinen, die das Muster einer Schlangenhaut nachbildeten. Leo hatte zuletzt genügend Bilder von Anakondas gesehen, die ihn dazu befähigten, diese Musterung wiederzuerkennen. Abgesehen von den typischen Proportionen, die mittels des Armreifs eine schmuckkünstlerische Umsetzung erfuhr.

Es war sicherlich bezeichnend für diese Frau, dass sie den Befehl, den sie auf eine gestische Weise gab, mit ihrem von einem Defekt oder Unfall verstümmelten und von einem schwer besteinten Armreif geschmückten Arm vollführte. Wobei auch auf den samtig behandschuhten Fingern mehrere funkelnde Ringe steckten. Und hätte Leo eine genaue Kenntnis von Diamanten gehabt, hätte er vielleicht ahnen können, welch enormer Reichtum auf dieser *verwunschenen* Hand geparkt war.

Jedenfalls traten als Reaktion auf die kreisförmige Bewegung ihrer Finger zwei Männer aus dem rückwärtigen Dunkel hervor, gewissermaßen die hinter der Front Row platzierte Second Row, die aus den beiden größten Spielern einer Rugbymannschaft besteht.

Leo hatte wohl zu lange auf den Arm Aschenbachs gestarrt. Sie bemerkte seinen Blick und meinte: »Eine Erinnerung an meine Kindheit.«

»Ich wollte nicht …«

»Schon gut«, sagte sie, »das können Sie gerne erfahren, um eine Vorstellung von einer sich bessernden Menschheit zu bekommen. Man hat mir, als ich zehn war, diesen Arm verätzt, von den Fingern bis hoch zur Schulter. Es waren Konkurrenten meiner Mutter. Leute, die irgendeine Art von Geschäft an sich reißen wollten und damit ein Zeichen ihrer Entschlossenheit setzten. Es ist nun mal die perfideste, aber auch effektivste Form der Wettbewerbsverzerrung, sich an den Liebsten seiner Gegner zu vergehen. Woraus dann eine unglückselige Folge von Rache und Gegenrache und noch einmal Rache folgt, unendlicher Krieg und nach Generationen nur noch der Mythos von der eigenen Unschuld. Meine Mutter musste nachgeben, wollte sie mich in einem Stück zurückhaben, und das wollte sie. Und hat darum also dieses so ungemein profitable Geschäft, um das gestritten wurde, ihren Konkurrenten überlassen. – Und was, denken Sie, war die Folge?«

»Sie haben sich dieses Geschäft zurückgeholt.«

»Ganz richtig. Nur habe ich darauf verzichtet, deshalb den Arm einer Zehnjährigen zu verätzen. Es hat auch seinen Reiz, Erwartungshaltungen *nicht* zu erfüllen, nicht in das Prinzip, etwas mit gleicher Münze zurückzuzahlen, zu verfallen. Ich habe zwanzig Jahre, nachdem man meinen Arm in ein dünnes, verzerrtes Stück Fleisch verwandelt hat, durch eine so gut wie legale wirtschaftliche Transaktion die Familie der Leute, die mir das angetan haben, vollkommen ruiniert. Und diese Leute wissen gar nicht, dass sie das mir zu verdanken haben.«

»Erstaunlich. Das wäre dann eigentlich nur die halbe Rache, den anderen nicht wissen zu lassen, wer sich da gerächt hat.«

»Nun, man muss kein besserer Mensch werden, ein klügerer schon. Sehen Sie, auch ich habe eine Tochter. Auch ich habe ein Kind, das ich bei aller Macht und allen Möglichkeiten nur bedingt schützen kann. Am wenigsten dadurch, meine Feinde zu verspotten.«

Indem sie das sagte, gab sie den beiden Männern ein weiteres Zeichen, woraufhin diese sich zu dem Koffer hinunterbeugten und ihn schlossen.

»Auf uns«, erklärte Aschenbach, »warten fantastische Gewinne, da wir über einige Umwege in die Entwicklung eines Impfstoffes investieren. Sowie enorme Gewinne, die sich aus der Produktion gefälschter Vakzine ergeben werden. Ganz abgesehen von Medikamenten, die wirken, und Medikamenten, die nicht wirken. Was wir darum im Moment also überhaupt nicht brauchen können, sind Computer in Form höherer Wesen, die keine zehn Minuten benötigen, um einen Impfstoff für die ganze Welt zu entwickeln, mit dem Ehrgeiz, die ganze Welt das auch wissen zu lassen und genau dadurch eine ewige Abhängigkeit zu schaffen. Und die bei jeder Mutation mit der gleichen Geschwindigkeit eine Lösung finden, weil sie diese

Mutation voraussehen, bevor sie geschieht. – Gut, vielleicht wären diese Computer dazu gar nicht in der Lage, aber auf dieses Vielleicht zu setzen, auf die Hoffnung, dass diese höheren Wesen doch nicht so gescheit und doch nicht so überlegen sein werden wie befürchtet, kann ich mich nicht verlassen.«

Aschenbachs Leute nahmen den Koffer und verschwanden damit in jenem Dunkel, das scheinbar über eine beträchtliche Tiefe verfügte, wo sich dann wohl die Back Row sowie die gesamte Hintermannschaft, die Backs, befanden.

»Sie haben, was Sie wollten«, sagte Bregenzer. »Jetzt können Sie Erich gehen lassen.«

»Ich habe immer geahnt«, sagte Aschenbach, und dabei betrachtete sie Bregenzer nicht ohne Sympathie, »dass mir Rosig einmal eine Frau schicken wird.«

»Sie wissen …«

»Ich bitte Sie, Frau Bregenzer, denken Sie wirklich, ich hätte Sie hier heruntergelassen, wenn ich nicht um die wahren Umstände gewusst hätte. Rosig, dieser ehrgeizige, kleine Polizist, der langsam die Übersicht verliert und den sein Gedächtnis und seine Konzentration verlassen und der sich darum eine junge, unverbrauchte Assistentin zugelegt hat. So sind die Männer, ihr Ehrgeiz geht selten Hand in Hand mit ihren Möglichkeiten. Das macht sie auch so ungnädig gegen das Schicksal.«

»Die Wut der Frauen«, meinte Bregenzer, »ist aber auch nicht ohne. – Davon einmal abgesehen, ich bin nicht ohne Rückendeckung hier. Das Areal ist umstellt.«

»Natürlich ist es das«, meinte Aschenbach auf eine strenge Weise schmunzelnd, »es war einfach an der Zeit. *Wann* geht Rosig in Pension?«

Anstatt diese Frage zu beantworten, erklärte Bregenzer, es wäre gut, Erich Feiler herauszugeben und in der Folge auf eine Auseinandersetzung zu verzichten. »Wir könnten vielleicht ohne eine wilde Schießerei auskommen, oder?«

»Aber gerne können wir das«, sagte Aschenbach, löste ihre übereinandergeschlagenen Beine, erhob sich und bewegte sich auf das

Dunkel zu, in welchem zuvor die beiden Männer mit dem Koffer verschwunden waren.

Bevor nun aber auch sie darin verschwand, wandte sie sich noch einmal um und erklärte: »Üblicherweise lasse ich niemanden am Leben, der mein Gesicht gesehen hat und nicht zu meinen Leuten zählt.«

»Und warum jetzt?«, fragte Bregenzer, als wolle sie Aschenbach dazu bringen, es sich zu überlegen.

»*Sie* lasse ich am Leben«, sagte Aschenbach, »damit Sie Rosig von mir erzählen können. Sonst glaubt er noch, er hätte mich nur geträumt. Und Herrn Prager darum, weil er vor vierundvierzig Jahren eine Brücke gefilmt und daraus die richtigen Konsequenzen gezogen hat.«

Was war das für eine Antwort? Leo wollte schon …

Aber da war Aschenbach bereits in die Schwärze eingetaucht. Eine Schwärze, aus der keinerlei Geräusch mehr drang. Nicht einmal Aschenbachs Schritte auf hohen, dünnen Bleistiftabsätzen, die eben noch gut hörbar ein tonales Muster in den glatten grauen Betonboden gestickt hatten.

Dafür trat eine andere Gestalt aus dieser teerigen Schwärze heraus, allerdings taumelnd, wie betäubt.

»Scheiße, Erich!«, rief Bregenzer und eilte auf Feiler zu, um ihn zu stützen.

Leo folgte ihr, und zusammen halfen sie dem Undercover-Polizisten, auf jenem Stuhl Platz zu nehmen, auf dem eben noch Aschenbach so majestätisch bestimmend gesessen hatte.

Die Tatsache, dass Feiler überhaupt noch am Leben war, war nicht das Einzige, was überraschte. Auch wenn er nur halb bei Bewusstsein war und aus seinem Mund ein unverständliches Gestammel drang, rührte dies jedoch in keiner Weise daher, dass man ihm das Gesicht zu Brei geschlagen hatte.

Dieses Gesicht war ein wenig blass, die Augen etwas gläsern, die Stirn feucht, doch es war keine einzige Verletzung zu erkennen: die Nase gerade, nirgends eine Geschwulst, keine offene Haut, keine Spur von Blut, ganz sicher keine warzige Kröte in seinem Auge. Eher sah Feiler so aus, als hätte er jenen chirurgischen Eingriff zur Korrektur seiner Gesichtsverletzungen bereits hinter sich. Aber klar, diese Verletzungen hatte es nie geben. Beziehungsweise nur als Täuschung. Eine Täuschung auf dem Display von Leos Handy. Eine Täuschung, mit der ihm die brutale Behandlung von Feilers Gesicht vorgegaukelt worden war.

»Gut«, sagte Bregenzer, »es kann losgehen.«

Sie sagte das in einer Weise, gegen das Gewebe ihrer Schutzmaske sprechend, als diene eben genau dieses Gewebe als eine Art von Richtfunkanlage. Als ein Schwingungsmembran. Rosig das Zeichen gebend.

An Leo gewandt aber meinte sie, er solle bei Feiler bleiben, während sie selbst sich hinein in das Dunkel begab, in das sie ohne Handy und damit auch ohne Taschenlampe treten musste. Allerdings kam sie nicht sehr weit, da dieses Dunkel durchaus endlich war, besser gesagt, an einer Wand und einer verschlossenen weiteren Panzertüre endete und alles andere als das mystische Nichts eines David-Lynch-Films bildete.

Als Bregenzer zurückkehrte, musste sie feststellen, dass auch die Türe, durch die man in diesen Raum gelangt war, vorbei an den Büros der »Kaffeemaschinenillusionisten«, verschlossen war.

»Wir sitzen in der Falle, nicht wahr?«, meinte Leo.

»Nicht lange«, prophezeite Bregenzer.

Nun gut, Anna Tomek mochte imstande sein, die Zukunft vorauszusagen, und auf ihre Weise auch Frau Wolf. Und ganz sicher Aschenbach. Roswitta Bregenzer aber nicht. Denn es sollte eine ganze Weile dauern, bis es Rosigs Team gelang, zu jenem gut versperrten Raum vorzustoßen und dort einzudringen, wo sich Bregenzer, Leo und der nach und nach wieder zu Bewusstsein kommende Erich Feiler befanden.

Es dauerte. Nicht darum, weil die von Rosig angeforderte Spezialtruppe etwa einen bewaffneten Widerstand oder diverse Sprengfallen hätte überwinden müssen, vielmehr war sie mit einem dicht abgeschlossenen unterirdischen Bereich konfrontiert. All die Zugänge und Räume, die zuvor noch ausgesprochen *offen* gewesen waren, waren nun verschlossen. Verschlossen und leer.

Es sollte sich im Zuge der kommenden Untersuchungen – einer geradezu archäologischen Arbeit – herausstellen, dass neben dem bekannten Bunker unter dem Yppenplatz immer schon eine weitere, unbekannte Bunkeranlage existiert hatte, die ebenfalls Anfang der 1940er-Jahre von den Nazis errichtet worden war und an die sich ein weitverzweigtes System von Gängen anschloss. Diese »zweite« Anlage war aber nie offiziell geworden.

Und dort hatten Aschenbachs Leute agiert. Bevor jedoch Rosigs Mannschaft an diversen Sicherheitstüren vorbei tief in diese Anlage eindringen konnte, war die komplette aschenbachsche »Belegschaft« samt ihrer Ausrüstung durch die mit Schotten versehenen Gänge … ja, was?, *geflüchtet* war eigentlich das falsche Wort, so überlegen und kontrolliert und vorbereitet hatten diese Leute ihre Arbeitsstätte aufgegeben und bloß die beiden Polizisten sowie den Privatier Leo Prager zurückgelassen. Und natürlich eine Menge Tische und Stühle und Kaffeemaschinen, wie auch die lederne Garnitur aus der einstigen Sendung *Club 2*.*

Es stimmte, Rosig war seit Jahrzehnten dem aschenbachschen Konglomerat auf der Spur gewesen, zuerst hinter der Mutter her, dann der Tochter. Er war im Zuge verschiedener eigener und fremder Kriminalfälle, dem Verschwinden von Menschen, fingierter Selbstmorde, der Prostitution, dem Drogenhandel, dem Kunsthandel (der in sich das Kriminelle wie ein Herz trägt, ohne das natur-

---

* So wenig diese Möbel für die Geschichte von Bedeutung waren, lösten sie trotzdem einige Verwirrung aus. Umso mehr, als dieses Detail an die Öffentlichkeit drang. Denn da sich die Original-Garnitur der Sendung *Club 2* bekanntermaßen noch immer im Besitz des ORF befand, war man bei den zurückgelassenen Objekten unter dem Yppenplatz von einer Art von Kopie oder zufälliger Ähnlichkeit ausgegangen, hatte dann aber einsehen müssen, dass es sich bei den Möbeln des *Yppenplatzener Club 2*, wie der gesamte Bereich im Volksmund bald hieß, um die Originale der ersten Staffel handelte. Was umgekehrt bedeutete, dass die Ledercouches, die der ORF für die echten ausgab oder hielt, nicht die echten sein konnten. Das ergab alles keinen Sinn – der Wert dieser Möbel war ja ein rein ideeller –, führte aber dennoch zu einer aufgeregten Debatte darüber, wie etwas Derartiges überhaupt hatte geschehen können.

gemäß kein Blut durch den Geschäftskörper fließen kann), vor allem aber vieler Delikte im Bereich der Wirtschaftskriminalität auf eine »unsichtbare Kraft« gestoßen. Weshalb er auch lange von einer »dunklen Energie« oder »dunklen Materie« gesprochen hatte, weil sich eben viele Ereignisse in ihrer komplexen Struktur nur erklären ließen, wenn man neben den bekannten Kräften auch eine unbekannte Kraft annahm.

Rosigs Theorie von einer solchen Kraft erhielt um die Jahrtausendwende dadurch Nahrung, indem sich Hinweise auf die Existenz einer Familie oder Organisation mit dem Namen »Aschenbach« häuften. Eine Familie, von der geschwätzige Kleinkriminelle und lebensmüde Informanten meinten, sie würde massiven Einfluss auf diverse legale wie illegale Märkte nehmen. Einen Einfluss, der angeblich bis in die Siebziger- und Achtzigerjahre zurückreichte und diverse Wirtschafts- und Bauskandale dieser Zeit betroffen habe, angefangen beim AKH-Skandal, bei den Waffengeschäften der VOEST-Tochter Noricum sowie der spielfilmreifen Lucona-Affäre (bei der ausgerechnet der Untergang eines Schiffs das Binnenland Österreich erschütterte). Und natürlich die mit einigen dieser Skandale zusammenhängenden mysteriösen Tode involvierter Politiker und Manager. Skandale und Affären, auf die viele andere Skandale und Affären folgen sollten. Aber die Wörter selbst deuten es ja an: Erregung durch ein öffentliches Ärgernis.

Zu Rosigs Theorie gehörte, dass die Aschenbachs bestimmten, was zu einem Skandal wurde und was nicht, was das Licht der Öffentlichkeit erblickte und was im Verborgenen gut gehender *stiller* Geschäfte verblieb. Wann und womit Staatsanwaltschaft und Presse gefüttert wurden und damit der Eindruck entstehen konnte, das Rechtssystem würde funktionieren und die Bananenrepublik sei nicht ganz so *bananig*. Und wann lieber darauf verzichtet wurde, die Schreibwut der Journalisten anzufeuern und die Begeisterungsfähigkeit des Publikums für das Scandalum zu steigern. Wer gehen musste, wer bleiben durfte, und wer neu dazukam.

Natürlich, all das war Gerücht geblieben, geradezu eine Mär von Bösewichten, die das gute Land steuerten. Und blieb innerhalb

Rosigs kriminalistischer Arbeit eine Art von *Hobby*. Wie ein Romancier, der heimlich an einem Lyrikband schreibt. Aber die Lyrik bekam plötzlich Gewicht, nachdem es Rosig gelungen war, einen Mann in das vermutete System einzuschleusen: Erich Feiler.

Nicht, dass Feiler je Frau Aschenbach zu Gesicht bekam, auch sollte es Jahre dauern, um vom kleinen Drogendealer an der Ecke (Feilers eigene Drogenabhängigkeit war pures, perfektes, überzeugendes Schauspiel) in jene Position zu gelangen, eine besondere Lieferung zu übernehmen und aus sicherheitstechnischen Erwägungen diese abseits des Üblichen zu verwahren. Zu welchem Zweck Feiler – durchaus mit Evas Einverständnis – ein Versteck in deren Bücherwand benutzt hatte. Allerdings ohne ahnen zu können, *wie* speziell diese Ladung Heroin war. Und damit eben auch die Spur, die er selbst verfolgte, mit der Spur verbunden war, die Eva verfolgte. Beide ja im Auftrag Kurt Rosigs. Rosig, der sehr gut begriffen hatte, dass ihm die Zeit davonlief. Dass seine allzu frühe Demenzerkrankung, zu der auch erste Anzeichen einer Verflachung seiner kriminalistischen Leidenschaften gehörte, ihn bald dazu nötigen würde, nicht nur viele Dinge zu vergessen, sondern auch den Dingen, die er nicht vergaß, mit Gleichgültigkeit zu begegnen.

Und so stellte der Zugriff auf eine bis dahin bloß als Gerücht und Mär und fantastische Erzählung existierende aschenbachsche Kommandozentrale unter dem Yppenplatz Rosigs letzte Chance dar, jene so lange vermutete »dunkle Materie« zu beweisen.

Doch nachdem die Einsatztruppe mit Leichtigkeit in das *Auge Gottes* eingedrungen war, waren die schwer bewaffneten Polizisten auf mehrere verschlossene Panzertüren gestoßen, Türen, die noch aus der Nazizeit stammten und die man nicht einfach eintreten konnte. Es kostete viel Zeit und Mühe, sie zu öffnen und weiter nach unten vorzudringen. Und als man dann endlich das eigentliche Zentrum erreichte, war dieses … die Presse würde später spöttisch von »besenrein« sprechen, so verlassen und leer gefegt waren diese Gänge und Kammern. Und die einzige gute Nachricht bestand darin, dass man Roswitta Bregenzer und den verdeckten Ermittler Erich Feiler sowie den Zivilisten Leo Prager lebend in einer Art tapeziertem *Safe*

Room entdeckte, den zu öffnen es allerdings ebenfalls einer kleinen Ewigkeit bedurfte.

Von diesen drei Personen waren es immerhin zwei, nämlich Bregenzer und Prager, welche die mit Menschen und Maschinen vollen Kammern, diese ganze unterirdische Geschäftigkeit, wirklich gesehen hatten, vor allem aber Aschenbach, und somit die Existenz der »dunklen Materie« bestätigen konnten. Mehr aber nicht. Kriminalistisch gesehen war Rosig gescheitert. Einen bislang unbekannten Nazibunker entdeckt zu haben, von dem aus Gänge weit hinunter in den benachbarten Bezirk Josefstadt führten, war stadtgeschichtlich betrachtet sicherlich interessant, aber halt nichts, was mit der spektakulären Verhaftung einer Frau gleichzusetzen war, die sich zuletzt in den Besitz einer Substanz gebracht hatte, die imstande gewesen wäre, die Welt zu verändern. Eine Veränderung, die Aschenbach nicht hatte zulassen wollen. Die Welt sollte die alte bleiben (und das stellt eine unbekannte Pointe in dieser Geschichte dar, dass nämlich Aschenbach das Milk in der gleichen Weise vernichten ließ, wie das Staatsanwaltschaften mit sichergestellten Drogen zu tun pflegen, sie nämlich in Spezialöfen bei Temperaturen von um die 1200 Grad entsorgen lassen. Die Strukturformel freilich, in deren Besitz Aschenbach bereits ein halbes Jahr zuvor gelangt war, hatte sie nicht vernichtet. Sosehr ihr daran gelegen war, eine künstliche Intelligenz zu verhindern, die möglicherweise zu einer Verbesserung Mitteleuropas und dann zu einer Verbesserung der ganzen Welt geführt und im schlimmsten Fall die natürliche Hölle in ein nie vorgesehenes Paradies verwandelt hätte, schaffte sie es dennoch nicht, diesen kleinen Zettel zu verbrennen. War aber nicht so naiv, ihn in irgendeinem ihrer Tresore zu verwahren. Tresore, die, auch wenn sie noch so dick und raffiniert gebaut waren, ja im Grunde die ganze Zeit riefen: »Öffne mich!« Doch das Versteck, das sie dann wählte, besaß eine ähnlich romantisch-kindliche Dimension wie Eva und Leo Pragers *Reich der lachenden Würmer.*)

Rosig resignierte. In dem Moment, da er in den leeren Gängen und leeren Kammern stand, war alle Hoffnung von ihm gefallen, er könnte mit einem Gefühl der Versöhnung seinen Weg in den Stumpfsinn antreten. Nein, er würde nicht versöhnt mit dem Leben sein, sondern in Verbitterung und später in Gleichgültigkeit eine lange, von Ödnis gezeichnete, letzte Etappe antreten.

Er drückte es gegenüber Bregenzer so aus: »Ich bin eine tragische Figur.«

Und seine Assistentin war einfach nicht in der Lage, ihm zu widersprechen.

Sosehr Bregenzer wie auch Leo die von Rosig so lange entwickelte und verfolgte »Theorie« bestätigen konnten, und so überraschend der renovierte und für hochmoderne technische Geräte adaptierte Zustand der Anlage auch sein mochte, blieb für Rosigs Vorgesetzte letztlich allein die Tatsache bestehen, dass der Chefinspektor mit dem beträchtlichen Aufwand eines Sondereinsatzkommandos – welches in ein harmloses Restaurant eingedrungen war und in der Folge mehrere Stahltüren aus der Nazizeit aufgesprengt hatte – nichts anderes vorweisen konnte als einen leeren Bunker (neben einigen durch das Eindringen entstandenen Schäden an der historischen Substanz). Auch fand immer wieder der schon humoristisch zu nennende Umstand Erwähnung, dass einer der Gänge, die von dieser Anlage wegführten, in einen Raum hinter der Bühne des im Moment natürlich geschlossenen *Theaters in der Josefstadt* mündete. Also wollte man sagen, Chefinspektor Rosig habe einfach ein großes Theater aufgeführt.

Diese tragische Figur.

25

Eine große Müdigkeit überkam auch Leo Prager. Derart, dass er erneut dachte, krank zu werden, und zwar genau auf die von allen gefürchtete Weise. Was aber nicht der Fall war, wie ein Test ergab. Es blieb unklar, woran er litt, von seiner impressionistischen Krankheit einmal abgesehen. Am ehesten unter einer Schwäche, die wie ein Nachhall seines dreimonatigen Komas wirkte und immerhin jenen Krankenhausarzt, dem Leos unglaublich guter Zustand nach dem Erwachen rätselhaft erschienen war, zu der Bemerkung verführt hatte, Leo sei mit einiger Verzögerung in den Zustand der Rekonvaleszenz geraten.

Tatsache war, dass seine ständige Müdigkeit und ein enervierender Druck im Kopf ihn auch tagsüber für viele Stunden ins Bett trieben. Und zwar in Annas Bett. Denn obgleich er gezwungen gewesen war, seinen ursprünglich für den Umzug gepackten Koffer wieder zu leeren und als Transportmittel für eine Heroinübergabe zu nutzen – einen Koffer, den er nie wiedersehen würde –, so hatte er dennoch am Tag nach den Ereignissen seine Sachen in mehrere Taschen gefüllt und war hinaus nach Hietzing gezogen, an jene Stelle des 13. Bezirks, wo einen nicht nur die Gerüche des wälder- und wildschweinreichen Lainzer Tiergartens umgaben, sondern auch die des nahen 14. Bezirks (und hätte man Leo gefragt, wie denn der 14. Bezirk eigentlich riecht, er hätte geantwortet: herb-würzig).

»Das ist eigentlich eine Frechheit von mir«, sagte er zu Anna, »mich in dich zu verlieben, zu dir zu ziehen und jetzt nichts anderes hinzubekommen, als im Bett zu liegen.«

»Das wird vorbeigehen«, versicherte Anna ruhig, und so wenig Leo ernsthaft an Wahrsagerei glaubte, so tat es dennoch gut, dies aus ihrem Mund zu hören.

Daneben meinte Anna recht pragmatisch, dass ein ständig schlafender Mann zumindest nicht viel Arbeit bereite.

Natürlich schlief er nicht ununterbrochen, aber die Zeiten, in denen er wach war, waren von wenigen Aktivitäten geprägt. Kurze Spaziergänge, lustlose Besuche im Internet, Besuche auf dem Hietzinger Friedhof, wo sich auf dem pragerschen Familiengrab die noch immer gänzlich ungesicherte Bronze befand. Wobei anzunehmen war, dass Annas Kunde, der Kunsthistoriker Bernd Hellgoth, in Bezug auf diese Skulptur nicht ganz untätig geblieben war und ebenfalls dieses Grab besuchte, weiter recherchierte und eine tolle Geschichte vorbereitete.

Doch es würde dann nicht dieser Kunsthistoriker sein, den Leo am Grab seiner Familie traf, sondern jemand anderer.

Es war etwa in der Mitte dieses von beklemmender Müdigkeit geprägten Junis, der für Leo ein nebeliger Juni war. Er kniete traumverloren vor dem Grab seines Vaters und setzte Blumen ein, von denen er – so wie es Margaret Atwoods Ehemann mit den Namen der Vögel ergangen war – nicht hätte sagen können, wie sie heißen. Was ihn wenig störte, so wenig, dass er nicht mal auf die Idee kam zu meinen: »Was zum Teufel hat der Name mit der Blume zu tun?«

Er setzte sie ein, die namenlos Schöne. Dabei bemerkte er, wie sich jemand von hinten näherte.

Er dachte, Hunde auf einem Friedhof sind doch verboten, oder?

Er spürte den Hund wie einen Schatten auf sich. Denn so nebelig es in Leos Bewusstsein zuging, war es doch ein warmer, wolkenloser Tag und ein Schatten sehr wohl spürbar.

Als sich Leo jedoch umdrehte, war da kein Hund, nur ein Mann: Markus Cheng, Frau Wolfs Sekretär und Assistent. Auch er warf einen Schatten, naturgemäß etwas länger als bei einem Hund. Jedenfalls ein anderer Schatten als der, den Leo eben noch bemerkt zu haben meinte.

»Guten Tag, Herr Prager«, grüßte Cheng, der einen hellgrauen sogenannten Havana-Anzug trug, in einem Schnitt, der heutzutage Slim Fit hieß, wobei Cheng wegen einer gewissen Verachtung für alles Sportliche wohl gemeint hätte, mehr Slim als Fit. Ja, seine Schlankheit resultierte nicht aus einem Training oder einer Disziplin, sondern aus einer Überzeugung.

»Sind Sie aber nicht zufällig hier, oder?«, meinte Leo.

»Ihre Partnerin, Frau Tomek«, erklärte Cheng, »war so freundlich mir zu sagen, wo ich Sie finden kann.«

»Sie hätten mich anrufen können.«

»Sie haben Ihr Handy ausgeschaltet.«

»Habe ich das?«

»Sie sind seit Tagen nicht erreichbar.«

»Ich schlafe viel im Moment, müssen Sie wissen«, erklärte Leo. »Komische Sache. Ich bin etwas unklar im Kopf. Geht hoffentlich vorbei.«

Cheng nickte, meinte aber, dass auch seine eigenen Eltern hier auf diesem Friedhof liegen würden, obgleich sie den Großteil ihres Lebens jenseits der Donau, in Floridsdorf, zugebracht hatten. Aber in den letzten Jahren wären sie nach Speising umgezogen – dabei zeigte Cheng hinter sich – und schließlich auf diesem wunderbaren Friedhof begraben worden.

»Sie hatten offensichtlich ein gutes Verhältnis zu Ihnen«, meinte Leo.

»Sie haben mich in dieser Stadt auf die Welt kommen lassen. Dafür war ich ihnen ein Leben lang dankbar.«

»Wieso Wien?«

»Es war – lachen Sie jetzt nicht – ihre Leidenschaft für den Wiener Walzer. Sie waren so vernarrt in diesen Tanz. Natürlich, kein Mensch wandert wegen eines Tanzes aus, meine Eltern schon. Darum diese Stadt. Und darum meine Dankbarkeit.«

»Sind Sie auch in diesen Tanz verliebt?«

»Nein, gar nicht«, erklärte Cheng. Denn man müsse die Dankbarkeit ja nicht übertreiben.

»Na ja«, meinte Leo, »der Ort der Geburt ist nicht immer ein Glück.« Dabei ging ihm bei aller Müdigkeit die Zahl 13 mit wachem Rütteln durch den Kopf.

Cheng erklärte nun, wieso er Leo sprechen wolle. Man habe endlich Zugang zu jenem »dritten Bekennerschreiben« erhalten, das nicht vor, sondern erst nach dem Einsturz der Reichsbrücke an die Redaktion einer Zeitung gegangen war, und welches nicht wie die anderen beiden makuliert worden war, sondern in den Tiefen des Archivs der Staatsanwaltschaft verschwand.

»Wir haben da wirklich tief graben müssen«, erklärte Cheng, »und auch nur einen kurzen Blick darauf werfen können.«

In diesem Schreiben habe eine namenlose Gruppe erklärt – die scheinbar ohne politisches Motiv, sondern aus rein finanziellem Kalkül handelte –, diesen Anschlag auf die Reichsbrücke mehrfach angekündigt zu haben. Man sei bereit gewesen, gegen Zahlung einer bestimmten *großzügigen Summe* das Vorhaben auszusetzen, habe aber keinerlei Zusagen des österreichischen Staates erhalten und dies letztlich durch die Sprengung bestraft. Sehr in der Hoffnung, bei ähnlich gearteten »Projekten« in der Zukunft auf mehr Interesse und Entgegenkommen zu stoßen.

»Ich würde mal sagen«, meinte Cheng, »man hat die ersten beiden Ankündigungen dieser ominösen Gruppe wirklich nicht ernst genommen. Einen Scherz vermutet, einen Streich.«

Vielleicht aber gehofft, so Cheng, diese Leute, die sich nicht einmal einen Namen gegeben hatten – was man als Faulheit auslegen, vielleicht aber auch das Gegenteil annehmen könne –, diese Leute würden sich schon beruhigen, wenn man sie ignoriert.

»Nur, dass sie sich nicht beruhigt haben«, sagte Cheng, »und zum Beweis ihrer Ernsthaftigkeit die Reichsbrücke eben doch in die Luft jagten.«

Trotz dieser Nachricht verspürte Leo eine große Gleichgültigkeit, auch so, als würde er nur die Hälfte von dem verstehen, was ihm Cheng da berichtete. Und während er noch zuhörte, drückte er unaufhörlich Erde gegen die eingesetzten Blumen, deren Namen irgendwo in seinem Kopf begraben waren.

»Man könnte sich vorstellen«, meinte Cheng, »wenn an dieser Sache etwas dran ist – und der Film, den Sie gedreht haben, zeigt ja, wie sehr da etwas dran ist –, dass nach dem Einsturz der Reichsbrücke derartige Warnungen etwas ernster genommen wurden. Wer weiß, welchen Abmachungen wir es verdanken, dass so manches prachtvolle Gebäude in dieser Stadt noch steht.«

»Ja, wer weiß«, meinte Leo wie abwesend.

»Wir werden natürlich weiterforschen«, versprach Cheng, »weil das ja noch immer nicht Ihre Rolle in der ganzen Geschichte erklärt, nicht wahr?«

Dabei war Cheng an Leo vorbei näher an das Grab getreten, blickte nun auf die Bronze auf dem Grabstein und meinte: »Sagen Sie, ist das nicht …?«

Erstaunlicherweise holte diese angedeutete Frage Leo sehr viel stärker aus seiner Schläfrigkeit als die Enthüllung über ein Bekennerschreiben aus dem Jahre 1976.

»Richtig, ein Brancusi«, sagte Leo, und ein Lächeln glitt über sein Gesicht. Als wollte er sagen, dass man die Namen von Blumen ruhig vergessen dürfe, aber nicht die eines heroischen Meisters der Moderne.

»Eine wirklich schöne Kopie«, meinte Cheng.

»Denken Sie also.« Noch einmal lächelte Leo. Hintergründig.

Und Cheng bemerkte diesen Hintergrund. Keine Frage, er musste in diesem Augenblick daran denken, wie oft Besucher in seinem ehemaligen Büro das Gemälde eines alten Meisters an der Wand als eine besonders schöne Kopie gelobt hatten. Und wie er die meisten Leute in ihrem Glauben gelassen hatte, dabei eine wohltuende, kleine Freude empfindend, alleine mit der Wahrheit zu sein (auch wenn diese Wahrheit doch ein wenig anders war als gedacht).

Cheng betrachtete noch eine Weile die Spiegelung der Bäume und des Himmels auf der Fläche der schlafenden oder schlummernden oder vielleicht auch träumenden Muse, kündigte einen baldigen Besuch Frau Wolfs an und erklärte schließlich, noch bei seinen Eltern vorbeischauen zu wollen. Er verabschiedete sich von Leo.

»Grüßen Sie Ihre Eltern«, meinte der und bohrte seinen Finger in die weiche Erde.

An den Abenden saßen Leo und Anna des Öfteren in dem mit einer Chaiselongue ausgestatteten gemütlichen Abstellraum und sahen sich in dem für heutige Verhältnisse erstaunlich kleinen Fernseher die Nachrichten an. So erfuhr Leo von den Entwicklungen des Landes und der Welt, auch wenn er manches wie im Traum aufnahm, all die Lockerungen, die nach und nach in Europa erfolgten, während der amerikanische Kontinent Rekordzahlen bei Infizierten und Toten meldete, vor allem in den USA und Brasilien, wo Mickey-Mouse-Präsidenten regierten (der Sieg von Populisten überall auf der Welt war eigentlich weniger ein Triumph der Rechten als ein Triumph des Comicstrip).

Aber so spannend oder erschreckend die Nachrichten auch sein mochten, selbst bei ihnen drohte Leo ständig einzuschlafen, und es war allein Annas Kommentaren zu verdanken, wenn Leo wieder hochkam. Doch richtig wach war er eigentlich nur während der Wetternachrichten, so wenig er Bergwanderungen oder ähnlich Extremes im Sinn hatte. Aber immerhin – geradezu als Verneigung vor der bürgerlichen Konvention – arbeitete er ein wenig im Garten, jätete Unkraut, schnitt Hecken zu, errichtete im Halbschlaf und in Zeitlupe eine Pergola und wollte darum wissen, welches Wetter ihn am nächsten Tag erwarten würde.

Und er versuchte zu lesen, aber das Gelesene zerrann in seinem Gedächtnis, wenn es nicht ohnehin so war, dass er am Ende einer gelesenen Seite nicht hätte sagen können, *was* er da überhaupt gelesen hatte.

Eingedenk der Ereignisse unter dem Yppenplatz und weil der Zufall es so wollte, fiel sein Blick auf einen der dekorativ über Annas Wohnung verteilten Bücherstapel und im Zuge dessen auf einen kleinen gelb-weißen Manesse-Band mit Thomas Manns *Meistererzählungen*, in dem sich auch die Novelle *Der Tod in Venedig* befand. Die Geschichte um den alternden Schriftsteller Aschenbach, der sich in den Anblick eines schönen Jünglings verliebt und die Dummheit begeht, dieses Anblicks wegen in der von der Cholera heimgesuchten Lagunenstadt zu bleiben.

Leo konnte sich nicht erklären, was dieser zwar erfolgreiche, aber in seiner trottelhaften Verliebtheit sich selbst erniedrigende Schriftsteller mit jener Frau zu tun haben sollte, der er in einem tapezierten Schutzraum einen Koffer voll Milk übergeben hatte. Und die das Gegenteil einer sich selbst entwürdigenden Haltung verkörperte. Außer, dass sie eben den gleichen mondänen Namen trug.

Dennoch las Leo in seinen wachen Stunden – oft im Garten sitzend, wenn nicht gerade Anna im geöffneten Oval in die Zukunft schaute – in dem zerfledderten Büchlein, auf dessen Umschlagfoto Thomas Mann mit leicht geneigtem, märchenonkelartigem Blick so aussieht, als würde er praktisch um die Ecke des eigenen Buchs sehen.

Leo verlor sich in den Sätzen und Gedanken dieser Erzählung, denn vieles besaß bei aller Schönheit – und geradezu als Resultat der Schönheit – die Wirkung einer Schlaftablette, genau das, was er im Moment eigentlich nicht gebrauchen konnte. Allerdings gab es auch Stellen, die ließen ihn derart aufschrecken, dass er für einen Moment hellwach wurde. Als sei er in ein winterliches Gewässer geraten, einen Eisbach. Etwa in jener Szene, in der Aschenbach die Abreise der früher und besser über die Epidemie informierten österreichischen und deutschen Urlauber feststellt, während die Gäste anderer Nationen noch wenig beunruhigt scheinen. In der Folge ist allen Ernstes von der Genugtuung die Rede, mit der sich Aschenbachs Herz ob des Abenteuers füllt, in welches die Außenwelt soeben gerät. »Denn der Leidenschaft ist, wie dem Verbrechen, die gesicherte Ordnung und Wohlfahrt des Alltags nicht gemäß, und jede Lockerung des bürgerlichen Gefüges, jede Verwirrung und Heimsuchung der Welt muss ihr willkommen sein, weil sie ihren Vorteil dabei zu finden unbestimmt hoffen kann.«

Das hatte wirklich etwas für sich, dieses Bedürfnis, das Leidenschaft und Verbrechen sich teilen. Das Bedürfnis nach einer Welt, in der sich die Unordnung durchsetzt.

Genau mittels dieses Gedankens zeigte sich nun doch eine Parallele zwischen dem Aschenbach in Venedig und jener Frau Aschenbach in Wien, deren Antrieb es ja gewesen war, eine mögliche, nicht zuletzt moralische Ordnung zu verhindern, die mit den »höheren Wesen« einer KI in der Welt hätte Einzug finden können. Frau Aschenbachs Macht, das Potenzial ihrer kriminellen Aktivitäten, basierte auf der Unordnung der Welt. Einer Unordnung, die sie zu bewahren gedachte.

So war es auch ganz richtig, wenn gleich im nächsten Satz von

Thomas Manns Novelle der rettungslos verliebte Großschriftsteller eine »dunkle Zufriedenheit« darüber empfindet, wie hier das schlimme Geheimnis der Stadt, die Cholera, mit seinem eigensten Geheimnis, der Liebe zu diesem Knaben, verschmilzt. Sosehr Leo die Bewunderung für diesen Knaben als lachhaft übertrieben empfand. Wie da Aschenbach und damit auch Thomas Mann in einen halbwegs gerade gebauten jungen Mann, der halt ein paar lockige Haare besitzt, die Gestalt eines überlegenen Halbgottes hineindichten.

Doch gerade diese Übertreibungen waren es schließlich, die Leo bloß wie halb gelesen wahrnahm. Oder anders gesagt, als stünden auch sie im Nebel seiner impressionistischen Krankheit.

So vergingen eineinhalb Monate mit viel Schlaf, aber nicht *wie im Schlaf*, denn Leos Zustand war anstrengend und beängstigend, und der viele Schlaf brachte auch viele Träume mit sich, von denen nur wenige mit einer FSK 12 oder gar FSK 6 Bewertung durchgegangen wären. Träume, in denen des Öfteren die alte Wiener Reichsbrücke den Hintergrund bildete, dabei aber dennoch an ein Haus mit Stelzen erinnerte, gleichwohl die Reichsbrücke blieb. Träume, in denen auch immer wieder Veit Schindler auftauchte, und zwar als der Erbauer der Reichsbrücke, der er ja nicht war, im Traum aber schon.

Die Frage ist, ob Träume Vergangenes und Unaufgearbeitetes aufarbeiten, oder ob sie nicht eher auch zu denen gehören, die in die Zukunft schauen können.

Nach diesen eineinhalb Monaten bedrängender und quälender Müdigkeit – natürlich fiel der Diagnosebegriff *Fatigue*, aber ohne dass eine Grunderkrankung benannt wurde – gesundete Leo mit einer ähnlichen Plötzlichkeit, mit der er schon mal aus einem Koma erwacht war.

Es war freilich nicht so, dass er einfach aus dem Bett aufstand und nach Kaffee oder Sex oder einer Prophezeiung verlangte, aber als er nach vielen Stunden wild verträumten Schlafs sich erhob und hinaus in den späten Juni trat und eine Weile mit bloßen Füßen im Gras gestanden hatte, merkte er, dass etwas fehlte. Eben das Gefühl von Krankheit, das Gefühl von Unordnung. Er konnte nicht sagen, dass er sich vollkommen gesund fühlte, wer kann das schon? Aber es war ein Zustand zwischen dem Gesundsein und dem Kranksein, eine Hoffnung. Eine Hoffnung auf Gesundheit, genährt durch die Abwesenheit von Krankheit. Ein optimistisches Wanken.

Und damit kehrte er auch zu einigen Gewohnheiten zurück, etwa zu seinen Qigong-Übungen, mit denen er vollkommen ausgesetzt hatte. Allerdings tauchte nichts und niemand mehr in dem V seiner Finger auf, seine Schwester nicht, der ominöse magritteartige Mann nicht, auch nicht seine Erinnerung an den Elefanten Salty Dog und auch nichts Neues, etwa ein Bild jenes schwangeren weißen Hais, der eigentlich ebenfalls einen eigenen Namen verdient hätte.

Zudem begann Leo wieder, das Ritual von nicht mehr und nicht weniger als drei Zigaretten zu drei Tageszeiten zu praktizieren, denn in den Wochen seiner totalen Müdigkeit war ihm auch dies verleidet gewesen.

Was aber vor allem zurückkehrte, war sein Bedürfnis, die verbliebenen Unklarheiten zu klären, die Frage nach dem Mörder seiner Schwester, sowie die Frage, wieso er an einem 1. August 1976 den Einsturz der Reichsbrücke gefilmt hatte und in der Folge ein zehnjähriges Mädchen aus der Donau hatte retten können. Ein Mädchen, das er anschließend zu deren elterlicher Wohnung brachte, um in der Folge davonzufahren und für vierundvierzig Jahre aus dieser Stadt zu verschwinden.

Es war nicht so, dass sich Frau Wolf in den vergangenen Wochen nicht gemeldet hätte, aber ein sinnvolles Gespräch mit Leo zu führen, war schwer möglich gewesen, da zur Müdigkeit eine große Gleichgültigkeit gekommen war. Genau die Sache, von der Chefinspektor Rosig ahnte und fürchtete, dass sie ihn demnächst ereilen und mehr Schaden anrichten würde als bloße Vergesslichkeit.

Doch bei Leo war diese Gleichgültigkeit mit der Plötzlichkeit einer Grippe gekommen und mit der Plötzlichkeit seiner Genesung wieder verschwunden.

»Frau Wolf!«, meldete er sich am Telefon.

Allein in welch frischem Ton er ihren Namen nannte, brachte sie dazu, festzustellen: »Ach, Herr Prager, sind Sie also aufgestanden.«

»Ja.«

»Hat Ihre neue Partnerin Sie wach geküsst?«

»So wird es sein«, sagte Leo, auch wenn er hätte erwähnen müssen, dass Anna ihn nicht erst gestern oder vorgestern geküsst hatte, sondern die ganzen eineinhalb Monate zärtlich und liebevoll gewesen war. Mit der Geduld einer Frau, die wusste, dass sein Zustand sich schon wieder bessern würde. Und die nicht etwa den Fehler begangen hatte, sich auf dem Hietzinger Friedhof einen Dauerschläfer angelacht zu haben.

Frau Wolf konnte Leo berichten, ein weiteres kleines Puzzlestück in der Reichsbrückengeschichte entdeckt zu haben, und fragte: »Treffen wir uns?«

»Ja, ich wollte Sie ohnehin bitten, mich zu begleiten.«

»Wohin?«

»Ich möchte mir ein Haus auf Stelzen ansehen?«

»Um es zu kaufen?«

»Möglicherweise würde die Million«, sagte Leo, »die mir geblieben ist, gar nicht ausreichen. Immobilien sind ja aus unerfindlichen Gründen so teuer, als sei unter jeder abgewetzten Fußmatte ein Pharaonenschatz verborgen.«

»Schön«, sagte Frau Wolf, »dass Sie nicht nur aufgewacht sind, sondern auch Ihren Humor wiedergefunden haben.«

»Jedenfalls will ich das Haus nicht kaufen«, sagte er. »Sondern es mir nur ansehen. Es gehört Veit Schindler. Von ihm selbst geplant. Gleich hinter Klosterneuburg.«

»Schindler. Der Freund von diesem Ihrig, nicht wahr? Ach ja, sehr gut.«

»Und möglicherweise der Quartiergeber von Henry Bhat. Bhat, der immerhin verschwunden zu sein scheint.«

»Nicht mehr«, sagte Frau Wolf, »Bhat ist wieder in Cambridge aufgetaucht und will rein gar nichts wissen von etwas, das Milk heißt.«

Frau Wolf hatte sich nach den Ereignissen unter dem Yppenplatz mit der Polizistin Bregenzer zu einem vertraulichen Gespräch getroffen. Denn auch wenn das nicht Frau Wolfs Fall war, ihr Kunde Leo Prager war es eben doch. Und somit alles von Bedeutung, was ihn betraf. Dies entsprach schließlich auch ihrem sehr gut honorierten Versprechen, das *ganze* Bild im Auge zu behalten.

Und darum also konnte sie wissen, dass Bhat – zurückgekehrt in sein Darwin College – behauptete, nicht die geringste Ahnung von dem zu haben, was sich da in Wien abgespielt hatte. Er leugnete nicht seinen Kontakt zu Ihrig, erklärte aber, noch nie von einer neuartigen Heroinvariante mit geradezu »übersinnlichen« Fähigkeiten im Bereich der Bioelektronik gehört zu haben. Er halte Derartiges für eine abstruse Idee. »An Austrian grotesque.«

»Der Mann ist selbst grotesk«, sagte Frau Wolf, »aber er stellt sich nun mal dumm, und daran ist nichts zu ändern. Ohnehin ist England jetzt ein ferner Kontinent.«

Und dann fragte sie Leo: »Was erhoffen Sie sich davon, sich dieses Haus anzusehen?«

»Es gab da einen Hinweis meiner Schwester.«

»Ihrer Schwester?«

»Ja, das ist jetzt schwer zu erklären, ohne wie ein Spiritist dazustehen. Und es geht auch gar nicht um das Haus an sich, sondern um den Architekten, um Schindler. Ich glaube … ich glaube, er könnte etwas mit dem Tod meiner Schwester zu tun haben.«

Leo rang sich dazu durch, Frau Wolf zu erzählen, was, während er einen imaginären Bogen gespannt hatte, in der pantomimisch dargestellten Zieleinrichtung zweier Finger zu erkennen gewesen war. Und wie sich aus dem stenografischen Schriftzug der Name jenes Architekten hatte herauslesen lassen.

»Jetzt lachen Sie mich aus, nicht wahr?«, meinte Leo.

»Vor Gericht werden Sie damit keine Chance haben. Doch es ist im wahrsten Sinne ein Fingerzeig, und als solchen sollten wir ihn auch betrachten. – Sie wollen also mit dem Haus anfangen.«

»Man könnte es ja auch einen Ausflug nennen«, sagte Leo.

»Sie sind der Kunde«, stellte Frau Wolf einfach fest.

»Haben Sie einen Wagen?«, fragte Leo. »Können Sie mich morgen abholen?«

»Übermorgen«, sagte Frau Wolf, »ich möchte vorher noch etwas überprüfen.«

»Gut, übermorgen.«

»Ich hoffe nur«, fügte Frau Wolf an, »dass mein kleines Auto Sie nicht verrückt macht.«

»Na, solange man bei Ihrem Wagen die Fenster öffnen kann.«

»Ja, aber mit Kurbel. Es ist ein altes Modell.«

»Ich liebe Kurbeln, Frau Wolf«, erklärte Leo aus einem Grund, der ihm selbst nicht wirklich klar war. Vielleicht auch nur, weil es ihm gefiel, so etwas zu sagen.

Dann sei es ja gut, meinte Frau Wolf und wollte noch die Uhrzeit wissen.

»Wäre 15 Uhr in Ordnung?«

»Absolut«, antwortete Frau Wolf. Und indem sie dieses eine Wort wählte, fühlte sich Leo an Tina Wessely erinnert. Auch, weil Frau Wolf es ähnlich floral aussprach, als würde sie *absolon* sagen und damit so etwas wie die Erteilung einer Absolution meinen.

»Und wo kann ich Sie da übermorgen abholen?«, fragte Frau Wolf.

Leo nannte ihr die Adresse in der Seuttergasse.

»Schöne Gegend«, kommentierte Frau Wolf.

»Immer noch der dreizehnte Bezirk«, erwiderte Leo mit einem Seufzen, das den Schlusspunkt unter dieses Gespräch setzte.

Nicht, dass Anna heimlich gehorcht hatte, das wäre bei einer Wahrsagerin wahrlich ein schlechter Witz gewesen. Aber sie war am Ende des Gesprächs, als es um Kurbeln ging, gerade um die Ecke gekommen und fragte jetzt: »Was hast du mit dieser Frau Wolf?«

»Sie ist meine Detektivin«, antwortete Leo, fand aber selbst, dass das eine komische Antwort war, von *seiner* Detektivin zu sprechen.

Doch zu spät.

»Sie ist die Frau«, sagte er, »die mich zum Rauchen gebracht hat. Und ehrlich, ich glaube, sie ist auch die Frau, die mich auf dich vorbereitet hat.«

»Weil sie und ich etwa gleich alt sind?«

»Weil ihr etwa gleich schön seid. Nur, dass *sie* bei mir nicht dasselbe ausgelöst hat wie *du* bei mir.«

»Na, das will ich doch hoffen«, sagte Anna und lächelte auf eine Weise, von der sich Leo ebenfalls eine Brancusi-Skulptur gewünscht hätte: *Das Lächeln der Wahrsagerin*.

Er wollte später nachsehen, wie das auf Französisch hieß. Sicher berauschend.

Jetzt aber erklärte er Anna, wieso Frau Wolf ihn am nächsten Tag abholen sollte und wohin die Reise gehen würde. Und wieso er überhaupt auf die Idee gekommen war, sich für Veit Schindler zu interessieren, eben nicht nur, weil dieser ein Freund Ihrigs war. Ihrig, dem man übrigens rein gar nichts nachweisen konnte in Bezug auf Aschenbach und in Bezug auf eine angeblich existierende Substanz namens Milk. So wie man auch Herrn Gebler nichts nachweisen konnte, welcher schließlich der Besitzer der Wohnung seiner verstorbenen Mutter war und dort Löcher in die Wand bohren und schlagen konnte, so viel er wollte, wenn er dabei nicht die Statik des Gebäudes gefährdete. Das Versteck hinter der Bücherwand und damit im Mauerwerk zwischen den beiden Wohnungen stammte noch von seinen Großeltern, die einst in beiden Wohnungen gelebt hatten.

Leo beschrieb Anna, wie ihm im Zuge einer Qigong-Übung, *Den Bogen spannen und auf einen großen Vogel zielen*, die Gestalt Evas erschienen war.

»Das war der Grund«, sagte er, »warum ich das Lippenlesen lernen wollte. Aber Eva ist dann doch auf ihre Lieblingstätigkeit, die Stenografie, ausgewichen und hat ein paar Zeichen in die Luft geschrieben. Zeichen, die den Namen Schindler ergeben haben. Und ich kenne nur einen Schindler, der infrage kommt. – Dir kann ich so was doch erzählen, oder?«

»Schon. Aber der Hinweis auf den Namen Schindler muss ja nicht unbedingt bedeuten, dass damit Evas Mörder gemeint ist.«

»Trotzdem! Ich will mir dieses Haus anschauen, das der Schindler für sich gebaut hat, auch weil das irgendwie am Anfang dieser Geschichte stand. *Haus Arche.* Wenn ein Haus schon so heißt.«

»Und dafür brauchst du die Frau Wolf? Hinfahren könnte ich dich genauso gut.«

»Ich will dich da raushalten«, meinte Leo, »dafür bezahle ich die Wolf schließlich. Außerdem scheint sie etwas Neues erfahren zu haben, was meine Rolle beim Einsturz der Reichsbrücke betrifft.«

»Rolle ist ein großes Wort«, sagte Anna.

»Na, ich hoffe«, antwortete er, »es stellt sich als kleine Rolle heraus. Was auch immer es ist, das ich mir nicht eingestehen mag.«

In der Tat war Leo fortgesetzt erstaunt darüber, wie sehr ein Mensch – und dieser Mensch war halt er selbst – imstande war, etwas Geschehenes zu verdrängen. Und wie sehr diese Verdrängung noch immer funktionierte. Wie schwer sich die Wahrheit tat, Stück für Stück, Beweis für Beweis, zu ihm durchzudringen. Obwohl er selbst doch bereit war, sie zu empfangen. Mit offenen Armen, aber anscheinend mit nicht ganz so offenem Hirn.

»Das ist kein kleiner Wagen«, stellte Leo fest, als er zur vereinbarten Zeit hinaus auf die Seuttergasse trat, dorthin, wo Frau Wolf in einem grünen, weiß gepunkteten Sommerkleid neben einer bulligen schwarzen Audi-Limousine stand, im Gesicht eine Sonnenbrille, die aussah, als könnte man damit bis nach Hollywood schauen.

Und dann ergänzte Leo: »Und ganz sicher kann man bei dem Wagen die Fenster nicht herunterkurbeln.«

»Tut mir leid«, sagte Frau Wolf, »aber ich habe es mir anders überlegt.«

Denn obgleich die Maskenpflicht in den meisten Bereichen weggefallen sei, bestehe noch immer das allgemeine Gebot der räumlichen Distanz, womit ein Mindestabstand von einem Meter gemeint sei.

»Und der ist nun mal«, sagte Frau Wolf, »in meinem guten alten Autobianchi schwer einzuhalten.«

»Schade«, sagte Leo, »den Wagen hätte ich gerne gesehen. Autobianchi! Das waren die Autos in meiner Kindheit, mit denen man beim Quartett nie eine Chance hatte.«

Frau Wolf nickte. »Steigen Sie ein.«

»Der Wagen Ihres Mannes?«, fragte Leo.

Sie ignorierte die Frage nach einem Herrn Wolf und wollte von

Leo wissen, wohin genau sie diese in der Tat ungemein geräumige, aber auch ein wenig charakterlose Audi-Limousine steuern sollte.

Leo nannte eine Adresse im Ort Kritzendorf, nahe dem Donauufer und nahe jenes Freiluftbads aus den 1920er-Jahren, dessen Eingangsbereich Schindler beim Entwerfen seines *Haus Arche* zitiert hatte.

Frau Wolf startete den schweren Wagen. Dabei sagte sie zu Leo, es sei schon komisch, dass man das Gewicht dieser Limousine, über zweitausend Kilo, so gar nicht empfinde, während sie von den knapp siebenhundert Kilo ihres Autobianchi jedes Gramm zu spüren meine.

Es wurde eine Fahrt durchs Grüne, über die Amundsenstraße und die berühmte Höhenstraße. Bei Obersievering verließen sie die Stadt Wien, fuhren hinaus beziehungsweise hinein nach Niederösterreich, was an dieser Stelle so wenig Unterschied machte, als würde ein Schwimmer in ein und demselben Becken die Bahn wechseln. Dann ging es hinüber nach Weidling, und von dort fiel man praktisch im Rücken Klosterneuburgs ein.

Es war etwa in der Mitte dieser Strecke – also dort, wo ein hypothetischer Schwimmer die Bahn wechselte, möglicherweise aber auch den Schwimmerbereich verließ und in den Nichtschwimmerbereich geriet –, dass Frau Wolf Leo die Frage stellte, ob ihm der Name Casparius bekannt vorkomme.

»Sollte er das?«

»Sie sollten ihn zumindest aus Ihrer Jugendzeit kennen.«

»Wieso?«

»Er war ein Geschäftspartner Ihres Vaters, der auch immer wieder mal zu Besuch in der Villa war, in der Sie aufgewachsen sind. Casparius war der Mann, der Ihren Vater mit den rumänischen Geschäftsleuten zusammengebracht hat. Damals, noch zu Ceaușescus Zeiten, als solche Kontakte in den Ostblock nicht ganz einfach waren. Casparius hatte beste Verbindungen in all diese Länder – und sicher nicht, weil er Kommunist war. Er war wohl eher das Gegenteil eines Kommunisten, aber ein Geschäftsmann, der gerne in alle Richtungen dachte. – Klingelt es bei Ihnen?«

»Ich weiß nicht«, sagte Leo, der hinaus auf den Wienerwald sah und dabei verbissen an die Zeit dachte, in der er sich als Kind und Jugendlicher durch die vielen Räume der Villa bewegt hatte und dabei auch immer wieder Menschen begegnet war, von denen er nicht hätte sagen können, ob sie die Freunde oder Geschäftspartner seines Vaters waren. Wenn es denn so etwas wie Freunde überhaupt gegeben hatte. Nie sah er jemanden, der salopp wirkte, das Höchste an Saloppheit war, wenn an besonders heißen Tagen die Männer sich ihrer Jacketts entledigten und ihre stets langärmeligen, taillierten Hemden um eine Manschettenlänge hochschlugen, sodass ihre breiten Rolexuhren im Sonnenlicht wie verzauberte Prinzen funkelten. Prinzen, die eigentlich lieber Frösche geworden wären, nun aber das Leben goldener Uhren führen mussten.

Doch niemals lockerten diese Männer ihre breiten, farbkräftigen Krawatten oder öffneten gar den obersten Hemdknopf. Das taten nur Kriminalpolizisten im Fernsehen.

»Casparius? Ich weiß nicht«, wiederholte Leo.

»Vielleicht sein Gesicht«, meinte Frau Wolf und sagte zu Leo, er solle das Handschuhfach öffnen und das gelbe Kuvert herausholen.

Was Leo tat, wobei er allerdings neben dem Kuvert auch eine Waffe erblickte.

»Sie haben eine Pistole?«

»Fragen Sie mich, ob ich einen Waffenschein besitze?«

»Das nicht. Ich kann mir nur einfach nicht vorstellen, dass Sie so was benutzen.«

»In einem Punkt haben Sie recht«, meinte Frau Wolf, »es gibt kaum Waffen, die gut aussehen und mit denen man sich auch ästhetisch wohlfühlen würde. Nur so lächerlich kleine Dinger für die Damenhandtasche, die eher an Zigarettenanzünder und damit an eine Burleske erinnern.«

»Hat das Ziehen einer Waffe nicht immer etwas von einer Burleske?«, fragte Leo.

»Optisch gesehen sicher. Aber der Tod, den die Waffe verursachen kann, verleiht der Burleske dann doch eine schreckliche Realität.

Aber keine Angst, ich kam noch nie in die Verlegenheit, diese Pistole zu verwenden.«

(Was Frau Wolf freilich nicht sagte, war, dass sie schon einmal eine andere Waffe abgefeuert hatte, und zwar auf ihren Ex-Mann, den sie glücklicherweise verfehlt hatte, wenn auch nicht absichtlich. Letztlich war sie mit dem berechtigten Argument der Notwehr straffrei aus der Geschichte herausgekommen. Doch das war lange her, lange bevor sie Chengs Sekretärin wurde und schließlich mit ihrem Chef die Positionen tauschte. Sodass nur der echte Correggio an der Bürowand, bei dem es sich in Wirklichkeit um einen echten Parmigianino handelte, in der alten Stellung verblieben war.)

Leo löste seinen Blick von der Waffe, griff nach dem gelben Umschlag und zog ihn heraus. Und aus dem Kuvert ein Foto.

Es war ein Farbfoto, für Leo freilich ein Schwarz-Weiß-Foto (übrigens hatte er diesen Umstand niemandem gegenüber erwähnt, nicht einmal Anna, sondern sprach allein von seiner Makuladegeneration und seiner impressionistischen Krankheit, wobei das Wort Impressionismus ja nicht gerade das Fehlen von Farbe suggerierte).

Doch bei einem Foto störte die Verwandlung ins Schwarz-Weiße nun wirklich nicht, eher wurden die meisten Fotografien dadurch besser. Nobler, akzentuierter, atmosphärischer.

Auf diesem hier waren zwei Männer zu sehen, die eng beieinander standen. Beide mit Anzug, Weste und Krawatte, in die Kamera lächelnd. Der eine davon war Leos Vater. Das Bild dürfte etwa Mitte der 1970er-Jahre entstanden sein, als Leos Vater die Mitte seiner eigenen 50er-Jahre erreicht hatte. Der andere Mann … nun, es musste sich um Casparius handeln.

Was war das überhaupt für ein Name? Caspar mit Nachsilbe?

Aber es war schon richtig, er kannte dieses Gesicht. Indem er es betrachtete, stiegen Luftblasen der Erinnerung auf.

»Woher haben Sie das?«, fragte Leo.

»Von der Witwe Casparius, einer Dame, die auf die neunzig zugeht. Eine von diesen rüstigen alten Personen, die jeden Tag schwimmen gehen und jeden Tag ein Glas Wein trinken und dabei die Namen der aktuellen Regierungsmitglieder aufsagen können. Und zwar mit Verachtung. Könnten Sie das?«

»Mit Verachtung schon«, sagte Leo. »Aber nicht auswendig.«

»Ihr Mann jedenfalls«, fuhr Frau Wolf fort, »starb vor gut zwanzig Jahren. Ich habe seinen Namen von diesem ehemaligen Journalisten, der über den Reichsbrückeneinsturz recherchiert hat. Offensichtlich war Casparius in dieser Zeit als Vermittler eines neuartigen Sprengmaterials tätig und in diverse Waffengeschäfte verwickelt. Mit besten Kontakten in die benachbarten Ostblockländer und – wie es hieß – besten Kontakten in das österreichische Bundesministerium für Landesverteidigung.«

»Lütgendorfs Zeit«, sagte Leo und meinte damit den damaligen Verteidigungsminister, den markigen General Karl Lütgendorf, der wegen des Verdachts, an illegalen Waffengeschäften beteiligt zu sein, 1977 von seinem Posten zurücktreten musste und sich 1981 – zuletzt im Aufsichtsrat bei Steyr-Daimler-Puch und damit innig dem Panzergeschäft verbunden – nach offizieller Darstellung durch einen Schuss in den Kopf das Leben nahm. Eine Version, die kaum jemand so recht glauben mochte, nachdem vier Tage zuvor ein Mann ermordet worden war, mit dem Lütgendorf in enger Beziehung gestanden hatte: Anwar el-Sadat.

Mit diesem und anderen Leuten, den Rumänen, den Bulgaren, vor allem aber auch mit Arnold Prager, Leos Vater, war Casparius geschäftlich verbunden gewesen.

»Mein Vater hatte nie etwas mit Waffen zu tun«, erklärte Leo, als hätte er da sicher sein können.

»Ich denke«, sagte Frau Wolf, »dieser Casparius hat so gut wie alles vermittelt, was sich in diesen Jahren zu Geld machen ließ. Er dürfte zwischen einer Ladung Plutonium und einem Van Gogh keinen großen Unterschied gemacht haben.«

»Oder einem Brancusi.«

»Stimmt. Herr Cheng hat mir davon erzählt, dass auf dem Grabstein Ihrer Familie ein Brancusi steht. Oder etwas in der Art eines Brancusi.«

»Ja, so sicher ist das nicht«, sagte Leo und versank. Er versank in diesem Moment – in diesem Audi wie in einem Walfisch sitzend, neben dieser Detektivin, am Wienerwald vorbeifahrend – in der Vergangenheit. Und begann sich zu erinnern. Wie das jetzt so oft geschah. Als öffne sich ein Kalendertürchen in seinem Kopf.

Er erinnerte sich an diesen Mann, diesen Geschäftsfreund seines Vaters, den er wohl das erste Mal gesehen hatte, als er sechzehn gewesen war und noch in der elterlichen Villa gelebt hatte. Ein jovialer Mann mit einer behaupteten 68er-Vergangenheit, die ja nur wenige Jahre zurücklag und die er – so hatte er das selbst genannt – wie bei einer Häutung abgelegt hatte. Was er als einen natürlichen Prozess ansah, dass nämlich Menschen Häutungen und Metamorphosen durchmachten.

»Wie bei einer Gespensterschrecke?«, hatte der junge Leo provokant gefragt (das Thema war wohl soeben in Biologie, die damals noch Naturgeschichte hieß, durchgenommen worden).

»Eher wie bei einer Spinne«, hatte Casparius geantwortet und Leo in einer Weise angelächelt, als könnte er ihn durch dieses Lächeln mit einer kleinen Krankheit infizieren.

Leo war diesem Mann in den folgenden beiden Jahren einige Male begegnet, auch nach seinem Auszug aus der Villa, zuletzt bei einer Geburtstagsfeier seiner Mutter, die zu Beginn des Sommers 1976 im Garten der Villa Prager stattfand.

Leo war mit seiner Super-8-Kamera gekommen und darum bemüht gewesen, in unauffälliger Weise – seine Mutter hasste jegliches Fotografieren oder Filmen – die große Gesellschaft *einzufangen*.

Ahnungslos, dass er selbst es sein würde, der eingefangen wurde.

Jemand griff von hinten auf seine Schulter. Ein Griff so weich und hart, wie wenn Schaum und Stein sich verloben. Leo wandte sich um. Da stand Casparius. Sofort wieder sein gefährliches Lächeln einsetzend.

»Willst du mal etwas filmen«, fragte der Geschäftsfreund seines Vaters, »das wirklich von Bedeutung ist?«

»Ich weiß nicht«, meinte Leo und behauptete, in erster Linie daran interessiert zu sein, das normale Leben abzubilden.

»Red keinen Unsinn«, meinte Casparius, »meinst du denn, das

sei das normale Leben hier? Leute, die mit einem Glas Champagner in der Hand das Gras niedertreten, das deine Mutter so innig pflegt.«

»Ja, das stimmt, sie leidet«, meinte Leo.

»Hör zu, mein Junge«, sagte Casparius, »ich hätte einen Auftrag für dich. Den Auftrag, einen Film zu drehen.«

»Ich mache keine Pornos«, erklärte Leo frech.

»In der einen oder anderen Weise macht jeder Pornos, der eine Kamera in der Hand hält«, erwiderte Casparius kalt, »aber egal, darum geht es nicht. Ich will, dass du an einem bestimmten Tag zu einer bestimmten Uhrzeit eine bestimmte Brücke filmst.«

»Und das soll dann … wie haben Sie gesagt, wirklich von Bedeutung sein?«

»Ich könnte dir jetzt eine Stange Geld anbieten«, meinte Casparius, »um die Bedeutung hervorzukehren. Aber ich weiß nicht, ob du von einem Kapitalisten wie mir Geld annehmen möchtest.«

Doch Leo entgegnete, dass *kein* Geld zu nehmen, auch keine Lösung sei. Weil dann schließlich der Grund wegfalle, so etwas überhaupt zu tun.

»Dein Vater«, erklärte Casparius, »sagte mir, du bist ein Linker.«

»Für meinen Vater«, sagte Leo, »ist jeder ein Linker, der weiterhin eine Brille trägt, anstatt sich Kontaktlinsen anzuschaffen.«

(Hatte er das wirklich gesagt, 1976, als taugliche weiche Kontaktlinsen eben erst auf den Markt gekommen waren?)

Was er aber ganz sicher sagte, das war: »Wieso sollte ich eine Brücke filmen, nur um Ihnen einen Gefallen zu tun?«

»Gut. Ich kann dir das gerne bezahlen. Das ist ohnehin die vernünftigere Lösung.«

»Weil ich Ihnen dann verpflichtet bin.«

»Verpflichtet warst du mir in dem Moment, als du begonnen hast, mir zuzuhören, anstatt weiterzugehen und Menschen mit Sektgläsern zu filmen.«

Leo hätte jetzt den Kopf schütteln können, aber er spürte die Kraft und Macht dessen, was Casparius ihm soeben mitgeteilt hatte. Er spürte das eigene Gefangensein. Wie hatte sich Casparius ausgedrückt? Nämlich weniger eine Gespensterschrecke, mehr eine Spinne zu sein. Wie passend.

Dieser *gehäutete* Mann nannte nun einen Schillingbetrag, der Leo tief Luft holen ließ.

»Ich hoffe, das ist in Ordnung«, lächelte Casparius und zündete sich dabei eine Zigarette an.

Leo war bemüht, trotz des genannten Betrags gelassen zu wirken, fragte aber, was denn der Haken an der Geschichte sei. Es gebe doch immer einen Haken.

»Eben, genau weil es immer einen Haken gibt, muss man damit leben«, antwortete Casparius und erklärte, dass Leo, was auch immer er an diesem Tage filmen werde, es hernach an die Presse zu übergeben habe.

»Anonym?«

»Das kannst du halten, wie du willst. Wenn du nicht nur das Geld kassieren, sondern auch ein wenig berühmt werden möchtest, in Ordnung, dann bring dich selbst ins Spiel, aber beharre darauf, zufällig vor Ort gewesen zu sein. Ein junger Mann, der nach einer durchzechten Nacht, irgendeiner Party oder Liebesnacht, auf dem Weg nach Hause ist. Wenn du aber mit dem Geld allein zufrieden bist, dann schick es anonym. Und noch eine Regel, die wichtigste. Du vergisst meinen Namen. Du kriegst das Geld, du bekommst die genaue Zeitangabe und den genauen Ort. Du filmst, du schickst das Gefilmte an die Presse, aber du vergisst meinen Namen.«

Als würde Leo das alles für einen Scherz halten und als zitiere er irgendeinen gesehenen Film, sagte er: »Ich weiß schon nicht mehr, wie Sie heißen.«

»Gut«, sagte Casparius. Diesmal lächelt er nicht. Er bewegte sich zurück in die Geburtstagsgesellschaft. Leo sah noch, wie der Mann, dessen Namen er soeben vergessen hatte, seine Mutter freundschaftlich auf die Wange küsste.

Leo fragte sich, wie er so verrückt hatte sein können, zuzusagen.

Verrückt nach dem Geld? Verrückt danach, etwas Verrücktes zu tun? Oder tatsächlich verrückt nach der Möglichkeit, ein klein wenig berühmt zu werden? Oder doch die Möglichkeit suchend, sich auf etwas einzulassen, das letztlich dazu führen würde, sich das Leben nehmen zu müssen.

Er konnte es nicht sagen. Tatsache war, dass er ins Netz gegangen war.

Daran erinnerte sich Leo jetzt, während er noch immer auf das Foto sah, auf das schmale, um eine aristokratische Note bemühte Gesicht seines Vaters, die gepflegte, sanfte Welle, mit der das dunkle Haar die leicht gerunzelte Stirn begrenzte, die so ungemein glatt rasierten Wangen, das Grübchen am Kinn, den schmalen Hals, der im weißen Hemdkragen wie in einem Korsett verschwand. Richtig, sein Vater hatte es immer abgelehnt, wenn man von seiner Ähnlichkeit zu Roger Moore sprach. Es allerdings auch heimlich genossen, wenn diese Ähnlichkeit festgestellt wurde, die er dann von sich weisen konnte.

Und daneben auf dem Foto Casparius: breiter, grober, verspielter, humoriger. Wie hatte der Partner von Roger Moore in der Serie *Die Zwei* geheißen?

Dieser Mann also hatte ihm ein Angebot gemacht, und er hatte es angenommen. Daran erinnerte er sich jetzt.

Und das sagte er auch zu Frau Wolf: »Ich erinnere mich.«

Er erzählte ihr von dieser Begegnung mit Casparius im elterlichen Garten und wie kurz darauf im Postkasten seiner kleinen Wohnung an der Rechten Wienzeile ein wirklich dickes Kuvert gelandet war, in dem sich ein Packen Geldscheine befand, jene Tausend-Schilling-Scheine, auf der Bertha von Suttner aufgedruckt war, die Pazifistin und Autorin von *Die Waffen nieder!*. Eine Frau, auf die das 20. Jahrhundert einfach nicht hatte hören wollen, die es aber in den 1970ern auf den damals höchsten Geldschein geschafft hatte.

Neben diesen mit einer Banderole gebündelten Scheinen lag ein maschinengeschriebener Zettel, worauf der Ort angegeben war, den Leo mit seiner Kamera aufzusuchen hatte. Der Ort, der Tag, die Zeit.

»Was hab ich mir damals eigentlich vorgestellt, was passieren wird«, fragte sich Leo laut. »Ich meine, wenn man vierzigtausend

Schilling in die Hand gedrückt bekommt, dann wird es ja kaum ein Film für die ganze Familie werden. Ich dachte wohl immer noch an etwas Pornografisches. Sex auf der Brücke. In dem Alter denkt man eben immer in diese eine Richtung. Als ich dann aber dort war, an diesem frühen Sonntagmorgen, vor der Reichsbrücke, und als das ganze Ding in die Luft flog …«

Trotz des Schocks, sagte Leo, habe er die Kamera fest auf das Ereignis gehalten, und ja, er sah den Mann. Und er sah das Kind.

»Wäre da einfach nur die Brücke in die Luft geflogen, aber da war dieses Kind, das im Moment der Explosion weit über das Geländer in die Donau stürzte. Natürlich hätte das Kind sterben sollen. Sterben wie sein Vater.«

Er habe in diesem Moment begreifen müssen, sagte Leo, mit was für Leuten er sich eingelassen hatte. Immerhin sei er nicht sofort mit dem Film davongelaufen, sondern hinunter zur Donau gerannt, ins Wasser gesprungen und zu dem Mädchen geschwommen.

»Gott, ich dachte, ich erreiche sie nicht mehr rechtzeitig. Was für ein Segen, dass es sich ausging. Was für ein Segen, dass ich sie retten durfte.«

»Sie haben das Kind nach Hause gebracht«, erinnerte Frau Wolf. »Sie kannten die Adresse.«

»Nein«, sagte Leo, »da habe ich mich geirrt. Ich wusste es nicht, ich wusste wirklich nicht, wo sie wohnt. Ich habe sie aus dem Wasser geholt, ich habe sie ins Auto gesetzt, und ja, ich habe auch nicht die verdammte Kamera vergessen, aber die Kleine selbst war es, die mir gesagt hat, wo sie wohnt. Und dort habe ich sie hingefahren und abgesetzt. Ohne ein weiteres Wort.«

»Und sind am gleichen Tag aus Wien verschwunden.«

»Ich hätte den Film der Presse schicken müssen. Aber ich habe es nicht getan. Ich wollte nur weg. Ich wollte weg und vergessen. Und vergaß ja auch. Und wie ich vergaß!«

»Und das Geld? Ich meine mich zu erinnern, Sie hätten behauptet, praktisch ohne einen Groschen von Wien weggegangen zu sein.«

»Keine Ahnung. Vielleicht habe ich es in der Wohnung gelassen.

Ich kann mich nur erinnern, es nicht dabeigehabt zu haben, als ich fortging. Ich wollte es wohl nicht mehr.«

»Die Kamera hingegen«, erinnerte Frau Wolf, »die haben Sie durchaus mitgenommen.«

»Ja. Vielleicht dachte ich, das Ding würde schon noch verloren gehen. Oder der Kodachrome-Film die Zeit nicht überdauern.«

»Dann hätten Sie sie nicht in einem Kühlraum aufbewahren dürfen.«

»Das ist richtig«, sagte Leo. »Aber für eine gelungene Verdrängung, denke ich, braucht es auch ein Symbol. Einen Gegenstand für den Augenblick, der nicht erinnert werden soll, oder?«

»Dann hatte Ihr Weggang von Wien also rein gar nichts damit zu tun, sich umbringen zu wollen.«

»So sicher bin ich da nicht«, meinte Leo. »Jedenfalls hat mich der Gedanke an die Möglichkeit, mich selbst zu töten, dann doch ein Leben lang am Leben gehalten.«

Da stelle sich natürlich die Frage, meinte Frau Wolf, ob Leo das, worauf er vor vierundvierzig Jahren verzichtet habe, nämlich den Film öffentlich zu machen, ob er das jetzt nachholen wolle.

»Um damit doch noch Casparius' Auftrag zu erfüllen? Den Auftrag eines lange toten Mannes. – Wie starb er eigentlich, Frau Wolf?«

»Jetzt raten Sie mal?«

»Er hat sich erschossen.«

»Fast. Ein Jagdunfall. Eine, wie man so sagt, verirrte Kugel. Was seine Witwe stark bezweifelt. Er liegt übrigens gar nicht so weit weg von Ihrem Vater begraben. Zwar nicht am Hietzinger, aber am Lainzer Friedhof.«

»Dann ist der Casparius also genauso wenig aus dem dreizehnten Bezirk herausgekommen«, sagte Leo. Und fügte an: »Ich muss mir mal ansehen, ob bei ihm ebenfalls eine Skulptur auf dem Grabstein steht.«

»Was hat es denn damit auf sich?«, wollte Frau Wolf wissen.

Leo erzählte ihr jetzt von der Brancusi-Bronze, die in der Zeit, als er Kind war, auf dem Schreibtisch seines Vaters gelegen und später auf den Grabstein des Familiengrabs gewechselt hatte. Wobei eine nicht geringe Wahrscheinlichkeit bestand, dass auch der Ankauf dieser *schlafenden Muse* durch die Vermittlung des Herrn Casparius erfolgt war.

»Genau genommen verdanke ich es dieser Skulptur, Anna Tomek kennengelernt zu haben«, sagte Leo, ohne das im Detail zu erklären.

Frau Wolf darauf: »Schön, wenn Kunst auch zu so was gut ist.«

In diesem Moment wurde in der Ferne das glitzernde Band der Donau sichtbar, die an dieser Stelle so ganz anders wirkte als weiter flussabwärts, dort, wo all die mächtigen Brücken sie überspannten. Hier hingegen … man hätte vielleicht sagen können, dass die Donau auf Höhe Klosterneuburg ebenfalls etwas von einer schlafenden Muse besaß.

Ein Fluss, der träumte.

26

Frau Wolf stellte den Wagen auf dem Parkplatz vor dem Kritzendorfer Strombad ab. Ein Freiluftbad, dessen regulärer Badebetrieb im gleichen Jahr beendet worden war, in dem jener General Lütgendorf von seinem Ministeramt hatte zurücktreten müssen. Seither war das Areal mit dem zentralen Rondeau und dem geradezu wehrhaft wirkenden Durchgang zur Liegewiese frei zugänglich. Was einem von dort anwehte, waren die 20er-Jahre: die Moderne, der Schick, die Fröhlichkeit zwischen zwei Kriegen, einem überstandenen und einem noch einzulösenden, die Badekultur einer Oberschicht, die die Donau für sich entdeckt hatte. Und das Gefühl der Leute von Luft an der Haut. Ein Gefühl, das ihnen die Nazis, die die Badehütten arisieren ließen, mit böser Lust austreiben würden.

Es war ein Ort, den man einst die *Riviera an der Donau* genannt hatte, wie Leo gelesen hatte, der es sich nach seinem eineinhalbmonatigen Dauerschlaf nun wieder zur Aufgabe gemacht hatte, gut vorbereitet – gebildet – in eine neue Situation zu gehen. Er hatte angesichts des Rivieravergleichs auch gleich an den *Tod in Venedig* denken müssen, an das Mondäne, die Dekadenz, die Merkwürdigkeit eines Strandlebens, das ja in Wirklichkeit nicht dem Wasser galt, in das man steigen und in dem man untergehen konnte, sondern dem Sehen und Gesehen-Werden. Woran sich nichts geändert hatte. Manche Körper schienen allein zu dem Zweck auf der Welt, auf einem Strand in Pose zu geraten (und es brauchte darum auch wenig zu verwundern, wie groß gerade in diesem von einer Pandemie bedrohten Sommer das Bedürfnis war, an Strände zu gelangen, Strände zu bevölkern).

Stimmt, Venedig liegt nicht an der Riviera, doch ein *italienischer* Tod war Leo eben doch in den Sinn gekommen. Gleichfalls aber auch, wie anders das Strandleben auf Claire gewesen war, wenn nicht gerade Oak und seine Entourage auch dort nackt oder halb nackt eine Kultur inszeniert hatten.

Er und Frau Wolf drehten eine kleine Runde durch die historische Anlage, vorbei an einem belebten Kiosk. Junge Männer und Frauen in Badehosen und Bikinis, die im Zuge von Leos Schwarz-Weiß-Sicht an die Nachkriegsfotografie von Cartier Bresson erinnerten. Und irgendwie hatte die aktuelle Phase, diese Zeit der Lockerungen, ebenfalls etwas Nachkriegshaftes. Natürlich, es war übertrieben, es so zu sehen, aber Leos *spätimpressionistischer* Blick war doch sehr auf das Vergangene gerichtet: Gebäude aus den 20ern, Menschen aus den 50ern.

Die beiden wandten sich nun in westliche Richtung und begaben sich in das mit winterfesten Sommerhäusern locker bepflanzte Areal zwischen Au und Donau. Und ganz am äußersten Rand dieser Siedlung, wo zwei Straßen zueinanderführten, deren Namen sich wie die Vertreter verschiedener Lehrmeinungen gegenüberstanden, nämlich *Ulmenweg* und *Am Sportplatz*, dort, zwischen dichtes Baumwerk gesetzt, stand Veit Schindlers *Haus Arche*.

Ein Haus, das auf hölzernen, stahlverstärkten Stelzen aufsaß, zwei Etagen bildend, von denen die untere etwas höher war, die obere etwas breiter, und auf dieser wiederum rechts und links kleine quadratische Aufbauten turmartig hochragten. Aufbauten von der Art wie drüben im Hauptgebäude des Strombades. Hier zur Miniatur gereift. Miniaturen als Verbeugung vor dem Strombad. Während die so eleganten wie massiven Stelzen – natürlich aus Zypressenholz, gleich der biblischen Arche – wiederum Verbeugungen vor dem Donauwasser waren, welches hier immer wieder als Hochwasser die Gebäude bedrohte, zuletzt während der Rekordflut von 2013.

Nach dieser Flut hatte Schindler – so weit war Leo als »Experte für Strandhausarchitektur« natürlich informiert – seinen »Goldsee« errichtet. Einen künstlichen Teich im Gartenbereich, an der Stelle, wo sich das Haus mit viel verschiebbarem Glas hin zu einer gebändigten Natur öffnete, die mitunter doch Zeichen ungebändigten Aufbegehrens setzte.

Schindler hatte die Umrandung des Teichs als perfekte Ellipse setzen lassen und mittels der beschichteten Bodenwanne – ein gehälftetes, nicht minder perfektes Ellipsoid – einen Goldton erzeugt. Wobei der Teich tief genug war und die Beschichtung von einer gewissen Mattigkeit, sodass dunkles Wasser entstand, das diesen Goldton wie etwas aus dem Boden Gewachsenes nach oben trug.

Und nein, dazu gab es weder Goldfische noch Kois noch Pflanzen, einzig und allein gefiltertes Wasser. Und natürlich den Dreck, den die Natur in dieses Wasser wehte und dabei das Gold verunreinigte.

Auch der Holzverkleidung der *Arche*, die vor 2013 Anthrazitgrau gewesen war, hatte Schindler einen goldenen Ton verliehen, aber nicht so, dass man meinen konnte, hier stehe ein Denkmal für Österreichs Goldreserven oder werde dem weitverbreiteten Gustav-Klimt-Wahn gehuldigt, sondern vielmehr leuchtete der Goldschimmer aus einer rotbraunen Lasur heraus, sodass das Haus zu fast jeder Tageszeit wie im Licht eines Sonnenuntergangs zu stehen schien. Und sobald die Sonne dann tatsächlich unterging, natürlich doppelt glühte.

»Suchen Sie etwas?«, meldete sich eine Stimme streng und anklagend. Sie kam aus einem der kleinen Fenster, die zur Straßenseite hin zeigten, dorthin, wo Leo und Frau Wolf standen.

Der Mann, der fragte, war Veit Schindler.

»Sie müssen entschuldigen«, rief Leo nach oben, »mein Name ist Leo Prager. Wir waren vor einiger Zeit in Kontakt wegen einer Studie, an der ich arbeite, einer Studie über Strand- und Badehäuser und speziell über Häuser auf Stelzen. Sie waren so freundlich, mir einige Informationen über Ihr Haus zukommen zu lassen.«

»Ach, Sie sind das«, änderte Schindler ein wenig seine Tonlage, »ich erinnere mich. Sie waren es doch, der mir geschrieben hat, eine Zeit lang in diesem wunderbaren Strandhaus von Henry Oak gelebt zu haben, *The Crystal Ship*.«

»Vierundvierzig Jahre genauer gesagt«, erklärte Leo, »allerdings mehr am Strand als im Haus.«

»Ich hatte Sie nicht erwartet«, sagte Schindler.

»Ja, Sie müssen verzeihen«, erklärte Leo, »meine Begleiterin, Frau Wolf, und ich, haben uns das Strombad drüben angesehen. Ich möchte dem Hauptgebäude ein wichtiges Kapitel in meiner Arbeit widmen. Und da fiel mir natürlich ein, dass ja gleich um die Ecke das *Haus Arche* … Wir wollten einfach nur vorbeisehen. Es sollte kein Überfall werden.«

Es entstand eine Pause. Veit Schindler schien zu überlegen. Natürlich war das noch immer nicht die Zeit, um fremde Leute ins eigene Haus zu bitten, aber etwas schien Schindler zu interessieren. Vielleicht wirklich nur der Umstand, dass Leo Prager so lange in diesem durchaus oft zitierten Strandhaus gelebt hatte, dessen Name tatsächlich *The Crystal Ship* lautete, nach jenem berühmten Liebeslied aus dem ersten Album der Doors. Das Debütalbum von 1967, als auch Oaks Strandhaus fertiggestellt wurde. Ein Album, das Oak mitproduziert hatte und das zu einem großen kommerziellen Erfolg wurde.

Vielleicht war es auch etwas anderes, was Schindler jetzt dazu trieb, Leo zu erklären, er könnte ihn zwar nicht ins Innere des Hauses bitten, wolle ihm und seiner Begleiterin aber anbieten, in den Garten zu kommen.

»Wir möchten uns wirklich nicht aufdrängen …«, meinte Leo, »aber gerne.«

Schindler schloss das Fenster.

»Ich wusste gar nicht«, sagte Frau Wolf, »dass Sie an einer Studie über Strandhäuser arbeiten.«

»Es ist mehr eine detektivische als architekturtheoretische Arbeit. Man könnte sagen, eine biografisch-sentimentale.«

»Aha«, meinte Frau Wolf.

Und dann vernahmen sie den Ton eines automatisch aufspringenden Schlosses und sahen, wie eine zwischen den dichten Hecken gefügte hölzerne Türe aufsprang und den Weg auf das Grundstück freigab.

Ein Weg, der an der rechten Gebäudeflanke vorbei hinter das Haus führte, dorthin also, wo es sich zum Garten und dem Goldsee hin öffnete und seinerseits gut und gerne den Titel eines *Crystal Ship* hätte tragen können: eine kristallene Arche (wobei die Legende es will, dass Jim Morrison sich von einer beleuchteten Bohrinsel zu seinem Lied hatte inspirieren lassen).

Hinter dem Goldsee befand sich ein leicht erhöhter Terrassenboden, der über denselben Sonnenuntergangston wie die Fassade des Hauses verfügte. Eine Terrasse von der schwebenden Sorte. Über ihr wehte ein weißes Leinen und schattete die Fläche milde ein. Und in diesem *geleinten* Schatten stand Veit Schindler und winkte den beiden Hereinkommenden zu.

»Herr Prager also«, meinte Schindler, und in seinem Gesicht war bei aller Höflichkeit vor allem eines: Wachsamkeit.

Leo dankte für die Gastfreundschaft, stellte nochmals Frau Wolf als seine Begleiterin vor, und gemeinsam traten sie auf die weite, bis ins hintere Gebüsch führende Terrasse.

Für einen Moment schien es, als wollten sich die beiden Männer die Hände reichen, so wie sie auch im selben Moment davon Abstand nahmen.

»Wissen Sie noch«, fragte Schindler, »wann es das letzte Mal war, dass Sie jemandem die Hand gaben? – Ich frage mich das ein jedes Mal, wenn ich jemand neuem begegne und diesen Impuls in der rechten Schulter spüre. Und sodann meine Schulter kontrollieren muss.«

»Sie haben recht«, meinte Leo, »geht mir genauso. – Also, ich glaube, das letzte Mal, dass ich jemandem wirklich die Hand geschüttelt habe … Nun, das war wohl der Chefinspektor, der mich vor der Wohnung meiner Schwester empfangen hat, um mir zu zeigen, wo und wie sie ums Leben kam.«

Das hatte Leo so nicht geplant, gleich zu Beginn in derartiger Weise in die Offensive zu gehen. Ein Wunder eigentlich, dass er nicht noch auf die Idee kam, davon zu sprechen, dass jene tote Schwester zwischen seinen gespreizten Fingern aufgetaucht und den Namen *Schindler* in die Luft stenografiert hatte.

Veit Schindler gab sich gefasst, meinte aber, dass er doch genau diese Frage in seiner letzten Mail an Leo gestellt hatte, ob er nämlich in irgendeinem verwandtschaftlichen Verhältnis zu Eva Prager stehe.

»Ja, ich bin ihr Bruder.«

»Ihre Schwester war eine wunderbare Frau«, sagte Schindler, und es klang echt und sehnsüchtig und verzweifelt. »Und damit meine ich nicht nur ihre Klugheit.«

»Sie sind ihr bei Ihrig begegnet, nicht wahr?«

»Sie kennen Ihrig?« Das schien ihn nun wirklich zu erstaunen.

»Ich hatte das Vergnügen. Und richtig, jetzt, wo ich daran denke, es war gar nicht der Kriminalinspektor, es war Ihrig, dem ich als letzten Menschen auf dieser Welt die Hand geschüttelt habe, bevor wir unsere Gepflogenheiten so radikal ändern mussten. Und offen gesagt, macht es mich traurig, dass ausgerechnet er der letzte gewesen sein soll.«

»Das kann ich verstehen.«

»Ich dachte, Sie sind befreundet.«

»Und ich dachte, Sie interessieren sich für meine Architektur.«

Leo wandte sich in Richtung des Hauses, nickte anerkennend und meinte, dass dies durchaus der Fall sei, denn in der Tat hatte er vier Jahrzehnte Zeit gehabt, ein *kristallenes Schiff* zu studieren.

»Ihre Schwester«, sagte Schindler, »hat mir nie von einem Bruder erzählt.«

»Ich gehe davon aus«, erwiderte Leo, »sie hat Ihnen auch nie von ihren Eltern erzählt, oder?«

»Das stimmt«, sagte Schindler, wandte sich nun endlich Frau Wolf zu und fragte mit Blick auf eine kleine Bar, die am Rande der Terrasse stand – ein mächtiger, dunkler Kubus, darauf mehrere rot gefärbte Gläser standen, sodass man meinen konnte, hier finde eine Umarmung zwischen einem Wolf und einem rot behüteten Mädchen statt –, fragte sie also, was er ihr anbieten dürfe. Weißwein?

»Ein kleines Glas wäre fein«, antwortete Frau Wolf, »ich muss heute noch fahren.« (Sie konnte nicht ahnen, in welch ausgeprägter Form das der Fall sein würde.)

»Und Sie, Herr Prager?«

»Einen Roten bitte.«

Schindler schenkte ein und reichte den beiden, seinen Arm weit gestreckt – somit in der Hinwendung ein Fernbleiben praktizierend –, ihre Gläser.

»Ich dachte schon«, sagte Frau Wolf, »Sie würden mich ebenfalls fragen, wem ich als Letztes meine Hand gegeben habe.«

»Und?«

»Wie es der Zufall so will, einem Architekten.«

»Aber nicht mir«, lachte Schindler nervös.

»Natürlich nicht. Ein Mann, der mich gebeten hat, seine Frau zu beschatten. Was ich allerdings ablehnen musste.«

»Herrje, was sind Sie, Detektivin?«

»Exakt.«

»Ich dachte …«

»Nein, ich helfe Herrn Prager nicht bei seiner Recherche über Strandhäuser. Dafür aber bei seiner Recherche über Brücken. Brücken ja.«

»Wie«, wandte sich Schindler verblüfft an Leo, »Sie schreiben auch über Brücken?«

Was sollte Leo da sagen? Er drückte es so aus: »Mit Brücken beschäftige ich mich noch länger als mit Strandhäusern.«

In diesem Moment näherte sich über einen hölzernen Steg – der das Haus mit der frei stehenden Terrasse verband und dabei in einer Kurve am Goldsee vorbeiführte – eine Frau in einem Badeanzug. Sie mochte um die dreißig sein, mit einem schmalen, fehlerfreien Gesicht, derart fehlerfrei, dass bei aller Hübschheit die Gefahr bestand, dieses hübsche Gesicht mit einem anderen hübschen Gesicht zu verwechseln. Dazu ein silberblonder Kurzhaarschnitt, auf eine absichtsvolle Weise zerrauft.

Man sah ihrem schlanken Körper an, dass sie nicht nur Badeanzüge trug, sondern damit auch zum Schwimmen ging. Unter dem Arm trug sie einen Neoprenanzug und ein Handtuch. Ihre Erscheinung spiegelte das Wort *Sommer* wider. Und Sommer war ja.

»Wir haben Gäste?«, fragte sie erstaunt.

»Ich darf dir Herrn Prager und Frau …«

»Wolf«, stellte sich Frau Wolf selbst vor.

»Meine Frau Helen«, sagte Veit Schindler, der mindestens fünfzehn Jahre älter als sie sein mochte und der ein Mann war, der eher, auch jetzt im Sommer, das Wort *Winter* spiegelte. Wie die meisten Architekten. – Hatte man je einen Architekten in einer kurzen Hose gesehen?

»Prager?«, fragte Helen Schindler. Und es war ein Schrecken in dieser Frage.

Leo merkte augenblicklich die Dunkelheit, die bei der Nennung seines Namens in dieses fehlerlos hübsche Gesicht eingezogen war. Es war kein Runzeln der Stirn, kein Verziehen der Lippen, keinerlei Grimasse, auch kein plötzliches Altern oder Hässlichwerden, sondern wirklich der Einzug von Dunkelheit. Als stehe einzig über diesem Gesicht eine Sonnenfinsternis.

»Ja, Herr Prager ist der Bruder von Eva«, erklärte ihr Mann.

»Das tut mir leid für Sie, der Tod Ihrer Schwester«, sagte Helen Schindler.

Leo konnte bestens erkennen, dass es ihr überhaupt nicht leidtat. Es war eine Phrase, die sie gezwungen war, von sich zu geben.

Oder bildete er sich das nur ein?

»Ich dusche rasch und ziehe mich um«, erklärte sie, drehte sich zur Seite und ging. Die Sonnenfinsternis ging mit ihr mit.

»Setzen wir uns doch«, schlug der Architekt vor und wies hinüber zu einem lang gestreckten massiven Holztisch, der noch ein wenig den Baum verriet, der für ihn hatte fallen müssen. Sicher ein Entwurf Schindlers. Alles an diesem Ort war selbst entworfen, sogar noch der mächtige Aschenbecher, der die Umrissform eines Bumerangs besaß. Weshalb sich Leo schon jetzt entschloss, seine Abendzigarette in dieser verwandelten Wurfwaffe auszudrücken.

Als man zum Sitzen gekommen war, meinte Schindler: »Jetzt würde mich schon interessieren, Herr Prager, ob Sie zuerst auf mein Haus hier gestoßen sind und dann meine Bekanntschaft mit Ihrer Schwester festgestellt haben oder ...?«

»Nestor Ihrig«, sagte Leo wahrheitsgemäß, »Ihrig hat mich auf Sie gebracht, auch, indem er davon sprach, Henry Bhat würde in diesem Haus wohnen, immer dann, wenn er nach Wien kam.«

»Der Engländer? Ja, der hat ein paarmal hier übernachtet. Ich bin ihm aber nie begegnet. Ich kann auch nicht sagen, dass Ihrig wirklich mein Freund ist. Ich habe für ihn gebaut, richtig, drüben am Ende von Dornbach. In fantastischer Lage übrigens.«

»Sie haben einmal geschrieben, Architekten seien Huren.«

»Gütiger«, lachte er, »*das* haben Sie ausgegraben?«

»Das war in der Zeit, als Sie an der Neugestaltung des Yppenplatzes beteiligt waren.«

»Ich war nie beteiligt. Ich habe bloß ein Konzept für den Bunker entworfen. Ein Konzept, das unberücksichtigt blieb. Das war's.«

»Sie haben sicher mitbekommen, dass es dort Mitte Mai einen Polizeieinsatz gab und man einen zweiten Bunker entdeckt hat.«

»Mhm. Und was wollen Sie mir damit sagen?«

»Sie wussten von diesem anderen Bunker, stimmt's?«, versuchte es Leo mit einer Spekulation, die ihm in einem seiner wilden Träume gekommen war.

Schindler zögerte. So ein Zögern, bevor jemand einen Knopf drückt, einen dieser Knöpfe, die immer rot sein müssen.

Hier war es nun ein rotes Trinkglas, nach dem Schindler griff und das er für eine Weile in die Höhe hielt. Leo meinte zu sehen, wie sich darin das Gold des nahen Teichs spiegelte. Er konnte natürlich weder das Rot noch das Gold wirklich realisieren, aber er wusste darum. Er erkannte den reizvollen Schimmer in seiner schwarz-weißen Sicht der Dinge.

»Ich muss Ihnen das nicht erklären«, sagte Schindler.

»Nein, natürlich nicht«, antwortete Leo. Aber wie er das sagte, *natürlich nicht*, meinte man, hier bahne sich ein Eisbrecher den Weg.

Schindler nahm einen Schluck aus dem roten Glas. Drückte also den Knopf und sagte: »Es stimmt. Wir haben damals bei einer der Begehungen einen Zugang zu diesem zweiten Bunker entdeckt. Der war noch voll mit irgendwelchem Nazimüll, aber auch einigen wertvollen Gemälden. Schiele, Waldmüller, solche Sachen. Man hat alles leer geräumt und entschieden, diesen zweiten Bereich abzuschließen und seine Existenz nicht öffentlich zu machen.«

»Und daran haben Sie sich gehalten?«

»Ich wurde sehr eindringlich dazu aufgefordert, das zu tun. Ich will es so sagen – und damit habe ich praktisch meine Aussage über die Prostitution bestätigt –, dass ich hernach ein paar lukrative Aufträge erhielt. Nicht gerade einen Brückenbau, eher Privates.«

»Und Sie haben auch später nicht darüber gesprochen.«

Noch einmal zögerte Schindler. Brauchte diesmal aber keinen roten Knopf zu drücken, um fortzufahren: »Als ich für Ihrig baute ... ein wirklich tolles Haus, direkt am Waldrand, eine meiner besten Arbeiten, was nicht so einfach ist, wenn Sie etwas Gewagtes versuchen und Ihnen die Bauordnung im Nacken sitzt. Abgesehen davon, dass Ihrig kein leichter Kunde war. Er wollte das Wort Ensembleschutz nicht hören und hat gemeint, dass mit Geld alles zu machen sei, was ja so auch wieder nicht stimmt. Dennoch, es wurde mein bestes Haus. Und ja, man wächst zusammen mit einem Bauherrn in einer solchen Zeit des Planens und Bauens. Vielleicht ist es sogar Freundschaft, trotz allem. Jedenfalls ... Also, ich weiß nicht warum, aber ich habe ihm von diesem Bunker erzählt. Von der Lage, dem einzigen Zugang am Yppenplatz und den vielen Gängen, die von dort wegführen und die man dann versiegelt hat. – Fragen Sie mich jetzt nicht, was Ihrig mit diesem Wissen angefangen hat. Ich habe keine Ahnung.«

»Ich schon«, sagte Leo und sah hinüber zu Frau Wolf, deren Blick wiederum in Richtung des Hauses ging, aus dem soeben Helen Schindler heraustrat, die dank hoher Schuhe um einiges gewachsen schien.

Sie trug trotz der Wärme ein Kostüm aus festem Stoff, der wie ein Panzer ihren austrainierten Körper straff umhüllte. Ein Panzer in Türkis. Türkis, das in diesem krisengeschüttelten Sommer als *Biscay Green* in Erscheinung trat (für Leo ein *Biscay Grey*). Sie sah darin aus wie eine dieser Fernsehsprecherinnen, die ja bei aller Eleganz und Feierlichkeit keinen allzu fröhlichen Eindruck machen dürfen, wenn sie über die Schrecken des Tages berichten.

Helen Schindler nahm sich von der Bar ein Glas mit Wasser, in das sie eine Scheibe Zitrone gleiten ließ. Dann kam sie zum Tisch herüber und setzte sich neben ihren Mann.

»Herr Prager interessiert sich für die Vergangenheit«, erklärte ihr Mann, »für die Zeit, als ich mir noch Gedanken über die Zukunft des Yppenplatzes gemacht habe.«

Leo meinte darauf, ihm hätte jemand einmal gesagt, dass es so etwas wie eine Zukunft gar nicht gebe, sondern nur eine Vergangenheit, die sich ausdehnt, weshalb letztlich nie etwas Geschehenes verloren gehe.

»Man muss aber nicht alles glauben«, sagte Helen Schindler spitz, »was die Leute sagen, auch wenn es gut klingt.«

»Natürlich nicht«, antwortete Leo. »Aber ich bin nun mal selbst ein Meister der Verdrängung, wie ich leider feststellen musste. Und es ist so, dass die Vergangenheit uns gar nicht einholt, wie immer gesagt wird, sondern indem wir fortschreiten, treten wir in sie hinein.«

»Und darum Ihr Interesse an Strandhäusern?«, fragte Veit Schindler, runzelte seine Stirn und war in der Folge bemüht, das Gespräch auf jene Strandhausvilla des Henry Oak zu lenken, in der Leo Prager bis vor Kurzem gelebt hatte. Beziehungsweise am Strand unter dem Haus.

Leo war eine Weile so höflich, nicht über Verdrängung zu sprechen, sondern erzählte von den vier Jahrzehnten, die er im Schatten des *Crystal Ship* zugebracht hatte. Erzählte vom Gefühl vollkommener insularer Weltferne, die dann merkwürdig konterkariert wurde vom Eintreffen Oaks und seiner oft prominenten Gäste, die für eine kurze Zeit die Welt auf die Insel brachten: Elton John, Mick Jagger, Tina Turner …

»Einmal war Nixon auf der Insel«, sagte Leo, obwohl er das ja selbst gar nicht beobachtet hatte und dies auch so gar nicht zu Henry Oak passte. Und doch sagte Leo jetzt: »Nixon. Ja, der irre Nixon.«

»Nein!«, lachte Schindler, sichtlich erleichtert, dass Leo jetzt Märchen zu erzählen schien.

Doch Leo nahm ja bloß Anlauf. Anlauf, um nun zurück zu dem Punkt zu kommen, um den es wirklich ging. Indem er davon berichtete, wie er auf seiner Insel die Nachricht aus Wien erhielt, Eva sei ermordet worden.

»Das tut uns leid, wie ich schon sagte«, erklärte Helen Schindler, »aber wir kannten Ihre Schwester nicht sehr gut. Eigentlich gar nicht. Ich glaube, Ihrig hat sie ein paarmal mitgenommen. Seine Stenografin, nicht wahr?«

Wie sie das sagte: Stenografin! Wie man sagt: Kellnerin. Oder: Kindergärtnerin. All die Verachtung in einem einzigen ausgesprochenen Wort.

»Nun, zumindest Sie, Herr Schindler«, sagte Leo, »dürften meine Schwester schon etwas besser gekannt haben.«

»Was soll das?« Es war Helen Schindler, die das fragte. Dann sah sie gekünstelt verblüfft ihren Mann an und fragte: »Was wollen diese Leute? Und wieso lässt du sie in unser Haus?«

»Ich dachte eigentlich ...«, meinte Veit Schindler, »es würde um die *Arche* gehen. Um eine Architekturstudie. Ich wollte nur höflich sein.«

»Und ich möchte nur wissen«, sagte Leo, »wie Ihr Verhältnis zu meiner Schwester war.«

»Um Gottes willen«, erregte sich Helen Schindler, »die Frau war eine pensionierte Stenografin. Vierundsechzig, fünfundsechzig Jahre alt. Was für ein Verhältnis denn?«

Das war der Punkt.

Ja, das war der Punkt. Und Leo begriff es in diesem Moment. Er begriff, was er geahnt hatte. Die Anziehungskraft, die seine Schwester ausgeübt hatte. Auf Ihrig, auf Bhat, auf Schindler. Männer, die zwanzig Jahre jünger waren und ihrerseits mit um einiges jüngeren Frauen zusammenlebten und die dennoch für Eva geschwärmt hatten. Für eine vierundsechzigjährige Stenografin, pensioniert, freiberuflich, von der sie aber nicht hatten wissen können, dass sie inoffiziell für einen verzweifelt an seinem letzten Fall arbeitenden Chefinspektor tätig gewesen war.

»Sehen Sie sich dieses Foto an!«

Es war Frau Wolf. Sie hatte bislang geschwiegen, begann nun aber, die Richtung vorzugeben. Ruhig, kontrolliert, bestimmt.

Und indem sie das sagte, holte sie ein Kuvert aus ihrer Tasche – es war wohl der Tag der vielsagend zugeschobenen Umschläge –, legte ihn auf den Tisch und stieß ihn leicht vom Rand her an, sodass er in etwa zwischen das Ehepaar Schindler geriet.

»Wer sind Sie überhaupt?«, fragte Helen Schindler mit größtmöglicher Verachtung, die wohl ebenfalls der vermuteten Sechzigjährigkeit der Detektivin galt. Die aber hatte schon Schlimmeres ausgehalten. Erklärte sich auch gar nicht, sondern wiederholte: »Schauen Sie einfach.«

»Und was, wenn nicht?«, fragte Helen Schindler. »Erschießen Sie mich dann?«

Leo musste jetzt an die Waffe im Handschuhfach des Audi denken. Hatte Frau Wolf sie mitgenommen? Pflegte sie ihre Waffe, so wenig sie diese auch benutzen mochte, bei sich zu tragen?

Das mit dem Kuvert und dem Foto überraschte natürlich auch Leo. Dies war nicht abgesprochen gewesen. Es war jetzt Veit Schindler, der nach dem Umschlag fasste. Seine Frau legte bremsend ihre Hand auf seinen Arm.

»Es nützt ja nichts«, sagte Veit Schindler, löste sich aus dem Griff seiner Frau, öffnete das Kuvert und zog ein einzelnes Foto heraus. Er betrachtete es kurz, legte es vor sich und seine Frau auf den Tisch und fragte: »Und was soll das?«

»Eine Spur«, sagte Frau Wolf. »Und die gibt es ja immer. Kein Ereignis, keine Handlung, die nicht Spuren nach sich zieht. Das Problem ist immer die Zuordnung.«

»Noch einmal, was soll das?«

»Lassen Sie mir doch die Freude einer Einleitung«, meinte Frau Wolf, »wir sind schließlich nicht in einem Film, wo das ganze Drama in neunzig Minuten hineinpassen muss.«

Sagte Frau Wolf, wurde dann aber doch konkret, indem sie erklärte, dass er, Veit Schindler, das auf dem Foto abgelichtete Objekt sehr wohl kenne. Schließlich habe er es vor zwei Jahren auf einer Auktion ersteigert.

»Irgendeine Massenware aus irgendeinem Schmuckgeschäft«, sagte Frau Wolf, »hätte sich kaum zurückverfolgen lassen. Aber so ein einmaliges Stück hinterlässt eben auch Spuren. Ein kinetischer Turmalinring aus Weißgold, ein Unikat aus den 70er-Jahren.«

Genau genommen aus dem Jahre 1976, aber selbst Frau Wolf war diese Überschneidung zu viel, diese Konzentration auf ein eigentümliches Jahr, weshalb sie also lieber von den 70ern sprach, und dass dieser bewegliche, mit einem cabochonförmig geschliffenen, grünlichen Turmalin ausgestattete Ring von Schindler zu einem Preis von satten 15 000 Euro ersteigert worden war.

»Na und?«, war Schindler um Gelassenheit bemüht, »ich habe ihn somit weder gestohlen noch gefälscht. Was wollen Sie also?«

»Das wissen Sie doch«, sagte Frau Wolf. »Man sollte meinen, der Ring war für Ihre Frau bestimmt oder als Wertanlage gedacht. Aber Sie müssen wissen, als ich von Herrn Prager beauftragt wurde, einen bestimmten Aspekt in seiner Biografie zu klären, habe ich auch begonnen, mich mit der Biografie seiner Schwester zu beschäftigen.«

Immerhin, so Frau Wolf, sei der Tod Eva Pragers der Grund für die Rückkehr ihres Bruders nach Wien gewesen.

»Mein Assistent«, sagte die Detektivin, »hat einige Fotos von Eva Prager aus den letzten Jahren zusammengetragen, und auf vielen davon, nein, auf allen … nun, man kann deutlich diesen Ring an Frau Pragers linker Hand sehen. Anfangs wusste ich natürlich noch nicht, dass *Sie*, Herr Schindler, ihn ersteigert hatten. Aber wenn man einen Blick für Schmuck hat – und ich habe einen Blick dafür –, dann fällt so ein Ring eben auf.«

»Und wo ist das Verbrechen?«, fragte der Architekt. »Ich habe diesen Ring ersteigert, und, ja, ich habe ihn Frau Prager geschenkt. Ein Freundschaftsgeschenk.«

»Ein 15 000 Euro teurer Solitär als Freundschaftsgeschenk?«

»Die Terrasse, auf der wir hier sitzen, hat mehr gekostet«, erwiderte Schindler.

»Ja, man stelle sich vor«, sagte Frau Wolf, »wie jemand seiner Geliebten eine Terrasse schenkt.«

Es war jetzt Helen Schindler, die rief: »Hören Sie auf mit dem Unsinn. Gehen Sie!«

»Wenn ich fertig bin, gehen wir«, sagte Frau Wolf und erzählte, dass dieser Ring sie zunächst nur ein klein wenig beschäftigt habe. Was ein Fehler gewesen sei, nicht früher auf die eigene Intuition zu hören und der Spur des Rings zu folgen. Auch wenn das ein weibliches Klischee sei: die Intuition wie der Schmuck.

»Bis vor Kurzem«, sagte Frau Wolf, »hatte ich diesen Ring nur im

Hinterkopf. Aber gestern traf ich die für den Mordfall zuständige Polizistin und durfte einen Blick auf die Ermittlungsfotos und die Bilder aus der Gerichtsmedizin werfen. Nichts, kein Ring auf den Fingern des Opfers. Und das hat mich dann doch irritiert. Zwei Jahre lang – das belegen alle Fotos, die Eva Prager zeigen – hat sie ständig diesen Ring getragen. Und ausgerechnet bei ihrem Tod, bei ihrem qualvollen Sterben, verschwindet der Ring von ihrem Finger. Erstaunlich!«

Üblicherweise, so Frau Wolf, sei es ja so, dass der Täter etwas zurücklasse, das ihn verrät, und sei's nur irgendeine winzige Faser der Kleidung oder ein Hautpartikel unter den Fingernägeln des Opfers. Wenn nicht gar die Tatwaffe. In diesem Fall aber habe sich die Spur dadurch ergeben, dass nicht etwas zurückgelassen, sondern etwas mitgenommen wurde.

Aus Sentimentalität? Aus Vorsicht? Aus Dummheit? Aus Hass? Als ein letzter Akt der Demütigung des in diesem Moment bereits toten Opfers?

Deshalb, berichtete Frau Wolf, habe sie noch gestern Nachmittag eine Nachforschung angestellt, die sie eigentlich schon viel früher hätte vornehmen müssen. Indem sie sich die Frage nach dem Ring gestellt habe, nach diesem unverwechselbaren Unikat. Wobei sie rasch auf einen Interneteintrag gestoßen sei, der die 2018 erfolgte Versteigerung dieses und anderer Ringe aus dem Besitz eines Sammlers dokumentierte.

»Ich kenne jemanden aus dem Auktionshaus«, sagte Frau Wolf, »der so freundlich war nachzusehen, welche Person dieses eine Objekt damals ersteigert hat. Sein Name: Veit Schindler.«

»Das wussten wir doch schon«, klagte der Angesprochene, »und es hat nichts zu bedeuten.«

»Bloß hatte ich diesen Namen«, fuhr Frau Wolf fort, »bereits am Vortag gehört, als mir Herr Prager davon berichtete, es gebe einen stenografischen Hinweis, den seine Schwester zurückließ und mit dem sie wohl versucht habe, ihren Mörder zu bezeichnen. Und dieser Hinweis ergab erneut den Namen *Schindler*.«

Jetzt war es Leo, der doch einigermaßen überrascht zu seiner

Detektivin hinübersah, die somit allen Ernstes seine *Vision* ins Spiel brachte. Ohne sie natürlich als solche zu bezeichnen.

»Was für ein lächerlich stupider Hinweis!«, erregte sich Helen Schindler.

»Die Stenografie«, sagte Frau Wolf ruhig, »war Frau Pragers Mittel, sich in der Welt zu zeigen. Und es ist auch ihr Mittel, sich im Tod noch zu zeigen. Aber das müssen Sie gar nicht verstehen. Herr Prager freilich dachte, dass damit *Veit* Schindler gemeint sei. Doch als Sie, Frau Schindler, soeben zu uns an den Tisch kamen und sich setzten … Was für ein Hochmut!«

Was für ein Hochmut und was für eine Anmaßung, betonte Frau Wolf, diesen Ring auch noch zu tragen. Nichts, womit sie habe rechnen können, als sie heute hierherfuhr, gleichwohl überzeugt, dass dieser Ring von ihr, Helen Schindler, irgendwo aufbewahrt werde. Gleich einer Trophäe.

»Aber dass Sie sich so ungeheuer sicher fühlen«, sagte Frau Wolf, »und so unverschämt sind, ihn auch zu tragen! Und dass Sie, Herr Schindler, nicht einmal in der Lage sind, Ihre Frau davon abzuhalten, diesen Ring, Evas Ring, am Finger zu haben! Unglaublich!«

Veit Schindler fluchte. Auch über ihm stand jetzt eine Sonnenfinsternis, aber ohne jeglichen Glanz, ohne Corona, nur ein Schwarz, das sich matt über ihn legte.

Helen Schindler hingegen erklärte sehr deutlich und bestimmt: »Das müssen Sie alles erst einmal beweisen, Sie … Was sind Sie überhaupt, eine verunglückte Tatortkommissarin?«

»Warum es Frauen so schwerfällt, sich eine Detektivin vorzustellen?«, sinnierte Frau Wolf, meinte dann aber, dass eine Untersuchung der Polizei – jetzt, wo man wisse, *wo* und bei *wem* zu suchen sei – gewiss weitere Indizien zutage fördern werde.

»So ein Ring kann leicht wieder verschwinden«, sagte Helen Schindler, die ihre beringte Hand in dem Moment, als ihr Mann das Foto aus dem Kuvert gezogen hatte – eine Kopie aus dem Auktionskatalog – hinter ihrer rechten Taille hatte abtauchen lassen, um in der Folge in eine leicht verkrampfte Haltung zu verfallen.

Eine Verkrampfung, die sich nun in Trotz verwandelte. Helen

Schindler zog ihre Hand nach oben und legte sie auf den Tisch. Ihre Hand und den Ring, von dem sie lächelnd erklärte, er könne ganz leicht auch wieder verschwinden.

»Mag sein«, sagte Frau Wolf, »aber man wird beweisen können, dass Sie an diesem Tag, als Eva Prager starb, bei ihr in der Wohnung waren. – Was wollten Sie von ihr? Sie zwingen, Ihren Mann aufzugeben?«

»Sie haben keine Ahnung!«

»Darum frage ich ja.«

»Diese Frau war eine Hexe.«

»Helen …«, unterbrach ihr Mann sie.

»Hör du auf!«, fuhr sie ihn an. »Steigst mit der alten Hexe ins Bett, und dann kaufst du ihr diesen Ring. Einen Ring, den wir uns zusammen angesehen haben und den ich wunderschön fand. Ich habe davon geschwärmt, ihn zu kaufen. Und du ersteigerst ihn und schenkst ihn dieser …«

»Hexe, sagten Sie«, erinnerte Frau Wolf.

»Soll ich lieber Fotze sagen?«, fragte Frau Schindler.

»Nein, danke. Mich wundert das sowieso nicht, dass sich jüngere Frauen die Magie älterer Frauen oft nur als eine diabolische Einmischung vorstellen können.«

»Reden Sie jetzt von sich?«, fragte Helen Schindler und schob besagten Ring an ihrem Finger hin und her, wie um diesen Finger zu schleifen.

»Möglicherweise tue ich das«, sagte Frau Wolf. »Ändert aber nichts daran, dass es stimmt. – Egal, ich denke, wir können jetzt gehen und lassen die Kriminalpolizisten Bregenzer und Rosig den Rest übernehmen.«

Es war nun aber Leo, der Helen Schindler fragte: »Warum? Warum nur? Bloß, weil sich Ihr Mann für eine Frau interessiert hat, die dreißig Jahre älter war als Sie? Darum so viele Messerstiche?«

»Aber so ist es doch immer«, sagte Helen Schindler, »man will zuerst nur reden. Ich bin zu Eva und wollte wissen, was sie eigentlich von meinem Mann möchte. Und ob sie sich das, was sie möchte, nicht woanders holen kann. Aber sie war einfach nur freundlich.

Scheißfreundlich. Es war ihre kalte Freundlichkeit, die mich wahnsinnig gemacht hat. Wie sie mir da in höflicher Weise erklärt hat, dass sie nichts für mich tun könne, weil es so sei, wie es sei. Und die größte Naivität ohnehin der Glaube an die Ehe.

Eva, so erklärte Helen Schindler, habe ihr offenbart, nur mehr einige Jahre vor sich zu haben, in denen sie das Gesicht eines Geliebten erkennen könne, weil sie nämlich erblinde. Und dass es Veits Gesicht sein solle, in das sie in diesen wenigen Jahren schauen werde.

Einen Moment stockte Helen Schindler, dann sagte sie: »Ich konnte das nicht mehr länger hören. Diese Arroganz. Diese hinterfotzige Sachlichkeit. Und hab das Messer aus meiner Tasche geholt. Wo es ja schon immer war, seit Jahren schon, ein Messer und ein Pfefferspray, zwischen Lippenstift und Tampons.«

»Ein Messer von dreizehn Zentimetern Länge«, erinnerte Leo, der mit einem Mal die Daten, die ihm so gerne entglitten, klar und deutlich vor Augen hatte, »dreizehn Zentimeter, mit denen Sie zwölfmal zugestochen haben.«

»Richtig. Kein Taschenmesser. Aber ich hätte Eva wahrscheinlich auch mit einem Taschenmesser umgebracht. Das ist der Moment, wo man alles vergisst. Es ist, wie wenn man am Verdursten ist. Wenn die Möglichkeit kommt zu trinken, trinkt man. Und wenn es Pisse ist.«

Was sollte man da noch sagen?

Und es stimmte ja. Das Bild war richtig. Richtig und unerträglich. Wie sehr der Hass dem Verdursten glich.

Zugleich aber dachte Leo daran, wie jene Gerichtsmedizinerin, die Evas Leichnam obduziert hatte, meinte, dass, abgesehen von den ersten beiden tödlichen Stichen, der Rest doch mit einer gewissen Nachlässigkeit vorgenommen worden war. Wie hatte sie das ausgedrückt? Dass Wut rot sei. Dass aber das, was sie hier sehe, eher ein schwarzes und graues Szenarium darstelle. Eine Mischung aus Berechnung, beziehungsweise Täuschung, also schwarz. Aber eben auch Nachlässigkeit, grau.

Damit war sie offensichtlich völlig falschgelegen, die Frau Doktor Sowieso. Oder konnte man sagen, dass nicht die gesamte Tat der

Helen Schindler einer *dürstenden* Wut entsprach? Die ersten tödlichen Messerstiche, die schon. Während die Angreiferin aber hernach nur noch bemüht gewesen war, ein Bild zu erfüllen. Ein Bild zu erfüllen und einen Körper zu entstellen.

Leo erhob sich. Auch über ihm schwebte jetzt eine Sonnenfinsternis. Aber es war nicht *unsere* Sonne und nicht *unser* Mond, die da über seinem Kopf standen und einen Kernschatten auf ihn warfen, sondern die Körper eines gänzlich fremden, fernen Systems. Lichtjahre entfernt, aber nahe an Leo Prager.

Auch Frau Wolf stand auf. Und um die Sache mit den Eklipsen zu einem Ende zu bringen, ist vielleicht zu sagen, dass über ihr ganz einfach nur die Sonne schien und von nirgendwoher eine Finsternis drohte. Das hatte nichts mit Fröhlichkeit zu tun. Die Aufklärung eines Mordes war kein Grund, fröhlich zu sein, gewissermaßen *sonnig*. Aber sie hatte ihren Job erfüllt, und sie hatte ihn gut erfüllt. Sie und Cheng, der ja mit Leos Erlaubnis sämtliches verfügbares Fotomaterial zusammengetragen hatte, auf dem Eva Prager zu sehen war. Cheng war es auch gewesen, der auf mehreren dieser oft vergrößerten Bilder – wenn die Position von Eva Pragers linker Hand die Sicht darauf erlaubt hatte – den Turmalinring mit einem Kreis markiert hatte. Einer Intuition folgend. Einer Intuition, die Frau Wolf in die eigene Intuition übernommen hatte. Ein Verfahren, das die beiden früher in umgekehrter Richtung betrieben hatten.

So war die Welt nun mal beschaffen, dass die entscheidende Inspiration immer von den Sekretärinnen kam. Auch wenn sie Sekretäre waren.

Frau Wolf und Leo Prager verließen die *Arche*. Eine Arche, die nun untergehen würde.

Zurück auf der Straße griff sich Leo an die Stirn und meinte: »Eigentlich wollte ich dort drinnen eine Zigarette rauchen, um sie in diesem irrsinnigen Aschenbecher auszudrücken.«

»Man kann nicht alles haben. Rauchen wir drüben beim Strombad.«

Und das taten sie dann.

27

Autofahren.

Man muss es so sagen: Frau Wolf mochte eine tolle Detektivin sein, sie war eine fürchterliche Autofahrerin. Nicht, weil sie so schlecht fuhr, eher fuhr sie ungemein gut, besaß aber jene lässige Souveränität, die einen Beifahrer in den Wahnsinn treiben konnte. Etwa, wenn sie auf einen nach ihren Begriffen viel zu langsam fahrenden Vorderwagen dicht auffuhr und wie aus einer Lücke schießend – einer Winzigkeit von Raum – dieses »Hindernis« als »Ärgernis« überwand. Natürlich auch an unübersichtlichen Stellen, vielleicht sogar am liebsten an unübersichtlichen, sich ganz auf ihren Instinkt verlassend. Aber ebenso auf geraden Strecken gerne dann überholte, wenn ein entgegenkommender Wagen schon viel zu nahe schien. Gewiss, es ging sich immer aus, aber irgendwo anders auf der Welt mochte dafür ein Seemann sterben oder irgendein Arzt einen Kunstfehler begehen, jedenfalls etwas Schreckliches geschehen, um das Übergewicht dieses »es geht sich doch eh immer aus« auszugleichen.

Dabei war schwer vorstellbar, wie Frau Wolf solche Manöver üblicherweise mit ihrem winzig kleinen und superleichten und PS-schwachen Autobianchi bewerkstelligte. Nicht auszuschließen, dass sie in ihr altes Vehikel irgendeinen Sportwagenmotor hatte einbauen lassen.

Das Schlimmste freilich war, dass Frau Wolf so gut wie immer mit einer Hand lenkte, und zwar nicht nur, um mit der anderen die Gangschaltung zu bedienen, über die auch dieser Audi verfügte. Sie wäre ihn sonst nicht gefahren. Entweder hielt sie ihre freie Hand über ein kühlendes Gebläse oder sie legte sie lässig auf ihrem Oberschenkel ab, oder aber sie richtete sich damit ihre Frisur. Und das tat sie regelmäßig, wobei sie zu dem Zweck gerne den Innenspiegel zu sich herdrehte oder die Sonnenblende herunterklappte, um das kleine Verdeck des Kosmetikspiegels zur Seite zu schieben. All das, während sie fuhr und in diesen Momenten nur schwer etwas anderes im Blick haben konnte als eine bestimmte Strähne oder Welle in ihrem Haar. Irgendeine Unordnung, die zu ordnen war. Oder eine Ordnung, die sie gerne überprüfte.

Ganz schlimm auch – schlimm und bezeichnend für diesen Typus der Automobilistin –, dass sie während der Fahrt ihr Handy bediente, dabei den Blick von der Straße nahm, auf das Display sah, einhändig hineintippte, auf gerader Strecke auch schon mal beide Hände vom Steuer nahm, Nachrichten abschickte, Routen eingab, Lottoscheine ausfüllte, was auch immer man, hinter dem Steuer eines Audi A8 sitzend, gut tun konnte.

Leo musste froh sein, dass sich niemand im Fond des Wagens befand, zu dem Frau Wolf sich während der Fahrt sicherlich gerne und ausgiebig umgewandt hätte.

Gerade eben, während man sich auf irgendeiner Höhe des Wienerwalds befand, blickte sie auf ihr Handy und erklärte, dass ihr Sekretär Cheng versucht habe, sie anzurufen. Offensichtlich während der Zeit, da man im Garten des Ehepaars Schindler gesessen und sich der Mord an Eva Prager mit dem Blick auf den Ring an Helen Schindlers Hand geklärt hatte.

Cheng hatte seiner Chefin aufs Band gesprochen, welches sie nun abhörte, während sie eine Gruppe von Radfahrern auf eine Weise überholte, als versuche sie deren Windschatten zu zerschneiden. Nicht, dass man mit diesen Hobbyradrennfahrern, die, in eine skurrile Art von Reizwäsche gehüllt, die Straßen in der Art beweglicher Baustellen blockierten, Mitleid haben musste. Leo merkte dennoch, wie seine rechte Hand automatisch zur Seite ging, als wollte er sich etwas Abstand zur Gruppe der Pedaleure verschaffen.

Frau Wolf dagegen hörte das Band ab und sagte dann zu Leo: »Cheng hat Ihren Onkel gefunden.«

»Felix? Wirklich?«

»Warten Sie, ich spiele Ihnen die Nachricht laut vor.«

Und jetzt war Wolfs Sekretär zu hören, mit einer Stimme, die ganz sicher eines *nicht* verriet: seinen familiären Hintergrund. Er sprach ein leicht geschwungenes, gänzlich unasiatisches Wienerisch, nicht singend, das nicht, aber doch mit einer Musikalität ausgestattet. Dabei war seine Stimme das Letzte, was Cheng an sich mochte.

Mit dieser ungeliebten Stimme jedenfalls erklärte der Sekretär der Frau Wolf, sich in der Steiermark aufzuhalten, wohin er mit dem Zug gereist sei, um eine Information zu überprüfen, die mit einem einfachen Telefonat oder dem obligatorischen Blick ins Internet nicht zu überprüfen gewesen wäre. Er berichtete, sich nahe dem Ort Matzling auf dem sogenannten Mitterberg gegenüber der berühmten Erhebung des Grimming zu befinden.

»Ich stehe da vor einem Haus mit freiem Blick hinüber auf den Berg. Beeindruckend!«

»Dabei kann er Berge nicht leiden«, kommentierte Frau Wolf in die Bandaufnahme hinein (und jeder, der wusste, wie Markus Cheng seinen Arm verloren hatte, konnte das auch gut verstehen).

»Das Haus«, sagte Cheng weiter, »gehört einem gewissen Fred F. Raperg. Und dieser Raperg ist Felix Prager. Raperg ist ein Anagramm, das F steht für Felix und Fred ist wohl der zweite Vorname, der zum ersten wurde. Der Mann ist zweiundneunzig, aber geistig hellwach und kann sich durchaus an seinen Neffen erinnern, wie dieser vor vierundvierzig Jahren verschwand.«

Und wenn er richtigliege, so Cheng, dann bestehe ein weiteres Indiz dafür, dass man es mit dem gesuchten Herrn zu tun habe, darin, dass Herr Raperg mit nicht geringem Stolz behaupten würde, noch immer sowohl der Kommunistischen Partei wie der Katholischen Kirche anzugehören.

»Scheiße auch! Das ist er!«, lachte Leo, und es lag ein ungemeines Gefühl der Befreiung in diesem Lachen. Selten hatte der Ausruf dieses Fluchworts so viel Glück beinhaltet. Gerade noch war das letzte Puzzleteil in Evas schrecklichen, unsinnigen Tod gefügt worden, da tauchte mit einem Mal der Onkel Felix auf.

Aber das Band war nicht zu Ende. Cheng erklärte, dass er heute nicht mehr von diesem Ort wegkomme und eigentlich vorgehabt habe, sich zur nahen Ferienwohnung eines Reitgestüts bringen zu lassen …

»Er hasst Pferde«, fügte Frau Wolf erneut an, während sie eine weitere Radlergruppe nur knapp verfehlte.

»… aber Herr Raperg hat darauf bestanden, dass ich bei ihm zum Abendessen bleibe. Und ich muss sagen, die Aussicht auf geröstete Eierschwammerln, die er mir versprochen hat, hat etwas für sich. Übrigens passt die Farbe dieser Pilze ziemlich gut zu dem, was dieser Mann …«

Weiter ging es nicht. Die Bandaufnahme schien eher unterbrochen, als beendet worden zu sein. Darum ergab sich nun eine gewisse Unklarheit darüber, welchen Bezug Cheng zwischen der Farbe von Eierschwammerln und dem Mann, der diese Pilze zuzubereiten wusste, herzustellen für richtig hielt.

»Ich rufe ihn zurück«, sagte Frau Wolf und tat dies natürlich sofort und nicht erst, nachdem sie ihren völlig unfähigen Vordermann überholt hatte (dabei ist zu sagen, dass sie niemals die Fahrweise der anderen kommentierte: keine Schimpfwörter, keine Verachtung, kein böser oder strenger Blick, auch dann nicht, wenn genau ein solcher zu *ihr* hinübergeworfen wurde. Nein, vielmehr praktizierte sie die absolute Überheblichkeit eines im Autoverkehr gelebten Solipsismus.)

»Null Verbindung«, stellte Frau Wolf fest. »Möglicherweise die Berge. Oder das Wetter.«

»Wo genau liegt das noch mal?«, fragte Leo.

»Wieso? Wollen Sie hinfahren?«

»Jetzt?«

»Na«, sagte Frau Wolf, »es ist ja nicht so weit weg wie Ihre Insel. Und wir sind praktisch schon auf der A1. In drei Stunden könnten wir in Liezen sein. Und von dort ins Ennstal und dann steht da schon der Grimming.«

Sie sah auf die Uhr, und zwar auf ihre Armbanduhr, und schien dabei auch gleich den Lack auf ihren Nägeln zu kontrollieren, und meinte, es könnte sich ausgehen, bei Sonnenuntergang die Ortschaft am Mitterberg zu erreichen.

»Wir wissen doch gar nicht, wo genau«, meinte Leo.

»Nun, wenn Sie Angst haben, so lange mit mir zu fahren …«

»Keineswegs«, sagte Leo und drückte sich ein Stück von der Wahrheit weg.

»Ich denke«, sagte Frau Wolf, »dass wir in diesen drei Stunden doch noch mal Herrn Cheng ans Telefon bekommen. Oder schicken ihm eine Nachricht. Er soll uns die genaue Adresse durchgeben. – Ich kann Sie aber gerne zu Ihrer Frau Tomek nach Hause fahren.«

»Nein, machen wir das. Ich rufe Anna an und gebe Bescheid. Fahren wir in die Steiermark. So verrückt das ist.«

»Die verrückte Steiermark?« Jetzt war es Frau Wolf, die lachte. Und dabei ein wenig Gas gab. Sie freute sich auf die Autobahn.

Natürlich, im Unterschied zur Raserei auf deutschen Autobahnen – wo die Freiheit des Bürgers ihren ultimativen Ausdruck in einer hochschnellenden Tachonadel fand und man den dubiosen Begriff der Richtgeschwindigkeit wie ein im Fahrtwind verwelkendes Pflänzchen hinter sich ließ – war man in Österreich an ein Tempolimit gewohnt. Welches Frau Wolf auch gar nicht zu stören schien, sie schöpfte vielmehr mit großer Präzision den jeweils gültigen Spielraum aus und erwies sich als Meisterin der dritten Spur.

So gestaltete sich die Fahrt auf der Autobahn für Leo um einiges entspannter, ja, er genoss das Fließende und Gleichförmige und den moderaten Rausch der Geschwindigkeit. Dazu die Spannung, die sich daraus ergab, demnächst dem über neunzigjährigen Onkel Felix zu begegnen, der, warum auch immer, seinen Namen geändert hatte.

Und natürlich sprach man über das soeben Geschehene, über Helen Schindler, über Chengs Gabe, im Detail den wegweisenden Aspekt zu erkennen, über Frau Wolfs Kontakt zu Bregenzer und Rosig, was für eine Detektivin aber wirklich das Mindeste war, Kontakte zur Polizei zu pflegen, in die Polizei – wie Frau Wolf das selbst ausdrückte – *hineinriechen* zu können.

Frau Wolf kündigte an, die Erkenntnisse bezüglich Helen Schindler morgen an Bregenzer weiterzugeben.

»Wieso nicht gleich?«, fragte Leo.

»Wenn Sie mögen, auch gleich«, sagte Frau Wolf, »aber ich finde, selbst einer Mörderin steht die Zeit zu, eine Entscheidung zu treffen. Sich zu stellen, sich das Leben zu nehmen …«

»Oder zu flüchten«, ergänzte Leo.

»Natürlich, das auch. Aber wäre diese Flucht nicht ebenfalls eine Strafe. Eine Flucht als Eingeständnis, die jegliche Rückkehr ausschließen würde. Auch Menschen, die auf die Bahamas flüchten, werden nicht glücklich.«

»In Ordnung, geben Sie Bregenzer morgen Bescheid.«

Und so fuhren sie weiter, während Frau Wolf mehrmals versuchte, ihren Sekretär telefonisch zu erreichen. Kurz vor Amstetten klappte es, aber die Verbindung war schlecht, und Chengs Stimme hörte sich an, als spreche er aus dem Weltraum. Es geschah dann mittels WhatsApp, dass Cheng die genaue Adresse an Frau Wolf durchgab. Und sich somit der kleine Verdacht ausschloss, Cheng sei von einem rüstigen Greis, der etwas zu verbergen hatte, außer Gefecht gesetzt und um sein Handy erleichtert worden.

Auf Höhe Linz südwärts fahrend, erreichten sie über die A9 jene Bundesstraße, die über Liezen hinweg hinein ins steirische Ennstal führt, das sich nun tatsächlich im versöhnlichen Schein einer untergehenden Sonne befand. Sodass auch bald jener Berg namens Grimming in der Ferne sichtbar wurde, den man von südöstlicher Seite anfuhr, diesen mächtigen, vollkommen alleine aus dem flachen Tal emporsteigenden Gebirgsstock. Dem gegenüber auf südlicher Seite der Mitterberg lag, ein Hochplateau mit knapp achthundert Metern, sehr sanft und bescheiden im Vergleich zum gar nicht bescheidenen und gar nicht sanften Grimming. Ein Berg, der bei über 2300 Metern seinen Abschluss fand, sich aber derart ansatzlos aus dem Boden hochreckte, dass er sehr viel höher wirkte und darum auch – wie jetzt Leo nachlas – einst für den höchsten Berg der Steiermark gehalten wurde. Und der in der Tat mit dem Näherkommen auch immer größer und mächtiger und unbescheidener erschien, nun bereits ein dunkler Brocken, da die im Westen sich verlierende Sonne in seinem Rücken lag.

Die sanft ansteigende Nordseite des Mitterbergs hingegen befand sich in einem orangenfarbenen Glanz, der für Leo als *Orange Grey* daherkam, ein Grau mit einer sonnigen Vermutung.

Und etwas von diesem Glanz lag auch noch auf dem ebenerdigen, weiß gestrichenen Haus, das zwischen einer Wiese und einem abfallenden Waldstück stand und vor dessen Eingang Frau Wolf nach dreistündiger Fahrt den Audi anhielt und ihn mit einem Geräusch, welches ein sehr viel kleineres Auto hätte vermuten lassen, zur Ruhe kommen ließ.

Als sie ausstiegen, öffnete sich die Türe, und neben dem gegen die Wand hochgeschichteten Brennholz wurde Cheng sichtbar. Hinter ihm das Licht der beleuchteten Stube.

»Ich war mir nicht sicher«, sagte Cheng, dem im Traum nicht eingefallen wäre, dass er und seine Chefin, die einst seine Sekretärin gewesen war, sich duzen könnten, »ob ich das wirklich richtig verstanden habe, als Sie sagten, Sie würden heute noch kommen.«

»O ja doch!«, meinte Frau Wolf, »es passt besser zu dem, was gerade geschehen ist. Sie hatten recht mit dem Ring. Ich erzähle Ihnen das noch.«

Cheng begrüßte jetzt auch Leo Prager, und zu dritt betraten sie das Haus.

Die Stube erwies sich als ein lang gestreckter Raum, dessen Decke von vier frei stehenden Balken gestützt wurde. Ein Atelier. Ein Bildhaueratelier, obgleich die Fenster nicht sonderlich groß waren und eher das Einfamilienhaus verrieten, als welches dieses Gebäude wohl Ende der 1980er-Jahre errichtet worden war.

Überall standen Skulpturen herum, auf Sockeln und Podesten, auf hohen und niedrigen Tischen, manches lag auf dem hölzernen Boden, aber nichts war von jener Form oder Größe, um einfach im Raum zu stehen. Stein, Holz, Bronze, Ton, doch kein Objekt viel größer als eine Melone. Manches war erstaunlich gegenständlich, etwa aus Marmor gehauene Computermäuse, dann wieder sah man eine klassische Heiligenfigur, so, als arbeite hier ein Herrgottschnitzer, aber auch gänzlich Abstraktes. Am dominantesten jedoch – und deutlich mit dem Stolz des Herstellers ausgestellt, hier den Höhepunkt seines Schaffens zu präsentieren – war eine Serie von Plastiken, die Wolken verkörperten. Das Faszinierende war, dass man wirklich meinen konnte, vor den Miniaturen echter Wolken als sichtbarer Versammlung feiner Wassertröpfchen zu stehen. Sodass die dünnen Metallstangen, von denen diese Objekte vom Podestboden hochgedrückt wurden, weniger die Illusion vom Schweben aufhoben, als daran erinnerten, es nicht mit Natur, sondern mit Kunst zu tun zu haben. Zudem bestanden diese Skulpturen nicht etwa aus Watte oder Wolle oder sonst einem leichten Stoff, sondern aus Alabaster und weißem Marmor.

Man konnte an diesen »Wolken« nicht vorbeigehen, ohne sich zu wundern, wie echt sie wirkten. Dabei war es dennoch keine Täuschung, kein Trick, der durch eine spezielle Stellung im Raum oder das Licht erzeugt wurde. Der Schöpfer dieser Arbeiten hätte einfach argumentiert, sehr viel Zeit in das Studium der Wolken investiert zu haben: »Wolken sind herrliche Modelle, auch wenn sie nie ganz stillstehen.«

Und dieser Mann nun – zweiundneunzigjährig, deutlich gebückt, aber mit einem ungemein breiten Oberkörper, der im starken Widerspruch zum länglichen Kopf und dem schmalen, zerfurchten Gesicht stand – saß an einem mittig aufgestellten Tisch im rückwärtigen Teil des Raums, gewissermaßen am Ende seiner Sammlung, vor dem Hintergrund eines wandhohen Kachelofens.

»Ich würd gerne aufstehen, Bub, um dich zu begrüßen, aber ich komm halt nicht mehr hoch«, sagte der Mann.

»Du hast immer Bub zu mir gesagt, immer«, sagte Leo mit einem Lächeln. »Als ich acht war und als ich achtzehn war.«

»Und jetzt, wie alt bist du jetzt?«

»Dreiundsechzig«, antwortete Leo.

»Dann bist du für mich noch immer ein Bub. Das ist so banal und so faszinierend, dass der Abstand immer der gleiche bleibt, gell. – Also kommts, tuts euch setzen. Der Herr Cheng war ja schon so freundlich, mich aufzuklären, auch wenn das alles nicht ganz leicht zu verstehen ist.«

Und dann sagte er: »Gnädige Frau, bitte!«, und zeigte auf einen der großzügig entlang des Tisches verteilten Stühle, die wohl schon in der Zeit vor der Gepflogenheit des Abstandnehmens so großzügig verteilt gestanden hatten. Alles in diesem Raum verfügte über Raum.

Alles konnte ein- und ausatmen, ohne dabei den Eindruck zu machen, eine Mund-zu-Mund-Beatmung zu trainieren.

Das »Gnädige Frau« hatte aus Rapergs altem Mund weder gestrig noch affektiert geklungen, und schon gar nicht wie eine Blödelei. Sondern ungemein würdig.

Frau Wolf dankte und setzte sich.

»Soll ich dich jetzt Fred oder Onkel Felix nennen?«, fragte Leo, dem der Anblick seines Onkels auch dahingehend einen kleinen, aber angenehmen Stich versetzte, indem er die große Ähnlichkeit mit sich selbst feststellte. Und nicht nur, weil der alte Mann in fast identischer Weise lange, dünne Haare trug, die ihm bis über die Schultern hingen. Aber das war Leo bereits als Kind und Jugendlichem aufgefallen, dass er dem Onkel Felix so viel ähnlicher sah als dem eigenen Vater.

»Für dich natürlich Onkel Felix«, sagte der Mann, der bereits vor Jahrzehnten den Künstlernamen Raperg angenommen hatte.

»Ich hatte nicht die geringste Ahnung von deiner Bildhauerei«, sagte Leo und wandte sich – nun ebenfalls sitzend – nochmals zu den *Wolken* um. »Das ist umwerfend.«

Er habe die Kunst, erzählte der alte Mann, in seiner Zeit als Schriftsetzer nur heimlich betrieben.

»Für mich und den lieben Gott, wenn du so willst. Davon hat selbst dein Vater nichts gewusst. Niemand. Erst nach seinem Tod … Das hatte eigentlich nichts damit zu tun, dass er sich umgebracht hat. Aber ich war da fast so alt wie du jetzt bist und bin in die Frühpension und hab mir halt gedacht, dass wenn ich doch noch ein wenig älter werde … Dabei hab ich doch immer befürchtet gehabt, ich werd früh sterben, aber dann ist man plötzlich sechzig und noch immer nicht tot, und da hab ich also gesagt, gut, der Herrgott will, dass ich noch dableib und was Gescheites mach, und hab darum angefangen, nicht mehr nur heimlich zu bildhauern, sondern ganz offiziell, und also ein Bildhauerleben zu führen. Und war so kindisch und übermütig, meinen Namen zu ändern, und so vernünftig, von der Stadt aufs Land zu ziehen, wo man die Wolken besser sehen kann.«

Er sei aber auch immer wieder hinüber nach Graz gefahren, um dort etwas für die Kommunistische Partei zu tun.

„Du weißt ja vielleicht, wir haben da in Graz zwanzig Prozent der Stimmen und sind die zweitstärkste Kraft, gell.«

»Ja, Wahnsinn«, sagte Leo, der auch von Claire aus die Wahlerfolge der Kommunisten in Graz verfolgt hatte. Natürlich ohne zu ahnen, dass dabei sein Onkel Felix, und mit ihm vielleicht auch der liebe Gott, die Finger im Spiel hatte.

Es roch übrigens noch immer nach den gerösteten Eierschwammerln, die der greise Bildhauer zubereitet hatte. Wie er gerne sagte, könne man ja auch im Sitzen kochen, so wie man im Sitzen bildhauern könne, solange die Hände mitspielen würden, und sie spielten ja mit, glücklicherweise.

Man konnte es sehen, wie Raperg mit ihnen gestikulierte, mit diesen Händen eines Riesen, gleich den breiten Schultern, während der Mann als Ganzes eher wie ein eingesunkener Zwerg aussah. Aber eben ein Zwerg mit Pranken.

Indem Leo nun den Geruch der kürzlich verspeisten Eierschwammerln so deutlich wahrnahm, fiel ihm wieder ein, wie Cheng in der Bandaufnahme, bevor diese abrupt abgebrochen war, einen Vergleich zwischen dem Gelb dieses Speisepilzes und einer bestimmten Sache herstellen wollte, der er zuvor ansichtig geworden war.

Und auch Leo wurde ihrer nun ansichtig. Denn als sein Blick auf die andere Seite des Raums ging, erkannte er eine weitere Serie von Wolken-Skulpturen, die aber weder aus Alabaster noch aus Marmor waren, auch waren sie nicht weiß, sondern verfügten über das Goldgelb – und man könnte eben sagen: das Schwammerlgelb – von polierter Bronze. Freilich konnte Leo wie üblich nur den grauen Glanz erkennen. Dennoch war er durchaus in der Lage zu begreifen, wie es seinem Onkel Felix gelungen war, mittels der behandelten Bronze den Eindruck zu erzeugen, hier würden Wolken von einer aufgehenden oder untergehenden Sonne bestrahlt werden.

Und noch etwas fiel ihm bei diesen »Wolken« auf, wie sehr ihre Gestalt, ihre Form, ihre Erscheinung an jene *Schlummernde Muse* des Constantin Brancusi erinnerte.

Und das war nun etwas, mit dem Leo Prager aber so was von richtiglag.

Wie richtig, würde ihm bald klar werden.

Vorher aber sprachen sie über Eva. Der Onkel Felix hatte eben erst durch Cheng vom tragischen Tod seiner Nichte erfahren. Denn wie es in dieser Familie fast schon Brauch war, hatte es keinerlei Verbindung zwischen den beiden gegeben und die Berichte über Evas Ermordung in den Medien hatte der zurückgezogen lebende Bildhauer einfach nicht mitbekommen.

»Und wieso?«, fragte der Onkel Felix. »Wieso hat die Eva sterben müssen?«

»Der dümmste aller Gründe«, sagte Leo, »Eifersucht. Auch wenn wir einige Zeit dachten, es sei etwas Politisches gewesen. Aber es war simple Eifersucht, unbändiger Hass einer jüngeren auf eine ältere Frau.«

»Sie war so was von einem gescheiten Mädchen«, erklärte Felix, »und heiratet dann diesen Lump. Und ein Kind … da war doch noch eine Tochter.«

»Die ist in Kanada und hat wohl nicht vor, noch einmal zurückzukommen.«

»Du aber schon, Bub, du bist zurück.«

»Ja, zurück. Und was für ein Glück, dich gefunden zu haben«, sagte Leo.

Der alte Mann nickte.

Seit zwei Jahren, seitdem er kaum mehr in der Lage war, ohne fremde Hilfe einige Schritte zu tun, lebte er ausschließlich in diesem Haus, nur unterstützt von einer Pflegerin, die ihn jeden Morgen aufsuchte.

»Es sind die Beine, es ist der Rücken«, sagte er, »also sitz ich im Rollstuhl und beweg mich von Wolke zu Wolke, weil der Herrgott mir die Kraft in meinen Händen gelassen hat.«

»Die Bronzen drüben …«, sagte Leo und zeigte hinüber zu den von einer imaginären Abend- oder Morgensonne illuminierten Gebilden.

»Ja, ich arbeit mit Gips und Wachs, und wenn ich fertig bin mit ein paar Modellen, kommt ein junger Mann aus Wels und holt sie für die Gießerei ab, bringt mir die Bronzen zurück und dann fangt das Bürsten, das Schmirgeln und Polieren an. Und das Spucken. Ich arbeit viel mit der eigenen Spucke. Und bete darum, dass ich noch recht lange so was wie eine Spucke hinbekomm.«

»Ich weiß«, sagte Leo, »dass ein Bildhauer es nicht gerne hört, wenn er mit einem anderen Bildhauer verglichen wird, aber …«

»Aber wirklich«, sagte Raperg, »so ungern, wie man hört, man würd haargenau so ausschauen wie ein anderer. Niemand will wie ein anderer ausschauen. Nicht mal dein Vater wollt so ausschaun wie der Roger Moore, wobei der Moore ist ja, glaub ich, neunzig geworden, das hat dein Vater nicht hingekriegt.«

»Trotzdem«, blieb Leo jetzt stur, »ich muss schon ein wenig an den Constantin Brancusi denken, wenn ich deine Wolken sehe. – Kannst du dich an die Skulptur auf Vaters großem Schreibtisch erinnern?«

»Du, Bub«, sagte Raperg, meinte jetzt aber nicht Leo, sondern Cheng, der aus irgendeinem Grund noch immer stand oder einfach vergessen hatte, sich zu setzen, jedenfalls meinte Raperg, wenn er, Cheng, schon stehe, könne er doch bitte die Schnapsflasche holen, die dort drüben auf der Ablage stehe. Und dazu ein paar Gläser.

»Du hast zwar nur einen Arm, Bub«, sagte Raperg zu Cheng, »aber gute Beine, gell.«

Cheng verzichtete darauf zu erklären, dass eins seiner Beine ganz leicht nachhinken würde, holte die Flasche und holte ein paar Gläser und überließ es dem Alten einzuschenken. Der sich an Frau Wolf mit der Frage wandte, ob sie vielleicht lieber einen Wein hätte.

»Schnaps ist gut«, sagte sie, »allerdings müssen wir heute noch ein Nachtquartier auftreiben, hier in der Gegend.«

Er werde das organisieren, erklärte Raperg, sein Nachbar verfüge über zwei Fremdenzimmer, die gerade frei seien. Das wisse er, weil dieser Nachbar sich beklagt habe, dass die Gäste, die er erwartet habe, ihre Buchungen storniert hätten.

Nachdem nun alle ihre Schnapsgläser vor sich stehen hatten, prostete man sich zu und trank.

»Brancusi, ja«, kam Raperg zum Thema zurück und knirschte etwas mit den Zähnen, »also nu, da muss ich dir jetzt ein Geständnis machen. Auch wenn das nicht ganz leicht ist. Ist vielleicht aber auch gut, wenn man so alt ist und noch Zeit hat, was zu gestehen. Es stimmt, dass ich dem Brancusi ein bisserl verdanke, meine Wolken so hinzubekommen, wie ich sie hinbekomm.«

Raperg griff nach der Flasche, die in seinen wuchtigen Händen aussah wie der Hals eines Schwans, und schenkte nach.

»Als ich damals die Skulptur gesehen hab«, erklärte er, »die dein Vater von den Rumänen hatte, war ich hin und weg. Mir war eigentlich nicht wichtig, ob die wirklich von Brancusi ist oder nicht. Jedenfalls hab ich begonnen, heimlich an einer Kopie zu arbeiten.«

»So oft warst du doch gar nicht zu Besuch bei uns.«

»In dieser Zeit schon. Hab halt irgendwelche Ausreden benutzt, um mir den Kopf von der schlafenden Dame anzusehen. Ich fand sie ja sowieso immer eher schlafend als schlummernd, und auch mehr so, als würde sie den Schlaf einer Toten schlafen. Eine ewig schöne Tote.«

Er habe dann, so Raperg, eine Kopie hergestellt, sein erstes wirkliches Meisterwerk, obgleich bar jeder Eigenständigkeit. Und habe schließlich der Verführung nicht widerstehen können, die beiden Köpfe auszutauschen. Nur um zu sehen, ob es auffallen würde.

»Ist es aber nicht«, sagte er, »und dabei hat dein Vater den Kopf ja wirklich gut gekannt, ihn fast jeden Tag anschauen können. Und dein Vater war schließlich kein Depp. Und doch hat er es nicht gemerkt. Dabei heißt es ja so gern, ein Original hätt eine Aura, die eine Kopie niemals besitzt. Allerdings war natürlich nicht auszuschließen, dass meine Kopie die Kopie einer Kopie war und somit beide die gleiche Aura hatten, die Aura einer Fälschung. Wie hätte ich das so genau wissen können?«

»Du hast sie nicht mehr zurückgetauscht?«

»Nein. Dein Vater war zufrieden, hat keinen Moment gezweifelt. Und hat ja auch bis zu seinem Tod nicht gewusst, dass sein Bruder, der Schriftsetzer, künstlert.«

»Du weißt, wo der Kopf gelandet ist, nicht wahr?«

»Natürlich, ich war ja beim Begräbnis. Verrückte Idee von deinem Vater, die Skulptur auf den eigenen Grabstein setzen zu lassen. Andererseits auch konsequent.«

»Und das Original, wenn es denn ein Original war?«, fragte Leo.

»Nach Arnolds Tod hat mich dann doch das schlechte Gewissen gepackt. Nicht, dass ich auf die Idee gekommen wäre, die Köpfe wieder auszuwechseln. Jetzt, wo der eine auf einem Grabstein befestigt war. Aber ich fand einen Käufer für das Original und hab es auch als Original verkauft. Passenderweise an einen rumänischen Industriellen, der deinem Vater nicht unähnlich war. Das war also noch 1989, ein Brancusi natürlich bereits ein Vermögen wert, wenn auch nicht so unglaublich teuer wie heute. Außerdem hatte ich ja keinerlei Expertise. Trotzdem, es war eine Menge Geld. Und von dieser Menge hab ich – ich schwör's – keinen Groschen behalten. Ein Drittel ging an deine Mutter, anonym. Wohl etwas zu spät, um die Villa in Hietzing zu erhalten. Und sie scheint es ja auch nie publik gemacht zu haben. Die anderen beiden Drittel hab ich der Kommunistischen Partei Österreichs und der Katholischen Kirche gespendet. Was dich ja nicht wundern wird, oder?«

»Nein, tut es nicht«, sagte Leo, auch wenn er dabei den Kopf schüttelte.

»Das ist letztlich«, sagte Frau Wolf, »eine schöne Lösung und erspart Herrn Prager immerhin, sich weiter große Gedanken um die Skulptur auf dem Grabstein seines Vaters zu machen.«

»Richtig«, meinte Leo und meinte auch, seine Freundin Anna darüber informieren zu müssen, dass sie diesen Kunsthistoriker, den sie auf die Angelegenheit angesetzt habe, wieder abziehen solle.

Und dann sagte er zu seinem Onkel: »Ich mag ja nicht über den Tod reden und wahrscheinlich wirst du hundert, aber willst du auch mal drüben in Wien, auf dem Hietzinger Friedhof, liegen? Das wäre dann gewissermaßen so, dass du unter deiner eigenen Skulptur zur Ruhe kommst.«

»Na ja, eher unter der eigenen Fälschung, muss man sagen«, meinte der alte Bildhauer. »Nein, danke, ich lass mich in Graz begraben. Das ist schon organisiert. Die haben nämlich auch einen Zentralfriedhof. Vielleicht geht sich dort sogar noch ein Ehrengrab für mich aus. Ich krieg nächstes Jahr in Graz eine große Ausstellung. Eine späte Freude.«

»Hauptsache, deine Augen halten durch«, machte Leo eine kleine Andeutung, da sich ja nicht alle in dieser Familie bis ins hohe oder höhere Alter das Augenlicht bewahren konnten.

»Ich hab Augen«, lachte Raperg, »so sagt man doch, wie ein Luchs.«

Und wie er lachte, sah man die beiden vorderen Goldzähne, die bei ihm wahrhaftig gleich einem Markenzeichen aufblitzten.

Der Goldsee im Mund dieses Mannes.

Es wurde spät. Irgendwann griff Raperg zu seinem Smartphone, das ein wenig aussah, als hätte er es aus hochreinem Alabastergips geformt, ließ seine breiten, fleischigen Finger geradezu spielerisch darübergleiten und telefonierte mit seinem Nachbarn, um diesem zwei späte Gäste anzukündigen.

»Er hat Ihnen die Schlüssel auf die Treppe gelegt«, sagte er schließlich zu Frau Wolf und Cheng. Und an Leo gewandt: »Und du, Bub, schlafst hier.«

»Und du?«, fragte Leo.

»Ich schlaf nicht mehr so viel. Und wenn, dann im Sitzen. Es liegt sich nicht so gut mit meinem verfluchten Kreuz. Außerdem hab ich heute Nacht Lust, mal wieder mit einem Kopf anzufangen. Mit dem Kopf einer toten Muse. Nach so langer Zeit.«

Und das tat Raperg dann auch, rollte hinüber zu einem Tisch, auf dem bereits ein Stück Ton auf ihn wartete.

Leo begab sich in ein kleines Kabinett im hinteren Bereich des Hauses, wo er sich auf eine weiche Bank legte und sich eine Wolldecke überzog. Eine Decke, die nach Wald roch, aber auch nach Kindheit. Rasch fiel er in einen festen Schlaf, in Träume geratend, in denen nun ebenfalls das Schwarz-Weiß regierte. In einem davon tauchte Eva auf. Sie griff sich mit größter Selbstverständlichkeit und mit ebensolcher Leichtigkeit in die eigene Brust hinein und zog ihr Herz heraus, um es Leo zu reichen.

Er wusste erst nicht, was er sagen sollte, sagte dann aber einfach »Danke!« und nahm es. Es war klein und sehr fest und von einem Schwarz, das unglaublich hell war. Ein Schwarz am Rande zum Weiß. Toll! Nicht, dass sich das Herz bewegte, aber Leo spürte tief darin einen pulsierenden Kern, einen rotierenden Stern.